纳 兰 词 大 讲 堂

（清）纳兰性德 ◎ 著
方青羽 ◎ 编

刘凤珍 主编

中侨大讲堂

纳兰词大讲堂

中国华侨出版社

图书在版编目（CIP）数据

纳兰词大讲堂 /（清）纳兰性德著；方青羽编 . — 北京：中国华侨出版社 , 2016.12

（中侨大讲堂 / 刘凤珍主编）

ISBN 978-7-5113-6522-4

Ⅰ . ①纳… Ⅱ . ①纳… ②方… Ⅲ . ①纳兰性德（1654-1685）－词（文学）－诗歌欣赏 Ⅳ . ① I207.23

中国版本图书馆 CIP 数据核字（2016）第 281072 号

纳兰词大讲堂

著　　者 /（清）纳兰性德

编　　者 / 方青羽

丛书主编 / 刘凤珍

总 审 定 / 江　冰

出 版 人 / 方　鸣

责任编辑 / 江　冰

封面设计 / 杨　琪

经　　销 / 新华书店

开　　本 /720mm×1010mm　1/16　印张：24　字数：626 千字

印　　刷 / 北京鑫国彩印刷制版有限公司

版　　次 /2017 年 6 月第 1 版　2017 年 6 月第 1 次印刷

书　　号 /ISBN 978-7-5113-6522-4

定　　价 /48.00 元

中国华侨出版社　北京市朝阳区静安里 26 号通成达大厦 3 层　邮编：100028

法律顾问：陈鹰律师事务所

发行部：（010）64443051　　　　传　真：（010）64439708

网　址：www.oveaschin.com　　　E-mail：oveaschin@sina.com

纳兰性德其人其词

　　纳兰性德，原名纳兰成德，顺治十一年甲午农历腊月十二日生于京师，是日为公历1655年1月19日。同年三月，清朝圣祖玄烨出生，如果以旧历计，与成德同龄。二人日后的亲密关系，冥冥中似乎早已有了定数。

　　成德之父明珠是年20岁，任銮仪卫云麾使。成德之母觉罗氏，英亲王阿济格正妃第五女，是在顺治八年嫁与明珠的，后被封为一品诰命夫人。纳兰家族十分显赫，隶属满洲正黄旗，是清朝初年满族中八大姓氏里最风光、最有权势的家族，也就是后世所称的"叶赫那拉氏"。

　　追溯纳兰家的兴盛起源，要说到成德的曾祖父。成德的曾祖父名叫金台石，是叶赫部贝勒，其妹孟古，于明万历十六年嫁努尔哈赤为妃，生皇子皇太极。这之间的关系令之后的纳兰家族与皇室有了紧密的联系。这场联姻使得纳兰家族的势力节节攀升，到了纳兰成德出生的时候，纳兰家族在清王朝已经是权贵之家了。可以说，纳兰成德一出生就被命运安排到了一个天生贵胄的家族中，他是衔着金汤匙出生的富贵公子，注定了一生荣华富贵、锦衣玉食。但命运弄人，这样一个贵公子，却偏偏是"虽履盛处丰，抑然不自多。于世无所芬华，若戚戚于富贵而以贫贱为可安者。身在高门广厦，常有山泽鱼鸟之思"。

　　成德在21岁的时候，皇子保成被立为太子。因为与东宫太子名讳相重，为了避嫌，便将成德改为了性德。性德，字容若，号楞伽山人。下文为了方便阐述，一概以容若相称。容若才思敏捷，文采斐然，这似乎是天生就具有的灵气。他从小聪明过人，读书过目不忘，数岁时即习骑射，17岁入太学读书，为国子监祭酒徐文元赏识，推荐给其兄内阁学士、礼部侍郎徐乾学。后容若18岁参加了顺天府的乡试，考中举人，19岁又准备参加会试，本来是信心满满、十拿九稳的事情，但却因为突然犯病，身体不适，无法上场考试而作罢。

容若的悲剧命运也似乎是与他的天生富贵一样，是注定的，上天总是公平的，他给予你一样东西，必然也会收回一样。容若拥有令全天下男子都艳羡的财富与门第，但却有着一个孱弱的身体，他自幼身患寒疾，这难以根治的疾病总是会时不时发作，折磨容若。

所以，容若性情中忧郁淡漠、伤感悲情的一面也是可以理解的。因为自身疾病的原因，容若在青春大好的年华，有相当一段时间是在病榻上度过的，所以，容若的词作中，总是充满了悲凉，甚至有些戚戚然的情绪。

不过这些都无法遮掩容若在清朝词坛的光芒，作为一位后起之秀，容若在词的造诣上渐渐无人可及。清朝初年的词坛景象较为不景气，好的词作者并不多，词坛一片寂寂无声，容若犹如一颗新星，在清初词坛掀起轩然大波。在当时词坛中兴的局面下，他与阳羡派代表陈维崧、浙西派掌门朱彝尊鼎足而立，并称"清词三大家"。年纪轻轻就鼎立词坛，容若的才华不容小觑。更主要的是，容若是满族显贵，他并没有接受过系统的汉文化教育，但却能够熟练掌握汉文化，并且运用得如此精深灵动，这才是容若最让人称奇的地方。

容若的词清新隽秀、哀感顽艳，颇近南唐后主。综观容若的词风，清新淡雅间不乏真情实意，虽然多是哀婉抒情之词，但却并不艳俗，反倒是清丽脱俗，不流于坊间一些低俗之作，有着自己独特的风格和特色。

作为一个满族人，容若对汉文化的学习不遗余力，他早年就勤读诗书，为汉文化与满文化的融会贯通打下了很好的基础。之后，在容若的青年时期，他发奋研读，并拜徐乾学为师。在名师的指导下，容若的文化功力日渐深厚，而且，在拜师学习的这几年间，他还主持编纂了一部1792卷编的儒学汇编——《通志堂经解》，受到了皇帝的赏识。这一举动为容若日后在朝廷的发展赢得了头彩。不但如此，容若还熟读经史子集，并且还把读书过程中的见闻和学友传述记录整理成文，用三四年时间，编成四卷集《渌水亭杂识》，其中包含历史、地理、天文、历算、佛学、音乐、文学、考证等方面知识。可见容若有着相当广博的学识，爱好也十分广泛。

在容若22岁的时候，他再次参加进士考试，并以优异的成绩考中二甲第七名。这次的成绩让容若得到了康熙皇帝的赞赏和青睐，康熙皇帝后来授他三等侍卫的官职，之后不久升为二等，再升为一等。御前侍卫是很风光的，可以常伴帝王身边，容若相貌堂堂，文才武略都很了得，而他当了御前侍卫后，更是经常随着康熙一起南巡北狩，游历四方，遍访大江南北，走访塞外山河要塞。时常与康熙皇帝一同参与重要的战略侦察，或者陪同皇帝唱和诗词、译制著述，这样的生活简直是羡煞人了。

可是容若却并不满足，他虽然身负奇才，却并不留恋官场，作为诗文艺术的奇才，他在内心深处是厌倦官场庸俗和侍从生活的，他无心功名利禄，只想获得自由，过饮酒作诗、无拘无束的生活。

可惜世事难两全，多次受到恩赏的容若难逃圣恩，纵使他有归隐之心，家族也难以成全他的心愿，为了自己家族的荣耀和发展，他也只有做自己并不愿意做的事情，留在自己并不愿意留的地方。所幸的是，上天还是眷顾容若的，在他20岁的时候，娶两广总督卢兴祖之女为妻，赐淑人。是年卢氏年方十八，"生而婉变，性本端庄"。成婚后，二人夫妻恩爱，感情笃深，美满的婚后生活给容若的人生多少带来一些安慰。

他在此期间的词作也大多风格明丽，偏于柔美温情。可惜好景不长，婚后三年，卢氏死于难产。爱妻的离去，给容若精神上带来了巨大的伤痛，从此他"悼亡之吟不少，知己之恨尤深"。作为情深义重的男子，容若很长一段时间都无法从卢氏的死亡阴影中挣扎出来，这段时间写下了大量的悼亡诗，祭奠他和卢氏之间的情感。古时男子当以事业为重，儿女情长并不是很被看重，所以，容若的这番悲情，无人能懂。

这一腔的愁绪，容若无处可诉，只有倾诉于诗词之中，高产的词作还有高质量的诗词，让容若著称于世。24岁时，他把自己的词作编选成集，名为《侧帽集》。后来因参透世事，又改名为《饮水集》。他的词作非常之多，后人在他原有词作的基础上，进行增遗补缺，共342首，编辑一处，名为《纳兰词》。

流传后世的《纳兰词》可以说是容若短暂一生的心理写照，其中悼亡词中不乏传世之作，一首《采桑子》就是范例。

谢家庭院残更立，燕宿雕梁。月度银墙，不辨花丛那辨香。

此情已自成追忆，零落鸳鸯。雨歇微凉，十一年前梦一场。

张任政的《饮水词·丛录》中写道："后之读此词者，无不疑及与悼亡有关，并引以推证其悼亡年月。余近读梁汾《弹指词》有和前韵一首，词云：'分明抹丽开时候，琴静东厢。天样红墙，只隔花枝不隔香。檀痕约枕双心字，睡损鸳鸯。孤负新凉，淡月疏棂梦一场。'观上二首，咏事则一，句意又多相似，如谓容若词为悼亡妻作，则闺阁中事，岂梁汾所得而言之。"

沉重的精神打击使得容若在悼亡词中一再流露出哀婉凄楚的不尽相思

之情和怅然若失的怀念心绪。后来容若又续娶官氏，此前又有侧室颜氏，都与她们感情平和，虽然没有太多的深情，倒也是举案齐眉、相敬如宾。

关于容若的爱情，值得一提的还有两个人，一人是容若从小定情、青梅竹马的表妹，二人成婚之前，表妹被选入宫，成为皇妃，这段初恋的夭折，也令容若一度萎靡不振，伤心欲绝，不过这段历史在史书中并无太多记载，更多还是出现在野史上，所以，难以断定真伪，仅能作为一个参考。还有一个人便是江南才女沈宛，此人字御蝉，浙江乌程人，著有《选梦词》。容若30岁时，在好友顾贞观的帮助下，结识江南才女沈宛。此女美丽聪慧、知书达理，更重要的是她与容若有着惺惺相惜之情感，容若对她十分珍爱。

不过美好的爱情总是不能长久，容若是满族贵胄，而沈宛只是一个民间普通汉女，门第的悬殊令二人无法最终结合。沈宛随同容若在京城共同生活过一段时间后，容若迫于家庭压力，一直不能将沈宛接入家中，而沈宛也因为懂得容若的难处，便忍痛离去，回归江南。二人之间这段有始无终的爱情故事，成为千古绝唱，令人哀婉。

作为才子，容若的爱情生活一直是人们津津乐道的话题，但由于历史记载偏少，许多史料都是以讹传讹，终不可考。

除了对爱情执着外，容若对友情也十分执着，在交友上，容若最突出的特点是其所交"皆一时俊异，于世所称，落落难合者"。容若不流于俗世，他交朋友不论门第，不论出身，也不论功名，只要是有才气的有志之士，与容若志同道合之人，都被容若视为好友，看作今生知己对待。他的许多朋友都是不肯落俗之人，多为江南汉族布衣文人，如顾贞观、严绳孙、朱彝尊、陈维崧、姜宸英，等等。容若对待朋友十分真诚，感情真挚，从无虚假。他真诚地对待每一份友情，为朋友两肋插刀，不仅仗义疏财，而且敬重他们的品格和才华，不会小看和歧视他们。

这使得容若拥有许多朋友，当时无数的名士才子都追随在他身边，而容若也对他们礼遇有加，十分照顾。当时容若居住的渌水亭（现宋庆龄故居内恩波亭），就因为文人骚客雅聚而闻名，容若招徕文人雅士的这一举动，在无形之中也促进了康乾盛世的文化繁荣。

容若作为一个年纪轻轻的满族人，能够令诸多满腹才学的汉人都为之钦佩，他是有着自己的过人之处的。容若的词作有着汉文化的底蕴，还有满族人自身所带着的不羁、无拘无束的风格，令词风清新自由，不拘于一格。容若对李煜十分赞赏，他曾说："花间之词如古玉器，贵重而不适用；

宋词适用而少贵重，李后主兼而有其美，更饶烟水迷离之致。"此外，他的词也受《花间集》和晏几道的影响。

在诸多词风的影响之下，容若写出了自己的词风，并为万千人所效仿。究其原因，无非也就是上面谈到的那几点。容若出身于主流上层社会，却一生都在逃避上流社会，这让他自身充满了矛盾。

容若的一生，无不是后人关注与研究的。他落拓无羁的性格，以及天生超逸脱俗的禀赋，加之才华出众，功名轻取的潇洒，都与他出身豪门、从小锦衣玉食、功名利禄轻而易举得到形成了鲜明的对比。一些男子苦苦追寻的东西，容若嗤之以鼻。而寻常男子毫不在乎，或者说是稀松平常的自由与感情，却是容若求之不得的。世间之事就是如此奇特，想要的不会给你，不想要的却无法逃避。

这样的情形，构成了容若内心一种让常人无法体察的矛盾感受，他承受着巨大的心理压力和压抑情愫。爱情来了又散、家人不理解，还有与挚友们纷纷生离死别的这些境况，让容若本就脆弱的内心，受到了一次又一次的伤害。而原本就屏弱的他，也终于在不公的世道面前妥协了，他的寒疾再次乘虚而入，在容若对人生几乎了无希望的时候，侵入他的体内。容若病倒了，而他这一病却再也没能够从病榻上起来。

抱病的容若于康熙二十四年暮春，在病榻上与好友一聚、一醉、一咏三叹，然后便一病不起，七日后于五月三十日溘然而逝。度过了短短三十一载的岁月，生命在容若这里如此之轻，又如此之重。

一生挣扎于富贵与自由、家族与爱情之间的容若，历经悲观心态，走完了人生之路，而他留给后人的除了无尽的哀叹与惋惜之外，还有那部宝贵的《饮水集》。作品现存 349 首（一说 342 首），内容涉及广泛，包括婚姻爱情、友情、家庭、边塞江南、咏物咏史及杂感等方面。虽然词作本身的视界并不算很开阔，高度上也无法与唐宋那些大词人相比，但他的每一首词都是缘情而旖旎，道出了极为真挚的情感。这让后人沉浸在他的词作中，无法自拔，近代著名的学者王国维就给其极高的评价："纳兰容若以自然之眼观物，以自然之舌言情。此由初入中原未染汉人风气，故能真切如此。北宋以来，一人而已。"况周颐也在《蕙风词话》中誉其为"国初第一词手"。可见容若词作的影响力之大。不过，后人虽然热捧纳兰词，却未必能够真懂纳兰词中的含义。容若好友曹寅在《题棟亭夜话图》中就哀叹道："家家争唱饮水词，纳兰心事几曾知？"

是的，纳兰词虽然流传天下，容若的词名虽然遍及天下，可是人们在争相诵读纳兰词的时候，容若那"如鱼饮水，冷暖自知"的心事究竟又有几人懂得？容若这位相府的贵公子，皇帝身边的大红人，写入词中的点点斑驳心情和刻骨铭心的愁苦，谁人又能真的懂得？只怕是容若的亲生父亲明珠，也难以懂得。

容若享尽了别人眼中的快乐，而他自己的内心，却是无法体会到快乐的真谛。容若死后，纳兰家族似乎也失去了生机，随后便日渐衰落。政治上的权力争斗无声无息，却是无比凌厉，纳兰家族最终没落在了这场争斗中。所幸的是，容若早逝，没有看到自己的家族沦落，被人遗忘。这也算是不幸中的幸事了。多年过去，乾隆晚年，和珅为了博得圣上龙颜一悦，献上了一部《红楼梦》，乾隆读罢后良久，掩卷长叹一声："书中所写，不正是明珠的家事吗？"世事无常，容若最终还是逃离了残忍的惩罚，没有亲眼目睹家族中道衰败，不然那时，他又该何去何从呢？

本书收录的纳兰容若的词，是对他一生情感的真实写照。书中所设原文、注释、赏析等栏目，从多角度将词作的主题思想、创作背景、词人境况以及词作的意境、情感全面地展示出来。同时，同词情词境相契合的人物画像、山水景物，以及情景图等，通过多种视觉要素的有机结合，使本书达到"词中有画，画中有词"的艺术境界。

轻轻翻开这本书，透过200多首婉丽隽秀、明净清婉、感人肺腑的小令长调，仿佛能看到那个拥有着绝世才华、出众容貌、高洁品行的人站在那里，散发着一股遗世独立、浪漫凄苦的气息，华美至极，多情至极，深沉至极，孤独至极。一个才华横溢、欲报效国家而不能如愿，一个因爱而反陷入爱的旋涡中挣扎的多情男子，都尘封在这本《纳兰词大讲堂》里。

目 录
Contents

纳兰词大讲堂

目录

二

纳兰词大讲堂

目录

三

纳兰词大讲堂

目录

四

卜算子 午日

村静午鸡啼，绿暗新阴覆。一展轻帘出画墙，道是端阳酒^①。
早晚夕阳蝉，又噪长堤柳。青鬓长青自古谁，弹指黄花九^②。

【注释】

①端阳：即农历五月初五日，端午节。②弹指：形容时间极短，本为佛家语。《法苑珠林》卷三引《僧祇律》："二十念为一瞬，二十瞬为一弹指，二十弹指为一罗预，二十罗预为一须臾，一日一夜有三十须臾。"后来诗文多作"一弹指顷"，表示极短的时间。黄花：菊花。九：指农历九月初九日，即重阳节。

【赏析】

正是午夏时分，鸡鸣之声响起在寂静的村落，阳光下树木的枝叶明暗层次，阴阳错落。那轻帘开处，端阳节的酒香流溢在空气中。

可夕阳终究会到来，那不知疲倦的知了又会在河畔长堤的柳荫中嘶叫不已。不由想到，古往今来，没有谁能够留住鬓边的缕缕青丝，时光急急地流逝，而今也是如此，不过是弹指之间，就又到了那秋意倍浓的黄花时节。

这首词所选取的不过是小山村里夏天正午时候的一幅极为平常的图景，却用层层对照、相互关联的手法写出了词人心中独到的情思和深长的意味。有景，亦有情，景有妙处，情亦有妙处。由景而生情，并没有标新立异用词奇崛的地方，可贵之处就在于这份情思的独到、意味的深长。

从听觉角度打量，在"村静午鸡啼"一句中，词人用鸡的叫声反衬出山村的安静，这与王维的"蝉噪林愈静，鸟鸣山更幽"有异曲同工之妙。我们不禁会想，为何闹中可以取静呢？原因是这些闹声（鸡啼、蝉噪、鸟鸣）本身只是些轻微、细小而不易引起人们注意的动静，因此只能在静谧的氛围中才能引起人的关注，人的关注最终凸显了周围环境的安静。同样地，"又噪长堤柳"看似写蝉声，却透露出夕阳河畔一缕静谧的乡村气息。但这声蝉叫却不再单单只是"静"的旨归，蝉声在我国古典诗词中具有时光易逝、年华老去的蕴意；此外蝉声也惯有浓厚的悲凉意味。这些特殊意味的流露最终指向本词咏叹时光易逝的主旨，感慨之情油然而生。

从视觉图景上来看，"午"与"夕"在大处形成鲜明对照，关照时光弹指之间便匆匆流逝的同时，又在小处关联着阴与阳、明与暗的错落和变换。"绿暗新阴覆"一句中，"新"字用得尤为精妙。树叶在午日的阳光下晃动，所投射下的阴影也有所变动，但是如何才能传神地写出这种阴阳交错呢？词人用了这样一个"新"字，有"新"，便有"旧"，阴阳相生，有了"新阴""旧阴"，就会有"新阳""旧阳"，"阴"有两种，"阳"也有了两种，阴、阳之间，新、旧之间有着不停的移换，视觉层次便丰富起来。明代散文大家归有光先生写"三五之夜，明月半墙，桂影斑驳，风移影动，珊珊可爱"（《项脊轩志》），也有着同样的丰富和新奇，堪为"可爱"。

青丝易白，时光易逝，弹指一瞬，不知蹉跎了多少光阴。这在很多文人的诗词中常有流露。庄子的"人生在世，若白驹过隙，忽然而已"是如此，李白的"君不见，高堂明镜悲白发，朝如青丝暮成雪"是如此，苏东坡的"谈笑间，樯橹灰飞烟灭。故国神游，多情应笑我，早生华发"也是如此。关于这点，本词却独独有着一种对于相对性的玩味。从午日到夕阳西下这半天内的跨越，不过是词人对于目前之境的近程写照；而从"端阳酒"到九月黄花时节，却是词人心中更远处的联想和感喟。这两组时光轴上的端点，一大一小、一远一近地照应着词人心之所想、情之所发。而"青鬓长青自古谁"却将这种相对性伸展到更为普遍、更为深邃的人生主题上——生命有限。词人却并没有在此更多地着墨，没有写自己在这有限的人生旅程中，是要报国杀敌，干一番轰轰烈烈的事业，还是茗茶赏花，自得其乐而已，因为他写词的本义并不在此。只是想到秋日很快就会到来，恍然之间，就是一弹指的时光，手中的酒樽中又会盛满有着浓浓秋意的黄花酒，又是一年将尽啊，年年如是，青丝终将耐不住时光的变迁，心中便觉无限惆怅。

意到而发，所发之意回味无穷；意尽而止，所止之处恰得其妙。

卜算子 新柳

娇软不胜垂①，瘦怯那禁舞②。多事年年二月风③，剪出鹅黄缕。
一种可怜生④，落日和烟雨。苏小门前长短条⑤，即渐迷行处。

【注释】

①娇软：柔美，轻柔。②瘦怯：犹瘦弱。③多事：做没必要做的事。④可怜生：犹可怜。⑤苏小：即苏小小。苏小小有二，一位是南朝齐时钱塘名妓，《乐府诗集·杂歌谣辞三·〈苏小小歌〉序》："《乐府广题》曰：'苏小小，钱塘名娼也。盖南齐时人。'"一位是南宋钱塘名妓，清赵翼《陔馀丛考·两苏小小》："南宋有苏小小，亦钱塘人。其姊为太学生赵不敏所眷，不敏命其弟娶其妹名小小者。见《武林旧事》。"

【赏析】

这是一首咏柳词，用拟人写柳树，又用柳树喻人，很是巧妙。黄天骥《纳兰性德和他的词》中说："词以'新柳'为题。表面上，作者描绘一株娇嫩柔弱的柳树，其实以柳喻人。意境相当优雅含蓄。"

初春，埋在古柳枯干中的梦苏醒过来，伸出"娇软不胜垂"之柳枝。娇软就是柔美姣好，轻飘。不胜，与苏东坡之"高处不胜寒"中"不胜"同，指不能禁得住。柳枝娇嫩柔美，垂下树，担心瘦瘦的身躯是否能够禁得春风，禁得垂落弯折，"瘦怯那禁舞"，如此瘦弱又怎受得那凉风突如其来的随心所舞？

那二月之风却偏偏年年多事，"剪出鹅黄缕"。唐贺知章《咏柳》："不知细叶谁裁出，二月春风似剪刀。"明杨维桢《杨柳词》："杨柳董家桥，鹅黄万万条。"看似不禁垂舞之嫩条也是拜二月春风所赐，才得以如烟似雾的鹅黄一春。

苏小，历史上有两位，一位为南朝齐时钱塘名妓，另一位也是钱塘名妓，不过是南宋时的。所以，似乎苏小小的形象本身就是一个梦。她（南齐时的苏小小）很重感情，写过一首《同心歌》："妾乘油壁车，郎跨青骢马，何处结同心，西陵松柏下。"这首诗的确写出了恋人约会时的无限风光：香车宝马，一起飞驶疾驰，记忆中，就像流星一样划过。不过她是一个具有悲剧性的人物。传说她曾邂逅一位穷困书生，赠银百两，助其奔逐前途，博得功名。 但是，这个书生一去未归，从此杳无音信。由于她不愿降低人格，做姬做妾，卑微地顺从所谓"女人的命运"，而是选择了高傲地抗拒命运，把自己的美色呈之街市，蔑视着精丽的高墙， 她不守所谓的"贞节"只守美，直让一个男性的世界围着她无常的喜怒而旋转。最后，重病即将夺走她的生命，她却恬然适然，觉得死于青春华年，倒可给世界留下一个最美的形象。恐怕死神在她十九岁时来访，实乃是上天对她的美的成全。

小小门前之柳，长枝短条随风摇，"即渐迷行处"，要说柳色迷人，摇摇曳曳掩了行人前路，大有可通之处，恐怕行人更愿意迷醉在西风夕阳之下。然而，若要使一女子躲藏在疏枝稀柳中，只是掩耳盗铃罢了。事实上，苏小小就曾经被人认为藏于柳色中。苏小小本不是变色龙，所以，可说苏小小本是柳。一个如春柳一样的女子，"娇软"、"瘦怯"、"可怜"、美丽，却年年二月风剪。

上片侧重描画弱柳之形，但已是含情脉脉。下片侧重写其神韵，结处用苏小之典，更加迷离深婉，耐人寻味。

古典诗词中杨柳被赋予了多种喻义，或是借以抒发艳情，如南朝宫体一类，这种属于本心无愁，却强言愁苦，读之索然乏味；抑或表达离愁别绪，这一种则多有可观处，等等。本篇虽题作"新柳"（一作"咏柳"），可实际上作者别有寄托。有人以为是用象征的手法，借咏柳来写一个年方及笄的歌女，可备此一说。

卜算子　塞梦

塞草晚才青，日落箫笳动①。恓恓凄凄入夜分②，催度星前梦。
小语绿杨烟，怯踏银河冻。行尽关山到白狼③，相见唯珍重。

①箫笳：箫和胡笳。②恓恓：悲伤的样子。凄凄：形容心情凄凉悲伤。③白狼：即白狼河，今辽宁大凌河。

【赏析】

《卜算子》又名《百尺楼》《眉峰碧》《楚天遥》等。相传是借用唐代诗人骆宾王的绰号。骆宾王写诗好用数字取名，人称"卜算子"。

这首《塞梦》是纳兰于塞外羁旅时思念妻子之作。

"塞草晚才青"，是日落时分，边塞的草在黄昏的天色里才显出青绿的颜色，此处也暗指白日行军匆忙，杂事诸多，只有黄昏时分陷入安静才开始觉得周围景致的苍凉。

"日落箫笳动"，夕阳才缓缓落下，箫笳之声便在大漠上蔓延开了，这里"箫笳"指的是管乐器。箫声婉转幽凉，笳声沉郁悲切，二者交错，突显出塞上荒凉空远的景色。卢纶《送张郎中还蜀歌》有句"须臾醉起箫笳发，空见红旌入白云"，也是借箫笳之声延伸出这个大漠的苍凉。

暮色四合，箫笳沉凉，这个夜入得如此缓慢凄清，"我"已不忍再看，转回营帐时却一步一回顾天际星光，原来这一场羁旅，所想要逃避的也不过是对你的相思无涯。用情之至，却使得在各自天涯之时噬骨之痛，那么，"我"若速速睡去，你是否也能赶来见我一面，聊解相思，也告诉我，家乡的柳枝、清河可有了什么变化。

"恓恓凄凄入夜分"一句用典，出自李清照《声声慢》："寻寻觅觅，冷冷清清，凄凄惨惨戚戚"，描写的是自己在入夜后愁惨的心情，与易安相仿，那么不难理解所隐含的意思也是"乍暖还寒时候，最难将息"。杜甫《严氏溪放歌行》："况我飘蓬无定所，终日恓恓忍羁旅"，所要表达的也便是这般羁旅生涯惨淡悲愁的心情。

在这般心情的驱使之下，终究相思难耐，只得"催度星前梦"，催促引渡妻子的梦魂来到边塞，与自己相会。此句化用汤显祖《牡丹亭·游魂》"生性独行无那，此夜星前一个"一句。《牡丹亭》又名《还魂记》，是汤显祖的传世之作，小说描写了杜丽娘与柳梦梅生死离合的爱情故事。汤显祖在该剧《题词》中有言："如杜丽娘者，乃可谓之有情人耳。情不知所起，一往而深。生者可以死，死可以生。生而不可与死，死而不可复生者，皆非情之至也。"而纳兰在此处用以指代夫妻情深，是以纵使关山阻隔，也愿梦魂相聚。

到了下片，也不知是睡了醒了，妻子那娇影袅袅娜娜地竟真的出现在了眼前，更欲耳畔轻柔情话私语，只是这个时节银河尚冻，路人皆不敢踏足那冰封的小河，杨柳蒙烟，天寒彻骨，却不知伊人独自如何能到得了这塞外边关荒凉之地。

于是紧接着"行尽关山到白狼，相见唯珍重"一句，便解释了妻子魂魄如何抵达塞外，却是将关山踏遍才寻到远在白狼的丈夫，这一句也暗喻了妻子不畏关山路途艰难，思念夫君，想要见到夫君，必要见到夫君的深情。苏轼《江城子》"夜来幽梦忽还乡，小轩窗，正梳妆，相顾无言，惟有泪千行"与此处有相似的妙处，虽然纳兰并未真正见到妻子，但两首词皆是指与妻子相见，亦真亦幻，梦里梦外难辨，相见却又不敢确认的恍惚心情。

既是相见了，应是有百般情话关切相问，可是相别之久、相思之深，却让酝酿了这许多年的千言万语在心绪中百转千回，不知从何言起，最终吐出口的，仅仅只有"珍重"二字。想来情到深处反而不能言语，甜言蜜语该多是独处之时盘旋。词到此处，蕴含了一语将破未破的玄机，千里迢迢相聚却只道一声"珍重"，情意盘旋缱绻，一唱三叹，使闻者不由只觉一片感怀在心，却又不敢妄作言辞以惊扰这梦魂相聚的深绵。

这首《塞梦》，典型而深刻地描写出纳兰常年羁旅在外，厌于扈从生涯，时时怀恋妻子，思念家园，故虽身在塞上而相思不灭，遂朝思暮想而至于常常梦回家园，与妻子相聚。短短数字，将这种凄惘的情怀刻画得淋漓尽致、入木三分。

采桑子

白衣裳凭朱阑立①，凉月趋西②。点鬓霜微，岁晏知君归不归③？

残更目断传书雁，尺素还稀。一味相思，准拟相看似旧时④。

【注释】

①朱阑：即朱栏，朱红色的围栏。宋王安石《金山寺》诗："摄身凌苍霞，同凭朱栏语。"②凉月：秋月。趋西：向西落去。③岁晏：一年将尽的时候。唐白居易《观刈麦》诗："吏禄三百石，岁晏有余粮。"④准拟：料想、希望。

【赏析】

秋日天已微凉，风愈渐萧瑟，人也变得踌躇怀旧。

脑子里故人还身着那白色的衣衫依靠着朱红栏杆，秋月带着凉气洒着冷艳的光向西落去，思绪同那皓月也一并沉下来。思念渐深，纳兰眼看鬓角浮起点点的霜白，乱了心绪。年已至末，不知道故人归不归。一声声自问，湿了衣襟。更漏都已滴尽，他亦望穿天际，日日企盼传书的鸿雁，等的书信却迟迟未至。只能一味地思念，料想着，相见的时候故人依旧是迷人的旧时模样。

显然，这是阕岁末怀人之作。怀的是谁，却多猜测。是久思未见的初恋，还是亡故的妻子，抑或红颜知己沈宛，又或者是挚友贞观？读来是五味杂陈的思念，像着了过量的盐，尝来有了涩味。

细品这词，颇有意味，善于用典的纳兰，仍旧在短词之中，巧妙化用了前人的每句。词中上片的首句就是取自明代王彦泓的《寒词》十六之一，文曰："从来国色玉光寒，昼视常疑月下看。况复此宵兼雪月，白衣裳凭赤阑干。"

下片借"大雁"这一意象来抒发苦等书信的一味相思。"大雁"有典，取自《汉书·苏武传》。相传当年苏武出使匈奴，被扣留匈奴十九年，后汉使者对匈奴单于说，汉天子在上林苑打猎时，打获大雁一只，其脚系有帛书，上写着苏武在匈奴何处，因而匈奴单于放苏武回到汉朝。大雁本是种候鸟，每年秋天要飞往南方过冬，古人掌握这个习性后，通信不发达的当时，人们也能够开始通过大雁来传送书信了。因而有了"鸿雁传书"一说，大雁这个意象也在诗歌中蔓延起来。文人写雁，用以表达思乡怀人的情思。

最后，末句引用宋时晏几道《采桑子》："秋来更觉销魂苦，小字还稀。坐想行思，怎得相看似旧时。"秋来销魂之苦，苦之深，思之切，叫人乱了心绪，坐想行思，怎也无法躲避开这纷乱的回忆、对故人的相思。怎得想看似旧时，怀念过去之人深切苦楚，可如何能回到旧日的时光，不再为这时光渐远而伤怀叹息？恐怕时光的脚步还是听不见他心底恰似痴狂的呐喊，无法让他如愿穿梭回到过去吧。

纳兰这词，清清婉婉，秋景静美处，读之如见到纳兰身着秋衫伫立窗前，看月色西沉，盼雁回信至，读来痛心，也觉孤楚。天下苦情之人不少，如此日日夜夜，任世事洪流都冲不掉的思念痴心至此，凄婉之中，更欲垂泪。世事如风而过，故时旧人，穿越岁月洪荒，终究已不在眼前。只能凭空回忆——好似你还站在那里，朱栏依旧，人事依旧，再见你，朱颜不改，情谊仍在。

采桑子

拨灯书尽红笺也①，依旧无聊。玉漏迢迢②，梦里寒花隔玉箫③。

几竿修竹三更雨④，叶叶萧萧。分付秋潮⑤，莫误双鱼到谢桥⑥。

【注释】

①红笺 (jiān)：红色笺纸，多用以题写诗词或做名片等。②玉漏：古代计时漏壶的美称。③寒花：寒冷时节开放的花，多指菊花。玉箫：人名。传说唐韦皋未仕时，寓江夏姜使君门馆，与侍婢玉箫有情约为夫妇。韦归省，愆期不至，箫绝食而卒，玉箫转世，终为韦侍妾。

事见唐范摅《云溪友议》卷三，多借指姬妾。后人以此为情人订盟之典，亦称"玉箫侣约"。④修竹：长长的竹子。⑤秋潮：秋季的潮水。⑥双鱼：指书信。谢桥：这里指情人所居之处。

【赏析】

在灯下给她写信，即使写满了信纸仍是意犹未尽，心里依旧惆怅无聊。偏又漏声迟迟相伴，不但添加愁绪，而且令人如醉如痴，仿佛在梦中与她相见，却又朦朦胧胧不甚分明。室外秋雨敲竹，滴在树叶上，点点声声，淅淅沥沥。将这孤独寂寞的苦情都寄予此时的秋声秋雨中，不要忘了将书信寄给她才好。

世界之大，悠悠众生，能够有一个远方的人，付诸思念，也是幸福的事情吧。在昏黄的灯光下，将满腹的思恋都填于纸上，让飞鸿送去，我们天各一方，"我"对你无尽地想念。这种悲伤无望，却又充满想象的爱情，看似无聊，但却是持久永恒的。

纳兰将一首小词写得情谊融融，求而不得的爱情让他感到为难与痛苦，也令他心中充盈着忽明忽暗的希望。

这首《采桑子》，一开篇便是无聊，写过信后，依旧无聊，虽然词中并未提及信的内容，信是写给谁的，但从"依旧无聊"这四个字中，就已经可以猜到一二了。纳兰总是有这样的本事，看似在自说自话，讲着不着边际的话，却总能营造出引人入胜的氛围，令读词的人不知不觉地如临其境。

纳兰将自己日常生活中的小事变为一台表演，读者成为了观众，与他一起沉思爱恋。词中的"红笺"二字透露出纳兰所记挂的人定是一个令他着迷的女子，红笺是美女亲手制作，专门用来让文人雅客们吟诗作对用的。

不过，诗词中红笺多是用来指相思之情，只要写出红笺，一切便都在不言之中了。下接一句"玉漏迢迢，梦里寒花隔玉箫"，引自秦少游的词句"玉漏迢迢尽，银河淡淡横"。漏是古时候计时的一种器具，不过用到古诗词中，为了美观，常被叫作玉漏、银漏、春漏、寒漏，等等。

诗词中，"漏"一向是寂寥、落寞、时间漫长的意象，在这里也不例外。以"玉漏"表达长夜漫漫、时空横亘的无奈之情，时间是相思最大的敌人，纳兰大概在这首词中是想表达自己爱着一个人，却无法接近。在接下来一句"梦里寒花隔玉箫"中，揭晓了纳兰感慨时光的缘由。

"玉箫"并非是指乐器，而是一个典故，是一个人名，宋词里有"算玉箫、犹逢韦郎"，玉箫和韦郎并称，讲的是一段郎情妾意的凄美爱情。玉箫是唐代韦皋的侍女，二人日久生情，订下终身。后来韦皋因事离开，和玉箫约定：少则五年，多则七年，一定会回来将玉箫接走，却没料到他一走之后便杳无音信。苦等了七年的玉箫想着情郎是不会回来了，便绝食而死，为这段无疾而终的情感殉葬。别人可怜这个女子，便将韦皋留下的玉指环戴在了玉箫的中指上，然后下葬，在玉箫死后不久，当了高官的韦皋回来了，看到玉箫的坟墓，他十分悲痛。其情感动了一位方士，施法术让玉箫的魂魄重新投胎，二十年后，一名女子来找韦皋，看她的中指，隐隐有一个环形的凸起，正是当年那个玉指环的形状。这名女子便做了韦皋的侍妾，弥补了上世的遗憾。

这个故事从此也令"玉箫"这个词成为了情人誓言的典故，在纳兰这首词里，"玉箫"一词为心头所思念的情人。

而"寒花"又为何物？顾名思义，就是寒冷季节里开放的花，寒冷季节开放的花有梅花、菊花，纳兰在这里到底是指什么呢？其实根据上面的分析已经可以知晓，纳兰是在思念一位女子，这女子必然是他所钟爱的人，此刻他们分隔两地，纳兰在梦中想要与她相见，但梦境毕竟不是现实，所以，就算再怎么思念，二人还是无法牵手相望。

所以，纳兰所谓的"寒花"大概也不过是借了一个"寒"字，来表达内心凄冷的感觉吧？下片不再写心情，转而写窗外的景色，既然无法入睡，那干脆看着外面的景色，来缓解内心的惆怅吧！

"几竿修竹三更雨，叶叶萧萧"，雨后的夜景，树木萧萧，好比自己的心情，无奈之中透着几分茫然。最后结尾"分付秋潮，莫误双鱼到谢桥"，呼应了开篇的那一句"拨灯书尽红笺也"，也算是一种心意的表达，希望凡事完满结束。

要交代一下的是，"分付秋潮"中的"秋潮"是有来历的，秋潮的意象表示：有信。潮水涨落是有一定时期和规律的。人们便将潮水涨落的时期定为约定之期限，在潮水涨落几番之后，要回来的人便要如约回归。

这是诗词中的一个主要意象，诸如唐诗名句"早知潮有信，嫁与弄潮儿"。"秋潮"在这里也是如此意境，上片一开始便是说词人正在写信，在词的结尾，词人写的这句"分付秋潮，莫误双鱼到谢桥"，便是说信要寄出去了。要将信托付给秋潮，告诉那个收信的人，自己的心意是怎样的。

整首词全是词人的比喻和典故，基本上没有真实场景的出现，但通读全词，每一句都是浑然天成，与下一句连接得十分巧妙。一首爱情小词能够写到如此的境界，纳兰的手笔，不愧为才子之法。

采桑子

而今才道当时错，心绪凄迷。红泪偷垂，满眼春风百事非。

情知此后来无计①，强说欢期②。一别如斯，落尽梨花月又西。

【注释】

①无计：无法。②欢期：佳期，欢聚的日子。

【赏析】

词人作词，多是有感而发，意由心生，纳兰的词总是那么精致，读后你说不清楚他想要表达的具体感情是什么，也说不清楚这首词究竟想要写什么，但每个词、每个字都能让你体会到灵魂深处的战栗，那是一种幸福的忧伤。

在纳兰的词里，这种幸福与忧伤相得益彰的表现形式十分多见，而这首《采桑子》中，更是运用得出神入化。几个词语的铺陈，看上去犹如一幅水墨丹青，清爽宜人，但细细品味，却是能够看出一些意象堆砌出来的情怀。

正如纳兰的另一名句"人生若只如初见"一样，直抒胸臆却不让人感到唐突，脱口而出也不让人觉得造作，不加雕饰，反而更显得纯真无邪，平淡之中，透着几分灵性。

"而今才道当时错，心绪凄迷。"开篇道来，犹如当头一棒，让人灵台一片清明，但细细想来，这句话平淡无奇，现在才知道自己错了，心里迷惘万分。这样的话语实在没有什么值得推敲的地方，如果这句话用在别处，可能就如同脚下的石头，被人们忽视了，但放在纳兰的词里，却是不一样的。

有些诗词是要历经岁月淘洗的，历久弥新，经过反复的吟诵，才能琢磨出其中的味道，要知道最好的菜肴，往往是那些最简单的菜式，平淡出真章，纳兰的平淡，往往是在第一眼就把人打动，从此让人欲罢不能。

纳兰的词如同纳兰的人生，"当时错"，现在才明白了，才后悔了，可是，当时错的究竟在哪里？错在什么地方呢？古诗有云："人生自是有情痴，此恨不关风雨月。"爱情最是难以讲对错的，爱了就是爱了，没有对错。

无论纳兰探究当初是不该爱，还是不该走得太近，总之那段得到又失去的爱情令纳兰内心忐忑不安。一个"错"字，令人百转千回，牵肠挂肚。正因为有了之前的"错"，才有了下面的"泪"——"红泪偷垂，满眼春风百事非。"

"红泪"这个典故，一般是指女子伤心，纳兰将典故用于此，不知道是否有更加具象的所指。有情人无奈离别，这里的有情人是指他入宫的表妹，还是指江南的沈宛，后人不得而知，也说不清楚。

不过这已经不重要了，下一句"满眼春风百事非"，在春意盎然的时候，有着悲伤的心绪，实在是更加令人感到凄凉。纳兰之所以受到人们的喜爱与推崇，就是因为他总是能明明白白地直指人心，轻易地说中每个在情场中辗转的男女心事。

这首词抒写词人凄迷的心绪：如今才知道当时自己是错了，不觉心绪凄迷。春光灿烂，人事全非，怎不叫人暗自垂泪！明知道以后的事情难以预料，却偏偏硬说可以再次欢聚。一别之后果然遥遥无期，如今梨花又落尽了，月亮也已偏西，相思的人唯有在这痛苦中饱受煎熬。

在上片的凄迷心情之后，下片则开始写出无可奈何的心境，在不知所以中还希望着能够相见。"情知此后来无计，强说欢期。"回想当时的分别，就已经知道了今生无缘，无法再相见，但偏偏还要告诉自己，来日方长，或许他日能够重逢。

这里的"欢期"是相见、欢聚的意思，而"强说"一词让这份期待中的欢期变得难以预见。明知道不能相见，却偏偏想要相见的矛盾心情，令这首词充满欲哭无泪、欲诉无言的悲凉。

纳兰自己或许也感觉到了自己的悲怆，他转笔结尾，写道："一别如斯，落尽梨花月又西。"人生或许就是这样，月圆月缺，这都是不可避免的，或许这就是应了那句"欲说还休，却道天凉好个秋"。

纳兰几笔淡淡的勾勒，整首词跃然纸上，令人读罢不忍放手，这些千古名句如同一轮圆月，在漆黑的夜空，闪着清冷的光芒。

采桑子 塞上咏雪花

非关癖爱轻模样①，冷处偏佳。别有根芽②，不是人间富贵花。

谢娘别后谁能惜③，飘泊天涯。寒月悲笳④，万里西风瀚海沙。

【注释】

①癖（pǐ）爱：癖好，特别喜爱。②根芽：比喻事物的根源、根由。③谢娘：晋王凝之妻谢道韫有文才，后人因此称才女为"谢娘"。她曾因咏雪的名句"未若柳絮因风起"而享有盛名。④悲笳（jiā）：悲凉的笳声。笳，古代军中号角，其声悲壮。

【赏析】

雪一直都是文人骚客笔下的常客，他们将雪看作灵性、高洁之物，竭尽所能去赞美、描绘。而纳兰却不是这样，他爱雪的圣洁高雅，但却只是捧于掌心，用满目的爱怜看着这朵朵的雪花飘然而落，有些情感，淡淡地记忆，远甚于轰轰烈烈地记录。

当然，纳兰也为雪写过词，纳兰性德从 1678 年到 1684 年每年有很多时间随康熙出巡或奉使在外，这首词便是他陪同康熙出巡塞外时所作，所写的内容便是咏雪。在康熙十七年十月，纳兰扈驾北巡塞上之时，惊讶于这里的雪居然如此凛冽。大雪飞扬犹如一场暴雨遮天蔽日，塞外的风雪有着不同于中原的气势，让纳兰为之倾倒，于是他写下了这首词。

这首《采桑子》有小题"塞上咏雪花"，这首词不同于纳兰那些江南词作，有着北方塞外的风情，读起来格外激昂人心：我并不是偏爱雪花轻舞飞扬的姿态，也不是因为它越寒冷越美丽，而是因它有人间富贵之花不可比拟的高洁之姿。谢娘故去之后还有谁真的了解它、怜惜它呢？它在天涯飘荡，看尽冷月，听遍胡笳，感受到的是西风遍吹黄沙的悲凉。

宦海生涯使他深谙皇室内幕，多次出巡又使他得到体察民情的机会。所以他虽然出身于富贵之家，生活在朱邸红楼中，作为贵胄公子、皇帝近臣的八旗子弟，身上却没有纨绔习气，视势利似尘埃，视功名如糟粕。他借咏雪道出自己"不是人间富贵花"的感慨，道出了卓尔不群的高洁情操，同时抒发了不慕人世间荣华富贵，厌弃仕宦生涯的心情。

"谢娘别后谁能惜，飘泊天涯。"下片的词句透着沉沉的分量，仿佛可以想象出一幅黄沙漫天、雪飘万里的画面，寒冷的塞外，一个衣着华贵的青年，神情忧郁地站于寒风之中，雪花飘满他的肩头，他却浑然不觉，只是一心在想，这情这景，除他之外，还有谁在远方一同关注。

纳兰的词如同冬日屋里的一盆火炭，散发着暖暖的气息，令寒冷刹那间化成水滴，滴落心间。那份不属于尘嚣的清净与洒脱，一向是纳兰的特色，而也正是这份脱离于尘世之外的心境，让纳兰并不迷恋权贵。他虽然生于富贵之家，他的父亲位高权重，他自己也是皇帝最宠爱的侍卫，但他却并不认为这是无上的荣耀，而为此所累。

一切荣耀在纳兰看来不过是过眼烟云，再多的富贵也比不上他那颗向往自由的心，只有他看得透彻，难道做一个保镖，真的就是前途无量吗？纳兰始终郁郁寡欢，皇帝的恩宠对自己到底有多重要？难道自己得到的恩宠就能填补内心的空虚吗？

答案都是否定的。纳兰的手能感到雪花飞入掌心的冰凉，那些大片大片的雪花瞬间融化成水珠，这雪就好像纳兰那颗高贵的心，如果硬要去承受世间一星半点的纠缠，那么宁愿化为水来结束自己。

官场的倾轧、尔虞我诈，是纳兰厌恶那里的原因，做一个可有可无的御前侍卫，纳兰的壮志蜷曲难伸。于是，在纳兰的内心渐渐有了弃绝富贵之心，这点从他诗词中就能看出，他不爱牡丹这样的富贵之花，却独独赞赏雪花这样凛冽的清冷矜贵之物。

看到雪花尚能如此干脆而洁烈，而自己却做不到，忍不住黯然神伤。纳兰问道："谢娘别后谁能惜？"似在问天，其实是在问自己，谢娘是指谢道韫，这里引的是谢道韫咏柳絮的故事。

当时谢安看到风雪交加，一时兴起，就问子侄辈，此物何物可比之，有人回答道："撒盐空中差可拟。"谢安认为差强人意，不满意，而谢道韫吟出"未若柳絮因风起"。谢安大加赞赏，而谢道韫本人也因为能吟出这样的诗句，被人看作旷世才女。

而在此刻，纳兰将自己与谢道韫相提并论，也是表明自己自有风骨，不同于俗世的凡夫俗子。纳兰渴望在这万里狂沙中洗净灵魂，走过后半生。当然这只是他的一厢情愿，世间有太多束缚他的东西，令他无法脱身。

故而最后"万里西风瀚海沙"的结句，显得更是悲凉壮阔。"瀚海"是指沙漠，纳兰取自唐朝高适《燕歌行》的诗句"校尉羽书飞瀚海，单于猎火照狼山"，纳兰将古人的意境化简，却更甚古人一筹，让人感叹他作词的高超技术，同时也看到他精神的至清至洁。

这样一个有着不羁灵魂的才子，想在天与地的尽头，瞬间融入，但他渴望被上天怜惜，上天却始终没有给他这个机会。纳兰一生的追求，也只有那时的片片雪花，不经意的瞥见，而后，随着雪花落地，一同埋在了这塞外的黄土之下。

采桑子

海天谁放冰轮满^①，惆怅离情。莫说离情，但值凉宵总泪零^②。

只应碧落重相见^③，那是今生。可奈今生^④，刚作愁时又忆卿。

【注释】

①冰轮：月亮，圆月。②凉宵：景色美好的夜晚。③碧落：道教语。指青天、天空。④可奈：怎奈，可恨。

【赏析】

惆怅离情，莫说离情，那是今生，又可奈今生，细细吟诵这样一首词，已分不清身处良宵抑制不住愁思万千的是我还是他。纳兰啊，寥寥看似无意的几笔，就能让人卷入他缠绵的愁绪和恰到好处、拿捏有度的情境里。夜空安宁静寂，圆月高悬，本应是如水的温柔景色，然后一派的美景安在，佳人却已远离人间，这尘世之景，又哪有心欣赏？月圆了，家却静了，鸟归了巢，她却再不回来与家人招手微笑。

满心满意都是爱人满眼的温柔，今生的体贴，难忘的惦念，共同生活扶持的日子，有她的笑影啊、身姿啊和那溢了书页的余声啊，叫他今生如何忘记呢？这匆匆逝离的生命，该有多少的遗憾和来不及，念不完的唠叨，做不完的家事，看不完的书卷，喝不完的香茶，和那难舍的情意啊！对着月圆静夜，伫立窗前，每每念及，禁不住那涌动的愁绪，怎剪得断，不忍遂离的缱绻。

可否不再看那夜空，可否不再见那皓月，合窗罢了，不能再这样地痴迷于思念里。倘若是一直这么对着万物忧思，叫人如何克制得住那清泪涟涟。打湿了衣襟，拂手拭面，下一秒还是泪痕尚未干又已泣不成声。你说这自然界的美好啊，该如何静眼去看；你说这万千的动人啊，该如何去品拾，良宵再美，没有你在，意义为何？

但是又如何相见呢？只有去到那天空里，才得以再度执手携行吗？然而天又这样深远，愣是如此注视着，努力寻找入口，也无法看到，佳人身影一现。才明了，今生，恐是无缘再相见了。忍不住掩面垂首，难耐凄凉。

这痛失你的悲楚，因你而起，又在无边愁绪里，对你不可遏制地思念起来。

纳兰啊，此情此景，你念的是这般呓语般沉痛的思念啊！

卢氏是再也无法回到他的生活里了，良宵美景也都是赘余的了，眼里的泪都是苦水，眼里的树都是枯树，对于他来说，那一起住的屋子是记忆，那泼茶的余香是缅怀，那共赏的花草是思念，周围的环境里，放置着太多太多曾经并肩行走、共同扶持的提示物了。离别无意，将那一切化为了勾起愁思的引子，思念无意，将生活的重心，迷失在了无边的惆怅里了。

挥笔头句就是无奈的质问：是谁在夜空里缀了那么个皎洁的圆月？匆匆一瞥就不禁令人惆怅起来。美景如水，荡漾的是如烟的轻柔，倒映的是清晰的内心的模样。这惆怅离情，倏然浮起了。正像是苏东坡痛心念道："料得年年肠断处，明月夜，短松冈"，这明月夜，大概总有些伤情之景，月亮于是成为文人墨客最见不得又最想见的忧愁了。清冷的月亮，短短的山冈，痛断柔肠，也逃不出那思念成疾的时光。而对纳兰来说，这"莫说"又着实是真心么？思念愁苦，离别沉痛，只是倘若不说，他难道就能逃离了触景伤情，丝毫不会念及？这"莫说"二字，像是自言自语，想忘却难忘，想那愁绪停止又无力控制，无奈无奈，说什么才好啊，也只能自己对自己暗许，不再说了，不再说了，唯独思想不停息，无休无止地沦陷在暗黑的沼泽。值良宵而泪零，又有什么办法呢。不思量，自难忘，只是恐怕你越是努力逃离那愁苦，越是将眼眸停在过往的缠绵之中了。伤时悼亡，人同事物之间，同悲同喜，情也是更加深重了。

既然无力逃脱记忆的深渊，他也只能寻求一些希冀，今生最想实现的事情，不过是再见一面，再走一遭，却已是天上人间，纳兰明白，只应碧落，才有重见的可能，可今生，又如何去到那里啊！她依然消失于人世，他只能遥望不舍。这希冀他大概是想了一千一万遍，却也没能想清吧！相思相忘却不相见，故人故情啊！纳兰啊，你怎么就这样执着于这无法实现的重聚呢？可奈可奈！因触景而伤了情，因伤了情，又再回忆了已亡人？这个无限循环的怪圈啊，就这样将一个人折磨得容颜憔悴。

这个多情的男子，该如何逃离那无边的凄苦，该如何逃离那悲楚的回忆。离别的时候，一个人烧纸成灰，离别以后，还要一个人吞咽苦水，对着美景，也是泪水不止。人生，说长不长，说短不短，只怜惜这些多情重情的人，对于逝去的人事，无能为力，又百般苦痛。

生死之事无人可以毫无畏惧，分离之苦也道不清那苦涩的吞咽。亲密的人离世，如同身体里骤然被抽空了一个巨大的位置，空缺的那个影子，无人能够填补，也不知该如何愈合，只能静待时间，将痛失之苦，冲淡一些。

倘若她于碧落能够听见他的浅诵，大概她也会清泪涟涟，祈求时光的力量，能够让他不再那么苦痛吧。

采桑子

冷香萦遍红桥梦^①，梦觉城笳。月上桃花，雨歇春寒燕子家。

莛篌别后谁能鼓^②，肠断天涯^③。暗损韶华^④，一缕茶烟透碧纱^⑤。

【注释】

①冷香：清香。红桥：桥名，在江苏扬州，明崇祯时建，为扬州游览胜地之一。此指红色栏杆的桥。②莛篌：古代拨弦乐器名，有竖式和卧式两种。③肠断：形容极度悲痛。④韶华：美好的光阴，比喻青年时期。⑤碧纱：绿纱灯罩。

【赏析】

那一夜，你宿在红桥。

梦中开满了清香四溢的花朵，这本是完美的约会。

却在梦外，听到孤寂的胡笳声，醒来时，身外一切成空。

月光洒向花枝，桃花如画，人更如画。

风雨过后，春寒料峭。

离别之后，万物皆空，天地悠悠，佳人离去，从此断肠人在天涯。

韶华不再，芳踪难觅，岁月如同一缕茶烟，就这样飘然远去。

这首词叙述的是所爱的女子离去后的苦闷心情。情景交融，时而虚，时而实，现实与梦境交会，描绘出一幅脱离于现实的画面。

上景下情，抒情之中带有景物的唯美描写，写景之中又直中见曲，写出情思的黯然神伤之意。全词的宗旨在伤离念远，如同上文所写到的那样，梦中与她相会在红桥之上，那时清香弥漫，忽而梦醒，听到的却是城头传来的胡笳呜咽的悲鸣。家中月光照在桃花枝上，洒下一片疏影，犹是风雨初歇，春寒料峭。自从离别之后，断肠人如今已在天涯了，谁会再来弹奏莛篌呢？美好的青春年华就这样暗暗地消耗，就像那一缕轻烟透过碧纱一般让人难以觉察。

"冷香萦遍红桥梦，梦觉城笳。"上片一开始就从描写春天的夜晚入手，"冷香""萦遍"，销魂动人，值得一提的是，这里所说的红桥并非指扬州的红桥，而是指红色栏杆的桥。纳兰虽然伴随康熙去过江南，但时间是在康熙二十三年（1684年）十月至十一月间，与这首词写的时令不相吻合，所以，可以推断出，这里所提到的红桥并非扬州的红桥，而是作为夜宿地点的红桥，纳兰在那里做了一个冷香四溢的美梦。

在这里之所以用"冷香"，与下面"雨歇春寒"有关。雨水一向是词人们热衷的事物，表达黯然的哀愁最为妥帖。纳兰也不例外，他钟情于一切能够让内心潮湿的事物，虽然梦中有着一个芬芳的天地，但梦外却是春寒料峭，景象的描绘由虚到实，虽然没有言愁而愁却能自见。虽然没有抒情，但其情又在景语中显露无遗。

月色最是伤人，月下桃花，雨后春寒，纳兰所选取的这些意境更是令人伤怀，他用"萦遍"二字，描写桃花的香气浓郁，在梦中也能闻到，而在下片，他则是用"箜篌别后谁能鼓，肠断天涯"一句，承接扭转，从景色过渡到怀念。

一别之后，箜篌空悬，看着无人弹奏的乐器，不免睹物思人，令人肠断。辛弃疾在《满江红》中也写道："人去后，吹箫声断，倚楼人独。"失去了知己，就算能够弹奏出再美妙的音乐，也是无人欣赏，更显得内心空荡了。

在等待中度日，最是劳神伤心，所以韶华不再，岁月已经如同一缕轻烟，飘散在时空的浩瀚中。

纳兰用白描的手法，写春夜的景色，简练不失贴切，又用直抒胸臆的手法，写出夜色正浓时，无法逃避的怀念，烘托出春夜寂寥、人心寂寥的词意。

王国维在《人间词话》中说："大家之作，其言情也，必沁人心脾。其写景也，必豁人耳目。其辞脱口而出，无矫揉妆束之态，以其所见者真，所知者深也。"此番话用于纳兰身上，真是再恰当不过了。

采桑子

明月多情应笑我，笑我如今。辜负春心①，独自闲行独自吟。

近来怕说当时事，结遍兰襟②。月浅灯深，梦里云归何处寻？

【注释】

①春心：春景所引发的意兴或情怀。②兰襟：芬芳的衣襟。比喻知己之友。《易·系辞上》："二人同心，其利断金；同心之言，其臭如兰。"襟，连襟，彼此心连心。

【赏析】

这首词的写作背景有两种，一是怀友之作，纳兰是极重友情的人，他的恩师徐乾学之弟徐元文在《挽诗》中对他赞美道："子之亲师，服善不倦。子之求友，照古有烂。寒暑则移，金石无变。非俗是循，繁义是恋。"

这番赞美绝非虚假奉承之意，纳兰之友确是"在贵不骄，处富能贫"。纳兰喜欢交朋友，他也善于交朋友，在纳兰短暂的一生中，他有许多志同道合的朋友，所以，词中所写的"结遍兰襟"，并不是夸张的修饰之语。

而纳兰本人也正因为爱交友、善交友，体现出了他性格中多情、重情义的一面。不过，重情又往往成了他的负担。正如词中所写，"近来怕说当时事"，在而今的事是人非面前，纳兰害怕回忆起往昔美好的一切。他自欺欺人地躲避着一切，但他终是无法逃脱的。

纳兰在词中感伤：明月如果有感情，一定会笑我，笑我到现在都春心未结，独自在这春色中徘徊沉吟。最近很怕说起当年的那些往事，当时高朋满座，彼此惺惺相惜。如今月夜幽独，我只有在梦里寻找往日的美好时光！

他希望不美好的尽快过去，往日的朋友依然能够惺惺相惜，如同他在词中所写的最后一句一样："梦里云归何处寻？"这一切都仿佛梦一样，难以寻觅，难道，真的只有在云归深处，才能找到当日的美好？

还有一说是，这首词是纳兰为沈宛而写，当日纳兰娶江南艺妓沈宛为妾侍，后来因为家庭的压力，二人被迫分离。这首词就是纳兰在离别之后，思念沈宛的佳作。

纳兰曾在一方闲章里刻有"自伤多情"四字，可见他自己也在为自己的多情而苦恼，在纳兰看来，就连天上的那一轮明月，也在嘲笑他的多情，嘲笑他在如此美好的春光下，却暗自苦恼，不解风情。

这首《采桑子》作得非常细腻，上片写出纳兰低沉黯然的心情，同时还烘托出纳兰怅然若失的心态。"辜负""闲行""独自"从这些词语中，能够体会到纳兰内心的寂寞和无聊，只有自己吟唱自己的孤独，因为无人能懂。

而到了下片的时候，他便解释为什么自己会有如此沉郁的心情，首先是害怕回首往昔，他害怕提起当日的事情。因为往事不堪回首，过去的一切都将不再重来，纳兰面对的回忆不过是空城一座，而他自己，只有在城外兴叹。

这也就是为何纳兰会在月光下愁苦，在灯光下，午夜梦回，依然能够温习往日的岁月。不论这首词是纳兰作给朋友的，还是沈宛的，都是他发自内心的感慨，细腻单纯，干净得几乎透明。

采桑子

那能寂寞芳菲节①，欲话生平。夜已三更。一阕悲歌泪暗零②。

须知秋叶春花促，点鬓星星③。遇酒须倾，莫问千秋万岁名。

【注释】

①芳菲节：花草香美的时节。②一阕：一度乐终，亦谓一曲。宋欧阳修《晚泊岳阳》诗："一阕声长听不尽，轻舟短楫去如飞。"悲歌：悲伤的歌曲。③星星：形容白发星星点点地长出。

【赏析】

　　这是一首写于春天的词。

　　春季本应是万物复苏的时节，词里却叹出"寂寞芳菲节"，花草香美，却备感无聊，因而与友人话起了生平。夜至三更，谈到有感而发，禁不住弹唱一阕。悲歌低吟浅唱，竟引得清泪暗零。

　　暮春之时，悲歌一曲，化作对时光流逝阵阵感叹。这个多情细腻的男子，一曲悲歌，就能够得泪轻弹，有人说，这是否太过女子？一个真性情的文人，并不晦饰压制内心情感，毕竟他那么浓的伤悲、用情至深的感情，叫他从来隐忍于心恐怕会郁结成疾。真是直率之人，因而泪轻弹、用情真。

　　泪为什么而流呢？春花秋叶，季节更替，年复一年地催促时光流转，人亦由少到老。恍惚间，见那鬓角，已增了白发。这"星星"二字，代指白发星星点点。谢灵运之诗"未厌青春好，已睹朱明移。戚戚感物叹，星星白发垂"也是同样的感慨。心有戚戚感叹事物变迁，星星白发已然暗生，年华蹉跎。物换星移，不胜今昔。人生如此无常，时光的流逝，比流水无情，比落花有声，转瞬即逝。

　　最后感慨，有酒须饮才是，何必要问那"千秋万岁"之名。功名再显赫，仍旧是春梦一场，如今夜已三更，春梦也该散尽。难怪，这一阕悲歌，引得如此愁情满腹，不胜凄凉。

　　"遇酒须倾，莫问千秋万岁名"一句低吟，与李白《行路难》中的名句"且乐生前一杯酒，何须身后千载名"异曲同工，但纳兰的态度是否为及时行乐就有不同见解了。有人评论说这是及时行乐的夙愿，历经官场劳累，倏然发觉劳碌一生，年复一年跟着时光颠沛流离，至今除去白发暗生以外，一无所有。可叹可悲，追逐一生，到底得到了什么？既然功名利禄如此虚妄，时光流逝丝毫不会顾及它们的情面，又何必非要为此虚妄之物而奋斗终生、忙碌不堪？人生得意须尽欢，纳兰出身富贵，可安享荣华，便"莫使金樽空对月"罢了。

　　另有一家意解为这"遇酒须倾，莫问千秋万岁名"，念的是百般萧条的凄楚，是纳兰对这半辈子生活的反思。奋斗半生，两手空空，生活的还是禁锢的人生，身在皇城，身不由己，任由命运摆布，随风飘摇。直至鬓角已有白发，还未意识到时光流逝和生活浮躁。仿佛那时间突然加快步伐，让人恐慌不已，怅然若失了。

　　两家之言，孰是孰非，并不要紧，重要的是纳兰"欲话"之"生平"，让人更觉他的难能可贵。男儿之身历来总要被功名束缚，碌碌一生，难得这本可安享荣华的贵公子，竟能看穿浮名，不重富贵，确是出水之莲，纵看当时，确实少有。

　　岁月匆匆，一阕悲歌恰巧击中这才子心内的柔软地，禁不住让人泪流，喟叹人世苦短，世事虚妄。

采桑子 咏春雨

嫩烟分染鹅儿柳^①，一样风丝。似整如欹，才着春寒瘦不支^②。

凉侵晓梦轻蝉腻^③，约略红肥^④。不惜葳蕤^⑤，碾取名香作地衣^⑥。

【注释】

①鹅儿柳：泛起鹅黄色的柳枝。②不支：不能支撑，谓力量不够。 ③轻蝉：指蝉鬓。此处指闺中人。④约略：略微、轻微。⑤葳蕤：形容枝叶繁盛的样子。⑥地衣：地毯。

【赏析】

忧伤，是纳兰词的主要基调。这首词写春雨，借雨中物象去吟咏，但整首词中却无法剥离那忧伤的基调：春雨落在泛起鹅黄色的柳枝上，弱柳似烟若雾，仿佛是空中飘洒着游丝一般。春雨蒙蒙中，它的枝条又好像是歪斜的雨丝，时正时偏。春雨凉意袭人，堪破晓梦，令人懊恼，雨后的鲜花应该更加娇俏明艳了吧！又或者雨落花残，残花满地，好似用花瓣铺成了地毯。

纳兰曾说过："电急流光，天生薄命，有泪如潮。勉为欢谑，到底总聊！"忧伤是纳兰生命里无法剔除的一部分，他虽然生活无忧、仕途坦荡，但他却为此而感到焦躁，在这样一个金项圈套住的生活里，他感到压抑，甚至愤怒，他无法忍受贵族生活的腐朽和糜烂，他的精神一直处于挣扎状态，但他无计可施，便只能在辞章上化解。

他有着旷世的才华，他将才华全部用来吟诗写词，他的词里有着悲苦之音，无关生活，直入灵魂，在他痛苦的倾诉、沧凄的呻吟中，我们仿佛可以看到从他词里慢慢渗透出的，那浓郁、无法抹去的忧伤。

这首《采桑子》，看上去只是一首泛泛的伤春自怜的小令，其实细究之下，内涵其他。"嫩烟分染鹅儿柳"，柳树、柳枝，是春日里很好的意象，纳兰虽然用到柳条，却只是说在那春雨下，似有似无的，刚泛起鹅黄色的柳枝，就好像空中的游丝一般，让人一时之间看不清楚。

顿时，春天雨景跃然眼中，在春天的雨日里，天空中细密的雨丝织成一道自然的垂帘，而雨中的柳条随风摇摆，时而翻跹，灰蒙蒙的空气中，已经看不清哪些是雨丝、哪些是柳条，二者浑然一体，融合在一起，好一幅春雨图。

这里的"似整如欹"用得恰当极了，"欹"是歪斜的意思，柳枝在风雨中时而偏斜，时而工整。纳兰的词句在这里仿佛是一幅工笔画，令春雨图赫然出现在人们的眼前，清晰得如同亲眼所见一般。

就是在这样的一幅画里，他越发记得他曾经那个似有似无的梦，只是可惜，春雨凉意袭人，堪破晓梦，令人懊恼。"才着春寒瘦不支"，这句将上片结束，道出了春雨带给自己的惆怅心情，同时也是承启下片，讲出梦如薄烟，被凉意浸透的凄苦之感。

"凉侵晓梦轻蝉腻"，这里的"轻蝉"并非是说蝉虫，而是指待字闺中的人，在春日逐渐明媚的时候，花朵变得更加娇俏，但一场大雨过后，那些花朵大部分被打落在地，洒落一地的残花就好像给大地铺上的一条地毯。

这份伤感之景，令待字闺中的人看到，更容易感伤红颜易老、岁月无情。纳兰借着闺中之人感伤春雨，写出自己昔怀往日，感慨今朝。他在辞章中营造出了一个凄美的意境，堪比南唐后主李煜的功力，在纳兰的笔下，世界都是美得让人窒息的，他可以控制这个世界，让整个空间里充盈着他想要的气息。

时间太漫长，他无法忘记过去，也无法看到未来，在一个富家公子的眼中，春日里除了明媚的阳光和鲜艳的花朵之外，还有那雨后残花，无法抵御的时光之洪流。

采桑子　九日①

深秋绝塞谁相忆②，木叶萧萧。乡路迢迢③。六曲屏山和梦遥④。

佳时倍惜风光别，不为登高。只觉魂销。南雁归时更寂寥。

【注释】

①九日：即农历九月九日重阳节。逢此日，古人要登高饮菊花酒，插茱萸，与亲人团聚。纳兰此时正使至塞外。②绝塞：极远的边塞。③乡路：指还乡之路。④六曲屏山：曲折的屏风。

【赏析】

所谓九日，即农历九月九日重阳佳节。这佳节之词，多是写离情的愁苦抑郁之词。

说到重阳佳节，脑中离不开王维的《九月九日忆山东兄弟》：

独在异乡为异客，每逢佳节倍思亲。

遥知兄弟登高处，遍插茱萸少一人。

作这首诗时，王维正于长安谋取功名。帝都是繁华之地，时值佳节，一片欢愉之景，他却独自一个人流落在外地，人群越是熙攘，游子在外愈是觉得凄苦，因而更想念亲人。王维家乡在华山之东，所以题称"九月九日忆山东兄弟"。寥落孤独之中，想象此时家乡亲人旧友，定是登上了旧时时常同去之山，身插茱萸，轻叹"唯独却是少我一人"。

王维此诗影响甚广，自它感动世人起，登高、饮菊花酒、插茱萸、与亲人团聚已然不仅成为习俗，而演变成一种思乡的情结。其后，文人常有重阳思亲友的感叹。

　　写这词时，纳兰也正是出塞离家，自然是佳节倍思亲。形单影只，内心孤苦寂寞，故为寄乡情而写下这首词。

　　上片由景入。深秋，边塞偏远之地，落叶萧萧，一片萧索寒杀之气，清冷寥然。还乡之路迢迢，似是只能在梦里才能见到。这里的"六曲屏山"释义为曲折之屏风六曲，由李贺《屏风曲》"团回六曲抱膏兰"而来。因屏风曲折若重山叠嶂，称为"屏山"，这里指代为家园。

　　下片道"风光别"，谓逢此佳节，故园风光正好，却觉得与平时有别，不难理解纳兰此时的心情，杜甫有言："露从今夜白，月是故乡明"，异乡之景，再美不如家乡的田舍。亲友团聚之佳节，独自在外，今日心情，自是与平日有异。也难怪再好的风光，也不能入眼；再美的景致，也不似故土。应了那王维的"每逢佳节倍思亲"。

　　只能叹道："不为登高。只觉魂销。"此言着实令人动容。寥寥数语，写尽内心彷徨凄苦。期盼团圆之日，它却迟迟不来，这本该其乐融融的日子，落为一人看风雨凄迷。魂销，魂销。

　　结句承之以景，借雁南归来反衬出此刻的寂寥伤情的苦况。苍穹茫茫，归雁看着尤其动人，这平凡的景致也有别于平日。一片自然风景就是一种心境，纳兰之思，便是这大雁所指代。古人常以雁表达思乡怀人之情，有李清照《一剪梅》的"云中谁寄锦书来？雁字回时，月满西楼"，又有王湾"乡书何处达，归雁洛阳边"，都是对故土的牵念。纳兰结句，思乡之切、离乡之愁，也就表达得十分鲜明。

　　这天涯羁客，飘零于此，只叹，何时才可再见到故土的熟悉欢愉啊！

采桑子

谁翻乐府凄凉曲^①？风也萧萧，雨也萧萧，瘦尽灯花又一宵。

不知何事萦怀抱，醒也无聊，醉也无聊，梦也何曾到谢桥^②。

【注释】

　　①翻：演唱或演奏之意。乐府：诗体名，初指乐府官署所采制的诗歌，后将魏晋至唐可以入乐的诗歌，以及仿乐府古题的作品统称乐府，宋以后的词、散曲、剧曲，因配乐，有时也称乐府。②谢桥：谢娘桥，古时称所爱的女子为"谢娘"，称其所居处为"谢桥"。

【赏析】

　　这是一首爱情词，抒写对情人的深深怀念：是谁在翻唱着那凄凉幽怨的乐曲，伴着这潇潇雨夜，听着这风声、雨声，望着灯花一点一点地烧尽，让人寂寞难耐、彻夜不眠。在这不眠之夜，不知道是什么事情萦绕在心头，让人或睡或醒都如此无聊，梦中追求的欢乐也完全幻灭了。

纳兰的词有个特点，虽然读起来平淡无奇，但回味心头时，却是百味杂陈。正如梁启超所说的那样，纳兰的词是"眼界大而感慨深"。的确如此，纳兰深谙词之大义，他熟练地用一个个汉字串成最美丽的篇章。

"谁翻乐府凄凉曲？"算是纳兰词中的名句，看似平白易懂，却于深处暗含波涛汹涌的愁绪。谁在唱着那些凄美的歌曲，歌声萧索，居然令"风也萧萧，雨也萧萧"了，而且还凄凉到彻夜无眠，"瘦尽灯花又一宵"了。古人的烛火一般是用羊油做成的，烛芯烧着的时候，有时候会发出小小的爆裂的声音，像烟火一样。

所以，在这里纳兰会用"灯花"来描写，美丽的词汇既能增加词的美感，又能写出意境。这相思也有分类，纳兰的相思就如同燃烧的灯芯，模模糊糊，道不清真切，却是持续不断，烧不尽相思。

上片写完相思的凄凉，下片便转而写无聊的现状。"不知何事萦怀抱"，思念到深处，依然觉察不出什么事情才是牵绊自己思绪的"罪魁祸首"。凄凉的心境令自己整夜无眠，而无眠之夜里，无谓的相思，更是令自己"醒也无聊，醉也无聊"。

词写到这里，意境接近尾声，只是令读词的人还是不甚明了，令纳兰凄苦而又无聊的女子究竟为何人？可能是为了解决读者心中的疑惑，也或许是为了回答自己这一整夜无聊的思索，纳兰最后一句便交代为"梦也何曾到谢桥"。

收笔之句似乎在字里行间悄悄透露了这位不知名的女子的倩影。末尾处的"谢桥"是说谢娘桥，古人用"谢娘"来指代心仪的女子，而"谢桥"便是由谢娘衍生出来的美丽词汇，指代佳人所住的地方。

夜阑更深，夜晚的静谧代替了白日的喧嚣，相思便也蠢蠢欲动，从心底涌上脑海，虽然整首词看不出任何山盟海誓、海枯石烂的离别，反倒是处处透着几分"聚散无妨，由他去吧"的淡然。纳兰的心在词句中若隐若现，似乎在对这份感情喃喃自语：随风去吧，相思本无期，但凡有一日我不再想起你，那么我们就无须再痛苦了。

戛然而止的诗词并没有隔断纳兰多情多思的思恋，曾几何时，晏几道"梦魂惯得无拘检，又踏杨花过谢桥"，道出了相思的轻薄与随意。而相同的词境，在纳兰的词里，却是透着几分清爽的纯情与率真。这是一种无法言说的情愫，思念中带着自嘲，冷淡中带着自责，想说爱一个人真的不容易，而停止思念一个已经远去的爱人更是不容易。

一场古时候的思念，一个谢娘的故事，或许思念真的是从一座谢桥走向另一座谢桥，在不经意间品味思念似醉非醉的感觉。纳兰的词，无人能够真正地诠释，但这也正是纳兰词的魅力所在，因为不懂，所以悲悯。

因为每个人的梦中深处，都有一份得到却又失去的美丽。

采桑子

桃花羞作无情死，感激东风。吹落娇红^①，飞入窗间伴懊侬^②。

谁怜辛苦东阳瘦^③，也为春慵^④。不及芙蓉，一片幽情冷处浓。

【注释】

①娇红：嫩红，鲜艳的红色。这里指花。②懊（ào）侬（nóng）：烦闷。这里指烦闷的人。③东阳：指南朝梁沈约。因其曾为东阳太守，故称。④春慵：春天的懒散情绪。

【赏析】

纳兰的心，时刻都像晶莹剔透的水晶，迎着阳光，透着忧郁的光芒。在这首小令中，纳兰淡淡地写出了伤春自怜的哀伤。这表面上看是一首伤春伤离之作：桃花并非无情地死去，在这春阑花残之际，艳丽的桃花被东风吹落，飞入窗棂，陪伴着伤情的人共度残留的春光。有谁来怜惜"我"这像沈约般飘零殆尽、日渐消瘦的身影，为春残而懊恼，感到慵懒无聊。虽比不上芙蓉花，但它的一片幽香在清冷处却显得更加浓重。

但事实上却是借着伤春抒写伤怀之情，黄天骥曾在《纳兰性德和他的词》中这样评价："这词表现一种莫名其妙的心情，诗人在风雨中听到凄凉的曲调，不知怎的，变得坐立不安，寂寞、凄凉、失望、空虚的情绪，笼罩着他的心头。他患的是时代的忧郁症。"

上天有时真的很无情，纳兰在写这首词的时候年纪尚轻，早先他拜在名师门下，熟读"四书""五经"，中了举人后纳兰在积极地备考，科举考试最后一关的殿试时，却突然得了风寒，失去了参加由皇帝亲自主持考试的机会。在床榻上无聊躺着的纳兰有感而发，写下了这首《采桑子》，他想如果桃花是有情的，在春天过去的时候，就这样被东风无情地吹落，实在是悲凉。正如同自己，要想等到下一次的殿试，便是三年之后了，此时在别的学子与皇帝侃侃而谈的时候，本是踌躇满志的他，只能守着病榻，看着飘零的桃花，与这残春一起度过。

所以，纳兰在词的上片写到的"懊侬"，正是为了这件事情。花开花落有时，但零落总是让人不甘心的，桃花本是要零落成泥的，却正巧一阵东风，吹入了纳

纳兰词大讲堂

二三

兰的小窗，为这个陷入烦闷的才子，聊以慰藉。

看到桃花无可奈何的命运，纳兰也感伤起了自己，从下片开始，"谁怜辛苦东阳瘦"，便是纳兰的自况。

所谓"东阳瘦"说的是南朝沈约的典故，纳兰性德以沈约自况，形容自己像沈约一样病容憔悴、抑郁多疾。

沈约，字休文，吴兴武康人，南朝齐、梁时期著名的诗人，他对近体诗谐韵的发展做出了巨大贡献，他和当时著名诗人谢朓开创了在诗歌发展历史上值得一书的著名诗体——"永明体"，是近体诗派的先声。503 年，萧衍逼迫齐和帝禅位，改国号为梁，这就是历史上著名的僧侣皇帝梁武帝，沈约在灭齐的过程中立功，被任命为尚书仆射，受到武帝的宠信。513 年，这位诗坛的一代宗师忧惧辞世。死后，被梁武帝谥为"隐"，世称沈隐侯。沈约在一次书信中谈到自己日渐清减，腰围瘦损，此事便成为了一个典故，习见的用法是"沈腰"或"沈郎腰"。

唐朝初期，著名的史学家姚思廉和他的父亲姚察在所著史籍《梁书·沈约传》中，高度赞誉了他的人品和文品，评价他"高才博洽、一代英伟"。姚思廉在《梁书·沈约传》中记载："沈约，永明末出守东阳……百日数旬革带常应移孔，以手握臂率计月小半分。"沈约操劳过度，日渐消瘦后，被世人以"东阳销瘦""东阳瘦体"称之。

沈约和纳兰是一样的美男子，有才有德，纳兰以沈约自比，即是说自己风流才俊，更是感伤自己身体单薄。这个典故用得十分贴切自然，交代了心境，也写出了实情。而后所接之句"也为春慵"，更是说出自己的身心之所以如此慵懒，并非是为其他闲杂之事所累，只是春天就要结束了。

为了一个季节的逝去，为了一片桃花的凋零，甚至为了一阵风、一场雨就感伤，这是纳兰词中一贯表达的情绪。这个俊雅的男子用他一颗敏锐多情的心，无时无刻不在感受着这个世界美好的事物。

"不及芙蓉，一片幽情冷处浓。"虽然纳兰认为桃花妖艳，却还是比不上芙蓉的清幽芬芳。芙蓉究竟是指的何花？有着不同的版本，但一般而言，都被看作是指荷花，荷花在诗词中被用到的次数最多，名字也不同，比如菡萏，李璟的名句有"菡萏香销翠叶残"；而在苏曼殊的诗中则是写道"笑指芙蕖寂寞红"，荷花也称为芙蕖。

不过，纳兰这里所指的芙蓉并不是荷花，传说唐朝李固在考试落第之后游览蜀地，遇见一个老妇人，这个老妇人对他说，他明年会在芙蓉镜下科举及第，再过二十年还有拜相之命。于是心灰意冷的李固再次去参加考试，果然中第，而且榜上正好有"人镜芙蓉"一语，正应了那老妇的预言。

纳兰也是因病失去殿试的机会，和落第等同，所以，在这个背景下，他所说的芙蓉应当是指"芙蓉镜"的典故了。于是，自然而然地，接下去的一句"一片幽情冷处浓"，正是写了自己懊恼的"幽情"。

最重要的机会就这样被命运捉弄，白白错过，纳兰的内心苦闷可想而知，但上苍似乎也是眷顾这个才华横溢的年轻人。在他病好之后，翌年便让他拥有了自

纳兰词大讲堂

己人生中的第二个红颜知己——卢氏。

大概这就是命运的奇妙之处吧。

采桑子

彤云久绝飞琼字①，人在谁边？人在谁边？今夜玉清眠不眠②？

香销被冷残灯灭，静数秋天，静数秋天，又误心期到下弦③。

【注释】

①飞琼：指许飞琼，传说中的仙女，西王母身边的侍女，后泛指仙女。②玉清：原指仙人。陈士元《名疑》卷四引唐李冗《独异志》谓："梁玉清，织女星侍儿也。秦始皇时，太白星窃玉清逃入衡城小仙洞，十六日不出，天帝怒谪玉清于北斗下。"这里指所思念的人。③心期：心愿、心意。

【赏析】

这首《采桑子》，看似写景，实则写心。讲的是纳兰思念表妹，夜深难寐的凄苦心境。史书上对这位表妹并未做过多的记载，只有在一些清朝人笔记、小说中略有提及。纳兰与表妹青梅竹马，两小无猜，想来二人之间的那份情谊堪比青天绿湖，清澈可鉴。

但世间之事往往如此，难以圆满，就在纳兰准备迎娶表妹之时，表妹却依照满族人的规矩，被选入宫中做了秀女。人皆道侯门一入深似海，岂不知宫门更似有进无回，从此后，表妹便与纳兰一墙之隔，就此天长地久地别离开来。

即便纳兰再爱表妹，这个悲剧已经是注定无法挽回，自古天子大于天，纳兰的爱再多，也无法与天子相抗衡。其实仔细想来，这个悲剧似乎是一开始就要注定的，纳兰出身豪门，表妹应当也是名门闺秀，属于优雅贤德的女子。这样的女子，如何能够逃脱帝王的涉猎，优厚的家世，再得到帝王的恩宠，这样相得益彰的好机会，表妹的家族自然不会放过。

只是苦了纳兰，一番痴心从此后皆付诸流水，本来只是想与爱人恩爱长久，哪料却成了宫墙永隔，正如他词中开篇所写的那样"彤云久绝飞琼字"，一句话便点出了仙家的况味，古时候有个传说，神仙居住的地方有云彩环绕，于是彤云便成了仙家天府的代称。而纳兰也正是以此来隐喻表妹身居后宫，犹如身处仙境，令他无从相见。

而飞琼则是指仙女，飞琼本是指一名叫作许飞琼的仙女，住在瑶台，是西王母的侍女。她在某个人神相通的梦境中不小心泄露了自己的姓名，那个凡人梦醒之后便在墙壁上题诗一首：

晓入瑶台露气清，座中唯有许飞琼。

尘心未尽俗缘在，十里下山空月明。

写完后，许飞琼再次托梦于他，让他将自己的名字改掉，于是，第二天，这个人又起来，将第二句诗改为了"天风飞下步虚声"。许飞琼的典故就此流传下来，指代可望而不可即的人，纳兰在此，用典指代自己所爱的女子。

而"字"指书信，这句是说他已经很久没有收到表妹的来信了。接下来便很自然地过渡到了下文的猜测："人在谁边？人在谁边？"叠句充分地展露了纳兰内心的不安与焦躁，还淋漓尽致地表现出了他不可包藏的忧伤。

至于这个表妹后来如何，历史上再也找不到确切的记载，有人说她成了贵妃，也有人说她做了公主的老师，后来孤独一生，病死在宫中。无论如何，这都是一个凄婉的悲剧，也难怪纳兰在上片最后一句哀婉地抒情道："今夜玉清眠不眠？"

"玉清"也是仙家语，指仙人居住的仙境。玉清由大罗而来，大罗天生出玄、元、始三气，分别化为三清天。《宝太乙经》载，"四人天外曰三清境，玉清、太清、上清，亦名三天"。这里的玉清则是指代皇宫，在无言的深夜，夜不能寐的纳兰披衣于浓重的夜色中，捂心自问：很久都没有收到你从宫中的来信了，没有我在你身边，你在宫中，过得还好吗？是否如同我思念你一样，也在思念我呢？

悠悠岁月，情思难断，纳兰这首词充分将这种剪不断理还乱的情感抒发出来，在上片的描写中，可以看出一片虚无的空虚之感，让人在读这首词时，无时无刻不为纳兰为情所困的愁绪所感染。

而到了下片，纳兰也从天上落到了人间，"香销被冷残灯灭"引起开篇，"香销""被冷"，还有那即将熄灭的灯火，这一切都是真真实实的身边事。而这一切也在提醒着纳兰，梦已经过去，现实依然凄冷，所爱的人早就远离这里，你在这里思念她的一颦一笑，而她说不定正在宫中，躺在另一个男人的怀抱里，强颜欢笑。

"静数秋天，静数秋天"，在这清冷的秋日，纳兰能看到的只有自己无尽而又无望的思念，回转头去，屋里那番清冷的景象，更是提醒他，誓言已去，美好的往昔早已随着夏日而去，在这个秋日，留下的除了揪心的疼痛，再无其他。

所以，纳兰只能最后感慨："又误心期到下弦。"再也不能同心爱的表妹在一起，再也不能见到表妹温婉的笑容，即便拥着回忆入睡，醒来时，身边还是秋水般清冷的空气，令人禁不住泪流满面。

"心期"是指心愿、愿望，而"下弦"是指下弦月的时光，纳兰认为相聚的期限总会到来，但日子一天天过去，始终遥遥无期。看来人生相逢这件事情，就如同月圆月缺一样，此事古难全。

人生总是有着无数的期盼，渴望与爱人团圆，但有些事情，一旦错过，就不可能再拥有。那曾经的盟誓，此生注定是无法实现了，所爱的人就好像天上的仙女，一去仙宫，便再也不返。想着那曾经翩跹的身影，从此形单影只地过着春夏秋冬，看不到曾经熟悉的脸庞，只能凭着回忆，用心思念，梦想着相聚团圆的，但其实自己也清楚，什么也没有，什么都抓不住。

纳兰这首词，写尽了思念之苦、相爱之苦、相守之苦、离别之苦。

采桑子

土花曾染湘娥黛①，铅泪难消②。清韵谁敲③，不是犀椎是凤翘④。

只应长伴端溪紫⑤，割取秋潮⑥。鹦鹉偷教，方响前头见玉箫⑦。

【注释】

①土花：苔藓。②铅泪：晶莹凝聚的眼泪。语本唐李贺《金铜仙人辞汉歌》："空将汉月出宫门，忆君清泪如铅水。"③清韵：清雅和谐的声音或韵味，指竹林风动之声。④犀椎：即犀槌，古代打击乐器方响中的犀角制小槌。凤翘：古代妇女的凤形首饰。⑤端溪：溪名，在广东高要东南，产砚石，制成者称端溪砚或端砚，为砚中上品，即以"端溪"称砚台。端溪紫，指紫色的端溪砚。⑥秋潮：秋季的潮水、情怀等。⑦方响：古磬类打击乐器，由十六枚大小相同、厚薄不一的长方铁片组成，分两排悬于架上。用小铁槌击奏，声音清浊不等，创始于南朝梁，为隋唐宴乐中常用乐器。

【赏析】

这首词写的是一段深隐的恋情，用苔藓遍布的竹子和晶莹难以消除的泪水来打开全词，意欲告诉读者，这段恋情的苦楚，真的是泪痕斑斑。

斑痕累累的湘妃竹，青青如黛，竹身长满了苔藓，晶莹的泪水难以消除。正如同词中所写的那样："土花曾染湘娥黛，铅泪难消。"这词中所写的，也实在就是他的心性，纳兰一生的心境悲苦凄凉，无人能懂。

纳兰虽然是人人羡慕的相爷公子，是皇帝身边的大红人，是满腹文采的大才子，但他的内心深处，所结满的疤痕，有几个人能看到呢？只有纳兰自己能够感受到，他虽然出身富贵家，地位显赫，仕途顺利，相貌俊秀，就连妻子也是门当户对。这一切是任何男人都可望而不可即的，却被他一人所占有，他却依然不满。

"清韵谁敲，不是犀椎是凤翘。"所谓"犀椎"是指犀槌，古代打击乐器方响中的用犀角制成的小锤子。而"凤翘"则是古代妇女凤形的首饰。这句话的意思是清韵声声，那不是谁在用犀槌敲击乐器，而是她头上的凤翘触碰到了青竹，从而发出清雅和谐的响声。

是何人的发簪碰到了青竹，这个人是纳兰的情人还是红颜知己，在词中并未提及，但可以得知的是，这个女子最终是未能和纳兰厮守在一起的。

这样，也就可以理解纳兰开篇的悲情词句了，或者可以说是事出有因，却也应了那句情何以堪。而在下片里，纳兰将写景转为抒情，尽情抒发了一番相思之苦。"只应长伴端溪紫，割取秋潮。鹦鹉偷教，方响前头见玉箫。"意思是：秋色多么撩人、秋意无限，应该将这些用端砚写成诗篇。将相思之语偷偷教给鹦鹉，当与她相逢又难以相亲时，鹦鹉或可传递心声了。

总体来说，这首词的写作风格清新淡雅，虽然不能算是纳兰作品中的上乘之作，但将相思之苦刻画得淋漓尽致，也算是一首别致的小词。

采桑子

谢家庭院残更立①，燕宿雕梁②。月度银墙③，不辨花丛那辨香。

此情已自成追忆，零落鸳鸯。雨歇微凉，十一年前梦一场。

【注释】

①谢家庭院：指南朝宋谢灵运家，谢灵运于会稽始宁县有依山傍水的庄园，后来用以代指贵族家园，亦指闺房。晋谢奕之女谢道蕴及唐李德裕之妾谢秋娘等都负有盛名，故后人多以"谢家"代指闺中女子。残更：旧时将一夜分为五更，第五更时称残更。②雕梁：刻绘文采的屋梁。③银墙：月光下泛着银白颜色的墙壁。

【赏析】

在纳兰的词中，这首《采桑子》的所写背景最为难以考究，有人说这首词是纳兰在凭吊一位知己，也有人说这是纳兰追忆往昔所写，议论种种，难下定论，但不管如何，这难解的词虽然扑朔迷离，却还是让后人沉浸在词的美好情境中。

开篇所写到的谢家庭院，也是在隐喻这是在写当下的实景，"谢家庭院"指南朝宋谢灵运家。谢灵运在会稽始宁县有依山傍水的庄园，后来常用"谢家庭院"指代贵族家园，也指闺房。所以可以看出，这是纳兰在怀念一段情缘。

下片开始的那句"此情已自成追忆"，更是证明上片是属于追忆往昔的情感了，而最后一句更是点明了这段情感的时间，是发生在十一年前，如梦一场的时光令这段情感逐渐模糊，但并没有被遗忘。纳兰的这首《采桑子》虽然没有指明他所怀念的女子为何人，但从词面的字句来看，不是他的妻子就是他的表妹。

不管是谁，"谢家庭院残更立，燕宿雕梁"，开篇这句的意象，是纳兰常用的，尤其是"谢家"，所以，后人推断纳兰爱恋的这名女子一定是姓谢。不过真相是否果真如此，也只能留待猜测了。

从词句的字面来看，这首词写得十分华美动人，有种浓郁之美，在华丽的雕梁上，燕子熟睡着。夜深人静之时，无论是人还是动物，都已经进入了梦乡，只有月光悄悄安抚着大地。而此时，却还有一个人无法入眠，任凭月光洒落一身，他只是独立中庭，孑然影孤。

短短数十字，就将思念者孤独寂寥的心态描写出来，而且还让人仿佛分辨不出，这个月光下的人，到底是被相思所苦的纳兰，还是偶尔神伤的自己。王维的诗"诗中有画，画中有诗"，而纳兰的词中更是将诗画艺术发挥到了一个巅峰，对一个具体情境的描摹已经到了入木三分的境地。

而后一句"月度银墙，不辨花丛那辨香"，则是纳兰从元稹的《杂忆》中所改出的一句，虽然只是简单改过一个字，但整首词还是相得益彰的。元稹的诗是这样的：

寒轻夜浅绕回廊，不辨花丛暗辨香。

忆得双文胧月下，小楼前后捉迷藏。

元稹是悼亡诗的高手，他的悼亡诗成就不在纳兰之下，而元稹本人也是多情之人，他在婚前和一个女子有过一段热恋，虽然没有结果，但元稹对那名女子很是看重。这首词便是为那名女子所作。

上片先是写景色，后又引用前人怀念的旧文，无非都是要烘托自己内心的怀念。而到了下片，第一句便是"此情已自成追忆"，纳兰自己也明白，这份感情只可追忆，无法挽回，所以这句词既道出了纳兰的悲伤，也道出了世事的无常。这句话化自李商隐的名句"此情可待成追忆"，而后接着一句"零落鸳鸯"，则是引出了最后的结局"雨歇微凉，十一年前梦一场"。

往事已如烟散去，回忆空空，纳兰沉吟至此，才忽然觉出了雨夜后的微凉，他也觉察出，这十一年前的梦，早就该醒了吧！

作为一首爱情词，这首《采桑子》的意境有些清冷：残更冷夜独自伫立在你家的庭院里，看着燕子双宿双栖在画梁之上。月光洒下来，照在白色的墙壁上，清辉之下分辨不清园中的鲜花。物是人非，此情此景也只能成为回忆，你我从此劳燕分飞、天各一方。这新雨过后的夜里透着丝丝凉意，你我之间的相依相恋如同十一年前的一场梦一样，不堪回首。

张任政的《饮水词·丛录》中写道："后之读此词者，无不疑及与悼亡有关，并引以推证其悼亡年月。余近读梁汾《弹指词》有和前韵一首，词云：'分明抹丽开时候，琴静东厢。天样红墙，只隔花枝不隔香。檀痕约枕双心字，睡损鸳鸯。孤负新凉，淡月疏棂梦一场。'观上二首，咏事则一，句意又多相似，如谓纳兰词为悼亡妻作，则闺阁中事，岂梁汾所得而言之。"

采桑子

严宵拥絮频惊起，扑面霜空[①]。斜汉朦胧[②]，冷逼毡帷火不红。

香篝翠被浑闲事[③]，回首西风。数尽残钟[④]，一榻灯花似梦中。

【注释】

①霜空：秋冬的晴空。②斜汉：指秋天向西南方偏斜的银河。③香篝（gōu）：熏笼。古代室内焚香所用之器。④残钟：稀疏的钟声。

【赏析】

纳兰的才华，肆意绽放，无法遮掩，就连康熙皇帝也忍不住欣赏，这个男子的文采华丽在清朝的时空中开出艳丽的花朵。纳兰性德二十多岁便开始担任三等侍卫，守在康熙身边，已经过去了好几个年头，康熙之所以欣赏身边的这个男子，并非因为他是忠臣纳兰明珠的爱子，也不是因为他王公大臣的身份，而是看重纳兰性德身上这份独一无二的气度与谈吐。

纳兰做人，进退有度，从不逾越，作为侍卫的他无论是在宫里值勤还是陪伴皇帝出游，始终举止得体，谈吐不凡，吃苦耐劳，无任何怨言，这些都为他赢得了君王的赏识。

但随着恩宠得越来越浓，纳兰却越来越不开心，他似乎并不满意眼前的生活，在所填写的词中，常有丝丝的忧郁流露出来。那份难解的孤独不是所有人都能明白的，也正是因为如此，纳兰在偌大的人世间显得越发孤寂，无人能懂的心情，他只有寄于诗词之中，聊表慰藉。

这首词作于何年何月何地，已经难以考究，从词中所描写的情景来看，大约是写于扈驾巡幸途中，还有一种说法是这首词写于纳兰妻子卢氏病殁之后，本就心情孤寂，偏又逢爱妻离去，来到塞外，看着那片苦寒之地，自然是有感而发。

这片孤苦之词的背景已经无从推断，但从词的内容可以看出，纳兰当时作这首词的心境并不平静。

这首词写塞外的苦寒、孤寂：霜气卷扬着雪花阵阵飞起，扑面而来的是冬日寒冷的天空。天空的银河迷蒙昏惑、模糊不清，寒气袭来，连帐篷中的炉火都不再暖和。在家中时那熏香缭绕枕衾温暖的往事，真是让人不堪回首。面对"一穗灯花"，耳边几许"残钟"，一切都好似在梦中一般。

整篇词围绕着边塞的寒夜进行描写，上片用的全是景语，用"严宵""拥絮"来透露塞上黑夜的寒冷，也从中透露出自己的凄苦心境。频频地惊起，拥着被子，能感受的除了满面的寒气，只有塞外无际的空寂。

这里的"絮"也做两个解释，一个就是上文中所写到的棉被，意思便是半夜用被子裹着身体。还有一个是指柳絮般的雪花。整句话的意思便是严寒的霜气卷起雪花，令其如柳絮般飞舞在空中。不过从"频惊起"这三个字来推敲，这里的絮当是做棉被来解。

因为夜里太过寒冷，几次从睡梦中被冻

醒，屋内尚且如此，屋外的旷野上更是不用说了，"扑面霜空。斜汉朦胧，冷逼毡帷火不红"。天空寒雾迷漫，银河仿佛横亘在夜空上的河流，被寒气所笼罩，在这样的天气下，军营里的炉火，再怎么添加柴火，也是烧不旺的。

既然在清冷的夜里清醒过来，想要再睡着也不是那么容易的事情，万籁俱寂，一人独行，这样的时刻，最容易胡思乱想了。于是纳兰的下片便峰回路转，从景转心，开始了联想、回忆、幻境结合的心理描写。

"香篝翠被浑闲事"，一段似梦非梦的描述，仿佛让读词的人与他一同回到了温暖的家中，守着暖炉，怀拥翠被，温暖舒适。这里的描述并非完全是身体上向往的舒适，更多的则是表达心理上的一种向往，向往轻松自由、宽松舒适的环境。

"香篝"是古人在室内焚香所用的器具，而"翠被"则是被面艳丽柔软的被子，这两样事物看似是纳兰对家的渴望，实则是纳兰在思念家中的某个人，很可能就是他的妻子。不过身在塞外毕竟是现实，纳兰也知道这一切都是"浑闲事"，他"回首西风"，一切不过是想象出来的美梦一场罢了。

在寒冷的毡帐里，词人听到稀疏的钟声，而此时毡帐里一点微弱的灯光提醒他，家在很远的地方，自己现在身处的是不知何处的塞外，一时之间，孤凄情怀，不免难以忍耐，只能以词写心，托物言志。

采桑子　居庸关①

雒周声里严关峤②，匹马登登③，乱踏黄尘。听报邮签第几程④。
行人莫话前朝事，风雨诸陵。寂寞鱼灯⑤，天寿山头冷月横⑥。

【注释】

①居庸关：关名。旧称军都关、蓟门关，长城重要关口，控军都山隘道（军都陉）中枢。据传秦修长城时，将一批庸徒（佣工）徙居于此，故得名"居庸"。②雒周：本为燕的别名，亦用以称子规鸟。严关：险要的关门，险要的关隘。③登登：象声词，指马蹄声。④邮签：驿馆驿船等夜间报时的更筹。⑤鱼灯：鱼形的灯。⑥天寿山：天寿山位于北京昌平东北部。山麓一带黄土深厚，原名黄土山，明建十三陵后改名天寿山。地势险要，上陡下缓，南临十三陵盆地，东西扼山口，古为军事要地。

【赏析】

在这首词所记载的事情开始之前，纳兰好友姜宸英曾在他行前写诗一首：
吹筑落日乱山低，帐饮连宵惜解携。别梦已经千里雁，征心惟听五更鸡。
侍中诏许离丹禁，都护声先过月题。今看乌孙早入质，蒲桃苜宿正东西。
峥嵘红霞伴着落日把燕郊一带的断山烧得辉煌，耳畔胡笳还在回荡，纳兰的军营里，一群豪气男儿的通宵畅饮替代了依依别情，不觉晨鸡啼晓，出征在即，却是不说别愁，只祝功成。

康熙二十一年，在张勇乞休、奇塔特等赴西域宣抚不力的情况下，纳兰被康熙派遣率兵赴西域"觇唆龙诸羌"，为解决西北问题做准备。以往外出，纳兰都是作为随侍巡幸，然而这次却是实打实的一军之帅，此行目的，一为"宣抚"已经臣服的部落和藩镇；一为"觇"，即侦察了解如唆龙部落尚未臣服或表面臣服而暗中捣乱的"诸羌"，旅途艰险不言而喻。而这首《采桑子》便是作于这次离京途中。

居庸关在北京昌平西北，得名始自秦。相传始皇修长城时，将囚犯、士卒和强征来的民夫徙居于此，取"徙居庸徒"之意，故名"居庸"。孙承泽《天府广记》有记载："居庸关在（京师顺天）府北一百二十里，昌平州西三十里。南北相距四十里，两山夹峙，一水旁流，悬崖峭壁，最为险要。"《淮南子》曰："天下有九塞，居庸其一焉。"这二者都是极言其险。当年纳兰就是从此经过，于戎马倥偬间赋得这曲《采桑子》。

词上片主要写景。"嶲"，音同"希"。据洪兴祖《离骚补注》记载："《禽经》云：嶲周，子归也。"杜鹃啼血本就是凄美至极的传说，再和上驿馆驿船等夜间报时的更筹声，更令人心惊。

险要的关门相对耸峙着，沉默冷峻亦如千年之前，只是这次迎来的是纳兰一行。马蹄声、杜鹃声、军行报时的更筹声相互混杂，于纷乱弥漫的黄尘中若隐若现，像极了一幅落满尘埃的居庸历史画卷。想他日假若有纤手拂去倦尘，纳兰也不过是历史的蜻蜓点水吧，可是谁又知道这轻轻一点，究竟凝结着一些怎样的情愫欲言不得？二十七八的年纪，初次为帅踏上征程，按理正是男儿建立功业、豪气冲天的时候，可是在词里，却怎么也寻不到这样的痕迹。一首词要辗转多少读者，经历几番解读，才能窥得纳兰内心的一星半点？

"行人莫话前朝事"，帝王荒冢，历史笑谈，自来是平常事。"风雨诸陵"，极尽苍凉，这或许就是令这词句凄冷苍凉的原因吧。纳兰许是从中看到了自己的影子，看到了自己的生前身后——也是风雨。纳兰一颗心何等敏感寂寞，这样的思量也是自然。

"寂寞鱼灯，天寿山头冷月横"，紧接上句，看来纳兰是执着地将这冷意写到底了。"鱼灯"是帝王陵寝之灯。《史记·始皇本纪》有云："葬始皇骊山，以人鱼膏为烛，度不灭者久之。"此为鱼灯最早出处，曹鄴诗《始皇陵下作》亦有："千金买鱼灯，泉下照狐兔。"可见，"鱼灯"实在是一种凄惨阴森得紧的意象。

天寿山据龚自珍《说天寿山》记载：

由德胜门北行五十五里，曰沙河；沙河有城，出沙河之北门……大山临之，是为天寿山，明成祖永乐十年所赐名也……自永乐至天启，十有二帝葬焉，谓之十二陵，独景泰帝无陵。崇祯十五年妃田氏死，葬其西麓。十七年，帝及周后死社稷，昌平民发田妃之墓以葬帝、后，因曰十三陵矣。

概而言之，天寿山即为十三陵所在之处。最末一句似全是写景，然词人的所有心绪、情怀都无不包括在里边了，也即常语所谓的情景交融，只是这其中的情，平常人还真有点难以言说，即使是意会，也委实太过挑战普通人的心理承受力，也许这其中的况味除了纳兰外也就只有那鱼灯或冷月，而且一定得是那天寿山头的冷月才能知晓了吧。

话到了这里，忍不住再提起姜宸英的那首诗，姜宸英在作诗时想必不曾料想，他诗中的祝福在日后成为了现实。但同样任谁也预料不到的是：

容若尝奉使觇唆龙诸羌，其殁后旬日，适诸羌输款，上于行在遣宫使拊其几筵哭而告之，以其尝有劳于是役也。

这是纳兰的老师徐乾学亲自给纳兰写的墓志铭，说的是，纳兰死后数日，其侦查、安抚的诸部落来归顺朝廷，即前言"乌孙入质"，可是看起来只让人觉得人世多变，世事竟如此滑稽！这究竟是老天对纳兰的最后惋惜，还是无情调侃？皇上的嘉赏、亲朋的赞誉都已经是身后名了，事到如今，独对一坟孤冢，还有何用。

茶瓶儿

杨花糁径樱桃落①。绿阴下晴波燕掠②。好景成担阁。秋千背倚，风态宛如昨③。

可惜春来总萧索。人瘦损纸鸢风恶④。多少芳笺约⑤，青鸾去也⑥，谁与劝孤酌。

【注释】

①糁径：撒落在小路上。糁，煮熟的米粒，这里是散落的意思。②晴波：阳光下的水波。唐杨炯《浮沤赋》："状若初莲出浦，映晴波而未开。"③风态：犹风姿。宛如：好像，仿佛。④瘦损：消瘦。纸鸢：风筝。⑤芳笺：带有芳香的信笺。⑥青鸾：即青鸟或指女子。唐王昌龄《萧驸马宅花烛》诗："青鸾飞入合欢宫，紫凤衔花出禁中。"

【赏析】

好一派怡红快绿的浓浓春色！

三四点青苔浮于波上，一两声莺啼鸣于树下。已暮春时节，樱桃散漫，柳絮飘扬，风日晴和不够，须要人意好才算得好景。一句"成担阁"，人意便隐身于旧梦中。此去经年，斯人不在，便是良辰好景虚设。

同是花开莺啼、草长莺飞的时节，因着这"担阁"二字，都黯然失了颜色。困酣娇眼的杨花，飘飘摇摇，萦损柔肠；看樱桃空坠，也无人惜。燕双飞，犹得呢喃低语，"为怜流去落红香，衔将归画梁"，竟是黛玉葬花的心境一般。庭院纵深处，小园香径下，唯有幽人独往来。

遥想当年，也似公瑾雄姿英发，也着两重心字罗衣。恍惚间，纳兰似又回初见时刻，他的她，背倚秋千，姣花照水般低头不语，也有伤春的秀眉微蹙，也东风吹乱云鬓。小山犹可闻琵琶弦上相思意，纳兰呢？相思不知说与谁人听。寸心间思绪万千，可容得下这咫尺天涯的天上人间？宛如昨日已弃纳兰而去不可留，今日之时落花独立多烦忧。

去年昨日此门中，人约黄昏后；今年花依旧，不见去年人。纳兰斜倚秋千，抚着冰凉的秋千索，追忆那些朝朝暮暮。往事淌过心头，斯人何在？他望向春雁回彩云归，望向细雨过桃花落，望向角声寒夜阑珊，只望得一怀愁绪空握。天涯一隅，不知她在那一方可也凭栏忆？泪眼望花，花亦无语，"乱红飞过秋千去"。

春如旧，人空瘦。也似当年陆游与唐琬痛作生离，十年邂逅，或许无只言片语，一瞥竟成死别。相思相望终难相守，然而秋千索上的斑斑痕迹，竟抵过了人世间最难挽回的疏离与淡忘。

纸鸢，便是我们现在说的风筝，南方叫鹞，北方称鸢，因此也有"南鹞北鸢"之说。很多地方都有清明前后放风筝的旧俗。清代高鼎有诗为证："草长莺飞二月天，拂堤杨柳醉春烟。儿童散学归来早，忙趁东风放纸鸢。"这里的"二月天"便是阴历二月。放风筝，更确切的意思是"放晦气"，《红楼梦》中曹雪芹对这一习俗也颇费了一番笔墨。人们将自己的名字写在放飞的风筝上，剪断牵线，便认为是放走了"晦气"。当然，人家剪断的风筝不能再捡，否则便会染上"晦气"。

东风恶，纸鸢飘摇，如纳兰那颗摇摇欲坠的心，堪比黄花瘦。想他们也曾芳笺成约，执手一生吧？如今山盟犹在而锦书难托，斯人已去而此情空待，伤情处，"红笺为无色"。

青鸾何在？怕这世上无人曾见。传说青鸾有着世间无人听过的天籁之声，因为它只为爱情而歌；它亦为爱情而生，一生只为找寻另一只青鸾偕老相伴。它踏遍万水千山，仍是形单影只，因为这世上只有一只青鸾。当它偶然望向镜中的自己，竟以为此生如愿，一曲绝美的歌声响彻云霄。从此，青鸾便成为世间坚贞不渝的爱的象征。

东方的青鸾，西方的纳西索斯，他们终其一生追寻着"知我心者"。纳兰又何尝不是？待友人，他不以贫贱富贵为念；待爱人，终生执着于心间。鸿雁不归，青鸾去也，那一份黯然销魂的痴念，叫他与谁人说？孤酌，对影三人，才知好景难常在，过眼韶华似箭流。

"清樽满酌谁为伴？花下提壶劝：何妨醉卧花底，愁容不上春风面。"先于纳兰一千多年的晁补之，自号归来子，心向东篱却身陷朝野，怕是早存了归去的心思，也看清楚了这繁华尘世间的过眼云烟。"多情总被无情恼"，纳兰也想放下那些恼人的多情吧？同是花间杯盏，月下独酌，太白笑饮"永结无情游，相期邈云汉"，纳兰却敛眉低喟"谁与劝孤酌"。

谁劝孤酌？无解。杨花处处，飞燕双双，浓浓春意中泛起心头的，是吹不去、化不开的悲凉。

长相思

山一程，水一程，身向榆关那畔行^①，夜深千帐灯。

风一更，雪一更，聒碎乡心梦不成^②，故园无此声。

【注释】

①榆关：山海关，古称渝关、临榆关、临渝关，明代时改为今名，其地古有渝水，县与关都以水得名。在今河北秦皇岛。那畔：那边。②聒（guō）：吵闹之声。乡心：思念家乡的心情。

【赏析】

清康熙二十一年二月十五日，康熙因云南平定，出关东巡，祭告奉天祖陵。纳兰随从康熙帝诣永陵、福陵、昭陵告祭，随后出山海关。塞上风雪凄迷，苦寒的天气引发了纳兰对北京什刹海后海家的思念，这首词即在这个背景下写成。

词的开篇即指出到达塞上山水漫长、路途遥远，"山一程，水一程"，仿佛是亲人送别了一程又一程，山上水边都有亲人的身影，这漫漫长路终究有亲人一直不舍不弃地萦绕山光水色之间。"身向榆关那畔行"，榆关在这里代指山海关，一行人马由于使命在身皆是行色匆匆，只全身心地奔赴山海关。"夜深千帐灯"则是康熙帝率众人夜晚宿营，众多帐篷的灯光在漆黑夜幕的反衬下独有的壮观场景。

这里借描述周围的情况而写心情，实际是表达纳兰对故乡的深深依恋和怀念。二十几岁的年轻人，风华正茂，出身于书香豪门世家，又有皇帝贴身侍卫的优越地位，本应春风得意，却恰好也是因为这重身份，以及本身心思慎微，导致纳兰并不能够安稳享受那种男儿征战似的生活，他往往思及家人，眷恋故土。严迪昌《清词史》："'夜深千帐灯'是壮丽的，但千帐灯下照着无眠的万颗乡心，又是怎样情味？一暖一寒，两相对照，写尽了自己厌于扈从的情怀。"

"夜深千帐灯"既是上片感情酝酿的高潮，也是上、下片之间的自然转换。夜深人静的时候，是想家的时候，更何况还是这塞上"风一更，雪一更"的苦寒天气。风雪交加夜，一家人在一起什么都不怕。可远在塞外宿营，夜深人静，风雪弥漫，心情就大不相同。路途遥远，衷肠难诉，辗转反侧，卧不成眠。"聒碎乡心梦不成"的慧心妙语可谓水到渠成。

纳兰思乡心切，孤单落寞，不由得生出怨恼之意：家乡就没有如此吵闹的声音。此处"故园无此声"看似无理实则有理：故园岂无风雪？但同样的寒宵风雪之声，在家中听与在异乡听，感受自然大不相同，在家中无论寒风如何呼啸，心中也是有所归依的、暖着的，而如今身处异地，风声也就聒噪了起来，雪花也就凌乱吵闹了起来。纳兰的乡关之思和怨尤之情在此被表露得尤为明显。

"山一程，水一程"与"风一更，雪一更"的两相映照，又暗示出词人对风雨兼程人生路深深厌倦的心态。首先山长水阔，路途本就漫长而艰辛，再加上塞上恶劣的天气，就算在阳春三月也是风雪交加、凄寒苦楚，这样的天气，这样的境遇，让纳兰对这表面华丽招摇的生涯生出了悠长的慨叹之意和深沉的倦旅疲惫之心。

从"夜深千帐灯"壮美意境到"故园无此声"的委婉心地，既是词人亲身生活经历的生动再现，也是他善于从生活中发现美，并以景入心，满怀心事悄悄跃然纸上。

天涯羁旅最易引起共鸣的是那"山一程，水一程"的身泊异乡、梦回家园的意境，信手拈来不显雕琢，王国维曾评："容若词自然真切。"

本词既有韵律优美、民歌风味浓郁的一面，如出水芙蓉纯真清丽，又有含蓄深沉、感情丰富的一面，如夜来风潮回荡激烈，深受后人喜爱。

纳兰将塞上风景、行军神态，以及自身的怨思之情婉转道来，画面壮美中不乏相思柔情，正所谓"刚柔相济"，尤其其中"夜深千帐灯"一句，取景新颖豪壮，深受国学大师王国维的赞赏。不得不说这是一首描写边塞军旅途中思乡寄情的佳作。

朝中措

蜀弦秦柱不关情，尽日掩云屏①。已惜轻翎退粉②，更嫌弱絮为萍③。

东风多事，余寒吹散，烘暖微醒④。看尽一帘红雨⑤，为谁亲系花铃⑥。

【注释】

①云屏：有云形彩绘的屏风，或用云母作为装饰的屏风。②轻翎：蝴蝶。③弱絮：轻柔的柳絮。④微醒：微醉。⑤红雨：红色的雨，比喻落花。⑥花铃：指用以惊吓鸟雀的护花铃。

【赏析】

"蜀弦"泛指蜀中所制的琴。相传汉蜀郡司马相如所用的蜀琴十分精致，后来人们便以此来表示精致的琴。而"秦柱"则是指秦弦，是古秦地（今陕西一带）的一种弦乐器。似瑟，传为秦蒙恬所造，故而得名。

"蜀弦秦柱不关情"，写出伤春之情，"关情"便是动情之意，在这美妙绝伦的音乐声中，都引不起激动的情感，无法令之动容，可见这忧郁有多么深。既然美好动听的琴瑟之声都无法感化这忧郁，那便只能另想其他办法了。

这首词的写作年代已经不可考了，纳兰是在什么时间、什么地点写下了这首伤春词，还需要后人的猜测与考证。但其实事实如何，并不是很重要，重要的是纳兰在写这首词的时候，内心充满着忧伤。

他满怀悲伤地写道"尽日掩云屏"。"云屏"是有云形彩绘的屏风，或用云母作为装饰的屏风。纳兰在屏风后独自忧伤，或许是这春日让他感伤了，"已惜轻翎退粉，更嫌弱絮为萍"。春天虽然是春意盎然的季节，但眼前的蝴蝶褪去粉翅，柳絮也不再飞舞，而是飘落到水中，看来是春逝去了。

从上片来看，这首词就是在写暮春之景和伤春之情的：春日寂寂，百无聊赖，美好动听的琴瑟之声也引不起激动的情感，整日都掩上云母屏独自忧伤。面前蝴蝶已经褪粉，柳絮也飘落水中，已是春事消歇了。尽管春日东风温煦，吹散了余寒，暖意融融令人陶醉，然而也摧残花落。唉！看那花瓣随风飘落，当初的护花铃恐怕已经没有用处了。

春逝一直是许多文人笔下的主题，看到春天逝去，夏日将至，许多人的内心会涌动出躁动不安的情绪，纳兰也是如此。面对春天的逝去，炎炎夏日的即将到来，他莫名地感到忧伤，所以，便躲在屏风后面，独自哀伤。

上片写了春逝的种种景象，下片依然是写景，不过写景之中还融入了些许感悟，"东风多事，余寒吹散，烘暖微醒"。尽管东风将余寒吹散，暖融融的春意让人仿佛喝醉一般有着眩晕的感觉，可是这春意马上就要消失，取而代之的是夏日的气息。

四季轮回本是无可厚非的，纳兰在词中这样感悟，忽然让人觉得对春日的逝去多么不忍，所以，纳兰在词的最后感慨："看尽一帘红雨，为谁亲系花铃？"花瓣凋零，仿佛下了一场红雨，看着没有了花朵的枝头，纳兰反问道：既然花都凋零了，那些护花铃还有什么用呢？已经没有了想要保护的东西，护花铃便显得有些多余。

这首伤春词只是纳兰众多伤春词中的一首，读起来朗朗上口，用词讲究，而且将春日逝去的哀伤情思描写得可圈可点，是首佳作。

赤枣子

风淅淅①，雨纤纤②。难怪春愁细细添。记不分明疑是梦，梦来

还隔一重帘。

【注释】

①淅淅：象声词，形容轻微的风声。②纤纤：形容细长。

【赏析】

春雨总是惹人愁，这样的天气里，也怪不得纳兰写出这样的词句。

《赤枣子》原来是唐教坊曲，后用为词牌名。"子"含有小的意思，在词调中属小曲。此调为单调，五句，二十七字，第二、三、五句押平声韵。

斜风细雨斜织着，迷蒙一片。"淅淅"是象声词，形容风声。总觉得象声词也是有感情的，像"淅淅"两字，同样是风，却有种柔弱迷惘的情绪在里面。唐朝李咸用《闻泉》诗中有一句："淅淅梦初惊，幽窗枕簟清。"

似乎是约定俗成，"淅淅"的风总与大喜大悲无关，多是愁绪，即便有些欢乐，也是似有还无的那么一丁点。

"纤纤"两字转而描绘春雨的形态，这两个字本是用来描绘女子双手柔细之态的，《古诗十九首·青青河畔草》中就有："娥娥红粉妆，纤纤出素手。"用在这里描摹雨丝，倒也有种婉约雅致的风情。细雨如丝，依然朦朦胧胧地笼罩着一方天地，又慢慢地浸入心底，秋雨愁，又怎么能愁过这连绵的春雨。雨打芭蕉，春雨愁结，于是乎凄凄惨惨戚戚。

春雨的细腻和夏雨的豪情截然不同，只有春天才会有这连绵的细雨。空气中充满浓浓的湿气、阴阴的灰色，映在眼底，隐在心里，胸口被堵得紧紧的，似磐石般压得使人透不出气来，所有的委屈苦恼全部喷涌而出，伤感瞬间在心底最潮湿的角落里发芽。

因此纳兰才说，"难怪春愁细细添"。风雨凄迷中最是容易自怜，尤其是一人独处，怀思之情便难免。而由这浓重的愁情而致的似梦非梦的幻觉生起了。词人喃喃自语着，那过去了的事已记不分明了，是不是只是一场梦？

庄子曾经做梦梦见自己变成了蝴蝶，梦醒之后发现自己还是庄子，于是他不知道自己到底是梦到庄子的蝴蝶呢，还是梦到蝴蝶的庄子。此言一出，便成为千百年文人墨客心中的一个结。

真实是什么，是眼睛看到的，还是手指触碰到的？如果梦足够真实，人又有什么能力知道自己是在做梦？如今眼前的这一切，或许一朝梦醒皆成幻影。

但纳兰随即苦笑摇头，即使在梦中，也隔着一层厚厚的帘，看不清楚。这种愁绪就像一场没有起点也没有终点的跑步，因为起点便是终点。也像是梦，醒来时分明觉得梦是真的，而再真实的梦也不过只是场梦罢了，与现实永远隔着一重甚至多重的帘。帘里帘外，有的人始终找不到自己的位置。这是一种朦胧恍惚的境界，也从中流露出一种不可名状的惆怅。

纳兰的词总是意深而情婉，就如这首小令，语句中有"花间"风韵，却更显得清丽自然。寥寥几笔，景致情感都在其中了。

赤枣子

惊晓漏，护春眠。格外娇慵只自怜。寄语酿花风日好^①，绿窗来与上琴弦。

【注释】

①酿花：催花绽放。

【赏析】

这是一首从少女的角度来描写春日心绪的词作。

才是微微破晓天，漏壶却已滴答作响将好梦惊扰。古代没有钟表，只能以漏壶来计时。唐李肇《国史补》："初，惠远以山中不知更漏，乃取铜叶制器，状如莲花，置盆水之上，底孔漏水，半之则沉。每昼夜十二沉，为行道之节，虽冬夏短长，云阴月黑，亦无差也。"漏壶是中国最古老的计时器。根据史书记载，周代时已有漏壶，到春秋时期，漏壶的使用已相当普遍。初期的漏壶只有一只壶，人们在壶中装上一支有刻度的木箭。当水从壶底的小孔漏出时，壶中水位下降，木箭会随之下沉，观测刻箭上的水位，便知道是什么时间了。因此，数更漏就是计数水下降到漏壶中箭的哪一个刻度，也就是计数夜晚的时刻的意思，以滴水的多少来判断时辰。

"惊晓漏，护春眠。"开端一个"惊"字，巧妙地把少女酣睡正香时恰被扰醒的嗔怒刻画了出来，民间有一说法"下床气"，指的就是好梦正香时被无端吵醒抑或刚刚睡醒时的人情绪总是不稳定且容易发脾气。此刻被惊醒的少女正好将怒未怒，似嗔未嗔，只被那浓浓的睡意压了下去，辗转翻了几个身，却是一心想把这让自己无比眷恋的好梦继续。此处"护"字婉约写出了少女对于这场春眠的珍惜与依恋，是为"护春眠"。

俗话说："春困秋乏冬无力，夏日炎炎正好眠。"也刚好是这个早春让人容易感到疲乏的季节，怎料那一声更漏滴答，思绪便在心中缠绵缱绻，愈发辗转便愈发清醒，少女才起得身来，眼前就邂逅了一幅早春之色，王昌龄《闺怨》："闺中少妇不知愁，春日凝妆上翠楼。忽见陌头杨柳色，悔教夫婿觅封侯。"如此看来，女子总是骨子里带了些伤春悲秋、触景伤情的情愫的。虽然少女不比少妇，却也感叹于自己只身无人怜惜，于是只得"格外娇慵只自怜"。

唐李贺《美人梳头歌》中就有"春风烂熳恼娇慵，十八鬟多无气力"的句子，娇慵，即柔弱倦怠的样子，想来这两位女子也有几分相似，都被那春日暖阳熏软了骨头，抵挡不住浓浓睡意，辗转反侧，反而别有一番风韵。 而此处"格外"一词，更是把这位少女的慵懒模样渲染得楚楚动人，仿若千种风情，也尽在此中。诚然，春日恰逢万物复苏、百废待兴之时，也正是女子们春愁暗滋、深情难抑的时候，少女们面对着春日美景而暗自生怜，也是十分自然的事情。林黛玉亦有诗作："瘦影正临春水照，卿须怜我我怜卿"，也表形影相吊、自怜自惜之情。

道是少女情怀总是诗，词作的最后两句"寄语酿花风日好，绿窗来与上琴弦"为点睛之句。少女醒来后看到满园鲜花含苞未放，于是便"寄语酿花"，此处"酿花"意指催花开放，就是指少女对着那满园的花蕾幽幽地说开了话：你们怎还眷恋梦境旖旎，却不知再不醒来就错过了这大好天日了吗，阳光如此明媚，要知春日渐短，休要错过之后方才后悔不迭，醒来吧，都开放吧，让这春天也领略一番"草树知春不久归，百般红紫斗芳菲"的明艳。

这一句便将女子年少的姿态描写得灵动了起来，一个悲愁又不懂愁，盼美又不遇美，对好事好物好景充满期待的少女形象跃然纸上。下一句转而写少女回身抚琴，纱窗轻启，琴声悠扬而去，云青青处似环佩微鸣，水潾潾时若绿绸初展，总是将一片情怀托付琴弦。词到此处，已转得悠远朦胧，一切零碎的小思绪随着琴声就长长地漫开了去，便是她如孩童般催花开放的姿态也沾染了些许愁思，似雾非雾，亦真亦幻，可谓言尽意不尽，留白深广，让人生起遐思无限。

这首词简短耐读，字斟句酌，以少女的形象、口吻写春愁春感，写其春晓护眠，娇慵倦怠，又暗生自怜的情态与心理。整首词意境悠长，画面清秀灵动，将少女一片春愁情怀渲染得婉约而又真切，那种淡愁缠绕、将散未散的意境就这样萦绕在心，使得整首词亲切自然，那一片早春之景、怀愁少女，宛然在目。

大　酺　寄梁汾

怎一炉烟，一窗月，断送朱颜如许。韶光犹在眼，怪无端吹上，几分尘土。手捻残枝，沉吟往事，浑似前生无据[1]。鳞鸿凭谁寄[2]，想天涯只影，凄风苦雨。便研损吴绫[3]，啼沾蜀纸[4]，有谁同赋。

当时不是错，好花月、合受天公妒。准拟倩、春归燕子，说与从头，争教他、会人言语。万一离魂遇，偏梦被、冷香萦住。刚听得、城头鼓[5]。相思何益？待把来生祝取。慧业相同一处。

【注释】

①无据：没有依据或证据。②鳞鸿：鱼雁，指书信。③研（yà）损：指反复书写，致使吴绫也被碾压得光亮。研，碾压。④蜀纸：犹蜀笺。叶葱奇注引《国史补》："纸则有蜀之麻面、屑末、滑石、金花、长麻、鱼子十色笺。"⑤城头鼓：战时城上传令的鼓声或报更的鼓声。

【赏析】

　　印象中，纳兰多作些清丽的花间小词，偶尔狂放一回，便让人惊艳，例如那首成名作《金缕曲·赠梁汾》，其狂放悲壮，"不啻坡老、稼轩"（彭孙遹《词藻》）。

　　梁汾是顾贞观的号。今人知晓梁汾，多因他是纳兰的挚交。其实回到清初，他的名气未必比纳兰小。顾贞观是清初著名的诗人，才高八斗，也是一代俊秀人物，可惜他一生郁郁不得志，早年任秘书省典籍，受人排挤离职。李渔曾作诗对他的经历做过大概描述："镊毕未肯弃长安，羡尔芳容忽解官；名重自应离重任，才高那得至高官。"（《赠顾梁汾典籍》）可见他的才华，更可见他的憋屈。

　　顾贞观辞官后，再次上京，经人介绍做了纳兰的老师。那时的纳兰，正是弱冠年纪，顾贞观已是不惑之年。年龄并没有阻碍一对志趣相投者成为挚友，据顾贞观回忆："岁丙午，容若二十有二，乃一见即恨识余之晚。"

　　作为家庭教师，顾贞观与纳兰日日相伴书案，培养了深厚的感情。顾贞观因母丧南归后，纳兰写下了这首词表达对这位老师及知己的思念：

　　每日孤独地面对炉中香烟、窗前明月度过无聊的时光，送走了美好的年华。美好的春光还在眼前，却无端被蒙上了几分尘埃。手捻着凋落的花枝，思怀往日交游之事，禁受这仿佛是前生注定的别离之苦。音书杳渺，想你在天涯之外形单影只，独自承受这凄风冷雨，就算是把绫纸写遍，泪洒相思，但又能与谁人共赋呢！在花好月圆的时候，你我共度，连老天爷也生出了妒忌。会人言语的燕子归来，这便更惹人生起对往日的怀念。梦中与你相遇，这美梦却偏偏又如此冷清寂寞。耳畔传来城头更鼓的声音，梦醒之后再难成眠。相思之情日益增加，于是祈祷来生还能够与你相逢相知，共在一处。

　　人一来世上，便投身于熙熙攘攘的人群。有趣的是，与这么多人相处，却很少有人觉得感情充实，大半人无端生出孤独的惆怅。所以，人们如饥似渴地渴求"爱"。这爱，有情爱，有纯爱，有亲情之爱，有友情之爱……纷纷总总，不一而足。浅薄者多以为"爱"只有男女之爱，在孤独之心的驱动下去寻找两情相悦的男或女。单纯些的，生出些怨女痴男的故事；放荡些的，四处寻芳猎艳，只可惜肉体的快乐，填不满心灵的空虚。

　　爱，更多的是种安慰，与肉体无关。漫漫人生路，纵使路边风景晴天碧染、花树横生，也需要一个人和你共同走走停停地赏玩，分享心中的赞叹与快乐。更何况，有几人的生命之路是在平原上一路伸展到远方呢？崎岖、陡峭、波折的山路，占去了人生的大半。纳兰是那个时代一等一的贵公子，依然内心凄苦，所以写下了那么多悲凉顽艳的诗篇。可世人偏偏以为，他什么都有了，什么都不缺少，没有人相信他的心中充满了无奈、伤感。某个日子，他出现在自己的书斋，瞬间便将这位面若冠玉、谦恭有礼的少年读个通透——真是"金风玉露一相逢"，便知他"胜却人间无数"——请允许这样曲解这么经典的诗句，并原谅用这么香艳的句子描述他们之间的相逢、他们之间的感情，只因如是。

　　有爱，便渴望生生世世。所以纳兰会祈祝来生"慧业相同一处"，在《金缕曲·赠梁汾》中亦有"一日心期千劫在，后身缘、恐结他生里。然诺重，君须记"

的句子。我的朋友，今生与你共赏，更渴望永生与你共伴。

淡黄柳 咏柳

三眠未歇①，乍到秋时节。一树斜阳蝉更咽，曾绾灞陵离别②。絮已为萍风卷叶，空凄切。

长条莫轻折。苏小恨，倩他说。尽飘零、游冶章台客③。红板桥空④，湔裙人去⑤，依旧晓风残月。

【注释】

①三眠：指柽柳，又名人柳，即三眠柳，此柳的柔弱枝条在风中摇曳，时时伏倒。《三辅故事》"汉苑中有柳状如人形，号曰人柳。一日三眠三起。"故柽柳又称三眠柳。②灞陵：古地名。本作霸陵，故址在今陕西西安市东。汉文帝葬于此，故称。三国魏改名霸城，北周建德二年废。③游冶：出游寻乐。章台：秦宫殿名，以宫内有章台而得名，此处指青楼舞馆。唐韩有姬柳氏，以艳丽著称。韩获选上第，归家省亲，柳留居长安，"安史之乱"起，出家为尼。后韩使人寄柳诗曰："章台柳，章台柳，昔日青青今在否？纵使长条似旧垂，亦应攀折他人手。"④红板桥：红色木板搭建的桥。唐白居易《杨柳枝词》之四："红板江桥青酒旗，馆娃宫暖日斜晖。"⑤湔裙人：代指情人或某女子。湔裙本为度厄避灾，后唐李商隐《柳枝词序》云：洛中里女子柳枝与商隐之弟李让山相遇相约，谓三日后她将"湔裙水上"来会，后以此典借指情爱之事。

【赏析】

这首词咏秋初之柳，作为咏柳之作，纳兰以写景开始，以抒情终结。通过初秋时节柳条暗黄色的清新场景，写出柳枝带给他的惆怅与安慰。古人一般写到柳条，总是与离别有关，纳兰的这首词也不例外。

三眠柳还没有来得及休息，秋天就乍然降临了。寒蝉幽咽，经过灞陵离别，如今飞絮飘落水面成为浮萍，风卷落叶飞舞，空留悲凉凄切。不要轻易折取柳条作别，苏小小的遗恨还需要它来诉说，那章台游玩之客看它零落殆尽，如今送别的红板桥已经空寂无人，伊人已去，徒留晓风伴残月。

通过写柳，抒发了纳兰别有怀抱的人生感悟，词中借景言情，即景发感，营造出了一个温婉感人的情景，离别场面让人仿佛历历在目，与纳兰一同经历送别的伤痛。这首词的基调若即若离，柔美空灵，十分优美。

上片开始，点名时节，"三眠未歇，乍到秋时节"。时令为初秋时分，一个"乍"字刻画出了秋天的突然而至，为写离别之苦展开铺垫。此处虽然没有写道离别，也没有刻画离别，但却从一个"乍"字，就凸显出了离别的伤感。

"一树斜阳蝉更咽，曾绾灞陵离别。"伤感蔓延开来，离别便顺理成章地牵引出来，夕阳西下，在树梢上的太阳，更显得日落西山的迷茫。而后面一句，则是直接描写柳条变得枯黄，柳叶凋零，柳絮早已化作浮萍随风而逝，秋天真的到来了。"絮已为萍风卷叶，空凄切。"纳兰兀自悲切，感伤这季节的无情和人世间无情的变更。

而到了下片，纳兰却表现出一种温情脉脉的情绪来，他轻柔地写道："长条莫轻折。"不要轻易地折断柳条诉说离别，离别虽有遗憾，但只要不告别，内心便依然充满温情。而后一句"苏小恨，倩他说"则是在写一代名妓苏小小。

苏小小的爱情故事凄婉动人，离别是这个故事的主题，纳兰用苏小小的典故写出自己的惆怅与伤感，他达到了托物抒怀、借景言情的目的。而后的两句，自然也是围绕离别而写："尽飘零、游冶章台客。红板桥空，湔裙人去，依旧晓风残月。"

词写到这里，颇有几分柳永的风范，但纳兰更显得干脆，既然红桥之上，离别已经无法挽回，那么就干脆道别了吧。就让自己与这晓风残月，独自相守，今将离去的人祝福。这首词写出了词人悲凉的心境。

苍凉的景色中透露内心的悲凉。在万物凋零的秋天，词人在一片美景中悲哀地感伤，整首词的情致极为凄婉，是首上乘之作。

点绛唇　咏风兰①

别样幽芬②，更无浓艳催开处③。凌波欲去④，且为东风住。

忒煞萧疏⑤，争耐秋如许。还留取，冷香半缕⑥，第一湘江雨。

【注释】

①风兰：一种寄生兰，因喜欢在通风、湿度高的地方生长而得名。据徐珂《清稗类钞·植物类·风兰》云："风兰，寄生于深山树干上，叶似兰而短，有厚剑脊，夏开小白花，有一二瓣曲而下垂，微香，无土亦可生。"②别样：特别、不寻常。幽芬：清香。③浓艳：(色彩)浓重艳丽。代指鲜艳的花朵。④凌波：形容轻盈柔美地在水上行走的姿态。⑤忒煞萧疏：意为过分稀疏。忒煞，亦作"忒杀"，太、过分。萧疏，稀疏、萧条。⑥冷香：清香，

也指清香之花。

【赏析】

总能感觉到一种极不寻常的幽香，隐隐袭来，然而并未曾见哪儿有浓艳的花朵盛开。原是那清雅的风兰，它随风舞动，摇曳多姿，如同仙子的身影轻盈而姣好，将要随着水波漂去。且为东风暂停那婀娜的脚步吧！但天气如此萧索稀疏，柔弱的风兰哪里耐得住这秋意沉沉？姑且留取这半缕幽冷的香气，如斯景致，大抵是湘江雨季中最为雅致的了。

题画，自古以来大抵有两种传统，一是直写画中风物，二则不是直写风物，亦不限于物内，往往有所发现与寄托。前者重于形，后者工于神。工于神者往往能够更好地表现出所画之物的精髓和气韵来，因此也更受文人墨客们的推崇和追寻。元代画家王冕自题《墨梅》诗："吾家洗砚池头树，朵朵花开淡墨痕，不要人夸好颜色，只留清气满乾坤。"在寥寥数字的摹形之后（"淡墨痕"），明显可见画外言语（"清气满乾坤"），从而达到神形兼备。这首《点绛唇》，也是如此。

关于风兰的"形"，在这首词中我们能够获知的仅仅是它不浓艳，淡雅轻盈。既不像唐朝的诗人杜甫写"卷帘唯水白，隐几亦青山"那样明洁而富于技巧，也不像宋代诗人王安石写"一水护田将绿绕，两山排闼送青来"那样逼人眼球。更多的景致却是来自于对"神"的摹写。本词选取了风兰的一个特性——幽香来写，为我们呈现出一幅淡雅清香的兰景图。闻觉一阵幽香隐隐飘来，环顾四寻，却没有看到有什么浓艳的花朵，倒是清雅的风兰摇曳出别样的风致，一种浅浅的欣喜涌上心头，但转而又产生焦虑。这淡雅幽香的花将要飘落进河水，惋惜感慨的同时也带给我们新的意象空间。王安石曾有一首《北陂杏花》，里面写道："一陂春水绕花身，花影妖娆各占春。"花与水这两个意象的叠加，倒映出美丽的意境。词人固然感叹"忒煞萧疏"，因怕秋风袭来而深锁眉头，却也似乎生出一种"纵被春风吹作雪，绝胜阡陌碾作尘"的宽慰和豁达。所以，"还留取，冷香半缕，第一湘江雨"。这里一个"雨"字又给风兰增添了无限的景致，呈现出凄美的意蕴。

本是题一幅静态的画，却写出了风兰律动的凄美和词人随之变换的情思。中国山水画向来是注重意境的营造，无论是着墨之处还是空白之处，无论是浓涂还是淡抹，都有着对风物表现的深藏的动机。这种动机正是对"虚"与"实"恰如其分的把握和运用。宋人范晞文《对床夜语》说"不以虚为虚，而以实为虚，化景物为情思，从首至尾，自然如行云流水"，纳兰性德去世后，与他"以诗词相酬、书画鉴赏相交契"的张纯修为他辑刻《饮水诗词集》并作了序，称他"所以为诗词者，依然容若自言，'如鱼饮水，冷暖自知'而已"。这首词也恰恰透露出作画者独到的心思，以及与词人内心引起的共鸣。苏东坡对王维有过这样中肯的评价："味摩诘之诗，诗中有画。观摩诘之画，画中有诗。"纳兰性德的词也是如此。词里行间透露出悠长无尽的画意来。没有注明，也无须提示，"香""冷""雅"都从纸墨间殷殷透出，随着清澈的流水，随着淅淅沥沥的湘雨，渗着无限凄美的意蕴。

就意境而言，画的空间是广阔的，词的空间也是广阔的，两者的交契融合带给我们视觉与精神上的美好享受。

点绛唇　黄花城早望^①

五夜光寒^②，照来积雪平于栈^③。西风何限，自起披衣看。

对此茫茫，不觉成长叹。何时旦，晓星欲散，飞起平沙雁^④。

【注释】

①黄花城：在今北京怀柔境内。纳兰扈驾东巡，此为必经之地。一说在五台山附近。②五夜：即五更。古代将一夜分为甲、乙、丙、丁、戊五段，此指戊夜，即第五更。③栈：栈道。又称"阁道""复道"。中国古代沿悬崖峭壁修建的一种道路。④平沙雁：广漠沙原上的大雁。

【赏析】

点绛唇，又名"点樱桃""十八香""南浦月""沙头雨""寻瑶草""万年春"等。明代杨慎的《升庵词品》载："《点绛唇》取梁江淹诗'白雪凝琼貌，明珠点绛唇'以为名。"点绛唇，最早见于南唐冯延巳《阳春集》。

这首词写词人在异乡漫漫长夜中难以入眠，故披衣起身出门，表达一种空对茫茫、无端寂寥的情怀。盛冬铃《纳兰性德词选》中说："此词写月照积雪，雁起平沙，而人立西风之中，独对茫茫长夜、茫茫大地，表达了一种空旷寂寞之感。情景相生，颇具感染力。"

词题"黄花城早望"，黄花城在山西山阴北境黄花岭后，地处雁北塞上，而距五台山差不多一天多一点的路程。据记载，清康熙二十二年，纳兰性德曾于2月和9月两次扈从康熙巡幸五台山。而这一次则是受命去大同，途经黄花城宿夜，看到此情此景，有感而发，于是便有了此作。

这首词在情景交融上营造得恰到好处。五夜指的是五更，也称为五鼓，现在指的是早上三点到五点这段时间。这段时间本是每天睡眠的最佳时间，然而这首词的写作时间恰是在这个时间上，以时间的先入为主，点出失眠，以此直接写出了情感的开端。五更时分，月光如水，寒气逼人，旷野无尽，残雪未消，与栈道齐平。北风不止，吹寒而来，薄衣何禁？独自披衣起身，放眼望向这黑色的寒夜，唯见点点月色、残雪白光。所见茫茫，情何以堪，不觉长嗟咏叹。试问这漫漫长夜里，何时才能熬到天明呢？天边星辰，星星点点，好像渐渐淡去，怕这天也真快亮了吧？旷野上一只大雁突然惊起，飞向那不知何方的远方……

这首词和纳兰性德的另一首词《浣溪沙》很相似：

残雪凝辉冷画屏。落梅横笛已三更，更无人处月胧明。

我是人间惆怅客，知君何事泪纵横。断肠声里忆平生。

都是半夜难眠，起身独立于茫茫夜色中，残雪未消，天寒料峭，月光如水，而在表达的情思上也很相似，前者"对此茫茫，不觉成长叹"，后者"我是人间惆怅客"，都是表现寂寥孤凄的情感。由这一点可以发现纳兰性德词的另一种风格：纳兰性德善用开阔的意象表现内心的情感，将环境的空旷凄凉映照在情感上，将大的环境空间叠加在深沉而复杂的小的情感上，给读者呈现一种极具艺术感染力的表现方式。这种风格在纳兰性德绝大多数的边塞词中都能多多少少地体现出来。

点绛唇

小院新凉，晚来顿觉罗衫薄①。不成孤酌，形影空酬酢②。

萧寺怜君③，别绪应萧索④。西风恶，夕阳吹角，一阵槐花落。

【注释】

①罗衫：丝织衣衫。②酬酢：主客之间相互敬酒，主敬客曰酬，客敬主曰酢。③萧寺：佛寺。唐李肇《唐国史补》卷："梁武帝造寺，令萧子云飞白大书'萧'字，至今一'萧'字存焉。"后因称佛寺为萧寺。④萧索：萧条、凄凉。

【赏析】

纳兰性德在给姜西溟赠词《金缕曲·慰西溟》中有"马迹车尘忙未了，任西风、吹冷长安月。又萧寺，花如雪"句，词中即提到萧寺，史料有载，姜西溟到京参加"博学鸿词"考试，在京时曾寓萧寺。而纳兰与其交谊甚厚，姜西溟在京时跟纳兰交游甚密，自然可知这首词多为纳兰怀念姜西溟所作。

提到姜西溟，纳兰与其交游便有一段佳话。

姜西溟是"江南三布衣"中的一位。与纳兰交游时姜西溟是纳兰之父纳兰明珠政敌的门生，常与其父对立，他曾经在纳兰面前摔过杯子，臭骂纳兰家"没有一个好人"。而纳兰却不以为忤，认为姜西溟的牢骚是出于对官场黑暗和龌龊的不满，始终以诚相待。姜西溟在京考举时，纳兰毅然不顾父亲反对，将姜西溟接到自己家里居住，以解其生活之忧。

另有故事说姜西溟一向狂傲，口无遮拦，甚至几犯欺君犯上的大罪，都被纳兰一一化解。姜西溟也最终发现纳兰性德有一颗金子般的心，并为之感动。在感谢纳兰的信中，他写道："轸念贫交，施及存殁。使藐然之孤，虽不能尽养于生前，犹得慰所生于地下。"由此可见，他们两人，一个是真诚待朋友、包容朋友，一个是直言不讳、快人快语。这样的友谊，这样的交情在今天读来，亦让人为之动容。

在这首寄词中，纳兰以"小院新凉"起笔，言及天气刚刚转冷，后句有"晚来"自然说到那一天至傍晚时，天气变得凉了，而由"清朝'博学鸿词'考试一般设于秋季"可知，此处说的应该是秋凉。秋凉便觉有些寒意了。词的上片从自己的感官出发，写怀友心绪：天色已晚，小院里忽然添了几分寒意，便觉得此时衣裳有些单薄了。念及此处，便想起那友人，为下片怀人之言埋下伏笔。此时"我"只能一个人独饮驱寒，"形影空酬酢"一句便把自己的伤怀念远、孤独寂寞的心情刻画得惟妙惟肖。一个人独饮闷酒，自然是对着自己的影子对饮长歌了。可谁是主、谁又是客，来来去去还不是自己一个人罢了。

下片自然承接到怀念友人处，便提及萧寺。自友人处起笔，想起当初跟友人在萧寺中惺惺相惜之情、对饮长谈之景，对比此刻的自己的形影相吊，忽而不觉黯然。恰巧是在萧寺，虽史说："梁武帝萧衍笃信佛教，多造立寺院，而冠以己姓，称为萧寺。"其名出自萧姓，但也觉萧索之意，遂有了下句"别绪应萧索"。此处纳兰匠心独运，把自己的情感转而嫁接到随后而至的秋凉之感上，又用萧寺做引子，显得十分巧妙有味。后边几句乃从容道来，一点都不带凝滞之感。

想想此处应是这种风景：西风劲吹夕阳，随着晚风，天气转寒，我怀念友人是否衣缕单薄，不抵风寒呢？想到你处，自是那槐花也承受不起这风寒，萧萧索索，落了一阵，你是否也执酒驱寒，跟我一般寂寞独酌呢？

纳兰此作将自己的思友之情藏起，上片写己，下片转至友人，把笔触瞄准了各种秋景，景语之处，句句怀人，显得尤为真挚感人。

点绛唇　寄南海梁药亭①

一帽征尘，留君不住从君去。片帆何处②？南浦沉香雨③。

回首风流，紫竹村边住。孤鸿语④。三生定许，可是梁鸿侣⑤。

【注释】

①梁药亭：梁佩兰，字芝五，号药亭，别号柴翁，晚更号郁洲。广东南海人。顺治十四年乡试第一，后屡试不第，即潜心治学，从事诗歌写作，名噪一时。康熙四十二年被召回翰林院供职，因不识满文而罢。次年返乡，与屈大均、陈恭尹并称为"岭南三家"，有《六莹堂诗集》。②片帆：孤舟，一只船。③南浦：南面的水边，后常用称送别之地。《楚辞·九歌·河伯》："子交手兮东行，送美人兮南浦。"沉香：即沉香浦，地名，在广州西郊的江滨。相传晋广州刺史吴隐之曾投沉香于其中，因而得名。④孤鸿：孤单的鸿雁。⑤梁鸿：指东汉梁鸿。东汉梁鸿家贫好学，不仕，与妻孟光隐居于霸陵山中以耕织为业，后避祸去吴，居人庑下为人舂米，归家孟光为之备食，举案齐眉。世人传为佳话。后以"梁鸿"喻指丈夫，亦喻贤夫。

【赏析】

从这首诗的副标题"寄南海梁药亭",可知是寄友人书,确切地说,应该是一首送友人的送别诗。送别诗在诗歌中占有一席之地。我们耳熟能详的"桃花潭水深千尺,不及汪伦送我情""劝君更尽一杯酒,西出阳关无故人"等皆是饱含着深情厚意的送别赠言。

纳兰送诗的这位梁药亭,正是岭南三家之首梁佩兰,广州白云山碑廊还曾有他书写的《行书七言联》。梁佩兰,字芝五,药亭正是年轻时候自号,晚年改号郁州。梁佩兰与岭南三家的另两位——屈大均、陈恭尹一样,都是前朝遗民,却属于完全不同的两类人。屈、陈有着强烈的民族思想,诗书满腹而终生不仕清廷。梁佩兰则倾半生之力热衷功名,其间历尽坎坷,终于被选授翰林院庶吉士,当时他已年届六十。然而,梁佩兰在仕途道路上并不顺利,功名屡试不中,终于在花甲年考中进士,次年即告假归里。此后十五年,结兰湖诗社,遍历名山,与海内名士尽情唱和。这首送别诗写于梁佩兰青年时代考试不中返乡之际。

药亭的家乡远在岭南,即广东南海。现代人恐怕很难想象没有飞机火车的古代,由京城南下广东,一路上该是怎样的跋山涉水,可能要受尽与玄奘取经一般的颠沛之苦,因此纳兰感叹"一帽征尘"。不过到底是恰同学少年,风华正茂,书生意气,挥斥方遒。离别虽是依依不舍,却没有太多"断肠人在天涯"的忧思。"留君不住从君去",一派好男儿志在千里的从容。不似柳永,手执红板低吟,"执手相看泪眼,竟无语凝噎"。

古有李白叹"孤帆远影碧空尽",而纳兰也难隐对朋友的关怀,"片帆何处",自是药亭那有沉香之名的故乡。相传晋时岭南官员无不贪赃枉法,连号称"廉公"的周清廉也不例外。唯吴隐之派往岭南后,清正廉洁,造福一方,因此深得百姓爱戴。离去时,老百姓为了感激他纷纷致送礼品,而吴隐之一一婉拒,于元兴三年两袖清风离开广东。传说归舟在珠江河上行走时,突然间风浪四起,吴隐之急忙查问,但并无收受礼物之人。忽然间,吴夫人想起来手上的沉香扇是百般推辞不下方才收下的一位父老所赠之物。听闻此言,吴隐之马上焚香向天祷告,把沉香扇投入江心,江面立刻风平浪静,江心浮现一座小岛,即现在的沉香浦。

梁药亭在老家时,曾经有一段悠居乡里的日子,是许多清雅之士求之而不得的,所谓"宁可食无肉,不可居无竹",说的恐怕就是梁药亭进京前的这般风雅生活。西风不语,流年偷换,那年的梁药亭已不再如初到皇城时那般意气风发,尽管文字依旧激昂,却也掩不住屡试不中的怀疑和失落。"孤鸿语"三字,多多少少都会令人联想起东坡先生那首《卜算子》。不知在漏断人静时,梁药亭是不是也是孤鸿一般,为着阳春白雪的执着,为着曲高则和寡的必然,幽人独往来?应该是吧,否则梁药亭何必在几十年后高中进士仅为官一年便小隐于山林,尽享南山东篱?如此说来,怕是纳兰也没有想到,冥冥中孤鸿影竟是梁药亭躲不开的宿命,"拣尽寒枝不肯栖"的背后,挺立着古代之"士"毕生追求的精神脊梁。

或许是纳兰早已深刻地了解这位他乡故人,否则何出"三生定许,可是梁鸿侣"的溢美？说到梁鸿，世人熟悉的梁鸿，多半是因了"举案齐眉"这个古老的故事。传说梁鸿的妻子孟光有德却无容，甚至有好事者将孟光列入"四大丑女"。不同于以往的士人，梁鸿太学毕业后学而优但不仕，反而隐居山林，不臣天子，不事诸侯。也正是因为他的归隐，才保持了他对现实独立而客观的判断力，才在一片歌功颂德声中有了《五噫歌》这样大胆的讽世作品。当然，《五噫歌》带给梁鸿的却是无家可归的逃亡和流浪。

纳兰将梁鸿比作梁佩兰，是比之出世归田，还是比之才华横溢，我们都不得而知。但有一点可以肯定，纳兰并不反对他的暂时淡出，甚至有淡淡的赞许和隐隐的羡慕——毕竟是要回归那一段田园岁月，不必再羁绊于纳兰成日面对的官场争斗中，不必处处留心、步步谨慎，终日提心吊胆、如履薄冰。尽管并不得志，或许满腹牢骚，然而还有什么比自由更可贵呢？裴多菲感慨生命与爱情终不换的自由，康德将自由与上帝比肩，那么纳兰心中自由又是花瓣几朵呢？不自由，毋宁死，只怕不是人类走到现代才临时觉醒的吧。

点绛唇

一种蛾眉①，下弦不似初弦好②。庾郎未老③，何事伤心早？

素壁斜辉④，竹影横窗扫。空房悄，乌啼欲晓，又下西楼了。

【注释】

①蛾眉：指蛾眉月，新月前后的月相。呈弯形，犹如一道弯眉，故名。②下弦：下弦月，农历每月二十二或二十三之后的月亮。初弦：指阴历每月初七、初八的月亮，其时月如弓弦，故称。古人以蛾眉代指女人的眉毛，又以上弦、下弦之月代指女人的眉毛下垂或上弯。③庾郎：指南朝梁诗人庾信。④素壁：白色的墙壁、山壁、石壁。斜辉：指傍晚西斜的阳光。

【赏析】

本篇《点绛唇》有副题：对月。而从词中所抒写之情景看，确如副题，此作是一首对月伤怀、凄凉幽怨之作。

上片写到"蛾眉""下弦""初弦"，都指代的是明月，而明月在古典诗词中都被历史赋予了相思之情。这样冷清的下弦月挂在天空，本身就是容易使人伤感的意境，作者又将其与满月比较，便奠定了整首词的悲戚的色彩。古人每每见到残破的、不圆满的景象都会有一种伤感的情怀。"庾郎未老，何事伤心早"这句中"庾郎"是作者借以自喻，借庾信的人生际遇表明了自己现在的状况，还表明了他自己此时此刻的孤单与寂寞，作者此刻正值壮年，正是人生的大好时光，本该是意气风发的时候，然而对妻子的思念却让他的心境苍老了几十岁，已经失掉了许多人生中该有的乐趣。这一切都表明了作者此时此刻客居异地时的孤寂思乡之情，看到的这一切景色都让他感到伤心惆怅，以至于产生了难以排解的寂寞。

下片都是写景，以景寓情的手法在宋词中运用得比较多，这句描绘了作者此时居住的地方的景色，作者化情思为景句，将一切的思念都寄托在了眼前的景色之中，寓情于景又含蕴要妙之致。

"素壁斜辉，竹影横窗扫。"月光静静地照在淡雅的墙壁上，竹影缭绕，交错地映在上面，让人感觉它们很是孤单。一个"扫"字，更加丰满了这些静物的意象，有一种静中有动的感觉。"空房悄，乌啼欲晓"，静寂的房屋中仿佛又响起了那悲切的啼叫，那悲凉的声音在房间萦绕，久久不能散去，充斥着作者的内心，而作者又想到已经亡故多年的妻子，睹物思人，料想她如果还健在，一定会在家中的楼上盼望自己回去，而自己此时却在异地他乡，与她有千里之遥，更是久久不能归家，这一切都说明了作者对妻子的相思之情，作者借妻子来表明自己思人、思乡难耐的情怀。而此处与其说是描写了一间空荡荡的屋子，不如说是描写了作者的心房，那种心中空空如也、无依无靠的感觉，让读者从更深的层次明白了作者的悲痛。词末句"又下西楼了"，一个"又"字表明了作者对已故妻子的思念之痛每日都在折磨自己。月亮在拂晓时候隐去，这是大自然的规律，千百年来从未变过，然而每当此时，作者的心都会沉浸在一种思念的悲伤中，此处一句，更让通篇那种离愁别绪抒发得淋漓尽致。

就总体而言，这篇词是作者的思乡怀人之作。纳兰性德作为一个富家公子，虽然仕途如意、家世显赫，令人羡慕，但自己的感情生活却并不如意。他的前妻卢氏因为难产而死，对他的打击很大。他虽然是"续弦"了的，但"他生知己"之愿、"人间无味"之感，几乎紧攫他最后十年的心脉。纳兰对卢氏情真意笃，对和卢氏的恩爱生活没齿难忘，他为之写了许多悼亡词。而这一首，也颇似悼亡之词。这篇词的风格婉丽凄清，通篇虽然只用了几个淡雅的意象，写出几个冷清的场景，但其中所透露出的无形的哀思，却是难以掩饰的。他写词从来不矫揉造作，都是发自内心，情至深处，一草一木在他的词中都会被赋予无尽的情感。

这篇词重在抒发自己的杂感，睹物思人，客居他乡，都是作者此时孤独寂寞心情的外在表现。作者在百无聊赖之际，能做的只有对故乡的思念和对亡妻的无限缅怀。

也有人说这篇词是作者专门为怀念亡妻之作，从"未老""伤心""空房"等语看，是为卢氏亡故后作。

调笑令

明月，明月。曾照个人离别。玉壶红泪相偎①，还似当年夜来。来夜，来夜，肯把清辉重借②？

【注释】

①玉壶红泪：晋王嘉《拾遗记》卷七："（魏）文帝所爱美人，姓薛名灵芸，常山人也……时文帝选良家子女以入六宫，（谷）习以千金宝赂聘之，既得，乃以献文帝。灵芸闻别父母，嘘唏累日，泪下沾衣。至升车就路之时，以玉唾壶承泪，壶则红色。既发常山，及至京师，壶中泪凝如血矣。"后以"玉壶红泪"称美人泪。②清辉：清澈明亮的光辉，多指日月之光，这里指月光。

【赏析】

其实，这首《调笑令》满含自嘲之意。

调笑令又名转应曲、三台令。关于这词牌名，在胡适《词选》中有一段解释："'调笑'之名，可见此调原本是一种游戏的歌词，'转应'之名，可见此词的转折，似是起于和答的歌词。"纳兰以调笑之名写彼时的红妆相偎，是嘲弄命运无常，也是在自讽西风独自凉。

开篇直呼明月，似谪仙般的邀月，举杯邀明月，对影成三人。不知一向谨慎的他，会不会也拍着玉板月下长歌，对酒当歌，人生几何？明月，明月，纳兰是想劝慰吧？海内存知己，自然天涯若比邻，何必以身形羁绊？或者也是在祝福，既不得相守，便不如放开心胸祈祷，但愿人长久，千里共婵娟。

然而那一片月明中，纳兰好似又眼睁睁地看见那个人由远及近渐渐走向了他，咫尺之距时，又远远地推开了他，狠狠地退出了他的视野。他们心意相交，却终天各一方。

永远，相守时难以实现的诺言；遥遥，离别时执手相看泪眼，一个转身便耗尽了一生的时间。

"玉壶红泪"一说，来自三国时期魏文帝曹丕的宠妃薛灵芸。薛灵芸本是当时东吴浙西常山赞乡人。怀着对父母、兄弟和家乡风物的恋恋之情，怀着对那宫廷生活的陌生和恐慌，薛灵芸从江南远赴洛阳。这一路薛灵芸泪如泉涌，随从便用玉唾壶给她承接泪水，只见流进壶中的泪水都带着血红。等到抵达洛阳，玉唾壶中已盛满了血泪，因此后世称女子的眼泪为"红泪"。

"夜来"之意还是取自薛灵芸。为了迎接薛灵芸，曹丕在洛阳城外筑土台，高三十丈，直入云间；在台下四周布满蜡烛，唤名"烛台"，蜡烛沿灵云入城的路线从烛台一路绵延至洛阳城郊。魏文帝在烛台静候佳人之时，远远望见车马滚滚，尘埃翻腾，宛如云雾弥漫，不由感叹："古人云，朝为行云，暮为行雨，今非云非雨，非朝非暮。"因而改薛灵芸的名字为"夜来"。

到这里，词意也豁然开朗，这个被纳兰以自嘲的笔触留在诗行间的女子，多半应是纳兰思之念之而终不得相守的表妹。不似纳兰发妻卢氏离去时的痛彻心扉，直问"天为谁春"；不似沈宛不告而别返回故乡时，他叹息"等闲变却故人心，却道故人心易变"。他久久珍藏于追忆中的这份情，不似烈火般的热情，却因为凄清更惹人疼惜。不知纳兰回忆起了表妹的哪般，只一句"玉壶红泪"诉尽相思意。玉壶红泪，盛着互诉衷肠的甜蜜，家族的殷殷期望，对未知前途的恐慌，还有那伴君千日、终须一别的结局。

行至下片，纳兰低叹，"来夜，来夜"，以轻不可闻的声音，简单得不能再缩略的呢喃，重温那个已经冷却的旧梦，就像东坡轻言"作个归期天定许"。或许纳兰也是怀着几许期待的吧，虽明知好景已逝，却依旧忍不住希望；虽然到头来只落得往事如风信子的花瓣一般，散落一地，唯余"缥缈孤鸿影"。

纳兰希冀的来夜，更多的怕是在追寻那些终成回忆的昨夜，春风拂面灯火阑珊的昨夜，与表妹相知相伴的昨夜，逝去的情意缱绻的昨夜。这一段往事像是中了岁月的魔咒被封在心底，既没有结果，也难以诉说，唯有叹息悠悠时常回荡于心间。多少年过去后，才终于明白，那时光的封印唤为"此情可待成追忆"。

罢了，借一缕清辉，想佳人旧影，凭栏凝望，还是那一轮明月，却是年年新月照旧人。连月色都已变换，谁又能回到过去？没有过不去的，只有回不去的，纵使相逢应不识吧。

记得席慕容曾写过，我们也来相约吧，相约着要把彼此忘记。

还是明月如霜，还是好风如水，纳兰不知能否放下那份执着，与表妹相约着，各自走各自的人生。

蝶恋花　散花楼送客

城上清笳城下杵①。秋尽离人，此际心偏苦。刀尺又催天又暮，一声吹冷蒹葭浦②。

把酒留君君不住。莫被寒云③，遮断君行处。行宿黄茅山店路④，夕阳村社迎神鼓⑤。

【注释】

①清笳：谓凄清的胡笳声。唐杜甫《洛阳》诗："清笳去宫阙，翠盖出关山。"城下杵：指捣衣之声。杵，捣衣所用的棒槌。②蒹葭：蒹和葭都是水草，本指在水边怀念故人，后

以"蒹葭"泛指思念异地友人。语出《诗经·秦风·蒹葭》:"蒹葭苍苍,白露为霜。所谓伊人,在水一方。"③寒云:寒天的云。④黄茅山店:指荒村野店。黄茅,茅草名。唐白居易《代书诗一百韵寄微之》:"官舍黄茅屋,人家苦竹篱。"⑤村社:旧时农村祭祀社神的日子或盛会,《旧唐书·文苑传下·司空图》:"岁时村社零祭祠祷,鼓舞会集,图必造之,与野老同席,曾无傲色。"

【赏析】

这是一首送别诗。

散花楼,单听名字便引得无数遐想。天女散花,也是有来历的。据说在维摩诘住处有一位天女,每听到有人说法的时候就会现身,把天花散向众菩萨和佛的弟子身上。花落到菩萨身上时便都会堕落,但是落到那些弟子身上时却不会掉下来。那些弟子用神力也不能将花拂去。舍利弗说:此花不如法。就是说存有分别心是不如法,说明弟子们还有畏惧生离死别之心。等修行完成后,五欲不再有,"结习尽者,花不着身"。

在离别心不当存的散花楼送别,或许不只是巧合吧。"天若有情天亦老",好友间若无别绪,又何来离愁呢?纳兰所送之人,正是张见阳。张见阳,字子敏,名纯修,本为内务府包衣,进士及第后先授江华县令,官至庐州知府。张见阳与纳兰结为异姓兄弟,是纳兰的知心故交。这首词即是在张见阳出任湖南江华县令离京时所作。

秋花惨淡的时节,本就易惹人伤感。张见阳此时奔赴千里之外,话别时酒入愁肠,更著凄凉。散花楼上,听得远处胡笳轻唱,城下捣衣声一下接一下单调地重复着,回荡在这清冷的蒹葭浦,在离人的心中挥之不去。

"刀尺"二字历来说法不一,比较普遍的说法是制衣,那么"刀尺又催"便是赶制衣物之意了。古时士兵武器和粮食由朝廷供应,衣物往往是自备。每到秋冬交替时,家人便要为远方的征夫或游子准备寒衣。因此便有了这"万户捣衣声"。宋贺铸也曾在他的词中提到,"砧面莹,杵声齐,捣就征衣泪墨题"。瑟瑟秋风中的捣衣声藏于游子密密缝的身上衣,藏着远征将士对故土的眷恋,藏着故园亲友的不舍和思念。

文行至此,不过一首普通的送别诗。而纳兰之于张见阳,岂是泛泛之交可比?留君不住,临别定有金玉之言相赠,"莫被寒云,遮断君行处"。江华曾一度为吴世璠所占据,清军刚收复江华不久后张见阳即被派去任职。纳兰深知此时的江华战火未息,民生艰难,且江华历来是许多少数民族交会地区,冲突时有发生,张见阳所得并非美差。然而作为朋友,纳兰不断勉励张见阳要莫惧寒云,要在满目疮痍中成就一番大业。他在与张见阳的书信中写道:"古来名士多以百里起家者,愿足下勿薄一官,他日循吏传中,籍君姓名,增我光宠。"纳兰也曾有建功立业的宏图大志,而他困于皇宫中难以施展拳脚,便将自己的目标寄托于好友。

纳兰对张见阳不仅有着殷切的期望,也像兄弟一般深情地关怀着他。他曾作五律遗友人:

楚国连烽火，深知作吏难。

吾怜张仲蔚，临别劝加餐。

江华属楚地，故诗中言"楚国连烽火"。彼时，江华时局不稳，纳兰对友人颇为牵挂。临别不赘言"一片冰心在玉壶"，无"天下谁人不识君"的豪情，也没有"天涯若比邻"的宽慰，而是像至亲一般希望他保重身体，二人的友情由此也可见一斑。

古时官员到各地赴任，往往要经历长途跋涉。纵使比不得昭君出塞、文成公主进藏，但翻山越岭在所难免，"鸡声茅店月，人迹板桥霜"，个中酸楚不须多言。而纳兰似对行宿黄茅山店这般羁旅生活有着别样的期待。

词中所说的村社应该是指秋社日。古有春秋二社，秋社日是立秋后第五个戊日，大约在秋分前后。此时的农家已经完成了秋收，所以立社祭祀土地神。秋社祭神的习俗最早始于汉代，宋代的村社有食糕、饮酒、女归宁的习俗，至今一些地方还有"做社""敬社神""煮社粥"等传统纪念活动。

纳兰从小便生活在政治斗争的旋涡中，官场的黑暗、人性的扭曲和金钱权力间血淋淋的勾当让他压抑已久，这也使得他更加渴望自由，向往人与人之间真挚的感情，向往朴实的田园生活。"开轩面场圃，把酒话桑麻"，村社神鼓在他眼里便成了自由惬意生活的写照。

"夕阳村社迎神鼓"，是他劝慰友人以豁达之心迎接未来的漫漫长路，"竹杖芒鞋轻胜马，谁怕？一蓑烟雨任平生"，又似他给自己的一个期许；"云无心以出岫，鸟倦飞而知还"。可惜，纳兰的归去来兮终究只是个没有云开日出的期许。

蝶恋花

今古河山无定据①。画角声中②，牧马频来去③。满目荒凉谁可语？西风吹老丹枫树。

从前幽怨应无数。铁马金戈④，青冢黄昏路⑤。一往情深深几许，深山夕照深秋雨。

【注释】

①无定据：没有一定。宋毛开《渔家傲·次丹阳忆故人》词："可忍归期无定据，天涯已听边鸿度。"②画角：古管乐器，传自西羌。形如竹筒，本细末大，以竹木或皮革等制成，因表面有彩绘，故称。发声哀厉高亢，古时军中多用以警昏晓、振士气、肃军容。帝王出巡，亦用以报警戒严。③牧马：指古代作战用的战马。④铁马金戈：形容威武雄壮的士兵和战马。代指战事，兵事。⑤青冢：指汉王昭君墓，在今内蒙古自治区呼和浩特南。

据《吹剑录》记载,东坡在玉堂日,有幕士善歌,因问:"我词何如柳七?"曰:"郎中词,只合十七八女郎,执红牙板,歌'杨柳岸、晓风残月';学士词,须关西大汉,铜琵琶,铁绰板,唱'大江东去'。"东坡为之绝倒。这个典故常常被引用来说明豪放词和婉约词的区别。自从豪放与婉约被人们当作划分词风的标志之后,除了苏东坡、辛弃疾这寥寥几人之外,能够将豪放之情寄寓在婉约之形中的,也就只有纳兰性德了,以至于王国维都评价纳兰是"北宋以来,唯一人尔"。

从词题中我们知道,这是一首出塞词。首句"今古河山无定据",即是纳兰发出的感叹,同时也道出了自古以来,权力纷争不止、江山变化无常这一无法改变的客观事实。

接下来纳兰用白描的手法为我们描绘了一幅生动的边塞秋景图,"画角声中,牧马频来去",由于战事连年不断,所以战马在画角声中频繁往来。

因为不停的纷争、不息的战火,所以行走在边塞道路上的纳兰,看到的是西风吹散落叶这样荒凉萧索的景色,那飘荡在空中的叶子,似乎在向他诉说着无穷的幽怨。

汉元帝时,昭君奉旨出塞和番,在她的沟通和调和下,匈奴和汉朝和睦相处了六十年。她死后就葬在胡地,因其墓依大青山,傍黄河水,所以昭君墓又被称为"青冢",杜甫有诗"一去紫台连朔漠,独留青冢向黄昏",纳兰由青冢想到王昭君,问她说:"曾经的一往情深能有多深?是否深似这山中的夕阳与深秋的苦雨呢?"

作为康熙帝的贴身侍卫,纳兰经常要随圣驾出巡,所以他的心中也充满了报国之心,但他显然不想通过"一将功成万骨枯"的方式来成就自己的理想抱负,所以在尾句中纳兰又恢复了多情的本色,他以景语结束,将自己的无限深情都融入无言的景物之中,其中,既包含了豪放,又充满了柔情,甚至我们还会体味到些许的凄凉与无奈。

谢章铤在《赌棋山庄词话》中曾说过:"长短调并工者,难矣哉。国朝其惟竹坨、迦陵、容若乎。竹坨以学胜,迦陵以才胜,容若以情胜。"而读完纳兰这首词风苍凉慷慨的词作,我们才发现谢氏此言不虚。

蝶恋花

尽日惊风吹木叶①。极目嵯峨,一丈天山雪②。去去丁零愁不绝③,那堪客里还伤别。

若道客愁容易辍。除是朱颜④,不共春销歇⑤。一纸寄书和泪折,红闺此夜团栾月。

【注释】

①惊风：狂风。②天山：在新疆中部。此处是以天山代指塞外之山。③去去：一步一步地远行，越去越远。丁零：古代少数民族名，汉时游牧于我国北部和西北部。《史记·匈奴列传》："后北服浑庚、屈射、丁零、鬲昆、薪犁之国。"张守义正义："已上五国在匈奴北。"此处是借指塞外极边之地。④朱颜：红润美好的容颜。⑤销歇：衰败零落。

【赏析】

这首词表现天涯羁旅、游子落拓的凄凉悲伤：在这里，尽日狂风呼啸，极目望去，天山脚下树叶尽落，积雪盈丈，一片皑皑白色。渐行渐远已经让人愁不自胜了，更何况还是在行役当中的伤别。若想行人的客愁能够停止，那除非是红润的容貌常在，不会像春花一样地凋萎。而现在朱颜憔悴，春华销歇，又当如何呢？写好书信，含着眼泪折起，而此时不也正有人孤独地对着团圆明月，怀念着"我"这远在天山的人吗？

此词以低回婉转、沉雄青刚的笔触，描写了人在羁旅之中的相思情怀。词的上片写华丽阔远的秋景，暗暗隐含了思乡之情，而到了下片直抒思乡情怀。全词大笔振迅，意境深阔，看似与纳兰的往日风格不符，但细细品味，依然是有着清淡似流水的情怀在其中。

上片起首的这句便是点名节令，"尽日惊风吹木叶"。可以从字句中判断出这是秋天的景色，风吹落树叶，寥廓苍茫、衰飒零落的秋景展现在人们眼前。而后又是一处苍茫无边的景色描写："极目嵯峨，一丈天山雪。"从远近高低的不同层面，分别描写眼前所见到的景物，纳兰的这开篇前两句仿佛就是一幅山水画，从碧天广野写到遥接天地的山脉，天山脚下，积雪盈盈，满目苍白，令人感受这景色的荒凉。苍凉的大地一直向远方伸展，连接着天地尽头的除了山脉，还有凄凉与悲哀的情绪。

旅客的哀愁无法化解，在上片的最后一句话里，纳兰用了"不绝"来写出愁绪的蔓延无期。"去去丁零愁不绝，那堪客里还伤别。"这一句境界悠远，与前两句高广的境界互相配合，构成了一幅十分寥廓而凄凉的秋季图。

下片则是进一步通过抒情，将内心的愁绪表达出来，十分有力。"若道客愁容易辍。"如果想让愁绪停止，那么只有一个办法，纳兰看似是抒情，其实是表达了内心的想法，"除是朱颜，不共春销歇"。

原来，纳兰真正忧愁的是，红颜已逝，人生匆匆。生老病死这样平淡无奇的事情，在纳兰看来，别有一番感慨在心头。所以，他借词发挥，将内心的愁绪写成一幅秋日图，让大家在他的描绘中，辗转反侧，终于在最后找到答案。

"一纸寄书和泪折，红闺此夜团栾月。"写好书信，擦干眼泪，想到此刻远方也定有一个人，在窗前痴等他这个远在天山脚下的人。夜里寂寥，最后哀愁都化作了相思之泪。

这首词抒情深刻，造语生新而又自然，将词里要表达的思乡之情发展到了极致。在最后的一片哀思中，整首词戛然而止。秾丽之景与深挚之情的统一是这首词最大的特色。所抒发的情感柔而有骨，深挚而不流于颓靡。

蝶恋花　夏夜

露下庭柯蝉响歇^①。纱碧如烟，烟里玲珑月。并著香肩无可说^②，樱桃暗吐丁香结^③。

笑卷轻衫鱼子缬^④。试扑流萤^⑤，惊起双栖蝶。瘦断玉腰沾粉叶^⑥，人生那不相思绝。

【注释】

①庭柯：庭园中的树木。晋陶潜《停云》诗："翩翩飞鸟，息我庭柯。"②香肩：散发着香气的肩背。③樱桃：比喻女子的嘴唇如樱桃般小巧红艳，此处代指恋人。丁香结：丁香的花蕾。用以喻愁绪之郁结难解。唐尹鹗《拨棹子》词："寸心恰似丁香结，看看瘦尽胸前雪。"④鱼子缬（xié）：绢织物名。唐段成式《嘲飞卿》："醉袂几侵鱼子缬，飘缨长凤皇钗。"⑤流萤：飞行无定的萤。唐杜牧《秋夕》诗："银烛秋光冷画屏，轻罗小扇扑流萤。"⑥玉腰：指美女的腰，此指蝴蝶的身体。

【赏析】

"执子之手，与子偕老。"这是《诗经》中对爱情最美的诠释，相爱的人无不是想拉住对方的手，走一辈子。等到山山水水都看过的时候，身旁还有爱人，容颜老去，但笑容依旧。

但往往有些爱情，总是在最美的时候停止。当沧海桑田、岁月苍茫的时候，这些爱情还依然鲜活于相爱的人的脑海中。只是可惜，相爱的人，早已是天涯海角，难以相守了。这份爱情便会变得愈加珍贵，正是因为失去过才知道珍惜。

人世间的事情往往如此，纳兰的这首词描绘夏夜与恋人共度的情景：庭院结满露珠的树上，有蝉在鸣唱，轻纱如烟似雾，月色朦胧。你我默默地肩并着肩，心中的愁绪却暗自消解。朦胧月下，你笑着卷起衣袖，扑捉飞来飞去的萤火虫，却不经意惊起了花上双宿双栖的蝴蝶。如今想来怎不让人相思成病，日渐消瘦，伤心欲绝。

　　纳兰的恋人究竟是指他的表妹，还是沈宛，抑或是早逝的卢氏都无法看出，但这份爱情在这首词中，却显得格外的美丽。"露下庭柯蝉响歇。"夏天的夜晚，蝉虫的叫声就在四周，两个相爱的人在夜色下相偎相依，看着远处，庭院里的树木，幸福就洋溢在四周的空气里，细腻极了。

　　月色如此朦胧，好似轻柔的纱帐，温柔地洒落在二人身上，纳兰将词境的浪漫气氛推到了最高点。"纱碧如烟，烟里玲珑月。"在这样的浪漫气氛中，二人却是相对无语，不是无话可说，而是不需要说。

　　有的时候，只要知道彼此就在身边，能够感受到对方的体温，那就可以了，"并著香肩无可说，樱桃暗吐丁香结"。纳兰也是这样想的，他与恋人依偎在月色下，这句话里有两个典故，"樱桃"并非是指真的樱桃，而是比喻女子的嘴唇如樱桃般小巧红艳，此处代指恋人。在孟棨的《本事诗》中有"白尚书姬人樊素善歌，妓人小蛮善舞。尝为诗曰：樱桃樊素口，杨柳小蛮腰"。

　　还有一处是"丁香结"，喻愁绪之郁结难解。即便是怀抱着恋人，心里也有难化解的愁绪。但纳兰的表面依然是波澜不惊，上片结束后，下片便显得更为活泼一些，因为这是一首思念恋人的词。

　　"笑卷轻衫鱼子缬。试扑流萤，惊起双栖蝶。"恋人衣袖飞舞，在院子中捕捉萤火虫，这美好的景象却只能是存在于记忆中了，因为恋人走远，自己只能独自看这月夜，想当日的美好，今日更觉得凄凉。

　　"瘦断玉腰沾粉叶，人生那不相思绝。"最后这句十分动人，人生处处是相思，令人思念成疾，令人为之气绝。情之深处，只怕也就是如此了。

蝶恋花

　　萧瑟兰成看老去①，为怕多情，不作怜花句。阁泪倚花愁不语②，暗香飘尽知何处？

　　重到旧时明月路。袖口香寒，心比秋莲苦③。休说生生花里住④，惜花人去花无主。

【注释】

　　①萧瑟：寂寞凄凉。兰成：北周庾信之小字。北周庾信《哀江南赋》："王子滨洛之岁，兰成射策之年。"唐陆龟蒙《小名录》："庾信幼而俊迈，聪敏绝伦，有天竺僧呼信为兰成，因以为小字。"此处词人借指自己。②阁泪：含着眼泪。宋无名氏《鹧鸪天·离别》："尊前只恐伤郎意，阁泪汪汪不敢垂。"③秋莲：荷花，因于秋季结莲，故称。④生生：世世、

一代又一代。

【赏析】

一颗心竟比秋莲还要愁苦，这是纳兰词的格调，也是纳兰的心声。

一叠《饮水词》，就像一幅以纳兰心语为线索的情感拼图，堆叠着对亡人的思念、对离人的牵挂、对命运的无奈、对人生的困惑，拼在一起便可以看见纳兰完整的人生。但是它们却并未拼接起来，所以后人纵使旁观着纳兰的喜怒愁苦，却终究猜不透他的心思，只好看着无迹可寻的空白散落了一地的遗憾。

"心比秋莲苦"，这种滋味到头来也只有纳兰一人品尝得到。何其孤独！

纳兰在这首《蝶恋花》中自比兰成，兰成是北周诗人庾信的小字。庾信早期的作品雍容华贵，且多艳情成分，但由于家国之痛以及人世的诸般磨砺，庾信后期自抒胸怀与怀念故国的诗作反而多了几分沉淀的色彩，更值得揣摩与推敲。有人曾说"庾信的性格既非果敢决毅，又不善于自我解脱，亡国之哀、羁旅之愁、道德上的自责，时刻纠绕于心，却又不能找到任何出路，往往只是在无可慰解中强自慰解，结果却是愈陷愈深"，由此"情纠纷而繁会，意杂集以无端"，诗中的情绪便显出几分沉重和无奈。

这种性格、这般文风，果真与纳兰有几分相似了。

杜甫曾作《咏怀古迹》："庾信平生最萧瑟，暮年诗赋动江东。"纳兰在这里自比为多才的庾信，或是想通过庾信年轻时的"萧瑟"来表达自己内心的孤单，或是想借此来表达目睹百花凋残时油然而生的迟暮之感。

纳兰睹花伤神，又怕作词而引发伤感情绪，因此决意"不作怜花句"，但是他含着眼泪倚在花侧时，看着落红散尽而不知香飘何处，心里的愁绪反而又多了几重。"花谢花飞花满天，红消香断有谁怜？"文人多情，自古便是如此。盼花开又怕花谢，每到落花时节便总会生出伤春之意，纳兰就在这暮春时分重游故地，心中不禁起了感伤。

他又走过曾与爱人一起走过的小径，当初月明风清，如今却"袖口香寒"，一颗心竟比秋莲还要愁苦。昔日许下的声声誓言仿佛还在耳畔，惜花之人却已经和自己阴阳两隔，真正是"一朝春尽红颜老，花落人亡两不知"。

蝶恋花——这个宋词中司空见惯的词牌名虽然起得缠绵旖旎，但宋朝的词人却很少将之用于表达夫妻之情，晏殊父子、欧阳修、苏东坡、柳永的作品中都有以《蝶恋花》为词牌的佳作，但没有一首像纳兰一样将"悼亡"作为主题，还将情感表达得如此深沉动人、反复萦纡。

全词在"不作怜花句"的悲伤基调中展开，在词人欲说还休、欲休还说的情绪感染下，读者也不知不觉就被他带入了悲伤的情境里。读过整首词后，我们大可以将词中的"花"理解为纳兰牵挂的爱人，花失惜花人，人失爱人，对着眼前凋零的花朵，纳兰情不自禁地想起了逝去之人，人花相对无语，纵使心里比秋莲还苦却也无人可以倾诉。

有人曾说纳兰的词是"玫瑰色与灰色的和谐"，大概就是这样吧。他笔下的花朵娇艳美丽，却偏偏是即将凋谢的花朵；他笔下的爱情深沉坚定，却又是生死相隔的爱情；他笔下的幸福甜蜜温馨，然而又总是回忆中的幸福。他有过如花美眷，终究抵不过似水流年；他向往海阔天空，最后还是被迫在名利场中兜兜转转。即便如此，纳兰还是保持着持久的赤诚和本色的纯净。不论写相思还是悼亡，不论抒情还是写景，他的词中都是一派天然清隽的色彩，伤情却不无病呻吟，悲痛却无厌世色彩，也没有吟风弄月、轻薄为文的纨绔不羁。

翻开《饮水词》，泪、恨、愁、伤心、断肠、惆怅……俯拾皆是，触目感怀。这位认定自己并非人间富贵命的乌衣公子呕其心血，掬其眼泪，和墨铸成了这一首首妙词，也成就了纳兰的绝世风华。

蝶恋花①

辛苦最怜天上月，一昔如环②，昔昔长如玦③。但似月轮终皎洁④，不辞冰雪为卿热。

无奈钟情容易绝，燕子依然，软踏帘钩说⑤。唱罢秋坟愁未歇，春丛认取双栖蝶⑥。

【注释】

①这首与以下三首《蝶恋花》均为悼亡之作，作年不详。②一昔：一夜。昔，同"夕"，见《左传·哀公四年》："为一昔之期。"纳兰性德曾在其词序说亡妻曾在梦中"临别有云：'衔恨愿为天上月，年年犹得向郎圆'"。③玦：玉，佩玉的一种。形如环而有缺口，借喻月缺。④月轮：泛指月亮。皎洁：明亮洁白，多形容月光。⑤帘钩：卷帘所用的钩子。⑥春丛：春日丛生的花木。认取：辨认，认得。取，语助词。双栖蝶：用梁山伯、祝英台死后化蝶的典故。

【赏析】

在幽静的夜晚，人们举目辽阔的夜空，看到那皎洁的圆月照彻大地，或是一弯新月泻着淡淡的清辉，必然会浮想联翩而至，情感勃郁而生，而纳兰这位敏感而多情的才子，又怎会例外。

"辛苦最怜天上月，一昔如环，昔昔长如玦"，开篇三句凄美而清灵，说的是自己最怜爱那天空辛苦的月亮，一月之中，只有一夜是如玉环般的圆满，其他的夜晚则都如玉玦般残缺。在这里，"辛苦最怜天上月"为倒装句。中国古典诗词中常以月的圆缺来象征着人的悲欢离合，所以纳兰在这里说月，实际上是在说人，说的是以前自己或者是入职宫禁，或者伴驾出巡，与卢氏聚少离多，没有好好陪伴她，说的是卢氏过早地逝去，给自己留下终身的痛苦，而此时我们也知道，这又是一首悼念亡妻的词作。

纳兰曾梦到过亡妻，而且临别时妻子有云："衔恨愿为天上月，年年犹得向君圆。"所以，"但似月轮终皎洁，不辞冰雪为卿热"是纳兰对梦中亡妻所吟断句的直接回答，纳兰想象着那一轮明月仿佛化为自己日夜思念的亡妻，如果梦想真的能够实现，自己一定不怕月中的寒冷，为妻子夜夜送去温暖，从而弥补心中的遗憾。

"不辞冰雪为卿热"是《世说新语·惑溺》里的一个典故，是说荀奉倩与妻子十分恩爱，有一年寒冬腊月，妻子患病，浑身发热，于是荀奉倩就到院子里让风雪吹打自己的身体，然后再回到屋中，用身体为妻子降温。然而天不垂怜，妻子还是去世了，荀奉倩也因为受风寒而病重，没过多久也去世了。后人常用这个典故，指夫妻恩爱，或用以悼亡。

然而梦想终究难以实现，当一切幻想破灭后，纳兰的思绪回到了现实。"无奈钟情容易绝，燕子依然，软踏帘钩说"，无奈尘世的情缘最易断绝，而不懂忧愁的燕子依然轻轻地踏在帘钩上，呢喃叙语。此时的纳兰睹物思人，由燕子的呢喃叙语想到自己与妻子昔日那段甜蜜而温馨的快乐时光，于是，他的思绪又开始飘散起来。

尾句"唱罢秋坟愁未歇，春丛认取双栖蝶"是纳兰对亡妻的倾诉，表达了自己的一片痴心。在你的坟前"我"悲歌恸哭，纵使唱罢了挽歌，内心的愁情也丝毫不能消解，"我"甚至想要与你的亡魂双双化作蝴蝶，在灿烂的花丛中双栖双飞，永不分离。化蝶之说，历代文人大多在诗词中用过，然而，用的最感人的、最真切的，无疑是纳兰。

在这首词中，纳兰仅以明月、燕子、蝴蝶这三种在生活中经常看到的景物，就深情淋漓地表达了妻子逝去后，自己内心难以消散的愁苦，正因为感同身受，才会写得如此情真意切，而尾句以喜语来强化悲情，这恐怕也是他的特点吧。

蝶恋花

眼底风光留不住，和暖和香，又上雕鞍去^①。欲倩烟丝遮别路，垂杨那是相思树。

惆怅玉颜成间阻^②，何事东风，不作繁华主。断带依然留乞句^③，斑骓一系无寻处。

【注释】

①雕鞍：雕饰有精美图案的马鞍。②间阻：阻隔。③断带：割断了的衣带。这里用李商隐《柳枝词序》序云：商隐从弟李让山遇洛中里女子柳枝，诵商隐《燕台诗》，"柳枝惊问：'谁人有此，谁人为是？'让山谓曰：'此吾里中少年叔耳。'柳枝手断长带，结让山为赠叔，

乞诗。"

【赏析】

一个人如果未到死别，就注定会经历无数的生离。所以，从古至今，人间的"离愁别恨"就是一个永远写不完的题材，而纳兰的这首词，就是一首读来令人欲泣的伤别词。

纳兰在这首词中，并没有点明离别的时令，但是从"和暖和香""烟丝""垂杨""东风"这些意象中我们能够得知，此时正是春意盎然之时。纳兰并没有把和伊人离别的春天故意写得一片黯淡，而是如实地写出它的浓丽，从而显现出在这春光大好时离别的难堪之情，以及自己内心的悲苦。"眼底风光留不住"套用辛弃疾的"有底风光留不住，烟波万顷春江橹"，而一个"又"字，则表明分别已经不是一次，而是多次。这个时候，我们就能够知道，"眼底风光"并不是指风暖花香、杨柳依依，而是指即将远行的征人。

面对骑马离去的征人，女主角无力挽留，所以她把希望寄托在被烟雾笼罩的杨柳上，请它们遮住征途，以便将征人留住，但垂柳并不是相思树，它是无情的，自然也不会满足女主角的愿望。

下片转换角度，抒写征人的伤别之情。伊人舍不得征人，征人更不愿离开伊人，但是圣命难违，征人只能离家远行，以至"玉颜成间阻"。此时，征人的心中备感痛苦惆怅，于是开始埋怨东风为什么不留住繁华旧梦，其隐喻的意思就是：为什么幸福不能永驻呢？东风"不作繁华主"正是纳兰无可奈何的感慨。

尾句"断带依然留乞句，斑骓一系无寻处"，提到柳枝女"断带乞句"求李商隐诗的典故，唐朝有一位十七岁的姑娘叫柳枝，活泼可爱，开朗大方，并且善解音律。李商隐的堂兄李让山与柳枝是邻居，一个偶然的机会，柳枝听到李让山吟咏李商隐的《燕台诗》，心生爱慕，便问他是谁写的。李让山照实回答，柳枝就扯下衣带打上结，请李让山送给李商隐求诗。然而有情人最终没有成为眷属，第二天，柳枝见到李商隐后，与其约定三天后再次约会，但李商隐却因故失约，并且从此再也没有见过柳枝。为了纪念这段感情，李商隐曾写过一组名为《柳枝五首》的诗作。

尾句再次转换了角度，写伊人的相思之情，伊人割断的衣带上还留有当年她求征人写的诗句，可如今征人远行，与自己相隔万水千山，也不知道他的坐骑现在系在何处。

如果说世间还有比离别更悲伤的事，那就是心爱的人走了，可是记载着当初美好时光的物品却留了下来，睹物思人，其所带来的无穷无尽的空虚、寂寞、惆怅，也就始终环绕在心间，挥之不去。

蝶恋花

又到绿杨曾折处，不语垂鞭，踏遍清秋路。衰草连天无意绪^①，雁声远向萧关去^②。

不恨天涯行役苦^③，只恨西风，吹梦成今古。明日客程还几许，沾衣况是新寒雨^④。

【注释】

①衰草：干枯的野草。意绪：心意，情绪，南朝齐王融《咏琵琶》："丝中传意绪，花里寄春情。"②萧关：古关名，故址在今宁夏固原东南，为自关中通向塞北的交通要冲，此处指边关。③行役：旧指因服兵役、劳役或公务而出外跋涉，泛称行旅出行。④新寒：气候开始转冷。

【赏析】

这又是一首凄凉的塞上之作，与以往不同的是，纳兰这次并没有随驾出巡，而是负皇命行役在外，这是他第一次率队远征，但纳兰的心中并没有作为皇家使者独自率队远征的喜悦，而是与以往一样，心中充满了惆怅之情。

"又到绿杨曾折处"，这里的"绿杨"并不是指杨树，而是指柳树，在中国古代，有折杨柳枝送别的习俗。而一个"又"字，说明是重过故地。过去离家，有伊人折柳相送，而如今再来到这里，伊人已经不见，只剩下自己孤独漫游，这自然引起词人心中无限的惆怅，于是他骑在马背上，沉思着往事，默默无言，任马踏着清秋的道路缓缓前行。

"衰草连天无意绪，雁声远向萧关去"，这两句写的是纳兰所见所闻，"衰草连天"是眼见之景，衰败的秋草直接天涯，这恰是纳兰心中"无意绪"的真实反映，"雁声远向"是所闻之声，天边传来的雁鸣之声显示雁群已飞过了边关，但是雁声过后，是死一样的寂静，此时的词人早已无力抵挡秋意凄凉的侵蚀，这让他烦躁的内心又平添了一分愁苦。

"不恨天涯行役苦，只恨西风，吹梦成今古"，通过上片，我们已经知道此次"行役"的遥遥漫长，而纳兰却偏偏说"不恨"，其实这是反语，也为后文的"只恨西风"埋下了伏笔。无端地迁怒于西风，表露出纳兰心中无穷的愤恨。他不仅恨这西风，恨眼前衰败的景象，恨羁旅行役之苦，甚至还恨这无常的命运，它像西风一样，将梦中的那个人、那些往事吹得无影无踪，让它们瞬间变得遥不可及，这是怎样的一种痛楚啊！

词到此处，我们已经无法从纳兰身上找到一丝皇家使臣的自豪感，眼前萧瑟的景象不仅加重了他内心的愁苦，更让他心生愤恨。然而，就算他愤怒得"锉碎口中牙"，他又能改变什么？他无法摆脱被无端放逐的命运，于是，等到内心平静之后，纳兰开始思量明天的征程还有多远，不知不觉间，寒雨已经沾湿了他的衣襟。

王国维曾评价纳兰"以自然之眼观物，以自然之舌言情"，这绝不是溢美之词，在这首词中，纳兰以"折柳"开篇，以"寒雨"收尾，直视眼前之景，直抒心中之情，写情时真挚浓烈，写景时逼真传神，表现出极强的艺术创造才能。

蝶恋花

准拟春来消寂寞①。愁雨愁风，翻把春担搁②。不为伤春情绪恶，为怜镜里颜非昨。

毕竟春光谁领略③。九陌缁尘④，抵死遮云壑⑤。若得寻春终遂约，不成长负东君诺⑥。

【注释】

①准拟：料想、打算。②担搁：耽搁、迟延、耽误。③毕竟：终归，终究，到底。领略：欣赏，晓悟。④九陌：汉长安城中的九条大道，《三辅黄图·长安八街九陌》：《三辅旧事》云："长安城中八街、九陌。"泛指都城大道和繁华闹市。⑤抵死：经常，总是。宋晏殊《蝶恋花》："百尺楼头闲倚遍。薄雨浓云，抵死遮人面。"云壑：云气遮覆的山谷，此处借指僻静的隐居之所。唐于鹄《过凌霄洞天谒张先生祠》诗："乃知轩冕徒，宁比云壑眠。"⑥东君：传说中的太阳神或指司春之神。《史记·封禅书》："晋巫祠五帝、东君、云中、司命之属。"

【赏析】

"准拟"一词的意思是料想，打算。纳兰开篇写道："准拟春来消寂寞。"他本来是打算要在这大好的春光下消遣寂寞的。春光美好，本该出去游玩，或是怀着愉悦的心情欣赏春日美景，但纳兰却偏偏要去消遣寂寞。

寂寞如影随形，伴随纳兰一生。这种情绪让纳兰成为伤情的公子哥，但同时也让他留给后世众多优美的诗词。寂寞的纳兰本想在春光下消遣，却没想到运气如此不好，偏偏赶上了春雨，这不合时宜的雨打扰了纳兰消遣的念头，纳兰觉得这是辜负了春光。故而他写道："愁雨愁风，翻把春担搁。"

这首词表现词人厌于侍卫生涯、蹉跎日老的感慨：本来打算在大好的春光中消遣寂寞，无奈愁风愁雨辜负了春光。情绪不好并不是因为伤春所致，而是因为对镜顾影自怜，形容已日渐憔悴。那繁华的闹市总是将幽僻的山谷遮蔽，有谁来领略这美好的春光？怎样才能不辜负时光，遂我心愿呢，难道总是让我有负春神吗？

无法过上自己想过的生活，难怪纳兰总是会心情烦愁。他自己心里也清楚，自己的烦闷并非是天气原因造成的，而是由于其他外在因素。故而他会忧伤地在上片结尾处写道："不为伤春情绪恶，为怜镜里颜非昨。"

侍卫的工作磨平了纳兰的心性，他每日进宫当值，或者陪同皇帝出游，在这单调无聊的岁月里，生活如何能够丰富多彩？纳兰是有这样一颗浪漫自由的心的，但他却必须要学着压抑自己的天性，学着要像他的父亲那样，去当好一个官，能够在仕途上越走越远。

这样的心情，如何能够在这大好的春光里寻觅到快乐。纳兰只能顾影自怜，看着镜子里自己的样貌，感慨日益的消瘦，只能是心境的郁结造成的。写完自己为何抑郁之后，纳兰在下片中依然自问："毕竟春光谁领略。"看到外面春雨阵阵，迷蒙了这春的大地，纳兰不禁想到，除了自己之外，还有谁会在这个时候，想到要去感受春光呢？"九陌缁尘，抵死遮云罋。"这里说的"九陌"是指汉朝时候，长安城里的九条大道，在《三辅旧事》云：长安城中八街、九陌。而在这里，纳兰是指都城大道和繁华闹市。

纳兰认为繁华的闹市总是将清幽之地遮蔽，让他无法寻觅得一丝安宁。"若得寻春终遂约，不成长负东君诺。"在这首词的最后，纳兰无奈而又向往地写道：怎样才能不辜负春的美意，怎样才能随了自己的心愿，在这春光中好好地享受片刻安宁呢？

看似一首叹春的词，其实是纳兰表达内心哀怨的一首词，词中的字字句句都是纳兰内心的真实写照。他渴望有自由单纯的生活，还希望能够远离尘嚣，可是世事总是不遂人愿，让他在这里借词抒发情感。

东风第一枝 桃花

薄劣东风，凄其夜雨，晓来依旧庭院。多情前度崔郎①，应叹去年人面。湘帘乍卷②，早迷了、画梁栖燕。最娇人、清晓莺啼，飞去一枝犹颤。

背山郭、黄昏开遍。想孤影、夕阳一片。是谁移向亭皋③，伴取晕眉青眼④。五更风雨，算减却、春光一线。傍荔墙、牵惹游丝⑤，昨夜绛楼难辨⑥。

【注释】

①崔郎：崔护，字殷功，博陵（今河北定县）人。唐代诗人，官至御史大夫、岭南节度使。

据唐孟棨《本事诗·情感》记载，崔护于清日游长安城南，因渴求饮，见一女子独自靠着桃树站立，遂一见倾心。次年清明又去，人未见，门已锁。崔因题诗于左扉："去年今日此门中，人面桃花相映红。人面不知何处去，桃花依旧笑春风。"②湘帘：用湘妃竹做的帘子。宋范成大《夜宴曲》诗："明琼翠带湘帘斑，风帏绣浪千飞鸾。"③亭皋：水边的平地。《汉书·司马相如传上》："亭皋千里，靡不被筑。"王先谦补注："亭当训平……亭皋千里，犹言平皋千里。皋，水旁地。"④晕眉：谓妇女晕淡的眉目。青眼：即柳眼。⑤荔墙：薜荔墙。游丝：飘浮在空中的蛛丝。⑥绛楼：红楼。

【赏析】

三月水暖，桃花次第开，漫随风，舞清香。古人因此将正月至三月桃花开放的季节取名为桃花春。纳兰这首咏桃花之作便应该是写于这样一个桃花飘香的阳春之日。

《东风第一枝》是词牌名，据传为唐人吕谓老首创，原为咏梅而作，又名《琼林第一枝》。双调，上片九句，押四仄韵，五十字；下片八句，押五仄韵，五十字，共一百字。

"薄劣东风，凄其夜雨，晓来依旧庭院"，"薄劣"是薄情的意思，这里是借用了宋朝张元干《踏莎行》中的一句："薄劣东风，夭斜落絮，明朝重觅吹笙路。"东风薄情，夜雨凄迷，早晨的庭院依然如旧，而深深庭院中多情的桃花却绽开了。词本就贵在委婉曲折，层深跌宕，而咏物之词则又须若即若离，含蓄微妙，纳兰这首词起笔便很有种欲扬先抑的味道。

提起了桃花，就总会让人联想起唐代那个美丽的故事。

唐代孟棨在他那本记录了许多诗歌故事的《本事诗》里这样写道：相传崔护清明郊游，至村居求饮。有女持水至，含情倚桃伫立。明年清明再游访，则门庭如故，而人去室空矣。遂题诗云："去年今日此门中，人面桃花相映红。人面不知何处去？桃花依旧笑春风。"

风流倜傥的才子偶然经过一户人家，门扉轻掩，阶前无尘，几枝桃花斜出墙外，在春风里颤动身姿，悄然飘下零落的花瓣。抬眼间，却见一清秀女子倚门而立，嫣然而笑。那一刻，瞬间成千古。一年以后，又是一个明媚的春天，当才子再回故地，人已杳然，只留下那丛桃花，灿然开放在春天里，笑靥正如那心仪的女子。也许这位名叫崔护的才子没有想到，这一阕伤情之作竟绵绵荡荡流传至今，他的名字也因诗而存。

这个儒雅书生并无炫人的财富，但却把一份思念刻成一首小诗，挂在桃花绽放的梢头，在春天的阳光下，与影影绰绰的记忆一起放大成一片片离愁，让今人唇齿之间还摩擦着"人面桃花"的珠溅玉屑，徜徉在花飞花谢的爱情之中。

因而，桃花已然成为一种象征，纳兰在这里唏嘘，此情此景如果崔护看到，应当会发出人面桃花的感叹吧。情绪尚在"人面桃花"的故事里徘徊，至"湘帘乍卷"才猛地回神，看梁间栖燕。纳兰在这里没有点明，却可以推想，彼时看见的定当是双飞双栖的燕子，因此才会一时迷神。

与此同时，清晨黄莺在枝头啼叫，那细嫩轻柔的啼鸣声最是动人，当它飞去后，桃枝犹自颤抖，别有一番楚楚动人的姿态。"娇"一字描摹出声音的细嫩、清润。前蜀李珣的《望远行》中便有这样的用法："琼窗时听语莺娇，柳丝牵恨一条条。"

到了这里，词转入下片，纳兰的思绪也由眼前的庭院推延到山郭，他想象桃花在夕阳里的美丽风采。想着想着，却觉得这样的桃花似乎太孤单，"想孤影、夕阳一片"，独立夕阳中，愈美丽就愈显得悲凉。于是，词人给桃花找了水边杨柳为伴，从而使它愈加动人迷离。

愿望终归是愿望，"五更风雨，算减却、春光一线"两句将人拉回了现实，夜来的风雨减损了春色，一笔宕开，却紧接着在结尾句点醒题旨，回照了开端。那鲜艳的桃花依傍在薜荔墙下，愈发红艳可爱，牵惹着游丝，与那红色的楼阁互掩难辨。情景在此熔铸合一，有一种悠然不尽的邈远深意，通篇读来，有感可发，有情可叹。

古时的女子偶一回眸 ，然后羞涩一笑，就绘成一幅"人面桃花"的画卷，不仅让崔护心动，也隔着千百年的时光让纳兰感叹，让今人迷醉，缠绵成一首绝唱。而纳兰这首桃花词写得恰如那女子的涩然一笑，低回婉转之间是艳若桃花的不尽情意。

东风齐着力

电急流光①，**天生薄命，有泪如潮。勉为欢谑**②，**到底总无聊。欲谱频年离恨，言已尽、恨未曾消。凭谁把、一天愁绪，按出琼箫**③。

往事水迢迢④。**窗前月，几番空照魂销。旧欢新梦，雁齿小红桥**⑤。**最是烧灯时候，宜春髻、酒暖蒲萄**⑥。**凄凉煞、五枝青玉**⑦，**风雨飘飘。**

【注释】

①电急流光：形容时间过得极快，犹如电闪流急。②欢谑：欢乐戏谑。南朝梁刘勰《文心雕龙·谐隐》："怨怒之情不一，欢谑之言无方。"③琼箫：玉箫。④迢迢：形容遥远，也作"迢递"。⑤雁齿：比喻排列整齐之物，常比喻桥的台阶。⑥蒲萄：即葡萄酒。⑦五枝青玉：指灯。《西京杂记》谓，咸阳宫有青玉玉枝灯，高七尺五寸，作蟠螭，以口衔灯，灯燃，鳞甲皆动。

【赏析】

纳兰在这首词里诉说了自己痛彻心扉的伤感与凄情：时光飞逝，人生苦短，又加上天生福薄，想到这些不觉泪如雨下。即使强颜欢笑，最后也是百无聊赖。想要将胸中的愁苦写下，然而所有的语言都已说尽，但心头之恨仍然未消。

是谁在吹奏玉箫？那箫声如此凄切，更使人销魂。那窗前的明月，又一次照着月下这销魂之人。往事如同江水般连绵不断地涌上心间，梦里、回忆里都是你我往日的欢会，那最宜人的是元宵佳节，可以久久地欣赏你那形状美丽的发髻，饮着那暖人的葡萄美酒。如今梦已醒，忆成空，只有凄风冷雨，寂寞孤灯，怎不叫人断肠伤情！

词的上片写人生苦短，泪眼蒙胧之凄迷感受。"电急流光，天生薄命，有泪如潮。"短短十二个字，就将内心的愁苦通通宣泄出来，纳兰写苦情的词，最为感人，原因便在于此，他从不将情绪复杂化，越是白描的词，越容易打动人心。

"泪"是此片的关节。后面所写，虽然都是与泪无关，但可以看出，纳兰的这首词里，字字句句，都藏着眼泪。"勉为欢谑，到底总无聊。"在伤心的时候，欢乐也变得无聊了，勉强的笑容，总是难以持久的，放下面具，自己真的无法遏制悲伤。

"欲谱频年离恨，言已尽、恨未曾消。"离恨就是这样，就算千言万语一切都已消失，但离愁却不会消失。纳兰写自己的悲戚，默然无语，千愁万怨似乎随着两行泪水咽入心中，无法言说。

在上片的最后，纳兰写道："凭谁把、一天愁绪，按出琼箫。" 一怀愁怨，触绪纷来，胸中的郁闷无法排遣，于是只得吹箫排解。在词的下片开始，纳兰便更是将清愁写入骨髓深处，让它们同寂寞一起流淌。

"往事水迢迢。窗前月，几番空照魂销。"提到离愁，便不能不写到往昔，一个过去丰富的人，往往最有忧愁的资格，纳兰就是这样的人，他的"旧欢新梦，雁齿小红桥"，都是他的忧伤来源，这首词在这里声情凄苦，词音细滑，似满心而发出的感慨，读过之后，令人感到悲伤欲绝。

"最是烧灯时候，宜春髻、酒暖蒲萄。凄凉煞、五枝青玉，风雨飘飘。"结尾四句，融情入景，表达了绵绵无尽的哀愁。这首词可以因声传情，声情并茂。纳兰将词演绎得通篇宛转流畅，环环相扣，起伏跌宕，真是一首好词。

洞仙歌　咏黄葵[①]

铅华不御[②]，看道家妆就[③]。问取旁人入时否。为孤情淡韵，判不宜春，矜标格、开向晚秋时候[④]。

无端轻薄雨，滴损檀心[⑤]，小迭宫罗镇长皱[⑥]。何必诉凄清，为爱秋光，被几日西风吹瘦。便零落蜂黄也休嫌[⑦]，且对倚斜阳，胜偎红袖。

【注释】

①黄葵：植物名，即秋葵、黄蜀葵，唐薛能有《黄蜀葵》诗，唐韩有《黄蜀葵赋》。七至十月开花，状貌似蜀葵，花亦不像蜀葵之色彩纷繁，大多为淡黄色，近花心处呈紫褐色。②铅华：用来化妆的铅粉。③道家妆：即身着黄色的道袍。④晚秋：秋季的末期，深秋。⑤檀心：浅红色的花蕊，这里指黄葵紫褐色的花心。⑥宫罗：一种质地较薄的丝织品。镇：久、常之意。⑦蜂黄：古代妇女涂额的黄色妆饰，也称花黄、额黄。唐李商隐《酬崔八早梅有赠兼示之作》诗："何处拂胸资蝶粉，几时涂额藉蜂黄。"

【赏析】

这首词吟咏黄葵的形貌和情致：黄葵花开时，不香艳浓烈，不施粉黛，洗尽铅华，只是素雅的一身黄衣，犹如遁世的道人。且要问这身装扮是否入时？她那孤寂凄清的风范，必然不流世俗，也不愿迎合春天，只愿开在这深秋时候。秋雨淅沥，滴洒在花上，使那像宫罗一样的花心微微地折皱。何必述说凄清悲凉呢，只因为爱这秋日，哪怕被秋风吹散也无怨尤，即便零落凋残后比不上那涂额花黄，也不要嫌恶。至少能与夕阳相伴，总胜过依附在美人的额头。

咏物词在纳兰的词作中不占少数，咏物是许多词人喜爱的一种作品形式，纳兰也是如此。他此番写的黄葵，其实就是秋葵、黄蜀葵，七至十月开花，状貌似蜀葵，花亦不像蜀葵之色彩纷繁，大多为淡黄色，近花心处呈紫褐色。在许多其他词人的词作中，也有过黄葵的影踪，例如唐薛能有《黄蜀葵》诗、唐韩偓有《黄蜀葵赋》等。

写别人写过的景物，纳兰依然能够写出新意来。在这首词中，纳兰所表达出的清冷孤傲之情，十分动人。

"铅华不御，看道家妆就。"纳兰将黄葵比成出世的道人，黄葵的黄色花瓣，在纳兰看来好似道人的黄衣。这个拟人十分形象，更显得黄葵在人们心目中的不同地位了。而后纳兰写道："问取旁人入时否。"这句是在问黄葵的这身打扮是否合乎潮流，其实也是在问自己，清高得是否已经脱离了大众群体？纳兰看似是在写黄葵，其实也是在写自己。

"为孤情淡韵，判不宜春，矜标格、开向晚秋时候。"这三句话是写黄葵和自己一样，都是开花在深秋时节，在百花争艳的时候，它默默无名，可是在百花都纷纷凋谢，它才开始怒放，在瑟瑟的秋风中，傲视一切。纳兰自己不也正是如此吗？他与其他的富家公子哥不一样，其他的公子哥一心享乐，从不思考生命的意义，唯独纳兰，对生命思考透彻。

有了感同身受的体会，纳兰写起词来，更显得得心应手。在下片，纳兰写道："无端轻薄雨，滴损檀心，小迭宫罗镇长皱。"可是与世人不同，走超凡脱俗的路，注定是要付出代价的，在清冷的秋季，黄葵绽放，被冷雨浇灌，花蕊忍不住颤抖。花朵毕竟是娇艳的，哪能受到了凄风苦雨！

可是纳兰又写道："何必诉凄清，为爱秋光，被几日西风吹瘦。"即便是这样，也毫不后悔，何必去诉说凄凉，只要能够为这美好的秋日奉献出光彩，就是被西风吹过又能如何呢？纳兰内心的话在词的最后展露无遗："便零落蜂黄也休嫌，且对倚斜阳，胜偎红袖。"黄葵在夕阳下，傲然绽放，远比那些姹紫嫣红、春暖时节开放的花朵更显得多出几分妩媚。

这就是纳兰的词，也是纳兰的内心所想。

风流子 秋郊射猎

平原草枯矣，重阳后，黄叶树骚骚①。记玉勒青丝②，落花时节，曾逢拾翠，忽听吹箫。今来是、烧痕残碧尽，霜影乱红凋。秋水映空，寒烟如织，皂雕飞处③，天惨云高。

人生须行乐，君知否，容易两鬓萧萧④。自与东君作别，刬地无聊⑤。算功名何许，此身博得，短衣射虎，沽酒西郊。便向夕阳影里，倚马挥毫。

【注释】

①骚骚：形容大风的声音。②玉勒：玉饰的马衔。青丝：青色的丝绳，指马缰绳。③皂雕：一种黑色大型猛禽。④萧萧：花白稀疏的样子。⑤刬（chǎn）地：照样，依旧。

【赏析】

富家子弟多风流，喜欢"玉勒雕鞍游冶处，楼高不见章台路"。纳兰这位富家子显然有所不同，他确实是玉勒雕鞍，却没有流连于章台路——歌伎聚居之所。他所向往的，是能够尽情驰骋、实现男儿报负的苍茫大地：

重阳节过后，平原上的草都枯萎了，黄叶在疾风中凋落。记得春日骑马来此踏青时，多么意气风发。如今故地重游已是萧瑟肃杀，空旷凋零。秋水映破长空，寒烟弥漫，苍穹飞雕，一片苍茫。人生在世，年华易逝，须及时行乐。春天过后，依旧心绪无聊。想想功名利禄算得了什么，不若沽酒射猎，英姿勃发，在夕阳下挥毫泼墨那是何等畅快！

这首词是词人经国济世的抱负难以实现的慨叹。纳兰性德并不仅仅是一位只会感伤、吟风弄月的文弱书生。作为满人的后裔，八旗子弟在清初，还较多保留着善骑射、骁勇尚武的传统习俗，纳兰性德作为御前护卫更是不可能例外。韩菼说他"上马驰猎，柘弓作霹雳声，无不中"；徐乾学赞他"有文武才，每从猎射，鸟兽必命中"，可见其武功与身手。特别当他不在帝王身边时，沽酒射猎，更是英姿勃发、神采飞扬。

　　纳兰性德在京西郊猎时有词《风流子·秋郊射猎》，正表明他血脉中仍有这种武士豪迈激情的涌动，尽管他终想回避尘寰闹市，于宁静淡泊中觅诗寻梦，尽管他诗词有卿卿之情，不乏细腻精致，但柔中不软，悲中不颓。抑或有绵绵凄婉之致，却不同靡靡之音，更没有扭捏之态。

　　人们喜欢转述张爱玲的话："也许每一个男子全都有过这样的两个女人，至少两个。娶了红玫瑰，久而久之，红的变了墙上的一抹蚊子血，白的还是'床前明月光'；娶了白玫瑰，白的便是衣服上沾的一粒饭粘子，红的却是心口上一颗朱砂痣。"殊不知，男人的生命中还有两个梦。一个是女儿梦，梦想的便是美女佳人，希望自己能采得一朵红玫瑰或白玫瑰；另一个梦是男儿梦，梦想自己挥戈四野，马踏苍原。苏东坡都一把年纪了，还在游猎中找到青春的感觉："老夫聊发少年狂。左牵黄，右擎苍。锦帽貂裘，千骑卷平冈。"而苏东坡梦想的并不是射射兔子、打打鹿，他真正希望的是为国建功立业，"会挽雕弓如满月，西北望，射天狼"。当时他已是"鬓微霜"的年纪，却依然豪气不减。

　　纳兰性德年纪轻轻，正是有血性的年纪，且又弓马娴熟，又怎会没几分雄心壮志呢？攻打吴三桂时，纳兰以为机会来了，多次请求出征，可是无论是父亲还是皇帝，都没有同意他的请求。他固然是满族人的勇士，更是明珠的儿子、康熙的近臣，他们关爱他，不允许他用生命去冒险。大清国的勇士不缺他纳兰一个，他纳兰的生命却缺少了为国拼杀、男儿志气这一环。

　　布衣子弟因为出身低贱而郁郁不得志，富贵公子纳兰却因为过于有才有权而郁郁不得志。命运自古以来都是喜欢捉弄人的，有钱没钱都让你憋屈，从这点上说，也算是"众生平等"了。不过这种"平等"，多少有些荒诞。

凤凰台上忆吹箫　守岁①

　　锦瑟何年②，香屏此夕③，东风吹送相思。记巡檐笑罢④，共捻梅枝。还向烛花影里，催教看、燕蜡鸡丝⑤。如今但、一编消夜，冷暖谁知？

　　当时。欢娱见惯，道岁岁琼筵，玉漏如斯⑥。怅难寻旧约，枉费新词。次第朱幡剪彩⑦，冠儿侧、斗转蛾儿⑧。重验取⑨，卢郎清鬓⑩，未觉春迟。

【注释】

　　①守岁：农历除夕一夜不睡，送旧迎新。②锦瑟：漆有织锦纹的瑟。借喻往日的好时光。李商隐《锦瑟》："锦瑟无端五十弦，一弦一柱思华年。"③香屏：华美的屏风。南

朝梁简文帝《美女篇》："朱颜半已醉，微笑隐香屏。" ④巡檐：来往于檐前。⑤燕蜡鸡丝：即燕蜡与鸡丝，旧俗农历正月初一所做的节日食品。明瞿佑《四时宜忌·正月事宜》谓："洛阳人家，正月元日造丝鸡、蜡燕、粉荔枝。"⑥玉漏：古代计时漏壶的美称，唐苏味道《正月十五夜》诗："金吾不禁夜，玉漏莫相催。"⑦次第：依次地。朱幡：指显贵之家所用的红色旗幡。剪彩：古代正月七日，以金银箔或彩帛剪成人或花鸟图形，插于发髻或贴在鬓角上，也有贴于窗户、门屏，或挂在树枝上作为装饰的，谓之"剪彩"。⑧斗转：乱转。宋康与之《瑞鹤仙·上元应制》："闹蛾儿、满路成团打块，簇着冠儿斗转。"蛾儿：古代妇女于元宵节前后插戴在头上的剪裁而成的应时饰物。⑨验取：检验、查看。⑩卢郎：传说唐时有卢家子弟为校书郎时年已老，因晚娶，而遭妻怨。宋钱易《南部新书》云："卢家有子弟，年已暮犹为校书郎，晚娶崔氏女，崔有词翰，结褵之后，微有慊色。卢因请诗以述怀为戏。崔立成诗曰：'不怨卢郎年纪大，不怨卢郎官职卑。自恨妾身生较晚，不见卢郎年少时。'"后用为典故。

【赏析】

纳兰的词多悼亡之作。这首词也是借写节序抒发怀人之感：什么时候才能再有那美好的时光啊，今岁的除夕只剩有锦瑟相伴，东风吹来则更增添了相思。还记得当年你我共度除夕的情景，那时你我欢笑着往来于檐下，之后又共捻着梅枝，在灯影里催看手中的蜡燕、丝鸡做得如何。如今我却手持着一卷书来消磨着除夕，我的伤心寂寞还有谁能知晓？那时见惯了欢娱的情景，没想到会有今日的孤寂。当时还说以后年年都会有美宴，漏壶的滴答声也会永远如此。如今却难以实现旧时的愿望，如何不叫人惆怅。家家户户挂起朱幡彩旗，人们高高兴兴地戴上了迎新的装饰。再来看看我，虽然仍是青春年少，然而心却已老。

还是我们熟悉的那个纳兰。华美的辞藻，生动的情节，细腻描绘的小儿女情态之下，是人间欢宴后无尽的悲凉。

少时读《红楼梦》，见其中说黛玉"向来是个喜散，不喜聚的"。那时觉得，她天性不喜热闹。年纪大些再读《红楼梦》，忽地想到，每次聚会她疯玩疯闹的兴奋劲儿不比谁差，她受不得的，是喜乐过后的离散吧，索性不聚。散，有韶华盛极的荒凉，氤氲着凄苍的美，似乎如此，日本人才喜爱"樱花庄重凋落"超过喜爱"樱花盛放"——这其中的差别需要细细体味，整棵樱树从开花到全谢大约十六天，甚至给人造成樱花边开边落的错觉。日本人有坚强的武士道精神垫底儿，才能在冉冉落花下畅饮着"悲"之酪醴；而中国敏感纤弱的文人神经受不得"悲"的冶炼，他们感时花溅泪，恨别鸟惊心。

散，源于聚。《浮生六记》沈复与芸娘被高堂双双逐出家门，芸娘病弱，不久于人世，强颜笑曰："昔一粥而聚，今一粥而散；若作传奇，可名《吃粥记》矣。"纳兰与妻子的散聚，在除夕新岁，元宵佳节。

除夕前后的欢愉，多少人写得。辛弃疾写《青玉案》"蛾儿雪柳黄金缕，笑语盈盈暗香去"，李清照作《永遇乐》"铺翠冠儿、捻金雪柳，簇带争济楚"。纳兰说"次第朱幡剪彩，冠儿侧、斗转蛾儿"。辛弃疾情念的是红尘路上擦肩而过的绝世女子，李清照怀念的是自己逝去的年华正艳时的欢颜，纳兰怀念的是曾与自己举案齐眉、你侬我侬的发妻。同是缅怀一种逝去，辛弃疾体会更多的是一种失落。那女子如流水落花，被命运的风吹至书生面前，又随命运之风翩然而去，书生心中几多怅惘，却并不哀伤。李清照有感于自己飘零的身世，有感于青春的荣枯，失去了赵明诚，失去了岁月的往昔，已然是"凋萎了"。心都枯了，哪还有什么悲喜？纳兰是爱那女子的，他的心悬系在那女子身上，整个人都痴了，记得"巡檐笑罢，共捻梅枝"，记得"烛花影里，催教看、燕蜡鸡丝"。所谓相思，最怕的是一人把心生在伊人的身上，伊人的生命凋零，那颗心也随之枯萎化灰。

黛玉作歌曰："试看春残花渐落，便是红颜老死时。一朝春尽红颜老，花落人亡两不知。"人亡，花落，凄苍的情景勾起几多心底的伤悲。人们独独忘记的，是那惜花人，消隐在岁月的哪个角落里啜饮相思的苦酿。

凤凰台上忆吹箫

（除夕得梁汾闽中信，因赋）

荔粉初装①，桃符欲换②，怀人拟赋然脂③。喜螺江双鲤④，忽展新词。稠迭频年离恨⑤，匆匆里、一纸难题。分明见、临缄重发，欲寄迟迟。

心知。梅花佳句，待粉郎香令⑥，再结相思。记画屏今夕，曾共题诗。独客料应无睡，慈恩梦、那值微之⑦。重来日，梧桐夜雨，却话秋池⑧。

【注释】

①荔：植物名。又称木莲。常绿藤本，蔓生，叶椭圆形，花极小，隐于花萼内。果实富胶汁，可制凉粉，有解暑作用。②桃符：古时挂在大门上的两块画着门神或写着门神名字，用于辟邪的桃木板。后在其上贴春联，此处借代春联。③然脂：泛指点燃火炬、灯烛之属。④螺江：水名，也称螺女江。在福建福州西北。宋葛长庚《寄三山彭鹤林》："瞻彼鹤林，在彼长乐嵩山之上，螺江之角。"⑤稠迭：稠密重叠，密密层层。频年：连续几年。⑥粉郎：傅粉郎君，三国魏何晏美仪容，面如傅粉，尚魏公主封列侯，人称粉侯，亦称粉郎。香令：晋习凿齿《襄阳记》："刘季和曰：'荀令君至人家，坐处三日香。'"后以"香令"指三国魏荀彧，亦用以借指高雅才识之士。⑦慈恩：指慈恩寺。唐代寺院名。旧寺在陕西

长安东南、曲江北，宋时已毁，仅存雁塔（大雁塔）。今寺为近代新建，在陕西西安南郊。唐贞观二十二年李治（高宗）为太子时，就隋无漏寺旧址为母文德皇后追福所建，故名慈恩寺。微之：元稹，字微之。⑧却：再。话秋池：唐李商隐《夜雨寄北》："问君归期未有期，巴山夜雨涨秋池。何当共剪西窗烛，却话巴山夜雨时？"

【赏析】

这是纳兰词里少见的喜气洋洋的作品。以往除夕，纳兰多沉浸在对妻子的感怀中，愁眉不展。唯有这次，虽然也是思人之作，却是欣欣然的、不悲哀的。只因为他在除夕之夜接到了顾贞观（号梁汾）从闽中寄来的信。

薜荔萌发，春联欲换，在这辞旧迎新的时刻，怀人之情油然而起，遂点灯而赋，却欣喜地得到了来自闽中友人的书信，展开来奉读那动人的新词。这多年的离愁别恨，又岂能在这匆匆书写的一纸信文中说尽！于是信写好后，将封寄出，又拆开来，唯恐漏掉什么、未尽深意。记得曾经的除夕之夜，我们在一起题诗。心中明了，那咏梅的佳句还在等待着你回来题赋。料想你独在闽中，此时正辗转不眠，而京华旧游之事犹如梦幻，你已不在其中。遥想他日重逢，当是在梧桐夜雨之时，那时定然能一起追忆今日的情景。

世上能使人辗转反侧的，除了爱情，还有友情。爱情，能使生命中处处洋溢着玫瑰的甜香，每时每刻都如梦幻般甜蜜，走着一样的山川大地，照耀着一样的日月星辉，总有在伊甸园中漫步的感觉。友情更像是一行诗，用细细密密的句子斜斜地插入你的生活，把每一个孤单乏味的瞬间填满。同样的事情，每日做来都没有什么额外的趣味，与朋友一起交流，便觉得意趣非常。

纳兰与顾贞观相差二十岁，是一对忘年交，他们无论才华情致还是胸怀抱负都颇为一致，初次见面就互相惊艳。日后顾贞观做了纳兰的老师，更是发现彼此是难得的挚友。

康熙十七年（1678 年），顾贞观去南方见吴绮，不久后去了闽中。这时，闽中战乱还没有结束，受战事阻碍，顾贞观在福州待了很久，那一年的除夕就是在福州度过的。由于无法返京，他修书一封寄予纳兰。

妻子逝去后，纳兰一直处于抑郁的状态，加之仕途险恶，伴君如伴虎，与顾贞观等一干好友酬唱往来是他少有的快乐事情。顾贞观走后，纳兰重又陷入了寂寞与孤独，对妻子的思恋将他缠绕得透不过气来，职场上郁闷的事情又找不到合适的人倾诉。除夕佳节，万家欢乐，丧妻的纳兰却陷入了更深的忧郁，这时忽然接到远在闽中的顾贞观的来信，他怎能不欣喜非常？

诗人以一种快乐到天真的态度记下了对朋友的想念。"梅花佳句，待粉郎香令。""粉郎"，对俊秀男子的雅称。冬日红梅大放，梅，乃"岁寒三友"之一，其花美艳，其质高洁，读书人总爱取梅一瓶，共坐对联作诗。"我"的朋友，曾经的除夕夜，我们一起咏梅作诗，今年"我"依旧等着你，等你回来一起写下关于梅花的美丽诗篇。这种感情，朴实，感人，充满依恋。

在欢乐的佳节，你是否如纳兰一般，会想起一个顾贞观一样能陪伴你走过生命的每一个孤寂瞬间的朋友？若有一友如纳兰之于顾贞观，如顾贞观之于纳兰，真是人间幸事。

海棠春

落红片片浑如雾，不教更觅桃源路①。香径晚风寒②，月在花飞处。

蔷薇影暗空凝伫③，任碧贴轻衫萦住④。惊起早栖鸦，飞过秋千去。

【注释】

①桃源路：桃源，即桃花源，晋陶渊明在《桃花源记》中描写了一个与世隔绝、安居乐业的好地方，用以比喻不受外界影响的地方或理想中的美好地方。②香径：花间小路，或指满地落花的小路。③蔷薇：落叶灌木。有单瓣、复瓣之别，色有红、粉红、白、黄等多种，很美丽，初夏开放。凝伫：凝望伫立，停滞不动。④贴（zhǎn）：颤动、摇动。

【赏析】

晋陶渊明在他的《桃花源记》中描写了一个与世隔绝、安居乐业的好地方，称之为桃花源。之后，桃花源似乎就成为了人们心目中的避世理想之所，可惜，这个地方不过是陶渊明虚构的，世间哪里会有这样美好的地方呢？

如果说有，那也只能是世人心目中的一个理想向往罢了。纳兰便是一心向往着这样的世外桃源。这首《海棠春》看似写景，实则抒情，纳兰的心在这首词里表露无遗，他想要逃离这纷繁的俗世，想要去一个清净的地方安度余年。

虽然，这样的愿望对于一般人来说，似乎并不难实现，但对于纳兰，这个天生就富贵的男人来说，却是无法实现的心愿。老天爷总是公平的，它给予你一样东西的时候，也会收走你的另一样东西。

在世间男子为了功名利禄、荣华富贵，舍弃自由，舍弃自我，奋力拼搏的时候，那个一生下来就什么都有了的纳兰，却偏偏想抛弃这些，去找寻自由。当然，这份自由就如同那臆想中的桃花源一样无法触摸得到。

纳兰之苦，在于心苦，所以他的词里，大多是将这种无法言说的心苦表达出来，或者借景抒情，或者以物言志。

这首词勾画月夜下孤清寂寞的情景：春风吹过，落花纷纷，如烟似雾，叫人禁不住要去寻觅那世外桃源。花间小径，晚风伴着轻寒，将花瓣吹到月光底下。墙壁上蔷薇的倩影里，有人默默地伫立凝望着眼前的一切，任凭风吹衣袂，花瓣萦绕。清风惊起早醒的晨鸦，使得它们扇动着翅膀飞过秋千去了。

"落红片片浑如雾"，开篇一句便是充满了诗情画意，叫人向往，但随后一句，则是将人从天堂拉入人间，"不教更觅桃源路"，如此美景，忍不住想要叫人去寻

纳兰词大讲堂

七五

找那桃花源的踪迹，可是究竟入口在何处呢？无人可知。

在美景之下，其实心头更是藏着一份凄凉的情怀。这首词的总体基调是清冷的，"香径晚风寒，月在花飞处"，每一个字都流露出了不泯的深情，只是可惜，这份情怀无人可寄，故而越发显得凄冷。

清冷孤寂是纳兰心里始终留着的一道伤口，无法撼动，无论人生之路如何行走、世情如何变幻，纳兰心头的这道疤痕，都不会褪去。这是命运带给他的伤，而他无能为力，便将这伤带入了词中。

读着纳兰的词，感怀着他的伤，不禁泪流。"蔷薇影暗空凝伫，任碧飚轻衫萦住。"一个孤寂的身影，任凭风将自己的衣衫吹起，身上感到些许的冷，但心里更冷，纳兰最苦的便是没有知己，在苏东坡的《怀渑池寄子瞻兄》说道："人生到处知何似？应似飞鸿踏雪泥。泥上偶然留指爪，鸿飞那复计东西。"

知己是一个男人最好的解忧酒，可惜纳兰没有，所以，任凭"惊起早栖鸦，飞过秋千去"。他也只能是在大片大片的忧伤中，沿着自己的轨迹，掉入灰暗的深渊，无法逃脱。这是一道美丽的疤痕，让纳兰一生都在写着绚烂孤寂的诗词。

这份情怀，延绵不绝，咽了千年。

好事近

何路向家园，历历残山剩水①。都把一春冷淡②，到麦秋天气③。

料应重发隔年花④，莫问花前事。纵使东风依旧，怕红颜不似。

【注释】

①历历：（物体或景象）一个个清晰分明，意思是零落。残山剩水：残存的山岳河流，零散的山水，明灭隐现的山水。②冷淡：不热情，不热闹。③麦秋天气：谓农历四五月，麦子成熟后的收割季节。④隔年花：去年之花。

【赏析】

誓言是开在彼岸的花朵，遥看美丽异常，但却无法触及，谁想要到彼岸去寻找这誓言之花，定会失望的，因为那之间隔得太过纷繁。不过，誓言却是许多男女愿意去相信的，誓言之所以存在，就是因为人们爱得深沉后，无法自拔，需要誓言当他们的救命索，令他们相信，爱情无价，值得坚守。

纳兰想来是相信誓言的，他写的这首词抒发与妻子的别离、相思之苦。纳兰对他每一个爱过的女子都十分珍惜。这首词里，更是将这种情感抒发到了极致，通过词本身，仿佛可以看到，纳兰衣衫单薄地站于历史深处，神色迷茫地想念。

哪一条才是通往家园的路呢？眼前的一片都是零落的残山剩水而已。春天过去了，已经到了麦收时节，又一次将大好的春光冷落。料想去年的花今年又开了吧？而花前月下的旧事却不敢回味。即使景色如故，也已是年华老去，红颜不再了吧？

纳兰对于爱情，一往情深。是谁说誓言不过是开在舌尖上的莲花？是谁说誓言不过是无谓之人所做的无谓之事？对于纳兰来说，爱情便是此生无悔的誓言，无法更改的约定，所以，纳兰一旦爱上，便是此生此世。

站于路口，纳兰举目四望，"何路向家园，历历残山剩水"。词的一开始，就奠定了伤感的基调。家园无处可寻，回家的道路已经找不到了，抬头望去，满目都是一片残山剩水。

山就是山，水便是水，何来的残山剩水呢？纳兰将山水之景用"残剩"修饰，更显得心境荒凉，犹如残败的风景。

若早知道这只是一场有缘无分的情事，在相遇之时，就会按捺住内心的悸动，那时没有陷入爱的河流，今日便也不会在此苦苦相思了。

"都把一春冷淡，到麦秋天气。"春季转眼就过去了，为了思念，都冷淡了这大好的春光，当回想起来，春日的好风景都已错过，而眼下所看到的已经是萧瑟的秋景了。上片在一片嘘叹声中结束，简明轻快，没有晦涩之意，也不用典，但依然能够写出纳兰愁绪的心情。

下片依然承接上片简单的风格，既然春天都已经被错过了，那春日的花朵也没能看见，"料应重发隔年花"，料想去年的花，今年也再次开放了吧？花可以年年开放，错过了今年的花期，明年只要愿意，依然可以等到花开，遗憾就可以弥补，但是人事呢？只怕是错过一次，就终生无法补救了。

所以，那些曾经美好的花前月下的事情，最好不要再想起，每想起一次，都是折磨，面对无法重演的故事，真的还是"莫问花前事"的好。纳兰不是圣人，他只是一个平凡的、渴望爱的男子，他拒绝今春的这场花事，是为了不看到荼蘼而心痛，但真的就可以躲避开来吗？只有他自己知道。

"纵使东风依旧，怕红颜不似。"景色依旧，物是人非，最后这两句感慨是许多词人都感慨过的，并无什么特别。纳兰写词总是这样，平淡的语气诉尽天下悲情。

人生就是这样错过一场又一场美景，有些人对这些错过不以为然，但对于纳兰来说，每一次错过都是一道伤痕。他用伤痕累累的心，吟咏出这些千年，甚至万年之后都不会被忘记的词。他与自己那些隐约的心事，统统被记载了下来。

好事近

帘外五更风，消受晓寒时节。刚剩秋衾一半①，拥透帘残月。

争教清泪不成冰②，好处便轻别。拟把伤离情绪③，待晓寒重说。

【注释】

①剩：与"盛"音意相通。此"盛"犹"剩"字，多余之义。②争教：怎教。③伤离：为离别而感伤。

【赏析】

本篇是纳兰的一首简短小词，上片写相思，似乎是在回忆中找寻往昔的欢乐，又像是在怀念妻子，在她离去后产生了伤感之情，词意扑朔迷离，耐人寻味，有着重情重义之感，也有迷惘哀伤的纠结。

开头便直言了生命的不可承受之重，"帘外五更风，消受晓寒时节"。竹帘之外传来五更的寒风，在这清秋寒冷的早晨实在让人难以消受。这首词写与妻子乍离之后的伤感，写得如此直白感人，只怕是纳兰的内心真的是无法再忍耐下去了，爱情对于他来说是精神的一种很大寄托，但当他所依赖的爱情一次次都离他而去的时候，再坚强的人，只怕也会难以承受了。

词一开始便颇有自怨多情之意。不过语言虽然直白粗浅，但是却真挚感人，情感不就是这样才最真实吗？越是直白简洁，便越是入情至深。而后接下去便说道："刚剩秋衾一半，拥透帘残月。"独自孤眠，秋夜冷冰冰的被子因多出了一半，而晓寒难耐，于是拥被对着帘外的残月。夜半孤枕难眠，只能望着明月去回忆往昔，但可惜，月亮似乎也知道他的心事，窗外所对的只是一轮残月而已。

欢乐和幸福都是短暂的，世上没什么事情是长长久久，永不变更的。纳兰而今只剩下独自一人，孤独无依，现在对着窗外的残月，更是加重了这种孤独感。纳兰自然是情难自禁，泪流满面。

故而下片便写道"争教清泪不成冰"，自然承接了上片的情绪，没有什么过渡，也没有任何的引申，依然是简单的描述，将心情的糟糕写得入木三分。直白的描述有时起到的作用不可小觑，纳兰将人生苦短、情短苦多的情感纠葛写得让人无法不去动情。

想起往日的种种，而今自己独自一人赏月，怎教清泪不长流，空自凝噎呢？这句中的"成冰"更是写出清冷孤寂的意味了。泪流至结成冰，这该是怎样的一种哀愁，纳兰的孤独和寂寞，在卢氏离去后便更加明显，但凡卢氏之前用过的衣物、住过的楼阁，对纳兰来说，都是一种折磨。

所以，纳兰才会说"好处便轻别。拟把伤离情绪，待晓寒重说"。纳兰自己也知道，面对这样铺天盖地的哀伤，最好的方法就是不把离别之事放在心上。这离愁别绪待到天亮以后再去想吧。

如此哀伤，似真非真，似幻非幻，极富浪漫色彩。在词的最后，纳兰从回忆中抽身，回归现实，他知道现今已经是人去楼空，物是人非了，与其在回忆中痛苦挣扎，不如转身睡去，让梦境和睡眠赶走孤寂和寂寞。

这首悼亡词写痛苦写得淋漓尽致，既然相爱的人总有一天会因为生老病死种种原因而分开，那当初为何还要用情那么深，以至于到如今还难以消解遗忘？这恐怕是所有有情人的困惑和疑问，纳兰在这首词的最后做了解答。既然相爱，就去爱，一旦当爱不起的时候，便是再后悔也无用了。

相爱本身并没有错，错的是上天给相爱的人时间太短。纳兰这首词的最后以无言地睡去结束，一句话，便让一切尽在不言之中。全词平铺直叙，却是递进层深，读来令人黯然神伤。

对于岁月的无情和短暂，纳兰作为一个失去至爱的男人，将自己的感慨抒发得令所有人都为之动容。情爱的神秘之处便在于无法控制，不可预知，你永远都无法知道，会在什么时候、什么地点，爱上一个什么样的人。

同样地，你也无法知道，会在一个什么地方、什么时候，与你相爱的人彻底分离，无法携手，到那个时候，即便你内心柔情万千，却也是无法跨过生死之间那千山万水的距离。

生死难料，唯独爱永恒，纳兰不但留下了他的词，更是将他的爱留在了世间。

好事近

马首望青山，零落繁华如此。再向断烟衰草①，认藓碑题字②。

休寻折戟话当年③，只洒悲秋泪。斜日十三陵下，过新丰猎骑④。

【注释】

①衰草：干枯的草。②藓碑：长满苔藓的石碑。藓，苔藓。题字：为留纪念而写上的字。③折戟：断戟被沉没在沙里，指惨败。④新丰：县名，汉高祖七年置，唐废，治所在今陕西临潼西北。猎骑：骑马行猎者。

【赏析】

这首词描绘了在北京十三陵的秋猎：越过马头向前望去，眼前是一脉青山，都市的繁华不见了，这里只有萧索冷落的景象。看向被衰草掩盖的石碑，可以辨认出长满苔藓的古碑上的题字。不要寻思那古往今来兴亡之事，就是眼前的秋色便已令人生悲添慨了。夕阳西下，在这十三陵中打猎的人原来也是从京城过来的啊！

严迪昌在《清词史》中写到这首词时："全是凭吊语，绝非新朝新贵的语气。"

这样的评价对纳兰来说，并不为过，纳兰总是有着清新独特的气质，令人感到不可亵玩，也不是距离甚远。

这样一个公子哥，他不是沉迷于官场的角斗中，也不是在花花草草的世界中发出靡靡之音的感慨，更不是沉醉在男女之情里不理会世事。纳兰关心一切值得关心的事物，他会写许多情真意切的词去纪念他所爱的人，但同样地，他也会通过写词去记载他生活的这个世界。

纳兰写词的基调总是沉郁哀婉，这首词也不例外。比起以往的词作来说，纳兰的这首《好事近》风格显得更为粗狂、豪迈。在字里行间，显露出他的男儿本色，纳兰身为康熙皇帝的侍卫，想来武功也是了得，他在陪同康熙前往北京十三陵狩猎时，望着眼前一片苍茫景色，与都市里的完全不同。这里没有繁华，只有苍凉，没有人烟，只有寂静。

"马首望青山，零落繁华如此。"停马且住，看到眼前一望无垠的青山，连绵成无尽的屏障，在这里的天地间，繁华显得微不足道，这份苍茫深入人心，纳兰显然是被这份苍茫所感动，才写下了这首词。

"再向断烟衰草，认藓碑题字。"面对眼前这幅萧索冷清的景象，看着被枯草掩埋的石碑，纳兰心中感慨万千。"衰草"就是干枯的草，而所谓的"藓碑"则是指长满了苔藓的石碑，被苔藓覆盖的石碑上，还可以模糊地辨认出之前所刻下的碑文，时光就是这样无情，人们还以为将真实留在石碑上就可以万古长存，其实在时光面前，任何东西都是脆弱的、不堪一击的。

想到此，纳兰便心生悲凉。人的生命也不过是白驹过隙，匆匆几十年犹如流星划过，很快就没了。自己没有去做自己想做的事情，而是整日陪在皇帝身边，做些并不情愿的工作，这样的日子什么时候才能够到头啊？

所以，在下片的时候，纳兰便将遐想止住，他知道无益的多想毫无意义，所以他才会无奈地写道："休寻折戟话当年，只洒悲秋泪。"所谓"折戟"就是断戟被沉没在沙里，指惨败。在这里大概是指古往今来的兴衰往事，正如一开始所言的那样，不要寻思那古往今来兴亡之事，就是眼前的秋色便已令人生悲添慨了。

纳兰看到这迟暮的秋日，想起之前的种种，心中难以言说，故而只能在结尾草草地写上一笔"斜日十三陵下，过新丰猎骑"作罢。这就是纳兰狩猎的心情，这个男人随时随地都会有所感悟，写入词里，以供后人唏嘘感叹。

这首词笔力苍劲，虽然是哀叹往事之词，可是字里行间并不缺乏刚劲，刚力与阴柔结合得十分巧妙，相得益彰，是一首好词。

河　传

春浅①，红怨②，掩双环③，微雨花间昼闲。无言暗将红泪弹。阑珊^④，香销轻梦还。

斜倚画屏思往事^⑤，皆不是，空作相思字。记当时，垂柳丝，花枝^⑥，满庭蝴蝶儿。

【注释】

①春浅：谓春意浅淡。②红怨：为花落伤感。③掩双环：掩门，关起门。④阑珊：凄凉，冷清。⑤画屏：有画饰的屏风。⑥花枝：开有花的枝条。

【赏析】

平心而论，这一首《河传》算不得纳兰词中的精品。大抵是春浅花落、微雨拂面时一捧湿漉漉的清愁，又不过是相思梦醒后几番萦绕不去的哀怨感伤。但择一风和日丽的安静午后诵读出声，耳边却乍响清脆的断裂之音。

这断裂的声音像厚厚的积雪压断干枯的藤枝，又像剔透的美玉坠落在青石板上。韵律之跳跃、意象之翩跹、记忆之转换，让人不由得掩卷沉思，微微叹息。

这是一首节奏感极强的小令，"春浅，红怨，掩双环"，文字婉约如斯，读来却字字皆有生机；句式富于变化，韵脚也未耽于一致，带着些清爽曼妙的灵动，在三三两两的字句间跃动，格律的鲜明感就像江心里、秋月下那一首令白居易过耳难忘的琵琶曲——"嘈嘈切切错杂弹，大珠小珠落玉盘"。

若你沉迷于节奏的明快，便由此期冀品鉴出易安居士早期作品的明媚和单纯，那可就错了。"争渡、争渡，惊起一滩鸥鹭"的简单快乐向来是留不住的，就像最美的人间四月天终会随芳菲陨落而到尽头一样，纳兰词里更多的仍是绵长的感伤和抽丝剥茧般的追忆。

人生就是这样，越是"当时只道是寻常"，"当时"之后便更加五味杂陈。和韶华一起逝去的还有追不回、讨不得的境遇，这种沧桑与无奈便是成长的代价。当代诗人张枣在他的《镜中》里写道："只要想起一生中后悔的事，梅花便落了下来。"谁人一生之中没有一些只要想起就会感伤的往事呢？

垂柳丝、花枝、满庭蝴蝶儿，既是昔日欢愉景象的见证，也是今日萧索情状的旁观者。往事如向下的流水一般执拗，不肯回头，离开的人也是如此，再难相见。"思往事，皆不是。"人不是，景不是，连心情都不是，斜倚画屏，也就只剩下一个"空"字了吧！

心境虽"空"，脑海中的景象却被纳兰安排得满满当当。我们大抵都有过这样的体验：明明心里空空荡荡，却又像被堵得不留缝隙，想深吸一口气，张开嘴后却是一声止不住的叹息。这斜倚着屏风的人儿也是这样，她所思所想都是伤感的往事，而且是追不回来的往事，明明是一触碰就会心疼的记忆，却又忍不住不想。梦也醒了，春要尽了，相聚的短短数日虽恍如隔世，心里的思念却不知要延续到何日何时。

是啊，春雨渐歇，门扉掩闭，细雨凉风惹恼了庭院里的群花，幽幽小径上尽是缤纷落英，此景之下，怎能不起伤情？这一阕画面感极强的小令，就像一部沉默的纸上影像剧，你看那掩着眉目从一地落花中走过的女子轻叹连连，手掩门环，就连背影都带着清冷。

《河传》这个词牌并不多见，据说这个词牌是由隋炀帝杨广首创，由唐朝才子温庭筠完善，纳兰的《饮水词》有三百四十九首之多，用这个词牌的却仅此一阕。就用这短短的五十余字，纳兰写了一个完整的故事，他没有像大多数词人那样以秋天的黄叶、雁飞、冷风来写悲欢，而是用春愁带伤情，在时间、空间的转换中完成了自己的叙述。

这首词从表到里都是矛盾的，表层的矛盾在于节奏之明朗与内蕴之哀伤，深层的矛盾则是主人公内心的一番纠结，盼归总不能，相思终不得，欲罢又不忍，在纳兰的信笔点染中，词中主人公的满怀思念仿佛要从笔墨间溢出来，这大概也点破了词人自己的心事吧！

只是不知这词中的矛盾是否会引来今人的共鸣，那些倔强地抱着回忆取暖的人啊，是否总觉得四季都是冬天呢？

河渎神

风紧雁行高，无边落木萧萧①。楚天魂梦与香销，青山暮暮朝朝。断续凉云来一缕，飘堕几丝灵雨②。今夜冷红浦溆③，鸳鸯栖向何处？

【注释】

①"无边"句：描绘深秋的景色，化用杜甫《登高》："无边落木萧萧下，不尽长江滚滚来。"②灵雨：好雨。《诗经·风·定之方中》："灵雨既零，命彼倌人。星言夙驾，说于桑田。"郑玄笺："灵，善也。"③红：指水草，一名水荭。浦溆：水滨，水边。唐杨炯《青苔赋》："桂舟横兮兰触，浦溆回兮心断续。"

【赏析】

"风"与"大雁"是纳兰词里常常会选用的意象，风过无声，雁过无痕，或许这两种事物能够准确地表达出纳兰关于寂寞的想象。

寂寞是无声无痕却能攫住人心的。纳兰的寂寞，寒冷了许多人的心，在他的词中，人们仿佛能够感同身受，与纳兰一起在寂寞的苦海中，挣扎沉沦，无法靠岸。这就是纳兰词的魅力，无法抗拒。

这首词表达相思之情：西风卷地，落叶无边。你我之情如同楚天云雨般，朝朝暮暮。凉云飘过，灵雨几丝，秋已深，夜已深，水边红草萋萋，寒意袭人，不知那鸳鸯又栖息何处，那爱人又身在何处？

相思是许多诗词中永恒的主题，相思之情、男女之爱，最容易写成，因为这是人世间最为普通的情感。但同时，也最难写好，因为人人都曾经历，便少了些新意和感悟。纳兰偏要迎难而上，他的词，大多是相思相爱之词，或许是爱之深，所以才会感之切，纳兰的相思之词，并不肉麻，反而有些爽口。

"风紧雁行高"，五个字，便是寂寞的形状，宛如天际的白云，看似有形，却是无形。也正是因为如此，寂寞才难以捉摸，时而飘来，进入心里，让人无法释怀。纳兰最是能体会寂寞的，他的心，从始至终，从未曾冰释过。

"无边落木萧萧。"就好像无边的落木，落叶无边，枯寂蔓延开来，无法收拾。而纳兰之所以开篇如此描写，正是要写出相思之苦的痛楚："楚天魂梦与香销，青山暮暮朝朝。"到底那相爱之情如何才能够化解，让"我"不再为相思而苦？

无人能够作答，就连纳兰自己，也无法解答。人世间的情情爱爱，本就是因缘际会，这是无法用理性去控制的。纳兰是一个多情之人，他正因为多情，才为情所困，词中虽是写景，但却景中有情，甚是感人。

"断续凉云来一缕，飘堕几丝灵雨。今夜冷红浦溆，鸳鸯栖向何处？"情景交融，云雨反转，无一不让纳兰想到相思之人，今夜寒意袭人，那思恋的人，会在何处呢？是否会被寒冷侵袭，又是否会不懂得加衣？

这种种担忧，无不化进这首词中，尽惹得相思离人泪。

河渎神

凉月转雕阑[①]，萧萧木叶声干[②]。银灯飘箔琐窗间，枕屏几迭秋山[③]。
朔风吹透青缣被[④]，药炉火暖初沸。清漏沉沉无寐，为伊判得憔悴。

【注释】

①凉月：秋月。雕阑：即雕栏，华美的栏杆。②干：形容声音清脆。③枕屏：枕前的屏风。④朔风：北风。青缣：青色织绢。

【赏析】

纳兰词，多是愁苦之作，几乎十首词里有一半以上的词都在写惆怅与悲伤。这首词也不例外，书写相思之苦：秋月转过了雕栏，窗外传来的是萧萧的落叶之声。灯光在窗边摇曳，枕前的屏风如山峦起伏。北风吹透了锦被，寒意顿生，药在炉上沸腾。漏声清晰地回响耳畔，对你的思念即使让"我"憔悴，也无怨无悔。

纳兰的词大半都是以情为材料，以愁为佐料。但纳兰虽然写了无数的愁绪，却总是能写出新意，让人不会看腻。他能够将一种愁绪写得精彩纷呈，多种多样，仿佛一道菜，虽然材料相同，但纳兰就是能够做出不同的风味，这也算是一种才华吧。

不过，纳兰虽然多愁，但他并不是一个颓废消极、无事可做、消磨时光的词人。纳兰有自己的理想和抱负，他在诗词中所表现出来的"愁"，不过是他在现实压力下，无法舒缓情绪的一种发泄。

这首词是好友姜宸英远在他乡时，纳兰怀念故人而作的。字里行间，无不透露出了对朋友的关爱和牵挂，同时也写出了自己不愿意逗留官场的情结。

"凉月转雕阑，萧萧木叶声干。"清冷的月光转过栏杆，无边的落木，在风吹动下，发出枝叶萧萧响声。"银灯飘箔琐窗间，枕屏几迭秋山。"将自己关在房间里，看着窗户外的景色，远山连绵，如果姜西溟的内心能如同这般景色一样淡然，那他也就不需要为考不中功名而苦恼了。

姜西溟也算是清朝少有的有才之人，但功名利禄却始终离他太过遥远，纳兰想要好心劝说，但是却不知道该如何开口。旁观者清，当局者迷，姜西溟是否有做官的潜质，纳兰是最清楚的，但作为好朋友，他怎么能开口打击朋友最后的一点自尊心呢？

每个人都有自己所要走的道路，无人可以替代，纳兰一直是对的，在"博学鸿词"科后，姜西溟为人举荐修《明史》，一直到七十岁才考中进士。但他在官场中却始终无法走顺，最后以主持顺天乡试案被牵连丢了官而死于狱中。

纳兰的担忧竟然成为现实。这首词的下片中写道："朔风吹透青缣被。"纳兰是聪明人，一眼便洞穿了富贵名利的假象。真相在纳兰的眼中，无比清晰，可惜，并不是所有人都能看到。

风吹透了棉被，寒意顿生，药还在炉火上煎熬，这清冷的天地，什么时候才会有点希望呢？"药炉火暖初沸。清漏沉沉无寐，为伊判得憔悴。"纳兰带着思念，躺在病床上，感慨这世间万物。

这首词写得极好，有景有色，慷慨悲怆，内心的凄苦和现实的不公得以呈现。纳兰痛惜好友才华不得展，也不忿他的命运不公，这首词有伤情之泪，也有悲情之泪，纳兰自己不愿意被名利所累，却一生无法挣脱名利的束缚。姜西溟一生追求名利，却最终都没能够获得他想要的名利。

这就是命运的安排，无人可逆。

荷叶杯

　　帘卷落花如雪，烟月①。谁在小红亭？玉钗敲竹乍闻声，风影略分明②。

　　化作彩云飞去，何处？不隔枕函边③，一声将息晓寒天④，肠断又今年。

【注释】

　　①烟月：云雾笼罩的月亮，朦胧的月色。②风影：随风晃动的物影。③枕函：中间可以藏物的枕头。④将息：调养休息、保养，这里是珍重、保重的意思。

【赏析】

　　写景一向都是纳兰的强项，这首《荷叶杯》以景喻相思，将落花与月夜结合得相得益彰，清幽淡雅之处隐隐透着些许沉郁，纳兰这首词，读起来如泣如诉，耐人寻味。词如其名，荷叶杯，这是很清丽的词牌名，来源于隋朝人士殷英童《采莲曲》中"荷叶捧成杯"一句，故此后便有了此名。

　　这首词的情感力量十分强大，虽然只读字面，并不觉得如此。但多留在心底回味几遍，便能感觉到这首词的婉转悠扬、连绵之美了。这是一首写景词，也是一首抒情词，抒发满腔抑郁、闷闷之情。

　　上片写幻象，在落花如雪的月夜里，朦胧中是谁伫立在小红亭里，偶尔传来几声玉钗敲竹般的声响，她身影历历，伫立风中。那身影蓦然化作彩云飞逝，要飞往何处？一切如梦如幻。然而与她在枕边的情义总是无法隔断、难以忘情的，道一声"珍重"，又将天明，断肠人又要在愁苦中度过一年。

　　唐人以荷叶为杯，将其称为碧筒酒。古人喜欢附庸风雅，"接天莲叶无穷碧"，"淡妆浓抹两相宜"。纳兰将此风雅延续，烟水迷蒙，可以让人们联想到许多艳美之事，"帘卷落花如雪，烟月。谁在小红亭？"一声反问拉开词的序幕，遥远的故事重回心头，纳兰这首词的意境可谓美到了极致，"落花如雪"，落花犹如雪片一样纷纷扬扬飘落，而在月色下，显得十分凄迷，纳兰用一个"烟"字去衬托"月"，使得月夜下这场落花雪更为动人心魄。

　　在一场华丽的雕琢布景之后，纳兰的心事隆重出场："谁在小红亭？"一声疑问让后人读词时也疑惑不解，究竟是何女子，竟然让纳兰如此神醉心迷。按照纳兰写这首词的时间推算，他应当是在怀念卢氏。

　　卢氏与纳兰的感情至深，感天动地。卢氏是绝代佳人，真可谓是人似落花，情如烟月。二人之间的情感一直被后世传唱。纳兰的痴情，卢氏的温婉，这二人似乎成了神仙眷侣的代言人，看到他们就看到了完美伴侣。

但是，越是完美的就越容易碎。卢氏的死带给纳兰很大的伤痛，他写了无数的悼亡词，只为纪念自己这位妻子。在这首词中，可以清晰地感受到纳兰内心的伤痛，他带着深深的怀念，写下和卢氏有关的词句。

"玉钗敲竹乍闻声，风影略分明。"这是虚写，是纳兰的想象，他仿佛看到妻子的玉钗在敲动竹竿，发出声响。风声掠过，人影憧憧，妻子似乎就在眼前不远处，向他微微一笑，鲜活的画面让整首词仿佛都活了起来。

但这毕竟是幻境，是纳兰自己的想象。妻子已经去世，怎么可能会在人世间留下任何一点影踪呢？纳兰自然也是明白这点的，于是，他的哀戚，好似天边的云彩，飞往远处，无法回还。

漫漫蓝天，小楼轻上，回忆往昔，那些过去的日子让人心里竟是如此安定。日子曾经是那般温顺，在北方这个荒芜的都市里，也曾有过一对眷侣，双宿双飞，可是而今，一切都不在了，过去的再也回不来了。

"化作彩云飞去，何处？"都化作了彩云飞去，飞往何处？放眼望去，找不到踪迹。世间的事，莫非就是如此！红颜命薄，黄沙掩埋玉体，仅仅三载光阴，便天人相隔，永无相见之日了。

在落花如雪的月夜里，纳兰的心里全是朦胧的想念。卢氏绰绰的身影，仿佛就在眼前。一声叹息，天边尽是断肠人。到底是谁寂寞？是去世的卢氏，还是仍然在世间苟活的纳兰？抑或是，这人世间，种种痴情的男女。

"不隔枕函边，一声将息晓寒天，肠断又今年。"月夜访竹，在一片夜色中思念故人。就仿佛这高洁的竹子，清洁如许，那份情感，天地可鉴。这些竹子，就好像纳兰的感情，日夜站在那里，千年不变。

这世间的情义竟是如此不稳，忽而就永久地失去，再也看不到踪迹。但也正是如此，才更让那些痴情的人懂得情之艰难。

荷叶杯

知己一人谁是？已矣。赢得误他生。多情终古似无情，莫问醉耶醒。未是看来如雾，朝暮。将息好花天①。为伊指点再来缘②，疏雨洗遗钿③。

【注释】

①好花天：指美好的花开季节。②再来缘：来生的姻缘。③钿：指用金、银、玉、贝等镶饰的饰物。此指代亡妻的遗物。

　　这首词为怀念亡妻而作：谁是那唯一的知己？可惜已经离"我"而去，只有来世再续前缘。多情自古以来都好似无情，这种境况无论醉醒都是如此。朝朝暮暮，如烟似雾，那大好的春色不要白白错过。雨中拿着你的遗物睹物思人，但愿能来世相见。

　　纳兰的诗词中，对荷花的吟咏，描述很多。以荷花来比兴纳兰公子的高洁品格，是再恰当不过的。"出污泥而不染"是文人雅士们崇尚的境界。它起始于佛教的有关教义，把荷花作为超凡脱俗的象征。

　　而在中国传统文化中，把梅、竹、兰、菊"四君子"和松柏、荷花等人格化，赋予人的性格、情感、志趣，使其有了特定的内涵。许多文人热衷于寄托自己的情思到这些梅、兰、竹、菊身上，例如郑板桥画竹、曹雪芹写石头，这都是代表了他们内心的某种情感图腾。

　　纳兰也不例外，纳兰就是认定了荷花，在许多词中，他都写到荷花，寄托自己无处可寄托的情感。在这首词中，虽然没有提到荷花，但可以看出纳兰将自己的情感都寄托在了那份景致中。

　　有人说这是一阕悼亡词，是写亡妻，可也有人说是写恋人，怀念与恋人之间无法追回的情感。不论写哪种逝去的情感，都可以说得通。平心而论，无论是妻子还是恋人，纳兰从来都不会偏向哪一方，他将这些女子放在心中，她们各自有各自的位置。

　　开篇便问："知己一人谁是？""知己"二字，中国古时是十分慎用的，除非彼此之间非常了解对方的心意，不然是不可妄自称为知己的。纳兰的知己，便是那位离他而去的女子，但他也明白，人生得一知己足矣，所以，他会在反问之后，自问自答地写道："已矣。"

　　的确是这样的，既然此生已经得到了知己，那么便足够了，至于今后独自行走的道路，有着之前的回忆，那还怕什么呢？"赢得误他生。"来生如果有缘，相信还是会走到一起的。多情不必神伤，"多情终古似无情，莫问醉耶醒"。上片在一片混沌中结束，纳兰似醉非醉地混迹人间，没有了知己，他还要继续走下去，如果不糊涂一点，如何能够应对这世间坚硬的种种？

　　纳兰的好朋友朱彝尊感慨常叹："滔滔天下，知己一人谁是？"可见并不是所有人都能得到知己，从这点来说，纳兰是幸运的。他爱的人不但爱他，更懂得他，就算这份懂得是短暂的，那也是曾经拥有过。

　　这上片直抒胸臆，真切极了。但是下片却是笔锋勒马，由刚转柔，不再明写，而是用铺垫，写起情感，尤其是最后一句"为伊指点再来缘，疏雨洗遗钿"。缠绵悱恻，诉尽心底伤痛悔恨。

　　"未是看来如雾，朝暮。将息好花天。"有景有情，全词情意盎然，让人读起来感到飞流直下，但丝毫没有什么不妥的感觉，反倒是让人泪下如雨。"海内存知己，天涯若比邻"，这句诗正好道出了纳兰的心声。

红窗月

（按《词律》作《红窗影》，一名《红窗迥》。）

燕归花谢，早因循、又过清明①。是一般风景，两样心情。犹记碧桃影里、誓三生②。

乌丝阑纸娇红篆③，历历春星④。道休孤密约⑤，鉴取深盟⑥。语罢一丝香露、湿银屏⑦。

【注释】

①因循：本为道家语，意谓顺应自然。清明：二十四节气之一，在此节日里人们扫墓和向死者献特别祭品。②碧桃：一种供观赏的桃树，花重瓣，有白、粉红、深红等颜色。三生：佛家所说的三世转生，即前生、今生和来生。③乌丝阑纸：指上下以乌丝织成栏，其间用朱墨界行的绢素，后亦指有墨线格子的笺纸。④历历：一个个清晰分明。春星：星斗。⑤孤：辜负，对不住。密约：秘密约会，秘密约定。⑥鉴取：察知了解。深盟：指男女双方向天发誓永结同心的盟约。⑦香露：花草上的露水。银屏：银饰装饰的屏风。

【赏析】

这首词写的是离情，有人说是纳兰为其亡妻所作，有人说是为他那嫁入宫中的表妹所作，为谁而作我们姑且不去研究，但是，我们可以确定的是，这首词应该算是一首悼亡词，悼念亡妻或者自己与表妹那段有缘无分的感情。

词的上片主要是写景与追忆往昔。"燕归花谢，早因循、又过清明"，燕子归来，群花凋谢，又过了清明时节，首句交代了时令，即暮春时节。纳兰用"燕归"来暗指世间一切依旧，可是自己所爱之人却不能再回来，所以才会"是一般风景，两样心情"。

风景与往年没有什么区别，然而心境却大不相同，只因为伊人不在，所以纳兰很自然地回忆起往事：当是春光正好之时，两人在桃花树下情定三生。这就是"犹记碧桃影里、誓三生"。纳兰在这里用到了"三生石"的典故。相传唐朝名士李源与洛阳惠林寺的圆泽和尚是非常要好的朋友，有一次，两人同游峨眉山，途中圆泽辞世，在临终前他与李源约定十三年后的中秋之夜相见于杭州的天竺寺外。十三年后，李源信守诺言，专程赶往杭州践约，去赴圆泽的约会，在寺外见一牧童骑牛而至，口中吟唱："三生石上旧精魂，赏月临风不要论，惭愧情人远相访，此身虽异性常存。"唱罢，牧童拂袖隐入烟霞而去。纳兰在此处用李源与圆泽的友情来比喻自己与恋人的爱情，极言两人爱情之深。

词到下片，纳兰睹物思人，发出了旧情难再的无奈慨叹。"乌丝阑纸娇红篆，历历春星"，在丝绢上写就的鲜红篆文，如今想来，就好像那天上清晰的明星一样。那么，丝绢上到底写的是什么呢？纳兰在"道休孤密约，鉴取深盟"这句中给出了答案，原来记载的是当初二人的海誓山盟，这些文字作为凭证，见证了不要相互辜负的密约。但是，纳兰没有想到，誓言也会有无法实现的一天，如今回忆起往事，情景仍然历历在目，眼泪止不住流了出来，打湿了银屏。词到"语罢一丝香露、湿银屏"时戛然而止，留给人无限的想象空间。

三生，流露出纳兰对美好爱情的向往，然而往往事与愿违，从小青梅竹马的表妹面对皇权的压力，不得不进入深宫，昔日恩爱的妻子，在天意的安排下，过早逝去。这位文武全才的多情公子，难道真的命中注定得不到一份完美的爱情吗？

画堂春

一生一代一双人^①，争教两处销魂^②。相思相望不相亲，天为谁春？

浆向蓝桥易乞^③，药成碧海难奔^④。若容相访饮牛津^⑤，相对忘贫。

【注释】

①"一生"句：语出唐骆宾王《代女道士王灵妃赠道士李荣》："相怜相念倍相亲，一生一代一双人。"②争教：怎教。③蓝桥：在陕西蓝田东南蓝溪上。传说此处有仙窟，相传唐代秀才裴航与仙女云英曾相会于此，求得玉杵臼捣药，终结为夫妇。专指情人相遇之处。④"药成"句：《淮南子·览冥训》："姮娥，羿妻，羿请不死之药于西王母，未及服之。姮娥盗食之，得仙。奔入月宫，为月精。"李商隐《嫦娥》："嫦娥应悔偷灵药，碧海青天夜夜心。"⑤饮牛津：指天河边。传说海边居民曾乘槎至天河，"见一丈夫牵牛饮之"。见晋张华《博物志》卷三。这里指与恋人相会的地方。

【赏析】

这是一首爱情词，是词人对可遇不可求的恋情的独白：既然我们是天生一对，为何又让我们天各一方，两处销魂呢？相思相望却不能相亲相爱，那么这春天又是为谁而设呢？蓝桥之遇并非难事，难的是纵有不死之灵药，但却难像嫦娥那样飞入月宫去与你相会。若能渡过迢迢银河与你相聚，便是做一对贫贱夫妇，我也心满意足了。

这首描写爱情的《画堂春》与纳兰以往大多数描写爱情的词不同，以往纳兰的爱情词总是缠绵悱恻，动情之深处也仅仅是带着委屈、遗憾、感伤的情绪，是一种呢喃自语的絮语，是内心卑微低沉的声音。

而这一首《画堂春》却仿佛换了一个人，急促的爱情表白，显得苍白之余，还有些呼天抢地的悲怆，仿佛是痛彻心扉的呐喊。也许，只有一次痛入骨髓的失去，才能够发出如此的悲怆之声。

古往今来，爱情总是教人欢喜教人愁苦，美好的爱情就好似夜空中兀自绽放的烟火，瞬间的美丽照亮漆黑的天空，但为这一刹那的美好，人们所要付出的往往很多。纳兰为爱情付出得更多，他由困顿到解脱，由渴望到爆发，这期间的情绪波动十分大，而这样的心绪，也就是这首《画堂春》。

这样，也便不难理解，为何这首词的气场如此强大，不同于纳兰以往诗词的风格。劈头便是"一生一代一双人，争教两处销魂"，似乎是在控诉，也是在向苍天指问：为何相爱容易，相守就这么难？

纳兰的这两句话，毫无点缀，直来直往，犹如一个女子，素面朝天，因为有天资的底蕴，所以，耐得住人去看、去推敲。明明是天造地设的一对佳人，偏偏遭到上天的捉弄，无法在一起，只能各自销魂神伤，这真是老天爷对有情人开的最大的一个玩笑。

"相思相望不相亲，天为谁春？"既然相亲相爱都不能相守，那么老天爷，这春天你为谁开放？纳兰的指天怒问让人叹息，他真是情何以堪。这悲怆的上片，其实是纳兰化用骆宾王《代女道士王灵妃赠道士李荣》诗中成句："相怜相念倍相亲，一生一代一双人。"

纳兰将古人诗句加以修改，运用得十分到位。骆宾王的原句想来并无多少后人知晓，但纳兰的这首词却是传遍了大江南北。

下片转折，接连用典。其实小令一般是不会去频繁用典故的，这是禁忌，但是纳兰却偏偏视禁忌于不顾。

"浆向蓝桥易乞"，这是裴航的一段故事：裴航在回京途中与樊夫人同舟，他赠送诗歌表达情意，而樊夫人却回他一首："一饮琼浆百感生，玄霜捣尽见云英。蓝桥便是神仙窟，何必崎岖上玉清。"裴航苦思不得其解，后来他来到蓝桥驿，偶遇一位名叫云英的女子，顿生爱慕。而当裴航向云英母亲求亲时，却遇到一个难题。云英的母亲说只要裴航为她找到一件叫作玉杵臼的宝贝，就将女儿嫁给他。裴航从樊夫人的诗句中得到启示，千辛万苦终于娶到了云英。而纳兰用这个典故，其实是想说像裴航那样的际遇于自己而言，也是有过的。但至于纳兰遇到了什么样的往事，后人也不得而知。但想来，他也遇到了同裴航一样的大难题，可惜，他没有仙人指路，毫无解决办法，故而才苦恼万分。

苏雪林在《清代男女两大词人恋史之谜》中也提到："以为此恋人为'入宫女子'，'浆向蓝桥易乞'似说恋人入宫前结为夫妇是很容易的；'药成碧海'则用李义山诗，似说恋人入宫，等于嫦娥奔月，便难再回人间；李义山身入离宫与宫嫔恋爱，有《海客》一绝，纳兰容若与入宫恋人相会，也用此典，居然与李义山暗合。"

这里写的"药成碧海难奔"也是一个典故，纳兰之后所写的"若容相访饮牛津，相对忘贫"也是一个典故。

传说大海的尽头就是天河，那里曾有人每年八月都会乘槎往返于天河与人间，从不失期。一个好奇的人便效仿，也踏上了探险之路，向东而去。漂流数日后，那人见到了城镇房屋，还有许多男耕女织的人。他向一个男子打听这是什么地方，男子只是告诉他去蜀郡问问神算严君平便知道了。严君平掐指一算后，居然算出那里就是牛郎织女相会的地方。

纳兰用这个典故，是想说自己虽然知道心中爱的人与自己无缘，但还是渴望有一天能够与她相逢，在天河那里相亲相爱。这是纳兰的誓言，也是难以实现的约定，纳兰的爱，注定了漂泊，没有归期。

浣溪沙

败叶填溪水已冰，夕阳犹照短长亭①。行来废寺失题名。

倚马客临碑上字，斗鸡人拨佛前灯②。劳劳尘世几时醒。

【注释】

①短长亭：短亭和长亭的并称。②斗鸡：使公鸡相斗的一种游戏，多用来指纨绔子弟游手好闲，不务正业。

【赏析】

这首词大约是作者于旅途中见到"废寺"有感而作。词的上片写废寺之外景，荒凉残败，冷然消寂。"败叶填溪水已冰"，这里"败叶"可理解为已经凋零的树叶。"填"字用得极妙，说明败叶之多已将溪水填满，给人一种沉重萧瑟之感。"水已冰"说明已值深秋初冬时节。下一句"夕阳犹照短长亭"说的是荒凉秋季黄昏时分，夕阳斜照长亭短亭。此句表面上写景，实际上写人。因为长亭短亭在古代皆是临别送行之所，含送别之意。此景与前句"败叶填溪水已冰"意境相融，透足凄凉之感。接着引来下一句废寺主题，"行来废寺失题名"，通过正面渲染庙宇上的题字都因为多年来遭受风吹雨打而难以辨认，诉说其苍凉之态！

深秋了，满树浓叶开始凋零，秋风萧瑟，卷着这些破败的残叶并将它们吹进寒冷的溪水里。抬头遥望，夕阳尚斜照着这一片苍凉之景，可是那些远走的人啊，早已不见踪影。只余这荒凉寺院上的题名，年年遭受风吹雨打，最终模糊难辨。

上片勾勒出残阳野亭孤庙物人皆非，说不尽的惆怅。

下片从远景直接拉至废寺内景，笔述残破不堪、香火断绝的现状。"倚马客临碑上字，斗鸡人拨佛前灯。"这两句是写现在会来寺中的人早已不是当初的善男信女，而是前来闲游的过客，或是贵族豪门的公子哥儿。而他们来这里也不是为了上香礼拜，只不过是为了寻找一个可以玩乐的地方而已。

其中"斗鸡人拨佛前灯"，引用的是唐玄宗时期的典故。唐玄宗好斗鸡，在两宫之间设立斗鸡坊。遇七岁的贾昌，通晓鸟语，驯鸡如神，玄宗任命他为五百小儿长，每天赏赐金帛。贾昌父亲死，玄宗赐他葬器。天下人称其"神鸡童"。于是坊间还有"斗鸡走马胜读书"的言传流出，贾昌被玄宗恩宠四十年。但是天宝年间，"安史之乱"爆发，玄宗仓皇奔蜀，贾昌换了姓名，依傍于佛寺。其家被乱兵劫掠，一物无存。纳兰这里用贾昌的故事，意在指出这寺庙的命运就如同贾昌一样，所有繁华不过是过眼云烟，荣辱兴衰交替，最终也只能荒凉收场。

此句谓：那些曾经临摹碑石的人也好，斗鸡赌胜的贵公子也罢，还有那些曾经来过这里的文人墨客、贵廷商贾，纵然尊卑贤愚不同，然而在这劳劳尘世，不过是同归一梦罢了。这份情怀，端的就是人生不过梦一场，权势身份荣耀，梦醒后只可能无限悲凉。

纳兰的这首词，情调非常消沉。于是也有人猜测，这词估计是纳兰随从康熙皇帝出巡时，见到荒郊中荒废了的寺庙时，感伤之下所作。纳兰本身是一位入世极深的士人，然而他所向往的却是温馨自在的生活。在康熙身边多年，他看遍了清廷政治党争倾轧，他想做的事不能做，不想做的事又不得不做。在不停的陪侍出行中耗蚀青春年华，这些都使他厌畏思退。再加上他的父亲明珠本来是位政治才能杰出的能臣，在统一台湾、平定三藩、治理黄河水患等重大国事中都起了相当大的推动作用，他还坚定地支持天主教会，为闭塞的皇朝打开了与外界交流的契机。这些都足以使他名垂青史，然而位高权重的同时也滋长了明珠的腐败作风，他结党营私、贪污受贿，终被罢相。虽然这些在纳兰性德生前尚未发生，然而这位才子却似乎已然预见到了这个结局。面对朝为权贵、暮则家破势尽犹如穷僧的境遇，纳兰自嘲是"斗鸡人拨佛前灯"，透出了看破前程却又无可奈何的忧伤之情！

浣溪沙

残雪凝辉冷画屏①。落梅横笛已三更②。更无人处月胧明③。

我是人间惆怅客，知君何事泪纵横。断肠声里忆平生。

【注释】

①残雪：尚未化尽的雪。画屏：绘有山水图画的屏风。②落梅：即《落梅花》，古笛曲名，以横笛吹奏。③胧明：微明。

【赏析】

这首词是一抒发人生惆怅主题的词。

上片整体比较平实，主要下力在于营造氛围上。第一句说雪后数日，残雪未消，月色照耀下，呈现出带着寒意的皎洁的白光，五彩的花屏也因这种氛围而冷却了。这句点出了环境，包括地点是在房中，时间则是在稍有月色的残雪之夜。

这句的使用并不出奇，如"残雪""画屏"这些意象，以及"冷"的意动用法，都是诗词中极为常见的。

接着视角转换，由视觉转移到听觉上。前句的场景"残雪凝辉冷画屏"可以说是看见的，而"落梅横笛已三更"则是听觉感知到的。这句在前一句的基础上精确了时间，说"已三更"，营造了一种孤寂的氛围。试想一位三更难眠的人，在残雪未消的寒冷中独自徘徊，忽然听见横笛，不可谓不令人益发愁肠百结，不能自已。深夜闻笛的诗如李益《春夜闻笛》"寒山吹笛唤春归，迁客相看泪满衣"，李白《春夜洛城笛》"谁家玉笛暗飞声，散入春风满洛城"，白居易《江上笛》"江上何人夜吹笛，声声似忆故园春"，刘孝孙《咏笛》"凉秋夜笛鸣，流风韵九成。调高时慷慨，曲变或凄清"，等等，都是长夜闻笛的写照，无不呈现一种孤独悲凉的氛围。

所以说，上片就整体上看，在营造氛围上传承了前人惯用的方法。

下片在写法上显然在上片的情感氛围笼罩下，突然情感爆发开来。下片前两句"我是人间惆怅客，知君何事泪纵横"，可谓突起得妙绝。纳兰性德将整个世界都客体化，并同自己分离开来，大有屈原"举世皆浊我独清，众人皆醉我独醒"的情怀，有一种被世界抛弃的感觉。

这两句中有似乎相对的两个主体，一个是"我是人间惆怅客"的"我"，另一个是"知君何事泪纵横"中的"君"。前一个很显然，就是词人自己。后一个"君"则大有可说的地方。或许有人会以为这个"君"是纳兰性德所思念的那个人，或者他的妻子卢氏、恋人，甚至是他的朋友，等等，但总而言之，都是真正和"我"相区别的其他人。然而或许并非如此，这个"君"又何尝不能是纳兰性德自己呢？正因为自己本来知道自己孤独凄苦，饱尝人间离愁别苦，是所谓"人间惆怅客"，因此情不自禁，潸然泪下，又马上回头看见自己竟然在流泪，也更是无人知晓，并给予慰藉，便回头自对自地冷嘲："你知道你一个伶仃孤苦，独自掉泪究竟是为什么呢？难不成还会有人来给你安慰吗？简直煞是可笑了！"这种情感矛盾而又最为合情合理。反观后，竟发现自己是如此可怜，竟然连哭泣似乎也毫无价值。

最后一句"断肠声里忆平生"一句犹如妙绝的音乐一样，虽然停止，而余音绕梁，不绝如缕。这一句有两方面的作用，一方面是联系了上片下片，将夜半笛声同忆平生结合起来；另一方面，用一个结尾来营造了一个新的开始，也就是"忆平生"三个字，这三个字能引导读者联想到词人生活，去思考更多的东西，可以说是个很好的留白。

全词残雪冷，花屏冷，月光冷，心更冷。

浣溪沙 郊游联句

出郭寻春春已阑（陈维崧），东风吹面不成寒（秦松龄）。青村几曲到西山（严绳孙）。

　并马未须愁路远（姜宸英），看花且莫放杯闲（朱彝尊）。人生别易会常难（纳兰成德）。

【赏析】

　康熙十八年（1679年）三月清王朝为汉人专设了博学鸿词科会试，录取的限数五十人里，朱彝尊、严绳孙、陈维崧、秦松龄等皆入选。唯独姜宸英本已经拟定受荐鸿博，不想却因失期而罢，心情颇为沮丧。这篇联句正是作于当时。

　会试使得散居各地的名流们难得有机会聚到了一起。一行六个人中，除了享誉盛名的纳兰，其余五人也算是占尽了清初的人杰地灵。"江南四布衣"来了三个，再加上秦松龄和陈维崧，康熙年间的文坛大人物们可以说是凑齐了。

　纳兰喜好交友，没有门第观念，且友人多是汉族才子。难能可贵的是，他以满族贵公子身份得到了大家的认同。纳兰仗义助友的事迹也是不胜枚举。这首词的几位作者个个与纳兰性德交情深厚，无锡人秦松龄因"奏销案"被斥革十余年，纳兰性德荐举博学鸿词开科录取一等；浙西词派创始人朱彝尊与他也是交谊终生，阳羡词派领袖宜兴人陈维崧曾填《贺新郎·赠成容若》有"昨夜知音才握手"的感佩之言；还有姜宸英和严绳孙与纳兰性德更是莫逆之交。因此这好友联词才会显得如此珠联璧合。

　这一群人热热闹闹的，出城赏春，并马看花。陈维崧首作开卷语"出郭寻春春已阑"，出郭寻春却寻得春意已阑珊。意境稍显怅然，不像往昔阳羡领袖的大气磅礴、气吞河山。

　也有人说，陈维崧曾经的豪放是装出来的，比不得朱彝尊的大气是自然流露。这样说的原因没有明挑，但大家彼此心照不宣。其年，他有断袖之癖，且用情至深，一首《贺新郎·云郎合卺为赋此词》更是写得令人垂泪。但窃下以为，这并不影响他在文学史上的地位，更不影响后人对他的欣赏与肯定。相反，他的真性情，他冷眼旁议的坚持，也为他博得后人不少赞赏。挚情在我，情理便在我，那么，虽千万人吾往矣。

　本以为从此神仙眷侣，五湖泛舟。然而，时间，又是时间。也并非誓言有意挨不过时间，只是世事多变，人在世事中往往身不由己。心中堆积太深太久的故事总让人不敢触碰，稍一触及，往事便纷纭跌至，压抑得不容人喘息。

　年少时的家道中落让他早早学会泰然面对不如意的人生。会试的列一等授翰林院检讨虽姗姗来迟，但也毕竟不易，可算是老天对他的补偿了。他倚马缓步，轻轻说了句"出郭寻春春已阑"。

　身边的秦松龄接口便道"东风吹面不成寒"。秦松龄这个人应该算是早年得志，顺治十二年十八岁便成为进士，授国史馆检讨。仕途虽有坎坷也还得意，在这一年与朱、严、陈等人共举鸿博。

走在严绳孙身后的姜宸英联句"并马未须愁路远"。六个人里，姜宸英是落寞的。听说那无锡的严绳孙本无意为官，应试纯属是应付，只写了首七律，还语句不通，却硬被授予翰林检讨，入馆编纂明史。还有那秦松龄，他在卷中书狂语，说朝廷是"牢笼豪杰"，而后竟也进了翰林院。姜宸英心里愤愤不平，为什么有人只是清清宁宁地站着便能赢了，举世推崇，而有些人就是粉身碎骨也换不来功德圆满。

名士的怪诞气并非常人所能容忍的。姜宸英的屡试不第不能全推说朝中有所阻挠，亦不能说朝廷没有给他机会。多次的应试文章不按要求作文，让纵使想他高中并借以收为门生的考官们也无可奈何。康熙二十七年礼部会试，他可算按着规矩写了一次，可却又因为典故的事抢白了主考官。

"并马未须愁路远"，还是喜欢和这群朋友们信马闲游，联诗饮酒。并马不愁路远，可总有"形影空酬酢"的时候，心里还是孤独的吧。这样的人怎么去鱼目混杂的官场生活？纳兰一再劝他放弃，可他不是纳兰，他放不下，功名心至死不衰。

在姜宸英看来，纳兰是个凌驾于世俗尘名之上的超脱之人。由他撰写的纳兰君墓表中就有"不愿仕，退而学经读史"这样的句子。

的确，纳兰总给人一种淡泊忧郁的感觉，但仔细想想，他的"山泽鱼鸟之志"也许并非与生俱来。他劝姜宸英"五湖料理，扁舟一叶"，而这种隐逸思想或许只是种无奈。父亲明珠权倾一时，以康熙的谨慎，恐怕自己在仕进道路上再难有为。眼见前途无望，仰天哀声"叹光阴，老我无能"，然后转身拂袖而去，利落洒脱。立功未可预必，且休矣，从此择志立言，往事至此尘封。

赋向忧愁句便工。纳兰的愁，愁出了词家的柔肠百转；纳兰的叹，叹出了词家的格高韵远。联句结尾的"人生别易会常难"，性情中人脱口而出的性情之句，不经雕琢，如璞玉，却浑然成器。

浣溪沙

肠断斑骓去未还^①，绣屏深锁凤箫寒^②。一春幽梦有无间。

逗雨疏花浓淡改^③，关心芳草浅深难^④。不成风月转摧残^⑤。

【注释】

①斑骓(zhuī)：此处以骏马代指征人。②凤箫：即排箫。比竹为之，参差如凤翼，故名。③浓淡：指花的颜色。④芳草：香草。⑤不成：犹难道。风月：风和月，泛指景色，亦指男女恋爱的事情。

【赏析】

痛至肠断的送别场景又如期而至，浮于眼前，久不散去；斑骓马走走停停，徘徊向前，最终留下了一个寂寥的繁春。到如今，斑骓马再也没有出现。从此，丝绸织就的绣屏就再没被打开；往日与情郎恩爱相伴的凤箫也因久未吹奏，而愈来愈让人觉得寒气逼人。躲在深闺的她，也只偶尔地依栏而望。

不识人情的春雨依旧霏霏，掉在稀疏相间的花瓣上，浓如泼墨的花叶好不显眼；打在浅疏且略带有香气的野草上，让人顿生怜惜之心。本该享受春日风光的时节，竟让它令人惋惜地消逝：经受风雨滋润的疏花渐渐地由浓变淡，散发香气的野草也渐由浅到深，茂密地长起来了。一春的风月，也只偶尔地有几番春梦，风月的殒失也渐至令人只有叹息的感慨，难道不由人生出一种怨恨吗？

这首词描写的是一位闺中女子在家思念在外出行的情人的生活画面。通篇情感的表达由浅入深、由淡入浓，总体上可由一个字来概括，"寒"。此"寒"，非独竹箫的物理属性，更多的是闺中女子的一种心理活动的表现。斑骓马一去不复返，"绣屏深锁"，昔日的双双欢娱，如今只能温馨地刻在还不曾忘却的记忆中，所谓睹物思情，对于这位闺中女子来说，怕是家常便饭，然而这背后却是无尽地重复"肠断"的苦楚。闺中女子尝着这苦楚，却仍抱着等待情郎春日归来的希冀。不过，这希冀也是一种带着淡淡哀伤的期盼。

但自然的无情，一如既往。春雨依然如故地下着，似乎还带着一种挑"逗"的情分。此"逗"非彼平常之"逗"，此"逗"乃是一种以乐写伤的表现，借自然之春之"逗"，来表现自然春雨的活力、青春，而这恰恰又鲜明地与闺中女子青春的凝滞形成鲜明对比。此际，春雨之"逗"，实写了"寒"情，不由让人想起李贺的"石破天惊逗秋雨"，秋雨的"逗"也含有一分"寒"意，这不得不让人见识词人的借用之功。另外，这"逗"雨也表明了春雨的非勇猛如夏雨，丝丝滴下，更让闺中女子愁上更添愁。丝雨似的愁绪，又让人忆起秦少游《浣溪沙》中"无边丝雨细如愁"的感慨。的确，这情感是相通的。

再往下，春日时光消逝，带着疏花的由浓变淡、芳草的由浅入深，春色易逝，立即被凸显出来。闺中女子的春日幽梦"有无间"，更难堪这稍纵即逝的春光风月。由此可见，闺中女子的愁更浓，多年的等待渐成一种心"寒"：情郎何时再骑斑骓出现在面前，成了她心中的主题。在这里，"芳草"本身就是一个含愁的意象，自然中的芳草很早就被先人引为一种愁绪的象征，如《楚辞·招隐士》里，"王孙游兮不归，芳草生兮萋萋"，还有诸如"芳草萋萋鹦鹉洲"的表达，大都一理。芳草由浅入深，愁绪由少变多，契合恰当，所谓情景交融，也不过如此，令人清晰地感觉到闺中女子的愁苦渐盛。

末句"不成风月转摧残"则是女子胸中情感的一个变化，情至深处，愁至多处，无处排遣，生成一种怨，也是自然，而这又恰当正常地刻画了闺中女子的情感世界。这怨，也实是心内"寒"的一种外露，从这里，不得不让人起了探究情郎因何而去的猜想，是从军行役，还是赶赴科考？不得而知，给读者留下谜团，令人生出无尽的遐想。

纳兰性德的这首闺怨词，很有特色，从词中人角度写思念在外的情郎。这在纳兰词中有呼应的词作，即同属《浣溪沙·古北口》一首："杨柳千条送马蹄，北来征雁旧南飞，客中谁与换春衣？终古闲情归落照，一春幽梦逐游丝，信回刚道别离时。"此词写作角度与《浣溪沙·肠断斑骓去未还》相反，从行人思念家中人角度出发，兼有"一春幽梦"，一在"逐游丝"，一在"有无间"，形成对照。从此推测来看，二词似乎作于同一时期。二词相照来读，给人无穷意味。从这里，又不得不让人佩服纳兰性德词作的魅力，一种同而不腻的魅力，令人折服。

浣溪沙

凤髻抛残秋草生①，高梧湿月冷无声②，当时七夕有深盟。

信得羽衣传钿合③，悔教罗袜送倾城④。人间空唱雨淋铃。

【注释】

①凤髻：古代女子的一种发型，将头发绾结梳成凤形，或在髻上饰以金凤，流行于唐代。此处指亡妻。②湿月：湿润之月。形容月光如水般湿润。③羽衣：原指以羽毛织成的衣服，后常称道士或神仙所着衣为羽衣，此处借指道士或神仙。钿合：镶嵌金、银、玉、贝的首饰盒子，古代常用来作为爱情的信物。④罗袜：丝罗制的袜子，此处指亡妻遗物。倾城：旧以形容女子极其美丽，是美女的代称，此处指亡妻。

【赏析】

此词虽为唐明皇、杨贵妃之事而作，实则是借其情事述己悼亡之情。

纳兰词风的形成期，正是与其妻携手双飞的时期，两人弹琴作赋，对弈言欢在纳兰词作中都有擦拭不去的痕迹，但正是两人笃厚的夫妻之情，在妻子卢氏去世后，纳兰"悼亡之吟不少，知己之恨尤深"。沉重的精神打击使他在以后的悼亡诗词中一再流露出哀婉凄楚的不尽相思之情和怅然若失的怀念心绪。这首词，便是为了纪念卢氏而作。

作者以冷色调作起，并未着笔墨写曾经"如花似叶长相见"的美满，"凤髻抛残秋草生"似用了倒笔法，很有些"千古英雄只废丘"的相似感慨，只是那是风云气，这里却是儿女情，是人面不知何处去，但是也没了桃花依旧的景色，而是"秋草生"，斗转星移，物人两非，事事皆休了。起句只是一个引子，后则更入凄凉之境了。一个"高"写出梧桐的孤寂唐突，月是"湿"的，却又不知是月之泪抑或是己之泪了，或者物我两望，各湿一行清泪吧。接下来更点一个"冷"字，四周深秋的气氛渲染着，似乎万般凄冷，任是有情也不得不让人生悲凉之感。这一句通过几个意象的描述，在开篇之时就让全词弥漫着一股凄冷的气息，冷冷的秋月，静静的梧桐，使读者的心境一下就被带入了一种悲伤的情绪中，不能自已。整个上片，伤感之情愈写愈深、愈写愈烈。

"当时七夕有深盟"。此句化用唐明皇与杨贵妃长生殿之典，既有当日之恩爱，又何来后日的马嵬坡之伤情；既有道士传其信物，却更教人悔不当初。通过此景想往情，使人心折骨惊，惆怅其情。彼时两情相望，各据一情；此时天涯人远，不得相亲，伤如之何！如此这般，魂飞魄散，已是天上人间，纵使千万眷恋，纵有《雨霖铃》述明皇之忧伤，却是徒劳，佳人已然难再得了。纳兰却是纵使寄情于千言万语，往昔的红颜与恩爱却是如烟如雾，隔山隔海。

伤理万名，其情却一。纳兰曾因父母之命媒妁之言而娶卢氏，但短短三年时间香魂早早飘逝了。卢氏生时他不懂得珍惜，对她抱有很大的愧疚之情，常常在词中悔己之薄情，为她写过多首悼亡之词，此系其一。甚至曾经"愿指魂兮识路，教寻梦也回廊"，要招那去三冥的魂魄归来重聚，一片伤心，终也付之流水。从这首词可以看出，纳兰是个极重感情的人，所爱之人已经离自己远去，只能在伤心时写下了这首《浣溪沙》。

纳兰性德作为一个出身显赫的富家公子，虽然身世得到很多人的羡慕，但是自己却并不快乐。他是个率性而自然的人，然而不如意的爱情却让他饱受折磨。他自幼天资聪颖，读书过目不忘，数岁时即习骑射，后又入太学，举进士，成为皇帝的近臣，但是却十分厌恶官场的生活。加之婚姻悲剧事故的摧残，纳兰在之后所作的大多悼亡诗词中一再流露出哀婉凄楚的不尽相思之情和怅然若失的怀念心绪。他的悼亡之词婉丽凄清，真挚深切让人不忍卒读。这一首词也同样如此，毫无矫揉造作的成分，只有一份真情融在其中，令人读罢不禁黯然神伤。

义山有诗"劝栽黄竹莫栽桑"，沧海桑田，有几段感情经得起沧海桑田呢？世人最不愿看见的事往往是最常、最易发生的事。明皇在为杨妃一哭，纳兰为亡妻一哭，而其情又有谁可以为之一哭呢？

浣溪沙

伏雨朝寒愁不胜①，那能还傍杏花行。去年高摘斗轻盈②。
漫惹炉烟双袖紫③，空将酒晕一衫青④。人间何处问多情。

【注释】

①伏雨：指连绵不断的雨。②斗轻盈：与同伴比赛看谁的动作更迅捷轻快。轻盈，多用以形容女子体态的轻快、灵活。③炉烟：香炉中的熏烟。④酒晕：喝完酒后脸上泛起的红晕。

【赏析】

这是一首相思之作，却不同于那种甜蜜憧憬的怀想，亦不是刻骨铭心的感念。如果一定要用一个词来形容这首小令，那么非此二字莫可当得：阑珊。

作者一开始就把我们领入了那片绵绵细雨的小小天地。春潮微寒，连绵的小雨淅淅沥沥，点点滴滴。造物者是有诗意的，总是在那样一个特定的时间为我们呈现这样一个微雨的初晨。如果我们还对"伏雨朝寒"这样古雅的表达感到一丝不顺畅，那么，相似的意境，不妨去读另外一首脍炙人口的名篇：

撑着油纸伞，独自／彷徨在悠长、悠长／又寂寥的雨巷，

我希望逢着／一个丁香一样地／结着愁怨的姑娘，

诗坛巨子戴望舒的《雨巷》，同样是清清爽爽而染着凄迷的冷雨，可是雨巷里的"我"是幸运的，因为在油纸伞外，还有悠长、悠长的等待与寻觅，还有流淌着的随想伴着那结着愁怨的姑娘。但是我们的公子纳兰却没有。清晨迎接他的，除绵绵的小雨外，再也等不来那丁香一般的太息的目光。因为就在这一年，纳兰生命中最重要的那位女子离开了人间。

她是纳兰的结发妻子，也有人说她是他遇到的第二个女人。无论如何，她都是纳兰怀想一生的知音和伴侣：卢氏。史书载，他们夫妻二人恩爱有加，感情笃深。新婚燕尔的浪漫与纳兰词人的特质融合，成就了牵魂引魄、游梦天方的醉人生活。"自把红窗开一扇，放他明月枕边看"，纳兰于是用他的词笔记录着这段人间的佳话。

然而短暂的快乐也许就是为了让纳兰日后的回忆更为酸楚。就在三年之后的康熙十六年四月，卢氏产下一子海亮。约月余，卢氏因为产后患病，于五月三十日撒手人寰。突如其来的打击使纳兰太伤心。在以后的悼亡诗词中，他浸着泪水的墨笔一再流露出哀婉凄楚的不尽相思之情和怅然若失的怀念心绪。他在一首《沁园春》中写道：便人间天上，尘缘未断，春花秋月，触绪还伤……

词中隐隐可以判断，也许在这时，纳兰已经暗暗与天上的爱妻约定，人间的遗憾将来要到天上去圆满。也许，这竟成数年后纳兰英年早逝的谶语呢？

回到这首词中来。所谓"那能还傍杏花行。去年高摘斗轻盈"，正是"春花秋月，触绪还伤"的另一番写照。当年他曾和她一起攀上杏树枝头摘取花枝，比赛谁最轻盈利落，而今的杏花春雨一如往昔，而佳人已逝，以至于唯恐再见到杏花，触动自己的伤心事。睹物伤情，算是中国诗歌由来已久的传统。

不过纳兰公子的才思却在这传统里有着独特的表现。我们读到这一句，会感到眼前一亮。原因很简单，在这里作者用了"高摘""斗""轻盈"，于是一幅轻灵

欢快的图景如在目前。诗歌美感的一个重要因素就是节奏。节奏体现在形式上，就是诗的声律、韵部和停顿、间距、长短句的搭配等；而体现在内容上，则是描绘物事在感官上的突转。比如古代律诗讲求起承转合，一个重要的关节点就在五六句颈联的"转"。它可以是情感上的曲折，图景上的转换，或是叙事上的转折。一首好的律诗，差不多都有一个非常精彩的"转"句。而这里的"转"就是内容上的节奏变换，产生跌宕的效果。这里我们虽然在谈词，但艺术的规律是相同的，完全可以将这句"去年高摘斗轻盈"看成一个小小的视觉上的突转，因为前两句无论零雨还是落花，都是低伏着的意象。并且这里的突转，意义当然不局限于视觉上的节奏感，它更暗示了词的核心"情"，以强烈的对比暗示着当年的意气飞扬与今朝的意兴阑珊。

转到下片，出现一组精工的对句："漫惹炉烟双袖紫，空将酒晕一衫青。"这两句解释出来，就是熏炉上的烟气轻轻萦绕，双袖在炉火中映出紫红的颜色，身着青衫而脸上泛出了酒晕。意思虽然没错，可一旦转换成我们的白话，马上变得不那么美了。因为它剥去了一些朦胧而又似是而非的意象。原句里双袖的紫色，似乎是炉烟的轻绕染上去的；而酒晕的微醺，仿佛又洇湿了青衫。这就是古典诗词的美。句中一个"漫惹"，一个"空将"，极写无聊之态。这里纳兰仿佛在说：我现在多么无趣啊，恍恍惚惚，呆呆地烤着炉火，饮着乏味的酒，忽忽悠悠就醉了，我也不知是为了什么，我也不知要做什么。这时感觉有点奇怪了。如果把这首《浣溪沙》看作是一首思念亡人的感伤之作，那么纳兰应该是极写伤怀之痛的，怎么现在变得恍惚迷离、百无聊赖了呢？我们甚至还会进一步联想，认为纳兰并没有那么钟情于这位女子，对她只是一种淡淡的印象罢了。其实并不是这样。我们看那首写给卢氏的《虞美人》：

银床淅沥青梧老，屧粉秋蛩扫。采香行处蹙连钱，拾得翠翘何恨不能言。

回廊一寸相思地，落月成孤倚。背灯和月就花阴，已是十年踪迹十年心。

末句"已是十年踪迹十年心"尤为感人。十年，对于三十一岁就英年早逝的纳兰来说，十年就是他生命的三分之一，就是他成年后的全部时光。他把自己最宝贵的年华全用来怀念，至情至性，可见一斑。无论如何不能说他是感情淡漠的。那么他为什么要这么写呢？

因为这就是他的真实感受。

词，以独抒性灵为上，原本不需要那许多固定的感情倾向。一切词中的曲曲心款，唯有词人自己"冷暖自知"，却已足够了。如果萦绕在"我"心间的真的是恍惚而不浓烈的思绪，那么"我"只管写出来好了，何必管旁人如何领会呢？

那么纳兰为什么会对自己深爱的伴侣和知己产生这样一种阑珊的情愫呢？

这是很自然的。人的情感，总会有强烈的爆发，也总会有松弛下来的时候。如果一个人每一分钟都陷入最深最重的感怀，他早就活不下去了。而正是在这样松弛的状态下，围炉独饮，依然在恍惚中看到"去年高摘斗轻盈"，才真正显示出纳兰对这位女子用情之深。这可以从他的另外一首《摊破浣溪沙》中得到诠释。

那首词的下片是：

> 人到情多情转薄，而今真个悔多情。又到断肠回首处，泪偷零。

这里似乎在说情太多了就会物极必反，所以自己也开始后悔当年的多情。可这真的是他心中所想的吗？其实从逻辑关系上就可以推断了。正由于害怕"情到多时情转薄"，才后悔当年的多情。如果当年不至于深情如斯，那么现在也就不会情转淡了。转来转去，还是在期望自己深情一如往昔。作者在这里，仍是在低诉一腔钟情。本首《浣溪沙》也是一样，看似情转薄，其实那是"情到多时"的缘故啊！

尾句，作者终于舍弃了一切描写与对仗，平平呵出：人间何处问多情。以人间之广大，竟然还是无处寻觅、亦无处寄托那一份多情。看似平淡的一句话，却已把天地逼仄到了极处。这正是"谁念西风独自凉"的境界，西风遍吹，而独有"我"感到了深深的凉意。天地广大，而唯有"我"心怀迂曲，无处排遣，无处寄托。

浣溪沙 姜女祠①

海色残阳影断霓②，寒涛日夜女郎祠③。翠钿尘网上蛛丝④。

澄海楼高空极目⑤，望夫石在且留题⑥。六王如梦祖龙非⑦。

【注释】

①姜女祠：又称贞女祠，在山海关欢喜岭以东凤凰山上。据民间传说，在秦始皇时，孟姜女的丈夫被强迫修筑长城，一去几年音信全无。她不远千里去送寒衣，然而却未找到丈夫。她在城下痛哭，城墙因而崩裂，露出了丈夫的尸骨。孟姜女痛不欲生，投海而死。姜女祠就是为纪念她而建，相传始建于宋，明代重修。②断霓：断虹，称虹为霓。③女郎祠：即姜女祠。④翠钿：用翠玉制成的首饰。⑤澄海楼：楼名。在河北旧临榆县南宁海城上，明兵部主事王致中建。⑥望夫石：辽宁兴城西南望夫山之望夫石，相传为孟姜女望夫所化。留题：参观或游览时写下观感、题诗。⑦六王：指战国齐、楚、燕、韩、魏、赵六国。祖龙：指秦始皇。

【赏析】

康熙二十一年壬戌（1682年）二月至五月纳兰扈从东巡，作了一系列的写景词。其间作为臣子的纳兰，寻访古迹途中心灵受到不少冲击。因纳兰家族先世恩怨、本身的特殊经历和处境，纳兰对历史的怀思亦颇有意味。

这词因景而起，落日残阳挂在薄薄的西天，余晖映在海面上，贴着涌动的浪涛，成一段虚幻的霓虹。冷冽的潮水不辞疲惫，姜女祠里日日夜夜听闻浪涛拍打礁石的动静。这祠又叫贞女祠，据说是为纪念那痴情哭倒长城的孟姜女而建。距这痴守女子的年代已去甚远，汪洋与孤守的祠堂相望也不知过了多少个日夜，庙中的孟姜女，盘髻上的翠翘金钿依然网上层层细密的蛛丝，落上层层尘埃，翠玉光鲜的着色随着女子投海，一同沉没在历史长卷之中。姜女追随爱人而去，光鲜的历史随时代终结而去。

立于澄海楼上眺望苍茫之景，望夫石——一如往昔的等待之妻，坚守于南宁海城上。传说孟姜女当年苦等丈夫不归，几番立于此地守望远方，又抱寒衣远赴长城寻找爱人，久之于此化为望夫之石，从此不论风雨都将停留于此，等候一个归期。归期无尽，望夫石伫立至今，已然可见文人墨客参观游览时写下的观感题诗，点滴墨迹都是岁月流淌的痕迹，随着这长久坚守在此的石像一同见证历史长河，流淌不息。

一转眼，"六王如梦祖龙非"。此"六王"，即指战国燕、赵、韩、魏、齐、楚六国。这说法出自唐朝杜牧的《阿房宫赋》，曰："六王毕，四海一。"再有《集解》云："苏林曰：'祖，始也；龙，人君象。谓始皇也。'"故秦始皇又叫祖龙。纳兰感叹，六王毕、四海一的大业，恍然只如梦一场，悄无痕迹，秦始皇的英姿也已长眠于地下。

这词题为"姜女庙"，写尽壮阔之景、博大之感，但事实并非单纯记游之作，而是借游此庙发往古之幽思，抒今昔之感，欲抑先扬。纳兰饱读诗书，写词看似直白易懂，实际用典巧妙，字字珠玑，不论写景抒情，都是发自肺腑。忧郁沉敛的骨子里是对历史和现实更加敏感的认知和反思。单就这词，"六王如梦祖龙非"，思考就甚是凝重。

再细究：为何纳兰要用姜女祠来作为抒情的寄托和引子呢？

为修建长城，流的是百姓的血与泪，哭的是百姓的累或亡。战争带来悲剧连连，人们却依旧为改朝换代互相争夺残杀。参照纳兰祖先的恩怨，也不难理解。历史长卷不断翻看，目光所及，都是泊于苦痛之中的艰难百姓，叫人怎么忍心再读？

浣溪沙　小兀喇[①]

桦屋鱼衣柳作城[②]，蛟龙鳞动浪花腥[③]，飞扬应逐海东青[④]。
犹记当年军垒迹[⑤]，不知何处梵钟声[⑥]，莫将兴废话分明[⑦]。

【注释】

①兀喇：亦作乌喇，即今吉林省吉林市。②鱼衣：用鱼皮做衣服。③蛟龙：传说中能使洪水泛滥的一种龙。④海东青：一种凶猛而珍贵的鸟，属雕类，产于黑龙江下游及附近

海岛。宋庄季裕《鸡肋篇下》："鸷鸟来自海东，唯青鹘最佳，故号海东青。"《元史·地理志二》："有俊禽海东青，由海外飞来，至奴儿干，土人罗之以为土贡。" ⑤军垒：军营周围的防御工事。《国语·吴语》："今大国越录，而造于弊邑之军垒。" ⑥梵钟声：佛寺中的钟声，僧人诵经时敲击。⑦兴废：盛衰，兴亡。

【赏析】

纳兰其家族——纳兰氏，隶属正黄旗，为清初满族最显赫的八大姓之一，即后世所称的"叶赫那拉氏"。纳兰先祖可上溯至海西女真叶赫部，居吉林松花江流域，后南迁至辽河流域。这年纳兰扈驾东巡，经过兀喇，这兀喇一带，正是纳兰家族曾经的领地。往事悠悠，思古讽今，怀古之思读来并不仅仅是今昔之感、兴亡之叹。

身处家族故地，目睹人们以桦木建筑屋宇，用鱼皮做衣服，扦插柳木作为城围，生活简朴。蛟龙鳞动，江边看浪花逐着海东青，一片壮阔景观，却百感萧条，让人不禁回想起当年叶赫部被爱新觉罗部灭族的往事。上片描绘的，看似是写兀喇的特异景色和风俗民情，实是那郁结之心的爆发前奏。看纳兰所取之景，尽可感受这环境恶劣。似是这蛟龙，传说是使洪水泛滥之龙，再似那海东青，据说是凶猛而珍贵的鸟类，再看浪花是"腥"，蛟龙是"鳞动"，寒山恶水，好一番沉郁的喟叹！

由景的铺设，下片转为抒情。"犹记"一词，引得回忆当年军垒之迹。"当年军垒"，正是海西遗迹。恰逢此时，不知哪里响起梵钟声，历史滚滚往事，随这钟声飘荡回转，悠远冗长。这时感慨，莫将兴废话分明，怕是不知如何话分明罢。以此作结，后人揣测不得，说不清纳兰心中愁绪，算否为恨。前扬后抑，似寓有难言的隐恨。

纳兰曾祖金台石之妹孟古是清太祖努尔哈赤之皇后、清太宗皇太极之生母。然而为争夺疆土，反目成仇，叶赫部被努尔哈赤吞灭，金台石自焚身亡，其子尼雅哈归降，被划归满洲正黄旗，尼雅哈之子正是纳兰之父明珠。

因而有人说，纳兰其人，潜意识里深藏着对爱新觉罗氏的世仇。这种宗族之仇、灭门之恨是否存在，不得而知。但读这词，确实似有潜藏的隐怨。故《饮水词笺注》前言有分析如此："纳兰塞外行吟词既不同于遣戍关外的流人凄楚哀苦的呻吟，又不是卫边士卒万里怀乡之浩叹，他是以御驾亲卫的贵介公子身份扈从边地而厌弃仕宦生涯。一次次的沐雨栉风，触目皆是荒寒苍莽的景色，思绪万端，凄清苍凉，于是笔下除了收于眼底的黄沙白茅、寒水恶山外，还有发于心底的'羁栖良苦'的郁闷。""几乎是孤臣孽子的情绪了"（严迪昌《清词史》）。这话说得切中肯綮。

这贵公子之心，本是敏感多情，只为尽孝而听从家庭的安排，游于官场，实际无心于此。他注定是这家族的人，遵循着官途尽臣子之忠，为君王出生入死，但不巧有颗"为人之心"，生来抵触奴才之命。服侍君王，并非他所要的诗书人生，太坎坷，太不自由。再加之这祖先史前的恩怨，今昔甚远，叫人郁结。这隐恨，

浣溪沙

记绾长条欲别难①，盈盈自此隔银湾②。便无风雪也摧残。

青雀几时裁锦字③，玉虫连夜剪春幡④。不禁辛苦况相关。

【注释】

①长条：长的木条，特指柳枝。②银湾：即银河。③青雀：指青鸟。锦字：锦字书，指前秦苏蕙寄给丈夫的织锦诗，后多用以指妻子寄给丈夫以表达思念之情的书信。④玉虫：喻灯花。春幡：即春旗，旧俗立春日挂春幡于树梢，或剪缯绢成小幡，连缀簪之于首，以示迎春之意。

【赏析】

这首《浣溪沙》为抒写离情别绪的词作。芬芳雅致，又无处不显露出自己的思念关怀。

"记绾长条欲别难"，描写昔日分手时的情景，你我在离别之时，杨柳依依，难舍难分。在古代，柳这个意象经常出现在描写离别场景的诗词中，例如"上马不促鞭，反折杨柳枝，碟座吹长笛，愁杀行客儿""杨柳含烟灞岸春，年年攀折为行人""今宵酒醒何处？杨柳岸，晓风残月"……历代文人墨客之所以在送别时折柳写柳，是因为"柳"与"留"谐音，因而"折柳"相留，从而表达出情真意切的惜别之情。

"欲别难"写出了古人所处的环境与条件之艰苦，由于交通不便，人们在离别之后，往往是音容杳然，甚至到死也难以见上一面，因此古人在离别时通常会黯然神伤，难舍难分。

"盈盈自此隔银湾"紧承上句，将自己和恋人比喻成牛郎织女，从今天起我们就要天各一方，中间的距离就如同隔着银河般难以跨越。然而，牛郎和织女还能够在每年的七夕相聚于鹊桥之上，可是自己和恋人这一别很可能就是永别，所以纳兰发出了"便无风雪也摧残"的慨叹。意思是说，这样的煎熬即使是没有风雪催逼的好时光，也依然是惆怅难耐。

综其上片，虽为写柳，却借景写人，感叹世事时光的无常。

"青雀几时裁锦字"，青雀就是青鸟，相传是西王母的信使。"锦字"是一个典故，出自《晋书·窦滔妻苏氏传》。窦滔在苻坚做秦王时任秦州刺史，后来被贬官到了流沙县，他的妻子苏氏十分想念他，就织锦为《回文旋图诗》以赠他，后人常用来比喻妻子怀念丈夫。这句表达出词人日日期盼妻子音信到来的急切心情。

"玉虫连夜剪春幡"古代立春之日剪有色罗、绢、纸为长条状小幡，或挂在树梢上，或戴在头上，以示迎春。结合开篇的"记缩长条"我们能够得知，此时词人已经与恋人分开将近一年了，然而信使始终没有带来恋人的书信、排解词人的相思之情，所以他只能幻想远方的恋人正在灯下剪裁着春幡。

但是尾句"不禁辛苦况相关"却让所有美好的愿望都落空了，仿佛让人突然从云端跌落，心绪忧伤彷徨、幽扰萦怀，难以排遣。你是否经受得住离愁别绪之苦，是否能不为海角天涯失落惆怅、忧伤萦怀？

浣溪沙

锦样年华水样流，鲛珠迸落更难收^①。病余常是怯梳头。

一径绿云修竹怨^②，半窗红日落花愁。 悄悄只是下帘钩^③。

【注释】

①鲛珠：神话传说中鲛人泪珠所化的珍珠，比喻泪珠。迸落：散落。②绿云：如云般繁茂的绿叶。修竹：细长的竹子。③悄悄：幽深、悄寂貌。

【赏析】

纳兰词万语千言总不外乎一个"情"字。柔情一缕，九转回肠，凄婉处令人不忍卒读。

这曲《浣溪沙》，第一句便杀伤力十足。"锦样年华水样流"，这样的话，常挂在嘴边的人往往正值大好年华，所以才能摆出一副满心愁绪的模样，等长大一些之后，再想到这句诗，就只剩感慨万千，语塞难言了。

"锦样年华"说的是年华如锦缎一样绚烂，无限美好，却无奈流逝得太快。更要命的是，当你处在锦样年华这个阶段的时候，并不觉得这有什么珍贵的。只有当时光荏苒、年华老去，忽然回忆起来，才体会到往昔青春的难能可贵。但那又如何呢？时光不再来。

年华如锦，时光如水，从指间哗哗流淌过去，冲刷得岁月一片泥泞荒乱。繁华烟云散，红颜弹指老，并非是世人所愿。只是你我都应该知道，任凭是谁都敌不过的，这强大的力量，叫时间。

"鲛珠迸落更难收"，是说哭得止不住眼泪。"鲛珠"是眼泪的雅称，典故出自晋朝干宝的《搜神记》卷十二："南海之外，有鲛人，水居如鱼，不废织绩，其眼泣，则能出珠。"

说南海有鲛人，像鱼一样生活在水里，也和我们一样能纺线织布，当他们哭的时候，眼泪就会结成珠子。将这两句连起来看，意思也很明白：美好年华像水一样流逝得太快，每每想起便哭得止不住。

回过头看历代诗词佳句，因岁月无情而落泪的不在少数。盖世英豪也会有"出师未捷身先死，长使英雄泪满襟"的时候，只是纳兰在这里的情绪未免过于哀婉细腻了一些，虽说境界无大小之分，但一个男人，再如何委婉，也该写成"十年书剑老风尘"之类，而不是用杜丽娘一样的口吻哀叹"如花美眷，似水流年"。

其实，这样的写法，可以说是诗词的一个经典主题：闺怨。从魏文帝曹丕到文忠公欧阳修，都颇有过几首哀婉缠绵的闺怨诗。因此，无论是看到"忧来思君不能忘，不觉泪下沾衣裳"（《燕歌行》），还是"泪眼问花花不语，乱红飞过秋千去"（《蝶恋花》），抑或是这里的"锦样年华水样流，鲛珠迸落更难收"的时候，都千万别以为这是这些男人们自己在抒怀，而要清楚这是闺怨主题，他们是在做演员呢。

"多愁""多病"总是连在一起，词中拟她口吻的这个少女，显然也是多病的。"病余常是怯梳头"，为什么"怯梳头"，可以推想的是病后体虚，一梳头就总会掉头发。古人对头发是视为生命的："身体发肤，受之父母，不敢毁伤，孝之始也。"《孝经》里便是这样说。而且古代中国女子除相貌外，最注重头发的修饰。传说汉武帝第一次见到卫子夫，就是被她的秀发吸引住了，"上见其美发，悦之，遂纳于宫中"，当然汉武帝也不会是因为谁头发长得漂亮就纳谁入宫，只是由此可见古人对头发的重视程度。因此在词中，"怯梳头"这样的顾虑就可以理解了。

词到这里转换视角，"一径绿云修竹怨，半窗红日落花愁"构成对仗，说少女望窗外的景象，有一条小径、一片竹林、半窗落日、点点落花。词人借着女主角的眼睛，看到小径上绿竹如云，只觉得那如云的尽是怨念，看到半窗落日映衬着落花，那飘扬的尽是愁绪。尤其是，风景年年不变，青春却一年年地耗过去了，心里便越发凄楚。

末句"怏怏"一词是柔弱、忧郁的意思，"怏怏只是下帘钩"是描画词中女子快快地放下帘钩，关上窗子，想要把"一径绿云修竹怨，半窗红日落花愁"统统隔在窗外。这又是一个巧妙的修辞：前边说绿云修竹是怨，红日落花是愁，于是想用关窗的办法把这些愁都给隔开，可再怎么琢磨，都有种"抽刀断水水更流，举杯消愁愁更愁"的意味在里面。

平心而论，纳兰这首词算不上是一流作品，即使是在他自己的诗词中，也并不见得能排在前列。但说纳兰起笔着力也好，有句无篇也罢，"锦样年华水样流"却的的确确是一个千古伤心人可以使人与之共鸣的句子。老去的人缅怀青春，青春的人惧怕老去，这不是一时一地的感觉，而是人类永恒的无奈与悲伤。

浣溪沙

酒醒香销愁不胜，如何更向落花行。去年高摘斗轻盈。

夜雨几番销瘦了，繁华如梦总无凭^①。人间何处问多情。

【注释】

①繁华：是实指繁茂的花事，也是繁盛事业的象征。无凭：无所凭借、无所依托。

【赏析】

文章看似怜花，实际借花写出了对故人的思念。

一夜酒醒之后却发现柔弱的花儿已经凋零，只剩下片片花瓣残留，回忆起这些花儿仍在枝头绽放时的美丽容颜，谁能料到眼前这番颓败之景？如何能迈步再去赏花，如何舍得踏上这娇嫩的身躯，再给他们沉重的破坏？

"去年高摘斗轻盈"，花儿已经凋零，逝去的美好不再复返。只有回忆慢慢升起，顺着血液在全身汩汩流淌，渐渐涌上心头：那悠远的场景缓缓出现，花红柳绿，听得到黄莺嘤咛，听得到笑声如铃，去年今日赏花时，高摘斗轻盈。一起攀上枝头摘取花儿，比赛谁的身姿更加轻盈，一路笑语不断，惊起一片飞鸟。伊人如画美如梅。当时只道是寻常，而今阴阳相隔，只能花下落泪，睹物思人，争教两处销魂！

"轻盈"二字出自于李白的《相逢行》：

怜肠愁欲断，斜日复相催。

下车何轻盈，飘然似落梅。

这首诗主要讲了作者在觐见皇帝之后巧遇一位美丽的女子，这惊鸿一瞥令他毕生难忘。于是他看着女子优美的身姿，从心里发出感慨："下车何轻盈，飘然似落梅。"纳兰在这里主要是来形容心上人美如白梅。

即便是众星拱月，拥有繁华富贵、功名利禄又能如何，谁解其中味？欲说却无言，锦绣丛中只落得满心荒芜。内心厌倦了现在的一切，但又无法逃离，只得佳人陪伴也就罢了，可总是天妒红颜，伊人早逝！

"夜雨几番销瘦了，繁华如梦总无凭。"风吹雨打，花儿怎禁得起如此，往日枝头的熙熙攘攘如烟如雾、如画如卷，如梦一场消逝了，不可依托。残留的花瓣无言地展示着时间的无情，繁华亦如此，不过是梦一场，不过是过眼云烟，欲借酒消愁，却愁更愁，醒来不过是更残忍的世界，绵绵阴雨带来的压抑加重了内心的孤寂，屋檐的水珠滴滴敲在心上。

落花飞尽，红消香断，往往惹得人吟出："一朝春尽红颜老，花落人亡两不知！"黛玉从小离开亲人进入荣国府，一介孤女只能在那样的大家庭中过着战战兢兢的日子，稍有不妥随时可能招来非议，于是她在《葬花吟》中感慨自己的身世是"一年三百六十日，风霜刀剑严相逼"，而生活在富贵之乡的纳兰不用担心自己寄人篱下看人眼色，但是他面临着更加无奈的局面：出身贵族、超逸脱俗、才华横溢、宦海生涯平步青云，一切在别人眼里都是值得羡慕的，但是谁能了解他的天性，对仕途的不屑，对功名的厌倦，对友情的追寻，对爱情的坚守？这些堆积在内心深处无处诉说的话渐渐形成一层层厚厚的锈迹，一颗玲珑剔透的心，充满了斑斑伤痕。

李煜成为亡国君主后，日日梦回往事，但国家已灭，明月、雕栏仍在，朱颜不再，此恨悠悠，于是他感慨道"问君能有几多愁"，将心中的遗恨表现得淋漓尽致，从而流传千古。但是他的"问君能有几多愁"尚有"恰似一江春水向东流"的下句，"人间何处问多情"呢？纳兰无法得出结论，他在反问这个世界，反问世人，反问自己。

醉时的梦幻、醒后的残酷，往往令人唏嘘不已。夕阳渐渐爬上墙头，时光易逝，红颜老去，只留一地余香借以缅怀，内心的孤寂只能独自品尝，何处问多情？

浣溪沙，淘尽了英雄红颜，只留下千载的孤寂与相思。

浣溪沙

肯把离情容易看，要从容易见艰难。难抛往事一般般①。

今夜灯前形共影，枕函虚置翠衾单②。更无人与共春寒③。

【注释】

①一般般：一样样、一件件。②翠衾：即翠被。③春寒：春季寒冷的气候。

【赏析】

纳兰的悼亡词自是千古独绝的，少有人能及得上他的哀伤。这首《浣溪沙》则又是一纸句句愁情、字字哀婉的悼亡词。

"肯把离情容易看，要从容易见艰难。"词人说得直白，旧时情怀若能说忘便忘，这世间不知道要减去多少百结愁肠，即使几番平和了心态去面对过往，也经不住点滴回忆从不胜防的缝隙里一路叫嚣而来。而所有离别情绪中最令人不堪忍受的，便是生死之隔；所有陈年过往中最折磨人的，便是对亡者的记忆。

纳兰在妻子卢氏死后虽然没有追随而去，以后的生命里也有过别的女人，但他的伤痛和寂寞，却没有得到一丝一毫的减少。毕竟，死亡是终极的解脱，而活着，就要选择与寂寞和绝望为伍，在潮水一般的往事里独自忍受，甚至没有一双可以握着的手。

有些痛苦，隐藏在内心的角落，不为人知却深入骨髓，轻轻一碰，就会撕扯血脉一样地疼痛。无可告解，无法遗忘。细碎的往事一件又一件，想要抛开实在太难。

"今夜灯前形共影，枕函虚置翠衾单"，话说到这儿已是字中带泪，词人仿佛做了一场短暂的梦，醒来之后，世界已经不是原来的样子，孤窗明月，寂寂书案，冰冷而难耐。他知道，从此以后再也没有妻子对他殷勤问暖，为他深夜挑灯，再也没有罗香偎人，盈盈笑语，牵挂他在外的脚步。

夜晚，灯光，总是能勾起人无限思绪。"今夜""灯前"，纳兰遥想过往，也是自然。钱锺书先生说过："盖生死别离，伤逝怀远，皆于黄昏时分，触绪纷来。"黄昏对人有特殊的意义。而夜晚是黄昏的深化，经过黄昏宁静的沉淀，夜晚进入了沉寂：黄昏独立斜阳，漂泊后心灵疲惫，思考生命与死亡，夜晚则直接进入死亡，开始新的心灵漂泊。而当时独坐灯前的词人，看这夜晚，灯光满满的，记忆满满的，屋里却是空空的——妻子已经死了——"更无人与共春寒"，如花美眷，已做尘土，风雨消磨生死别，要他如何熬过那些寒风冷雨的不眠长夜，如何面对孤灯明灭的客里茕茕？

比起历代悼亡词，纳兰词语句间总有种超出生活更高层次的追求，他生平所愿只是一双料峭春寒时能握住的手，只是一个能陪他走到天荒地老的人，这样的情绪反映在词句里，就不同于元稹的"贫贱夫妻百事哀"，也没有苏东坡夹杂的政治失意，诚如叶嘉莹先生所说，"没有大挫折，有清纯的一份纤柔婉转的词心"。

这首小令将悼亡的情绪在夜晚灯火的映照下肆意铺张，在寥寥言语间蜿蜒流转的是一种渗透骨髓的纯粹伤感，一种无法摆脱的心灵痛苦，一种幸福与爱情一去不复返的遗憾。而在这篇以及纳兰几乎所有的悼亡词中，又都有着一种对青春与爱情能够永生的渴望。或许，他的悲剧不在于卢氏的死亡，也不在于卢氏死亡所带来的悲伤，而在于卢氏死亡后他心灵无法摆脱的幻灭状态。字面上心如死灰的背后，是纳兰的迷惘，也是存活于这世间的我们都未看透的，人生的大真实与大虚幻、大欢乐与大悲哀。

浣溪沙

泪浥红笺第几行①，唤人娇鸟怕开窗，那能闲过好时光。
屏障厌看金碧画②，罗衣不奈水沉香③。遍翻眉谱只寻常④。

【注释】

①泪浥：被泪水沾湿。②金碧画：即以泥金、石青、石绿三色为主的山水画。此画古人多画于屏风、屏障之上。③水沉香：即沉水香，又名沉香。④眉谱：旧时女子画眉所参照的图谱。

【赏析】

这首《浣溪沙》继承了传统诗词写作一大风格，便是情感女性化。词人借所思念之人对自己的思念，来表达自己的思念，故虽词浅意显，仍是心思委曲，积思甚多，在情思上，可谓一波三折，别开生面。

从总体上看，全词在"怕""闲""厌"三阶段情感递进中上升。

上片"泪浥红笺"起首，全词的格调基本奠定下来。"泪浥红笺"是一种情感的外放，起头以这种方式，在诗歌中较为常见，也颇有效，在情感统摄上，有开门见山的优势。接着写"娇鸟""唤人"，却"怕开窗"，这时，在情感的表现方式上，较之"泪浥红笺"就显得内敛一些，用"怕"来表现内心矛盾，她大抵会黯然神伤："此遭启窗看，只怕又是，一番空倚栏。"接着情感越发收了一番，用了"闲"这看似无情感的词。然而这"闲"是藏着极深沉情感的，"闲"与"好时光"的交织，让她何其无奈与痛苦。

下片并未脱离上片的情感轨迹。第一句"屏障厌看金碧画"中的"厌"字，是全词情感的最高点，余下几句，尽是这时情感飞瀑直泄而下的水流，"罗衣犹觉寒"，"眉谱无心思"。"厌"字较之"泪""怕"，更为深沉，所以内敛得也最深。这时她对外部世界的一切只是一个"无心"，对那些氤氲的沉香、华丽的屏画、缤纷的眉谱等，就因一个"厌"，不闻、不看、不画，无有适意，无不伤怀，看似"天命无常，人事随兴"，其实心中的情感确是最为激烈的。这种"非我所爱，皆我所恨"的细腻而激烈的情感，逐渐从词中表现出来。

回观全词，词人在情感处理上颇动心思。在情感的处理手段上，采用"收"的方法，而情感的表现上，却是令人伤怀，愈感愈深，递相深进地"放"。这首词很短，可谓"小制"，然情感上却收放并进，读之味足，感慨至切。

这词中可圈可点之处颇多，然读来尚有不足处，便是格调不新，主要在于意象与情感的结合上，并未实现对前人的超越。这里取一首风格相似的词稍加比较。李清照的《凤凰台上忆吹箫》：

香冷金猊，被翻红浪，起来慵自梳头。任宝奁尘满，日上帘钩。生怕离怀别苦，多少事、欲说还休。新来瘦，非干病酒，不是悲秋。

休休。这回去也，千万遍《阳关》，也则难留。念武陵人远，烟锁秦楼。惟有楼前流水，应念我、终日凝眸。凝眸处。从今又添、一段新愁。

同是叹离别苦，同是无心整容妆，又情感主体同为闺中女子，只意象与情感的结合有异，然读来便觉差异分明。意象情感结合不同，便是分野所在。

浣溪沙

莲漏三声烛半条①，杏花微雨湿轻绡②。那将红豆寄无聊③。

春色已看浓似酒，归期安得信如潮④。离魂入夜倩谁招。

【注释】

①莲漏：即莲花漏。古代的一种计时器。②轻绡：一种透明而有花纹的丝织品，指代杏花的红色花朵。③红豆：红豆树、海红豆及相思子果实的统称。鲜红光亮，古人常用来比喻爱情或相思。④信如潮：即如信潮。信潮，定期而来的潮水。

【赏析】

这阕词，是以女子的口吻话离别之情。

词的上片，着重写景，即景抒情。"莲漏"，又称浮漏，是宋代发明的计时器的一种。"莲漏三声"点明词人纳兰正处在一个寂静的夜晚。在这个烛光微摇、略带寒意的夜间，寂寞的纳兰打开小窗，任那略带寒意的几许杏花春雨轻打自己的脸庞、发丝和那薄薄的绡衣。蓦然发现，寒食节已经近了。唐代的韩偓曾在《寒食夜有寄》中写道：

风流大抵是惆怅，此际相思必断肠。

云薄月昏寒食夜，隔帘微雨杏花香。

寒食节将近而相思却无计可消除——面对此情此景，刻骨的相思便如同春水一般袭来，紧紧萦绕在纳兰周围。痴心如斯，不由得心生感慨："那将红豆寄无聊？"红豆是相思的象征。相传，古时有位男子出征，他的妻子每日倚于高山上的树下盼望爱人的归来；因思念远在边塞的爱人，而在树下日日期盼流泪。泪水流干之后，流出来的是粒粒鲜红的血滴。带着相思之苦的血滴凝结成一颗颗鲜红的红豆子，在土地上生根发芽，长成一棵大树，结满了一树红豆子，人们称之为相思豆。唐朝的韩偓在《玉合》诗中写道：

罗囊绣两凤凰，玉合雕双鸂鶒。中有兰膏渍红豆，每回拈着长相忆。长相忆，经几春？人怅望，香氤氲。开缄不见新书迹，带粉犹残旧泪痕。

古代的女子一般会采撷红豆遥寄思念，这里作者运用对比写法，虽明写爱人采撷红豆遥寄思念，实则为了突出词人在思念远方的妻子，愈见思念之深。

此时的纳兰心中所思念的女子会是谁呢？想必是那"生而婉娈"的娇妻卢氏吧！"戏将莲菂抛池里，种出莲花是并头"；"偏是玉人怜雪藕，为他心里一丝丝"。纳兰许多华美的词句便是他们爱情的真实写照。纳兰的侍卫身份决定了他要常常跟着皇帝到各地去巡查，因此总免不了与爱人频繁地离别——他总有太多的时间体会与心上人离别的滋味。但是任关山重重，路途迢迢，却剪不断他们相爱的深情。可惜美好的时间总是那样短暂，仅仅三年过后，卢氏就因难产而死去，独留纳兰独自悲切：

谁念西风独自凉？萧萧黄叶闭疏窗，沉思往事立残阳。

被酒莫惊春睡重，赌书消得泼茶香，当时只道是寻常。

而在这首《浣溪沙》之中，纳兰与卢氏的伉俪深情处处可见。

词的下片，从身旁的景物出发，即景抒情。在一派杏花春雨柔美的包裹之中，纳兰不禁感慨：而今的春色，已然如同这香醇的美酒一般浓烈，让人沉醉。"已看"二字与"安得"相对比，春色愈浓，愈加体现出纳兰对于离家已久而归期不得的焦急与惆怅，对于远在故乡的卢氏深切的思念。在这如酒如诗的春色里，远方的伊人于脑海之中挥之不去，而遥远的归期却如同潮水一般可望而不可即。心念及此，不由得纳兰万般惆怅迷离的伤情涌上心头，真是"此情无计可消除，才下眉头，却上心头"。那缠绵的情思如同一张晶莹而细致的网，将纳兰紧紧地裹住。良久，纳兰望着这深沉的夜色，知道唯有将这一腔无人可诉的思念寄托在寂寞的夜里，在梦里摆脱这无奈而甜蜜的思念，"离魂入夜"，与卢氏魂灵相依。

这首词运笔如行云流水，描写爱情真挚缠绵，低徊悠渺的情致渗透在字里行间，使读者不知不觉间已被他深深打动。

浣溪沙

抛却无端恨转长，慈云稽首返生香①。妙莲花说试推详②。

但是有情皆满愿③，更从何处着思量。篆烟残烛并回肠④。

【注释】

①慈云：佛教语，比喻慈悲心怀如云泽之广被世界、众生。稽首：古时的一种跪拜礼，叩头至地，是九拜中最恭敬的。②妙莲花说：谓佛门妙法。莲花，喻佛门之妙法。莲花世界为佛教所称西方极乐世界。明汪廷讷《狮吼记·摄对》："安得三轮尽空，化作莲花世界。"推详：仔细究研。③满愿：佛教语，谓实现了发愿要做的事。唐皮日休《病后春思》诗："应笑病来惭满愿，花笺好作断肠文。"④篆（zhuàn）烟：盘香的烟缕。回肠：喻思虑忧愁盘旋于脑际，如肠之来回蠕动。

【赏析】

纳兰多情，世人皆知，却少有人知晓他通晓佛学精华。纳兰号为楞伽山人，正是取自于佛学。大乘佛经中有一本非常著名的佛经叫《楞伽经》，全名《楞伽阿跋多罗宝经》。《楞伽》是佛经的一种，传说达摩从西域带来，是佛学中一部很主要的宝典，义趣幽妙高深，读者极需慎思明辨。古人取"山人"为号，有隐居者的意思，故"楞伽山人"即隐于佛经者。

想要抛却无端烦恼转而幽恨更长，纳兰说：慈云稽首返生香，是祈求于神明，愿赐予返生香，好让亡妻回到身旁。

"返生香"一词则由东方朔所写的《海内十洲记》而来："人鸟山。"山多返魂树，能自作声，如群牛吼，闻之心震神骇；伐其根心煮汁为丸，名为"惊精香"或"震灵丸""返生香""震檀香""人鸟精""却死香"。

此时的纳兰丧妻之痛过于深重，已有成痴之态。常理上来说这尊贵的公子，仕途平坦，职位算高，受正统的满人教育，文武全才，不应有心钻研佛学。唯一可解释的是内心的重创，痛失爱人，让他的生活充满了回忆念旧的清冷气息。写这阕词时纳兰在大觉寺中，正值妻子逝世一年，痛定思痛，痛断柔肠，试图摆脱这般消极，却愈加思念。无奈只得乞求于神明、乞助于佛道，希望找到一条解脱之道。

妙莲花说，指的《妙法莲华经》，这里的"华"同"花"，莲花喻佛门妙法，这一说法由明代李贽的《观音问》"若无国土，则阿弥陀佛为假名，莲华为假相，接引为假说"而来。《妙法莲华经》被称为佛经中最重要的一部，因其极高的文学、美学价值被众多的文人喜爱。相传当年王安石的女儿出嫁吴家，万分思念父母。王安石为安慰女儿，同时抚慰自己，写了《次吴氏女子韵》：

秋灯一点映笼纱，好读楞严莫念家。

能了诸缘如梦事，世间惟有妙莲华。

这里的妙莲华，指的也是这部经。

有情皆满愿，属于佛学思想，鼓励众生要愿意相信。只需心诚，都可如愿。但纳兰却道：更从何处着思量？

读来是有些怀疑和埋怨的。祈求至此，倘若如它所说，有愿景者都可如愿，为何亡故之妻，却迟迟不归？

今生难见，纳兰心里明了，只是不肯接受罢了。每每思念其人，都觉得内心苦痛难耐，才以这祈求的方式，恳求上天给予他一个奇迹——不过自我安慰罢了。可奇迹总是不会发生的，于是每思痛楚，都觉得愁绪有如篆烟燃尽留下那凹凸的残烛，无序纷杂。

佛学只得以暂时解脱于苦痛，对这痴情的丈夫，恐是没有那能耐彻底根治他内心的凄苦了。只叹这痴情人，痴情之心顽固又深情。

浣溪沙

容易浓香近画屏①，繁枝影着半窗横②。风波狭路倍怜卿③。

未接语言犹怅望，才通商略已蕾腾④。只嫌今夜月偏明。

【注释】

①画屏：绘有彩色图画的屏风。②繁枝：繁茂的树枝。③风波：比喻纠纷或乱子。狭路：窄小的路。④商略：商讨、交谈。蕾（méng）腾：形容模糊，神志不清。

【赏析】

这首《浣溪沙》为爱情词，与大多数纳兰词的冷清凄迷不同，此首词主要描绘恋人初逢的场景，细腻柔婉，缠绵悱恻。

上片前两句写景，"浓香""画屏""繁枝"，后一句由景转到人，写的是男子看到恋人时微妙的心理变化。画屏逶迤，浓香扑鼻，树影横斜。窗半开着，女子露出头来，微风过处，杏花微雨，不禁让窗外的人、急切赶来的人更生怜爱。

此处，纳兰并没有对女子的容貌进行描写，而是通过描写周围的景物，让我们展开想象，窗后的女子，该是宝钗笼鬓，红颜朱粉，或轻颦，或浅笑，或娇嗔，可谓梨花一枝春带雨，薄妆浅黛总相宜，如此那般，不可方物。

再说相逢的场面，"风波狭路倍怜卿"。作者没有用动作描绘，而是从心理入手，看到小轩窗后面焦急等待自己的恋人，在恋情面前不顾险阻的恋人，让前来赴约的纳兰更生怜爱。

风未必大，夜未必冷，但是看到有人在等着自己，窗半开着，香静静燃，女子在枝干的那头隐隐可见，安静或者焦急地等着纳兰前来赴约，所有的东风恶，世情薄，雨送黄昏，都是两个人一同走过。日子天天过，比流水的消逝、落花的凋零更快，但是有几对恋人能够怀着热切的爱情与期盼，一直并肩走下去？

纳兰与恋人虽情投意合，且密有婚姻之约，而他的父母也许不赞成。他们恋爱形迹被纳兰父母发现，遭到他们的反对，遂硬将他的恋人报名入宫，来断绝他的念想。在那之后，纳兰也曾偷偷混入宫中与恋人见面。

也许我们可以相信即便是入宫，纳兰与恋人仍然是抱着微渺的希望，认为他们依然有前路可走，爱情的力量最后会战胜一切。所以当见到等候自己的恋人，勇敢和自己一起追求真爱、对抗"风波"的恋人，纳兰的心里对她更加怜爱。

下片紧接上片。对相逢场景进行描绘。"未接语言犹怅望"，可以想象是女子从树影中看见"我"已经到来，轻声唤"我"。或者两人是太久没有见面了，或者沉迷在这幅美丽的图画中不能自拔，忘记了怎么说话，要说什么话，只是呆呆地望着。"才通商略已蕾腾"，才刚刚开始交谈，纳兰就已经沉迷陶醉，忘乎所以了。末句"只嫌今夜月偏明"，将描写的视角由叙事转到场景上。"月偏明"，月亮稍稍亮了一点，月亮偏偏是亮的。这小小的抱怨，让纳兰内心深处的欢欣喜悦更加暴露无遗。但是正是因为月明，才需要更加小心，这又造成了纳兰内心提心吊胆的情绪。心理的几重复杂，生动传神。

或者天不遂愿者太多，在爱情里波折的纳兰，连见恋人一眼都需要扮成僧人偷偷入宫。其实曾经的两小无猜、兰窗腻事，都因鸳鸯零落不复存在了。但是情难忘却，恋人被选入宫，纳兰仍然抱着她会被放出来、他们能够团圆的希望。而此次与恋人的会面又更坚定了他的信念。这就加深了他后来的苦痛。

正是，往事不可再来，袖口香寒。

浣溪沙

身向云山那畔行^①。北风吹断马嘶声^②。深秋远塞若为情^③。一抹晚烟荒戍垒^④，半竿斜日旧关城。古今幽恨几时平^⑤。

【注释】

①云山：高耸入云之山。那畔：那边。②马嘶声：马鸣声。③远塞：边塞。若为：怎为之意。④荒：荒凉萧瑟。戍垒：营垒。戍，保卫。⑤幽恨：深藏于心中的怨恨。

【赏析】

秋冬的塞外在唐诗里总是有着说不尽的景色，比如李颀的"野营万里无城郭，雨雪纷纷连大漠。胡雁哀鸣夜夜飞，胡儿眼泪双双落"；比如严武的"昨夜秋风入汉关，朔云边月满西山。更催飞将追骄虏，莫遣沙场匹马还"。

入夜的塞外也是那般意味深长。比如岑参的"琵琶一曲肠堪断，风萧萧兮夜漫漫。河西幕中多故人，故人别来三五春"；比如王维的"陇头明月迥临关，陇上行人夜吹笛。关西老将不胜愁，驻马听之双泪流"。

唐人笔下的边关总是那么硬朗萧瑟，他们时而坐拥满怀豪情，时而壮志难酬，时而心念旧恩，时而怀古伤今。而这里，是纳兰的边关，纳兰的秋冬。康熙二十一年（1682年）八月，纳兰受命与副都统郎坦等出使唆龙，十二月返回。此篇大约作于此行中。纳兰笔下的边塞和他的笔下的闺中女儿一样充满性灵神韵。

此时，纳兰独身走向山的另一边。云山，究竟是一座高耸入云的山呢，还是山顶积雪如云？抑或仅仅是一座名叫"云山"的山？我们无从考证，仅仅能跟随词人穿越时空。这里，我们听到了北风哀号，胯下的战马长嘶，而耳朵里满灌的只有风声。塞外没有江南的湖畔小楼，没有姬女歌舞，没有红袖长甩，富贵出身的纳兰生于温香软玉之中，如何担待得起这如铁边关！

于是纳兰的边关也携裹了南国的柔软，他选用的词牌也是《浣溪沙》这西子之词。是啊，纳兰的高山如柔水，河有河畔，山也有了山畔；纳兰的风是冷峻的负心人，干净利落地吹断马嘶如同斩断情缘；纳兰的马是悲情的马，那一声嘶鸣如纱巾在长风中断作两截。

此时，纳兰倾听风声与马的嘶鸣声，心想，深秋远塞的，山的那一边又是何等山川地貌呢？心怀忐忑，他遥望天外，看到一抹晚烟。

光阴流转，千年不变的是塞外的冷清。此时，一抹晚烟于塞外，恰如一声蝉噪于深林。蝉噪林愈静，而人间烟火则让边塞的冷清更加浓郁。戍边的堡垒因这一缕烟霞而荒凉。这一抹晚烟是边关第一位迎接纳兰的。它说，纳兰啊，你就到任了。你可知道，自此山高路远，故乡难回；自此金戈铁马，美人不在。纳兰遥望这一抹晚烟，心中顿生寒凉之意：自此身着戎装，心系边关安危，命不再属于自己。

天色已近黄昏，纳兰看到，夕阳落在了旗杆半腰。纳兰的斜阳没有"大漠孤烟直，长河落日圆"的浑厚，却尽是懒倚半竿的破败。纳兰如何得以浑然？逾江山易主不过百年，外有劲敌剑拔弩张索"我"性命，内有家室娇妻美妾待"我"归来。古今幽恨集于胸中，这斜阳，如何得以浑厚！

历史原因与环境原因以及词人自身的性格交织在一起，天时、地利、人和各因素，造就了这一曲边塞苍歌。全词除结句外，均以写景为主，景中含情，纳兰的一草一木皆有灵性。虽然作者一直未曾直接抒发要表达的情感，但我们从字里行间揣摩出作者的感受。"吹断"二字写尽了北国秋冬之险恶，"若为情"的发问中带出了作者对到任的迷茫与不安。环境险恶，前途未卜，纳兰胸中风起云涌：怀古之心，恋乡之情，忧虑之思，纷纷扰扰难以平静。此时边关的云烟、堡垒、落日均染上了情绪的色彩。整个边关不再是唐人笔下的雄浑、苍凉、悲壮，取而代之的是满目萧瑟的冷清与破败。

浣溪沙

十八年来堕世间，吹花嚼蕊弄冰弦①。多情情寄阿谁边②。

紫玉钗斜灯影背③，红绵粉冷枕函偏。相看好处却无言。

【注释】

①吹花嚼蕊：谓吹奏、歌唱，引申为反复推敲声律、辞藻。弄：指吹弹乐器。冰弦：冰弦玉柱，筝瑟之类乐器的美称。②阿谁：谁，这里指自己。③紫玉：紫色的宝玉，古人以为祥瑞之物。

【赏析】

悠悠岁月，似流水，转眼间，又十八载，如今，已翩翩少年。世俗纷扰，红尘牵绊，谁能轻易避开？尽管如此，"我"仍钟情于丝竹与自然。从小到大，一直喜欢山花。时常穿梭在花丛中，享受自然的熏陶，不时折取令人爱怜的绿叶，卷成曲状，放至嘴边吹奏，一曲仿佛天籁，响彻耳际。向来对乐声的敏锐，不自觉地促使人摆弄琴弦，奏出动听的音乐。弹得累了，就抓起一撮花蕊，香气扑鼻，令人陶醉，竟不觉放进嘴中细细咀嚼，口中也顷刻香气四溢。

人渐长，情多渐。多情的"我"已不再满足这山花、这丝竹，这浓情该寄送给何人呢？"我"苦苦寻找着。终于，功夫不负有心人，今日迎来了人生的大喜。

夜色渐浓，房中只有玉人和"我"，煞是安静。红烛淡红，闪闪烁烁，一屋尽是暖人的气氛。玉人端坐红烛后，端庄娴静，娇小苗条的身影映在淡红中，令人神往。斜镶在发髻上的紫玉钗，散着紫气，好不动人。沙漏细滴，烛身渐短，夜已深了。玉人和"我"双双躺下了，红绵纤细柔软，似粉般。然而多时的端坐，早已让红绵凉如清水，温热的肌肤触着这红绵，突觉有阵阵凉意袭来，不堪凉意，所以匣状的枕头也被弄得歪歪斜斜。尽管这般，双双卧床的"我"及玉人，在红影中没有一句呢喃细语，相互凝视着娇媚俊貌，时间仿佛停滞了。

这首词主要描写的是一对夫妇的新婚画面。此词首句即告知"我"已十八岁，尘世行走多年。在此，"十八年"的由来，还颇费一番周折，这里还有一个令人叹惋的故事。在《仙吏传》(东方朔传)中记载，东方朔未死时，曾对周舍郎说过："天下没有一个人能够懂得我，真正懂我的人只有太王公一个人。"等到东方朔死后，汉武帝得知此语，马上召唤太王公询问："你知道东方朔吗？"太王公回答说："不知道。"汉武帝询问太王公才知，他很擅长星象观测。他告诉汉武帝："天上诸星都在，单独岁星十八年不见，今时才复见。"听此，汉武帝仰天长叹："东方朔在朕身边十八年，而朕竟不知他是岁星。"然后，汉武帝神色凄惨，郁郁不乐。此典故足可说明"十八年"弥足珍贵，也暗示"我"将结束岁星式生活，"堕"入世间，但这是注定的，也只有叹惋唏嘘可慰"我"。另外，"我"之素爱"吹花嚼蕊"，甚至"弄冰弦"，也只孤单一人，所以发出"多情情寄阿谁边"也属正常。

下片，写新婚之夜最是动人。头戴紫玉钗的玉人，愈发诱人。说起紫玉钗，又牵扯出一曲故事。据唐蒋昉《霍小玉传》知，此紫玉钗是昔日霍王小女欲戴之饰，值万钱，却不知何故丢失，令人费解，终被做此紫玉钗的老人识得。在这里，无论紫玉钗怎样丢失，又怎样复得，全无关紧要，关键之处是其"值万钱"，何其珍贵，如此珍贵之物配玉人，可见玉人有多尊贵，有多娇媚。最动人之处，在末句"相看好处却无言"，玉人及"我"皆情至深处，可见一斑。

纳兰性德这首词，用典较多，是一大特色，让人在不知不觉中对"我"有了更深一层的理解。词中词句工整，第五、六句即是例子。该词上片与下片，情感表达流畅，上片"多情情寄阿谁边"既出，下片即是新婚之夜，中间部分环节虽简略，却刺激读者发挥想象，回味无穷。

词人运用语句能力之突出，令人赞叹。首句"堕"字，表现心理状态，第二句中"弄"也如此。下片"冷"，生动地写出端坐之久。"多情情寄阿谁边"的发问在下片中得到了最好的回答。究竟"十八年"来"堕"世间，是福是祸，怕是很难说清，据"相看好处却无言"可知：应是福更多。由此可看出，"我"的早熟，对入尘世做"堕"的看法，也由玉人的到来而竟"无言"，可谓尘世间事事难料，更何况短暂人生。此词美妙，究竟作于何时？有叶舒崇皇清纳兰室卢氏墓志铭：年十八，归十八同年生成德，姓纳兰氏，字容若。据此可知，该词可能作于康熙十三年作者与卢氏新婚之期。

浣溪沙

十二红帘窣地深①，才移刬袜又沉吟②。晚晴天气惜轻阴③。

珠袚佩囊三合字④，宝钗拢髻两分心⑤。定缘何事湿兰襟⑥。

【注释】

①十二红帘：即绣有十二红的帘幕。十二红，鸟的一种，尾羽末端红色，故名。②刬袜：只穿着袜子着地。沉吟：犹豫，迟疑。③轻阴：疏淡的树荫。④珠袚：缀珠的裙带。佩囊：随身系带的用以放零星物品的小口袋。三合字：古代阴阳家以十二地支配金、木、水、火，取生、旺、墓三者以合局，谓之"三合"，据以选择吉日良辰。⑤宝钗：首饰名，用金银珠宝制成的双股簪子。⑥兰襟：带有兰花芬芳香气的衣襟。

【赏析】

细雨霏霏，淅淅沥沥，一降便是许久许久，心也郁闷，浓愁不散。昨夜还雨丝不断，伴着雨声，一觉到了天明。一缕难得的暖暖的阳光射入眼睛，"我"不由用手去遮挡。虽然，连日的阴沉，也早已让"我"习惯了；不过，晚来的晴日，还是令人感到欣喜的。微风轻拂，十二红帘不住地晃动起来，拂地的红帘，也闪着红彤彤的光，觉到眼前一片火红，一通暖热。

懒散地挣扎着起来，没有穿鞋，行走在地上，推开深堆在地上的红帘，一边向外看去，一边不住地沉吟。看着窗外的晴日，又蓦地伤感起来，竟为这连下数日的阴雨感到可惜了，真是莫名其妙的想法，不解自己。带着淡淡的愁绪，不自觉地挪到妆台前。看着镜中凌乱的自己，又忙碌地梳起头来。浓黑的长发，不情愿地被梳成双髻，再插上宝钗。想到如今已不小，心上人在何方，真是愁煞人。不禁低头抚摩腰带上的珠饰、绣好的佩囊，却无另一半来附送自己的情感，又是愁煞人。晚晴的阳光甚是强烈，身体被晒得微热，可在微风里，心竟不由地渐凉，且愈来愈凉。于是，泪水又如往日一般，悄悄落了下来，一颗一颗，晶莹透亮，打在新换的兰襟上。暖人的阳光都不能温暖"我"的心，究竟是什么使得"我"的心如此忧伤呢？

这是一首闺怨词，而且是一首等待出阁的少女的闺怨词。少女的闺怨与少妇的闺怨大不同。这首词中，通篇不见少女的身影，但整首词写的却全是少女的闺怨，整体上给人一种忧郁而又青春的感受。说其忧郁，乃是出于闺中少女虽长大却还未有情郎可寄托情感，故而有一种淡淡的苦楚。尽管少女多流泪，但亦无哀感。说其青春，乃是少女自身的一种属性的表现，少女本身的存在就是一种青春。闺中少女的求情之心愈切，其自身的青春活力愈能让读者清晰地察出。少女害怕青春易逝，所以才有"湿兰襟"之举，更是青春期心情的一种流露。

少妇的闺怨，则似乎都有一种淡淡的哀愁。少妇因有夫君，其闺怨怕只能有两种情况：一是与夫君生活不恩爱，一是与夫君的别离相距甚远，无论何种原因，都是一种愁苦，似乎说其蒙上一层哀愁也不过分。词人着笔点不同，刻画的是少女的闺怨，只这一点，就异于无数少妇式的闺怨词作，给人眼前一亮之感。

这首词中"红帘"的表达，首先给人一种色彩上的艳丽。"红"色本身就具热烈之义，更与少女身份相合，也与第三句中"阴"形成对照，一热烈，一阴沉，恰好体现了少女的心理活动。"深"字，一表"红帘"之长，亦可表少女愁情之深，连日的阴霾加上心内的愁绪，愁该有多"深"，可想而知。

"珠祓"二句，点出身份，用"三合字"及"两分心"，委婉地表现了少女正等待情郎，而非生硬地直白表达，读来可觉一种美感，顷刻间，那亭亭玉立的形象便立即出现在了读者面前，随着想象，少女的那种活力、那种青春，就自然地被我们所感觉到，真令人向往。

也正是这两句，将这一首闺怨词之境界提升至少一重，本显平常单薄的一首闺怨词，就这样有了无限的意味和思考的空间。这也许正是词人所真正想要表达的那种多面的、立体的心理愁绪。

浣溪沙

西郊冯氏园看海棠，因忆《香严词》有感①。

谁道飘零不可怜，旧游时节好花天②，断肠人去自今年③。
一片晕红疑着雨④，晚风吹掠鬓云偏。倩魂销尽夕阳前。

【注释】

①《香严词》：清初诗人龚鼎孳的词集。龚鼎孳，安徽合肥人，官至礼部尚书，与钱谦益、吴伟业并称"江左三大家"。②旧游：昔日的游览。③断肠：形容悲伤到极点。④晕红：中心浓而四周渐淡的一团红色，这里指晕红的花朵。

【赏析】

看这海棠凋落，又飘零，谁不会生发一种怜惜的爱意？遥想去年，相偕一同赏花，正值繁花时节好天气，而如今，那令"我"肝肠寸断的人，别"我"而去已经一年。

一片红晕的花朵，似乎沾上了雨点，那么催人心生爱怜，如"我"一般楚楚可怜。晚风吹起，天边云朵如鬓，随风飘去。伊人梦魂尽销，独立夕阳欲坠前。

海棠花有多种，纳兰性德说"一片晕红疑着雨"，看样子应该是红海棠或白海棠。海棠历来是一种受文人喜爱的花木，因为它高雅淡然，味淡而近乎无味，色美而不妖艳，被誉为"花中神仙"，唐玄宗还将沉睡的杨贵妃比成海棠。当然也有张爱玲，似乎是个例外，她有三恨："一恨鲥鱼多刺，二恨海棠无香，三恨红楼梦未完"，不过同时足见她对海棠的倾心，只恨于她所爱的竟不能美到极致。苏东坡对于海棠的喜爱，也是尽人皆知的，"只恐夜深花睡去，故烧高烛照红妆"一句，便可见一斑。纳兰性德这首词中"一片晕红疑着雨"，是对海棠的正面描写，使用了纳兰惯用的意象处理方法，也就是给美的意象增加悲剧元素，这里刻画了一丛楚楚可怜的海棠花。

纳兰性德此首词是重游伤感之作，和晏殊的《浣溪沙》很相似：

一曲新词酒一杯，去年天气旧亭台。夕阳西下几时回？

无可奈何花落去，似曾相识燕归来。小园香径独徘徊。

同一空间，不同时间，而情感似乎还滞后于时间，沉浸在无尽的怀念中，一旦面对物是人非，往往予人以怅惘痛苦，所以王俨斋说："柔情一缕，能令九转肠回。虽山抹微云君，不能道也。"

王俨斋说的"山抹微云君"指的是北宋著名词人秦少游，其《满庭芳》词中有"山抹微云，天连衰草，画角声断谯门"句，故苏东坡称他"山抹微云君"。《满庭芳》词如下：

山抹微云，天连衰草，画角声断谯门。暂停征棹，聊共引离尊。多少蓬莱旧事，空回首、烟霭纷纷。斜阳外，寒鸦万点，流水绕孤村。

销魂。当此际，香囊暗解，罗带轻分。谩赢得青楼，薄幸名存。此去何时见也？襟袖上、空惹啼痕。伤情处，高城望断，灯火已黄昏。

较之纳兰性德，秦少游词景色凄迷，惹人怜爱；纳兰此词情动于中，催人生怜。秦观不能道纳兰，纳兰未尝又能道秦少游，二者可谓各有千秋，王俨斋的话，大抵该这般解读。

龚鼎孳为当时名士，与钱谦益、吴伟业并称"江左三大家"，他与纳兰相交甚厚，纳兰此时与友人故地重游，本是一件高兴的事，他却触景生情，想起龚鼎孳《香严词》中有"重来门巷，尽日飞红雨"的佳句，并由此想起当年游园时的情景，纳兰从昔日之景着笔，却将今日的悲欢离合寄寓其中，初读时，似感迷茫，再读时，境界尽出。

浣溪沙

谁念西风独自凉？萧萧黄叶闭疏窗①。沉思往事立残阳②。

被酒莫惊春睡重③，赌书消得泼茶香④。当时只道是寻常。

【注释】

①萧萧：稀疏的样子。疏窗：刻有花纹的窗户。②残阳：夕阳，西沉的太阳。③被酒

醉酒。④赌书：比赛读书的记忆力。典出宋李清照、赵明诚翻书赌茶之事。李清照《金石录后序》云："余性偶强记，每饭罢，坐归来堂，烹茶，指堆积书史，言某事在某书某卷第几页第几行，以中否角胜负，为饮茶先后。中即举杯大笑，至茶倾覆怀中，反不得饮而起，甘心老是乡矣！故虽处忧患困穷而志不屈。"

【赏析】

西风吹来，谁会想到有人在这风中独自悲凉？"无边落木萧萧下"，遍地黄叶堆积，万物在沉寂前，似乎都要纷扬一番，如同蝴蝶一样地翻飞。秋也如此壮阔美丽。然而独坐闺中，疏窗紧闭，似乎与世相隔，只因为心中寂寥，独自凄凉。念起往事，独自沉思，在斜风残阳中，无限思量涌来，人何能禁？

醉酒得深沉，便不要在这春日里惊起，再感时伤春。怀想曾经与他赌书的日子，真实快乐至极，以至于茶杯翻覆，倒进怀中。这些在当时看来，自以为是平平常常，而今尽是伤心的回忆罢了！

这首词通过李清照的口吻，回忆和丈夫曾经的美好高雅的生活，表达天人相隔的无限伤感。

宋代著名词人李清照，十八岁时与右相赵挺之之子赵明诚结婚，夫妻生活甜蜜恩爱。两人志趣相投，一起收集古玩字画，并一起勘校、考订版本，生活十分闲适惬意。他们最常做的游戏就是在晚饭后猜书斗茶。两人先煮上一壶茶，然后轮流由一人说出一句或一段古人的诗文，让对方猜这句话出自哪本书、第几卷、第几页、第几行，以猜中与否分胜负，猜对了就优先喝一杯茶。由于李清照的记忆力特别强，几乎是每猜必中，赵明诚不得不甘拜下风。然而，聪明幽默的赵明诚也每每在李清照端起茶杯时讲笑话，结果常常引得她哈哈大笑，以致茶杯倾覆怀中，浇得一身湿漉漉。李清照将这些生活趣事记录在自己与丈夫合写的《金石录后序》中，成为才子佳人传诵的千古佳话。

事实上，纳兰性德写李清照、赵明诚夫妇相敬如宾，意趣高雅，一方面出于对古人的羡慕和替古人感伤，另一方面则是因回忆起自己与妻子的经历，从而生发一种顾影自怜的情绪。

这首《浣溪沙》中"沉思往事立残阳"与"当时只道是寻常"二句，情感极浓，情感上是递进式的：由不知人生为何如此辛苦而"沉思"，思到头终究也无答案，却转头长叹"当时只道是寻常"，何等的悲观决绝，何等的痛不欲生！所以王国维说："纳兰容若以自然之眼观物，以自然之舌言情。此初入中原未染汉人风气，故能真切如此。北宋以来，一人而已。"这绝非溢美之词。或许王国维也知道后人也会不能理解他何以盛赞纳兰性德。王国维受德国伦理哲学家叔本华的悲观主义影响，他尤为认同尼采"一切文学，余爱以血书者"以及歌德的"凡人生中足以使人悲者，于美术中则吾人乐而观之"。他还说："其使吾人超然乎厉害之外，而忘物我之关系。一旦入乎其中，犹集云弥月，而旭日杲杲也。"而词中这样的人并不是很多，算来也只有纳兰性德是这种真性情的人了。所以，我们完全可以理解他何以会盛赞纳兰性德，而众人又以为"过誉"云云。

浣溪沙

睡起惺忪强自支①，绿倾蝉鬓下帘时②。夜来愁损小腰肢③。

远信不归空伫望④，幽期细数却参差⑤。更兼何事耐寻思。

【注释】

①惺忪：形容刚睡醒尚未完全清醒的状态。②蝉鬓：古代妇女的一种发式，蝉身黑而光润，故称。马缟《中华古今注》卷中："琼树（莫琼树）始制为蝉鬓，望之缥缈如蝉翼，故曰'蝉鬓'。"③愁损：犹愁煞。④远信：远方的书信、消息。伫望：久立而远望，这里指等候、盼望。⑤幽期：指男女间的幽会。细数：仔细计数。参差：差池，差错。

【赏析】

刚刚睡醒，两眼尚惺忪，强支撑着瘦弱的身体起来整妆。乌黑发亮的秀发垂下像瀑布一般。昨夜一夜愁苦，这无尽的愁苦消瘦了单薄的身体。远方的消息许久没有传来过了，又是一场独倚高楼空伫望。怀想曾经的约会，恍若隔世，更兼心绪不宁，往事已经隐约不明。如此心绪烦乱，何事还能让人仔细寻思一番呢？

纳兰性德表达女性化情感的词，在场景设置和时间安排上有一个比较普遍的做法，就是在场景和时间的交融互动中展示抒情主体的心理状态。

在这首《浣溪沙》中仍旧如此。上片中时间的转换，在"睡起""夜来"等词上可以得到体现；空间上场景设置的变化则更明显，首先是睡眼惺忪，是躺在床上，然后"绿倾蝉鬓"，坐在梳妆台前整妆，接着"远信不归空伫望"是在高楼临窗处。这种安排有什么样的艺术效果呢？这有利于渲染时间的"长"和空间的"大"，在从侧面表现情感的"闲"和"空虚"上起到很好的作用。因为这种方法比"一个时间加一个场景"的"点状"模式更加具有全面感、整体性，能够尽量充分地在数十个字内表现数十个字外的诗词蕴藉。

时间和空间的变换，好比经线和纬线的组合一样，能够由点构成面，从而确定一个场景，诗词表现精神世界也是如此。这种方法的运用当然并非纳兰性德一人的风格，这也是一种历来的传统，或者习惯，如苏东坡的《蝶恋花》：

花褪残红青杏小。燕子飞时，绿水人家绕。枝上柳绵吹又少，天涯何处无芳草。

墙里秋千墙外道。墙外行人，墙里佳人笑。笑渐不闻声渐悄，多情却被无情恼。

运用了"墙里""墙外"场景的不断变化对比来进行。又比如，柳屯田的词《雨霖铃》：

寒蝉凄切，对长亭晚，骤雨初歇。都门帐饮无绪，留恋处，兰舟催发。执手相看泪眼，竟无语凝噎。念去去、千里烟波，暮霭沉沉楚天阔。

多情自古伤离别，更那堪、冷落清秋节！今宵酒醒何处？杨柳岸、晓风残月。

此去经年，应是良辰好景虚设。便纵有千种风情，更与何人说？

显然在空间设置和时间设置上都有很大的跳动感与变动性。这一风格也不限于婉约词，豪放风格的仍旧如此，如宋朝抗金英雄岳飞的《小重山》：

昨夜寒蛩不住鸣。惊回千里梦，已三更。起来独自绕阶行。人悄悄，帘外月胧明。

白首为功名，旧山松竹老，阻归程。欲将心事付瑶琴。知音少，弦断有谁听。

仍旧在时间与空间的变换中表现自己的情感。其实这种在诗词中普遍的特点也可谓"古已有之"，《诗经》中就经常用反复咏叹的手段，或许正是在这一基础上的发挥。

对纳兰性德这首词的理解，有以为是"伤离之作"的，如《纳兰性德新释辑评》中说"写女子思念丈夫的幽独孤凄的苦况。上片写她的形貌，下片写她的心理。'幽期细数却参差'，一个细节的捕捉和捕画，便将她思念过度而致痴的情态和心理表现得淋漓尽致"。黄天骥《纳兰性德和他的词》也持这种看法。《纳兰性德词选》上却以为"这首词写一个身体娇弱的女子，由于情人失约，饱受相思之苦"。且备一说。

浣溪沙

万里阴山万里沙①。谁将绿鬓斗霜华②。年来强半在天涯③。

魂梦不离金屈戍④，画图亲展玉鸦叉⑤。生怜瘦减一分花⑥。

【注释】

①阴山：山脉名。即今阴山山脉。山间缺口自古为南北交通要道。②绿鬓：乌黑发亮的头发。斗：斗取，即对着。霜花：喻指白色须发。③强半：大半、过半。④屈戍：门窗上的环钮、搭扣，指梦中思念的家园。⑤玉鸦叉：即玉丫叉，一种首饰，像树杈那样交叉的首饰。这里指闺人之容貌。⑥生怜：产生怜爱之情，可怜。瘦减：犹瘦损。

【赏析】

这是一首边塞行吟咏叹的词，表达了词人在荒凉的异地对人生的哀怜，也透露出纳兰性德自身对官场的厌倦。

康熙二十一年壬戌（1682年8月），二十八岁的纳兰性德与郎坦出使唆龙。十二月返京，这首词正是在这次旅途中作的。这出使的几个月，纳兰性德的大部分时间都在这天之涯度过了，面对着连绵的阴山与漫天的黄沙，满头青丝怎能不迅速花白呢？

于是睡梦之中不免魂飞故里，重又看到了家中金碧辉煌的屈戍。恍惚中，头戴玉鸦叉的妻子在缓缓地展开画轴（或许那上面正画着她日夜所思之人），那花容似乎因思念瘦损了很多，令人油然生出怜惜之情。

词中第一句中"阴山"一方面是实指，即如今也能一睹的阴山，但古代诗词中经常使用这一形象，它已经形成了深刻的文化内涵。如南北朝著名民歌《敕勒歌》："敕勒川，阴山下，天似苍穹，笼盖四野。天苍苍，野茫茫，风吹草低见牛羊"，又如唐代诗人王昌龄的《出塞》："秦时明月汉时关，万里长征人未还。但使龙城飞将在，不教胡马度阴山。"它是汉胡分界的地理标志，也因此，在这儿的读书人，尤其是汉文化影响下的读书人，都会有一种极强烈的失落感，无端而起怅惘，这是一种丧失归属感的表现。这是纳兰性德每次出使途中所写词中典型的心理。

上片写现实边塞之景，下片写梦中家居之景。阅读这首词时，纳兰的情之真、意之切如在目前。许宗元《中国词史》中这样评价纳兰的词："纳兰为纯情词人，词以情取胜。纳兰词内容比较单薄，基本上局限在个人抒情的狭小天地里：爱情、友情、乡情等。范围既狭窄，纳兰词之影响面广、感人程度深，固然有赖于其艺术，更重要的在于它具有一种内在美——感情真挚。正是这种内美，使纳兰词生命之树常青。"

边塞诗词属于古代诗词的一个支流，其在情感表现上，大体有两种：一悲一壮。边愁主题则属于悲一类，如王昌龄《从军行》之二："撩乱边愁听不尽，高高秋月照长城"，清人吴琪的《送别》有："霜风醒客梦，笳月起边愁。"纳兰性德这首边塞行吟咏叹的《浣溪沙》，也属于这类。

浣溪沙　咏五更和湘真韵①

微晕娇花湿欲流，簟纹灯影一生愁②。梦回疑在远山楼。

残月暗窥金屈戌③，软风徐荡玉帘钩④。待听邻女唤梳头。

【注释】

①湘真：即陈子龙。陈子龙，字人中、卧子，号大樽、轶符，松江华亭人。明末几社领袖，因抗清被俘，宁死不屈，投水殉难。有《湘真阁存稿》一卷。本篇作者所和之词为陈子龙的《浣溪沙·五更》："半枕轻寒泪暗流，愁时如梦梦悠悠。角声初到小红楼。风动残灯摇绣幕，花笼微月淡帘钩，陡然旧恨上心头。"②簟纹：席纹。灯影：物体在灯光下的投影，此处指人影。③屈戌：门窗等物上所钉的铜制纽环，上边可扣"了吊"，还可以再加锁。此处指闺房。④软风：和风。玉帘钩：帘钩的美称。

【赏析】

本词是一首和词，和陈子龙词《浣溪沙·五更》，借用《浣溪沙·五更》的音韵，处于当时自己的意境来抒发自己心中的苦闷。这首词将自己比喻成独守闺房的女子，那种幽怨与缠绵在这首词里面一览无余。形象生动地表达出自己的思念、无聊和心中怀有大志却不能报效国家的忧伤心情。

词的上片描写了女子在五更时候醒来，天色微明如晕，眼角还有着昨夜的泪痕，思念之泪，就算梦中，也不曾停止过流落，显然是一夜失眠。"湿"字应该是指泪水，仿佛随时都会如泉涌出。舜之二妃因舜的仙逝而思念舜，泪染斑竹，其痕如刻，千年犹在，只因为思念得深切而缠绵。

曹雪芹说女儿是水做的骨肉，可能是与女儿的温柔和她那缠绵之情流下的泪水有关吧。孤零零一个人，从夜晚到黎明，无限感伤和失望。暗淡的灯影映照着竹席的纹路，就像思念的情思缕缕，像她一生"剪不断，理还乱"的愁绪，竹席冰凉，灯影凄迷，无限感伤。这"簟"指竹席，李清照词"红藕香残玉簟秋"，指的就是这种席子。

下句写女子在昨夜梦见了那座远山的小楼，这小楼是虚指，指代一个思念、等待、眺望心爱之人所在的地方。古诗词中多有楼这个意象，有山上的楼，有江边的楼，无一例外都是在高处，以便登临远眺，江边高楼远望来往船帆，山上的楼远眺古道，从而引申出了盼望、等待之意。"楼高不见章台路""小楼昨夜又东风"等都属于这种意象。

她梦见"远山楼"，那遥远的山楼就如自己的梦想与远大抱负，明明就在自己的面前，可是却异常缥缈遥远。似乎伸出手就可以触碰得到，可是当自己伸出手的时候却发现原来一切都只是梦一场，引用这个梦境很明显是在强化自己胸怀大志却无力施展抱负的那种哀伤。这是因为梦中的远山楼，更加强化了他心中的等待，期盼之情如此强烈与无奈。

词的下片写天亮之后的慵懒无聊，"一弯残月向西流"，寂寞冷清时候，只有那一弯微明的月亮，冰寒地照进了她的闺房，月光也暗淡如纱，没有光泽。金屈戍乃门或窗上的铜制纽环、搭扣，用来代指闺房，之所以用它代指闺房，是出于词的音韵考虑，没有实际意义。软软的晨风从窗外吹进来，缓缓地轻抚着华丽的帘子，仿佛摇动着她的梦。她，却静静地看着这一切，静静地丝丝缕缕细数着这流过的时光。

李清照有"帘卷西风，人比黄花瘦"之句，都用了"帘"这个意象，风拂帘子，疑是故人来了，就像伊人掀开帘子，露出甜蜜的笑颜，伸手相拥的温存。突然听见邻居的女子叫喊着梳头的事儿，从而打破了这一宁静，这一句最有艺术魅力，从邻女的早起梳头来反衬她自己慵懒地躺在床上的无聊，此外，把女子从思念的怀想中拉回了现实，举重若轻之笔。纳兰的词总是在不经意间就表达出自己的感情，看似如潺潺流水，却意义悠远。在轻描淡写、风轻云淡中将自己的内心情感展露无遗。

读完了此词，我们知道纳兰之意并非思念，而在于抒发自己的无聊与无奈的情感。

无奈，是因为他作为一个胸怀天下的才子，有着远大的抱负和理想，但是没有施展的机会。是的，他就像一头狮子或老虎，却是被关在笼子里的，整日病快快的，毫无生气，消磨着时光，上天给予了他富贵荣华，却不会满足他实现理想的抱负，这就是无奈。难怪岳飞会在无奈之时悲歌《满江红》，难怪陈子昂会在无奈之时悲唱《登幽州台歌》。只是，纳兰，天生忧郁的纳兰，没有慷慨激昂，取而代之的是他的风格，柔婉地表达他的无奈。

无聊，是因为他是个"富贵闲人"，《红楼梦》中林黛玉形容贾宝玉就用了"富贵闲人"这个词，是的，自古闲人不会富贵，而富贵的人不会清闲，贾宝玉是属于富贵闲人，因为富贵是天生的，富贵带来的忙碌被父亲顶着，因此才是闲人，无聊至极，纳兰也是相同的境况，作为宰相明珠的长子，他富贵至极，与贾宝玉唯一不同的是，他是皇帝防范的对象，皇帝为了抑制他们父子的势力，使得他不可能有出人头地的机会，因此就只能无聊了。

因此，纳兰就像这首词里的那个思念爱人的女子，只能在这无聊之中难以成眠，在无聊之中消磨时光。

浣溪沙 红桥怀古和王阮亭韵①

无恙年年汴水流②。一声水调短亭秋③。旧时明月照扬州。
曾是长堤牵锦缆，绿杨清瘦至今愁。玉钩斜路近迷楼。

【注释】

①王阮亭：王士祯，字子真，一字阮亭，又号渔洋山人，山东新城人。少时多填词，有《衍波词》。②汴水：古河名，即汴河。发源于荥阳大周山洛口，经中牟北五里的官渡，从"利泽水门"和"大通水门"流入里城，横贯今之后河街、州桥街、袁宅街、胭脂河街一带，折而东南经"上善水门"流出外城。过陈留、杞县，与泗水、淮河汇集。③《水调》：曲调名，传为隋炀帝时，开汴渠成，遂作《水调》歌，唐代将它演变为大曲。短亭：旧时城外大道旁，五里设短亭，十里设长亭，为行人休憩或送行饯别之所。

【赏析】

卞河桥下，年年依旧，水东流，也无论，春华秋肃杀。一声声《水调》，长亭又短亭，千年倏忽无尽。明月高悬，照古又照今，扬州一梦早乌有。惆怅又惆怅，汴河水无情，究竟流往何方？那隋堤上故去的锦缆牵船，又去了何方？河畔绿杨不禁惆怅。玉钩斜旁便是迷楼，生死富贵，皆作尘土。

康熙二十三年十月，纳兰性德扈驾巡幸江南抵达扬州，为和王阮亭的《浣溪沙》而作此词。

王阮亭即清康熙年间主盟诗坛的王渔洋，本名王士禛，喜结海内好友，不论贫贱，善以诗文会友。在扬州任推官（这种官职只是个闲职）期间，"昼了公事，夜接词人"，"与诸名士游无虚日"，开清代红桥修禊（修禊是古代的一种民俗，于农历三月上旬的巳日到水边嬉戏，以去除不祥）之先河。他死后，扬州人民把他和宋代欧阳修、苏东坡并列，建"三贤祠"纪念。

"烟花三月"的扬州，素来是东南胜地，清初前朝文士多聚于此，王士禛在扬州为官期间，常与名士诗文饮宴，交往密切，也时常组织名士在红桥相与酬唱，众人"击钵赋诗，游宴不息"，还编过《红桥唱和集》，记载了那时的非凡盛况，一时传为文坛佳话。而纳兰性德所和的这首《浣溪沙》也有可考。那是康熙元年（1662年）春，如往常一般与扬州诸名士集于红桥，王士禛作《浣溪沙》三首，其中就有《浣溪沙·红桥》这首广为流传的名词。

王阮亭全词如下：

北郭清溪一带流，红桥风物眼中秋，绿杨城郭是扬州。

西望雷塘何处是？香魂零落使人愁，淡烟芳草旧迷楼。

整首词是针对隋炀帝挖凿汴渠所作。绵延不绝的汴水似乎仍是隋时的样子，没有丝毫变化，但岁月亦如这流水——东流到海不复回了。恍惚中，当年凄婉的《水调》在这个秋季再度响起（传说《水调》是隋炀帝在开凿汴河时创作的），诉说着"长亭连短亭"的离别。隋炀帝为开通运河，征集了大量的劳力，同时也意味着拆散了无数的家庭。明月的清辉仿佛也是旧时的，默默地笼罩着扬州这座古城。

隋堤上的杨柳曾系过华美的锦制缆绳，但却因此清瘦不堪，至今愁苦难言。埋葬着宫女的"玉钩斜"就在"迷楼"旁。在使用对比突出上，与杜甫的"朱门酒肉臭，路有冻死骨"有异曲同工之妙，强烈的对比真是触目惊心。皇族们华贵奢靡的生活是以多少平民的白骨为代价的啊，瘦削的绿杨也正是千万贫病交加的百姓的象征。

浣溪沙

五月江南麦已稀，黄梅时节雨霏微①。闲看燕子教雏飞。

一水浓阴如罨画②，数峰无恙又晴晖。湔裙谁独上渔矶③。

【注释】

①黄梅：春末夏初梅子黄熟的一段时期，这段时期我国长江中下游地区连续下雨，空气潮湿，衣物等容易发霉，也叫黄梅天。霏微：雾气、细雨等弥漫的样子。②罨画：色彩鲜明的绘画。多用以形容自然景物或建筑物等的艳丽多姿。③渔矶：可供垂钓的水边岩石。

江南，是一个遥远的梦境。款款流淌的评弹，悠扬的丝竹，温婉的吴侬软语……江南何在？只需沿着盎然的诗情，打马而过，便是江南。她的气质，是盈盈的春水，朦胧着袅袅薄雾，胜似瑶池，"南朝四百八十寺，多少楼台烟雨中"的忧郁，是你日日踏过的青石板，蜿蜒曲折的小巷深处，蓦然回首间，一个结着愁怨的丁香一样的女子；她的浅笑，是湖畔杨柳岸，绽放的一朵油纸伞，湖光山色，斗转星移，抹不掉的一脉情思。

提到纳兰，不可避免地谈及他显赫的家世、悲戚的情史，以及他英年早逝的遗憾。如果有一天，当所有明艳的光环、绯色的传闻散去，余下的纳兰，应是一位率真的诗人，吟游江南，纵马边陲。

五月，水墨江南里，青葱的小麦稀疏错落于阡陌，恰逢黄梅雨时节。雨丝簌簌地飘落下来，再有一份闲心静坐，看屋檐下的雏燕恰恰学飞煽动着稚嫩的翅膀，才知生命之中"落花人独立，微雨燕双飞"的景色，才是平和安定的。

烟波流水就像浓墨泼出来的山水画，山峦静谧，隐隐透露出雨过天晴的阳光。水边布衣女子赤脚踩上鱼矶石，木槌轻举，捣衣声寂静回响在这田园之中。

纳兰如此娓娓道来，一幅泼墨山水田园画便缓缓铺展在眼前，让人沉醉其中，身心轻盈，浮想联翩。颜色浓处，是云青青兮欲雨，墨色淡处，是水澹澹兮生烟。这样一幅安静的国画，却遇见了"湔裙谁独上渔矶"，浣衣女瞬间打破了安静，使画面变得生动明晰起来，又添了几分彩墨的跳跃。"湔裙"指古代的一种风俗，旧俗于农历正月元日至月晦，士女醉酒洗衣于水边，以避灾度厄。这里指水边的浣衣女子，也迎合了浣溪沙的词牌。

这首词读来有《诗经》的淡雅之趣，所阐述之事也颇具田园民风，原来生命所需要抵达的从来不是功名利禄，名誉万世，而仅仅是内心的平和与安定。纳兰用他的笔触告诉人们，尘间的确是有这样的地方的。

一直以为，纳兰是孤独的，他的秉性、他的心气、他的才情，注定了他的遗世独立，注定了他留给世人的，将是一个凄婉的故事、一段离愁别苦的情。虚静的一刻，晨曦洒在他的面颊上，当他微微展露笑颜时，清灵的孤独、怡人的忧郁依旧。很难说，这是一种幸运，抑或是不幸。就如同后主一样，若说生在帝王家是他的不幸，那么若无这一份由盛而衰的经历，又怎能成就他千古词帝的荣光。

其实，就这首诗而言，它是明媚的、清新明丽，俨然区别于纳兰以往情愁感伤之作，带着暮春的阳光。可末一句，仅仅一个"独"字，便给整首词笼上一层无言的失落。像是，在某个月夜，把船儿推出了湖心，徐徐荡漾着，一点点远离了那份心中的美好。

纳兰，让人想到 15 世纪，那位叫波提切利的西方画家，他是欧洲文艺复兴早期佛罗伦萨画派最后一位画家，他的一幅名作《春》，涵盖了妩媚、温雅、风流、娇丽、婀娜等美丽的赞誉，可是在明媚的外表之下，一层惘然的哀愁在笼罩。虽然一个是西方的美术，一个是中国的文学，但文学艺术，大抵该是相通的。

　　在明媚的江南暮春，在静看稚燕学飞的欣喜中，纳兰的身影显露出安适而孤独的姿态，词人是高贵的，敏感的心处处怦动，精神在漂泊不定中寻找一个栖身之地。那暂得的安适，化为文字，就成了手中圣洁的白莲，素心依旧，心灵便总有栖息之地。

　　若存了颗人生腥风血雨之后渴望淡泊明志、宁静致远的心，在邂逅这一幅画面之后且欣然而坐，清茶徽墨，或许此刻别人用手搭一个框，你我便亦是此中之人、此中之景。

浣溪沙

　　五字诗中目乍成①，仅教残福折书生②。手挼裙带那时情③。

　　别后心期和梦杳，年来憔悴与愁并。夕阳依旧小窗明。

【注释】

　　①五字诗：即五言诗。目乍成：即乍目成，刚刚通过眉目传情而结为亲好。②残福：残存的薄福，也可谓是短暂的幸福。③挼（ruó）：揉搓。

【赏析】

　　我们都知道纳兰性德多情而不滥情，伤情而不绝情，爱情因而成为他诗词创作的一大源泉。这首词写的是女子的闺怨，"五字诗"即是五言诗，男子通过诗表达自己对心仪女子的感情。"目乍成"即乍目成，双方刚刚通过眉目传情结为亲好，但幸福因为书生的追求功名利禄的赶考而变得异常短暂。"残福"即是残存的短暂的薄福。孤独的女子一个人反复揉搓裙带，在想着过去的浓情蜜意，透露出女子对男子一片痴情和深深的思念之情。

　　下片进一步升华这种相思之情，日有所思，夜有所梦，在梦中见到了心爱的人。但等待越久，憔悴与忧愁就越在心头。自己身心疲惫也没关系，依旧在夕阳下，明亮的窗口等待远方的意中人，虽然多数时候这是徒劳，但女子怀着极大的希望在等待。

　　纳兰性德的这首词也有人以为与他所交往的朋友有关，他借朋友的故事既表达对朋友的同情，又暗含了自己的不幸。

　　纳兰性德虽是清朝贵族，但他最突出的特点是其所交"皆一时俊异，于世所称落落难合者"，这些不肯悦俗之人，多为江南汉族布衣文人，如顾贞观、严绳孙、朱彝尊、陈维崧、姜宸英，等等。纳兰性德对朋友极为真诚，不仅仗义疏财，而且敬重他们的品格和才华，就像平原君门客三千一样，当时许多的名士才子都围绕在纳兰身边，使得其住所渌水亭因文人骚客雅聚而著名，这在客观上也促进了康乾盛世的文化繁荣。究其原因，纳兰性德在一定程度上可以和汉族知识分子学到他所倾慕的汉文化知识，而更重要的是他自身有着不同于一般清朝贵族纨绔子弟的远大理想和高尚人格。

在与这些才子交往的过程中，除了诗词歌赋之外，恐怕才子也少不了谈起佳人的。这些文人才子多是远离家乡，孤身一人来京赴考，留下妻子独守空房，自己久在外而不归。妻子在家思念他们，他们也在京都思念妻子。于是，纳兰性德在这种环境中耳濡目染，再加上他自己的身世遭遇，难免流露真情。

他这首词既是对朋友不幸人生际遇的同情，也可用于对自己婚姻爱情的无奈和壮志未酬的感慨。从这首词中，词人以女子的身份诉说自己心中的忧苦，盼望自己的意中人能够早日回家。词人与妻子感情笃深，妻子却不幸英年早逝，离他而去。词人有感而发，借此也是在怀念逝去的妻子。"年来憔悴与愁并"是对妻子深深的爱和浓浓的情，也许还有一丝后悔和终生遗憾。

其实，谁不想早日回去呢？只是他们不得不面对现实中的一切。他们想带回去的是衣锦还乡，是光宗耀祖。他们从走上读书的这条路之后，就注定要追逐功名利禄、尽忠报国。壮志未酬，岂敢面见江东父老？

也可以看出，这里也暗含了词人自己壮志难酬的尴尬护卫身份，这已经使他厌倦了这种生活，因而每每在其诗词中有所体现。

词人的人生是凄苦的，相爱的妻子早早离他而去，自己壮志未酬，他也因"寒疾"过早地离开人世。也正是由于他的凄苦人生才给后人留下诸多优秀的词篇。词人不幸，读者幸。

或许人生就是如此，总是不完美地留下许多遗憾。像流星一样从天空划过，精彩只是片刻，留下的却是无尽的黑夜，而这黑夜需要一个人独自去承受。

浣溪沙

消息谁传到拒霜①？两行斜雁碧天长②，晚秋风景倍凄凉。

银蒜押帘人寂寂③，玉钗敲烛信茫茫。黄花开也近重阳④。

【注释】

①拒霜：花名。木芙蓉的别称，冬凋夏茂，仲秋开花，耐寒不落，故名。②斜雁：斜飞的雁群。碧天：青天，蓝色的天空。③银蒜：银质蒜头形帘坠，用以压帘幕。④黄花：菊花。重阳：节日名，古以九为阳数之极，九月九日故称"重九"或"重阳"。

【赏析】

是谁把消息传来，说到秋日拒霜花开的时候就会回到"我"的身边？它开得如此繁盛了，它告诉"我"秋天已经如期而至了。长天一色，两行斜雁缓缓向南飞去，这晚秋的景致益发悲凉。

蒜头形制的帘坠压着帘子，寂寞闺中，有人独坐窗前。玉钗轻轻敲着燃烛，人生何其茫茫！今年菊花又开了，大抵重阳又近了吧。

这首词在意象使用上主要采用了渲染法，尤其是对"秋"的渲染。不知何时，思念的人从远方传来消息，说秋天会回到她的身边，所以秋就超出本身作为季节的含义了，秋成为相见的季节，成为期盼的季节。这首词中渲染最多的便是"秋"。首先是"拒霜"花开了，然后"两行斜雁"翔"碧天"，后更直接说"晚秋风景""黄花开"以及"近重阳"，这些都在刻意点染季节。"秋"这一意象是纳兰性德最常用的，几乎是仅次于"愁"的了。

可以说纳兰性德这首《浣溪沙》是通过渲染秋来突出愁，要表达的正是期待落空的愁思。

除用渲染法表达情感外，词中还恰如其分地运用了点染法，对"闲"进行了很好的点染。"银蒜押帘人寂寂，玉钗敲烛信茫茫。黄花开也近重阳。"人寂寞凄凉，万事无心，百无聊赖，无尽空虚，尤其是"玉钗敲烛"一句，表现得何其空虚。

词中通过渲染和点染的结合，表现出客观世界的"秋"以及浅层心理世界的"闲"，从而将深层次的"凄凉"表达出来。

美的意象在纳兰词中，大多蒙了层灰色，使意象本身更凄迷，进而到人，则越发顾影自怜，惹人喜爱。美的事物常被摧残，被赋予了悲剧氛围，词人恐怕也是为展示悲剧更具备美学价值罢，如王小波所言："一切喜欢都不可能长久，只有不堪回首的记忆，才被人屡屡提起，难于忘怀。"

浣溪沙

旋拂轻容写洛神①，须知浅笑是深颦②。十分天与可怜春。

掩抑薄寒施软障③，抱持纤影藉芳茵④。未能无意下香尘⑤。

【注释】

①轻容：一种无花薄纱，宋周密《齐东野语》卷十："纱之至轻者，有所谓轻容，出唐《类苑》云：'轻容，无花薄纱也。'"王建《官词》："嫌罗不着爱轻容。"洛神：中国神话人物，即洛水的女神洛嫔，相传她是宓（伏）羲的女儿，故称宓妃。溺死于洛水，成为洛水之神。②须知：必须知道，应该知道。浅笑：犹微笑。③薄寒：微寒、轻寒。软障：即幛子，古代用作画轴。④纤影：清瘦的身影。芳茵：茂美的草地。⑤香尘：这里指人间。语出晋王嘉《拾遗记·晋时事》："石崇又屑沉水之香如尘末，布象床上，使所爱者践之。"

【赏析】

染指丹青本是高人雅士之事，请看纳兰笔下"旋拂轻容"的作画人有着怎样的风致和忧愁。画者在薄寒的软障下"浅笑深韕"，一如你我穿越繁华的大都市坐在地铁里看窗外忽明忽暗的风景。这是心灵的旅程，你我对坐无垠世界暗哑的一隅，无言地对视着。如是，生命的乱影悄然消隐——心地澄明如水的你我是和洛神同行的。

"旋拂轻容"是一种超然的人生态度，长于绘事，意味着不矫揉造作。屏除一切的杂念、尘嚣，正应了王摩诘"松风吹解带，山月照弹琴"的意境。犹如在宣纸上逐渐化开的水墨，静谧的空间被一颗敏感但不落寞的心灵激发的情愫一寸寸地细细浸润。"旋拂"有着舞蹈的动感，但不是张扬，而是清丽洒脱。

"写洛神"，也就是在"写自己"。"须知浅笑是深韕"，传神地描绘出了女子的可爱，其实也表明呈露在外的自己和本真状态的自己即使近在咫尺，却拥有遥不可及的距离。这就是生活，情感细腻的此人用易于忽视的"浅笑"，瞬间化解了强力意志带来的灾难，不由得让人心生敬仰之情。

春日使人怜惜，因为它像个体生命那样短促易逝。齐白石有一枚闲章曰"惟愿长绳系日"，大概就是这种心情的自然流露。在纸上画洛神的人，在东晋有一个顾恺之，"阿睹（眼睛）传神"说的就是他画人物画是展现出来的精妙才艺。而作为词人的纳兰则是另一个顾恺之，他把清澈的眼眸用细密的词句直接画进了人心，明快清新，让人眼前一亮！

"掩抑薄寒施软障，抱持纤影藉芳茵"，不像某些格律诗那样是戴着镣铐的舞蹈。你看，浓郁的春景借助精谨的词句润泽了人们奔波尘世久惯的枯寂。于是，连"软障"都惊觉了自身的薄寒，青绿如茵的芳草都看到了贴身的纤影。这是一个魅力十足的世界，足以惊醒万物，它让我们认识自己遮蔽已久的性灵。此时尽管软障轻薄寒冷，芳草纤弱，但毕竟是到了生机蓬勃的春天，让人没有了疲靡委顿的理由。

审美和"看"的距离有关。一幅画作无论怎么精妙，最终也成不了真实。画上女子"未能无意下香尘"，必定不能"下香尘"的。但"未能无意"表明了对尘世生活的强烈向往，美丽的洛水女神是不肯一直待在纸上的。那能怎么办呢？

纳兰词中这样情意绵绵的开怀之作并不多见，它就像是一个充满隐喻的美梦。弗洛伊德说："梦是愿望的达成。"只要有梦，人就是不死的。

浣溪沙　大觉寺①

燕垒空梁画壁寒②，诸天花雨散幽关③。篆香清梵有无间④。

蛱蝶乍从帘影度⑤，樱桃半是鸟衔残。此时相对一忘言⑥。

纳
兰
词
大
讲
堂

一三二

【注释】

①大觉寺：可能为今北京西北郊群山台之上的大觉寺。此寺始建于辽咸雍四年，初名"清水院"，后改"灵泉寺"，为金代"西山八景"之一。明宣德年间重修，改名"大觉寺"。②燕垒：燕子的窝。画壁：绘有图画的墙壁。③诸天：佛教语。指护法众天神。佛经言欲界有六天，色界之四禅有十八天，无色界之四处有四天，其他尚有日天、月天、韦驮天等诸天神，总称之曰诸天。花雨：佛教语，诸天为赞叹佛说法之功德而散花如雨，后用为赞颂高僧、颂扬佛法之词。幽关：深邃的关隘，紧闭的关门。④篆香：犹盘香。清梵：谓僧尼诵经的声音。南朝梁王僧孺《初夜文》："大招离垢之宾，广集应真之侣，清梵含吐，一唱三叹。"⑤蛱蝶：蛱蝶科的一种蝴蝶，翅膀呈赤黄色，有黑色纹饰，幼虫身上多刺。⑥忘言：谓心中领会其意，无须用言语来说明。

【赏析】

这是纳兰记游之作。面对如此气魄的大觉寺，感受僻静行宫中走动的幽静之感，他不禁感叹道：此时相对一忘言。

大觉寺是北京"八大寺院"之一，始建于辽代。纳兰当时所见的大觉寺是明代的规制。至今大雄宝殿、三世佛殿还保留着明代的木结构，院落宽阔，殿堂高大，花木繁多，以玉兰、银杏最为著名。大殿中保留着精美壁画、悬塑。至今主佛像、"二十诸天"、"十二缘觉"的塑像保留完好。故纳兰寺中之见，都非臆想。

灵泉泉水曾是"八绝"之一，故大觉寺曾有名曰"灵泉寺"。此地一向为文人所爱，有俞平伯的《阳台山大觉寺》，也有季羡林的《大觉明慧茶院品茗录》，可见大觉寺可爱之处，确实不少。

纳兰之词，燕垒二句，"燕垒""空梁""画壁"，皆写表面看去一番荒凉残破的景象：燕群在寺中空梁上筑巢，壁画清冷。本应是普通的写景，若是忽略下文，自然会猜测是否写的是凭吊古迹之词，但对着荒凉的寺中之景，却隐约能闻到幽幽的篆香，清幽的诵经声似有若无。荒凉的院子，霎时变得肃穆清雅，梵天幽静。

佛经梵语，总有能耐让浮躁之人心神安定，连那看似荒芜的小院，此时也罩了点梵家之光，不似平凡的荒芜。

此时蛱蝶翩跹由帘影下飞过，枝丫上的一颗樱桃被鸟儿啄去半颗。所取之物是自然界最渺小之物，倘若没那宫阙似的古屋，没那回音缭绕的梵音缠绵，不过是人间最单纯的田园之乐。而偏偏这不是田园情趣，此间之意，回味阵阵。乃至似乎还能感受到侍卫在高大殿堂的台阶下巡行，在僻静的行宫跨院当值的情景，地大人少，空旷寂寥，但绝不衰败，反倒有超然幽静的静谧肃穆。这地，是超脱了俗世之态的纤尘。

此中必有真义，心领神会，却只能相对忘言。这最后一句有些许伤感，总显几分消极，但放在这景色中，倒颇有别样的意蕴。景物寥落却静谧有致，和这才子的伤感，正好契合。

浣溪沙 古北口①

杨柳千条送马蹄，北来征雁旧南飞。客中谁与换春衣②。
终古闲情归落照③，一春幽梦逐游丝④。信回刚道别多时。

【注释】

①古北口：长城隘口之一。在北京密云东北，为古代军事要地。②春衣：春季穿的衣服。③终古：往昔，自古以来。落照：落日的余晖。④幽梦：隐约的梦境。游丝：飘荡在空中的蜘蛛丝。

【赏析】

纳兰性德身为皇帝侍卫，深受康熙喜爱，"上（皇帝）有指挥，未尝不在侧……上之幸海子、沙河、西山汤泉及畿辅五台、口外盛京、乌喇，及登东岳，幸阙里，省江南，未尝不从"。单单是古北口一处，就曾多次扈驾经过，如康熙十六年十月，扈驾赴汤泉；康熙二十一年二月至五月，扈驾巡视盛京、乌喇等地；康熙二十二年六月、七月，奉太皇太后出古北口避暑；康熙二十三年五月至八月，出古北口避暑等。

这首词写的正是词人扈驾远行的事情，是纳兰词中为数不多的塞北词之一。

上片中写出了此次出行的经过，重点写景。首句交代此次扈驾的前后时间，春天出发，夏天还没到，在杨柳依依的时节，词人骑着骏马踏上了扈驾之路。秋天回京，在春天北来的大雁如今依旧向南飞去，此句可能语带双关，即也指康熙一行仲夏北上，如今向南返归。这一来一回就是一春一秋，在此期间所受之苦谁人能知？接着是一句反问"客中谁与换春衣"，道出心中一片辛酸。只身在外，已经换了季节，身上还是春天的衣服，哪能像在家里一样，有人给更换衣服。

下片则着重于抒情，开头通过落照、游丝使心中苦闷之情跃然纸上。自古以来，自己的闲情逸致只能寄托在落日的余晖上了。隐隐约约在梦境之中追逐飘荡在空中的蜘蛛丝，这也是作者对自己常年忙于侍卫职责，在消磨青春时光的扈从出巡中难得自由的慨叹。当然也流露出其对这种生活的厌倦，只能通过自然之景消磨时光。

纳兰性德一生短暂，只在人世间留下了三十一个春秋的足迹，他有一首诗这样说过："予生未三十，忧愁过其半。心事如落花，春风已吹断。"可见其一生愁苦不断，坎坷不断。他作为皇帝侍卫，虽然有机会接近皇上，得见龙颜，却怀才不遇，无法大显身手为国家社稷、黎民百姓建功立业。这种情形在中国古代文人之中是常常碰到的，从楚国的大夫屈原，到汉朝的贾谊，再到唐朝的杜甫、李白，以至于与纳兰同时代的文人蒲松龄，大抵如此。文人的不幸却造就了中国文坛的一大幸事。

再说纳兰，在他尽管简短但枯燥无味的仕宦生涯中只有两种活动，或者是殿前宿卫，或者是随驾出巡。但不管是哪种活动，他都是一个陪同而已。这是词人的不幸，所幸的是他给我们后人留下诸多好词。据历史记载，他和汉族文人顾贞观、朱彝尊、陈维崧等有所往来，也有曾参与营救吴兆骞并发付他的后事的义举。在当时的满汉关系中，书写了一段难得的友谊之篇章。但尽管如此，可对于那些汉族潦倒文人们来说，谁又能理解他一片赤子之心的背后，有几分是孤独的落寞？又有谁能真正了解他荣华富贵、锦衣玉食下的壮志未酬？词人也曾在《清平乐·弹琴峡题壁》说："冷冷长夜，谁是知音者？"

在纳兰的好友中，顾贞观是亦师亦友的一个。康熙十五年，明珠慕顾贞观的才名，聘其为子纳兰性德授课。纳兰性德亦为清初著名词人，二人遂成忘年交。康熙十七年清廷开"博学鸿词科"网罗汉族士大夫，著名文人学者朱彝尊、陈维崧、严绳孙、姜宸英等人都被荐至京，会试中式任翰林院检讨等职。顾贞观、纳兰性德与他们经常聚会，吟咏唱和，促进了清初词坛的兴盛。顾贞观在京期间，还为纳兰性德编订了《饮水词》集。他死后顾贞观在祭文中以无比痛惜的口气说："吾哥所欲试之才，百无一展；所欲建之业，百不一副；所欲遂之愿，百无一酬；所欲言之情，百不一吐。"

其生命的一大部分完全迷失在苦闷中，也许纳兰是一个不称职的侍卫，却是一个中国词坛上难得的词人。

浣溪沙

一半残阳下小楼，朱帘斜控软金钩①。倚阑无绪不能愁。

有个盈盈骑马过②，薄妆浅黛亦风流③。见人羞涩却回头。

【注释】

①朱帘：红色帘子。斜控：斜斜地垂挂。②盈盈：仪态美好的样子。这里指仪态美好的女子。③薄妆：淡妆。浅黛：指用黛螺淡画的眉。

【赏析】

　　浣溪沙，乃唐玄宗时的教坊曲名，又作浣溪纱，因西施曾经浣纱于若耶溪，故又作浣沙溪。纳兰性多抑郁，词多忧伤，此词可谓是不可多见的有着清新愉快的情调的一首词，描绘了黄昏无聊中与一个优雅女子的美丽邂逅。

　　若说诗词是以意象符号来表达情感的艺术，那么纳兰以及李煜之词却是例外，其词虽明白如话，读来却如字字珠玉滚落于玉盘，久久回响，余音绕梁，又如花开于山谷，朵朵明艳，却又清新脱俗，这就是他们的艺术魅力之所在。可惜古词的配乐已经缺失，否则配之以丝竹，必定是"此曲只应天上有，人间难得几回闻"。

　　上片写景，时光如水，悠悠又是夕阳西下，游玩的阁楼沐浴着夕阳的余晖，静谧而祥和，仿佛整个玉柱雕梁的皇城都慵懒地在夕阳里躺着。残阳，一个"残"字，体现出了作者当时的心境。为什么不是夕阳而是残阳？当然这形容词不同，意象的色彩不同，描摹的作者的心境就不同。表现了纳兰在时光流逝中无奈而彷徨的心情。

　　华丽的锦帘斜斜地垂挂在金色的帘钩上，柔软而弯曲，无声无息，没有一丝清风拂过，就像人的慵懒的身体，不想移动半步。独自一个人，眼睁睁地望着夕阳渐渐在西天下沉，然后消失在天之尽头，望着朱帘在夕阳的余晖中闪动着光泽，背靠着栏杆，不能控制自己的闲愁。

　　纳兰愁什么呢？或许是一个文人天生的抑郁吧，只有经历过苦难的人才能领略到平和日子的幸福，一个太幸福的人，是会在幸福里生出无聊来的。"朱"乃富贵之色，平常人家是不可能享有的，"朱门酒肉臭，路有冻死骨"中的朱门就是指富贵的帝王将相之家，朱帘，也是富贵之家才能使用，纳兰就在这朱楼梦里朱颜谢，从而感到无聊而抑郁。

　　上片犹如勾勒了一幅美丽的风景画，又像一个放映着自然景色的电影镜头，下片突然从镜头里映入眼帘的是一位骑马走过的风姿绰越的女子，嗒嗒的马蹄声给人一种无聊之中的惊喜。从静态的灰色场景马上转变成了一种动态的迷人风景，具有戏剧化的变换手法。

　　薄装浅黛，却又清新脱俗，美丽动人。没有浓妆艳抹，没有施粉抹香，却是天生丽质。黛，是一种画眉的黛石，"眉如远山含黛"，说的就是美女的眉毛像远处的青山一样，美丽如黛。这种淡妆出行，却也不能影响她的美丽，"风流"指女子的一种神韵和气质吧，而不是形容男子的眠花宿柳的风流。

　　最后一句可谓王国维说的"不着一字，尽得风流"的令人拍案叫绝的佳句了！"见人羞涩却回头"，通过对这个女子回眸的一瞬间这个小小的细节的描写，把这位女子外表之下的内心和情感体现得淋漓尽致，让这位女子的形象可爱至极。

　　这里不得不谈谈中国传统的女子之美，是一种朦胧美，是一种"犹抱琵琶半遮面"的美，讲究的是一种内敛，而不是张扬；是一种婉约，而不是一种直白，"窈窕淑女，君子好逑"，不是淑女去"逑"君子。所以，在中国传统文化中，羞涩自然是一种内敛的美，但是这种羞涩，也难以掩饰怀春少女的内心情感，想象着她羞红的桃花儿脸面儿，却忍不住悄悄回过头来看一眼身后的这位美男子纳兰。此句也体现了纳兰词的特点，就是直白而直指内心，与李煜之词异曲同工，这也正是纳兰的卓尔不群之处。这个瞬间，被作者敏锐的双眼发现了。

张钧先生在《纳兰性德全传》中，虚构了一个情节，说的是纳兰的表妹雪梅跟着他学骑马，雪梅开始胆子小，不敢骑着走，直到纳兰把她扶上马背，并开导她后，她胆子大些了骑着马走了。雪梅在马背上回首，有一种羞涩之感，从而触发了他的灵感，当然这只是查无实据的虚构，从欣赏诗词的角度想象而已。需要的是留下想象的空间，说直白了，就不是诗词，而是小说了。

总体来说，这阕小词，虽没有过多的层叠渲染，但是词风轻灵活泼，在纳兰众多"凄情"的词中，显得温暖而欢快，亮丽不少。

浣溪沙

已惯天涯莫浪愁①，寒云衰草渐成秋。漫因睡起又登楼②。

伴我萧萧惟代马③，笑人寂寂有牵牛④。劳人只合一生休⑤。

【注释】

①浪愁：空愁，无谓地忧愁。②漫：副词，莫、不要。③萧萧：形容马嘶鸣声。代马：北地所产良马。代，古代郡地，后泛指北方边塞地区，《文选·曹植〈朔风诗〉》："仰彼朔风，用怀魏都。愿骋代马，倏忽北徂。"刘良注："代马，胡马也；忽，疾也；徂，往也。言驰胡马疾行而北往也。"④寂寂：形容寂静。牵牛：即牵牛星，俗称牛郎星。⑤劳人：忧伤之人。《诗经·小雅·巷伯》："骄人好好，劳人草草。苍天苍天！视彼骄人，矜此劳人。"高诱《淮南子》注："劳，忧也。""劳人"即忧人也。

【赏析】

身处塞外，秋意渐起，那一夜的纳兰一定过得郁闷无比，不然怎会把词写得如此凄凉甚至怨气十足。

这一首小令，只有六句，却写出了纳兰的一生。身为御前侍卫，在别人看来是青云直上，而其中苦味也只有词人自己知道。一年到头的奔波，鞍前马后地侍奉，自己就像只木偶似的被那根无形的线拽来拽去。亲人的聚少离多，爱情的支离破碎，理想的遥遥无期，怨愤终于在这个特定的地点、特定的时刻爆发出来……

首句"已惯天涯莫浪愁"，"浪"是空自、白白的意思，这句一上来便有种自怨自艾的味道，愁什么呢，天遥路远的早就习惯了。满腹的牢骚就这么冲口而出。

接下来"寒云衰草渐成秋"，从字面上看，是从心理描写转到景物描写，其实这是用第二句来强化第一句所传达出来的情绪，意思是说：这样的日子总也没个头，看现在天又冷了，草又衰了，无声无息地又是一年过去了。

"漫因睡起又登楼"，这句动作描写实则还是起着传达情绪、深化情绪的作用。"登楼"是诗词中的一个套语，若追溯回去，怕是要从王粲的那篇《登楼赋》说起。

《登楼赋》是王粲于建安九年（205年）在荆州登麦城（在现在湖北当阳东南）城楼所作。当时天下动荡，身为"建安七子"之一的王粲纵使文才卓著，也无奈生逢乱世，不能得以施展。他长期客居他乡，满心思乡怀国之情和怀才不遇之忧。在登楼远望之时，沧凉感慨之情一发不可收拾，于是便有了这一篇《登楼赋》。赋中抒情意味很浓，"忧"字贯穿全篇。后来，不但"王粲登楼"成了一个典故，历代文人墨客也总有登楼感慨之作，而且感叹的内容也少有跳出岁月蹉跎、壮志消磨这个圈子的。因而在纳兰的这首词里，这样理解自然也是没有错的。

词人告诫自己，不要因为醒来的满心愁绪而又去登楼远眺。这一句，先是"又"字用得好，轻描淡写地就传达出了一种百无聊赖的情绪，"已惯天涯"的自己已经不知多少次梦醒凭栏了。而词人不愿睡起登楼的原因是什么呢？这更是一个巧妙之处：登楼远望，就忍不住思亲怀乡，这样的心理折磨，纳兰想必已经是不堪忍受了吧。

下片以一个对仗句说明自己的处境："伴我萧萧惟代马，笑人寂寂有牵牛。""代马"，严格意义上是指代地的马，代是山西北部，古为代郡，这里的马很出名；但到了清代的时候，代马就只是一个泛称了，泛指北方的马。"牵牛"，稍了解中国传统故事的人都会知道的，就是那颗和织女星隔河相望的牛郎星。这两句是说：一生劳碌，陪伴我的只有身旁这匹老马，就连天上一年才能相聚一次的牛郎也在笑我的形单影只。

这两句说得很是凄凉，尤其是第二句，牛郎、织女一年一次相会本来就够凄惨了，但无论如何每年总有这么固定的一天，纳兰却连这一天都没有。想想家里的父母妻子，越想越思念，但也没办法，回不去终究是回不去。最后这满腔怨愁都化为一声叹息："劳人只合一生休"——认命般地放弃了。

"劳人"一词语出《诗经·小雅·巷伯》："骄人好好，劳人草草。苍天苍天！视彼骄人，矜此劳人。"根据高诱《淮南子》注"劳，忧也"，应该解释为"忧劳之人"，而不是字面上理解的劳苦之人的意思。也就是说，不一定是干体力活儿的、行役在外的人，只要心中忧劳，就是劳人。要说纳兰出身豪门，钟鸣鼎食，入值宫禁，金阶玉堂，平步宦海的前程从出生时起便铺在了眼前，但这种种别人羡慕的东西对他而言，却构成了一种常人难以体察的矛盾感受和无形的心理压抑。对职业的厌倦，对富贵的轻视，也都可以从这首词里窥得一斑。

最后这句"劳人只合一生休"是全词的高潮。在写完这首词的两年后，词人终于郁郁而终，走完了自己短暂的一生，也印证了那时的一声感叹。

浣溪沙

雨歇梧桐泪乍收，遣怀翻自忆从头^①。摘花销恨旧风流。

帘影碧桃人已去^②，屐痕苍藓径空留^③。两眉何处月如钩^④？

【注释】

①遣怀：犹遣兴。翻：同"反"。②碧桃：桃树的一种。花重瓣，不结实，供观赏和药用。又名千叶桃。③屐痕：即鞋痕。④两眉：两弯秀眉，这里指所思恋之人。

【赏析】

这首纳兰词，以全篇来看，应该是表达怀人之心、寄托相思之意的词作。纳兰所思应为其早年相恋的一位女子，至于词中女子是不是纳兰青梅竹马的表妹，或者患难与共的妻子卢氏就不得而知了。若非卢氏，那又会是哪位惊鸿照影的美人，使得词人"忆从头"，久久不能忘怀呢？本篇《浣溪沙》所怀之人已经无稽可考，但这份深切的思念却绵远悠长，穿过时空的阻隔，铭刻在词人的内心深处。

上片写景，纳兰熟练地融情于景、寓境于情，显示出不俗的笔力。

开篇提起梧桐兼雨，自然便令人想起李清照那首《声声慢》中的句子，"梧桐更兼细雨，到黄昏，点点滴滴"。由此，梧桐细雨历来被用来描写萧瑟之景，而这种典型化的意象所蕴含的内在情感向来与离愁别恨紧密相连，推至以前如唐温庭筠《更漏子》："梧桐树，三更雨，不道离情更苦。"在这里纳兰此句"雨歇梧桐泪乍收"把这雨打梧桐之景和离恨别情融在一个"泪"字上，做到了情景交融。泪为眼中雨，雨是天之泪。雨泪相对，纳兰以我观物，所看之物便皆着我之色彩，自然，在纳兰眼中梧桐也在为其伤心，漫天秋雨也只不过昭示了他的宣泄。"泪乍收"语涉双关，一重理解是梧桐停止滴雨，就好像停止了流泪，如此则梧桐已然通了人性，自是脉脉含情；另一说则是词人听见秋雨暂歇而不再泫然流泪，如此一来，词人伤情，自然显露无遗。但不管作何种解释，词人的伤感在此作中却是不变的。

由此而来的"遣怀"二句也正点明了这种伤感之情。刚收泪眼，就过渡到回忆过往。"遣怀"二句正是承接上边造景时留下的余响加以推进的，此处词人感怀伤情，也自然与故人的一段美好往事有关，在这里，词人应指自己和昔日恋人一起度过的那段美好岁月。杜甫《佳人》有句："摘花不插发，采柏动盈掬。"词人少年风流，伊人貌美如花，两人相偕，或吟诗作赋，或鼓瑟吹笙。相伴的日子一晃而过，昔日的甜蜜和浪漫随着时间的流逝都成为了"旧风流"，一个"旧"字顿时显出往事尘封的沧桑，这其中有词人的多少感慨。

下片承接上片"旧风流"，笔触描写到眼前之景，一片空寂。

"帘影碧桃人已去，屦痕苍藓径空留"，此两句全然写景，影帘绰绰，桃依旧青涩，苍藓小径上，鞋痕犹在，人却不知何处去了。此两句显系唐崔护《题都城南庄》中"人面不知何处去，桃花依旧笑春风"两句化用而来，表达了好景不长的感慨和无限怅惘的情怀。

纳兰写景，虚虚实实，一切景语皆情语，自然可知虚实安排也并非随意为之。在这两句中，词人叙及帘影碧桃还在，伊人不在，至于是离去还是改变都化作了满腔悲哀，则为实景实情。"屦痕苍藓"此语表现的意象感觉是伊人离去之后，足迹仍在，这也只能是词人心中所想，不是实景；"径空留"意即小路寂然，依旧在眼前斜陈。"空"并不是外在的虚无，而是内心的空虚，恍恍惚惚，不知所往。

自古以来物是人非，人去楼空都让人无限叹惋，而词人流露更多的是内心的寂寥和孤独。"两眉何处月如钩？"以眉代人，以月抒怀。正是月缺是思，月圆是念。

浣溪沙

欲寄愁心朔雁边①，西风浊酒惨离筵②。黄花时节碧云天。
古戍烽烟迷斥堠③，夕阳村落解鞍鞯④。不知征战几人还？

【注释】

①朔雁：指北地南飞之雁。②浊酒：用糯米、黄米等酿制的酒，较混浊。③烽烟：烽火。④斥堠：斥堠亦称斥候，是中国古代对侦察兵的称呼，多为轻骑兵。④鞍（ān）鞯（jiān）：马鞍子和垫在马鞍子下面的东西。

【赏析】

西风乍起，凉意迎面拂来，不觉一阵惊寒：又是一年秋。浸润西风中，手持一壶浊酒，独自饮。这般西风，这般浊酒，不觉浮想联翩。昔日分离景况，立现眼前：悠悠古道，西风恼人，混浊的黄酒，还有泪眼迷蒙的送行之人，交织在一起，渐行渐远，成了心中一个永远的印记。

即便珍味无数，也注定是一场凄惨的别宴，今日一别，不知何时再聚，同欢饮。"我"的思绪越发凌散，忽地一声雁鸣。这北方的大雁，怎能解"我"的愁绪，依然似有欢意。"我"只愿将这片愁，寄给这将要南归的雁儿，哪怕只能暂慰"我"愁思，姑且这般吧。

伴着思虑，不禁眺望，远处黄灿灿的菊花一片又一片，在微风的抚摩下，似浪般起起伏伏，却也好看，却也心酸。在这黄花绽开的时节，青云块块镶在天穹，就快要把天给缀满了。望着这青云，不觉心内又溢出愁情。蓦地，一股烽烟直逼碧色的云天。历史悠久的斥堠上飘起的狼烟，一股接着一股，伸向远方，这是戍守的兵士发出作战的信号：敌人又来冒犯了。激烈的厮杀，整整持续了一天。到了黄昏，"我"随战友一起，在一个偏僻的村子里休整，以备再战。脱下了盔甲，解开了鞍鞯，马儿也累得直喘。饮着浊酒，盯着落日，再回想白日的惨烈。心生感慨：不知道战争结束后，还有几人能回家，与亲人团聚？想着想着，热泪脱眶，满面愁绪，皆是思亲愁情。

这首词描写的是一个在外从军之人思念家人的情景。

全词可分为两部分。前三句为上片，写的是战争前的忆家的情状，下片写的是经过厮杀战斗后的恋家的情景。虽有两片，但却由一"愁"统辖。首句"欲寄愁心朔雁边"，直抒胸中压抑长久的"愁"，在萧索荒凉的边塞，"愁"心无处寄送，秋日望见大雁，"我"不由心生此意。因"愁"而生忆，忆及当年离家别亲的凄惨别宴，恰如就在昨日，故而愁心更添一层愁。独饮浊酒，更添愁绪，所谓"酒入愁肠，化作相思泪"，又有"浊酒一杯家万里"，所以愁情更浓更远。远处美好的灿灿黄花，给"我"视觉添上亮色。一片荒芜之中，突见生机勃勃的黄花，犹如无垠沙漠里的一汪清泉，给人欣喜。但这欣喜，却也是如此短暂，欣喜过后是无尽的苦楚。这里，以艳丽的黄花美景来反衬"我"的内心无比凄凉。

下片中，思绪未定就不得不投入战斗。战斗直到傍晚，片刻的休整，望着受伤的战友，情感陡然升华，由上片的只是内心愁绪，变为内心的担忧。夕阳虽在，却再也没有"长河落日圆"的气概，有的只是一层一层添增的思虑。古来战争，从来就是"一将功成万骨枯"，战争的残酷，让"我"心内生忧，也让读者心生忧虑："我"能否平安回家与家人团聚？这不可知晓。在这里，"我"虽无直抒胸怨，但怨气慢慢升起：亲人别离，生死未卜，隐隐地表达了对战争的不满。

词仅四十二字，却刻出多个画面，如伫立望雁、浊酒别离、烽烟浓起等。词人善于运用意象，虽多是先人用过之意象，经过词人之手，却别具一格，给人不一般的画面感觉。情感表达也是由浅入深，进而有一种隐怨在内。意象组合出的景与词人所要表达的情，相互融合，情景交融，虽是刻意排布，却不给人以雕饰之感，甚是了得。

浣溪沙

欲问江梅瘦几分①，只看愁损翠罗裙②，麝篝衾冷惜余熏③。

可耐暮寒长倚竹④，便教春好不开门⑤。枇杷花底校书人⑥。

【注释】

①江梅：江边的梅树。②愁损：忧伤。翠罗裙：绿色的丝裙。③麝篝：燃烧麝香的熏笼。余熏：犹余香。④可耐：同"可奈"，无可奈何。⑤便教：即使、纵然。⑥"枇杷"句：

原指唐蜀伎薛涛，后为妓女之雅称。唐王建《寄蜀中薛涛校书》："万里桥边女校书，枇杷花里闭门居。"（一说此诗为胡曾作），后因称妓女所居为"枇杷门巷"。此处是借指花下读书之人。校：校订、校勘，此处为研读之意。

【赏析】

想要问问江边的梅花，冷风中你又清瘦了几分，只看得罗裙也憔悴。熏笼中燃香殆灭，只余下些许残香，衣襟渐凉。哪能忍受这暮色寒风里倚门而立？即便是盛春中，心中如此凄凉，又有何心情启门游目？枇杷花下，她紧闭闺门，唯索书强读。

这首词全词在情感的表达上呈现一种婉转而含蓄的风格。第一句"欲问江梅瘦几分"，明显并非发问，只是想发一番牢骚以解心中愁绪，可紧接着情思上却突转，淡淡地说了声"只看愁损翠罗裙"，只是让人看看罢了，并未大发牢骚。下片的"可耐暮寒长倚竹"，是将自己的孤单寂寥说出来了，而紧接着的句子却是"便教春好不开门"，自己却将自己锁在闺房，独自承受起痛苦。词中情感主体的性格特征明显表现得十分复杂，我们可以说她优柔寡断，具有像哈姆雷特一样的延宕的性格；但正因为这样，她的性格才更迷人，让读者读来才有感同身受的认同。

纳兰性德在这首词中借用了薛涛的典故来凸显自己的寂寞寥落之情。

薛涛是唐代著名的女诗人。父亲薛勋原在京城为官，"安史之乱"时与妻子裴氏迁往蜀中。不久，裴氏生下一女，遂取名薛涛，字洪度，意思是她是在渡过惊涛骇浪的洪流之后降生的。几年后薛勋去世，薛家家道中落，薛涛不得已入乐籍，成为一名乐伎。薛涛的诗以清词丽句见长，还有一些具有思想深度、关怀现实的作品。在封建时代妇女，特别是像她这一类型的妇女中，是不可多得的。杨慎在《升庵诗话》中说她"有讽喻而不露，得诗人之妙"。《四库全书总目》也认为她的《筹边楼》"托意深远"，"非寻常裙屐所及"。

薛涛和当时的著名诗人元稹、白居易、张籍、王建、刘禹锡、杜牧、张祜等人都有唱酬交往。居浣花溪上，自造桃红色的小彩笺，用以写诗。后人仿制，称为"薛涛笺"。王建《寄蜀中薛涛校书》诗称道："万里桥边女校书，枇杷花里闭门居。扫眉才子知多少，管领春风总不如。"薛涛才情出众，并与当地官吏和当时著名诗人唱酬。脱名乐籍后，薛涛更以女诗人身份，出入幕府。当时的中书令韦皋听说了薛涛的才华，召她应席赋诗，薛涛不假思索立题《谒巫山庙》一诗：

乱猿啼处访高唐，一路烟霞草木香；
山色未能忘宋玉，水声尤是哭襄王。
朝朝夜夜阳台下，为雨为云楚国亡；
惆怅庙前多少柳，春来空斗画眉长。

韦皋大加赞赏，并准备提名她为校书郎，但是受到护军阻挠，只好作罢。而她"女校书"的名号却被叫响。又因为薛涛家门前有几棵枇杷树，韦皋就用"枇杷花下"来描述她的住地，从此"枇杷巷"也成了妓家之雅称。后来，由于薛涛几经沉浮，与元稹的爱情也受到打击，于是暮年的薛涛索性穿起道袍，闭门索居，建吟诗楼于碧鸡坊，在清幽的生活中度过晚年，不再参与诗酒花韵之事。

纳兰性德结句用了薛涛典故，婉转曲折地将一种今古之悲轻轻道出，方寸感伤，却油然而生。

浣溪沙

脂粉塘空遍绿苔^①，掠泥营垒燕相催。妒他飞去却飞回。

一骑近从梅里过，片帆遥自藕溪来^②。博山香烬未全灰。

【注释】

①脂粉塘：溪名。传说为春秋时西施沐浴处。《太平御览》卷九八一引南朝梁任昉《述异记》："吴故宫有香水溪，俗云西施浴处，又呼为脂粉塘。"这里指闺阁之外的溪塘。②片帆：孤舟，一只船。

【赏析】

写离愁，往往写闺怨。

尤其温庭筠的词作，常见触及闺怨，以《更漏子》为最：

玉炉香，红蜡泪，偏照画堂秋思。眉翠薄，鬓云残，夜长衾枕寒。 梧桐树，三更雨，不道离情正苦。一叶叶，一声声，空阶滴到明。

守望空阶的女子，哀婉凄楚，惹人心碎。

纳兰这阕词，主人公亦是女子。开篇便是景色的渲染，写脂粉塘空旷只剩铺满的绿苔，早失却了昔时景象。这脂粉塘，相传正是春秋时候西施沐浴的溪塘，南朝梁任昉《述异记》有言："吴故宫有香水溪，俗云西施浴处，又呼为脂粉塘。吴王宫人灌妆于此溪上源，至今馨香。"纳兰句中的脂粉塘，实为女主人公闺阁之外的溪塘。女子之心细腻敏感，心有戚戚，窗外的溪塘，都如同着了凄凉的颜色。还未到分别之时，那溪塘都如同脂粉塘那般令人迷醉，可相离许久，溪塘都不再繁华，逐渐萧条。眼中之景，都像蒙了灰。

此时又见大地春回，看燕子掠泥而飞，好像是相互催促着，一片生机盎然的景象，可伫立在此，等不到思念之人执手相看，净是看燕子双双来去，分明高兴不起来。连燕子都有相伴的幸福，为何迟迟等不到你的归来？

离情凄凉。心爱之人在这景色里不能相伴，连那燕子都想要去忌妒一番。

可忌妒又有何用？无奈凄凉，只得怨那离别，让人愈发想念。恍惚，思念愈深，好似幻觉中他正轻骑从近处的梅园出现，又像是坐着小舟，从遥远的藕溪归来。晏殊之词浮于脑际："无穷无尽是离愁，天涯地角寻思遍"，弱女子的相思之情，全都寄托在那天涯海角的期待里，哪天心爱之人将从哪里归来，想象连连，好似梦一场，醒来之时，恐怕甚是凄楚。臆想之辞，尤其感人。痴心人如此，怎能不让人动容？人生自是有情痴。这相思近痴的女子，不知道爱人归来之日是何时，也只得想象重逢之景，一次一次，念了一千遍，痴了一千遍，再见会是怎样的场景。好似要把所有的可能都罗列一遍，要让自己重逢之时，不至于情绪失控，号啕大哭一般。

最后一句，博山炉中香已烧完，却未燃尽。言有尽，意无穷。女子大概是注视着炉里升起的袅袅香烟，心里是比这缭绕的轻烟更为剪不断理还乱的愁绪。香未燃尽这一意象，充满让人沉醉的力量。烟未散尽，女子的愁绪不能穷尽，等待归期到来的日子也不知到何时才尽。凄清之至，读罢也觉眼前轻烟袅袅一般，哀婉无奈。

忍不住想要去猜测，纳兰写如此一名痴情的女子想要诉说的是如何的深情？这女子写的是日夜思念的爱人，还是自己内心成痴的愁？

遥寄相思，等待的爱情最是苦痛，却又让人欲罢不能。

减字木兰花

断魂无据^①，万水千山何处去？没个音书^②，尽日东风上绿除^③。

故园春好，寄语落花须自扫。莫更伤春，同是恹恹多病人^④。

【注释】

①断魂：销魂，形容哀伤、感动、情深。无据：无所依凭。②音书：音信，书信。③尽日：终日，整天。除：指夏历四月，此时繁花纷谢，绿叶纷披。④恹恹：精神不振的样子。

【赏析】

这首词主题还是写伤春离别之情，属于纳兰性德常见的题材，然而在构思上却十分巧妙。可谓虽然同是一种酒，却用了不同的酒瓶盛装，最后让喝酒的人品出了不同的味道。

首先，在主题上仍旧是伤春怀人。伤春题材的诗词是传统诗词中最重要的主题之一，写伤春的甚至比悲秋还要多，如杜甫《江南逢李龟年》"正是江南好风景，落花时节又逢君"，王安石《泊船瓜洲》"春风又绿江南岸，明月何时照我还"，陆游《豆叶黄》"一春常是雨和风，风雨晴时春已空"，等等。纳兰性德这首在对伤春这一风格的继承上有他自己的特点。他说"莫更伤春"，他用不伤春来表现自己的伤春，他要走出伤春的情节，然而始终又没能走出，只能是嘴巴上的一句话罢了。试想，他自己能不伤春吗？他所思念的恋人能不伤春吗？春的事实摆在面前，如同离别一样真实，不伤春，情何以堪？

这首词结构上很有其特色，使用了对话式的结构。在一首词中创造了异空间中妻子和自己进行对话的可能性，这种可能性由词人自己去把握，恰到好处地表达了情感主题两方面的思念，并用对话来缓和由于空间差距造成的交流矛盾。

上片是从妻子的角度来说的。断魂飘忽无定，思量无限，万水千山，天涯海角，伊人何处去，为何一点音信也没有，一纸信笺也没来，整日独立东风，春风吹来，枝叶又绿。

下片是从自己角度来说的，承上对前面的妻子抱怨似的语言进行回答，似乎是在异空间中进行对话。怀想故园，想来春色正好，满园浓郁正春风，此时此刻，多想给你一封信啊，"我"要告诉你，去年一同赏花，一同看春华凋零，一同扫去那谢落满地的花，一同葬花，可惜今年，只你一人，独自赏花，独自面对花的凋零，最后一人扫去满地残红。这何等残忍，何等伤心，"我"又怎能提笔，如何给你这样的一封信呢？不要再伤春了，春去春又回，春色年年再，不能同赏固可惜，你我同是天涯伤心客，同患相思疾。

无论如何，这种对话都只是一个假设而已，只是词人由于思念太深而导致的情感爆发。词人无论怎么"解释"，在家中的恋人都不能听见，所以也不会"原谅"他，而这一点是纳兰性德自己也清楚的。所以说这首词的情感基调还是悲凉伤感的。

对话体的结构是这首词的典型特征，词人通过对话形式表达两地相思，事实则是表达了自己对妻子的一片深情。这首词上片立足于妻子的"问"，下片立足于自己的"答"，问答两方面中交点在于自己这一方面，主要是抒发自己对妻子的爱情以及各种主客观原因导致的无奈，情感是悲伤的、灰色的。

减字木兰花

花丛冷眼^①，自惜寻春来较晚^②。知道今生，知道今生那见卿。

天然绝代，不信相思浑不解^③。若解相思，定与韩凭共一枝。

【注释】

①冷眼：冷淡、冷漠。②寻春：游赏春景。③浑不解：犹言全不解。

【赏析】

纳兰这首《减字木兰花》是相思之作。只是这相思之中寄托更多的是一份哀婉怅恨之情。上片纳兰用典于唐代风流才子杜牧的故事，彼时杜牧曾作《怅诗》以表怅惋之情：

自是寻春去校迟，不须惆怅怨芳时。

狂风落尽深红色，绿叶成荫子满枝。

晚唐人高彦休《唐阙史》卷上曾记载过一个与此诗有关的故事，即杜牧早年游湖州时，遇到过一个面相极为秀美的十余岁少女，心生喜爱之情，便与少女的母亲约定说等他十年，他若十年未回，再叫女儿出嫁。只是杜牧当上湖州刺史已是十四年后的事了，彼时那女子也已嫁人生子。杜牧怅然以作此诗。当时杜牧没有命题，时人命题为《怅诗》。

纳兰在此沿用此典以表明自己与杜牧相似的情感：原是只能怪自己游赏春景来迟，失了那最好颜色，须怨不得如今花丛冷淡，萎靡相对。只是看着眼前这已经残了的春景，不由思及佳人。纳兰本性多愁善感，触景伤情便更一发不可收拾，一口气叹出，便吟："知道今生，知道今生那见卿。"想来佳人也若这冷眼花丛，不再两颊飞红、盈盈浅笑地出现在纳兰眼前了。

关于纳兰的爱情遭遇，民间传说甚多，其中最广为流传的一个是说他爱过甚至有过婚姻之约的一位"绝色"女子后来被选入宫，相爱顿成陌路，给纳兰留下无尽愁绪。然而民间传说并无可靠的文献证据证实，不能排除虚构的成分，但是从本词上片来看，纳兰似乎确实曾有一位恋人与之错失姻缘，至于原因究竟是纳兰如杜牧一般因某事耽搁而误了姻缘，还是佳人被另一更有权势的男子夺去，使得有情人不成眷属，如今已无从考证。但不论过程如何，结果都是一样的。

到如今春色已残，还能有何寄望呢？到了下片，纳兰用了前文提到的"相思树"的典故，关于相思树的故事，还有一首童谣被流传了下来："乌鹊双飞，不羡凤凰；韩凭之妻，不嫁宋王。"想来纳兰自知此生已无再见机会，竟是将再续前缘希望约定在了死后。

"不信相思浑不解"，"浑不解"在这里是全部不知道的意思。曾相知相爱的深挚情意，使得纳兰坚信那绝代芳华的佳人绝对不会忘记自己，而自己的一片相思情深，即使现在彼此已是天各一方，伊人也定然不会一点都不知道。而你若是真的明白"我"对你的这份情意，就"定与韩凭共一枝"吧。

纳兰在这首词中多寄托怅惋相思的怨愁和生死相许的深情，此外并未过多对世道以及缘分浅薄的怀恨怒意，这刚好迎合了纳兰"怨而不怒"的诗学主张。那相思究竟是怎样一种形态呢？元代的徐再思曾在《蟾宫曲·春情》中有过这样的描写：

平生不会相思，才会相思，便害相思。

身似浮云，心如飞絮，气若游丝。

空一缕余香在此，盼千金游子何之。

证候来时，正是何时？

灯半昏时，月半明时。

原来最深的思念是一份离别，两处销魂凋零。也便是如此这般昏惨惨也要继续的相思，消磨了时光，消瘦了伊人，仿佛一个倏忽，就从今生蔓延到了来世，口里心里，还依旧碎碎念着你的名字。

减字木兰花　新月

晚妆欲罢，更把纤眉临镜画①。准待分明②，和雨和烟两不胜③。
莫教星替，守取团圆终必遂。此夜红楼，天上人间一样愁。

【注释】

①纤眉：纤细的柳眉。②准待：准备，等待。③和雨：细雨。不胜：不甚分明。

【赏析】

这是一首咏物词，描写新月，比喻拟人，巧妙别致，颇有风格。

上片正面描写，通过比喻拟人表现新月。看那天边初生的新月，像一位美貌绝伦女子，正对镜梳妆时用那画笔画出的一条弯弯的眉毛。要等到夜色中的烟雾消散后，天空澄澈，那时才能看见这一轮新月的美丽——然而细雨如烟中，不甚了然，满目还是一片迷蒙。上片虽主要写的是新月，却还应注意到一点，也就是情感上的表现。本来花了很长时间、很多心思，好好化了一番晚妆，要等有人来欣赏自己，然而"准待分明"时，却发现"和雨和烟两不胜"，竟然不能看清这美貌，如何不让人悲伤？这里将新月拟人化了，比成一位女子，弯弯的眉毛高高翘起，好像女子皱眉不高兴似的。但实际的情感从下片可知并不单单是新月的悲伤，而是"此夜红楼，天上人间一样愁"。

下片从侧面描写新月，并且把情感也从新月落到人身上了。不要让星星替代了新月，让它们成为这漫漫黑夜的主角，慢慢坚持，总会有变成玉盘圆圆的那一夜。

上片写景，下片抒情；上片写月，下片写人，最后一句"天上人间一样愁"将上下两片、天上人间联系起来，情景交融。

这首词中"红楼"可以有多种解释。一种是红色的楼房，如史达祖《双双燕》中"红楼归晚，看足柳昏花暝"，洪升《长生殿·偷曲》"人散曲终红楼静，半墙残月摇花影"。两句中的"红楼"都是指这个意思。第二种解释是富贵人家中，女子居住的闺房称为"红楼"，如白居易《秦中吟》"红楼富家女，金缕绣罗襦"，王庭珪《点绛唇》词"花外红楼，当时青鬓颜如玉"。第三种解释是旧时妓女居住的地方，周友良《珠江梅柳记》卷二载："二卿有此才貌，误落风尘，翠馆红楼，终非结局，竹篱茅舍，及早抽身。"当然还有《红楼梦》之所谓"红楼"，大概是由于曹雪芹于悼红轩中披阅十载、增删五次的缘故，这"红楼"应是第一种意思。

至于本首词中"红楼"的意思，向来应该是第二种，富贵家庭中女子的闺房，因为这符合词人的总体风格以及社会环境。事实上，明清以来，文人的诗词中妓女的成分已经远少于唐宋，原因就在于唐宋妓女一般是艺伎，她们多具有一定的艺术修养，或能歌善舞，或长于填词写诗歌，所以那时文人多喜欢来往其间；然而明清以来，妓院就成为真正的烟柳之地，文化氛围也消失殆尽，艺伎就不是主流，文人也不齿于此了。所以，从这两方面看，纳兰性德这里的红楼应该是第二种意思。

减字木兰花

相逢不语，一朵芙蓉着秋风。小晕红潮①，斜溜鬟心只凤翘②。

待将低唤，直为凝情恐人见③。欲诉幽怀，转过回阑叩玉钗④。

【注释】

①小晕红潮：害羞时两颊上泛起的红晕。②鬟心：鬟髻的顶心。凤翘：古代女子凤形的首饰，或者冠帽上插的鸟羽装饰。③直为：只是因为。凝情：情意专注，这里指细腻而浓烈的感情。④回阑：即回栏，曲折的栏杆。

【赏析】

这是一首描写怀春少女偶遇自己喜欢的男子时的矛盾心理的词。在表现女性情感上，纳兰性德拿捏得恰到好处，如同戏剧一样，将一位可爱的少女生动活泼地展示在读者面前。

上片写相见时的外表举止。或许是一次游春，女子正赏花随游，驻足而观，可突然前面走来一位那么熟悉的人——就是"我"一直暗暗喜欢的那个小伙子——顿时手足无措、语无伦次了，竟然一句话也没有跟他说，脸霎时就红了，像一朵芙蓉花，经过一场雨，显出淡淡的红色。两颊因害羞而红晕一片，把脸低下，头上的凤钗往上翘起。

词的下片将主要描写转移到了心理上，从女子的心思上着力刻画。非常想要轻轻地叫他一声，和他打个招呼，但是怕被人发现自己是那么爱他，然后说三道四。也想和他一述隐情，把自己想了很久，一直只能自言自语的话跟他倾心一谈。可是他已经远去，游春的雅兴也顿时消失，心中无限思量。只能徒然转身倚栏，百无聊赖，闲敲玉钗。

这首词前面已经说过，在表现女性情感上尤为细腻，盛东玲在《纳兰性德词选》中说："一个少女，与恋人漠然相逢，既不肯轻易放过这一个难得的倾诉衷肠的机会，欲语不语，娇羞之态可掬。这是作者亲身经历的事情，他记下了这一动人的一幕，心中充满了柔情。"本词中作者通过两方面结合来写。

一方面通过女子的行为，也就是集中在上片的一连串举止。首先，二人突然遇到，她思想上一点准备也没有，遇到后必然表现为失语尴尬（即便能说话也是语无伦次，吞吞吐吐），这尴尬中充满甜蜜而心酸的爱情；然后脸色也应心而变，这加强了对前面害羞的强调；接着由于前面害羞脸红导致的失态，马上又去掩饰，便低垂下头。这些描写可谓传神，力透纸背。

另一方面，进一步从深层次的心理上着笔。下片"恐人见""欲诉幽怀"是她的全部矛盾。可见这个女子受到世俗偏见的束缚，在冷酷的道德环境中战战兢兢，但她内心并没有被封建传统束缚，敢于面对所爱，并且心中跃跃欲试要挣脱束缚。但是结果是具有悲剧性的，"转过回阑叩玉钗"，证明她又回到了先前那种相思成疾、百无聊赖的旧轨迹上。这一点具有悲剧性。但是应该看到其中隐含的某种冲击力，可以想见，若是下一次遇到，若上天竟又给了她一次这样的机会呢？她积累了足够的心理能量，就越能冲破外界的世俗束缚。

这首词从女子方面来看待这次邂逅，然而词人纳兰性德却是其中的男主角，也就是那个女子邂逅的恋人。所以，这首词最终还是纳兰性德的自我安慰。他遇到一位心仪已久的姑娘，他们是否相爱并不一定，但可以肯定的是纳兰性德对她确实苦恋已久。纳兰性德通过假设一个女子对他的这般情感，却是来表现自己的这种情感，由此可见纳兰性德是何其痴情。这种安排也是十分巧妙的。

这首词词风上受花间词影响明显，但在表情上却大大突破花间窠臼。词人在女子和自己双重身份上，立足女性形象，进行自由转换，无论是行为还是心理上，都描摹得恰如其分，读来让人分外感动。

减字木兰花

烛花摇影，冷透疏衾刚欲醒①。待不思量，不许孤眠不断肠。

茫茫碧落，天上人间情一诺②。银汉难通③，稳耐风波愿始从。

【注释】

①疏衾(qīn)：掩被而眠而感到空疏冷清。②一诺：谓说话守信用。③银汉：天河，银河。

【赏析】

纳兰在三十一岁时便因病离世，这么一个深情款款、心思细腻的男人，在身体尚该强壮的年华怎么就离开了呢？有人说也许不仅仅是缘于身体的疾病，而是灵魂深处相思的绝望，细品这首小词，便可探一二。

夜已深，露水凉薄，房中蜡烛也飘忽将要燃尽，空气里都是旷疏冷寂的味道，心中一时孤寂难耐，无法入眠，便掩着被子摇晃坐起，映在烛光的剪影里的是寥落和感伤。当真是愁情难遣，梦也悲，不梦也悲。你不在身边，无论今宵酒醒何处也不过晚风残月，满地月光惘然。深受相思之苦，所以告诫自己不要再多想，可惜的是这样强迫收敛自己的思绪显然是徒劳的。

这首词中，写尽了相思的惆怅失落和无奈。这又是一首凄婉的作品，有论说是他写给自己被纳入皇宫的心爱的表妹。纳兰这样感情纤细的人儿，他的离愁也注定就比别人来得沉重，在他为离别所伤的时候，云和月都是淡淡的，看上去蒙蒙若湿好像也要落出泪来的样子。曾有人评论他，说纳兰公子是盛世悲音者，他们反复探寻着这位白马轻裘的公子心中为何总有挥不散的浓愁。

是啊，爱一个人无须太计较，觉得甘愿就妥帖付出。无法相见但不能不惦记。你看，天地茫茫，风雨凄凄，你被纳入皇宫，宫墙相隔，但是我们要像牛郎织女那样，即使银河相阻隔，不管天上人间，只要坚定不移、两情相悦，最后总能修成正果的。虽然我们现在分开了，但是我们的誓言能够经得起考验，就像季布许人的诺言，一诺胜千金，能够说出的一定做到，此时虽然音信渺茫不知彼此近况如何，只要耐心等待，等到波折过去我们一定能重新团聚。纳兰渴望能和心爱的人过上双宿双飞的温暖美满的生活。可惜的是，"天上人间情一诺"的纳兰最终也没有等到那一天，纳兰身在人间却只能遥望佳人居于茫茫碧落。碧落指青天，白居易《长恨歌》："上穷碧落下黄泉，两处茫茫皆不见。"却原来愿望越是美好如花，凋谢起来便越是显得残酷伤人。原是这重情重信之人，这天上人间一诺相挽，纠结缠绕，不禁让人联想到仓央嘉措的"但曾相见便相知，相见何如不见时，安得与君相决绝，免叫生死做相思"。纳兰你可曾在绝望的等待中埋怨过当初的相见不如不见，只因别后相思太难敌？"我"心上的人儿啊，你可知"我"这深入骨髓的思念和爱恋？

"家家争唱饮水词，纳兰心事几人知？"而今静读《饮水词》，会感觉到脉脉的温情在心间流动缠绕，一个生活在三百多年前的男子，在他的词章中充满着不倦不悔地对感情的执着，温暖着后人。

今张秉戌曾评纳兰，"真纯、自然、深婉、凄美"概之，无论写景还是抒情都平实地由肺腑而出，即所谓明白、自然、诚恳、切实，如"烛花""疏衾"，不刻意，不雕琢，取生活手边实景，"欲醒""孤眠"，绝无矫揉造作之感，也不搔首弄姿，表达心中实时所思所想，这便是纳兰的词具有永恒魅力的根本所在。深婉是说他的词所显现出的美感特色与效应，深沉郁勃、含婉蕴藉的特色，意向凄怆，意识意境凄婉。

"翩翩浊世佳公子"，纳兰是出色的，那个时时感慨、时时寡欢的他，那般深情，生死契阔，古往今来能有几人呢？纳兰的词，以自身的感情为牵引静静蔓延开来，恋情成为不愈的伤口。可敬，可叹！

剪湘云　送友

险韵慵拈①，新声醉倚②。尽历遍情场，懊恼曾记。不道当时肠断事，还较而今得意。向西风约略数年华③，旧心情灰矣。

正是冷雨秋槐，鬓丝憔悴，又领略愁中送客滋味。密约重逢知甚日，看取青衫和泪④。梦天涯绕遍尽由人，只樽前迢递⑤。

【注释】

①险韵：韵字生僻难押的诗韵。②新声：新作的乐曲，新颖美妙的乐音。或指新乐府诗或其他不能入乐的诗歌。③约略：大概，大略。④青衫和泪：唐白居易贬官江州司马时所作《琵琶行》："座中泣下谁最多，江州司马青衫湿。"后喻指失意之官吏。⑤迢递：形容时间久长。唐韦应物《春宵燕万年吉少府南馆》诗："河汉上纵横，春城夜迢递。"

【赏析】

诗言志，词言情。这首词是写恋友惜别时的感伤场面。纳兰将这首词写得别具一格，独树一帜，有别于其他的送别词。这首词整体的艺术表现力极强，是一朵散发异香的奇葩，有着浓郁的纳兰风。

这首词上片说采用新声填词，不愿采用险韵，在酒醉中随意填写新词，无拘无束。还记得往日情场失意，懊恼不已，而今日的失意却要比往日的失意更令人沉痛，透出送别的浓浓伤感。对着秋风暗数年华，无论古今都令人心灰意冷。下片写愁风冷雨，形容憔悴，又一次领略到送别的愁苦滋味。盼望重逢却不知何时可见，看泪满青衫，离愁无限，天涯路远，唯有以酒相送了。

"险韵慵拈，新声醉倚。"词一开篇也说到了填词，纳兰的意见是用新声填词，不用险韵。所谓"险韵"是指韵字生僻难押的诗韵。词的写作，看似随意，其实难度很大，要写出词境，更要符合韵律，仿佛一首歌一样，要美中带着旋律。

这一点上，纳兰自然是高手。这首送友的词，在一开篇却提到了写词，的确是有些出乎人们的意料。而后便开始懊恼往昔，追忆过去，"尽历遍情场，懊恼曾记"，历经情场万千，而今却是懊恼不已。

一个人最怕的不是无情，而是多情。纳兰正是一个多情之人，他饱受多情之苦，为情所困。在这里，他也毫不隐瞒自己的弱点。他为此懊恼不已。可是比起今日的惆怅，往日的那些却又算不了什么。"不道当时肠断事，还较而今得意。"

友人要离他而去，对珍惜朋友的纳兰来说，无疑又是一个打击，所以，他此刻万念俱灰，值得提笔写词，表达内心的寂寥。"向西风约略数年华，旧心情灰矣。"数数自己走过的年华，真是没有几件值得高兴的事情。纳兰此刻的心情并不是所有人都可能理解的，他出身富贵，却始终落落寡欢。

这一点，很多人都无法看透，只是如果读过纳兰的词，看过纳兰的文，就不难发现，这个男人的心里，始终珍藏着一份真挚的情感，无法释怀。而在这首词中，通过送朋友，他再次将这份情感表达了出来。

上片写完愁苦，下片便提到了送友人离去的心情，正是冷雨清秋时节，自己面容憔悴，只因为内心凄凉。而今看到朋友离开，更是饱受挣扎的痛苦。"正是冷雨秋槐，鬓丝憔悴，又领略愁中送客滋味。"

纳兰将友人离别的情节描写得入木三分，十分传神，写景之中也写情，"密约重逢知甚日，看取青衫和泪"。唐白居易贬官江州司马时所作《琵琶行》："座中泣下谁最多，江州司马青衫湿。"后用青衫喻指失意之官吏。

纳兰沿用前人典故，写出今日自己的心情，更显得落寞。"梦天涯绕遍尽由人，只樽前迢递。"这是化用唐韦应物《春宵燕万年吉少府南馆》诗"河汉上纵横，春城夜迢递"的意境，形容时间长久，相思难忍。

这首词短小精悍，口语化极强，语言生动，带有节奏感，把含蓄与明快融为一体，纳兰将形式与内容更好地融合在了一起。

江城子

湿云全压数峰低[①]，影凄迷，望中疑。非雾非烟，神女欲来时[②]。若问生涯原是梦，除梦里，没人知。

【注释】

①湿云：湿度大的云，指云中饱含雨水。②神女：谓巫山神女。《文选·宋玉〈高唐赋〉序》："昔者先王尝游高唐，怠而昼寝，梦见一妇人曰：'妾，巫山之女也。'"李善注引《襄阳耆旧传》："赤帝女曰姚姬（一作'瑶姬'），未行而卒，葬于巫山之阳，故曰巫山之女。楚怀王游于高唐，昼寝梦见与神遇，自称是巫山之女。"又《神女赋》序："楚襄王与宋玉游于云梦之浦，使玉赋高唐之事，其夜王寝，果梦与神女遇，其状甚丽，王异之，明日以白玉。"

【赏析】

巫山上雨雾缭绕，高高的山峰也似被沉沉的云压低下来，山影凄迷，一眼望去，并不分明。并非雾气，也非野烟，正是巫山神女快要腾云驾雾而来。

若觉得这生涯原是一场梦幻，人生美好只有在梦中，除此便没有人能知晓。正如苏东坡所说，"事如春梦了无痕"。

这词有些版本有词题《咏史》，说纳兰写这首词是发历史的感慨。当然，至于具体是否如此并非最重要的，姑且看看纳兰所要咏的这段历史。纳兰是对楚王"巫山云雨"的事有感慨了。宋玉的《高唐赋》中讲了这个故事：

　　曾经，楚襄王曾带着我（宋玉）在云梦台一带游玩，遥望三峡高唐上面的楼台，看到高唐上面飘浮着一团非常独特的云气，形状像山一样突起，并一直往上升，突然又改变了形状，转眼之间，形状变化无穷。楚襄王问我：这是什么气啊？我告诉楚襄王说：这就是人们所说的"朝云"。楚襄王又问道：什么是"朝云"呢？我告诉楚襄王说：过去，您的父亲楚怀王曾经游历高唐，因为困倦就在白天小睡了一会儿，睡着后梦见一个少女，这个少女对楚怀王说："我是住在巫山的女子，我是从别的地方来到这里的。听说您到这里来游玩，所以我过来向您推荐我自己，愿意陪您同床。"楚怀王于是与之同床。少女离去时向楚怀王告别说："我在巫山南面，最高最险的地方，早晨我是一团云，傍晚时我又变成飘忽不定的阵雨。每天早晨晚上，我都在巫山南面一个高台靠下一点地方。"第二天早晨，楚怀王一看，果然看到一团云在那里飘动，于是在那个平台上建了一座庙，取名为"朝云"。楚襄王说：朝云刚升起来的时候是什么样子的呢？我告诉楚襄王说：她刚开始出现的时候，茂茂盛盛像松树一样笔直，一会儿后，她光彩照人又像一位美丽的少女，她举起袖子遮住太阳，像在张望她思念的人；突然她又改变面貌，急驰像四匹马拉的战车，车上还插着战旗；你感到像风吹一样的凉，像冷雨一样的凄清。等到风止雨停，云也突然无影无踪了。

　　这个故事在中国历史上产生了很大影响，历代引用这一典故的诗词可谓俯拾皆是。纳兰写这件事也是有原因的，可以当作咏史，更可以看为是他自己在倾诉着自己对人生的看法，以及对昔日爱情的追忆。词中的巫山神女如何不可以当作纳兰的故妻、知己、恋人等呢？而他自己，好比楚怀王，而他们之间的关系，无论多么值得自己怀念，值得后人追忆，但总是一番云雨罢了，烟消云散以后，一切也就化为无物。结尾"若问生涯原是梦。除梦里，没人知"是词的结尾，更表露出纳兰对于人生的看法，很有悲观主义的倾向，也应该是对人生愁苦的总结。

　　纳兰继承了婉约派的传统，这种风格有一个很重要的情感来源，也就是词人自身的情感要细腻委婉，甚至他们个人的人生情感经历颇为坎坷心酸，如柳永、晏殊、李清照，等等。婉约词在取材方面，多写儿女之情、离别之绪，在表现方法上多用含蓄蕴藉之法将情绪予以表达，其风格是绮丽的。大抵"以诗言情"，不能把文章的社会责任放到诗词上来。在纳兰身上我们可以看到两方面都有体现，也能看到其中差异，便是婉约情感对他的巨大影响。

金菊对芙蓉　上元

　　金鸭消香①，银虬泻水②，谁家玉笛飞声。正上林雪霁③，鸳瓦晶莹④。

鱼龙舞罢香车杳⑤，剩尊前袖掩吴绫⑥。狂游似梦，而今空记，密约烧灯⑦。

追念往事难凭。叹火树星桥，回首飘零。但九逵烟月⑧，依旧胧明。楚天一带惊烽火⑨，问今宵可照江城⑩。小窗残酒，阑珊灯焰，别自关情。

纳兰词大讲堂

【注释】

①金鸭：一种镀金的鸭形铜香炉，多用以熏香或取暖。唐戴叔伦《春怨》诗："金鸭香消欲断魂，梨花春雨掩重门。"②银虬：亦作"银蚪"，银漏、虬箭。古代一种计时器——漏壶底部的银质流水龙头。③上林：上林苑，古宫苑名。一为秦旧苑，汉初荒废至汉武帝时重新扩建。故址在今西安市西及周至、户县界，一为东汉光武帝时建造，故址在今河南洛阳市东汉魏洛阳故城西，东汉永平十五年冬车骑校猎上林苑即此，一为南朝宋大明三年建造，故址在今江苏南京市玄武湖北。后泛指帝王的园囿。④鸳甃：用对称的砖瓦砌成的井壁，亦借指井。宋秦少游《水龙吟》词："卖花声过尽，斜阳院落，红成阵，飞鸳甃。"⑤鱼龙舞：古代百戏杂耍节目，亦称鱼龙杂戏、鱼龙百戏。唐宋时京城于元宵节盛行此戏，唐张说《侍宴隆庆池》诗："鱼龙百戏分容与，凫鹢双舟较溯洄。"鱼龙，指古代百戏杂耍中能变化为鱼和龙的猞猁模型，亦为该项百戏杂耍名。香车：用香木做的车，泛指华美的车或轿。⑥吴绫：古代吴地所产的一种有纹彩的丝织品，以轻薄著名。⑦烧灯：点灯，指举行灯会或灯市，指元宵节，旧俗于正月十五晚张灯结彩供人通宵观赏，故称。⑧九逵：四通八达的大道，后多指京城的大路。⑨楚天：古代楚国在今长江中下游一带，位居南方，所以泛指南方天空为楚天。烽火：古时边防报警的烟火，比喻战火或战争。⑩江城：临江之城市、城郭。唐崔湜《襄阳早秋寄岑侍郎》诗："江城秋气早，旭旦坐南闱。"

【赏析】

唯有这样华丽的词句，才配得上这样华丽的佳节吧。所谓金鸭，是古人用来熏香或取暖的鸭形铜香炉，镀金镶翠，更显其华丽。银虬是古代计时器漏壶底部的银质流水龙头，放到今日，便可被赞为"华贵典雅的家居设计"。他人作此类句子，多是出于美好的想象，大胆地使用华美的修辞。于纳兰，却是实打实的写实、描绘眼前景象。权相明珠府，吃穿用度必然不同凡响。这种锦绣堆就的日子，却只能让纳兰荒苍的内心更显落寞。这首词抒写上元之日的感怀：

元宵佳节到来，看香炉中轻烟袅袅，漏壶滴水，不知哪里传来了玉笛之声。现在园囿中正是大雪初霁，飞檐碧瓦分外晶莹。街市上热闹非常，鱼龙杂耍，香车宝马，只有我一个人对酒独坐。记得当初相约今日一起赏灯，如今却恍然成梦。怀念往事，心中难平。那满眼的灯火璀璨，却是不堪回首。那京城的通衢大道上，烟云缭绕，月色朦胧。如今南方战事未平，不知今日是否也会有如此热闹的灯火相照？而我却对着小窗残酒，望着微弱的烛光，感慨万千。

今天我们的娱乐项目越来越多，对节日的感觉已经淡漠了。古时，没有电视、电影、网络，文化活动也不如今日这么繁多，逢年过节便成了一大乐事。人们都纷纷走出屋去，走上街头，看街上花灯盏盏、烟火片片。民间观灯之热闹，在黄梅戏《夫妻观灯》中有生动的描述："东也是灯，西也是灯，南也是灯来北也是灯，四面八方闹哄哄。长子来看灯，他挤得头一伸。矮子来看灯，他挤在人网里行。胖子来看灯，他挤得汗淋淋。瘦子来看灯，他挤成一把筋。小孩子来看灯，他站也站不稳。老头儿来看灯，走起路来戳拐棍。"那么，街上的花灯都有什么样式呢？"观长的，是龙灯。观短的，狮子灯。虾子灯，犁弯形。螃蟹灯，横爬行。鲤鱼灯，跳龙门。乌龟灯，头一缩，颈一伸，不笑人来也笑人，笑得我夫妻肚子痛。"可见古时的花灯花样繁多，十分有趣，兼具观赏性与娱乐性。除了花灯，还有焰火："冲天炮，放得高。火老鼠，地下跑。"这是非常俚俗的描述方式。关于上元节焰火，辛弃疾的描述则文雅多了，也较为经典："东风夜放花千树。更吹落，星如雨。"纳兰则一笔带过，只说"火树星桥"。毕竟，他的心思不在佳节之上。

这样的好日子，他想到的不是上街游乐，想到的是离别的故人，甚至想到了远方的战事。

纳兰写作此诗时，吴三桂已死，但是他孙子吴世璠继续称帝，康熙帝派大军围剿湖南，所以有"楚天一带惊烽火"之说。

欢乐的节日再热闹，也感染不了一颗孤寂的心。"小窗残酒，阑珊灯地"，诗人对着小窗独酌，一杯残酒就度过了一个良宵。世上最悲的描写，不是以悲写悲，而是以乐写悲。纳兰性德用全城人的欢乐衬托一个人的孤寂，让我们看到的，是一个孤寂的人在孤寂的夜晚，任由名为孤寂的幽灵在他灵魂深处狂欢。

金缕曲 亡妇忌日有感①

此恨何时已。滴空阶、寒更雨歇，葬花天气②。三载悠悠魂梦杳③，是梦久应醒矣。料也觉、人间无味。不及夜台尘土隔④，冷清清、一片埋愁地。钗钿约⑤，竟抛弃。

重泉若有双鱼寄⑥。好知他、年来苦乐，与谁相倚。我自终宵成转侧⑦，忍听湘弦重理。待结个、他生知己。还怕两人都薄命，再缘悭、剩月零风里⑧。清泪尽，纸灰起⑨。

【注释】

①这首词作于康熙十九年农历五月三十日，为卢氏故去三周年忌日。②"滴空"两句：寒更：寒夜的更点，借指寒夜。葬花天气：农历五月下旬，正是落花时节。③魂梦：梦，

梦魂。④夜台：坟墓，亦借指阴间，南朝梁沈约《伤美人赋》："曾未申其巧笑，忽沦躯于夜台。"⑤钗钿约：即"金钗""钿合"，指夫妻的盟誓。白居易《长恨歌》："惟将旧物表深情，钿合金钗寄将去。钗留一股合一扇，钗擘黄金合分钿。但教心似金钿坚，天上人间会相见。"⑥重泉：犹黄泉、九泉，旧指死者所归。⑦终宵：中夜，半夜。⑧缘悭（qiān）：缺少缘分。《儒林外史》第三十回："只为缘悭分浅，遇不着一个知己。"⑨纸灰：给死者当钱用的纸烧成的灰。

【赏析】

又是一首《金缕曲》，仿佛已经成为一种习惯，自从妻子卢氏逝去之后，纳兰就一直在自己编织的情网中痛苦地挣扎着，他时常沉溺于对美好往日的追忆中，因此也写下了几十首的悼亡之作，而这首则称得上他所有悼亡词中最感人的一首。

词一开篇，作者就化用李之仪《卜算子》中"此水几时休，此恨何时已"的成句，看似突兀的一个反问句，却真实地道出纳兰对卢氏之死所表达出的哀伤痛悼之情，虽然卢氏已经去世三年，但是纳兰对她的思念却一直没有停止，他也曾想开始新的生活，却又始终放不下旧情，在亡妇忌日之时，他的这种郁结已久的矛盾心情终于得以释放，一个"恨"字，点明了全词的主旨。

接下来作者交代了时间、地点，"滴空阶、寒更雨歇，葬花天气"，中国古代诗人写景物，通常是借景抒情，温庭筠在《更漏子》中曾写道："梧桐树，三更雨。不道离情正苦。一叶叶，一声声，空阶滴到明。"与温庭筠所表达的离情别绪相比，纳兰所表达的生死之痛自然显得更加凄苦。

卢氏的忌日是农历五月三十，此时正是绿叶茂盛、花渐凋谢的暮春季节，因此说是"葬花天气"。屋外雨声连连，而纳兰的心情则沉重凄清，所以他虽然身在春季，却感受此时已是"寒更"。

对于卢氏的离世，纳兰始终不能承认这个事实，因此他总希望这只是一个梦，等到梦醒之后，卢氏就会出现在他的面前。但幻想终究是幻想，又会有哪个梦一做就是三年呢？对于卢氏之死的原因，纳兰猜想是因为她"料也觉、人间无味"。因为坟墓虽然冷清孤寂，但是却能够把所有的愁苦都埋葬于地下，这句话就给今人留下了一个疑问，既然卢氏死后与她结婚仅三年的丈夫会留下如此之多的悼亡之作，那在她生前又会有怎样的愁苦让她觉得"人间无味"呢？

上片结尾"钗钿约，竟抛弃"呼应开篇"此恨何时已"，似有怨恨之意，你和"我"本有钗钿之约，如今你却为何要违背誓言，让"我"独自一人痛苦地生活在人间？

全词到了下片，纳兰开始倾诉自己的别后生涯。"重泉若有双鱼寄。好知他、年来苦乐，与谁相倚。"纳兰在这里设想阴间如果能通书信，自己也就能够知道卢氏这些年来的苦乐哀思与谁一起相伴度过。

从生前的恩爱，到关心亡妻死后的生活，甚至在其逝去后经常夜不能寐、辗转反侧地思念她，可见纳兰对卢氏的爱已经深入骨髓。"湘弦"一词在这里明指纳兰害怕睹物思人，因此不忍再弹那哀怨凄婉的琴弦，也暗含了他不忍续弦再娶之意。

据记载，纳兰在卢氏死后，"悼亡之吟不少，知己之恨尤多"。由此可见，纳兰不但把卢氏当成了自己的贤内助，更是把她视为知己，这在封建社会中，是一个难能可贵的观念，因此在妻死不能复生、自己又不忍续弦的情况下，纳兰想要和卢氏"待结个、他生知己"，这虽然是一种不切实际的自我安慰，但是纳兰对此无比的执着，甚至还害怕他们两个人即使来生结缘，却也像今生这样命薄，美好的光景、美好的情缘不能长久。

全词写到这里，纳兰也照应"此恨何时已"，表达出三层怨恨：今生无缘在一起，此为第一恨；幻想阴间能通书信，却不可能，此为第二恨；希望来生能再做夫妻，却又怕两人命薄，仍然人鬼殊途，此为第三恨。

在词的结尾，纳兰终于从内心世界回到现实，在那空阶之上，亲手点燃了祭奠亡妻的纸钱，并且自己心中所有的情感都化成一句话，"清泪尽，纸灰起"。

全词读完，不禁让人潸然泪下，如果世间真能有这样真挚的情感，那么死亡也就变得不再可怕。

金缕曲 赠梁汾①

德也狂生耳②。偶然间、淄尘京国，乌衣门第③。有酒惟浇赵州土④，谁会成生此意⑤。不信道、竟逢知己。青眼高歌俱未老⑥，向尊前、拭尽英雄泪。君不见，月如水。

共君此夜须沉醉。且由他、蛾眉谣诼⑦，古今同忌。身世悠悠何足问，冷笑置之而已。寻思起、从头翻悔⑧。一日心期千劫在⑨，后身缘、恐结他生里。然诺重，君须记。

【注释】

①梁汾：即顾贞观。②德：作者自指。③"偶然"两句：京国：京城，国都。乌衣门第：指世家望族。④赵州土：平原君好养士，死后虽未葬赵州，但他是赵国公子，又是赵相，故称他的墓为"赵州土"。⑤成生：纳兰性德自指，纳兰原名纳兰成德，故云。⑥青眼：黑色的眼珠在眼眶中间，青眼看人则是表示对人的喜爱、重视或尊重。相传晋阮籍为人能作青白眼，见愚俗之人为白眼，见高人雅士、与己意气相投者则为青眼。⑦谣诼(zhuó)：造谣诽谤。⑧翻悔：对先前允诺的事情后悔而拒绝承认。⑨千劫：佛教语，指旷远的时间与无数的生灭成败，现多指无数灾难。

　　这首词是词人与顾贞观相识不久的题赠之作，表达了诚挚的友情，顾贞观在此词的后记中记云："岁丙辰，容若年二十有二，乃一见即恨识余之晚，阅数日，填此曲为余题照。"

　　词一开篇，纳兰就写道："德也狂生耳。偶然间、淄尘京国，乌衣门第。"意思是说：我天生痴狂，生长在豪门望族之家，又在京城里供职，这一切实属偶然，并非我刻意追求。在友人面前，纳兰并没有以贵族公子自居，而是自诩"狂生"来打消友人的顾虑，使其不至于因为身份、地位上的悬殊而不敢接近自己，而且纳兰还用"偶然间"三字来表明自己如今所取得的荣华富贵纯属"偶然"，言外之意是希望出身寒门的顾贞观能够理解他，以常人对待他。

　　接下来纳兰用李贺《浩歌》"买丝绣作平原君，有酒惟浇赵州土"成句，进一步表明自己仰慕平原君的人品，并有平原君那样礼贤下士、喜好交友的品格，但是纳兰感到并没有人能够理解自己的这一片苦心，因此发出"谁会成生此意"的感慨，其中所透露出孤寂之情，也就不言而喻了。

　　词到此，纳兰的笔锋突然一转，"不信道、竟逢知己"，正当纳兰深感知音难觅时，想不到竟然遇到了顾贞观，"不信"与"竟"的连用表现出纳兰意外得到知己后的狂喜之情。

　　随后，纳兰开始写两人相逢时的情景。"青眼高歌俱未老，向尊前、拭尽英雄泪"，相传阮籍能"青白眼"，碰到他尊敬的人，则两眼正视，露出虹膜，为"青眼"；碰到他厌恶的人，则两眼斜视，露出眼白，为"白眼"，这两句中，纳兰用到了"青眼"的典故，是说自己与顾贞观彼此青眼相对，互相器重。

　　上片尾句以景结尾，那一夜，月色如水，照彻晴空，这不仅象征着两人纯洁的友谊，也营造了一种高洁的氛围。

　　下片首句中的"沉醉"，表明纳兰要和顾贞观一醉方休，甚至要醉得不省人事。之所以要这样做，一是因为"酒逢知己千杯少"，二是因为"且由他、蛾眉谣诼，古今同忌"。在这里，纳兰劝慰顾贞观不要把小人的造谣中伤放在心上（顾贞观在此前三年曾遭人陷害而被罢官），因为这种卑鄙的事自古以来就屡见不鲜，不合理的现实既已无法改变，那为什么不与知己一醉方休，以求解脱？

　　接下来纳兰由好友想到了自己，"身世悠悠何足问，冷笑置之而已"，纳兰认为，在这个污浊的社会中，自己显贵身份完全不值得一提，只需冷笑置之即可，这也就照应了上片的"偶然间、淄尘京国，乌衣门第"。正是因为对荣华富贵的蔑视和对现实社会的不满，纳兰才会产生"寻思起、从头翻悔"的想法。

　　在激动之余，纳兰把笔锋拉回，与友人开始正面订交。"一日心期千劫在，后身缘、恐结他生里"，纳兰对顾贞观郑重地承诺：我们一日心期相许，成为知己，即使横遭千劫，情谊也会长存的，但愿来生我们还有交契的因缘。

　　尾句"然诺重，君须记"，紧承前两句之意，纳兰表明自己一定会重信守诺，不会忘记今天的誓言。

相传纳兰去世之后，顾贞观回到故里，一天晚上梦到纳兰对他说："文章知己，念不去怀。泡影石光，愿寻息壤。"当天夜里，妻子就生了个儿子，顾贞观就近一看，发现长得跟纳兰一模一样，知道是其再世，心中非常高兴。一月后，再次梦到纳兰与自己作别。醒来后连忙询问别人，听说孩子已经夭折，这段传说足见两人友情的深厚和生死不渝。

金缕曲 慰西溟

何事添凄咽①？但由他、天公簸弄，莫教磨涅②。失意每多如意少，终古几人称屈。须知道、福因才折。独卧藜床看北斗③，背高城、玉笛吹成血。听谯鼓④，二更彻。

丈夫未肯因人热，且乘闲、五湖料理⑤，扁舟一叶。泪似秋霖挥不尽⑥，洒向野田黄蝶⑦。须不羡、承明班列⑧。马迹车尘忙未了，任西风、吹冷长安月。又萧寺⑨，花如雪。

【注释】

①凄咽：形容声音悲凉呜咽。②"但由"两句：簸弄：在手里摆弄，挑动。磨涅：磨砺浸染。③藜床：用藜茎编织的床。北斗：指北斗七星，北斗七星的位置近于天的中心，比喻地位非常尊贵，因常以喻指朝廷。④谯鼓：更鼓，古代于城门望楼之上置鼓，为鼓楼，用以报时或警戒盗贼。⑤乘闲：趁着空闲。唐韩愈《复志赋》："时乘闲以获进兮，颜垂欢而愉愉。"五湖：太湖及附近四湖，汉赵晔《吴越春秋·夫差内传》："入五湖之中。"徐天佑注引韦昭曰："胥湖、蠡湖、洮湖、湖、就太湖而五。"春秋时，范蠡佐越王勾践灭吴后，浮舟太湖，易名鸱夷子皮、陶朱公，谓隐退江湖之志。唐李白《留别王司马嵩》诗："陶朱虽相越，本有五湖心。"料理：安排、办理。⑥秋霖：秋日的淫雨。《管子·度地》："冬作土功，发地藏，则夏多暴雨，秋霖不止。"⑦野田：田野。黄蝶：黄色的蝴蝶，唐王建《过绮岫宫》诗："武帝去来罗袖尽，野花黄蝶领春风。"谓郊野田间黄蝶蹉跎蹁跹，引申为家园、知己。⑧承明：即承明庐，汉承明殿旁屋，侍臣值宿所居，称承明庐，又三国魏文帝以建始殿朝群臣门曰承明，其朝臣止息之所，亦称承明庐。班列：指朝廷或朝官，官阶、品级。⑨萧寺：西溟居京时曾寓萧寺。姜西溟在为纳兰性德撰写的《祭文》中云："于午未间，我踬而穷，百忧萃止，是时归兄，馆我萧寺。"

【赏析】

西溟即姜宸英，这个名字，喜爱纳兰词的人并不陌生，时而可见纳兰与他的酬唱之作。姜西溟，是江南有名望的才子狂士。他才高八斗，却仕途挫折。一心求取功名，屡考屡败，屡败屡考，到七十岁才得中探花。那时，已是康熙三十六年。康熙十二年，纳兰与姜西溟相识；至康熙二十四年纳兰去世，中间十二年间友情亲密。我们不难想象，这十二年间，西溟有多少次颓唐落第，细致贴心的朋友纳兰又有多少次及时送上了温暖的慰藉。这首词就是纳兰于康熙十八年安慰姜西溟落第而作的：

为了什么哽咽哭泣呢？既然命运不济，试而不第，那就放开胸怀，任老天爷摆弄，总不能因此而折磨自己。人世间的事本来就是失意的比如意的多，自古以来都是这样。要知道是因为自己才气太高，福气才会减损啊！不若远离繁华闹市，归隐山林，独自高眠，卧看北斗七星，吹笛自乐，听更鼓报夜。大丈夫不要因求仕不得而急躁。虽求官不成，但正好学范蠡，泛游五湖，消闲隐居，怡然自得。纵有伤情之泪，亦当洒向知己者。不要羡慕那些位列朝堂的人，那些京城里的衮衮诸公终日为仕途而忙于奔走，不如以达观处之，任那些得意人儿去奔忙吧！自己闲看萧寺中鲜花盛开，如雪般散落！

《战国策·赵策一》有言"士为知己者死"，西溟可为纳兰抛头颅洒热血了，纳兰当真是西溟的不二知己。一句"须知道、福因才折"，似安慰，更是对西溟才华的肯定与高度赞美。纳兰的性情中，多的是恬淡舒雅。朋友科考失败，他并没有劝慰他"继续努力、从头再来"，而是为他设想了一种贴近理想的非常浪漫的生活方式：如范蠡一般泛舟五湖，享受怡然自得的时光。

纳兰擅长小令，小令看似简单，其实诗词越是短小，越需要诗人于三五字间摸景、述情，一击即中，需要敏锐的洞察力与高超的词句把握能力。说纳兰是其中翘楚，当之无愧。他总有一些句子，甚至是简简单单、平平淡淡的几个字，就能让你内心某个地方忽地痛一下，进而泪如雨下。譬如"野田黄蝶"，区区四字，情味无限。

我们不看其引申义，仅看其字面意义：泪似秋霖挥不尽，洒向"野田黄蝶"。蝴蝶，是常见的昆虫，凤蝶、绢蝶、蓝灰蝶、铜色蝶、燕灰蝶、蚬蝶……蝶类翅色绚丽多彩，飞舞起来翩翩跹跹，晃得人眼花缭乱。纳兰偏偏没有选择那些大而美丽的蝴蝶进行描述，他专门强调这是"黄蝶"，黄蝶是什么？一种粉蝶科的小蝴蝶，非常普通，田野中最常见的朴素、俏丽的蝶类。每个人的童年，在炎热的洒满阳光的午后，在气味浓烈的花草丛中奔跑，都曾邂逅过那夏日的小小生灵。

回顾以往的生活经历我们会发现，最能打动心灵的，不是华贵的物品或言辞；能给我们最深感动的，往往是非常朴实的、源自内心深处的生命早期的经历。野田黄蝶，广袤的挤满萋萋绿草、落落野花的田野，小小的翩跹而起的粉蝶，都是我们童年浪漫温情的经验。当西溟再次在人生路上痛跌后，纳兰引导他回忆起记忆中最温暖、无害、温情的部分：泪似秋霖挥不尽，洒向野田黄蝶。

严迪昌评价这首词时曾说"慨然长叹，劝慰中透不平"。这话说得不错，纳兰是肯为朋友断头的铮铮汉子，为朋友鸣不平不在话下——可他更是一位温情的人哪。

金缕曲

再赠梁汾，用秋水轩旧韵①。

酒浣青衫卷②，尽从前、风流京兆③，闲情未遣。江左知名今廿载④，枯树泪痕休泫⑤。摇落尽，玉蛾金茧⑥。多少殷勤红叶句，御沟深、不似天河浅⑦。空省识，画图展。

高才自古难通显。枉教他、堵墙落笔，凌云书扁⑧。入洛游梁重到处⑨，骇看村庄吠犬。独憔悴、斯人不免。衮衮门前题凤客⑩，竟居然、润色朝家典⑪。凭触忌，舌难剪。

【注释】

①秋水轩：明末清初孙承泽之别墅，位于都城西南隅。②浣：污染。③京兆：指京师所在地区，这里指北京。④江左：古时在地理上以东为左，江左也叫"江东"，指长江下游南岸地区，也指东晋、宋、齐、梁、陈各朝统治的全部地区。梁汾为江苏无锡人，故云。⑤枯树：凋枯之树，这里指南朝梁庾信之《枯树赋》。泫：流泪。⑥玉蛾：白色飞蛾，喻雪花。元薛昂夫《端正好·高隐》套曲："须臾云汉飘白蕊，咫尺空中舞玉蛾。"金茧：金黄色的蚕茧，比喻灯火，清陈维崧《瑞鹤仙·上元和康伯可韵》词："看火蛾金茧，春城飞遍。"⑦御沟：流经官苑的河道。天河：银河。⑧"枉教"两句：堵墙：唐杜甫《莫相疑行》："忆献三赋蓬莱宫，自怪一日声赫赫。集贤学士如堵墙，观我落笔中书堂。"此谓围观者密集众多，排列如墙，后多用以为典实。凌云：杜甫《戏为六绝句》之一："庾信文章老更成，凌云健笔意纵横。"本为赞扬庾信笔势超俗，才思纵横出奇，后遂以"凌云笔"泛指为文作诗的高超才华。⑨入洛：用陆机、陆云兄弟入洛的典故。陆氏二人于晋太康末自吴入洛，后得以发迹，但最终被谗遇害，见《晋书·陆机传》。游梁：典出《史记·司马相如列传》："（司马相如）以赀为郎，事孝景帝为武骑常侍，非其好也。会景帝不好辞赋，是时梁孝王来朝，从游说之士齐人邹阳、淮阴枚乘、吴庄忌夫子之徒，相如见而说之，因病免，客游梁。"后以"游梁"谓仕途不得志。⑩题凤：南朝宋刘义庆《世说新语·简傲》："嵇康与吕安善，每一相思，千里命驾。安后来值康不在。喜（康兄）出户延之，不入。题门上作'凤'字而去。喜不觉，犹以为欣，故作'凤'字，凡鸟也。"后因以"题凤"为访友的典故。⑪朝家典：朝廷的典策。

【赏析】

纳兰性德与顾贞观(梁汾)互相引为知己，赠予顾贞观的作品甚多。此篇《金缕曲》开篇小引中一个"再赠"，说明了二人间亲密融洽的关系。在当时，《金缕曲》这个词牌名很流行，纳兰自己也多次使用，不过这一篇与众不同，它是"用秋水轩旧韵"。

关于秋水轩韵出处，必须追溯到明末清初的一次文坛活动。秋水轩本是明末孙承泽的别墅，位于京城西南隅，有江湖旷朗之胜。清初周亮工之子周在浚居京，孙氏借别墅给他入住。康熙十年秋，周在浚自为座主，主持一个大型唱和活动。参加者有二十多家，由曹尔堪开题首唱，填了一首《贺新郎》。龚孝升响应，今阅《定山堂集》，他先后填了二十三首，可谓洋洋大观了。且皆以"卷"字韵起，以"剪"字韵止。于是海内名士胜流，风起云涌纷纷竞填此调，你寄我，我寄你，邮简为之堆积如山。可见这次词坛盛事，波澜万顷。其后辑为《秋水轩唱和词》。

纳兰这首词是用秋水轩旧韵表现自己的心志之作：一杯浊酒，泪湿青衫，从前在京兆的秋水轩唱和的风雅之事，闲情尚未排遣。你的名声在江南已经有二十多年了，却仍像庾信那样伤感流泪。你的才华如同白雪盈满天空，烟火灿烂散落。只是在朝为官比登天还难，朝廷对于人才并不是真的重用，所以才华难以施展，枉费了你堵墙凌云的旷世才华。仕途坎坷，志向难酬，于是难免斯人憔悴。才华卓越，横空出世的风流人物居然只能为朝廷粉饰太平，怎不叫人愤懑！纵然对朝廷有犯忌之论，以致招灾惹祸，但仍不改刚正不阿的本性。

顾贞观年长纳兰近二十岁，在纳兰这样的年纪，已经是江南才子了。做得了官的，未必有才；有才的，未必做得了官，顾贞观便是后者。此人满腹才华抱负，却不圆滑、不谙官场之道，做官日子不长就被排挤，愤然挂冠而去。庾信是文坛宗师级的人物，杜甫说他"庾信文章老更成，凌云健笔意纵横"。纳兰以庾信比梁汾，可见对其评价之高。

纳兰出身官宦世家，耳濡目染，对官场上的尔虞我诈、互相倾轧早已看得通透。他自己也是热血男儿，知道男子汉满怀抱负的雄心，然而，这黑暗的官场又怎是梁汾这样的天真书生所能涉足的？他推心置腹地告诉自己的朋友"兖兖门前题凤客，竟居然、润色朝家典"，你这样有真本事的人，去做官也不会给你施展抱负的机会，不过是让你给朝廷装点门面罢了。"题凤客"指嵇康，也是一位古时著名的风流多才的人物。一比梁汾是庾信，二比梁汾是嵇康，梁汾在纳兰心中的地位可见一斑。

清朝时统治者对文化抓得很严，读书人随便发牢骚是要掉脑袋的，纳兰家门高贵，这样公开写诗宽慰朋友也是冒着风险的，他不是不明白，不过他"凭触忌，舌难剪"。纳兰这牢骚，为梁汾而发，也是为自己而发——"润色朝家典"的"题凤客"何其多，纳兰自己，就是其中之一。

金缕曲 寄梁汾

木落吴江矣①。正萧条、西风南雁②，碧云千里。落魄江湖还载酒③，一种悲凉滋味。重回首、莫弹酸泪。不是天公教弃置④，是才华、误却方城尉⑤。飘泊处，谁相慰。

别来我亦伤孤寄⑥。更那堪、冰霜摧折，壮怀都废⑦。天远难穷劳望眼，欲上高楼还已。君莫恨、埋愁无地。秋雨秋花关塞冷，且殷勤、好作加餐计⑧。人岂得，长无谓⑨。

【注释】

①吴江：吴淞江的别称，县名，属江苏省。梁汾要归于江南居苏州等地，故云木落吴江。②南雁：南飞的大雁。③"落魄"句：化用唐杜牧《遣怀》："落魄江湖载酒行，楚腰纤细掌中轻。"落魄，穷困失意，为生活所迫而到处流浪。④天公：天，以天拟人，故称，此处指朝廷。弃置：扔在一边，废弃。⑤方城尉：指温庭筠，温庭筠曾为方城（今河南方城）尉，世称温方城。⑥孤寄：独身寄居他乡。⑦壮怀：豪壮的胸怀，唐韩愈《送石处士赴河阳幕》诗："风云入壮怀，泉石别幽耳。"⑧加餐：慰劝之辞，谓多进饮食，保重身体。⑨无谓：即无所作为。化用唐李商隐《无题》："人生岂得长无谓，怀古思乡共白头。"

【赏析】

清初的词坛有一个很奇怪的现象，便是许多词人竞相用《金缕曲》这个词牌填词，例如当时的词人陈维崧，他一生写下的《金缕曲》大概便有几百首，但是在清代的《金缕曲》中，最引人瞩目的要算纳兰的这首《金缕曲》了。

这是纳兰初识顾梁汾时酬赠之作。他与顾梁汾情谊深厚，所以写下词章，纪念友谊，顾梁汾对纳兰也是情深义重，他也曾写文曰："其于道义也甚真，特以风雅为性命，朋友为肺腑。"说的就是他和纳兰之间的友谊。

顾梁汾长纳兰近二十岁，他郁郁不得志，住在纳兰府中，纳兰作为相府中的公子，却丝毫没有摆起架子，反而与顾梁汾相交甚欢，二人有许多共同语言，虽然地位悬殊，但却是心意相通。

这首词的意境空阔寂寞，这与纳兰自身的心境也有关系，纳兰虽然是门第显赫，但是他却一直认为是命运对自己的捉弄，令自己深陷豪门之中，无法自拔，无法去追求自己喜欢的生活。

所以，开篇头一句便是："木落吴江矣。正萧条、西风南雁，碧云千里。"看似没有写出寂寞的心情，但实际上千言万语都已经融会在了词章中，碧云千里之下、西风大雁，还有萧萧的落木，这些景象，无一不透露着寂寞。

而后的寂寞便是叠叠加深，"落魄江湖还载酒，一种悲凉滋味"。一种悲凉滋味在心头，纳兰与顾梁汾虽然情谊深厚，但顾梁汾总是要离开的，这首词便是纳兰写与顾梁汾的赠别词，友谊再长久，也抵不过时间和空间的距离。所以"重回首、莫弹酸泪",这都是天意,何必去计较呢。

只要彼此心中有着牵挂,总还是会有见面的一天的。"不是天公教弃置,是才华、误却方城尉。飘泊处,谁相慰。"这里是纳兰安慰顾梁汾的话,顾梁汾怀才不遇,纳兰必然也是看在眼里的。他告诉顾梁汾,不要怀疑自己,只要坚持,总有雨过天晴的一天。

在下片开始,纳兰便开始感伤自己:"别来我亦伤孤寄。更那堪、冰霜摧折,壮怀都废。"在寂寞中,打发时光,这是一件很惆怅的事情,此处的词章,句句写出寂寞,纳兰最擅长写寂寞,此处他虽然没有提及,但每个字眼都让人觉得深入骨髓的清冷。

"天远难穷劳望眼,欲上高楼还已。君莫恨、埋愁无地。秋雨秋花关塞冷,且殷勤、好作加餐计。"天高虽然任鸟飞,但自己却是无法把握自己的命运,词在最后,纳兰也只得悲伤地感慨道:"人岂得,长无谓。"是啊,世事总是变幻无常,宿命安排,岂是人所能预料的,还是听天由命吧。

据徐釚在《词苑丛谈》中说:"此词一出,都下竞相传写,于是教坊歌曲间,无不知有《侧帽词》者。"词境悠远,情谊深厚,想不传唱都难。

金缕曲

简梁汾[①],时方为吴汉槎作归计。

洒尽无端泪。莫因他、琼楼寂寞[②],误来人世。信道痴儿多厚福,谁遣偏生明慧[③]。莫更着、浮名相累。仕宦何妨如断梗[④],只那将、声影供群吠[⑤]。天欲问,且休矣。

情深我自拚憔悴。转丁宁、香怜易爇[⑥],玉怜轻碎。羡煞软红尘里客[⑦],一味醉生梦死。歌与哭、任猜何意。绝塞生还吴季子[⑧],算眼前、此外皆闲事。知我者,梁汾耳。

【注释】

①简:简札、书信。②琼楼:形容华美的建筑物,诗文中有时指仙宫中的楼台。③明慧:聪明,聪慧。汉刘向《说苑·谈丛》:"辩智明慧,不如遇世。"④仕宦:指做官。断梗:折断的桃梗,比喻漂泊不定。⑤声影供群吠:语本汉王符《潜夫论·贤难》:"谚曰:一犬吠形,百犬吠声。"后以"吠形吠声"比喻不察真伪,随声附和。形,或作"影",故以"声影"谓没有根据的谣传。⑥爇:烧,点燃。⑦软红尘:飞扬的尘土,形容繁华热闹,亦指繁华热闹的地方。宋卢祖皋《鱼游春水》词:"软红尘里鸣鞭镫,拾翠丛中勾伴侣。"⑧吴季子:指顾贞观好友吴兆骞。

【赏析】

人若没有知己，是多么孤独的事情。管仲如果没有理解他的鲍叔牙，人们可能认为他是贪小利的小人；俞伯牙如果没有懂他的钟子期，一曲《高山流水》奏与谁听？恐怕也只能奏与高山和流水。纳兰性德有了顾贞观（梁汾），才觉得人生无憾，一句"知我者，梁汾耳"，说不尽的踏实与欣慰。人生得一知己足矣！

有些事情，是只有知己才能懂得。讲给不相干的人听，徒增烦扰。传说一个孔门弟子在扫地，来了一位客人问："一年有几个季节？"这位弟子想：我已经跟随老师学习了这么多年，这么简单的问题还回答不出来？他大声说："四个季节！春、夏、秋、冬。"客人说："明明三个季节，春、夏、秋！"弟子想，这不找事吗？客人也很生气，于是两人一起去找孔子评理。没想到孔子说："一年是三个季节，春、夏、秋。"客人开心地走了，学生蒙了。孔子说："你没看到这个客人一身翠绿？他是蝈蝈变的，春生秋死，没见过冬天。你跟他讲一年有四季，讲得清楚吗？"

纳兰性德虽为富家子，却多义气，多抱负，内心多烦忧，一般人是理解不了他的。与旁人讲他的烦心事，无异于给"三季人"讲冬天事，说的人烦心，听的人郁闷。还好他有顾贞观，所思所想、所烦所忧都可以说给顾贞观听。这首词就是写给顾贞观，抒发自己的担忧和对现实的不满。

仕宦不利，命多乖舛，未得朝廷重用，错来人世一遭。终于相信了"痴儿多厚福"的说法，可老天为何还要生出那么聪明的人来呢？不要再为世上的浮名所累。仕途为官如同断梗，漂泊无定，本算不得什么，只有那些诬陷和中伤如同群犬吠声，又无法辩诬之事，才是令人悲哀的。还是不要问那么多了！"我"这里对你深情思念，以致形容憔悴，但也心甘情愿。且听"我"说，香草易点燃，美玉易破碎，忠良之士易受侵害。多么羡慕那些闲适恬淡的凡夫俗子，他们没有那么多的烦恼。眼前最重要的事是吴汉槎自边塞宁古塔归来，其他的都是等闲小事，我自倾尽全力！能明白"我"的人，也只有你顾梁汾了。

纳兰性德为人至情至性，对朋友更是肝胆相照，即使是对从来没有见过面的吴兆骞也是全力帮助，不求回报。在吴兆骞回京之后，又感到其久经风霜，担心他衣食有忧，于是在他回京后便聘其为馆师，教授其弟学业。1684 年 10 月，吴兆骞病故，纳兰性德回京后，亲自为他操办丧事，出资送灵柩回吴江。他对朋友可谓是仁至义尽，有始有终，而"生馆死殡"的侠义行为也被后世传诵为交友的楷模。

金缕曲

生怕芳尊满①。到更深、迷离醉影，残灯相伴。依旧回廊新月在，不定竹声撩乱。问愁与、春宵长短。燕子楼空弦索冷，任梨花、落尽无人管。谁领略，真真唤。

此情拟倩东风浣。奈吹来、余香病酒，旋添一半。惜别江淹消瘦了，怎耐轻寒轻暖。忆絮语、纵横茗盌。滴滴西窗红蜡泪，那时肠、早为而今断。任角枕②，欹孤馆③。

【注释】

①芳尊：精致的酒器，亦借指美酒。②角枕：角制的或用角装饰的枕头。③欹：斜靠着。孤馆：孤寂的客舍，唐许浑《瓜州留别李诩》诗："孤馆宿时风带雨，远帆归处水连云。"

【赏析】

这首词为怀友之作：入夜起相思，酒不但不能排解愁情，而且只有孤灯相伴，惆怅反而更甚。当时相聚的景象依然，但人却已经分离。愁情绵绵不绝，比这春宵还要长。红花落尽，花枝萧疏，这花仿佛也是孤独寂寞，但是此时的人又比这疏花还要寂寞。唯有梦里才可与你相见。

请东风消愁不但消不得，反倒是添愁添恨了。本已为离别而瘦损，如今又偏逢这乍暖还寒的时节，于是就更令人生愁添恨了。当年我们一边品茶，一边低声说话，议论纵横。分别时西窗蜡滴红泪，这记忆如今想起，更使人伤心肠断。独自寄寓在孤独寂寞的会馆中，更感四周冷静凄清。

思念友人，最解忧的便是酒水了。就算是纳兰这样的翩翩公子，也抵不住相思的侵蚀，拿起酒壶，只求一醉之后，凡事忘却。"生怕芳尊满"。所谓"芳尊"是指的造型精制的酒容器，在这里则是借指美酒。美酒在手，却怎么也喝不醉，这真是让人难堪而又无奈的事情。或许是愁绪太深，是太多酒都无法浇灭的缘故吧。

"到更深、迷离醉影，残灯相伴。"一直到更深露重，夜深人静时分，依然半醉半醒，无法安然入睡，残灯相伴左右，更显得自己孤苦无依。借着酒意，看着外面寂静的夜色，无声无物，只有自己，置于天地之间，这份寂寥，无人能懂。

此刻，思念朋友的心情更加剧烈，"依旧回廊新月在，不定竹声撩乱"。在回廊上看天，月亮依然，洒落月光，四周竹叶随风摆动，声音扰乱人心，本就烦忧的心，更在这声声竹声中，无法收拾。

所以，纳兰忧伤地自说自话："问愁与、春宵长短。"春宵苦短，这愁绪却漫长无期，"燕子楼空弦索冷，任梨花、落尽无人管"。燕子飞去，人去楼空，就算落花飞尽，也是无人打理。那空空的楼阁，如同纳兰空荡的内心，失去了居住的人，便显得格外空旷，纳兰珍视友谊，所以，他的友人远去，对他来说，实在也是一件愁苦的事情。

可是，这样的感情却并不是人人都能理解的，而纳兰也并不打算告诉别人，让别人为他分忧，"谁领略，真真唤"。只有自己安慰自己了。

"此情拟倩东风浣。"此情可待成追忆，这份对友人的思念之情，在春风的吹拂下，四处散去，但吹去又生，纳兰的内心，始终无法安抚。"奈吹来、余香病酒，旋添一半。惜别江淹消瘦了，怎耐轻寒轻暖。"分别也有一段时日了，似乎在日夜的思念中，逐渐消瘦了下去，但纳兰并不在乎这样的消瘦，他只想早日和朋友相聚在一起。

"忆絮语、纵横茗盌。"这些都是和朋友在一起的美好回忆，可是现今却是无法实现的梦想了，所以，纳兰想来，不禁泪流："滴滴西窗红蜡泪，那时肠、早为而今断。"那时的美好时光中，他们怎么会想得到今日的分别呢？

分离总是让人痛苦的，纳兰虽然生性忧伤，但是这痛苦也让他无法承受，不过既然无法补救，那就只能依靠自己化解自己的愁绪了。"任角枕，欹孤馆。"这独自一人的忧伤时日何时才能够结束呢？

夜深时分，孤寂难耐，纳兰的苦，谁能探知呢？

金缕曲 再用秋水轩旧韵

疏影临书卷。带霜华、高高下下，粉脂都遣。别是幽情嫌妩媚①，红烛啼痕休泫②。趁皓月、光浮冰茧③。恰与花神供写照④，任泼来、淡墨无深浅。持素障，夜中展。

残釭掩过看逾显⑤。相对处、芙蓉玉绽，鹤翎银扁⑥。但得白衣时慰藉⑦，一任浮云苍犬⑧。尘土隔、软红偷免。帘幕西风人不寐，恁清光、肯惜鹖裘典⑨。休便把，落英剪。

【注释】

①幽情：深远或高雅的情思。妩媚：姿态美好可爱。②啼痕：泪痕。泫：下滴貌。③冰茧：冰蚕所结的茧，为普通蚕茧的美称。这里指蚕茧纸，用蚕茧壳制成的纸，取其洁白缜密。④花神：指花的精神、神韵。写照：描写刻画，犹映照。⑤残釭：油尽将熄的灯。⑥鹤翎：鹤的羽毛，喻指白色的花瓣。⑦白衣：白色衣服，指白色花朵。⑧浮云苍犬：白云苍犬，白衣苍狗。喻事物变幻无常。宋杨万里《送乡人余文明劝之以归》诗："苍狗白衣俱昨梦，长庚孤月自青天。"⑨恁：如此、这样。清光：清亮的光辉，多指月光。鹖裘：即裘。相传为汉司马相如所穿的裘衣，由鹖鹖的皮制成；一说，用飞鼠之皮制成。典：即典当。

【赏析】

看题目，便知这是一首限韵词。

提到秋水轩，便不得不说词史上有名的"秋水轩唱和"。康熙十年，词人周在浚寓居京城，暂住孙承泽的别墅秋水轩，召集词人唱和对答。秋水轩唱和始于曹尔堪，"见壁间酬唱之诗，云霞蒸蔚，偶赋贺新凉一阕，厕名其旁"。一时间，龚鼎孳、纪映钟及周在浚等当时名流纷纷加入唱和，用《贺新凉》词调，限"剪"字韵，历时近一年，风靡大江南北。

纳兰这首词便是用秋水轩唱和中所限的"剪"字韵。"疏影横斜水清浅，暗香浮动月黄昏"，林逋这两句诗将梅花的形象深深定格于国人心中。一开篇的"疏影"二字便告知我们，这是一首咏梅作。

寒冬腊月，白雪皑皑之际正是赏梅好时节。"粉脂都遣"，凌寒独自开的梅换了银妆；霜华下，暗香来，弥补了"梅须逊雪三分白"的缺憾。梅花这般身姿，只一轮皓月，便难掩姿色。粉白交加，"白白与红红，别是东风情味"，南宋女词人严蕊《如梦令》中有此言。"冰茧"二字，看似华丽，不过尽言梅花洁白。范成大曾作"龙综缫冰茧，鱼文镂玉英"，极言彩灯琉璃毡的明亮。而纳兰以冰茧比梅花，盛赞其叠影重重，光鲜面面。

梅、兰、竹、菊并称花中"四君子"，古往今来不知多少文人骚客寄情于斯。作为"四君子"之首的梅，以其临寒而放的品格和清香怡人的精神而备受人们推崇。史上"扬州八怪"几乎人人都擅画梅。其中汪巢林画梅"不论繁简，都有空裹疏香，风雪山林之趣。汪巢林中年后期的画作刻印曰："左盲生，尚留一目著梅花"，那时的汪巢林已是一目病盲。晚年的他更是双目俱瞽，挥写狂草署款"所谓盲于目，不盲于心"。

好个不盲于心！夜中展，画中梅，古今描梅多见其姿绰约，而花神难见。"画梅须高人，非人梅则俗"，巢林想必是以骨作为花干，以志作为花神，以心点画外一段香，方于画中见梅之傲人品格。

佛眼看花，看的是隐在蕊中的花神。掩过残红，没有红烛摇曳投下的点点昏黄，斑斑烛影，纳兰似融于梅心，聆听梅花于寂静冷月下的款款诉说。那些旧事仿佛化作枝头花瓣，不语婷婷，玉芙蓉一般沉静，鹤翎般无瑕。"鹤翎"本指鹤的羽毛，欧阳修曾以鹤翎比牡丹，"姚黄魏红腰带鞓，泼墨齐头藏绿叶。鹤翎添色又其次，此外虽妍犹婢妾"。牡丹国色天香，自需姚黄魏紫的贵胄之气相配。白牡丹虽冰肌玉骨，却怎能与冰魂玉魄的梅花同日而语？

纳兰感叹这一袭白衣的素梅，似流连于岁月的驻点，回溯人间的沧海桑田，以岿然不动的静夜感悟已幻化成风的过往。"浮云苍犬"又作白云苍犬，几度穿梭于秋水轩唱和的诗笺中。终身漂泊的陈维岳在《贺新凉·自遣》中言道："造化小儿纷簸弄，翻覆白云苍犬。"人世间说不清的无常，不知是冥冥中不可逆的宿命，还是一步错步步错的轨迹。

"软红"是温柔之乡，是烦恼之事，是种种尘土杂念。俗世中怎生成这般梅之姿态？那定是跨越了红尘世界的欲念，淘炼的纯真。"帘幕垂垂月半廊"，溶溶月下，似有幽香撩过，西风卷帘处，往事悠悠如软泥上的青苔，在心底的潭水招摇。

鹔鹴裘相传是司马相如所着裘衣。《西京杂记》记载，司马相如与卓文君月下定情，私奔后自是囊中羞涩，而小资情调难掩。相如以身着鹔鹴裘典酒，与文君灯下把酒欢饮，享尽了畅意人生。司马相如与卓文君不言富贵已成绝唱，虽不见容于时代，终留感动于人间。这一唱，纵身已千年。

不知这寄春君与纳兰诉说了什么，心之交会处，"呼儿将出换美酒，与尔同销万古愁"。可惜，太白感人生难尽欢时，能无所顾忌地选择散发弄扁舟；纳兰呢，一饮三百杯后，家国天下的包袱可抛向何处？

李义山云，"留得枯荷听雨声"，听空山新雨滴答于心尖上，心却随霜飞散。"休便把，落英剪"，落英下掩映的似纳兰纯真的自我。幽州台已湮灭，却留下了陈子昂的那片悠悠天地。纳兰已省得，物是人非的蹉跎岁月不过转身一瞬，唯有赤子般纯洁的心方得有限的永恒。

金缕曲

未得长无谓。竟须将、银河亲挽，普天一洗①。麟阁才教留粉本②，大笑拂衣归矣。如斯者、古今能几？有限好春无限恨，没来由短尽英雄气。暂觅个，柔乡避③。

东君轻薄知何意。尽年年、愁红惨绿④，添人憔悴。两鬓飘萧容易白⑤，错把韶华虚费。便决计、疏狂休悔。但有玉人常照眼⑥，向名花美酒拼沉醉。天下事，公等在。

【注释】

①普天：整个天空，遍天下。②麟阁：即麒麟阁，汉代阁名，在未央宫中。汉宣帝时曾将霍光等十一位功臣画像置于阁上以表扬其功绩，封建时代多以画像置于"麒麟阁"表示卓越功勋和最高的荣誉。粉本：画稿，古人作画先施粉上样，然后依样落笔，故称画稿为粉本，指图画。③柔乡：即温柔乡，谓女色迷人之境。汉伶玄《赵飞燕外传》："是夜进合德，帝大悦，以辅属体，无所不靡，谓为温柔乡。语曰：'吾老是乡矣，不能效武皇帝求白云乡也。'"④愁红惨绿：谓经风雨摧残的败花残叶。宋辛弃疾《鹧鸪天·赋牡丹》词："愁红惨绿今宵看，却是吴宫教阵图。"⑤飘萧：鬓发稀疏

貌。⑥玉人：指美女。照眼：耀眼，晃眼，指强光刺眼。

【赏析】

　　一句"竟须将、银河亲挽，普天一洗"让人禁不住拍案：好一阕《金缕曲》！这是何等的豪放，堪与苏东坡的"会挽雕弓如满月，西北望，射天狼"一较高下。词风如此沉雄郁勃，谁能想到，这是俊雅的公子纳兰性德的作品？更难想到的是，这首词讲的是仕途失意的故事，抒发的是郁郁不得志的情怀：

　　追求的理想总是不能实现，这世事不公，确实需要挽来天河，将天空洗净，令世道清明。朝廷要重用之时，却大笑辞受，拂衣而去了。像这样的壮举，古来能有几人？美好的春光总是有限，然而遗恨却是无限的。不由得让英雄气短，于是找个温柔乡不问世事。春天总是无情无义，年年都要弄得落红满地，让人平添愁绪。人生本来苦短，却又把大好的时光都浪费了。于是下定决心，不为自己的疏狂而后悔。有佳人常伴，有美酒常醉。至于天下的事，就由你们去处理吧！

　　一个英雄，活活地憋屈了。

　　英雄的悲，不在血染沙场，马革裹尸。能以一腔热血报国家是古时英雄的最高荣誉。英雄最悲戚的莫过于三尺青锋不因砍裂敌人的骨骼而断裂，却因岁月的侵染而锈蚀；刚毅的容颜不因大漠呼号的风沙而粗砾，却被安逸的日子折起道道松懈的皱纹。

　　读古代英雄的故事，最感觉悲哀的不是曹沫、专诸，也不是岳飞、袁崇焕，而是廉颇，一位老将军。

　　《史记·廉颇蔺相如列传》记载，廉颇被免职后，去了魏国。赵王想再次起用他，派人去看他的身体情况。廉颇的仇人郭开听说了这件事，偷偷贿赂了使者。

　　"赵使者既见廉颇，廉颇为之一饭斗米，肉十斤，被甲上马，以示尚可用。"使者与廉颇会面，这位老将军见自己能有重披战甲的机会非常高兴，他吃了一斗米、十斤肉——为了表示自己还不老，身体依旧健硕，老人家当着赵国使者的面吃了十二斤半的米饭、十斤肉——让人看了心酸。他想获得的，不过是再次纵横沙场的机会。可那天杀的使者收了郭开的钱，回来报告赵王说："廉颇将军虽老，尚善饭，然与臣坐，顷之三遗矢矣。"意思是说，廉将军虽然已经老了，还很能吃，但是和我坐了一会儿，就去了三次厕所。言下之意，廉颇已然是个老饭桶了。"赵王以为老，遂不用。"

　　一代名将，没能用剑夺取自己往日的荣光，在一个收受贿赂的小人面前像个憨傻的孩子般表现自己健壮的身体和笑傲敌阵的野心，他遭到了不公的世道无情地嘲弄。虽然一心想为国出战，但是他一直再没有得到任用，廉颇最终在楚国的寿春（今安徽省寿县）郁郁而终。这样的结局，让人想到陆游。陆游自幼即立志杀敌救国，终身未能如愿，临终时写下了如老剑悲鸣的《示儿》："死去元知万事空，但悲不见九州同。王师北定中原日，家祭毋忘告乃翁！"

　　纳兰性德文武全才，天生才情出众，抱负满怀。再加上初入仕途时正遇上三藩之乱，他报效国家、青史留名的愿望被激起。然而当他请命上战场杀敌，却没有得到君、父的赞同，大有壮志难酬、前途渺茫之感。只是这种豪气却始终没有兑现在亲历亲为的实践中，纳兰性德只有把这一气吞山河的胸怀消磨在仕途官场上，不能建功立业，只能虚度年华，人也变得惆怅消极。

人生就是如此荒诞，有人一生追求"但有玉人常照眼，向名花美酒拼沉醉"而不得，有人却不得不"但有玉人常照眼，向名花美酒拼沉醉"。前者享受这种生活是"小人得志"，后者沉溺于此生活是"英雄失意"。幸耶？非耶？个中滋味，不是旁人可以知晓的。

金人捧露盘　净业寺观莲有怀荪友①

藕风轻，莲露冷，断虹收，正红窗初上帘钩。田田翠盖②，趁斜阳鱼浪香浮③。此时画阁垂杨岸，睡起梳头。

旧游踪，招提路④，重到处，满离忧。想芙蓉湖上悠悠。红衣狼藉，卧看少妾荡兰舟⑤。午风吹断江南梦，梦里菱讴⑥。

【注释】

①净业寺：据《啸亭杂录》云："成亲王府在净业湖北岸，系明珠宅。"故净业寺在净业湖边，旧址大约在今北京什刹海后海宋庆龄故居附近。②田田：形容荷叶相连的样子，古乐府《江南曲》中有"莲叶何田田"的句子。翠盖：饰以翠羽的车盖，指形如翠盖的植物茎叶。③鱼浪：波浪，鳞纹细浪。④招提：音译为"拓斗提奢"，省作"拓提"，后误为"招提"，其义为"四方"，四方之僧称招提僧，四方僧之住处称为招提僧坊，北魏太武帝造伽蓝创招提之名，后遂为寺院的别称。此处指净业寺。⑤兰舟：木兰木制造的船，这是文学作品中常用的对船的美称。⑥菱讴：即菱歌，采菱之歌。

【赏析】

此词是纳兰去净业寺观赏莲花时写下的佳作。这首词抒写故地重游、怀念友人之情：夕阳中，清风徐来，残虹渐收，风吹莲动，美不胜收。是谁在此时闲坐在杨柳画阁中，刚刚睡起梳头。故地重游，回忆旧事，不胜离愁。你此刻是否在芙蓉湖畔逍遥自在呢？那么惬意的生活是多么令人向往，梦中来到那里，听菱歌唱晚，看美人泛舟，只是这午后恼人的清风将"我"的江南美梦吹醒。

这首词是作者重游故地，怀念朋友，有感而发之作，词中抒发了作者内心旷达超凡脱俗而又不免孤寂惆怅的矛盾心情。起首一句直接写景，将净业寺的景色描绘得十分美丽。清风拂面，夕阳残照，荷塘旁边，一位长衫男子，立于岸边，池塘里的荷叶随风而动，岸边的男子衣衫也随风飘摆。

"藕风轻，莲露冷"，清冷的空气仿佛扑面而来。藕风轻抚面庞，让人感到神清气爽。纳兰站于岸边，看着池塘里的荷叶，荷叶田田，这番景象，的确怡人。而接下来的一番景象，更是美不胜收。

"断虹收，正红窗初上帘钩。"应该是刚下过一场雨，不然也不会出现彩虹，彩虹并不完整，只是残留在天边的一段而已。但这又何妨，彩虹挂在天际，映红窗纱，与池塘里的荷叶相得益彰，美景如此，还求何物呢？

"田田翠盖，趁斜阳鱼浪香浮。"大片的荷叶相互覆盖，纳兰的这首词上片就如同一幅画，美丽动人，前人写有"接天莲叶无穷碧，映日荷花别样红"的诗句，但是比起纳兰的这首词，却显得有些粗狂了些，不如纳兰的这首词更显细腻。

"此时画阁垂杨岸，睡起梳头。"上片在悠闲的韵律中结束，净业寺的荷花塘带给纳兰的不只是视觉上的享受还有心灵上的安抚。上片写景，单纯描述，白描荷叶，还有断虹，单纯的美景，单纯的意境，让人心向往之。

而到了下片，纳兰的内心则充满了愁绪，这是他曾经来到过的故地，这番美景，他曾见到过。"旧游踪，招提路，重到处，满离忧。"当日与友人一起游玩，内心自然清爽，可是而今，纳兰独自前来，虽然美景依旧，但身边没有了友人的陪伴，不免感到有些孤单。

"想芙蓉湖上悠悠。红衣狼藉，卧看少妾荡兰舟。"想到过去，不知道友人现在是否也在某处，泛舟游玩，当日看到美人在舟船上躺卧，那番闲情逸致，今日多么想再重温一下。

"午风吹断江南梦，梦里菱讴。"这首怀念的词在一片怀念声中结束，纳兰应当知道，岁月如流水，世事无法留住。既然如此，那便在这个惬意的下午，自己来到这里，看着美景，感怀故人吧。

锦堂春　秋海棠①

帘外淡烟一缕，墙阴几簇低花。夜来微雨西风里，无力任欹斜②。
仿佛个人睡起，晕红不著铅华③。天寒翠袖添凄楚④，愁近欲栖鸦⑤。

【注释】

①秋海棠：多年生草本植物，叶背和叶柄带紫红色，花淡红色，供观赏。②欹斜：歪斜不正。③铅华：妇女化妆用的铅粉。④翠袖：青绿色衣袖，泛指女子的装束，这里指秋海棠的绿叶。凄楚：凄凉悲哀。⑤栖鸦：乌鸦欲栖息时，指黄昏时候。

【赏析】

这是一首咏物词，这首词是吟咏秋海棠。咏物是诗词吟咏中一个永恒的主题，借着咏物而抒发情感，词人们喜爱并一直热衷于这样的方式。

其中歌咏海棠的诗词实在是太多了，几乎和歌咏爱情的主题一样在诗词中泛滥成灾，既然是很多人歌咏过的，纳兰为何偏偏还要选择海棠来写呢？这就是纳兰，从来不管别人的眼光，他只做自己喜欢做的事情。

将老话题写出新意，这难不倒纳兰，这首词的主旨是写海棠，但核心却是要写清愁相思的。纳兰填词，一向都是要独抒性灵的，即便落入俗套，也会写出与别人不一样的意境，正所谓情之所至即是词之所处。

即便落进窠臼，那又何妨，大不了不被后人广为传唱，纳兰并不在乎这所谓的身后名声，他在乎的，是自己和自己所在乎的人的感受。纳兰性情真切，所以，他填词，总是能够写出许多旁人的心声，因为许多人并不敢轻易喊出自己的心声，但是纳兰敢，这个年轻男子，有恃无恐，他不怕任何礼教束缚，他只要追求真诚热烈的情感，于是，纳兰的词，便多了一份生机和活力。

这样的一首《锦堂春》，读起来，让人感到天真无邪、不通世故，但同时又能感受到内心有着蠢蠢欲动的悸动。虽然这首词并非新意迭出，但是那又何妨，没有人会在乎，人们只会为这首词的情真意切所感动，别无他求。

珠帘外一缕淡淡的轻烟，墙阴处几簇矮矮的鲜花。昨夜秋风吹来一场细雨，花枝无力，任凭风雨将她吹斜。那娇美的神态仿佛美人睡起之后脸上泛起的红色，不施粉黛却娇艳欲滴。寒风中那绿色的衣袖更为她平添了几许凄楚，在黄昏之中徒增无限清愁！

清愁是纳兰抒写不尽的主题，他的每首词，几乎都带有淡淡的愁云，不是很浓厚，只是一抹，就好像天青色的烟云，淡淡地出现在眼帘前方，让人看到后，内心有淡淡的微风吹过，随即消失不见。

词中也是这样写道，"帘外淡烟一缕"，帘外的淡淡烟云，一缕便飘散在风中，好像刚才什么也没有出现。开门见山，便写了烟雾消散，犹如自己的愁绪，淡然一抹，偶尔飘来，随即飘走。

这就是纳兰的词，总是独抒性灵。对于纳兰来说，不论是常见的景物，还是常见的心情，只要他愿意，便总是能够写入词章之中，不求其他，只为娱乐自己。而纳兰在这首词中，也是这样做的。

"墙阴几簇低花"，不过是墙角下的几朵小花，但是纳兰却能欣赏到它们独有的魅力，在墙角的荫凉下，几簇低矮、不被重视的小花，长在那里，它们虽然卑微，但却生命力顽强，只要一点点的阳光，便能自由自在地开放。纳兰是在写花，也是在羡慕花的自由。"夜来微雨西风里，无力任欹斜。"虽然夜晚一场暴雨，会让花朵凋零、倾斜，看似要枯死一般，可是只要第二天照样出太阳，它们便会再次回转过来。

这就是生命的力量。纳兰是渴望这种力量的，于是，这种生命力顽强的花，在他眼中，也别具一番风韵。下片写花的样子，仿佛是在描述一个美貌的女子，"仿佛个人睡起，晕红不著铅华"。好像刚刚睡醒的女子，不施粉黛，素面朝天，但却可爱真实，让人怜惜。就好像这花一样，让人无法不去关爱。

"天寒翠袖添凄楚，愁近欲栖鸦。"寒风中，它们努力绽放，要将最后的颜色在这枯黄的世界中保存得更长久一些，可是它们不知道，看花的人，却在黄昏中，看它们，更看到了哀愁。

酒泉子

谢却荼蘼^①，一片月明如水。篆香消^②，犹未睡，早鸦啼。

嫩寒无赖罗衣薄^③，休傍阑干角。最愁人，灯欲落，雁还飞。

【注释】

①荼（tú）蘼（mí）：落叶或半常绿蔓生小灌木，攀缘茎，茎绿色，茎上有钩状的刺，上面有多数侧脉，致成皱纹。夏季开白花。②篆香：盘香，形如篆字。③嫩寒：轻寒、微寒。无赖：无奈。

【赏析】

《酒泉子》这一词牌原为唐教坊曲。《金奁集》中入"高平调"。按温庭筠体。四十一字，全阕以四平韵为主，四仄韵两部错叶；按潘阆体，又名《忆余杭》，以平韵为主，间入仄韵。八句，四十九字，前片两平韵，后片两仄韵，两平韵。所以纳兰这首《酒泉子》属于温庭筠体。

上片第一句中"荼蘼"是一种蔷薇科草本植物，它的花期是在春后，一直延到盛夏才会开，所以古人认为它为花中最晚的，是春季花季的终结。由于这个原因，荼蘼被赋予了一层伤感的、悲情的文化内涵，苏东坡说："荼蘼不争春，寂寞开最晚。"此外荼蘼在佛教中也有寓意，有人以为它就是所谓的彼岸花，这就给荼蘼赋予了更多的让人联想的深意。所以纳兰以一句"谢却荼蘼"开头，点出时间的同时更传达了春华殆尽的含义。后面诸句都是在这种情怀下的延伸。"一片月明如水"一句极为醒目，在一片明月如水的夜色中，荼蘼慢慢凋零。情景交融，如此紧密。然后，或许是不忍卒观这窗外景致，倦眼目乏，将眼神又放回闺中，篆香也殆尽。似乎怎么也忘怀不了对窗外荼蘼谢去的伤感，一声早鸦又将深思勾去。

下片主写一个"寒"。天气是"嫩寒"，而人的心也是寒的。长夜难眠，披衣起坐窗前，晚风钻进薄薄的一层罗衣，不禁打了一个寒噤，马上想到，不应痴痴地再次独倚栏杆啊。最后"雁还飞"一句说气温回暖，又进一步将情怀如水的寒突出来，所以说正是这灯花欲落、南雁北归时刻，最是愁煞人。

这首词是长夜怀人有思之作。陈廷焯在《词则闲情集》中说这词"情调凄婉，似韦端己手笔"。说他这首词很像韦庄的风格。韦庄在词风上和与他齐名的温庭筠不同，风格上虽都属于花间词，韦庄的词却没有温庭筠词那样浓艳华美，他善于用清新流畅的白描笔调，表达比较真挚、深沉的感情。此外韦庄在写闺情上也具有典型特点，他将词的语言同描写的对象水乳交融地混合起来。这里说纳兰的风格和韦庄相似，就是针对这两方面而言的。

一方面，纳兰这首词在风格上仍体现了花间词在词史上的巨大惯性，具有"香软"的特点，表现在词的内容仍属于离思别愁、闺情绮怨，意象上仍具有靡丽的特点；另一方面却可以和典型的花间词区别开来，如"一片月明如水"，"最愁人，灯欲落，雁还飞"。显然是清新流畅的白描笔调，表达真挚而深沉的情感。

词句有穷，而意蕴难尽，直写情怀，却郁结难解，真挚可怜。

浪淘沙 望海

蜃阙半模糊①，踏浪惊呼。任将蠡测笑江湖②。沐日光华还浴月，我欲乘桴③。

钓得六鳌无④？竿拂珊瑚⑤。桑田清浅问麻姑⑥。水气浮天天接水，那是蓬壶⑦？

【注释】

①蜃（shèn）阙：即蜃楼。古人谓蜃气变幻成的楼阁。②蠡（lí）测：即蠡酌，以瓠瓢测量海水。比喻见识短浅，以浅见度人，"以蠡测海"的略语。笑江湖：《庄子·秋水》中，"秋水时至，百川灌河……于是焉河伯欣然自喜，以天下之美为尽在己"，后见到大海，则望洋兴叹云："吾长见笑于大方之家。"③乘桴（fú）：乘坐竹木小筏。《论语》云："道不行，乘桴浮于海。"④六鳌：神话中负载五座仙山的六只大龟。相传渤海之东，有一深壑，中有岱舆、员峤、方壶、瀛洲、蓬莱五山，乃仙圣所居之地。然五山皆浮于海，常随潮波上下往还。《列子·汤问》："帝恐流于西极，失群仙圣之居，乃命禺强使巨鳌十五，举首而戴之。迭为三番，六万岁一交焉。五山始峙而不动。而龙伯之国有大人，举足不盈数步而暨五山之所，一钓而连六鳌，合负而趣归其国，灼其骨以数焉。于是岱舆、员峤二山流于北极，沉于大海，仙圣之播迁者巨亿计。"⑤珊瑚：许多珊瑚虫的骨骼聚集物，树状，供玩赏。⑥麻姑：中国神话人物。东汉时应召降临蔡经家，能掷米成珠，相传在绛珠河畔以灵芝酿酒以备蟠桃会上为西王母祝寿，故旧时为妇女祝寿多绘麻姑像以赠，称麻姑献寿。⑦蓬壶：即蓬莱。古代传说中的海中仙山。晋王嘉《拾遗记·高辛》："三壶则海中三山也。一曰方壶，则方丈也；二曰蓬壶，则蓬莱也；三曰瀛壶，则瀛洲也。形如壶器。"

【赏析】

望海之雄浑，方能有此遮天的恢宏手笔。

古人云，仁者乐山，智者乐水。然而能与上摩天的五千仞岳相比拟的，不是三万里河，而是纳百川之海。海以其宽广能容劝慰失意人，激励青云子，古往今来不知引多少英雄竞折腰。唐孟浩然凌云壮志未酬，问沧洲何在，意以沧海寄余生。海上云帆直挂，那是飘摇的凌云壮志。

康熙二十一年，纳兰随皇帝东巡，时年二月驻跸于山海关。登澄海楼面朝大海，见天之苍苍、海之茫茫，可见纳兰小心翼翼隐匿于胸的豪迈。纳兰作词，向来明白如话。可当他面朝大海时，这些凝结于胸长长短短的诗句竟难抒胸臆。一首浪淘沙，短短五十四个字，六次用典，这在纳兰毕生的作品中也并不多见的。

纳兰这首词，大约是东临碣石的新篇。建安十二年秋，曹操彻底消灭了袁绍残部，班师途中，曾于此地作《观沧海》歌以咏志。千载白云悠然过尽，一千四百多年后的纳兰面对着难得一见的海市蜃楼，那若隐若现的繁华，像极了天上宫阙，似恍然一梦，误入仙境。

这便是海。波涛汹涌的狂暴过后有海市蜃楼的妖媚，水天无边的缥缈背后总惹人追寻流传千年却无人见过的仙人去处。"以管窥天，以蠡测海"，身后入仙境的东方朔不知在嘲讽武帝不识千里马，还是自讽一介书生妄测天威，都是管窥蠡测之事，终见笑于大方之家。《秋水》中的河伯观天上来的黄河之水自诩尽天下之美，行至北海才明白什么是大方之家。河伯望洋兴叹的感慨犹在耳畔，庄生在一片汪洋不见中闻道神语，转录如许仙人之事于人间，方才有了纳兰笑江湖的想象。未免惋惜，本应在仙家击水三千的庄子，却囿于尘世结无情游，似又一谪仙屈生人世。

"日月之行，若出其中；星汉灿烂，若出其里。"曹孟德慨而慷的感叹，满溢踌躇壮志；纳兰也出英雄略同之语。如众生灵一般，大海"集日月之精华，会天地之灵气"，方能纳百川，生万物。"道不行，乘桴浮于海"，孔子的政治理想偏废后也想过散发弄扁舟的吧，连赌气之语都说得诗意盎然。"我欲乘桴"，纳兰以手写心时似也露出了"道不行"的隐痛吧。

海上洪波涌起，似有仙山涌动，似闻踏浪高歌。现代人的思维浪漫早已被剥离，那些令古人充满遐思的潮起潮落被理智与科技分析后仅得一句简明而冰冷的"天体引潮力"。"六鳌骨已霜，三山流安在？"从来语出惊人的太白远望沧海时也不禁有问三山六鳌踪迹何觅。传说渤海之东的仙山竟以巨鳌为载。巨鳌迭三层，六万年轮岗一次，古人的时空观显然要放松缓慢许多。正如桃花源一般，仙人之所难免有凡人闯入。不知何处的龙伯人士不知以什么作饵，竟钓得修炼成神的六鳌。自此岱舆、员峤两山无所依托，"流于北极，沉于大海"，便剩下传统意义上的蓬莱三山。千年前的《列子·汤问》某种意义上是正宗的中国神话，所引仙山毫不逊色于希腊引以为傲的奥林匹斯山。

斗柄转回，人间寒暑屈指可数的几遍，年华便悄悄离去，不带走一片云彩。文人墨客常感慨岁月蹉跎，言沧海桑田却多为夸大之辞。凡夫俗子怎敢得道仙人？古有麻姑亲见东海三为桑田。东汉时麻姑应王方平之邀做客人间，点米成珠，仙酒为乐，宴于蔡经家。麻姑言蓬莱之水已减半，"海中复扬尘"。莫不是沧海桑田之事再现？此问始于东汉，千百年来高悬于明月酒杯间没有答案，直到现在沧海依旧水潝潝。

白浪滔天，一片迷蒙中，哪得见蓬壶？纳兰在这万里一色中岂能仅仅赞叹海之壮阔，望而无思？非也，非也。纳兰那颗敏感的心早已澎湃，只是没有一个淋漓的出口释放那些心底隐着的言语吧。"挥手谢人境，吾将从此辞"，千年的穿越也不过一瞬，蓬壶杳然，人间轻换，还有什么值得久久留恋于这真真假假的尘世间？

浪淘沙

红影湿幽窗①，瘦尽春光②。雨余花外却斜阳③。谁见薄衫低髻子④？还惹思量。

莫道不凄凉，早近持觞⑤。暗思何事断人肠。曾是向他春梦里，瞥遇回廊⑥。

【注释】

①红影：指鲜花的影子。②瘦尽：以人之清瘦比喻春日将尽。③雨余：雨后。④低髻子：低垂的发髻，指低垂着头。髻子，发髻。⑤持觞：举杯。⑥回廊：曲折环绕的走廊。

【赏析】

泰戈尔哀伤地写道："世上最远的距离不是生与死，而是我站在你面前，你却不知道我爱你。"

纳兰淡然地写道："谁念西风独自凉，萧萧黄叶闭疏窗，沉思往事立斜阳。"

这是清朝贵胄的手笔，清词的普遍成就不大，虽然康熙皇帝大力崇文，但是八旗子弟并不是真的会去认真钻研，诗词写得好的人十分罕有，而纳兰却能用哀伤的调子，将词演绎到这般境界，实在是清词的一个里程碑。

一个一生锦衣玉食的豪门公子，偏偏有着如此深沉的哀思。古人说：少年不识愁滋味，为赋新词强说愁。如果说纳兰也是如此，那他这般沉郁的情感，倒也是迸发得恰到好处。

曹雪芹在《红楼梦》中写过许多诗词佳句，其中也不乏幽思之句，凄凉和美丽的意境使人绝倒，但看到纳兰的词，却更能感受到，何为肝肠寸断、满纸凄凉了。这首词是写哀愁，纳兰写愁，从不强调，只要淡淡几笔，就能让看客心伤神伤，恨不得泪流满面。

这首词描写相思萦怀的幽独伤感：透过小窗望去，春雨打湿了红花，春光将尽。雨停了，却已是夕阳西下之时。谁看到她穿着单薄的衣衫，低垂着头，抱膝思量的孤独身影？把酒独酌，无限凄凉。曾像做梦一样地在回廊里与她相遇，怎不让我伤心断肠？

"红影湿幽窗，瘦尽春光。"纳兰的伤春之词很多，他是最懂春日的人，伤春感怀，并不单单是因为春日的逝去，而是怀念春光里的时光。时光易老，人更易老，老去的岁月无处追寻，只有伤怀，却无法捕捉。这才是最感伤的。

在纳兰的词里，意境十分美。开篇这句实则与周邦彦的"雨过残红湿未飞。珠帘一行透斜晖"暗合，纳兰信手拈来，将古人的词用在了自己的词里，浑然天成，令人不觉有何不妥。

周邦彦写的是雨后残红在斜晖下投射于珠帘，而到了纳兰的词里则变得更加简洁洗练，更富美感。"红影"指鲜花的影子。鲜花的影子，透过小幽窗看去，别有风情，被打湿的花朵在暗影下，摇曳出多姿的风采，比起周邦彦的"残红湿未飞"，更显得有韵味一些。

而多出的感叹"瘦尽春光"，其实有着李清照的"绿肥红瘦"的哀怨无奈。同样是感慨春光消瘦，纳兰与李清照到底谁高谁低，难以判决。古为今用的例子，在诗词写作上不算少数，就好比崔颢写的《黄鹤楼》，而后来李白模仿，写成了"凤凰台"，这二者之间到底哪个艺术成就更高，没有固定的评判。

承接上句，"雨余花外却斜阳"。"余"既是后，雨后的花朵在斜阳下，而梦中的她却是穿着单薄的衣衫，挽着低垂的发髻，挺立在暮日下，低头思量。雨后、鲜花、美人、夕阳这些事物构成了纳兰笔下的一幅美丽的画。

上片最后写那位女子"还惹思量"。词中所写的女子为何人，无法考证，但从词面来看，是一位温婉可人的女子，让人忍不住想去怜惜。上片写完雨后景色，下片便转而写情。

"莫道不凄凉，早近持觞。"思念的人不知身在何处，只能自己独自饮酒，这真是无限凄凉的事情啊！纳兰自己也感慨"暗思何事断人肠"。在人世间，还有什么能比相思更苦人心的呢？

想念着远方的佳人，既然无法得见，那便在梦中相会吧。岂料梦醒之后，凄凉更是加深几分，"曾是向他春梦里，瞥遇回廊"。像梦中那样，能够与她在回廊处相遇，该有多好。纳兰的这首词，就在这个卑微的愿望中结束。

相爱相处到最后，留下的仅仅是这些柔弱的回忆，尚能安慰一下内心的伤痛。

浪淘沙

眉谱待全删[①]，别画秋山[②]，朝云渐入有无间[③]。莫笑生涯浑是梦，好梦原难。

红咮啄花残[④]，独自凭阑。月斜风起袷衣单[⑤]。消受春风都一例，

若个偏寒⑥？

【注释】

①眉谱：古代女子画眉的指导书。②秋山：秋天里的远山，常用来比喻女子的眉毛。③朝云：早晨的云。亦指巫山神女名，战国时楚怀王游高唐，昼梦巫山之女。后楚怀王为其立庙，号曰"朝云"，比喻男女情事。④味：鸟嘴。⑤袷衣：即两层的衣服。⑥若个：哪个、何处。

【赏析】

"眉谱待全删"，引出词章。眉谱，是古代女子描眉的技术指导书。古代女子，热衷描眉，将眉毛画出她们喜爱的形状，为她们更加增添几分妩媚。当然，古代女子描眉并不是随心所欲、毫无章法的，她们画眉也有一些固定的套路和方式。唐明皇曾令画工画过所谓"十眉图"，也就是说，描眉有十种方式，分别为：一为鸳鸯眉，又名八字眉；二为小山眉，又名远山眉；三为五岳眉；四为三峰眉；五为垂珠眉；六为月棱眉；七为分梢眉；八为逐烟眉；九为拂云眉；十为倒晕眉。

而在纳兰的这首词中，"别画秋山，朝云渐入有无间"。"秋山""朝云"是非常常见的描眉法，画眉需要的章法在这首词的一开篇，就都被纳兰否定掉了，他说"眉谱待全删"，既然都不要那些眉谱里的样式，那该描怎样的眉呢？

纳兰在这之后也给出了答案，他不要画"秋山"。用"秋山"代指女人的眉毛，出处是宋词里的一句"鬓鬟春雾翠微重，眉黛秋山烟雨抹"，将女子的容颜比作风景，说眉毛是秋山，头发是春雾。

看似讲了女子，但细细品味，又是什么都没有讲出来。给了人们无限的想象空间，以景喻人，更显得超凡脱俗。在纳兰的词中也是如此，一个女子描眉的形象跃然纸上，她摒弃了所有描眉的样式，独独将眉毛画成了自己想要的样子。

这简单的一笔描绘，不但刻画出了女子内心的活动，更是写明了女子复杂的心事。那供描眉时参看的眉谱全可以不要了，她又另外画出了如秋山般美丽的眉形，好像是笼罩着朝云的远山，脉脉含情。不要笑谈生涯如梦，好梦原本就很难得。鸟啄落花，春天将残，月夜独自凭栏，清风吹起，倍感单寒。在春风中相思怀远的人都是一样的，身寒、心寒，哪一个会更冷一些呢？

女子将眉毛画得如同朝云一般，似有若无，十分清淡。纳兰在此的描述与宋词中的那句有异曲同工之妙。

"朝云"也是诗词中用得比较普遍的一个典故，出自宋玉的《高唐赋》，是说楚怀王在云梦台上梦见巫山神女，神女告诉楚怀王，自己是"旦为朝云，暮为行雨，朝朝暮暮，阳台之下"。后来被众多词人引申为表述男女情事的典故。

纳兰将"朝云"用在这里，是否也是引申到了男女情事之上，却也难说。初看起来，这首词似乎在写男女之间的爱情思念，但仔细读来，却又发现不尽然，"有无间"，作为纳兰常用的一个说法，有着佛教影响的意味。

佛家讲究"空即是色，色即是空"，超脱并不是修行的主要目的，但如果无法超脱，还继续牵挂着世间的事情，那也不对。总之，佛家讲究"空相之间"，在这里，纳兰似乎也想表达这个意思。

他急于超脱出这个凡尘俗世，但他又无法超脱，在这种两相牵绊的矛盾之中，纳兰的这首词别有一番味道。"莫笑生涯浑是梦，好梦原难。"因为之前讲到了楚怀王梦到神女的典故，接下来自然也就顺势写到了梦境。

要说这是一场梦，那么这样的美梦，人生还能做几场啊？写得凄凉到了极致。词的意境到了此刻，急转直下，变得压抑痛苦起来。下片所写之景物，自然也是凄凉低沉的。

"红咮啄花残，独自凭阑。"望着残花，独自凭栏，而当月斜西天的时候，风吹过衣角，不禁想到，到底是这春夜的风寒，还是思念之苦寒？纳兰自己也搞不清楚，所以，他充满疑问地写出结句："月斜风起袷衣单。消受春风都一例，若个偏寒？"

有的注本说这首词是悼亡之作，认为这是纳兰想起妻子描眉的情景写的感慨。但是其中的典故，却并不支持这个说法。所用朝云的典故，多是用来形容艳遇，或者不大正当的男女关系，不会用来形容正妻。所以，这并不像一首悼亡词，反而更像是纳兰为了纪念某位女子而作的。

浪淘沙

闷自剔残灯，暗雨空庭^①，潇潇已是不堪听^②。那更西风偏着意，做尽秋声^③。

城柝已三更^④，欲睡还醒，薄寒中夜掩银屏^⑤。曾染戒香消俗念^⑥，怎又多情。

【注释】

①空庭：幽寂的庭院。②潇潇：形容风雨急骤。③秋声：秋天西风起而草木摇落，其肃杀之声令人生情动感，故古人将万木零落之声等称为秋声。④城柝(tuò)：城上巡夜敲的木梆声。柝，古代巡夜时敲击的木梆。⑤银屏：装有银饰的屏风。⑥戒香：佛家说戒时所燃之香。

【赏析】

纳兰的寂寞，无人能懂。他的寂寞犹如天空上的流星，一闪而过，不留给任何人捕捉的机会。人们只能从流星划过后的影踪，去妄自推测纳兰内心的凄凉与寂寞。

独坐灯前，秋夜空庭，风雨潇潇，已是令人愁闷，偏那西风又于此时送来了秋声，好像是专意要将愁人的烦恼加重。柝声传来，已是三更，身感寒凉袭人，遂将屏风紧掩。本来告诫自己要远离尘世烦恼，如今偏生又开始陷入情里不可自拔。

"闷自剔残灯"，让人想到纳兰是个容易亲近的人，在灯前独坐，百无聊赖，只得面对残灯，自娱自乐。这样的男子，虽然性情忧郁，但却在骨子里有着让人喜爱的部分。开篇一句正是其心情困顿，无法抒发的无奈写照。

到了"暗雨空庭，潇潇已是不堪听"已经是痛到极致的一种状态了，风雨潇潇而落，空气清冷，在晦暗的夜空下，这雨声还有风声是如此不堪入耳，听到耳朵里，仿佛都是刺在心头，针扎一般，让人难以忍受。

"那更西风偏着意，做尽秋声。"可是秋风不解人意，偏偏刮个不停，将凄凉的秋意刮遍人心。在纳兰的词中有很大一部分都是悲伤欲绝的词，相当凄切，所谓"观之不忍卒读"，字字句句情真意切，有着无法宽宥的自责与责他。

正是因为内心有着无法解开的悲伤情结，纳兰的词章里便总是凄凄切切、悲悲惨惨。无法想象，纳兰这样一个锦衣玉食的贵公子，他不在自己舒适的环境里安享幸福，却偏偏要将自己放置在一个凄苦的氛围内，犹如苦行僧一样，不断前行，不断折磨自己。

人们无法理解的纳兰，并非摈弃生活，恰恰相反，正是因为他太爱生活，太热爱自己的生命，所以才会特别重视这份深沉的爱。多数人猜测纳兰是富贵公子无聊时抒发闲情，不过是打发无聊日子罢了。可是，谁能真正懂得纳兰内心的情伤？想来就是纳兰自己，也会迷失在自己的情伤中，无法看透。

"城柝已三更，欲睡还醒"，已经是三更天了，夜深人静，自己却还是难以入眠。纳兰在孤寂的夜色中，看着天色一点点变明亮，眼看着第二天的白日就要升起来了，可是自己却还是似睡非睡，似醒非醒。

无聊的夜间，独坐桌旁，守着一盏孤灯，看着窗外寒夜中的星空，心早已苦成了一个又一个黑洞。在这个深夜中，"薄寒中夜掩银屏"。纳兰在为什么愁思呢？是为女子，还是为友人？难以说清。

这突如其来、绵绵不绝的愁绪，让纳兰对自己产生了嘲讽之意，他暗叹道："曾染戒香消俗念，怎又多情。"就此结束了整首词。不需要什么冠冕堂皇的理由为自己的愁苦开脱。

夜深了，风起了，落叶萧萧，纳兰在房间里轻叹，身旁没有可以倾诉的人，这是多么深的孤独。从前种种，是永远的痛，而今一切，是无奈的人生。

浪淘沙

双燕又飞还，好景阑珊①。东风那惜小眉弯②。芳草绿波吹不尽③，只隔遥山。

花雨忆前番④，粉泪偷弹⑤。倚楼谁与话春闲？数到今朝三月二⑥，梦见犹难。

【注释】

①阑珊：残，将尽。②那惜：不顾惜，不管。小眉弯：皱眉。③芳草：香草。④花雨：落花如雨，形容彩花纷飞。⑤粉泪：旧称女子之泪。⑥三月二：古代上巳节，汉以前以农历三月上旬巳日为"上巳"，是游春之日，这天人们到水边洗濯、饮酒、欢聚等，以为驱邪避祸，消除不祥。故王季桥《上巳》诗："曲水湔裙三月二。"

【赏析】

这是一篇标准的上景下情之作。

双燕又飞还，告诉我们这是在一个静听梁间燕语呢喃的融融春日。燕子斜飞，上下翻覆，嬉戏于杏花烟雨中，如两个不安分的音符，轻掠怀春的心弦，激起一串低语涟漪。又是一年春好处，又是一年伤春时。然而再明媚的春日，一旦钻入了并不完整的梦境，多少会氤氲些伤春的气息。

梨香院落或红杏枝头，流连戏蝶或自在娇莺，都是好景。春一来，驱散了冬日的萧瑟和阴霾，纵使偶然阴雨，也是沁人心脾地润物细无声。纳兰那些缠绕于心的惋惜太难琢磨，是为着易逝的春光，还是为着轻易把人抛的韶华？几百年后著作《人间词话》的王国维似道出了纳兰噙在齿间的叹息，"最是人间留不住，朱颜辞镜花辞树"。无论什么清景，都敌不过这留春不住的决绝。

小眉弯，似面纱遮住了羞涩的容颜，掩住了那挂在唇边的许许情思。眉展，如远山横，想来应是静花照水的美人图；眉蹙，似山峰聚，眉尖心上惹人怜。花开错，东风不解语，怎惜得那新月般的眉眼？怪只怪，东风太泛泛，撩拨得柳絮轻扬，撩拨得繁花似锦，撩拨得酣梦依旧微醺。

吹皱的不应只是一池春水，还有香山居士于冬日残雪未融时看到的芳草萋萋的影踪。除了青青芳草，还有什么能借一缕春风、几滴春雨燎原呢？芳草绿波，一路铺遍蜿蜒小路，绿过大江两岸，却不敌遥山难越。遥山，仅仅是物理尺度上的遥远，纵是魂梦相见终须有期；怕只怕，遥山架在两颗离别的心间。"枝上柳绵吹又少，天涯何处无芳草"，东坡做狂放之态，是真正的豁达，还是自欺欺人地慰藉那颗习惯被愚弄的心？

旧地重游，微雨中的双飞燕似曾相识，如今零落花下只剩伊人独立。小楼又东风，一片春心却泛着凉凉秋意。高楼望断，花雨纷飞中思忆前世今生——不得相守，便信相遇即是缘尽。还记得那首写在银杏叶上，沁着淡淡的哀愁的诗行：

如何让你遇见我／在我最美丽的时刻／为这／我已在佛前求了五百年／求佛让我们结一段尘缘

佛于是把我化作一棵树／长在你必经的路旁／阳光下／慎重地开满了花／

朵朵都是我前世的盼望

当你走近／请你细听／那颤抖的叶／是我等待的热情／

而当你终于无视地走过／在你身后落了一地的

朋友啊／那不是花瓣／是我凋零的心

在一棵开花的树下，席慕蓉做此番叹息，一如每位少女心中藏匿的梦。"从别后，忆相逢，几回魂梦与君同"，低吟着小山心曲，轻轻地，那人入梦来，激荡起纳兰颤抖的情绪；那人于梦中无视而过，恍然间梦醒，飘零一地的花瓣竟似碎落一地的心，香入尘埃。心底不为人知的思念，过往转瞬即逝的温情，曾经的似水柔情催得一人暗泪低垂。客已去，高阁依旧不语，今年落红满径时，唯余葬花人。纳兰，你这番衷情诉与谁人听？

痴儿遥望云中，盼得鸿雁归，却盼不得锦书来。独自倚高楼，去岁离别时的酒香微微可闻，送别时的一曲至今余音绕梁，只是当时离情今成别怨。

数到三月二，即是古时的上巳节。"二月二，龙抬头；三月三，生轩辕"，上巳节本是纪念轩辕生辰的日子。同是炎黄子孙，九州内各民族都有独特的上巳节习俗。能歌善舞的壮族在这一天蒸五色糯米饭，办歌会；侗族的上巳节又名花炮节，抢花炮、斗牛、对歌，亦是欢乐海洋。而一向矜持的汉族男女也会在上巳节这一天光明正大地相会于河畔，互诉衷肠。沉郁顿挫如杜甫也曾有艳语，"三月三日气象新，长安水边多丽人"，可想上巳节的鲜艳明媚。

只是，一个人的三月二，隐在心底的歌如涓涓溪流淌过时，谁能听到那汩汩呜咽？那是纳兰与她相约的日子吧，决计执手相伴的日子，或誓将相忘于江湖的日子？那人负他而去，酒入愁肠后似闻小山言，"梦魂纵有也成虚，那堪和梦无"。

浪淘沙　秋思

霜讯下银塘[①]，并作新凉。奈他青女忒轻狂[②]。端正一枝荷叶盖，护了鸳鸯。

燕子要还乡，惜别雕梁。更无人处倚斜阳。还是薄情还是恨[③]，仔细思量。

【注释】

①霜讯：即霜信，霜期来临的消息。②青女：传说中掌管霜雪的女神，此处指冷风。轻狂：放浪轻浮。③薄情：不念情义，多用于男女之间的情爱。

【赏析】

纳兰的愁总是清丽动人，琐碎景物铺陈开去，就有种哀婉的情绪从中蜿蜒而来。

这篇《浪淘沙》题作"秋思"，其实谁又不知道呢，自古逢秋悲寂寥，秋思秋思，实为离伤之情思。

"霜讯下银塘，并作新凉"，依旧是白描起笔，池塘中的水清澈明净，秋霜初现，新凉乍作。"青女"是指神话中霜雪之神。《淮南子·天文训》有记录："至秋三月……青女乃出，以降霜雪。"根据高诱的注可以得知，青女是天神之一，又叫青霄玉女，主司霜雪。

关于青女，历来有不少的传说，据说当年，武罗姑娘因协助黄帝收服蚩尤的七十二弟兄有功，被封为青要山女神，掌管人间婚姻。她一心要广施爱心，造福人间，但刚刚大战之后，到处是血污腥风、山瘴毒雾，加上天无四季，终年炎热，于是百病滋生，瘟疫流行，世人还是难脱苦海。

武罗女神为了驱邪除污，净化人寰，给人们消灾祛病，特地登上月亮，到广寒宫请来了降霜仙子——青女。

青女本是月中吴刚大仙的妹妹，名叫吴洁，在广寒宫里她是专司降霜洒雪的仙子。这年九月十四日，她下凡来到人间，站在青要山中心最高峰上，手抚一把七弦琴，清音徐出，霜粉雪花随着颤动的琴弦飘然而下，洒在大地上，霜冻雪封，掩埋掉世间一切不洁。于是，邪气污秽，山瘴毒雾，顿时消失，人们的疾病也就全没有了。从那时起，每年三月十三日、九月十四日，吴洁仙子要两次降霜。于是，九月霜，腊月雪，来年三月又霜，六月大暑，周而复始，四季乃分，百禾俱生。人们不仅能免灾祛病，而且可以丰衣足食了。

后来在诗文中，便以"青女"代称霜雪。如李商隐《霜月》诗："青女素娥俱耐冷，月中霜里斗婵娟。"

而纳兰词在这里笔锋一转，"端正一枝荷叶盖，护了鸳鸯"，说冷风吹着荷叶，鸳鸯栖于叶盖之下，成对成双，纵霜冷风急也不分离，似乎又流露出一些温暖人心的情绪。风霜凄惶，但有能相依相伴的人或许会好些。纳兰在这里，是羡慕，也是自伤心事。鸳鸯在风霜凄紧时尚能并栖荷叶下，而自己在这样清冷的秋天只能独对新凉。

下片接着写燕子辞梁还乡，飞往南方了。燕子南飞，和初春柳树抽芽一样，一年一度，让人再清晰不过地感到时光的流逝。又见燕还乡，年年依旧，而人已老，物是人非，怎能不令人伤神。

"更无人处倚斜阳"，觉得纳兰这首词，最令人心动的便是这句。无人之处独倚斜阳，这是一种怎样空阔和寂寥的情绪啊。"倚"字用得尤其巧妙，斜阳本已淡去，但是自己好像可以倚靠它，可以借着它一点点余温暖暖自己的阴冷。冥思之中，断断续续又开始忘我出神，茕茕孑立，只剩下斜阳让人观赏。

面对这样的情景，也不知是怨还是恨，纳兰说，仔细思量。其实仔细思量又如何呢，都是些缠在心里的闲愁，挥不去散之又来，李清照说得好，"才下眉头，却上心头"。心思细腻敏感的人，在这样秋天的冷风里，恐怕也只能是心中迷惘了。

浪淘沙

野店近荒城，砧杵无声①。月低霜重莫闲行②。过尽征鸿书未寄③，梦又难凭④。

身世等浮萍，病为愁成。寒宵一片枕前冰⑤。料得绮窗孤睡觉⑥，一倍关情⑦。

【注释】

①砧杵：捣衣石和棒槌，亦指捣衣。②闲行：微行，此处为闲步之意。③征鸿：远飞的大雁，即征雁。④难凭：不可凭信。⑤寒宵：寒夜。⑥绮窗：雕刻或绘饰得很精美的窗户，代指闺人、思妇。⑦关情：动心，牵动情怀。

【赏析】

纳兰性德虽然只有短短三十一年生命，但他的名气却很大，他是清代享有盛名的词人。在当时词坛并不是很兴盛的时候，纳兰与阳羡派代表陈维崧、浙西派掌门朱彝尊鼎足而立，并称"清词三大家"。

但要论起这三人的成就，只能是说纳兰更胜一筹，因为作为满族人，纳兰能够对汉族文化做到掌握得如此精深，不得不让人称奇。

这首词抒发的是相思念之情：上片描述野店孤寂，一片荒城，听不到思妇的捣衣之声。月夜相思，霜华凝重。虽然鸿雁过尽，然而书信未至，纵有好梦，仍是愁怀难遣。下片写身世之感和孤独情怀，身世如同浮萍漂浮不定，愁苦成病。寒夜无眠，枕边一片冰冷凄清。料想此时闺中思妇也是孤枕独眠，更加伤情，加倍动情。

野外荒城，孤寂小店，一片凄凉，以这样的情景开篇，似乎与纳兰一贯的风格有些不符，过于戚悲，甚至还有些阴森可怖。在这样荒芜的野外，自然是无法听到妇人捣衣的声音。开篇的这一句话，仿佛是毫无关联的两句废话，"野店近荒城，砧杵无声"，用这样脱离现实、有些荒诞主义性的词句起篇，纳兰在接下来却并不是写得更超脱现实，而是回归到了现实之中。

"月低霜重莫闲行。"月夜之下，霜露凝重，相思无尽处，这孤寂的野外，渺小的店铺，满眼望去，尽是孤寂的影子。虽然这是写相思之情的词，但是纳兰却用了一个全新的情境去诠释，实属鲜有。

"过尽征鸿书未寄，梦又难凭。"虽然鸿雁早已飞过，但想要等到的信件却没有送来，就算是今夜能够做个好梦，也仍有满怀愁绪。鸿雁传书，一向是代表古代男女之间相互传情。纳兰善于用典，众所周知，他总是能轻而易举地化典，将其为己所用，看似天衣无缝，恰到好处。

这里也是如此，前一句的孤寂情境，配合这一句的锦书未到。情景交融，更显得动人，揪动人心。相思之人没有捎来音信，在万籁俱寂的夜晚，无法入眠，不由得开始胡思乱想，便想到了自己的一生，从而变得更加惆怅。

"身世等浮萍，病为愁成。"想到自己的一生，如同水中浮萍一般，漂泊无依，无法找到一个想要停留的地方，生生世世，永不离开。人生最大的悲哀并非穷困和潦倒，而是失去生活的方向，无法找到人生的目标。

纳兰要为大清国尽职尽责，这是他与生俱来的义务。他要为父母尽职尽责，这是他必须担负的义务。这种种他无法推卸的义务，让他只能留在一个他不愿意停留的地方，踟蹰不敢离开。尽管在他的灵魂深处，无时无刻不在呐喊着远离，可是人生岂是说走就能走开的局面？进无法进，退无法退，在进退两难的人生夹缝中，纳兰乏味、厌倦地立于宫门之内，理想之外。

"寒宵一片枕前冰。"夜色如水，寒冷刺骨，枕前一片冰凉，孤枕难眠，想来那位被相思之人此刻也是对窗感叹，夜不能寐吧？"料得绮窗孤睡觉，一倍关情。"两地相思，两处闲情，更加重彼此之间的感情。

这首词不知道纳兰是写给哪位女子，这世上还有哪个女子能让他如此牵肠挂肚，不能放下。其实，其中种种，也不必太认真地去计较，只要能够从过去的美好中吸取养分，让自己的回忆不再单薄，那便足够了。

浪淘沙

夜雨做成秋，恰上心头，教他珍重护风流①。端的为谁添病也②，更为谁羞？

密意未曾休③，密愿难酬。珠帘四卷月当楼。暗忆欢期真似梦，梦也须留。

【注释】

①风流：风韵，多指美好的仪态。②端的：究竟、到底。③密意：隐秘的情意。

上片先写环境氛围，烘托无奈之心境，秋雨袭来，愁上心头，离别之时，互道珍重。究竟是为谁相思成疾，又是为谁害羞？下片写他对离人的深怀、眷念，相思之情未曾断绝，只是想见的心愿难以实现。明月升起，将楼阁四面的珠帘卷起。不由追忆往事，回味欢聚的快乐，如梦如真，叫人怅惘。

纳兰落拓无羁的性格，天生超逸脱俗的禀赋，还有出众的才华，都让他显得与众不同，他出身豪门，钟鸣鼎食，入值宫禁，金阶玉堂，可是他却有着常人难以体察的矛盾心情和无形的沉重压力。这首《浪淘沙》依然是写愁，写那无边无际、一生无法消除的愁绪。

对亡妻的怀念，对友人的牵绊，还有对自身现状的不满以及无能为力的无奈，都让纳兰感到悲哀。人世间最可悲的事情莫过于明知道无意义，却不得不去做；明明不愿意，又不得不强颜欢笑去做的事情。

对职业的厌倦，对富贵的藐视，还有对他的仕途的不屑，令纳兰身上别具一番气质，他对轻而易举得到的一切荣华富贵都毫不珍惜，甚至抱着厌恶的心态，他想要抛弃身边的一切，包括他那个富贵的家庭，可是他无法做到，早在他出生的时候，上天就将这些沉重地压在了他的身上，让他无法推卸。

秋风秋雨愁煞人。深秋时分，最是人心苦闷之时，看到万物凋零，一切都要归于沉寂，心内自然是不好受的。纳兰自幼体弱多病，他一直身患寒疾，总是会因为天气变幻无常，而卧病在床。这样的季节，孱弱的身体，无尽的人生，一切都让纳兰感到万念俱灰。"夜雨做成秋，恰上心头"，一想到秋天，首先想到的便是连绵的细雨，还有早早就降临的夜晚，愁绪重回心头，但是纳兰究竟是为谁人而愁呢？

"教他珍重护风流。"看似对友人道珍重，希望朋友能够在今后的岁月中过得更好，但细读之下，似乎又不是。"端的为谁添病也，更为谁羞？"思念友人，也不至于会思念成疾，如果是思念恋人，那么这位恋人又会是哪位女子呢？综观纳兰生平，似乎捕捉不到和这名女子相关的信息。

既然没有踪迹可寻，那姑且当作是纳兰拟人的一种写法吧。在这首词中，纳兰隐秘的情感得以宣泄，他悄声诉说道："密意未曾休，密愿难酬。"从未停止过想念，只是这想念无法得以相见，故而遗憾。

明月当空，对夜色叹息，这就是一场虚无的梦幻，"珠帘四卷月当楼"。楼阁上的珠帘卷起，明月照进来，光线黯淡，更加让这思念变得不真实起来，或许"暗忆欢期真似梦，梦也须留"，这一切都只是纳兰在病中，胡思乱想出来的吧，所谓对伊人的思念，也不过是他胡乱所想的。

纳兰的身体每况愈下，在康熙二十四年暮春，纳兰带着他满心的遗憾，抱病与几位好友聚会了一番，饮酒大醉一场后，就此便一病不起，七日后于五月三十日溘然而逝。纳兰终于离开了这个他不喜欢的地方，他用了一种决绝的方式，就此离开。

只是留下了那些爱他的人，和他爱的人，继续在尘世间轮回挣扎，每逢夜雨时，都会想念他。而他是否也会在天的那一端，思念这地上曾经与他共同生活过的人呢？

浪淘沙

紫玉拨寒灰①，心字全非②。疏帘犹是隔年垂③。半卷夕阳红雨入，燕子来时。

回首碧云西④，多少心期，短长亭外短长堤。百尺游丝千里梦，无限凄迷⑤。

【注释】

①紫玉：指紫玉钗。寒灰：犹死灰，灰烬，这里喻指心如死灰。《三国志·魏志·刘传》："扬扬止沸，使不烂，起烟于寒灰之上，生华于已之木。"②心字：心字香，古人将盘香制成"心"字形。③疏帘：指稀疏的竹织窗帘。④碧云：青云，碧空中的云。⑤凄迷：怅惘，迷惘。

【赏析】

本篇是纳兰词中的代表作之一。上片写少妇于闺房之中无聊思春，"紫玉""寒灰"可以看出这个少妇的家境似乎不错，而"拨"通"扒"，用玉去扒灰，似乎难以理解，但加上之后一句，便可以迎刃而解了。"紫玉拨寒灰，心字全非"，所谓的"心字"便是心字香烧完后，灰烬落在地上，构成了心字的形状。词中的这位少妇，手持紫玉，拨弄着香燃烧后留下的灰烬，一地混乱，正如少妇那颗无处收拾的芳心。

"疏帘犹自隔年垂"，再看那竹帘，常年未动，去年便是这样垂挂着，而今依旧如此，或许明年也仍旧这样，毫无变化吧？少妇感慨时光如梭的心情在这个句子中赫然呈现，纳兰将一个已过韶华的女人心理描写得淋漓尽致。"半卷夕阳红雨入，燕子来时。"这句话初看显得有些情理不通，夕阳如何能够半卷，而雨又怎么能是红色的呢？

其实承上启下来看，便能理解了，少妇将帘子半卷起来，夕阳透进来，真的就是半卷夕阳了，而夕阳下的雨，因为映衬，果真便看似红色。纳兰在这里用的词语结构十分巧妙，似乎平淡无奇，但却禁得住回味，能让人隐约感觉到一种美好的意境，但却是无法再用词语去表达。

词中的这位少妇像是在怀念故人，但词意却在此刻又显得格外扑朔迷离，耐人寻味。而到了下片，词意又有了转变，开头便直言"回首碧云西，多少心期"，"回首"便是回望过去，重看往昔的岁月，而"心期"则是指心愿，妇人思念着与故人往昔的美好岁月，也感慨着重新相守，希望故人能够如同燕子归来一样，重回家乡，回到她的身边。

不过从下一句"短长亭外短长堤"可以看出，这个愿望有多么渺茫，即便望断碧云，也是难以实现了。在诗词中，亭子和堤坝通常有两个意向，一是送别，二是思念。在这句话中二者同时出现，大概是纳兰为了表现少妇焦急不安的内心故意设置的，为了能够有足够的力量去表现诗词的意境。

词写到这里，一直都是少妇自怨自艾的个人情绪表达，语言真挚感人，令人为之动容。接下来这句"百尺游丝千里梦，无限凄迷"结束了全篇，也让人体会到思而不得的痛苦有多深，就如美梦一场后，醒来忽然发现，头顶依然是破瓦蛛丝盘结，身边依然是空空荡荡，一无所有。

纳兰的这首词似真非真，极富浪漫色彩，全词曲折跌宕，通篇情景浑融，凄迷动人，读起来让人黯然销魂，内心潮湿。写春怨可以有多种，但纳兰选择了从对方落笔写起，通过少妇在闺中的无聊举动和室外的景象，写出一派伤春伤情的形象。

此调原为唐教坊曲，后来才作为词牌。唐朝时期刘禹锡、白居易等人都有《浪淘沙》之作，而且都是咏浪淘沙者，词牌名就此流传下来。唐朝时期的文人作词本还是平仄不拘的，一直到李煜，始创新声，始为长短句，分了上下片，才将《浪淘沙》分出了不同的体格，形式多样。纳兰所写的《浪淘沙》也很多，纳兰词集中共有十首。

纳兰是最懂得相思之情的人，他能够准确地描写出少妇于闺中寂寞无聊的伤春情思也是因为他经历过这种感情。问世间情为何物，最是相思无奈何，纳兰明白世间的一切相思皆是苦中带甜，虽然绝望，但却还是有着希望。

正如晏几道《虞美人》词中所写的"去年双燕欲归时，还是碧云千里锦书迟"，相思之中的人都盼望着能够重逢相见，但无奈的是，长亭之外更短亭，相见之路千山万水，思念之人不知道身处何方。纵使千种思念，最终也不得已，只能化作笔下的词句，化作梦中的期盼，希望能犹如百尺游丝，飘至千里之外，让思念的人知道。

苏东坡写道"梦随风万里，寻郎去处"，而纳兰则吟道"百尺游丝千里梦，无限凄迷"，梦过后便是凄凉的现实，在梦的衬托下，现实更显得凄迷万端。这首词布局清晰，脉络顺畅，词意虽苦，但写法上却是清秀俊逸，格调高雅，不失为一首可以反复吟诵的好词佳篇。

临江仙　寄严荪友[①]

别后闲情何所寄，初莺早雁相思[②]。如今憔悴异当时，飘零心事，残月落花知。

　　生小不知江上路③，分明却到梁溪④。匆匆刚欲话分携，香消梦冷，窗白一声鸡。

【注释】

　　①严荪友：即严绳孙。②初莺：借喻暮春之时。早雁：借指秋来之日。③生小：犹自小，幼小。④梁溪：指严荪友的家乡。

【赏析】

　　严绳孙在二十多岁时，抛弃举子业，游历于山水之间，与朱彝尊、姜宸英被誉为"江南三布衣"。清顺治六年，参加由江南名士太仓吴伟业主盟的慎交社，结识了一批东南名流。顺治十一年，与邑中顾贞观、秦松龄等十人结云门社，时称"云门十子"。康熙十四年结识满族词人、大学士明珠之子纳兰性德，成为莫逆，这一首寄赠之作就是纳兰写给他的，表达了对挚友深切的怀念之情。

　　"别后闲情何所寄"，词一开篇，纳兰便直抒胸臆，表达了对严绳孙的思念之情。自友人走了之后，纳兰便感到失去了寄托，以至于日日夜夜都在思念着他。"初莺早雁相思"则进一步强化了纳兰对友人的思念之情。"初莺"在这里指代暮春时节，"早雁"则借指秋来之日，由此句可以看出，纳兰与严绳孙已经分开很长一段时间了，而在这春去秋来之间，纳兰无时无刻不在牵挂着友人。

　　此时卢氏已经去世，从纳兰的那些悼亡词中，我们能够想象到他此刻是多么憔悴、悲痛，所以在这首寄赠之中，他的语气也没有了往日的俏皮与轻松，而是充满了思念与伤感，所以他才会感到"如今憔悴异当时"，但是妻子已经故去，友人也天各一方，心中的痛苦无人诉说，纳兰只好"飘零心事，残月落花知"。纳兰说自己的孤独寂寞只有残花落絮能够知晓，其实等于不知，因为这种萧瑟的景象只会使他想起往事，使怀友之心变得更加强烈。

　　下片起始两句写梦中的景象。"生小不知江上路，分明却到梁溪"，"我"自己生来不知江南之路，然而梦里却到了你的家乡梁溪。纳兰由于思友心切，以至于心生梦幻，在梦中与阔别已久的好友重聚，无奈天不遂人愿，纳兰正欲向好友倾诉别后思念之情，窗外却传来鸡鸣之声，惊扰了这美好的梦境，梦中温馨的情谊消逝了，令人不胜怅惘。

临江仙

　　点滴芭蕉心欲碎，声声催忆当初。欲眠还展旧时书。鸳鸯小字①，犹记手生疏②。

倦眼乍低缃帙乱③，重看一半模糊。幽窗冷雨一灯孤。料应情尽，还道有情无？

【注释】

①鸳鸯小字：指相思爱恋的文辞。《全元散曲·水仙子·冬》："意悬悬诉不尽相思，谩写下鸳鸯字，空吟就花月词，凭何人付与娇姿。"②生疏：不熟练。③缃（xiāng）帙（zhì）：浅黄色书套。亦泛指书籍、书卷。

【赏析】

那是一个雨打芭蕉的夜晚。

心欲碎，不知是芭蕉心碎，还是纳兰心碎。"早也潇潇，晚也潇潇"，古往今来的诗词中，芭蕉似乎总喜欢同雨相伴出现。雨打芭蕉，入梦，美酒半酣有唐汪遵心恋江湖；入画，王摩诘《雪打芭蕉》令人忘却寒暑，白石老人大叶泼墨酣畅淋漓；入乐声，《雨打芭蕉》淅淅沥沥，似雨滴蕉叶比兴唱和，急雨嘈嘈，私语切切，诉尽人间相思意。

至于这芭蕉心，正如易安居士所言，"舒卷有余情"。禅语云"修行如剥芭蕉"，如果我们的心已被世间种种欲念所裹，那么修行便是将层层伪装脱去，"觅心"找回纯真的自我，"明心"则是彻悟尘世的一切杂念，方可见性。

纳兰心中，芭蕉心在其不展吧？因其不展，枝枝叶叶才藏得住纳兰梦萦半生的回忆，层层叠叠容得下纳兰多愁又敏感的心。其实何止善感的纳兰，"此夜芭蕉雨，何人枕上闻"，纵是梅妻鹤子的林逋也难掩芭蕉雨下那些撩人的情思。

"忆当初"，短短三字便如一把利剑斩断今生。今生已做永隔，窗外雨声风声入耳，曾有多少夜晚流逝于情意缱绻的呢喃？未来又将有多少不眠的孤夜，唯有旧忆聊以回味？所幸，过去的日子并未消逝于流年，在那发黄的红笺之上仍可略窥一二。

"鸳鸯小字，犹记手生疏"，怕是纳兰也在怀念把笔浅笑的她吧。此语原出王次回《湘灵》：

戏仿曹娥把笔初，描花手法未生疏。

沉吟欲作鸳鸯字，羞被郎窥不肯书。

纳兰与这位明末的才子是颇有渊源的。王次回出身金坛望族，仕宦之家，连他的女儿王朗也是著名的词人。与他的祖上相比，王次回的仕途之路极不顺，一生不得志，仅在晚年做了松江府华亭县训导，不过是个无名无实的小官。然而他的作品上承李义山，下启清初词坛，对近代的鸳鸯蝴蝶派也颇有影响。纳兰诗词中常见王次回《凝雨集》的影踪，可又有多少人知道，王次回也如纳兰一般，爱妻早丧，不过凉薄人世一孤伶人。若可同世而立，纳兰与王次回或许也能成惺惺相惜吧。

　　当年的娇俏语长萦耳畔，那副欲语还休的羞涩模样犹在心头，鸳鸯小字里，似可见这位解语花的身姿若隐若现。然而，以为是一生一世的一双人，所托竟几页满蘸相思意的旧时书。南宋蔡伸曾慨叹，"看尽旧时书，洒尽今生泪"。蔡伸是书法家蔡襄之孙，官至左中大夫。名门之后，位高权重又如何？三更夜，霜满窗，月照鸳鸯被，孤人和衣睡。

　　旧时书一页页翻过，过去的岁月一寸寸在心头回放。缃帙乱，似纳兰的碎心散落冷雨中，再看时已泪眼婆娑。"胭脂泪，留人醉"，就让眼前这一半清醒一半迷蒙交错，梦中或有那人相偎。

　　又是一窗冷雨，纳兰看到了半世浮萍随水而逝，如记忆中挥之不去的她，"一宵冷雨葬名花"。还是纳兰身边这盏灯，只是不再高烛红妆，唯有寒月残照，灯影三人。太白对月空长叹，"美人如花隔云端"。故人入梦，又渐行渐远，"是邪？非邪？立而望之，偏何姗姗来迟"。汉武帝为李夫人招魂，灯影明灭处，留得千古一帝不得见的叹息。

　　罢了，一梦似千年，从来是"人生长恨水长东"。刘禹锡一句"东边日出西边雨"，留多少痴念在人间。已道无情，而情至深处难自已。这般深情厚谊，在纳兰心中恐怕已不是简单的有情，而是人生难得的知心人。如果说情是前生五百次的回眸，爱是百年修得之缘，那么知心便是三生石畔日日心血的倾注。

　　有情无？纳兰笃定不念今生，料想今生情已尽。一心待来生，愿来生再续未了缘，可有来生？

临江仙　永平道中①

　　独客单衾谁念我②，晓来凉雨飕飕③。缄书欲寄又还休④，个侬憔悴⑤，禁得更添愁。

　　曾记年年三月病，而今病向深秋。卢龙风景白人头⑥，药炉烟里，支枕听河流。

【注释】

　　①永平：清代永平府，在今山海关一带。②单衾：薄被。③飕飕：形容雨声。④缄书：书信。⑤个侬：这人，那人。⑥卢龙：今山海关西南一带，滦河流经此地，清代属永平府。

【赏析】

　　早在明朝末年，罗刹国（今俄罗斯）就觊觎中国东北边境的领土，接连向黑龙江流域进犯和侵扰。到康熙年间，罗刹更是变本加厉，不但在黑龙江北岸侵占大片土地，还建立多个据点，实行逐渐深入推进的策略。康熙在位时，一直想要除掉此患，特别是在平定南方的三藩之乱后，康熙的这一决定变得更为坚定。于是，在1682年的秋天，康熙派遣副都统郎坦、彭春与纳兰等人，率领少数骑兵以捕鹿为名到雅克萨一代侦察敌情，为彻底消灭罗刹做准备。

由于这次军事行动紧急且隐秘，所以要专找那些人烟稀少的路线行进，旅途中的艰苦也就可想而知了，而在这时，一直纠缠纳兰的寒疾又开始造访于他，这使得本就十分艰辛的旅途变得更加不堪忍受，所以，在途经永平时，他写下这首抒写乡关客愁的边塞词。

"独客单衾谁念我，晓来凉雨飕飕"，词一开篇，作者就描写了自己羁旅途中孤独寂寞的心情。自己远离京城，远离妻子好友，盖着薄被独卧，清晨醒来，看到的却是"凉雨飕飕"，这个时候，有谁会念及自己呢？

此时的纳兰想要给家中的妻子写信遥寄相思，但是家信写完之后，他却"欲寄又还休"，因为自己身体不好，却又常年在外奔波，每次外出远行，妻子都会因为忧愁而变得憔悴，假如妻子此时得知自己生病的消息后，恐怕会更添新愁，愈加憔悴，于是只好作罢。这句表现出纳兰虽然在羁旅途中患病，但对妻子仍然充满了无限关爱与思恋。

下片的"年年三月病"，并不是说纳兰的身体不好，每年的三月都会生病，三月是春天，中国古代文人在这个季节一般会伤春，所以纳兰是说自己每年三月都会因为伤春而忧思成疾，但没想到的是，自己今年却"病向深秋"。

尾句纳兰寓情于景，借眼前萧瑟的景色来抒发自己内心的愁苦。"卢龙风景白人头，药炉烟里，支枕听河流"，在这深秋时节，卢龙地区风物稀疏，景色萧条，令人徒增伤感，以致暗生白发，而自己却只能在药炉的烟雾缭绕下，侧耳倾听江河的奔流之声来排遣愁苦之情。

读罢此词，我们似乎能看到这样一幅图画：在寒冷的深秋季节，寒风侵入薄被，冷雨拍打帐篷，纳兰架起药炉，在徐徐升起的炉烟中听着隐隐的流水声，一种被命运驱遣的无奈已经将他的内心填满，并注定要伴其一生。

临江仙 寒柳

飞絮飞花何处是？层冰积雪摧残①。疏疏一树五更寒②。爱他明月好，憔悴也相关③。

最是繁丝摇落后，转教人忆春山④。湔裙梦断续应难。西风多少恨，吹不散眉弯⑤。

【注释】

①层冰：犹厚冰。宋辛弃疾《念奴娇·和南涧载酒见过雪楼观雪》词："便拟明年，人间挥汗，留取层冰洁。"②疏疏：稀疏貌。唐贾岛《光州王建使君水亭作》诗："夕阳庭眺，槐的滴疏疏。"③相关：彼此关连，相互牵涉，互相关心。④春山：春日的山，亦指春日山中。春日山山色黛青，因喻指妇人姣好的眉毛，这里指代亡妻。⑤眉弯：弯弯的眉毛。清龚自珍《太常行》词："似他身世，似他心性，无恨到眉弯。"

【赏析】

　　这是一首借咏寒柳而抒伤悼之情的词作，纳兰在词中咏物写人，亦柳亦人，委婉含蓄、意境幽远，可谓是其咏物词中的佳作，陈廷焯在《白雨斋词话》中曾这样评价这首词："余最爱其《临江仙·寒柳》云：'疏疏一树五更寒。爱他明月好，憔悴也相关。'言中有物，几令人感激涕零，纳兰词亦以此篇为压卷。"

　　词一开篇，纳兰就开门见山地提出一个疑问"飞絮飞花何处是"，在这冰天雪地的严冬，那迎风飘逝的柳絮杨花去了哪里？这一问，十分生动地表现出他的焦虑、寻觅之神态。

　　有的人可能要问，这不是一首咏柳词吗？怎么凭空多出来杨花这个意象？的确，杨树、柳树本是两种不同的树，但由于它们的种子杨花和柳絮都带有白絮能飞，飞絮期又基本相同，因此杨花和柳絮在古典诗词中常常被认为是代表同一个意象，而纳兰在这里用到"杨花"的意象，估计是想要造成叠音的声音效果。

　　对于首句提出的疑问，纳兰马上自问自答说"层冰积雪摧残"，原来是严寒无情扼杀了漫天的生机。

　　"疏疏一树五更寒"照应词题的"寒柳"，在这句中，"疏疏一树"四字本就让人从心底升起一股寒意，何况还是寒气最重的五更天气，这更令人倍觉凛冽凄清。

　　上片的尾句让清冷中浮起了一丝暖意，"爱他明月好，憔悴也相关"，柳树在明月的映照下显得更加憔悴，但也更让人怜爱。

　　如果纳兰在上片中以柳喻人，勾画出亡妻姣好的外表以及多舛的命运，那么在下片中，纳兰则开始追忆往昔，抒写悼亡之情。

　　"最是繁丝摇落后，转教人忆春山"，在繁茂的柳丝摇落之时，纳兰想到了亡妻。"春山"一词虽然不着一色，但却让人感觉到春意盎然，从中我们也能想象到卢氏昔日的风采。如今伊人已逝，即使梦里相见，可慰相思，但却好梦易断，断梦难续。

　　"湔裙梦断续应难"中"湔裙"的意思是洗裙，相传窦泰的母亲在怀他的时候，到了产期却不能分娩，于是就求助于巫师，巫师说："只要渡河湔裙，就容易产子。"后世用"湔裙"谓妇女有孕至水边洗裙，分娩必易，纳兰在这里用到这个典故，暗指妻子卢氏死于难产。

　　按照四季更替的规律，寒冬之后便是暖春，那时春山依旧如黛，只可惜在纳兰的心中，一切都已物是人非，自爱妻死后，这样的春天就不再属于他了，所以他才发出"西风多少恨，吹不散眉弯"的慨叹。这一声叹息中，饱含着惆怅与悲苦。

临江仙

塞上得家报，云秋海棠开矣^①，赋此。

六曲阑干三夜雨，倩谁护取娇慵^②？可怜寂寞粉墙东^③，已分裙衩绿^④，犹裹泪绡红^⑤。

曾记鬓边斜落下，半床凉月惺忪^⑥。旧欢如在梦魂中，自然肠欲断，何必更秋风。

【注释】

①秋海棠：又称"八月春""断肠花"。《采兰杂志》载，古代有一妇女怀念自己的心上人，但总不能见面，于是经常在墙下哭泣，眼泪滴入土中，后在洒泪之处长出一植株，花姿妩媚动人，花色像妇人的脸，叶子正面绿、背面红的小草，秋天开花，名曰"断肠草"。《本草纲目拾遗》也记载："相传昔人有以思而喷血阶下，遂生此草，故亦名'相思草'。"纳兰性德扈驾塞上，或奉命出使，于塞外得家书后作此词。②娇慵：柔弱倦怠的样子，这里指秋海棠花。此系以人拟花，为作者想象之语。③粉墙：用白灰粉刷过的墙。④裙衩：裙子与头钗都是妇女的衣饰，旧时借指女子。⑤绡红：生丝织成的薄纱、薄绢。⑥惺忪：形容刚睡醒还未完全清醒的状态。

【赏析】

有时候，读取辞赋之前短短的几句引子，更有情味。譬如，苏东坡写《水调歌头·明月几时有》，宏阔壮丽的词句前先说"丙辰中秋，欢饮达旦，大醉，作此篇，兼怀子由"。每每读来，珍爱的程度超越了那首词本身。是有些买椟还珠的憨蠢，却是真真的喜爱——喜欢那种真切平实的兄弟情谊，一位狂放的诗人大醉后手舞足蹈、飞天遁地吟啸抒情，好似一个大男人喝多了坐在酒馆里和一帮狐朋狗友胡侃吹牛皮，兴奋得两眼放光、满脸通红，其实他是寂寞的，繁华热闹的词句背后，思念至亲的荒凉感一寸寸爬上脊背，爬进心头啃噬。

纳兰的这首词也是如此。手把书卷，一句"塞上得家报，云秋海棠开矣，赋此"映入眼帘，十三个字，孤寂清廖的意味，如秀云出岫，咕嘟嘟从脚边涌起，转眼间遮蔽了书案。

今人爱花者颇多，不过所爱的大多是玫瑰百合、雏菊茉莉，很少人知道秋海棠。即使知道，也多半是只闻其名，不知其形。秋海棠又叫"八月春"，多年生的草花，一年四季青青翠翠，花朵深红、浅红的，粉嘟嘟一簇，娇憨妩媚。除了园艺爱好者，这花如今少有人养了。在过去，家家户户都种得几盆。

秋海棠还有别名"断肠花""相思花"。断肠为苦，相思甜蜜，这花朵的寓意，到底是苦是甜？传说陆游与唐琬感情甚笃，为母不容。母亲为拆散二人故意托人在远方为陆游谋仕途，陆游无奈，只得远行。临别前，唐琬送了陆游一盆花鲜叶嫩的秋海棠。一个大男人，向来不注意花花草草的，陆游问："这是什么花？"唐琬答："此乃'断肠花'。"陆游沉吟着说："这花应该叫'相思花'。"旅途遥远，车马辗转不便，陆游请唐琬代为照料这盆花。唐琬最后到底恨嫁赵士程。十年后，陆游重回故里，入沈园游玩，忽见一盆茂密的花朵似曾相识。问园丁，花为何名，园丁说：这是"相思花"啊，是赵夫人托我代养的。陆游细看花盆，不就是唐琬当年送给自己的那一盆？陆游叹息道："这是'断肠花'啊！"

娇艳的、多情的秋海棠，当年也曾是纳兰的相思花吧。"已分裙衩绿，犹裹泪绡红"，娇红的花朵、青翠的叶片，多么像一位红衫绿裙的佳人，独矗粉墙之下。男人夸赞女子，都喜欢用"花似人艳，人比花娇"的恶俗句子，听得旁人麻酥酥地脊背发凉。待真的爱了才知道，爱一位女子，她的容颜在你眼中果真像婉转伸展的承露娇蕊，俯首扬眉皆是袅娜风情。

纳兰的妻，是位美丽清雅的女子，一如迎着西风摇曳的秋海棠，艳而不俗、娇而不媚。纳兰对她的印象，是家常的，却又带着几许梦幻："曾记鬓边斜落下，半床凉月惺忪。"是夜，这位可人儿忽然醒了，揉着惺忪睡眼，白日里簪下的秋海棠垂在鬓边，映衬着半床清朗的月光，仿若空谷中不食人间烟火的仙子，惹人垂怜。

这一切，似幻似真，是真实发生的一幕还是相思敦促下头脑中一厢情愿的杜撰，纳兰自己也说不清楚，"旧欢如在梦魂中"。

旧欢已然成一梦，那么新人呢？我们都看到，这位续娶的夫人，是极爱纳兰的。她定然非常年轻，还是满脸稚气的，见花开了，赶紧簪一枝在鬓下，然后喜滋滋地给夫君写一封书信报知花信，一副小儿女情态。斯人已逝，海棠依旧，她可知她簪花的样子，与昔年的旧人多么相似？

秋海棠，秋日花开。此时的塞上，西风已凉，枯草漫卷伸向荒远的天际。她会不会去揣测，丈夫在荒凉的秋景中接到一纸花信时，心中涌起的是哪般滋味？——我想，会的。即使她是那么年轻，却未尝没有发觉夫君对着那些红花翠叶时眉宇间的忧愁。女人之于爱情，是天生的专家，不分年龄，无师自通。然而，纵使知道这花中有几多故事，她依然希望花开博得枕边人一笑，即使这略带凄楚的笑不是为她，也知足。这样的爱，带着些许委屈，有自得其乐的意味。女人，都是容不得"他"的心中有别人的。然而，只要你能让我爱着你，我愿意为你心中藏着"她"的那个小房间，细心拂拭打扫。虽然委屈，也是幸福，只因为，我爱你——这一切，在塞上秋风中黯然神伤的纳兰，你可知晓？

临江仙 谢饷樱桃

绿叶成阴春尽也，守宫偏护星星^①。留将颜色慰多情，分明千点泪，贮作玉壶冰^②。

独卧文园方病渴^③，强拈红豆酬卿^④。感卿珍重报流莺^⑤，惜花须自爱，休只为花疼。

【注释】

①星星：通"猩猩"，形容樱桃猩红的颜色。②玉壶冰：酒名。宋叶梦得《浣溪沙·送卢》词："荷叶荷花水底天，玉壶冰酒酿新泉，一欢聊复记他年。"③文园方病渴：汉司马相如曾任孝文园令，"常有消渴疾"，因此称病闲居，见《史记·司马相如列传》，后遂以"文园病"指消渴病，这里谓文人落魄，病困潦倒。④红豆：代指樱桃。⑤流莺：即莺。流，谓其鸣声婉转。

【赏析】

辽、金旧俗有"荐新""献时新"之举，即或由皇帝赏赐大臣，或达官贵人互送刚刚成熟的果物珍品，樱桃一直被视为果中之珍，遂于仲夏成熟之日相互馈赠。从词题"谢饷樱桃"来看，是说纳兰得到了友人馈赠的樱桃，所以填了这首情真意深之词以示答谢，但是，这首词真的是为答谢而填的应酬之作吗？

一开篇，词人就用到前文提到的杜牧与少女之母十年约定的典故，在这首词中，纳兰将杜诗中的"绿叶成阴子满枝"化用为"绿叶成阴春尽也"，其中所表达的悲惜之情也就不言而喻了。

"守宫偏护星星"，守宫指的是守宫砂，相传如果用朱砂喂养壁虎，等到其吃满七斤朱砂后，就会变得全身朱红，然后再将壁虎捣烂，这样就成了守宫砂，将其点染在处女的肢体，颜色不会消退，只有在发生房事后，其颜色才会变淡消退，一些朝代便把选进宫的女子点上守宫砂，使其有所畏惧，不敢与宫中其他男子私通。

用守宫砂来验证女子是否贞洁的做法到底有没有科学依据，我们暂且不论，纳兰在这里用到"守宫"的典故，想必他思念之人十有八九就是一个宫女，而与他有过一段情缘，最后被迫入宫的女子，除了他的表妹，就没有其他人了。

"留将颜色慰多情，分明千点泪，贮作玉壶冰"，在这句中，纳兰又用到"红泪"的典故，魏文帝曹丕所爱的美人薛灵芸在被迎娶时，因为舍不得离开父母而痛哭流涕，她以玉唾壶盛泪，泪水落在壶中成了红色，还没有到京师，壶中的泪已凝如血色，后世称女子的眼泪为"红泪"，在纳兰的眼中，表妹赠予他宫中的樱桃，就仿佛是点点泪水，这泪水就像苦酒一样积聚，让他沉醉其中。

有的人可能会质疑，既然表妹已经入宫，又怎会赠予纳兰樱桃？如果纳兰是一介布衣，自然就不要想了，但他的家族本是皇亲重戚，他自己又是皇帝的贴身侍卫，在这种特殊的身份下，偶尔见一见表妹这个中表至亲应该还是可以的，当然两人不可能频繁见面，更不可能互诉相思之情，所以，纳兰心中才会有无限的相恋之苦。

"独卧文园方病渴，强拈红豆酬卿"，在这句中，纳兰又用到了典故。据史记《史记·司马相如列传》记载，汉司马相如曾任孝文园令，"常有消渴疾"，因此称病闲居，后世遂以"文园病"指消渴病，纳兰在这里自比司马相如，说自己正失意病卧，你盛情馈送了樱桃，于是强忍着病痛吃了它，以示对你的酬答。

"感卿珍重报流莺，惜花须自爱，休只为花疼"，在这黄莺啼遍的季节，纳兰十分感谢表妹还能如此珍重情谊。同时也劝慰表妹怜惜花落时也要珍重，不要总是为花落而生悲。

纳兰在写词时并不是刻意用典，而是诸多典故已经熟读于心，完全成为自己语言的一部分，自然而然地就用到词中，这首词就是纳兰用典手法的一个典范。

临江仙　孤雁

霜冷离鸿惊失伴①，有人同病相怜。拟凭尺素寄愁边②。愁多书屡易，双泪落灯前。

莫对月明思往事，也知消减年年。无端嘹唳一声传③。西风吹只影，刚是早秋天。

【注释】

①离鸿：失群的大雁，比喻远离的亲友。②尺素：书写用的一尺长左右的白色生绢，借指小的画幅，短的书信。陆机《文赋》："函绵邈于尺素。"③嘹唳（lì）：形容声音响亮凄清，这里指孤雁哀鸣声。唐陈子昂《西还至散关答乔补阙知之》诗："葳蕤苍梧凤，嘹唳白露蝉。"

【赏析】

不管后人为纳兰的词作做了多少注解，终归没有人懂得他的心事。他的词集名为《饮水词》，正所谓"如鱼饮水，冷暖自知"，而纳兰最终也没有寻到一个能知他冷暖的人。心事飘杳于天地之间，就像离群的孤雁。

这首词是一首典型的咏物抒怀之作，明写离群孤雁，实写与其同病相怜的自己。后人揣测这首词大概写于纳兰某次随从康熙出行或去边塞执行任务的途中，这一路上鞍马劳顿，既无妻子来嘘寒问暖，也无朋友可把酒言欢，难免旅途孤寂，心中怅然。他骑马行走在旷野中，猛然抬头看见了那只离群悲鸣的孤雁，"同病相怜"之情油然而生，这首词便成了这一段旅途的见证。

纳兰这首词妙在意象的选择。我们都知道大雁是群居的候鸟，不少人对小学课本中那篇《秋天来了》印象深刻："一群大雁往南飞，一会儿排成个'人'字，一会儿排成个'一'字。"这可能是很多人对文学作品中的大雁的最初印象。一般来说，大雁在古诗词中多以"群雁""雁阵"出现，如陆游《幽居》诗："雨霁鸡栖早，风高雁阵斜。"又如白居易《江楼晚眺景物鲜奇》："风翻白浪花千片，雁点青天字一行。"

大雁不善于单独生活，离群往往是迫不得已，所以那些落单的大雁容易让人心生怜悯之情。纳兰此时就像是这样一只孤雁，当他在满地秋霜中抬头看见那只拼命南飞、声声哀啼的大雁时，忍不住喃喃自语："你可知这地上有个人与你同病相怜啊！"他想要把满怀愁绪用书信寄出，但"愁多书屡易"，他发现愁绪太多且变幻不定，屡屡修改增删，这封信便迟迟写不下来，于是只能对着烛光暗自垂泪。

写信这一场景让人想起了唐朝诗人张籍的一首《秋思》："洛阳城里见秋风，欲作家书意万重。复恐匆匆说不尽，行人临发又开封。"作客他乡，见秋风而思故里，便托人捎信，临走时怕遗漏了什么，又连忙打开看了几遍。这件事本平淡无奇，但一经入诗，便臻妙境。纳兰此时的心境怕与张籍是有些相似的，不过张籍所说的"开封"是唯恐有所遗漏所以慎之又慎，而纳兰"屡易"恐怕是因为就连他自己也捋不清纷乱的愁绪吧。

越是纷乱，就越想拆解清楚。所以陷入情绪困扰中的人容易追思往事，纳兰提醒自己："莫对月明思往事。"那只会让人衣带渐宽、形容憔悴，可是这样的提醒往往是苍白的，一个人最难明白，也最难管住的莫过于自己的心。

云中忽然传来一声孤雁哀鸣，抬头望去，那孤单的影子在初秋的寒风之中缥缈远去。"西风吹只影，刚是早秋天"，"同病相怜"四字已将天上孤雁与地上旅人合二为一，所以，这孤单的"只影"既是雁，也是人，一语双关，给人留下了广阔的联想空间。

纳兰这出身贵胄的男子心思却纤细到了极致，一只孤雁、一瓣落花皆能触动他的心神，所以他的愁情注定要比他人多、比他人沉重。晏殊在《浣溪沙》中有云："满目山河空念远，落花风雨更伤春。不如怜取眼前人。"这一句忠告想来纳兰是听不进去的，岂止眼前人，这个世界上所有美好的事物都再也入不了他的眼，他只沉浸在自己的悲伤世界里。

生之乐趣，总大于死之哀愁。但若一个人对幸福视而不见，悲伤总如影随形，我们也只能长叹一声，为他的悲伤而悲伤了。

临江仙

　　丝雨如尘云著水，嫣香碎入吴宫①。百花冷暖避东风，酷怜娇易散，燕子学偎红②。

　　人说病宜随月减，恹恹却与春同③。可能留蝶抱花丛，不成双梦影，翻笑杏梁空④？

【注释】

　　①嫣（yān）香：娇艳芳香，亦指娇艳芳香的花。吴宫：指春秋吴王的宫殿，春秋吴都有东西宫，据汉袁康《越绝书·外传记·吴地传》载："西宫在长秋，周一里二十六步，秦始皇帝十一年，守宫者照燕失火，烧之。"②偎红：紧贴着红花。③恹恹：精神萎靡不振的样子。④杏梁：文杏木所制的屋梁，言其屋宇的高贵。汉司马相如《长门赋》："刻木兰以为榱兮，饰文杏以为梁。"

【赏析】

　　"丝雨如尘云著水"，如梦境一般美丽的景致被这七个字雕刻得雅致纤巧、过目难忘，令人不禁遥想，是怎样一双修长精致的手执笔雕琢出了如此巧夺天工的文字？

　　纳兰的文字之美、意境之真让人总是忍不住怀疑：他的书桌前是不是常年铺着画纸，每每文思涌上，定要先描绘出一幅真切到可以触碰的图画才会动笔将之化为文字？即便不是这样，那么那些图画也一定曾存在于他的心里，所有的文字都不过是他对自己心境的素描而已，细腻却不矫揉，华美但不肤浅。

　　这首《临江仙》写于暮春时节，此时的纳兰不仅因逝去的春光而心生感慨，身体也正抱恙而忍受着折磨，愁病交加，以至于他竟生出了兴亡之叹，令人读来忍不住蹙眉心痛。

　　空中的愁云仿佛氤氲着水汽，蒙蒙细雨飘洒过后，吴宫里的残花散落了一地。娇美的宫花最经不得风雨，这满地落英让人怜惜不已，以至于连过路的飞燕也学着人的样子紧紧依偎在了花下。

　　景物之愁加剧了纳兰的苦闷，"人说病宜随月减"，但他却自叹道"恹恹却与春同"，他的疾病并未随着时间的流逝而好转，反而如这暮春一样萎靡颓丧。拖着病体出得门来，只见蝴蝶飞舞流连，却迟迟不肯离开花丛，但梁上的燕子早已成双成对地飞走了，忍不住对着那空落落的屋梁苦笑一下。

　　纳兰心中有苦，且苦不堪言，偏偏他又是潇洒不起来的男子。倘若他能有陶潜的两分豁达，在失意时依旧有"采菊东篱下，悠然见南山"的闲情雅致，或者他若能有两分李白的飘逸，纵然千金散尽依旧"仰天大笑出门去"，再或者他若能有两分苏东坡的达观，即使官场屡屡受挫依然能与清风明月相伴，泛舟游玩，观"山高月小，水落石出"，只要有这三人的几分风骨，他或许就能快乐一些、乐观一些，或许就不会在年华最盛、才学丰盈之年黯然凋零。但如果真是那样，他也便不是为后人念念不忘的纳兰了。

纳兰确实是个风流的才子，但绝对不是个潇洒的文人。他的词，愁心漫溢，句句读来令人心伤，这一首满含兴亡之感的《临江仙》便是佐证。

词中"吴宫""杏梁"等出于前人辞赋的词语中隐隐藏着莫大的忧虑，其时正是康熙盛世，对时代的兴亡忧患显然不会是纳兰词作的主题，惜时伤春又加身世感伤才更贴合纳兰的风格。他甄选的不过都是些平淡如水的词汇，然而这些词语却偏偏在他的指尖化成一段旋律——为心弦所演奏，曲曲萦绕于耳，终久不绝。

爱妻早亡，后续难圆旧时梦，以及亲友的聚聚散散常常使他备感人生无常。种种悲观与困惑化为对仕途的厌倦、对富贵的轻视、对人生的消极，他对凡能轻取的身外之物无心一顾，但求之心切的爱情与自由却终不得。

纳兰生性爱感伤，愁病之余更是落落寡欢，他虽身在富贵之家，且仕途顺风顺水，但无奈他骨子里的气质有时又偏偏近于落魄文人。在这般心意牵引之下，常人往往欲将心事付于知己，但纳兰又已习惯了一人置身于阴霾下，从不善于求助于朋友，所以他只能付诸辞章，便也难怪会落得满纸落寞了。

临江仙

夜来带得些儿雪，冻云一树垂垂①。东风回首不胜悲。叶干丝未尽，未死只颦眉②。

可忆红泥亭子外③，纤腰舞困因谁？如今寂寞待人归。明年依旧绿，知否系斑骓④？

【注释】

①冻云：严冬的阴云。宋陆游《好事近》词："扶杖冻云深处，探溪梅消息。"②颦眉：皱眉。晋戴逵《放达为非道论》："是犹美西施而学其颦眉，慕有道而折其巾角。"③红泥亭子：即红亭，长亭。路途中行人休憩、送别之处。④斑骓：毛色青白相间的骏马。唐李商隐《无题》："斑骓只系垂杨岸，何处西南待好风。"

【赏析】

在中国古诗词的大观园里，柳树就像袅娜娉婷的古装美女，获得了历朝历代文人骚客的青睐。

最早的咏柳诗大概出自《诗经》，"昔我往矣，杨柳依依"，诗人借杨柳依依，寄托怀往之情；最著名的莫过于唐代诗人贺知章的《咏柳》，"不知细叶谁裁出，二月春风似剪刀"家喻户晓，连几岁孩童都能诵读。

在不同文人笔下，柳树也被赋予了不同的艺术生命。在诗词中但凡出现柳树，就常常伴有离别。折杨柳以送别的民风成了古代送别诗词中最常见的意象，这大概是因为"柳""留"二字谐音，所以古人便以此来暗喻离别，有惜别怀远之意，那本来预示着盎然春意的婀娜植物就这样被涂上了浓得化不开的感伤色彩。

纳兰这首《临江仙》也是咏柳之作，不过却更为特别，因为他所吟咏的不是春意枝头闹的春柳，而是冬天落雪后的一株寒柳，这在离别的伤感意境外陡然又多了几分料峭，读来竟让人不由得想掩一掩衣领。

纳兰所写的这一棵柳树处境甚是惨淡，不仅要对抗冬天严酷的寒风，还要经受霜雪的磨砺。纳兰看见它时，干枯的枝干上还带着前夜落下的积雪，望过去就仿佛有片片浮云坠落在了树端，不过浮云毕竟还是飘逸的，这一簇积雪却泛着逼人的寒气。凛冽的寒风吹过，回忆起春风的和煦忍不住心生悲凉，这树的叶子早已落净，但柳丝尚存还没有冻死，只是像病了一般皱着眉头，就好像愁病交加的自己。

所愁为何？仍旧是对亡妻的无尽思念罢了。

在上片写完眼前之景，纳兰便在词的下片照旧陷入了回忆：当初你我在红亭作别时春光正好，那柳树当真是"碧玉妆成一树高，万条垂下绿丝绦"，风拂动柳枝，那垂柳不正是为了我二人而摇曳生姿吗？如今只剩下我自己一人伫立红亭，"寂寞待人归"。

亡人已去又怎能归来，纳兰定然也是明白这个道理的。可是明白又怎样，抑制不住的思念让他在此停留，不肯离去。

思罢往昔又念明朝：待到挨过寒冬，明年春天红亭左右的垂柳依然会变绿，却不知道是否还会有人在那里系上骏马，长亭送别？纵使再有人在此话别，我却也终归是见不到你了。

这是不是一棵所寄之情最伤的柳树呢？前人惋惜的多是天各一方、难以聚首的遗憾，纳兰所叹的却是阴阳相隔、永不聚首的恨事。

一般来说，纳兰的词里绝少家国大事，也从无豪言壮语，甚至连壮丽的山川美景也很少出现。他只是沉浸在一个人的情感世界里，或缅怀、或追悼、或叹息，这个"小我"世界里的他才是最真实的纳兰，他的寂寞无人能懂，只属于自己。因而有人说他霸道，虽然他写出无数绝妙好词供后人欣赏，真正的拥有者只是纳兰；但也有人说他无私，所有词作都直指内心，无关世俗名利纷争。

元明以来的词风呈现出与花间词趋同的态势，追求浮华艳丽之风以至于令人觉得空有华美外表，纳兰走的是一条逆行的路，他只是任由自己的思绪飘飞，又在信笔挥洒间尽显自然之美。就在他的眼里，寒冬的垂柳也有了情感，流逝的每段光阴都值得怀念，真不知这于他究竟是幸，还是不幸。

临江仙 卢龙大树①

雨打风吹都似此，将军一去谁怜②？画图曾见绿阴圆。旧时遗镞地③，今日种瓜田。

系马南枝犹在否④，萧萧欲下长川⑤。九秋黄叶五更烟⑥。止应摇落尽，不必问当年。

【注释】

①卢龙：地名，在今山海关西南，清属永平府。②将军：指将军树，即大树。《后汉书·冯异传》："每所止舍，诸将并坐论功，异常独屏树下，军中号'大将军树'。"后遂以"将军树"借指大树，亦用为建立军功之典，唐王昌龄《从军行》："虽投定远军，未坐将军树。"③遗镞：指遗弃或残剩的箭镞。④南枝：朝南的树枝，比喻温暖舒适的地方。《古诗十九首·行行重行行》："胡马依北风，越鸟巢南枝。"因以指故土故国。⑤长川：长流。⑥九秋：指九月深秋。黄叶：枯黄的树叶，亦借指将落之叶。

【赏析】

一句"雨打风吹都似此"，教人怎么能不想起稼轩在京口北固亭的千古一叹："舞榭歌台，风流总被雨打风吹去。"

爱在作品中用典的文人，唐有李义山，宋有辛弃疾。李商隐的一首《锦瑟》将庄生梦蝶、帝化子规、鲛人泣珠、良玉生烟四个典故尽数化在其中，辛弃疾的《永遇乐·京口北固亭怀古》中用到了孙仲谋、寄奴、刘义隆、霍去病、佛狸祠、廉颇等多个典故，并因此被杨慎在《词品》中评为稼轩词之最——"辛词当以京口北固亭怀古《永遇乐》为第一"。

纳兰并未采用前人写凭吊词时惯用的"用典"手法，而是借着眼前所见、心中所想便直抒胸臆了。

自然界的风吹雨打和历史长河的波澜起伏似乎是一样的，雨过则天晴、潮平则海阔，时光荏苒中景物依旧，只是斯人一去不返。古人以大树喻军功，如今古木参天，而昔日纵马扬鞭、驰骋沙场的将军早已化为一抔黄土，还有几人记得他当时的功劳，又有几人记得凭吊逝去的英雄？

有人说"时间是安抚一切的魔法"，但时间何尝不是淹埋一切的泥流？所谓"沧海桑田"正是如此，谁人知道那些被收入画中的绿荫地过去是什么模样，要知道，昔日的战场如今只化成了一块瓜田。岁月就像一个不讲道理的小姑娘，只顾自己向前而从不在意路人的目光，你总以为自己牵住了她的裙角，事实上抓在手里的不过是一丝云烟，过眼即逝。

这首词的下片似乎全在慨叹时光的不可逆转："系马南枝犹在否，萧萧欲下长川。九秋黄叶五更烟。止应摇落尽，不必问当年。"江河奔流，曾经拴着战马的树枝还在吗？是否早已化作深秋的落叶、五更的晨烟？任何人都无力阻拦一去不回头的岁月，任何语言和行动在注定消逝的光阴前都空洞苍白，那么，过去的丰功伟绩、英雄旧事又何须再提！

后世学者考证认为这首词大概作于康熙二十一年（1682 年），当时纳兰作为一等侍卫护从康熙皇帝东巡，在途中写了《临江仙·永平道中》等数篇作品，这一首可能也是其中之一。他从卢龙大树写开去，"借物以寓性情"，凭吊古人，作了一番今昔感叹，虽不及苏东坡《念奴娇·赤壁怀古》的雄浑苍凉、大气磅礴，也不及张养浩的《山坡羊·潼关怀古》深刻尖锐、震撼心灵，却也值得细细玩味。

纳兰所作的同题材的词作都有这样一个特点：咏史是以史为托，咏物是以物为寓，但最终落脚点都会回归他自身的思想感情。在这一类塞上行吟或羁旅行役词中，纳兰自己的形象要么是思乡的路途倦客，要么是眷念闺中的离人，再或者是一位厌倦奔波的贵胄公子，王国维先生说："一切景语皆情语。"纳兰所见之景无非都是他内心世界的投射，自然而然就沾染了灰暗的色调。

与那些细腻婉转的悼亡词、恨别词相比，这首词多了几分英气，然而"豪放是外放的风骨，忧伤才是内敛的精魂"，即便是这类融入了历史兴亡的大视野的词作，也沾染着纳兰骨子里的忧郁气质。在旷达的茫茫原野上，行走着的始终是那个忧伤旷古的灵魂。

临江仙

长记碧纱窗外语①，秋风吹送归鸦。片帆从此寄天涯②，一灯新睡觉，思梦月初斜。

便是欲归归未得，不如燕子还家。春云春水带轻霞③，画船人似月④，细雨落杨花。

【注释】

①碧纱窗：装有绿色薄纱的窗。②片帆：孤舟，一只船。③春云：春天的云。轻霞：淡霞。④画船：装饰华美的游船。南朝梁元帝《玄圃牛渚矶碑》："画船向浦，锦缆牵矶。"

【赏析】

这一次，纳兰和妻子分开的时间太久了。

两人分别的时候还是秋天。萧瑟的秋风吹送寒鸦归巢，那时正是日暮时分，他和妻子曾在碧纱窗前低语话别，别离的不舍言语似乎还在耳畔回响，恍惚间半年都过去了，春色都已经在天地间弥散开来，而自己却依旧归期未定。

这是一首在春天回忆秋天别离场景的词，开篇劈头就是"长记"二字，既表达了纳兰对妻子的思念之深，也隐含着对负王命、不得归的一丝抱怨。两人一别良久，从此他便如一只孤船在天涯漂泊，"片帆"二字形象地刻画出了词人孤身一人行走在外的飘零和落寞。

"一灯新睡觉，思梦月初斜"二句写他在旅店中惊醒，睡梦中全是故园之景、娇妻之美，但醒来只看到一星孤独的烛火在黑暗中闪烁，心中悻痛，此时月亮才刚刚西斜，这一番纠结之后自然再难成眠。

肩负王命，就难免有身不由己之感。一别甚久，纳兰归家的心是迫切的，思念之情令他备受煎熬，但他却不能归去，难怪他要感叹了："便是欲归归未得，不如燕子还家。"就连燕子都能秋去春归、来去自如，"我"竟然还不及它啊！

眼见景色一天天精致、明朗起来，春的气息夹带着生机与湿润扑面而来，如画的山水让纳兰忍不住憧憬：我何时才能回到家乡，与妻子一起欣赏烟柳画船、细雨杨花？那该是何等的惬意！

又是一首表达相思的词。纳兰写词时似乎从不考虑同类题材自己已写过太多，或者在他眼里，此时的相思不能等同于彼时的牵挂，今日的愁绪和昨天的烦扰也是两个模样。纳兰这样想着，便确实写出了主题相同，但意境相异的佳作，一句有一句的悲伤，一首有一首的味道。

古往今来思乡词不少，相思词甚多，但思乡的大抵都是在外云游的游人浪子，患了相思病的却多是闺中女儿。在那些表达男女之思的诗词里，怨女思妇比比皆是，男思女者却是极少。放眼望去，似乎到处都是倚楼眺望天际的思妇怨女，随意翻开唐诗宋词都能看到若干对情郎念念不忘、怕郎走、盼郎归的红粉佳人。

相思之情常被喻为"红豆"。红豆产于南方，结实鲜红浑圆，晶莹如珊瑚，传说古时曾有个女子因丈夫死在边地，便在一棵树下伤心痛哭致死，血泪化为红豆，故人们又将红豆称为"相思子"。如此说来，这"相思"二字本就来源于那些扯不断情丝的女儿，这就难怪诗词中很少见到思妻思得死去活来的男人了。

《诗经》中"寤寐思服""辗转反侧"的男子稍多，之后便很鲜见。莫非男女之思当真是这般不平衡？或许我们也可以这样理解：那些才子诗人羞于表达自己的"儿女情长"，要不然诗词中就不会有那么多作品明写妻思夫，实乃丈夫思念妻子了。

也是因为这样，纳兰的一番真性情就更显珍贵了。他对天涯孤旅之景和凄迷之情不做丝毫掩饰，就连昔日的"碧纱窗外语"他也"长记"于心。在常人看来，这未免有些英雄气短，但对纳兰来说，能与伊人春光共度、相偎相伴正是他梦寐以求的幸福。

临江仙

昨夜个人曾有约，严城玉漏三更^①。一钩新月几疏星^②。夜阑犹未寝，人静鼠窥灯。

原是瞿唐风间阻^③，错教人恨无情。小阑干外寂无声。几回肠断处，风动护花铃^④。

【注释】

①严城：戒备森严的城池。唐皇甫冉《与张湮宿刘八城东庄》诗："寒芜连古渡，云树近严城。"②新月：农历每月初出现的弯形的月亮。③瞿唐：即瞿塘，峡名，为长江三峡之首，也称夔峡。西起重庆奉节白帝城，东至巫山大溪，两岸悬崖壁立，江流湍急，山势险峻，号称西蜀门户，峡口有夔门和滟堆。间阻：阻隔，间隔。④护花铃：为保护花朵驱赶鸟雀而设置的铃。

【赏析】

纳兰词总是悲切缠绵，催人泪下。这首《临江仙》也是如此，寥寥语句勾画了他与恋人相约却又未能见面的一段经历，言辞之间情真意切、哀感动人。

"昨夜个人曾有约，严城玉漏三更。"报时的沙漏中，细沙滑下，标志着时间无情流逝。戒备森严的城内街道空无一人，词人独自等待了大半个夜晚，"严城"二字更增添了这孤独凄凉的色彩。相思与等待之苦，确实不堪忍受。

李后主《菩萨蛮》（花明月暗笼轻雾）写与小周后幽会之事，亦可称为男女幽会之名篇，然后主只述小周后匆忙出宫之状，并不提自己心思如何。盖因后主当时为帝，深夜幽会，只图一时之乐，未必懂得普通青年男女恋爱之时的相思之苦。

而纳兰毕竟不同，丞相之子、御前侍卫的身份并未给他带来任何感情上的特权，从开始的刻骨相思到后来的宫闱之隔，唯一甜蜜的回忆怕是只有相遇之初两情欢洽的时光了。

"一钩新月几疏星。"天上的一钩新月，点点疏星，这样的景色在纳兰看来，不过是一番别样的孤寂凄清。人一生又遇上多少个一钩新月天如水的夜？若所等之人如约来到，那此情此景，二人可能会在月下对酌，可能会联词唱和，也可能，只是并肩漫步在如水月色中，任低声耳语惊起了宿鸟剪碎了花影。然而，这样心心念念等待之人终究没有到来，面对新月疏星，只能听凭思念和寂寞在惘然中纠缠不休。

三更时分，风定夜静，相约之人却迟迟不来，心情犹疑不定之中，纵夜阑灯昏，又怎得安然好眠？"鼠窥灯"三字令人想起秦少游《如梦令》中"梦破鼠窥灯，霜送晓寒侵被"两句。四周寂静无声，连小鼠也出来窥探。而无果的等待，一室的悄然，早已让人心内冷凉一片。言语至此，已是沉沉无半点生气，寂寞至极。

等待实在是一种人生苍老的过程，更何况所等之人是有约在先的恋人。词人久待不见人来，甚至开始主动为对方寻找爽约原因。"原是瞿塘风间阻"，瞿塘是何景观？长江三峡的瞿塘峡，西起重庆市奉节白帝城，东至巫山大溪，两岸悬崖壁立，山势险峻，水流湍急，行船艰难。狂放不羁如李白都曾在《荆州歌》中说："白帝城边足风波，瞿塘五月谁敢过？"

纳兰在这里设想，恋人一定遭遇了像瞿塘峡的风一样的意外变故，才没来赴约。想必此刻伊人正在独倚高楼，拍遍栏杆，苦无良计。继而强自解嘲道，这岂不是要教人误以为对方无情吗？黯然神伤之至，根本便挂不住嘴角那一抹自嘲的笑。横亘在他们之间的是一条何其难逾的鸿沟，纳兰必然是心知肚明，却也无计可施，只得任由情绪陷入长久痛苦的相思之中。

"小阑干外寂无声"，深夜难眠容易让人产生回忆，昔日与恋人在回廊约会的场面历历在目，而此时此刻，只剩下护花铃声颤动，空留断肠人。

循句读来，令人不免忆及《诗经·郑风》那一句："青青子衿，悠悠我心。"

同是候人不至，《诗经》中以女子的口吻直述思念，蜕去了一切躯壳，省去所有外在的描述；纳兰则描写细腻，以外部的景物来映衬人物内心的波动焦虑，词中尽是相恋相约而不得相见的哀婉缠绵，婉转低回与《诗经》中的坦然直率很是不同，但情绪毕竟是相通的。蜿蜒在这些诗句中的思念是如何缱绻漫长，让后来的人无不心有戚戚。毕竟在喧嚣尘世对一个人产生这样持久的思念而始终心无厌倦，实在太难。

在《诗经》中，并没交代郑女所等男子因何失约，最终有没有来。不解释，不交代结局，也便能存有一种期待。而纳兰词似乎连这样的渺远期盼也不曾留给读者，人人皆知，现实终归问不得"后来"二字，纵使纳兰深情如是，亦无法避免后来在无奈之中接受了家族的安排，与两广总督卢兴祖之女卢氏结合。至于再后来，即使纳兰旧情不忘，趁国丧期间请喇嘛入宫念经之机混入宫中，也如愿见到了旧日恋人，却因为宫禁森严，二人只能远远相望，没有能够说上一句话。

落花时

（按：此调《谱》《律》不载，疑亦自度曲。一本作《好花时》。）

夕阳谁唤下楼梯，一握香荑①。回头忍笑阶前立，总无语、也依依②。

笺书直恁无凭据③，休说相思。劝伊好向红窗醉，须莫及、落花时。

【注释】

①香荑（tí）：柔软而芳香的茅草嫩芽。荑，茅草的嫩芽。②依依：美丽。③笺书：信

札，文书。直恁：犹言竟然如此。无凭据：不能凭信，难以料定。指书信中的期约竟如此不足凭信，即谓"误期、爽约"之意。

【赏析】

这首词刻画恋人相会时的场景：夕阳中，谁把她从楼上唤出，手握一把香草。下得楼来，她却忍着笑意立在阶前，一语不发，尽管如此却依然美丽。信中相约却未如期而至，如今就不要再说什么相思了。劝你沉醉小窗，还没有到落花相见之时呢！

"夕阳谁唤下楼梯，一握香荑。"这首词写下了夕阳西下，恋人相约时，既相爱又娇嗔的场面。纳兰依然是用他典型的直白开场，写下了这个故事的开端，从楼梯上下来，女子手中握着香草。"香荑"是指刚刚长出来的嫩草，带着淡淡青绿色，有着植物特有的芳香，好像男女初恋的味道，青涩，好闻。

本来，恋人相见，应当是欣喜若狂，立即相拥在一起。可是这时，女子却做出了一个令人难以理解的举动。她被恋人唤出，从楼上下来，在楼梯上，手捧香草，微微带笑，准备去和朝思暮想的恋人见面。可是她却忽然"回头忍笑阶前立"，一言不发，叫人摸不着头脑。停在那里，不再走到恋人跟前，看到相爱的人站在楼下，急得抓耳挠腮，这大概是许多女子在恋爱中都喜欢玩儿的一个小花招。

这首词里的女子也是如此，说到原因，无外乎是恋人不守约定，错过了约期。所以，女子才要故作矜持，故作冷淡。她想要惩罚男子，要挫挫男子的锐气，纳兰能够这样描写一个女子，也写出了他的内心想法，作为清朝贵胄，纳兰并不是秉承大男子主义的，在他心里，尊重女性，也关爱女性。纳兰的心里始终充满爱意，他对一切都有着深切的爱，所以，他才会让女子以这样的形态出现。本来是等得着急，急切地想要见到男子，可是在见到男子之后，却又止步不前，无语相对。这是给那些妄自尊大的男人一点教训，告诉那些男人，不要认为女人就是一件附属品，想怎么样就怎么样，女人也是需要认真去对待、去爱的。

总的来说，上片就是在写二人相会，女子撒娇矜持的场景。纳兰从女子落笔，将其写得活泼可爱，十数字间就将女子的形貌神情、心事点点，都写得清透微妙、惟妙惟肖。纳兰的这首词词风雅致，格调清淡。上片最后"总无语、也依依"六字，更是道出了女子的小小心事。

据传这首《落花时》是纳兰写给自己初恋情人的，不过无法考证，究竟实情如何，也无法确切得知。但这首词确实是写得细致入骨，女子等情郎、见情郎、怨情郎、怪情郎的种种都在短短的一首词中道明。

"笺书直恁无凭据，休说相思。"春光流转不定，春风盎然，但依然会过渡到夏日，四季轮回，无人可阻，感情之间的事情也不外乎如此，没人能够肯定相亲相爱一生一世，但只要当时用情至深，那便是此生无悔了。

不需要立下什么凭证，因为当初书信中所写的约期，男子没有遵守，这样不守承诺，如何还能相信？女子对男子如此埋怨道，她要男子知道，自己也是有血有肉的女人，需要被男子认真地对待。

如果不能被男子珍惜，那也不需要他的相思。女子看似决绝的一面底下，隐藏的其实是真诚的爱恋。看到男子被自己的严厉吓到，女子又于心不忍，她转而安慰男子，"劝伊好向红窗醉，须莫及、落花时"。用风景来过渡，将之前的冷淡场面敷衍过去，毕竟男子还是来了，又何必去计较之前的种种呢？

女子对男子说，春光太好，定要珍惜，不要因为犹豫而错过了两个人相处的好时机。不然等到花落时，定要后悔万分的。言语之中含有"有花堪折直须折"的意思，女子内心的情感不言而喻，她还是爱着男子的，希望得到男子的爱。

精准的用词中，看得出其中缱绻的情意，离愁、离恨、相爱、相守，爱情之中的种种，纳兰尽悉把握词中。生命犹如朝露，虚幻间便很快度过了一生，如果不及时把握，那悔恨的将会是自己。

纳兰是真的懂得爱，所以，他能够将爱写得如此轻描淡写，却如此深入人心，这首词的风流蕴藉之处，很有北宋小令的遗风，亲昵，却又不失庄重，艳丽，但又并不艳情，纳兰的风骨之高，由此可见。

相爱的人在词的结尾，相守在一起，但并未提到之后他们会如何发展，是否会结婚生子，是否会分手离别。故事戛然而止，让人们对这个故事充满了想象与心动，文字是纳兰的生命，与纳兰的血液融化在一起，《落花时》仿佛是纳兰青春年少时的一笔缩写，在偶然的时间，偶然地邂逅一名爱的女子，就不要轻易错过，如同遗失的春光，瞬间的把握，就可以是一辈子的回忆。

满宫花

盼天涯，芳讯绝①。莫是故情全歇②。朦胧寒月影微黄，情更薄于寒月。

麝烟销，兰烬灭③。多少怨眉愁睫。芙蓉莲子待分明④，莫向暗中磨折。

【注释】

①芳讯：嘉言，对亲友音信的美称。②故情：旧情。唐王昌龄《李四仓曹宅夜饮》诗："霜天留饮故情欢，银烛金炉夜不寒。"③兰烬：蜡烛的余烬，因状似兰心，故称。④芙蓉：即荷花。此句化用《乐府诗集·清商词一·子夜夏歌之八》中"乘月采芙蓉，夜夜得莲子"之句。

【赏析】

人间多是惆怅客，更有纳兰痴情人。满腹苦水，叫他如何排解忧愁，唱尽悲歌？直道："盼天涯，芳讯绝"，令人联想那"独上高楼，望尽天涯路"之人，不知独倚高楼之景，是否也同纳兰一般苍茫；不知望断天涯路，是否也同纳兰只寻得"芳讯绝"。情意是有共通之处的，读来孤寂，都是悲苦之词。身旁空旷寥落，以为能在天涯那头找寻些什么。

可是想见之人不见面容，想闻之讯未得其踪。莫不是，故人旧情，全然已尽？这"故情"二字，出自唐代王昌龄之诗，曰："霜天留饮故情欢，银烛金炉夜不寒。"纳兰此问，可解为呓语之言。故情是否安在，他还不清楚吗？只是接受现实这样的事，对脆弱的词人，太显残酷，只能自我麻痹、自我安慰，问：她是否已经不在那里了？答案却是早已知晓，盘旋于心千遍万遍，还是不忍对自己说，她已然消逝在天涯。

于是心头寒意阵阵，看那朦胧的月色，都是寒冷萧条，昏暗微黄。情自凄婉，寒月再美，不过目及之物而已。世人所观之月，都是同样的月，偏偏纳兰眼中，怎就尤其寒冷凄清呢？所谓景语皆情语，心里是白雪皑皑，眼观之物，必不至于五彩斑斓。

这才意识到，麝香烧尽的香烟已散去，燃尽呈兰花之态的烛心也熄灭，怨眉愁睫，该用什么解？自古烟、烛都是描绘朦胧唯美的景色，被赋予消逝之意，只因烟缕轻盈，还没能好好欣赏，风过便散，烛则有残烛烧尽、恰留烛心为证，好似提醒着它曾经的存在。徒留烛心如兰花之态，一切事物消逝之迅疾，非能够轻易掌控，于是更加深了愁绪。眼前之景都是残破之景，散了轻烟灭了灯烛，还有什么是完好？

最后，"芙蓉莲子待分明"，从《乐府诗集·清商词一·子夜夏歌之八》来：

朝登凉台上，夕宿兰池里。

乘月采芙蓉，夜夜得莲子。

青荷盖渌水，芙蓉葩红鲜。

郎见欲采我，我心欲怀莲。

芙蓉大概取的是其谐音"夫容"，诗中描写情人幽会之景。愁情满腹的纳兰自然取的也是反意，写故人幽会的欢愉，更是自嘲自己的落寞孤楚，反衬得一地凄凉。所谓伊人，着实已"在水一方"，天地之遥，该如何跨越，才能让他不那样痛心？

莫问，莫问！"莫向暗中磨折"，似是自慰，却更多无可奈何。

满江红

代北燕南①，应不隔、月明千里。谁相念、胭脂山下②，悲哉秋气③。小立乍惊清露湿，孤眠最惜浓香腻。况夜乌啼绝四更头，边声起④。

消不尽，悲歌意；匀不尽，相思泪。想故园今夜，玉阑谁倚？青海不来如意梦⑤，红笺暂写违心字⑥。道别来浑是不关心，东堂桂⑦。

【注释】

①代北：泛指汉、晋代郡和唐以后代州北部或以北地区。今山西西北部及河北西北部一带。燕南：泛指黄河以北地区。 ②胭脂山：即燕支山。古在匈奴境内，以产燕支(胭脂)草而得名。匈奴失此山，曾作歌曰："失我燕支山，使我妇女无颜色。"因水草丰美，宜于畜牧，一向为塞外值得怀念的地方。 ③秋气：指秋日的凄清、肃杀之气。 ④边声：边境上的马嘶、风号等声音。范仲淹《渔家傲》："四面边声连角起，千嶂里，长烟落日孤城闭。" ⑤青海：本指青海省内最大的咸水湖，蒙古语为"库库诺尔"意即"青色的湖"。在青海东北部大通山、日月山和青海南山之间，北魏时始用此名。后比喻边远荒漠之地。 ⑥红笺：红色笺纸。多用以题写诗词。违心：跟心愿相违背，不是出自本心。 ⑦东堂桂：语出《晋书·郤诜》：郤诜以对策上第，拜仪郎。后迁官，晋武帝于东堂会送，问诜曰："卿自以为何如？"诜对曰："臣举贤良对策，为天下第一。犹桂林之一枝，昆山之片玉。"后称科举考试及第为"东堂桂"。

【赏析】

塞上秋寒，月夜，军营里的人们都已沉沉睡去，唯有纳兰辗转反侧，不得入眠，索性披衣而出，走出军帐，徘徊间，填了一首《满江红》。

这首词写的是塞上月夜怀妻：上片写你我天南地北，然而却不能阻隔千里明月，天涯共此时。"我"伫立在寒夜风中，承受着这寒冷凄清，孤枕难眠。已近四更，城乌夜啼，边声四起，此刻谁又在远方挂念塞外苦寒的"我"呢？悲歌不胜消受，悲泪暗流不止，在家乡的故园里，谁又在独倚着栏杆同样神伤呢？只恨无梦可慰相思，唯以违心之字的书信自慰。

纳兰的妻真是个幸福的女人。

世上的男人，口口声声都会说"爱"，可落实到生活中，很少有人能一笔一画细细将这个"爱"字写完全。一个男子追求一个女人时，说不尽的体贴细致，吃橘子为你剥去皮，不忘细心地扯去橘瓣上的白丝络，盛一碗粥专挑浓的盛，还不忘小心吹凉，生怕烫口。这一切，让女人受宠若惊，以为一生一世就这样被宠爱着了。事实是，一旦你爱上了他，这种关爱与被关爱就瞬间完成了逆转，男人一夜间从奴隶到将军。

你会觉得奇怪，原来很勤快的男人，怎么会变得这么懒？他会窝在沙发里，等着你送上橘子；会一边往嘴里填饭，一边吆喝你赶快去盛那碗粥。女人啊，是一只鸟，你爱上他之前，不过是停留在他肩上，他小心伺候，生怕你飞走。而你爱上了他，便如同进入了他精心编织的笼子，再也无法飞走，也无心飞走，他又怎么会在你身上再费多大的心思？虽说是人之常情，想想毕竟可恨。纳兰不同，真正是男人中的异类。妻已不是初识，不是新婚，不是热恋，可他还是全心地爱着她，关心着她，甚至在一个凄清的夜晚想起她——这样的感情待遇，放到今天，似乎只有神仙眷侣能媲美。人间不是无真爱，只是我等不经心。

夫妇二人，难的是心意相通。如何相通？不过是彼此爱着、彼此挂念罢了。他爱她，熟悉她，知晓她一切细腻的小心思与小习惯。他知道在这样的月夜，她也会辗转反侧不得成眠，悄悄地来到檐下扶栏边小坐，眼中盛满了哀怨与相思。

而她，一个人在凄清的月夜甜蜜地怀念夫君，说不尽的缠绵情浓，也是因为知晓夫君即使行路到遥远的北方，也会对她时时挂怀。

世上的功名利禄、富贵荣辱，说重也重，说轻也轻。至少在纳兰看来，这些东西在生命中的意义，远不如枕边人宝贵。随驾远行，在别人看来是尊荣至极的差事，纳兰却以此为苦。不是嫌行程劳苦，是嫌这种工作没意义。做皇帝的近侍，有远大的前程（纳兰的父亲明珠就是做侍卫发迹的），可无法实现心中的理想，还得和心爱的人饱受相思的煎熬，纳兰认为得不偿失。不要说这位富贵公子"饱汉不知饿汉饥""身在福中不知福"云云。王国维曾说纳兰"未染汉人风气"，恐怕指的是他能自由地表达自己的真实情感，意境天成，没有因袭模拟的毛病。私以为，纳兰能如此自然，还因他未染上"利欲熏心"的毛病。

满江红

为曹子清题其先人所构楝亭，亭在金陵署中。①

籍甚平阳②，羡奕叶、流传芳誉③。君不见、山龙补衮，昔时兰署④。饮罢石头城下水⑤，移来燕子矶边树。倩一茎黄楝作三槐⑥，趋庭处。

延夕月，承晨露。看手泽⑦，深余慕。更凤毛才思⑧，登高能赋。入梦凭将图绘写，留题合遣纱笼护⑨。正绿阴青子盼乌衣⑩，来非暮。

【注释】

①曹子清：曹寅，字子清，清文学家，号荔轩，又号楝亭，先世为汉族，原籍丰润（今属河北），自其祖父起为满洲贵族的包衣(奴仆)，隶属于正白旗，为小说家曹雪芹祖父。楝亭：曹寅之先人所建，亭边植楝木，故以"楝"名亭。金陵：古邑名，今南京市的别称。②平阳：地名，在今山西境内，相传古帝尧时为都。这里指金陵。③奕叶：累世，代代。芳誉：美好的名声。④"君不见"两句：山龙：指古代绘于衮服或旌旗上的山、龙图案。兰署：即兰台，指秘书省。⑤石头城：古城名，又名石首城。故址在今江苏南京清凉山，本为楚金陵邑，汉建安十七年孙权重筑改名，城负山面江，南临秦淮河口，当交通要冲，六朝时为建康军事重镇。⑥黄楝(liàn)：落叶乔木，树皮味极苦，紫褐色，有灰色斑纹，羽状复叶，小叶卵状披针形，花小，绿黄色，树皮可入药，有祛湿热的作用，也叫苦树。三槐：相传周代官廷外种有三棵槐树，三公朝天子时，面向三槐而立，后因以三槐喻三公。⑦手泽：先辈存迹，此处指皇帝的题字。⑧凤毛才思：比喻子孙有才似其父辈者。⑨纱笼：谓以纱蒙覆贵人、名士壁上题咏的手迹表示崇敬。王定保《唐摭言》："王播少孤贫，尝客扬州惠昭寺木兰院，随僧食飧，诸僧厌怠，播至，已饭矣。后二纪，播自重位出镇是邦，因访旧游，问之，题已皆碧纱幕其上，播继以二绝句曰：'……上堂已了各西东，惭愧阇黎饭后钟。二十年来尘扑面，如今始得碧纱笼。'"⑩青子：指梅实，泛指尚未黄熟的果实。乌衣：指燕子。

当俞伯牙遇见钟子期，一曲《高山流水》流传于世，汩汩之流水，巍峨之高山，仿若天籁之音与心灵之沟通，响遏行云，天地万物宛若一体。

当旷世奇才李白遇见汪伦，蒙其恩，望着千尺之深的桃花潭水，留下了千古绝句"桃花潭水深千尺，不及汪伦送我情"，长亭外，都门帐饮无绪，无尽的是那脉脉的离人的泪。

而当天性哀愁、情思抑郁的纳兰性德，遇见自幼颖慧，四岁能辨声律，十几岁时，"即以诗词经艺惊动长者"，诗词曲通晓的曹寅，又岂是一曲《高山流水》能奏尽两人间的绵绵情谊？同是深宫院内人，相逢何必曾相识。

曹家与清室有着特殊关系，曹寅的祖父曹振彦为满洲贵族之包衣，属正白旗。而自曹振彦之子曹玺始至其子曹寅、孙曹颙等连续三代为江宁织造。曹寅比康熙皇帝小五岁，其母又是康熙皇帝的乳母。康熙二十三年（1684 年）冬季康熙南巡，而在康熙南巡前六个月，曹玺死在江宁织造任上。十一月康熙巡幸到南京，特往曹府抚慰吊念。纳兰在陪同康熙南巡期间，专程来曹府，看望曹寅。

康熙二十四年五月初，曹寅至京，纳兰病殁之前，作此词相赠。纳兰与曹氏关系如此，且对曹氏了解甚深，因此在词中不免颇多盛赞语，但绝不能简单看成逢迎之作。

一眼望去，这首《满江红》多处用典，然而细读便可发现，在典雅中不乏纳兰词一贯的清新自然之感，在蜿蜒曲折里不失流畅生动。

开篇起笔便称颂曹氏自祖上起声名显赫，芳誉盛大，享有高官厚禄。"石头城下水"是化用李德裕的故事。据《中朝故事》记载：

李德裕居廊庙日，有亲知奉使于京口，李曰："还日，金山下扬子江中零水，与取一壶来。"其人举棹日，醉而忘之。泛舟止石城下，方忆。乃汲一瓶于江中，归京献之。李公饮后，叹诧非常。曰："江表水味，有异于顷岁矣。此水颇似建业石城下水。"其人谢过不隐也。

这故事记载的似乎只是一个传说一般的故事，想要表明的也不过是建业即石头城旧时繁华，连水质也与别处不同。词人由远处潺潺的石头城下水，描写至庭外布满岁月之痕迹的高大黄楝树。"三槐"则是相传周代宫廷外种有三棵槐树，三公朝见天子时，面向三槐而立，后世因此以三槐喻三公。纳兰在这里假想，定是曹氏的先人栽种了一株黄楝于庭外，极为委婉地赞颂了曹家的鼎盛，有三公之功高位显者在。

"延夕月，承晨露。看手泽，深余慕"，承袭昨日的夕月，而俯身拾取今日的晨露，时光流逝，接着转而说看到题字，词人深深钦慕。手泽，本指手汗，后指先人之遗物或遗墨等。《礼记·玉藻》有言："父没而不能读父之书，手泽存焉而。"

此处为皇帝的题字或是单纯指曹氏先辈的题字，都并不影响词意的理解。在言语间，词人流露出真挚钦佩之情。

继而用"凤毛"两字极尽描写曹寅承袭祖上的过人才华。《世说新语·容止》有：

"王敬伦风姿似父。桓公望之曰：'大奴固有凤毛。'"晁瑞礼也在《永遇乐》中说过："龙阁先芬凤毛荣继，当世英妙。"

紧接着锦上添花，"入梦凭将图绘写，留题合遣纱笼护"，"纱笼"指宰相纱笼，典故来自唐及五代王定保《唐摭言》中故事，后世以此作为世态炎凉，以势取人之典。但纳兰在这里反用其意，说曹家祖上自是显赫，即便是今日也是地位不同一般。

"正绿阴青子盼乌衣，来非暮。"乌衣意为名门望族子弟，此处是词人自指。词章到了这里，在奢华笔墨极尽之时笔调一转，借问你我何时聚，最是青梅结子时。由景至情，而能将情凌于景上，显得更为真切而婉丽。犹令人想到那句，"钟期既遇，奏流水以何惭"。

情到深处自是真，华美辞藻的典章故事之下字句间流露的是一片真切。透过这首《满江红》的浮华颂赞，能看到的，是纳兰、曹寅间说不尽的几多情谊。

满江红

为问封姨①，何事却、排空卷地。又不是、江南春好，妒花天气。叶尽归鸦栖未得，带垂惊燕飘还起。甚天公不肯惜愁人，添憔悴。

搅一霎，灯前睡；听半晌，心如醉。倩碧纱遮断②，画屏深翠。只影凄清残烛下③，离魂飘缈秋空里④。总随他泊粉与飘香⑤，真无谓。

【注释】

①为问：犹相问、借问。封姨：古时神话传说中的风神，亦称"封家姨""十八姨""封十八姨"。唐谷神子《博异志·崔玄微》载，唐天宝中，崔玄微于春季月夜，遇美人绿衣杨氏、白衣李氏、绛衣陶氏、绯衣小女石醋醋和封家十八姨。崔命酒共饮。十八姨翻酒污醋醋衣裳，不欢而散。明夜诸女又来，醋醋言诸女皆往苑中，多被恶风所挠，求崔于每岁元旦做朱幡立于苑东，即可免难。时元旦已过，因请于某日平旦立此幡。是日东风刮地，折树飞沙，而苑中繁花不动。崔乃悟诸女皆花精，而封十八姨乃风神也。②倩：乞求、恳求。碧纱：碧纱窗、绿色的窗户。③只影：谓孤独无偶。④离魂：指远游他乡的旅人。飘渺：隐隐约约，若有若无。⑤泊粉：指少许的残花。

【赏析】

"闲倚胡床溯新月，时停团扇受微风"，"昨夜凉风又飒然，萤飘叶坠卧床前"，"微风拂掠生春思，小雨廉纤洗暗妆"……古诗词中几多与风有关的绮丽诗句，为雕梁画栋下的才子佳人增添了不少情趣幽思。自古即说"风花雪月"，可见风之于浪漫，有着何其多扯不断的关系。同为浪漫的标志，花与风的关系颇为微妙，袅袅熏风助花之娇媚，宛若佳人巧笑丛中；飒飒烈风却毁花之容颜，顷刻间乱红委地，满目狼藉。

民间故事里，风神与花神似乎就是一对冤家。《博异志·崔玄微》载，崔玄微曾夜遇石醋醋、杨氏、李氏、封家十八姨诸美人，与之共饮。封家十八姨与醋醋龃龉，次日醋醋求崔玄微于花园中立朱幡，避风摧折之祸。这是风神欺负花神，诸花神借助崔玄微得以幸免。

在神幻小说《镜花缘》中，风姨是个喜欢抖精神且喜爱挑事的角色。王母蟠桃会，百兽、百鸟、百介、百鳞四位大仙让手下鸟兽起舞助兴，嫦娥仙子撺掇百花仙子也让百花盛放为蟠桃会添彩，百花仙子以花开有时为名拒绝了。"当不起风姨与月府素日亲密，与花氏向来不和，在旁便说出一段话来"——与嫦娥一起挑唆百花仙子发下重誓。后心月狐下界为武则天颠倒乾坤称帝，因与嫦娥约让百花齐放，誓应，百花仙子下贬凡间，引出《镜花缘》百回故事。后文中，诸花仙子们投生成才女，风姨还曾上门找事呢！

塞上的秋日，不若京城的秋天红叶坠地，硕果满枝，却是一片苍冷景色，连风也不若紫禁城里的秋风飒爽中带着温婉，而是"排空卷地"而来。纳兰这位惜花人，自然几多抱怨。这首《满江红》便是写塞上秋风横卷之景和自己的凄清无聊之情：

想问秋风，因何这般排空卷地而来。现在又不是江南的妒花时节，为何要如此狂风大作？狂风将树叶吹落，使归来的乌鸦无处栖息，使小燕惊飞，几欲坠落，又被风吹起。老天不肯怜惜愁苦的旅人，偏要为他增添憔悴。在灯前刚刚睡去，便被狂风声搅醒。耳旁的狂风吹了半晌，心如酒醉一般混沌不明。指望那绿窗与画屏能遮挡住狂风。孤灯残影，离魂缥缈，吹残的花瓣与飘散的花香都随之而去，怎不叫人倍觉伤情！

苦旅天涯者，怕的便是萧瑟之景。马致远一曲《天净沙·秋思》吟得多少断肠客潸然泪下。纳兰所见，非"枯藤老树昏鸦""古道西风瘦马"之哀景，却更甚，愁苦中带着毁灭与悲凉："叶尽归鸦栖未得，带垂惊燕飘还起"，连秋之悲哀中仅有的可停泊心灵的宁静也丧失了，乌鸦归而无处栖息，小燕子被吹得在风中惊恐扑腾，煞是可怜。诗人目睹这一切，叹息说："甚天公不肯惜愁人，添憔悴。"

可是，一位飘零天涯的旅人，连自己的命运尚且无从把握，又怎能奈何得了这呼啸而来、肆意而去的狂风呢？他只能眼睁睁看着残花委地，自己身世的飘零，也如这落花一般无可奈何。

真是"总随他泊粉与飘香，真无谓"吗？无可奈何而已。

满江红 茅屋新成却赋①

问我何心，却构此、三楹茅屋②。可学得、海鸥无事③，闲飞闲宿？

百感都随流水去，一身还被浮名束。误东风迟日杏花天④，红牙曲⑤。

尘土梦，蕉中鹿⑥。翻覆手⑦，看棋局。且耽闲孲酒⑧，消他薄福。雪后谁遮檐角翠，雨余好种墙阴绿。有些些欲说向寒宵⑨，西窗烛。

【注释】

①却赋：再赋。却，再。②三楹茅屋：泛指几间茅屋之意。楹，房屋一间为一楹。③海鸥：海上常见的一种海鸟。性喜群飞，羽毛多黑白相间，以鱼螺、昆虫或谷物、植物嫩叶等为食。古人以海鸥为伴表示闲适或隐居。④杏花天：杏花开放时节，指春天。⑤红牙：乐器名，檀木制的拍板，用以调节乐曲的节拍。⑥蕉中鹿：《列子·周穆王》："郑人有薪于野者，遇骇鹿，御而击之，毙之。恐人见之也，遽而藏诸隍中，覆之以蕉，不胜其喜。俄而遗其所藏之处，遂以为梦焉。"后以此典而成"蕉中鹿"，形容世间事物真伪难辨，得失无常等。蕉，通"樵"。⑦翻覆手：《史记·郦生陆贾列传》："陆生因进说他曰：'……汉诚闻之，掘烧王先人冢，夷灭宗族，使一偏将将十万众临越，则越杀王降汉，如反覆手耳。'"杜甫诗《贫交行》："翻手作云覆手雨，纷纷轻薄何须数。"后以此典而成"翻云覆雨""翻覆手"等，形容人反复无常或惯耍手段。⑧孲酒：沉湎于酒，醉酒。宋刘过《贺新郎》词："人道愁来须孲酒，无奈愁深酒浅。"⑨有些些：有少量、有一点点。寒宵：寒夜。

【赏析】

陶渊明一句"采菊东篱下，悠然见南山"羡煞多少人，亦有数辈先贤与陶渊明同一行径，不为五斗米折腰，每日过着看"山气日夕佳，飞鸟相与还"的优哉日子。纳兰虽人在仕途，却淡泊功名，欲效陶渊明等先贤的心情则更为明显，他有诗云："吾本落拓人，无为自拘束。倘偿寄天地，樊笼非所欲。"

康熙二十三年（1684年），顾贞观南归整三年，为招顾贞观回京，纳兰特地修建了几间茅屋，并写下了这首词以迎接顾贞观。

这首词的上片侧重叙志。问"我"为什么要造这几间草房，可是为了像海鸥那样无忧无虑，自由自在？将心中的感慨都付诸流水，抛开这人世浮名的束缚，在那春天赏花歌舞。下片点出为何要摆脱"浮名束"。是因为这人生如梦，变幻无常，令人无可奈何，不如冷眼旁观，与友人把酒言欢，消受清福。一起看雪赏雨，西窗剪烛。

与这首词同时完成的还有一首明志诗《寄梁汾并茸茅屋以招之》："三年此离别，作客滞何方？随意一尊酒，殷勤看夕阳。世谁容皎洁，天特任疏狂。聚首羡麋鹿，为君构草堂。"可见他与顾贞观的友情之深厚。

诗词的字里行间，更洋溢着对现实生活的不满。一如海子的《面朝大海，春暖花开》："从明天起，做一个幸福的人，喂马，劈柴，周游世界，从明天起，关心粮食和蔬菜，我有一所房子，面朝大海，春暖花开。"表面上看，是对世俗生活的回归，"我"要"关心粮食和蔬菜"了；实质上，还是对现实生活的抛弃，因为所谓"面朝大海"，即是背离现实——"喂马，劈柴，周游世界"这样的日子，看似简单，我们都明白，无论有多少个明天，这种日子也不会实现的。纳兰也是如此。诗人所选择的心目中的全新的生活，恰恰是最普通、最平实的生活，他把进行正常生活当作一种理想化的升华，这说明什么问题呢？说明他现在的生活是不正常的、背离他自身理想的。

纳兰是权臣的长子，康熙帝的近侍，朝廷的重点培养对象，天生贵胄，多少人艳羡。作为被艳羡的对象，纳兰本人，却表现了让人惊讶的冷静，有出离尘世的透彻眼光。纳兰在审视自己当前的人生状况时，用了两个比喻：蕉叶覆鹿，翻手为云、覆手为雨。

"蕉中鹿"即指蕉叶覆鹿。砍柴人去打柴，阴差阳错下打死了一头肥硕的鹿。打柴人特别高兴，但是鹿太大，他带不走。他急中生智，将鹿藏在了芭蕉叶下。等他回来时，却找不到鹿了，他非常讶然，以为只是做了一个白日梦而已。"翻手为云、覆手为雨"典出《史记·郦生陆贾列传》，现在指人手段高明、权势大，其原本的意思，形容人反复无常。

这两个典故都指向同一个意象：命运的无常。打柴人前一刻还在为天降的好事欣喜若狂，下一刻发现那种喜悦的由来——一头鹿——如同它的出现一般，凭空消失了。他甚至开始怀疑自己命运中那一小段极度欢愉的时间是黄粱一梦，对实际发生的现实也产生了怀疑。当繁华的命运过后，我们独自啜饮生活的残酿时，谁又能说服自己昔日的繁华真的在自己身上出现过？人们能相信的，只有现在，只有此刻，超出这个范畴的，我们脆弱的神经无法承受。说服自己相信一个失去的美好，远比说服自己忍受此刻的贫凉要难。

而事实上，有几人的一生能永远保持那种高调的繁华呢？烟花盛放，必然会走向寂灭；三春似锦，一定会走向秋凉。生命的本质是高低起伏的，如同抛物线，这条线的终点，一定是向着远方寂静的地平线。可是，像纳兰这样在春日的繁花中欢乐畅饮酒浆的人，还是个人世阅历尚浅的年轻人，竟然能把命运审视得如此通透，真真让人佩服。陶渊明若知纳兰，当引为知音。

满庭芳

堠雪翻鸦①，河冰跃马，惊风吹度龙堆②。阴磷夜泣③，此景总堪悲。待向中宵起舞④，无人处、那有村鸡。只应是、金笳暗拍⑤，一样泪沾衣。

须知今古事，棋枰胜负，翻覆如斯。叹纷纷蛮触⑥，回首成非。剩得几行青史⑦，斜阳下、断碣残碑。年华共、混同江水⑧，流去几时回。

【注释】

①堠（hòu）：古代望敌情的土堡，或记里数的土堆。②龙堆：白龙堆的简称，古西域

沙丘名。汉扬雄《法言·孝至》："龙堆以西，大漠以北，鸟夷兽夷，郡劳王师，汉家不为也。"③阴磷（lín）：即阴火，磷火，鬼火。唐李益《从军夜次六胡北饮马磨剑石为祝殇辞》："水流鸣咽幽草根，君宁独不怪阴磷。"④中宵起舞：中夜起舞。《晋书·祖逖传》："（祖逖）与司空刘琨俱为司州主簿，情好绸缪，共被同寝。中夜闻荒鸡鸣，蹴琨觉曰：'此非恶声也。'因起舞。"⑤金笳（jiā）：胡笳的美称，古代北方少数民族常用的一种管乐器。⑥蛮触：《庄子·则阳》："有国于蜗之左角者，曰触氏；有国于蜗之右角者，曰蛮氏，时相与争地而战，伏尸数万。逐北，旬有五日而后反。"后有"触蛮之争"之语，常以喻指为小事而争斗者。⑦青史：古时用竹简记事，所以后人称史籍为青史。⑧混同江：指松花江。

【赏析】

　　纳兰随康熙帝巡幸关外，到了混同江一带，写下了这首《满庭芳》。这一带，正是满族各个部族入关前互相吞并斗争的地方，诗人面对古代战场抒发了一腔幽情：

　　站在这古代战场的遗址之上，看如今寂寞荒凉之境，升起荒寒阴森之感。本有祖逖闻鸡起舞的爱国之心，但村鸡却已踪迹全无，无处寻找。只听得金笳声声，不觉泪湿衣襟，徒增伤感。要知道古往今来，胜败得失，都如翻云覆雨般变化无常，虚无短暂。一切纷争、一切功业，到头来只不过徒留几行青史，除了夕阳下斜矗的断碣残碑之外，什么都剩不下。年华就如同这松花江水一般，流去之后不知什么时候能够再回来。

　　表面看起来，这是普通的怀古诗，但若联系纳兰身世看，远非字面意义那么简单，它潜藏着祖先被杀戮的隐痛。

　　纳兰性德现可考的始祖名星悬达尔汉，蒙古人，姓土默特，发展壮大后一举歼灭女真纳喇部，移居其地，改姓纳喇。后族众繁衍，人多势盛，迁至叶赫河岸，形成拥有十五个部落的叶赫部，被称为叶赫纳喇（又译纳兰、那拉）氏，为满洲八大姓之一。当时清太祖努尔哈赤尚势薄兵寡，势力强大的叶赫部长杨吉砮十分器重努尔哈赤的才干，将幼女孟古许配给他，孟古后生清太宗皇太极，被尊为孝慈高皇后。努尔哈赤在关外建立基业后，姻眷之间却因争夺疆土变成了水火不容的仇敌。

　　叶赫部长杨吉砮在对抗努尔哈赤统一东北女真的战争中，城陷身死。天命四年，努尔哈赤大败叶赫部，纳兰性德的曾祖父叶赫部首领贝勒金台石被困城楼台，宁死不降，自焚身亡，并诅咒："我叶赫那拉氏，就算只剩下一个女子，也要灭掉你们！"清末的慈禧太后，即出于叶赫那拉氏。因此，世俗有一说：这正是应验了金台石的诅咒，以致慈禧倒行逆施。其子尼雅哈束手归降，尼雅哈即为纳兰祖父。此后，金台石劫后的子孙就被划为满洲正黄旗。

　　这段历史，对年轻的纳兰来说看似久远，其实并不久远。纳兰的曾祖父金台石败死于天命四年（1619 年），纳兰出生于顺治十一年（1655 年），中间相隔不过三十六年。对于这段历史，纳兰不可能不知晓。我们知道，纳兰是个内心充满矛盾冲突的年轻人，他这首词很可能表达了对后金与叶赫部恩怨的态度以及对当年部落混战的态度。

　　昨日还是不共戴天的仇敌，今日，叶赫族的后人纳兰已经成为清廷的近臣。

残碑满地，荒烟冉冉，什么功、什么名，放入历史的洪流中万千生命不过激起瞬息的浪花，转眼就消失得无踪无影。当年血泪横流的拼杀，不过是蛮触相争，棋局翻覆便转眼成空。"斜阳下、断碣残碑"，纳兰笔下的茫茫边愁，让人心惊。

满庭芳　题元人芦洲聚雁图

似有猿啼，更无渔唱①，依稀落尽丹枫②。湿云影里，点点宿宾鸿③。占断沙洲寂寞④，寒潮上、一抹烟笼。全不似、半江瑟瑟，相映半江红。

楚天秋欲尽，荻花吹处，竟日冥蒙⑤。近黄陵祠庙⑥，莫采芙蓉。我欲行吟去也，应难问、骚客遗踪⑦。湘灵杳、一樽遥酹⑧，还欲认青峰。

【注释】

①渔唱：渔人唱的歌。②丹枫：经霜泛红的枫叶。唐李商隐《访秋》诗："殷勤报秋意，只是有丹枫。"③宾鸿：即鸿雁、大雁。④占断：全部占有，占尽。唐吴融《杏花》诗："粉薄红轻掩敛羞，花中占断得风流。"⑤冥蒙：幽暗不明。⑥黄陵祠庙：即黄陵庙。传说为舜二妃娥皇、女英之庙，亦称二妃庙，在今湖南湘阴之北。北魏郦道元《水经注·湘水》："湖水西流，径二妃庙南，世谓之黄陵庙也。"⑦骚客：指屈原。⑧湘灵：古代传说中的湘水之神；一说为舜妃，即湘夫人。酹：以酒浇地，表示祭奠，古代宴会往往行此仪式。

【赏析】

漫卷书页，最销魂断肠的，当属春词与秋词。春日柳眼初绽，薄暮轻寒，或说离别，或说闺思，淡淡的幽怨，淡淡的缠绵。秋日天高云远，百草萧疏，红叶萧瑟，悲凉更多，惆怅更甚。纳兰这样一位敏感纤细又饱受离别相思之苦侵扰的词人，对秋景的伤神，更多于对春景的寂寥吧。

中国人的情致之脉络骨髓中，潜藏着浓重的秋之情结。中国人之于秋，当如日本人之于春，日本人面对樱花凋残、香韵流散的沉静的悲哀，与中国人眺望万木萧疏、荒草历历生出的悲凉之落寞，有灵魂深处的某种婉转萦回的共鸣。思绪的翻涌，牵系出一个历史久远的民族随时间积淀下的寥落悲哀。其中有对生命的追挽，更有着隐隐的自危与自怜：生命，不论是草木、秋虫、飞鸟、游鱼、猛兽，都会踏着寥落的跫音走向生命的尽头。

秋之悲哀，是祭奠一次生命盛宴结束。纳兰一生的词作，大半在哀挽生命——哀挽他的爱妻，我们是否可以这样理解，在一次次剖心扒肺的追忆中，他对死亡有了某种亲近和向往？他对秋的体验，比任何人都要深刻。这也能够解释，在纳兰的题画词中，为何这首关于秋景的作品堪称翘楚：他是懂画的人，是懂秋情的人，更是懂秋之髓味的人。

这首《满庭芳》是题在一幅元人旧作《芦洲聚雁图》上的。从元到明到清，几百年的时间中，这画都被人宝贝似的呵护着得以流传世间。可见，是怎样一幅好画！可惜，无论何种宝物都经不住时光的磨蚀，《芦洲聚雁图》终于随历史的烟尘消散不见，还好，我们有纳兰的词，得以重新描画这幅元人妙作的神髓：

画面栩栩如生，仿佛能听到猿啼，却没有渔唱之声，红色的枫叶已经落尽，天空的湿云里飞过点点雁影。寂寞沙洲，滚滚寒潮，轻烟朦胧，完全不像白居易所描绘的江边傍晚美丽的情景。已近深秋，芦花处处，一派迷蒙之景。经过二妃黄陵祠庙，千万不要采摘荷花。我欲行吟而去，想起三闾大夫，如今却难寻踪迹。想起娥皇、女英，她们的踪影已杳不可见，于是不胜叹惋，只有举杯遥祭。

今人听说过"渔舟唱晚"，知道《渔歌子》，渔夫，是古代山水画中不可缺少的人物，他们隐逸在山之间、水中央，生活恬淡疏静，如果牧羊人是西方浪漫田园生活的代表，那么，渔人显然就是东方闲散恬静的代名词。所以，一幅有着士大夫情致的画作中出现渔夫我们并不会觉得意外。有趣的是，这幅画"更无渔唱"，倒是出现了我们比较陌生的"猿啼"。李白《早发白帝城》中有"两岸猿声啼不住，轻舟已过万重山"的句子，有山才有猿，"猿啼"暗示着山景的存在。由此可知，在这幅画中，"人"消隐了踪迹，风物才是主角。

《芦洲聚雁图》描绘的应是纯山水，洲渚，鸿雁，秋草，斜阳。"占断沙洲寂寞，寒潮上、一抹烟笼"化自苏东坡《卜算子》中一句"寂寞沙洲冷"。这首词的引子讲述了一个爱情故事：惠州有温都监女，颇有色。年十六不肯嫁人。闻坡至，甚喜。每夜闻坡讽咏，则徘徊窗下，坡觉而推窗，则其女逾墙而去。坡从而物色之日：吾当呼王郎与之子为姻。未几，而坡过海，女遂卒，葬于沙滩侧。坡回惠，为赋此词。

一个女子纯真的爱情，随生命凋落。她未能得到爱，幸而，她得到了爱人的怀念。悲哀，毕竟不悲凉。

纳兰喜欢用经典旧句，却不用艰涩难懂的，譬如，在化用了苏东坡的名句后，紧接其后信手拈起白居易的《暮江吟》："一道残阳铺水中，半江瑟瑟半江红。"纳兰很有意思，他说：我没有看到半江瑟瑟半江红的景致啊。是啊，"寒潮上、一抹烟笼"，雾气轻闭江面，自然无处寻得残阳铺水的可爱景象，取而代之的是带些寒意的江景。

纳兰毕竟是文人，神游此如画美景，怎可不前思古人？他于漫天飞舞的芦花中望广阔之楚天，思洁雅之楚人，化身屈原，游走于黄陵庙侧，藕荷花间，"集芙蓉以为裳，又树蕙之百亩；帅云霓而来御，将往观乎四荒"。他寻故痕迹，祭湘灵，洒脱中有文化积淀下的伤感，这份伤感，如一坛老酒，沉重，却并不刺喉，不至于有辛辣的忧伤呛得人泪流满面。纳兰写词时的情感，是悲，还是喜？我们说不清楚。

既是悲秋，何来之喜悦？读弘一法师传记，法师生命最后一刻写下偈子：悲欣交集。恍然大悟，原来答案在这里。纳兰当时的心境，想必如是，只是，锦玉堆里的公子，竟会有老僧入定的心境，是画的魅力，还是人的超脱？我们依旧思不通彻、想不清晰，还是继续读诗词吧。

明月棹孤舟　海淀①

一片亭亭空凝伫。趁西风霓裳遍舞②。白鸟惊飞，菰蒲叶乱③，断续浣纱人语。

丹碧驳残秋夜雨④。风吹去采菱越女⑤。辘轳声断⑥，昏鸦欲起，多少博山情绪？

【注释】

①海淀：指今北京西郊。即纳兰家别墅自怡园，后自怡园并入圆明园之一的长春园。②霓裳：即《霓裳羽衣曲》。③菰（gū）蒲（pú）：指菰和蒲。水边多年生草本植物，地下茎白，地上茎直立，开紫红色小花。④丹碧：泛指涂饰在建筑物或器物上的色彩。犹丹青，指绘画。⑤越女：古代越国多出美女，西施尤其著名，后泛指越地美女。⑥辘轳：安在井上绞起汲水斗的器具。

【赏析】

纳兰作为清宰相明珠之子，其家世也与皇家联系紧密，二十二岁考中进士，皇帝钦赐为三等侍卫。后来纳兰成为御前侍卫伴随皇帝身边，参与战略侦察等国家大事，也经常与文武百官唱和应酬。纳兰为人文采风流、英姿飒爽，与朋友交往，信而真挚，备受时人称颂。

在这首词里，纳兰描述了观荷时所发的千愁万绪。"一片亭亭空凝伫"是说含苞待放的荷花在池水上独自开放，无人欣赏。"亭亭"典出陆游《老学庵学记·十》："卷荷出水面，亭亭植立。"本意是指含苞欲放的荷花在水上亭亭玉立姿态曼妙，这一句也为此意。一个"空"字奠定了这首词的基本格调。秦少游的《满庭芳》中曾说道："多少蓬莱旧事，空回首、烟霭纷纷。""空"字的出现往往意味着历史与现实的格格不入或者有"往事如烟不可回首"之味。这里自然也不例外，在下文中，纳兰果然流露出了对红颜易逝、往日难追的感慨。

"趁西风霓裳遍舞"还是在说荷花的美丽。一阵风吹过，如同美女翩翩起舞。霓裳即《霓裳羽衣曲》，据传唐玄宗作此曲，杨贵妃经常随着曲调翩跹起舞。《霓裳羽衣曲》经常被后人当作寄托爱情的曲调或者亡国之曲。但不论历史评价怎样，在人们的想象中《霓裳羽衣曲》总是优美无比的，于是后人面对满池荷花时总是将之比成翩翩起舞的女子，让人浮想联翩。本句中的"霓裳遍舞"一语出自卢炳那首《满江红》："辇画池亭，对十万，盈盈粉面。依翠盖，临风一曲，霓裳舞遍。"

纳兰的词作中写景状物关于水、荷的尤其多。对于水，纳兰性德是情有独钟的。首先其别业就名为"渌水亭"。从题目上看便是一处傍水的建筑，或是有水的园囿。中国传统文化中，把水认作有生命的物质，认为是有德的，并用水之德比君子之德。滋润万物，以柔克刚，川流不息，从物质性理的角度赋予其哲学的内涵。纳兰把属于自己的别业命名为"渌水亭"也便是因慕水之德而自比。

"白鸟惊飞，菰蒲叶乱，断续浣纱人语。"白色羽毛的鸟儿从菰蒲中飞起，留下满地的零乱，这时传来断断续续的声音，原来是浣纱人。浣纱女的意象往往令人想起西施，隔着历史长河，在某个地方，西施也曾似纳兰一般站在这满池荷花面前愁绪万千吧。可是如今早已"丹碧驳残秋夜雨"。

"丹碧驳残"在说绘画上的丹青色彩因为年代久远早已褪色。往日的幸福生活不可再得。这里似乎隐含着诗人对爱妻的怀念。纳兰二十岁时娶两广总督尚书卢兴祖之女卢氏为妻，伉俪情深，不料婚后三年妻子亡故，痛苦之中他写下了不少令人不忍卒读的悼亡之作，为众人传唱至今。

"秋夜雨"往往给人一种飘零、孤寂的感觉，李清照在晚年经常写到如此景象："梧桐更兼细雨，到黄昏，点点滴滴。"

李清照因为丈夫的早逝，以及后来国家战争动乱，自己也过着颠沛流离的生活，于是当她面对满地黄花憔悴损，回忆起与赵明诚的幸福生活时倍觉孤独，凋零之感油然而生。纳兰在这里用此意象也有相同的心境。他的身世令外人艳羡不已，但内心的孤寂有谁能明白，对爱人的怀念恰如易安居士对赵明诚的思念，对自由充满向往但又不得不整日被公务纠缠。天地之大能够明白、了解他的又有几人？

"风吹去采菱越女。"古代越国多出美女，最著名的莫属西施。于是后人因此以越女泛指越地美女。风吹去了春天吹来了冬日，吹绿了树叶又吹落了绿色。风总是无情的，越地的采菱女子怎禁得住时光这般如风拂过？她们姣好的容颜在风的一次次到来、离去中消逝，在岁月的长河中渐渐沉淀。时光一去不复返呵，千百年来骚人墨客吟咏的话题总是与此相关。

"辘轳声断，昏鸦欲起，多少博山情绪？"辘轳是安在井上绞起汲水斗的器具。"博山"典出于乐府《杨叛儿》："欢作沉水香，侬作博山炉。"乐府诗中暗指男女欢爱，这里则意为对纯真的爱情的追求。古往今来有很多相似的夜晚，然而在这看似平静的寒夜里，不知有多少人看穿了秋水、望断了双眼，纳兰只是这些痴人之一。

经过了由荷花引起的忧愁、浣纱女带来的联想，到最后一句反问读者"多少博山情绪"，蕴含着纳兰百转千回的思绪：对亡妻难以名状的思念、对理想与现实矛盾的忧郁以及在茫茫宇宙中的飘零之感，等等，这些情感纠缠在一起紧紧包围着他，然而却无人诉说，于是话到嘴边，只能问一句"辘轳声断，昏鸦欲起，多少博山情绪"，细细品来，恰与李煜的名句"问君能有几多愁"有异曲同工之妙。

摸鱼儿　送座主德清蔡先生①

　　问人生、头白京国②，算来何事消得。不如罨画清溪上③，蓑笠扁舟一只。人不识。且笑煮鲈鱼④，趁着莼丝碧。无端酸鼻⑤。向歧路销魂，征轮驿骑⑥，断雁西风急。

　　英雄辈，事业东西南北。临风因甚成泣？酬知有愿频挥手，零雨凄其此日⑦。休太息。须信道、诸公衮衮皆虚掷⑧。年来踪迹。有多少雄心，几番恶梦，泪点霜华织。

【注释】

　　①蔡先生：蔡启僔，号昆旸，字石公，德清人，康熙庚戌进士一甲第一名，授修撰，历官左春坊左庶子，有《存园草》。②京国：京城，国都。③罨画：明杨慎《丹铅总录·订讹·罨画》："画家有罨画杂彩色画也。"④鲈鱼：用南朝张季鹰的典故。刘义庆《世说新语·识鉴》谓："张季鹰辟齐王东曹椽，在洛，见秋风起，因思吴中莼菜羹、鲈鱼脍，曰：'人生贵得适意尔，何能羁宦数千里以要名爵？'遂命驾便归。俄而齐王败，时人皆谓为见机。"后以此为思乡赋归之典。⑤酸鼻：因悲伤而鼻子发酸，眼泪欲流。⑥征轮：远行人乘的车。驿骑：骑驿马传递公文的人，或指驿马。⑦零雨：慢而细的小雨。《诗经·豳风·东山》："我来自东，零雨其蒙。"⑧虚掷：白白地丢弃、扔掉。

【赏析】

　　纳兰性德写作这首词时，可是春天？他说"酬知有愿频挥手，零雨凄其此日"。蒙蒙烟雨，别意凄凄。驿马即将启程，诗人在苍冷阴郁的天空下对马车中的人挥手作别。

　　这位车中人不是红颜，不是美人，是白发苍苍的老者——纳兰性德的老师、知己。他是纳兰确确实实的知己。他在成百上千个生员的试卷中将纳兰的作品甄选而出，为之击节赞叹，遂圈为举人。

　　他是纳兰性德的"座主"蔡启僔。"座主"即科举考试的主考官。按照科场规矩，根据科举时代的惯例，由此他们就有了师生之谊。

　　同是送别之作，纳兰还有一首《金缕曲·慰西溟》。相比之下，这首《摸鱼儿》

更显深切与丰富。姜宸英（西溟）是位才学满怀却屡试不第的狂人，多的是男儿的怀才不遇、满腹壮志未酬的惨烈。蔡先生却不同。他是金銮殿上皇帝钦点的状元，他的人生更像一个封建时代寒门儒生的经典奋斗蓝本——他努力，他成功，他衣锦还乡光耀门楣，他这位天子门生为科考为国事熬白了头发，却在朝臣们的拉帮结派彼此倾轧中成了炮灰，解甲还家。

同样是纳兰的朋友，蔡启僔与姜宸英人生境遇不同，却同样是猖狂之士。蔡启僔是清康熙九年（1670 年）中的状元。康熙八年，蔡启僔进京会试，路过淮安府山阳县。山阳县令是他的乡试同年，那个年代，乡试同年便有同窗之谊，且乡人在外，故知难求，少不得一番探望。

彼时的蔡启僔一副穷儒装扮，破衣烂衫，且没有长一张"器宇轩昂"的脸，怎么看都不像是有资格与县太尊平起平坐的友人，也不像是虎落平阳前来求助的潜力股，倒像个货真价实的打秋风的穷酸。换作旁人，门房早一脚踢走，好在当时知识分子还真是有些社会地位的，蔡启僔名刺上"举人某某"的字样，使这张名刺平安递到了县太尊手上。

县太尊如今虽早已脱去了一身穷皮，脑满肠肥，念书时的童子功还在，记性颇好，一下子想到了念书时的那位穷朋友。凤凰男遇到穷老乡，满心的不屑与不耐烦，直接回绝又不好，于是在名刺上写下了"查明回报"四字。门房心领神会，利索地把穷儒蔡启僔打发走了。

风水轮流转，不过这风水转得也太快了些，第二年蔡启僔就中了状元，穷酸成了大贵人。山阳县县太尊见一时眼皮子浅活生生给自己立了个冤家，赶紧准备厚礼并修书一封致蔡启僔，想找补找补。新科状元当时送上的不过是一个名刺，如今拿到手的却是一个礼帖。状元郎也学县太尊提笔写字，不过没写"查明回报"，写了一首七绝："一肩行李上长安，风雪谁怜范叔寒？寄语山阳贤令尹，查明须向榜头看。"

何等才情，何等狂猖！即便是放在今日，也是会被说是不识好歹、不给人面子的。毕竟从此大家同朝为官了，吃一个碗里的饭，难保日后谁不仰仗谁。能在官场上混的，谁没有一腔婉转细腻的心思，蔡启僔这般直爽且眼里揉不下沙子，纵然才情万丈，也保不得他在暗流汹涌的清代官场上不翻船。

我们且看蔡启僔的履历：

蔡启僔（1619—1683 年），号昆旸，字石公，明末清初浙江湖州府德清县人。幼年去京，随任吏部侍郎、东阁大学士的父亲读书。清康熙九年（1670 年）进士，并钦点为状元，充任日讲官。十一年，为顺天（今北京）乡试主考官，号称知人。后历任右春坊、右赞善、翰林院检讨，因病卸职归乡。

可见，蔡启僔并非货真价实的寒门子弟，确切地说，出身书香门第、官宦人家——他父亲是吏部侍郎、东阁大学士。但是他并没有卖弄自己的门第，而是以孤高傲骨的儒生的标准严格要求自己，山阳县令那类善于钻营的人物竟然不知他的底细。尘世本污浊，怎容君出于污秽且不染纤尘。康熙十二年，即纳兰性德中顺天府乡试举人的第二年，蔡启僔就被卷入了廷内争斗中，因顺天乡试"副榜未取汉军卷"被弹劾。欲加之罪，何患无辞！蔡启僔因为在顺天乡试正式录取名额之外，没有按规定给汉军旗人一定的照顾，就被降级处分。蔡启僔何等风流爽朗人物，纵然让宏图壮志哽了喉，也不愿让尘世污秽脏了眼，飘然挂冠而去。

纳兰性德对老师又敬又爱，他知晓老师的为人，知道老师多年来对事业的付出和高远的志向。"问人生、头白京国，算来何事消得。"这人生在世，算有什么事值得在京城里熬白了头发？纳兰细腻，善于体贴人意，开篇就是一句宽慰人的话语。蔡启僔五十中举，到受弹劾为止，为官不过三年。霜染满鬓，所染却并非京城霜雪。纵然蔡启僔为人洒脱，心中也少不了郁闷。纳兰宽慰他说，在这壮阔暗郁的京国，纵使熬白了头发又有什么意义？

蔡启僔的故乡，在风景如画的江南。纳兰用南朝张季鹰的典故劝慰老师。据说张季鹰见秋风渐起北雁南归，思恋起家乡莼菜羹碧绿爽滑、鲈鱼鲜嫩美味，便说道："人生贵得适意尔，何能羁宦数千里以要名爵？"官印一挂，潇洒还家。老师的故乡，有清溪、扁舟、鲈鱼、莼丝。当世界无法满足我们的期望，为什么不寄情于山水，做心灵的逸者？远比在愁苦又抑郁的困境中摸爬滚打要好得多。

世上事，几多期望，几多怅惘。得时便得，舍时便舍，人生洒脱，况味非常。江南的一枝杏花，未必比不上朝堂上一块笏板；天子的几句赞美，未必比得上乡野牧童的一段短箫。看那些在金銮殿上屹立不倒的衮衮诸公，他们确实得到了身外浮名，但是他们的生命都在权势的烤炙中丧失了活力，他们的心灵在官场的大酱缸里浸淫腐坏生满腥臜的蛆虫。老师啊，所谓人生，"有多少雄心"，就有"几番恶梦"，最后不过落得"泪点霜华织"。

挥手自兹去，萧萧班马鸣。今日的挥别，挥去的是一段陈腐无趣的岁月尘烟。

真的希望这是一首写于春日的诗篇，那样，纳兰为老师随诗歌附上的，还会有一枝柳眼初绽的盈盈碧柳。老师此去非是西出阳关，而是由命运的波浪将此身推去生命源始的江南。那里斜风细雨，桃花流水——这未必不是另一段滋味非常的生活的开端。

摸鱼儿　午日雨眺①

涨痕添、半篙柔绿②，蒲稍荇叶无数③。空蒙台榭烟丝暗④，白鸟衔鱼欲舞⑤。桥外路。正一派、画船箫鼓中流住⑥。呕哑柔橹⑦，又早拂新荷，沿堤忽转，冲破翠钱雨⑧。

蒹葭渚，不减潇湘深处。霏霏漠漠如雾。滴成一片鲛人泪⑨，也似汨罗投赋⑩。愁难谱。只彩线、香菰脉脉成千古。伤心莫语，记那日旗亭，水嬉散尽，中酒阻风去。

【注释】

①午日：五月初五日，即端阳节。②涨痕：涨水后留下的痕迹。柔绿：嫩绿，也指嫩绿的叶子或水色。③蒲：蒲柳，即水杨。苻：多年生草本植物，叶略呈圆形，浮在水面，根生水底，夏天开黄花，全草可入药。④空蒙：细雨迷茫的样子。台榭：台和榭，亦泛指楼台等建筑物。⑤白鸟：白羽的鸟，鹤、鹭之类。⑥箫鼓：箫与鼓，泛指乐奏。⑦呕哑：象声词，形容声音嘈杂。柔橹：谓操橹轻摇，亦指船桨轻划之声。⑧翠钱：新荷的雅称。⑨鲛人：神话传说中的人鱼。典出《洞冥记》："（吠勒国人）乘象入海底取宝，宿于鲛人之舍，得泪珠，则鲛所泣之珠也，亦曰泣珠。"后谓神话传说中的鲛人流出泪珠能化作珍珠。⑩汨罗投赋：战国时楚诗人屈原因忧愤国事投汨罗江而死，后人写诗作赋投入江中，以示凭吊。

【赏析】

词的副标题为"午日雨眺"，这首词写于五月初五端午节，纳兰雨中凭眺生情，感怀而作。端午时节，春水涨池，水草丰茂碧绿。烟雨空蒙，楼台掩映，白鸟衔鱼起舞。桥外水路上，一派画船歌舞、桨声"呕哑"的春景图。荷叶新纱，船桨在岸边忽然转过，划破了这一池的碧绿。湖面的小岛，风情不比湘江美景逊色。细雨霏霏，如烟似雾，化为鲛人的眼泪，滴成珍珠，又仿佛是将诗赋投入汨罗江中所溅起的。

而此际闲愁难以述说，只有凭借用彩线缠裹粽子投入江中，以示这千古的脉脉哀思了。记得当初我们在这端午之日的酒楼上，泼水嬉戏、酒醉兴尽而去的情景，回想起此，不由伤心满怀，只有低头不语了。

"涨痕添、半篙柔绿，蒲稍苻叶无数。"涨水后留下痕迹，水草丰茂，春景过渡到夏景的景象在词的开篇展露无疑，宋苏东坡《书李世南所画秋景》诗："野水参差落涨痕，疏林欹倒出霜根。"纳兰虽然是取意境其中，但也运用得恰到好处。

"空蒙台榭烟丝暗，白鸟衔鱼欲舞。"柳条随风舞动，如烟似梦，而白鹭捕鱼的姿势很是优美，犹如舞蹈一般。纳兰欣赏着这美好的景物，仿佛置身于画中一般，"桥外路。正一派、画船箫鼓中流住。呕哑柔橹，又早拂新荷，沿堤忽转，冲破翠钱雨"。上片是写景，写出景色之美，而让读词的人也深陷其中，感受着这看似普遍，但却别有风味的景物，而到下片开始，则是借景抒情了。

"蒹葭渚，不减潇湘深处。"愁绪蔓延开来，深深荡漾开去，而霏霏细雨，细密如针织，仿佛雾气一样笼罩在四空，"霏霏漠漠如雾。滴成一片鲛人泪，也似汨罗投赋"。如同泪雨一样，好似在为投江自尽的屈原悼念默哀。

愁绪难以谱写，只有写入词章，以来聊表心意，"愁难谱。只彩线、香菰脉脉成千古。伤心莫语。"无言以对伤心事，看到这美好景色，却难以提起兴致，虽然是借着祭奠屈原来写出心中惆怅，但其实纳兰祭奠的是自己那无法言说的哀愁。

"记那日旗亭，水嬉散尽，中酒阻风去。"记住这美好的景象吧，不要总是记住过去悲伤的事情，那样只会苦了自己。

木兰花

人生若只如初见，何事秋风悲画扇①？等闲变却故人心②，却道故人心易变。

骊山语罢清宵半③，泪雨零铃终不怨④。何如薄幸锦衣郎⑤，比翼连枝当日愿。

【注释】

①何事：为何，何故。画扇：有画饰的扇子。此处用班婕妤典故。班婕妤为汉成帝妃，被赵飞燕谗害，退居冷宫，后有诗《怨歌行》，以秋扇为喻抒发被弃怨情，后人遂以秋扇喻女子被弃。②等闲：无端，平白地。故人：指情人。③骊山：在陕西临潼东南，因山形似骊马呈纯青色而得名，是著名的游览、休养胜地。清宵：清静的夜晚。《太真外传》载，唐明皇与杨玉环曾于七月七日夜，在骊山华清宫长生殿里盟誓，愿世世为夫妻。白居易《长恨歌》："在天愿作比翼鸟，在地愿为连理枝。"后安史之乱起，明皇入蜀，于马嵬坡赐死杨玉环。杨死前云："妾诚负国恩，死无恨矣。"④"泪雨"句：唐郑处诲《明皇杂录补遗》："明皇既幸蜀，西南行初入斜谷，属霖雨涉旬，于栈道雨中闻铃，音与山相应。上既悼念贵妃，采其声为《雨霖铃》曲，以寄恨焉。"⑤薄幸：薄情，负心，也指负心的人。锦衣郎：指唐明皇。

【赏析】

这是一首拟古之作，纳兰借汉唐典故，以一失恋女子的口吻谴责负心的男子，词情哀怨凄婉，屈曲缠绵。

起句"人生若只如初见"，短短一句胜过千言万语，刹那之间，人生中那些不可言说的复杂滋味都涌上心头，让人感慨万千。开篇一句起到统领全词的作用，其余七句都是为了迎合这一句而存在，同时这一句也代表了纳兰的梦想：人生如果总像刚刚相识的时候那样甜蜜、那样温馨、那样深情和快乐，该是一件多么美好的事情。

但梦想终归是梦想，如果真能实现，又怎会"何事秋风悲画扇"。在这句中，纳兰提到了班婕妤的故事。

汉成帝时，一代才女班婕妤被选入宫中，由于她文学造诣极高，而且擅长音律，所以深受成帝的宠爱。但这一切在赵飞燕姐妹进宫后就画上了休止符。聪明的班婕妤知道，只要赵氏姐妹在，她就永无出头之日，所以她自请去长信宫侍奉太后，悄然隐退在淡柳丽花之中。

然而，在长信宫的岁月里，班婕妤仍然对成帝念念不忘，因此她发挥自己的才情，写下著名的《团扇诗》：

新裂齐纨素，鲜洁如霜雪。
裁为合欢扇，团团似明月。
出入君怀袖，动摇微风发。
常恐秋节至，凉飙夺炎热。
弃捐箧笥中，恩情中道绝。

在这首诗中，团扇被抛弃的命运，恰是班婕妤自身的真实写照。

"等闲变却故人心，却道故人心易变"，这两句的意思是说，两个人在一起本应相亲相爱，但今日却为何要相离相弃？你如今轻易地变了心，反而却说"我"的心本来就是容易变的。前句的"故人"指的是负心的男子，后句的"故心人"指的是无辜的女子，仅一词之差，就生动地刻画出男女双方的形象。

在下片中，词人提到唐明皇与杨贵妃的典故。"骊山语罢清宵半"是指唐玄宗与杨贵妃在昔日游宴的行宫里缠绵悱恻。"泪雨零铃"是指平定安史之乱后，唐玄宗北还，在路上因思念杨贵妃，于是作了一首《雨霖铃》以悼之。"终不怨"则是指唐玄宗迫于三军众怒，无奈将杨贵妃赐死马嵬坡，杨临死前云："妾诚负国恩，死无恨矣。"

相传唐玄宗与杨贵妃曾于七月七日夜，在骊山华清宫长生殿里盟誓，愿世世为夫妻，因此全词以"何如薄幸锦衣郎，比翼连枝当日愿"结束，纳兰在这里谴责薄情郎虽然当日也曾与心爱之人订下海誓山盟，如今却背情弃义。

对于这首词，有些词评家认为是以男女情事的手法来描写友情，这种说法也有一定的道理，在这里就不再一一赘述。

南歌子

翠袖凝寒薄①，帘衣入夜空②。病容扶起月明中，惹得一丝残篆、旧熏笼③。

暗觉欢期过，遥知别恨同。疏花已是不禁风，那更夜深清露、湿愁红④。

【注释】

①凝寒：严寒。《文选·刘桢〈赠从弟诗之二〉》："岂不罹凝寒，松柏有本性。"李善注："凝，严也。"②帘衣：即帘幕。《南史·夏侯亶传》："（亶）晚年颇好音乐，有妓妾十数人，并无被服姿容，每有客，常隔帘奏之，时谓帘为夏侯妓衣。"后因谓帘幕为帘衣。③残篆：指点燃的篆字形的香将要燃尽。④清露：洁净的露水。愁红：谓经风雨摧残的花，亦以喻女子的愁容。

【赏析】

古往今来，写男女相爱、离别苦情的词章不在少数。这些词，大多是你情我愿的甜蜜，或者是生死离别的怅然。总之就是生生死死、情情爱爱，并没有太大的新意。纳兰写词，也无法逃离这个怪圈，他的诗词，也大多是写此类，但纳兰却能够写出千古情殇之人的心事，写得让人内心滴血。

这首词写离愁别恨：夜幕降临，帘幕里空空寂寂，他不在身旁，不免感到严寒凄冷。明月之下，支撑起这多病之躯，惹得将尽的残香烟雾缭绕。心里明白约定的欢会之日已过，想必你也跟"我"一样离恨难消。人已经病容满面，弱不禁风了，哪里还禁得起这夜来的愁苦相思呢！

人性最是复杂，从而也造就了文字的复杂。本来文字是反映人的内心所想的，但因为人们常常不愿意那么轻易地就被旁人窥破心事，从而将简易的文字，变成了掌心中复杂的游戏。喜爱玩儿文字游戏的人，总能将几句诗词，写得云山雾罩，让人摸不到头脑，更摸不到这诗词中，想要表达何种意思。

其实，戳破文字伪装的一面，就可以看到隐藏在背后的真相。那些词人，总是将自己的心事包得完好，不愿意被别人看到。其实这不过是一种自欺欺人的方式罢了，谁能看不穿呢，唯有自己。

纳兰从不如此，他只要是写词，一向都是直来直去，爱恨情仇，从不隐晦，干脆利落得让人惊愕。这就是纳兰，仿佛孩童一般透明，他愿意将自己的喜怒哀乐通通拿出来与世人分享。

据清《赁庑笔记》载："容若眷一女，绝色也。旋女入宫，顿成陌路。容若愁思郁结，誓必一见，了此夙因。会遭国丧，喇嘛每日应入宫唪经，容若贿通喇嘛，披袈裟，居然入宫，果得彼姝一见。而宫禁森严，竟不能通一语，怅然而出。"之后，纳兰便写下一首《减字木兰花》，抒写当日的忧郁和感伤："相逢不语，一朵芙蓉着秋雨。小晕红潮，斜溜鬟心只凤翘。待将低唤，直为凝情恐人见。欲诉幽怀，转过回阑叩玉钗。"

纳兰当时的心情、神态，在词中表露无遗。但后人谁又能去嘲笑他的痴情和哀怨呢？问世间情为何物，直教人生死相许。纳兰能够做到痴情不改，后人有多少人可以拍着胸脯说自己也可以呢？

正是因为痴情和纯净，纳兰才敢于大胆地将自己的心事写入词中，与世人一起去看。他的心事，纯净如水，从未改变过。

有时，从此生死两茫茫。绝了心念，也好。

南歌子　古戍①

古戍饥乌集②，荒城野雉飞③。何年劫火剩残灰④，试看英雄碧血⑤，满龙堆。

玉帐空分垒⑥，金笳已罢吹。东风回首尽成非，不道兴亡命也⑦，岂人为！

【注释】

①古戍：边疆古老的城堡、营垒。②饥乌：饥饿的乌鸦。③荒城：荒凉的古城。野雉：野鸡。④劫火：佛教语，后借指兵火。⑤碧血：为正义死难而流的血，烈士的血。⑥玉帐：主帅所居的帐幕，取如玉之坚的意思。⑦兴亡：兴盛与衰亡。

【赏析】

纳兰作为清初的著名词人，一直都很受世人的关注，他天资早慧，好学不倦，博通经史，是一代权相明珠的长子，在二十三岁的时候，成为了康熙皇帝最器重的侍卫。可以说是平步青云，他的人生是当时许多人梦寐以求的，古人十年寒窗苦读，就是为了一朝中第，能够在朝为官，领取俸禄。而这些，纳兰轻而易举地就都得到了，可以说，他走的是一条同时代知识分子做梦都想走的路。

可是，纳兰却并不为此感到欣喜，他反倒觉得这条道路对他是一种拘束，是一种束缚，他总是想要挣脱束缚，自由离去。所以，他许多的词中，表达出的意向都是抑郁愁苦、烦闷不得志的。

当然了，纳兰大部分的词作都是风雅之作，只讲风月闲愁，很少关于怀古之作。或许这是纳兰逃避现实的一种方式，只谈风月，不说世事。在这首《南歌子》中，纳兰让人们见识到了他隐藏很深的高尚人格追求，让人们看到了他对历史、对现实、对人生的许多感悟和追求。

纳兰年轻的心负载了许多沉重的感情和理想，在与现实纠缠不清、逃离未果之后，纳兰沉醉在他的诗词创作中，将一腔热情都化为词章，将他的人格魅力，永远地定格在了历史的长卷中。

这首词是纳兰出使西域途中所作，康熙命纳兰率团出使西域，目的是安抚西北边郡地区的一些少数民族。走在西行古道途中，纳兰以悲悯的心态看待这片土地。唐代有许多边塞诗歌，例如"大漠孤烟直，长河落日圆""醉卧沙场君莫笑，古来征战几人回"等，都是描写边塞的荒凉与寂寞的。

而如今，真正踏在这一方土地上，纳兰才是真切地感受到了古人诗歌中的意境，他忍不住也题词一首，不过比起古人的豪迈，纳兰的这首怀古之作，更显得寂寥和落寞。

古老的营垒，成了乌鸦聚集之地，荒凉的城堡中野鸡恣意飞舞。这是什么时候的战火留下来的遗迹？曾经骁勇善战的英雄们，他们的碧血丹心如今都被沙漠淹没了。主帅的帐篷，曾经的胡笳，如今都已作古。千年悲叹，回首相望，古今多少是非，说来兴亡都是天定，岂是人为！

清代曹寅在《山矾》中写道："婆娑自比小山桂，寂寞甘同苦行僧。"纳兰此时看着眼前的山川，就有此般感受。大自然的鬼斧神工造就了这片土地，而今那些山川河流依旧在，但往事中的人却早已经随着时光流逝了。

古诗中所描绘的那些金戈铁马、落日长河都已不见，留下的只有这片寂静的土地，仿佛什么事情都没有发生过似的，那样平静。古往今来，是非成败都是天注定的，人力究竟能起到多少作用呢，只怕是一点点罢了。

纳兰在大自然的浩渺中，更加看到了自身的渺小，加之内心本就存在的抑郁心情，这首词作，便更显得忧伤无奈。虽然是怀古，但何尝不是谈己？

英雄迟暮，名将白头，这些无可奈何的悲哀让纳兰更加感受到天地万物沧桑变幻的无奈，所以他便发出了这般物是人非、家国兴亡的感叹。

南乡子

何处淬吴钩^①？一片城荒枕碧流^②。曾是当年龙战地^③，飕飕。塞草霜风满地秋。

霸业等闲休^④。跃马横戈总白头^⑤。莫把韶华轻换了^⑥，封侯^⑦。多少英雄只废丘^⑧。

【注释】

①淬（cuì）：淬火。吴钩：钩形兵器，形似剑而曲，春秋吴人善铸钩，故称，后也泛指利剑。②碧流：绿水。③龙战地：指古战场。龙战，本谓阴阳二气交战。《易·坤》："龙战于野，其血玄黄。"后遂以喻群雄争夺天下。④霸业：指称霸诸侯或维持霸权的大业。⑤跃马横戈：谓手持武器，纵马驰骋。指在沙场作战。⑥韶华：美好的年华。⑦封侯：封拜侯爵，泛指显赫功名。⑧废丘：荒废的土丘。清汤潜《广陵杨花篇》诗："风流千古隋天子，

回首雷塘只废丘。"

【赏析】

这也可以算是一首悲凉满溢的边塞诗。

纳兰的一生中曾多次扈从康熙外出边塞，对边塞苦情有一定的了解。他既感慨于边塞风光的雄壮与辽阔，又对边塞的荒芜而伤感。这首词便是后者的抒发。

吴钩，听名字便知道它出自春秋时期的吴国。猜想吴王阖闾应是一位不折不扣的兵器收藏家吧，兵器的背后隐藏着他一统天下的霸业梦想。说这是欲望也好，梦想也罢，那个时代的人，爱好兵器不是偶然的。《吴越春秋》中有记载，阖闾的收藏中有一样已为世人所熟知，那是浸染了鲜血的镆铘剑。阖闾还是不满足，诏告天下，用百金悬赏善制钩的能工巧匠。

自古上行下效，蔚然成风。春秋时五霸之首齐国的齐桓公喜欢穿紫色的衣服，紫衣便通行全国，以至于五匹白绢不敌一匹紫布。同样地，吴王一声令下，制钩便在全国兴起。重赏之下必有勇夫。有一个作钩者求百金之赏，阖闾不以为然，他问："你的钩与众人的有何不同而求赏呢？"

作钩人语出惊人："吾之作钩也，贪而杀二子，衅成二钩。"以子之血抹于钩上而铸成宝钩。满眼金钩，大同小异，吴王如何能识得浸润过鲜血的那两支？钩师默默转向众钩前，唤二子之名："吴鸿、扈稽，我在于此，王不知汝之神也。"话音刚落，两支钩便飞到钩师胸前。见过这两只钩的神奇，吴王便将其奉为贴身宝物。当然，钩师也得到了二子之血换来的百金之赏。

吴钩作钩之称，而其原形是钩是刀还是剑，至今都是一个未解之谜。然而无论以什么形制出现，它都离不了兵器的核心。多少只吴钩便有多少征夫以性命做抵押，赌一场成王败寇的战役。如果说一公升的眼泪承载着一个花样少女思念征人的十年，那么征夫的十年又包含着多少离人泪、亲人泪，多少绝别泪？

龙战。只要是战争，无论是正义的进攻还是罪恶的侵略，留给人间总是生灵涂炭。特别是人类将自然赋予的智慧用于战争时，生命的消逝已使得我们麻木，最后面对的竟是一些冷冰冰的数字来描述内心的哀伤。因此，很难想象那些主行云布雨的群龙兴风作浪时该是如何暗无天日的鏖战。

那些曾经两军对峙万马奔腾的战场，曾经怨声载道民不聊生的城池，曾经被虎视眈眈的领土，如今已平静得只剩一片青冢、一丛衰草、一水绕绿。埋藏于青史的刀光剑影已渐渐黯淡，响彻云霄的鼓角铮鸣早已随风远去。碧云天如江南，黄叶地似京都，那凛冽的霜风横扫千里后才瑟缩着明白，已是边塞凉秋。

被荒芜的烽火台幽幽地讲述着那意气风发的少年往事，被湮没的黄尘古道似也久久沉浸于那些战火连天的岁月。跃马横戈，英雄的身姿停驻于一瞬，却用了终其一生将这个形象放大、完善，并牢牢地刻画在了春风不度的边城。

都道韶华易逝，这一生换了什么？

"韶华休笑本无根"，连随风过尽的柳絮也期望着好风上青云，何况学而优则仕的古人？陆游以近半百之年，应邀约"匹马戍梁州"，越万里关山亦不过难免觅封侯之俗。然而仅仅八个月，一纸诏书，英雄卸甲，梦断关山时已身老沧州，抱憾终身。"冯唐易老，李广难封"，千百年来，作此不平之鸣的何止王勃一人？龙城飞将一戍守边境，教胡马望阴山而却步，却因难对刀笔之吏自刎于沙场，多少让人看轻封侯。

以中国文人的性格，对封侯一事似也不是那般执着，说得最明白的莫过戚继光了。想当初戚家军如霄汉天兵一般大败倭寇，也淡泊明志，"封侯非我意，但愿海波平"。然而被封侯的戚继光身影远去后，倭寇的侵略更是变本加厉。他未曾忘危负年华，倒是年华负他，一生心血终付诸东流水。

风萧萧兮易水寒，壮士一去兮不复返。多少忠魂埋骨他乡，却换得兴亡难定，盛衰无凭。英雄过气，青青河畔草掩映的或许只一座真伪难辨的衣冠冢。一世豪杰，一处废丘，一阵秋风过尽，谁人记得怒发冲冠？昔人已去，唯见水寒。

南乡子　为亡妇题照

泪咽却无声，只向从前悔薄情。凭仗丹青重省视①，盈盈②，一片伤心画不成③。

别语忒分明④。午夜鹣鹣梦早醒⑤。卿自早醒侬自梦，更更⑥，泣尽风前夜雨铃。

【注释】

①丹青：丹和青是古代绘画常用的两种颜色，借指绘画，此处指亡妇的画像。省视：犹认识、忆起。②盈盈：形容举止、仪态美好。③"一片"句：套用唐代高蟾《金陵晚望》："世间无数丹青手，一片伤心画不成。"另金代元好问有《家山归梦图》诗："卷中正有家山在，一片伤心画不成。"④忒：方言，太、特。⑤鹣（jiān）鹣：鸟名，即鹣鸟，比翼鸟，似凫，青赤色，相得乃飞。比喻夫妇情谊。⑥更更：一更又一更，指整夜。

【赏析】

卢氏死后，痴情的纳兰就陷入无尽的哀伤之中，不分白昼夜晚，他的脑海中全是亡妻的身影。有一天，他突然有所解悟，自己该给亡妻绘一幅肖像了，这样就可以永远与她相会相伴，只可惜丹青未染，已泪眼盈盈，心中又生出无数感慨。于是，这首恰如杜鹃啼血、令人不忍卒读的悼亡词就产生了。

"泪咽却无声，只向从前悔薄情"，这两句从字面上解释是说：词人无声地呜咽着，他在为自己以前的薄情而后悔。其实，"薄情"并非真的薄情，只不过卢氏死后，纳兰在这一沉重打击之下，变得十分惆然，他不知该把自己的怨恨指向谁，他的内心极度悲痛，却找不到倾泻的对象，在这种情况下，他只能无奈地自责，他后悔当初没有多抽出一些时间陪伴在妻子的身边，后悔当初没有更好地对待妻子，不断的自责让纳兰产生了极强的负疚感，因此他才会自悔薄情。

为了排解这无边无际的痛苦，纳兰开始寻求解脱的办法，他想要为亡妻绘一幅肖像，最终却是"一片伤心画不成"。金朝诗人元好问有"卷中正有家山在，一片伤心画不成"之句，表达出自己的思乡之情，纳兰在此借用入词，表达自己怀念亡妻的沉痛心情，这足以说明卢氏的故去，已经使纳兰伤心到了极点。

既然人鬼殊途不能再见，内心的痛苦又无法排遣，纳兰索性把希望全部寄托在梦幻中，想象着在梦中与妻子相会。于是他写道："别语忒分明。午夜鹣鹣梦早醒。"天还没亮，与你双栖双飞的美梦就醒了，但分别时的言语仍然十分清晰分明。

"卿自早醒侬自梦"可谓是传神的一句，纳兰想象着妻子的早逝或许是在脱离苦海，她已经醒了，而"我"自己却仍然在苦海中饱受煎熬，仍然沉浸在梦中。严迪昌在《清词史》中曾对这句有所评价，他说："'卿自早醒侬自梦'也即对'人间无味'是否醒悟的表述。词人设想爱妻'早醒'（逝去）也就早离尘海、弃去无味之人间，自己却仍梦着独处其间，了无生趣。怨苦、怨怼转生出离世超尘的幻念，是古代文人通常谋求心态平衡、自我解脱的药剂。"

尾句"泣尽风前夜雨铃"化用典故，马嵬驿兵变后，杨贵妃被缢死，在平定安史之乱后，唐玄宗北还，一路凄雨沥沥，风雨吹打在皇銮的金铃上，玄宗此时想起往事，于是写下一首《雨霖铃》来悼念杨贵妃。纳兰借用来表示自己虽然肉体仍然存在，但是内心其实早就已经死了。

多情的纳兰词以情为根本，写下这首缠绵悱恻、凄楚动人的词作。此时的他似乎已经忘却了自我，而将整个生命投入到对死者的怀念之中，全词可谓是字字情牵，句句肠断，读之催人泪下。

南乡子

烟暖雨初收，落尽繁花小院幽。摘得一双红豆子①，低头，说着分携泪暗流②。

人去似春休，卮酒曾将酹石尤③。别自有人桃叶渡④，扁舟⑤，一种烟波各自愁。

纳兰词大讲堂

【注释】

①红豆子：红豆，相思树的种子，果实成荚，微扁，子大如豌豆，色鲜红，古代文学作品中常用来象征相思，也叫"相思子"。②分携：离别。③卮（zhī）酒：犹言杯酒。石尤：传说古代有商人尤某娶石氏女，情好甚笃，尤远行不归，石氏思念成疾，临死叹曰："吾恨不能阻其行以至于此。今凡有商旅远行吾当作大风为天下妇人阻之。"见元伊世珍《琅记》引《江湖纪闻》。后因称逆风、顶头风为"石尤风"，故后人以之喻阻船之风。④桃叶渡：渡口名，在今江苏南京秦淮河畔。相传因晋王献之在此送其爱妾桃叶而得名。后人以此指情人分别之地。⑤扁舟：小船。

【赏析】

这又是一首抒写离愁别恨的词作。

"烟暖雨初收，落尽繁花小院幽"，首句描写了刚下过雨后的小院情景。风雨初晴，小院中落花满地，显得十分幽静。正所谓"一切景语皆情语"，在这种幽静的意境中，我们似乎能想象到分别在即的两人相对无语泪满眶的景象。

"摘得一双红豆子，低头，说着分携泪暗流"，爱人采下两颗红豆，低头和词人说着分别的话语，说着说着，不禁泪流满面。"红豆"，古人常用其象征爱情或相思，唐代诗人王维就曾以红豆为意象，写出了脍炙人口的《相思》诗：

红豆生南国，春来发几枝。
愿君多采撷，此物最相思。

短短的二十字，抒写了社会的民族风情：青年男女在确定终身大事时，通常是以红豆饰品作为情物相赠情人。从那以后，红豆就成了纯洁爱情的象征。随着时间的推移，相思红豆的寓意已经不仅仅局限于男女之情，而是逐渐扩展到亲情、友情、民族国家之情、人类相依相爱之情……

全词的上片追忆往昔，下片则描写别后幽情。"人去似春休，卮酒曾将醉石尤"，爱人离开之后，好像连春天也被他带走了，以酒践行时甚至祈祷船在行驶时能够遇上顶头风。"石尤"是纳兰化用的一个典故，相传古时有一个姓尤的女子，嫁给了一个姓石的商人，按照古代的习惯，她就被称为石尤氏。丈夫出外经商多年，未见归还，石尤氏便每天倚门而望，结果思念成疾，在临死时，她慨叹道："我悔恨当初没有劝阻丈夫留在家中，不然怎会落到今天这种地步，我要化作一阵大风，替天下的妇人去阻止她们商旅远行的丈夫。"石尤死后，在她家门前的那段江面上果然时常刮起大风，阻碍船只通行。纳兰用到这个典故，是说女主人公希望能够效仿石尤，化作大风阻止爱人远行。

但是天不遂人愿，女主人公的愿望终究破灭，爱人最终乘船离去，分开的两人只能独自品尝自己的忧愁。"桃叶渡"泛指送行之所，相传东晋著名书法家王献之曾宠爱一名叫"桃叶"的小妾，她时常往来于秦淮两岸，与王献之相会，王献之害怕她出意外，常常亲自在渡口迎送，并为之作了一首《桃叶歌》。从那以后，渡口名声大噪，久而久之，也就被称为桃叶渡了。

淡淡的白描，平实如话，真实地传递出女主人公在爱人即将远行时内心中所表露出的愁苦之情，读后别有一番韵味。

念奴娇

绿杨飞絮，叹沉沉院落、春归何许①？尽日缁尘吹绮陌②，迷却梦游归路。世事悠悠，生涯非是，醉眼斜阳暮。伤心怕问，断魂何处金鼓③？

夜来月色如银，和衣独拥，花影疏窗度。脉脉此情谁得识？又道故人别去。细数落花，更阑未睡④，别是闲情绪。闻余长叹，西廊唯有鹦鹉。

【注释】

①沉沉：幽深的样子。何许：什么，哪里。②绮陌：繁华的街道，亦指风景美丽的郊野道路。③金鼓：即钲。《汉书·司马相如传上》："金鼓，吹鸣籁。"颜师古注："金鼓谓钲也。"王先谦补注："钲，铙。其形似鼓，故名金鼓。"④更阑：更深夜尽。

【赏析】

这首词唱叹的是与故人别后的孤苦寂寞，别去的"故人"是谁无法考证，但从这词中透露出来的低回伤感可知绝非一般朋友，必是词人的红颜或者知己无疑。

"绿杨飞絮，叹沉沉院落、春归何许"，首句的意境极美，深深的庭院中，绿杨悄然抽枝，飞絮自在飘扬，竟没察觉到春意已浓郁至此。一个"叹"字就奠定了全词的基调，淡淡的感伤混迹于字里行间，揣摩可得。

相似的意象，在不同的词人笔下有不同的味道。贺铸的一首《如梦令》中曾写道："莲叶初生南浦，两岸绿杨飞絮。"莲叶初生，绿杨飞絮，词人把春末夏初时节的风光写得生机勃勃、飞动流走。

纳兰也有心寻一份贺铸的怡然心境，但"尽日缁尘吹绮陌，迷却梦游归路"，终日的凡尘俗事让人迷乱，自己想走的那条路便是无论如何也寻不到了。纳兰本人就像一个迷路的孩子，他一生的仕途、情路好像都是注定了的，只要一步步走下去即可，可他偏不，他任性而执着，不满于现状又惰于反抗。出身望族、才华横溢，假以时日定会大有作为，他的未来就是这么脉络明晰，可这不是他想要的，他就这样在似锦的前程里感慨喟叹，试图抗拒最终又无奈接受。

"世事悠悠，生涯非是，醉眼斜阳暮。伤心怕问，断魂何处金鼓？"醉酒之后抬头观天际夕阳，只觉世事变换、人生无常，就连远处传来的金鼓之声，也令人伤心断肠。

从上片"斜阳"到下片"夜来"，不禁唏嘘：就连宣纸上的光阴也是留不住的。月色如银似水，孤独的人却只能和衣独坐在窗前的花影里。知己别离的孤苦无告、幽独寂寞又有谁能够知晓？夜深难眠，空数落花，心绪寂寞如斯，那慨然长叹之声也只有西廊的鹦鹉能听到了。

先秦的琴师俞伯牙与樵夫钟子期偶遇，伯牙善鼓琴，子期善听音，伯牙所念，钟子期必得之。伯牙鼓琴而志在高山，钟子期曰："善哉乎鼓琴，巍巍乎若泰山！"若志在流水，钟子期必曰："善哉乎鼓琴，汤汤乎若流水！"俞伯牙喜上眉梢，哈哈大笑："善哉，子之心而与吾心同。"钟子期死后，俞伯牙摔琴绝弦，终身不操。二人共同成就了"高山流水"的千古佳话。

"脉脉此情谁得识？又道故人别去。"这是本词中最令人伤心的一句，人生最可怕的不是没有知己，而是知我者又别我而去。倘若俞伯牙一生不遇钟子期，也不过因无人能懂自己而黯然，但既得知己又复失去，哀莫大于心死，琴声再美又弹给谁听？人们常说"人生得一知己则死而无憾"，古人惜字如金，"知己"二字简直妙极，不论红颜知己还是生死之交，能懂自己心思者最是难求。

纳兰心思细腻，醉酒时的糊涂与清醒后的残酷让人伤心魂断，他的不快乐似乎只有这位"故人"能懂，可是"故人"此际又要别他而去，难怪他会伤心了。

念奴娇

人生能几？总不如休惹、情条恨叶①。刚是尊前同一笑，又到别离时节。灯烛挑残，炉蒸烟尽②，无语空凝咽③。一天凉露，芳魂此夜偷接④。

怕见人去楼空，柳枝无恙，犹扫窗间月。无分暗香深处住，悔把兰襟亲结⑤。尚暖檀痕⑥，犹寒翠影，触绪添悲切。愁多成病，此愁知向谁说？

【注释】

①情条：指纷乱的情绪。②蒸：燃烧。③凝咽：犹哽咽，哭时不能痛快出声。④芳魂：谓美人的魂魄。⑤兰襟：芬芳的衣襟，比喻知心朋友。⑥檀：即檀粉。

不只曹操这样的人会一声喟叹："对酒当歌，人生几何？譬如朝露，去日苦多"，多情的风流公子也时常感慨岁月的短暂和无情，唱一曲"人生几何"的无奈悲歌。不过曹操饮酒饮出的是一腔豪气，纳兰"尊前同一笑"，涌上心头的却是无奈和寂寞。

张秉戌先生在《纳兰词笺注》中用了八个字评价这首《念奴娇》："语浅率露，真挚感人。"其实这也算得是纳兰词的整体风格之一，不过在这一首词中表现得格外明显罢了。这首词开篇就直言人生苦短，本不该坠入情恨的纠葛之中，却又欲罢不能，词人对自己的"多情"似有一股悔意，虽悔却又无意去改，当真是率性之至。

上片写幽会，既像实写，又像因思念亡妻而产生的幻觉，读来便有了几分缥缈迷离的感觉，更加耐人寻味。"刚是尊前同一笑，又到别离时节"，这两句是在写两人刚刚对饮一杯，相视而笑，离别的时间就到了。就好像灰姑娘必须在午夜十二点前抽身一样，"离别"二字是个魔咒，纵然相爱却不能长相厮守的现实有着强烈的宿命感。

残灯摇曳，炉烟燃尽，两人只能默默无语暗自垂泪，就连道别的话也不忍心说出口，似乎说过"再见"之后就会瞬间海角天涯。读到此处，我们或许还可以将这当作词人与意中人暗夜偷接的相会，但"芳魂"二字一出心里便了然了，这更像一首悼念卢氏的词。纳兰大概是深夜辗转反侧，难以成眠，勾起了旧日与卢氏相守的点滴回忆，或者是期待在梦中能与佳人的芳魂相聚。

与亡人魂梦相接的桥段，最有名的当出于《长恨歌》，结尾几句动人心魄："临别殷勤重寄词，词中有誓两心知。七月七日长生殿，夜半无人私语时。在天愿作比翼鸟，在地愿为连理枝。天长地久有时尽，此恨绵绵无绝期。"爱美人也爱江山，李隆基在马嵬坡含泪舍了杨玉环，此后就陷入了绵绵不休的相思中。仕途前程于纳兰来说是无所谓的，他心中在意的似乎只有那一段情爱，然而天不怜悯，卢氏离去后，纳兰心里的恨当真是"绵绵无绝期"了，"凉露"二字既可指现实中的深夜露水，也可理解为是纳兰这腔怨恨的无限悲凉。

下片从回忆或梦境回到了现实，纳兰"怕见人去楼空"，现实却正是如此。柳枝如丝，犹自拂过她曾经住过的阁楼，明月照旧，照着纳兰一人孤独的身影。纳兰长叹：你我有缘无分，不能同居共处，真悔恨当初那样亲昵。这般悔恨着，却仿佛看见了她满脸泪痕、身影绰约，自己那无边的愁绪就被触动开了。愁苦交叠，以至于相思成病，这一番寂寞哀愁又能向谁倾诉呢？

全词就在散溢开来的孤独感、无力感中戛然而止，更加令人九曲回肠，添悲增恨。

　　《世说新语》里有这样一个故事：东晋大将桓温多年南征北战，偶一日经过金城，看见自己年轻时种在这里的柳树已经粗壮挺拔，忍不住攀枝执条，泫然流泪："木犹如此，人何以堪！"在冷漠的岁月面前，人们确实无可奈何。

　　有人说爱情是天下最没道理可讲的，其实不然，时光才是。它既能让人朝朝暮暮、长相厮守，也可让人一别难见、天人永隔，时光催白了头发，也凋零了爱情。人之感慨，大凡多情，曹操、桓温如此，纳兰更是。

　　虽一生郁郁，但纳兰并不可怜，他不过是比普通人更执着了些，比深情者更痴狂了些。在人生的这场赌局中，纳兰败给了过去的命数，竟就不肯再抬眼看前面的风光了，可敬因此，可叹亦是因此。

念奴娇　宿汉儿村

　　无情野火，趁西风烧遍、天涯芳草。榆塞重来冰雪里①，冷入鬓丝吹老。牧马长嘶，征笳乱动②，并入愁怀抱。定知今夕，庾郎瘦损多少③。

　　便是脑满肠肥，尚难消受，此荒烟落照。何况文园憔悴后④，非复酒垆风调⑤。回乐峰寒⑥，受降城远⑦，梦向家山绕。茫茫百感，凭高唯有清啸⑧。

【注释】

　　①榆塞：《汉书·韩安国传》："后蒙恬为秦侵胡，辟数千里，以河为境。累石为城，树榆为塞，匈奴不敢饮马于河。"后因以"榆塞"泛称边关、边塞。②征笳：旅人吹奏的胡笳。③庾郎：指北周诗人庾信，借指多愁善感的诗人。瘦损：消瘦。④文园：指汉司马相如，因司马相如曾任文园令。《史记》曰："口吃而善著书，常有消渴疾。与卓氏婚，饶于财。其进仕宦，未尝肯与公卿国家之事，称病闲居，不慕官爵。"⑤酒垆：卖酒处安置酒瓮的砌台，亦借指酒肆、酒店。这里指司马相如过饮于卓氏，以琴心挑之，文君夜奔相如，同驰归成都。因家贫复回临邛，尽卖其车骑，置酒舍卖酒。相如身穿犊鼻裈，与奴婢杂作、涤器于市中，而使文君当垆，卓王孙深以为耻，不得已而分财产与之，使回成都。⑥回乐峰：回乐县境内的一个山峰。回乐县唐属灵州，为朔方节度治所，在今甘肃灵武西南。⑦受降城：城名。汉唐筑以接受敌人投降，故名。汉故城在今内蒙古乌拉特旗北，唐筑有三城，中城在朔州，西城在灵州，东城在胜州。唐李益《夜上受降城闻笛》："回乐峰前沙似雪，受降城外月如霜。"⑧清啸：清越悠长的啸鸣。

【赏析】

塞上景致荒凉，诗人出使塞上，途中所见，百感交集：塞上荒凉萧索，无情的野火趁着秋风将无边的芳草都烧遍了。再一次来到边塞，又是风雪交加，寒风刺骨，催人老去。战马嘶鸣，号角声起，凄冷苦寒，让人伤怀，如庾郎愁怀难遣，致使身心憔悴消瘦。即便是脑满肠肥的得意之人，也难以承受这长河落日、大漠孤烟的悲凉之景，又何况是如同司马相如这样往日风采不再的多愁多病之身呢？塞外苦寒荒凉，旅人梦回故乡，心中百感陈杂，思绪茫茫，只有登高长啸才能抒怀。

庾信是纳兰的诗篇中常出现的一个典故人物。庾信，字子山，因受封"开府仪同三司"，故人称"庾开府"。庾信本为梁朝官员，在出使西魏时，梁竟然为西魏所灭。庾信的父亲是梁代诗人庾肩吾，他自幼同父亲行走于萧纲的宫廷，后来又和徐陵一起任萧纲的东宫学士，共创出"徐庾体"，是著名的宫廷作家，久负文名。西魏仰慕庾信才华，强留之。后北周代魏，庾信也一直得到器重。但是，庾信以身仕敌国而羞愧，满心怨愤，郁郁而终了。

纵览这篇《念奴娇》，仿佛庾信这类人的作品，流露出浓郁的亡国的哀怨。

纳兰性德，一个正当鼎盛王朝的王孙贵胄，何来亡国之感呢？

且看纳兰与友人之交往，也颇有与人不同之处。其时，满人汉人芥蒂很深，纵使同朝为官，满人也是瞧不起汉人的。但是与纳兰交往的，多汉人布衣，且这些人都有着浓郁的"亡国人"思想。再看《纳兰词》，作为一位满族诗人的作品集，其中竟然找不到其他满人的姓名，更没有与满人的酬唱之作，实在反常。

徐乾学的《进士纳兰君墓志铭》记载了一件小事："容若读赵松雪《自写照》诗有感，即绘小像，仿其衣冠。坐客或期许过当，弗应也。余谓之曰：'尔何酷类王逸少。'容若心独喜。"徐乾学把纳兰比成汉人，纳兰不仅不以为忤，反倒非常开心，流露出一股孩子气。

纳兰的曾祖是在与努尔哈赤的对抗中自焚而死的。这两个部族，在明朝中叶时都受过明朝的封爵，是明朝的藩属。明朝末年，爱新觉罗部逐渐壮大，遂背叛明朝，而叶赫部的酋长、纳兰的曾祖忠心于明，不肯与努尔哈赤为伍，遂遭吞并。叶赫家的女子在努尔哈赤后宫为妃，叶赫家才完成了由仇敌到贵戚的转变。

纳兰的亡国之感，当是来源于此。从这个角度上说，称其为明朝遗民也不过分。这样我们也就不难理解，作者面对荒烟落照为何如此悲愤了——凭高唯有清啸。如庾信般夹在故国与今日朝廷间，内心被祖先的仇恨与仇敌的恩宠所折磨，是进、是退，是喜、是悲？这是年轻的纳兰无法辨析清楚的，只能登高长啸暂且释怀。

琵琶仙 中秋

碧海年年①，试问取冰轮②，为谁圆缺？吹到一片秋香，清辉了如雪。愁中看好天良夜，争知道尽成悲咽。只影而今，那堪重对，旧时明月。

花径里戏捉迷藏，曾惹下萧萧井梧叶③。记否轻纨小扇④，又几番凉热。止落得填膺百感⑤，总茫茫不关离别。一任紫玉无情⑥，夜寒吹裂。

【注释】

①碧海：此处指青天。②冰轮：即圆月。③井梧叶：井边梧桐的树叶。④轻纨（wán）小扇：指纨扇，即用细绢制成的团扇。⑤填膺（yīng）：充塞于胸中。⑥紫玉：古人多截取紫玉竹为箫笛，因以紫玉为箫笛之代称。

【赏析】

抒发哀怨的感情时，幽怨的人最先想到的往往是月亮。唐明皇夜会梅妃，杨贵妃得知自己深爱的男人心中还装着别的女人，满怀忧伤，饮酒独醉，开口便是："海岛冰轮初转腾，见玉兔，玉兔又早东升。"纳兰思念起心头的人儿，起首也是"碧海年年，试问取冰轮，为谁圆缺"。

这首词描绘了中秋月下的景致：年年岁岁，问那天上的明月在为谁圆缺？夜风吹得桂花飘香时，那月色更加清净如雪。这花好月圆的美好景色，在满怀愁绪的人看来也只觉伤感呜咽。形单影只，该如何去面对那旧时的明月？曾记得我们在鲜花小径追逐嬉戏，惹得梧桐树叶纷纷飘落，还记得那轻纱团扇陪伴了几个寒秋。如今却只落得胸中百感交集，无处申诉。任凭那幽咽的笛声唤起旧梦，吹到天明。

想必，纳兰所思念的，是他青梅竹马的恋人。看他所回忆的情节，"花径里戏捉迷藏，曾惹下萧萧井梧叶"。钟鼎人家的青年男女，家教甚严，举止必然大方稳重，及笄的丫头、弱冠的小伙儿必然不好意思跑来跑去地捉迷藏。能做这种游戏的，当是"郎骑竹马来，绕床弄青梅"的年纪。小小的姑娘一定还是"妾发初覆额"，一点儿不懂得害羞，会"折花门前剧"。

那真是不会再来的美好时光，我们玩得多么畅快，撒了欢地在满是花朵的小路上奔跑，连梧桐树的叶子都被我们夸张的笑声与叫声惊落了几片。我们曾经共同走过的美好日子，并不短暂，"记否轻纨小扇，又几番凉热"。用细薄的纨素糊就的小团扇，陪伴我们在漫长的夏日赶凉风，经历了几多华年？那时，我们天真烂漫，亲密无间。

回忆再美，也只是一片虚幻。诗人希望自己永远沉浸在美好的往昔中，可惜总有醒来的时刻。事实是，他们有个美好的开始，却没能继续让生命在幸福中浸润下去。满族女子成年后，都会有选秀的机会，这是她们的权利，也是她们的义务。传说，纳兰初恋情人就不得已参加了选秀，进宫去了。境由心生，美好的秋夜在诗人眼中，是一片悲凉。

冰轮出碧海，美则美，却美得冷入骨髓。夜风吹动盛放的桂花，清冷的月光下，甜香的桂花竟然映现了白雪般冷艳的气质，让夜色更觉凄清。这样清冷的夜、清冷的心，唯有清冷的曲子才能与之相配。诗人用一支紫玉笛吹出哀婉的曲子，表达内心浓浓的抑郁与伤怀。

菩萨蛮

窗间桃蕊娇如倦，东风泪洗胭脂面。人在小红楼，离情唱石州[①]。
夜来双燕宿，灯背屏腰绿[②]。香尽雨阑珊[③]，薄衾寒不寒？

【注释】

①石州：乐府商调曲名。②绿：昏暗不明。③雨阑珊：微雨将尽。

【赏析】

东风始来，三月的桃蕊初绽，不胜娇美，慵懒得如同刚刚睁开睡眼的少妇。初上绣楼，凭倚窗子，远眺之时，"忽见陌头杨柳色"，想起久久未归的夫婿，苦涩的离情溢满心头，泪水湿了新妆。唇齿之间，这一首《石州》曲，吟遍了古今多少离情别绪。忽而想起昨夜那来宿的双燕，"落花人独立，微雨燕双飞"，形单影只的少妇倍觉凄凉，灯烛背对屏风，回首处，昏暗不明。春意料峭，微雨将尽，那远方的人是不是只有一张薄衾，是温，是寒呢？

短短四十来字，上片写尽了春闺情愁，下片写尽了销魂之感。

这首词写的是少妇思夫的离别之情，在古典诗词中极为常见。早在初唐张若虚的笔下，就有了"玉户帘中卷不去，捣衣砧上拂还来"的春闺情怀。丈夫离家，日复一日，思念并没有因时间而成为习惯。某日初上翠楼，忽见桃红，心底多少愁思，涌上心头，难下眉头。"窗间桃蕊娇如倦"，看似写"桃花"，其实写"人面"。

"桃之夭夭，灼灼其华"，"桃花"自古便是红颜的象征，都是一种脆弱的美。"人面桃花相映红"，是写花的美，也是写人的美；是写人对桃花的欣赏，更是写人对自己的怜惜。人见桃花烂漫，不由联想到自己也是青春如许，却春闺独居，难以与心中思念的人共相朝夕。春日本多情，"泪洗胭脂面"便知闺中人心中的愁苦，非窗前的一缕薄烟，也非耳际的一阵轻风，它的厚重也许根本没有什么事物可以用来比拟，也不需要用什么来比拟，既无他诉，便只得轻吟一首哀婉的《石州》曲。

"夜来"二字起首，便知漫漫长夜中闺中人的凄婉心境。南唐亡国词人李煜说，"寂寞梧桐深院锁清秋"，正是如此；南宋女词人易安居士说，"莫道不销魂，帘卷西风，人比黄花瘦"，正是如此；温庭筠说，"过尽千帆皆不是，斜晖脉脉水悠悠，肠断白蘋洲"，也正是如此。一夜料峭春雨不止，人也久久难以入眠，双燕因深夜寒冷而借宿檐下，相依相偎，触动了闺中人的心事。灯烛背对着屏风，因而昏暗不明，似也困乏欲睡，此时此刻，已至深夜，唯有人独醒着。"薄衾寒不寒"的设问中，其实早已预设了回答：闺中人"半夜凉初透"，凄凉境地下，不由想到远在异乡的人是否能禁得住这番春寒？由物（燕）及己，由己及人，才有了"寒"的意蕴。

一面是春愁如许，一面是凄婉销魂，都是对于闺中人痛楚心理的刻写，在这个过程中间，还有着景致之间的鲜明对照——一明一暗。总体看来，上片"明"在"桃"字，下片"暗"在"背"字。如果不是春日风和日丽、明媚如新，又怎能一推窗而见桃红一点，娇蕊动人？如果不是背向屏风，又怎知闺中人听闻燕声时，回首间，"屏腰"昏暗不明。但无论是"明"，还是"暗"；无论是白天所见，还是夜晚所闻，所投射的都是闺中人的离情别绪。在一明一暗的对照中，更加凸显了闺中人心绪的低沉。

相传，词人纳兰性德曾与自己青梅竹马的表妹情投意合，然而造化弄人，有情人终究不能成眷属，这位才色双全的佳人却被选入宫中，宫墙深锁。这给纳兰性德带来了无尽的伤感和酸楚，因而这种伤感和酸楚之情在他的词里经常有所显现，有很多以春情闺怨为题材的词作。

菩萨蛮

淡花瘦玉轻妆束，粉融轻汗红绵扑①。妆罢只思眠，江南四月天②。
绿阴帘半揭，此景清幽绝③。行度竹林风，单衫杏子红④。

【注释】

①红绵扑：红丝棉的粉扑，妇女化妆用品。②四月天：指初夏之时。③清幽：风景秀丽而幽静。④单衫：单衣。

【赏析】

这是一首在纳兰性德所有词中风格比较特殊的一首，集中笔力描写了一位年轻女子出游的事情。风格上和花间词很相似，大抵是纳兰性德早期的作品。

全词展示了这样一组图画：梳妆台前，一个女子正梳妆，女子面容姣好，将一朵淡淡的花朵插在头发上，将玉制饰品也挂在身上。红粉融融，脸色红润，红丝棉做的粉扑轻轻地抹去香汗。梳妆完毕，竟又犯困起来，只想卸妆回头睡觉，原来江南四月春归，真所谓"春眠不觉晓"。半揭起绿色的帘子，门外一片清凉幽景，好不绝妙。慢慢踱步，随心而行，来到一片翠竹园中。忽而起了一阵清风，拂面而来，单薄的衣裳，颇觉嫩寒侵体，不过杏花正浓，景色宜人。

这首词典型地受到了花间词的影响，不是很能体现纳兰性德填词用情真挚的特点，并非佳作，可能属于纳兰性德早期的游戏之作。

从内容上看，纳兰性德这首词仍属于传统花间词的范围，是描写闺中女子的生活细节和心理细节。全词情感上不属于悲情的，带有淡淡的惊奇，这也可以说恰到好处地表现了女子游春的正常情怀。

从意象运用上看，绮靡侧艳，范围并不开阔。词中"淡花""瘦玉""粉融轻汗""红绵"，等等，属于典型的花间词意象，未有创建。

虽然这首词整体风格上难脱花间窠臼，但在表现女子生动可爱这一特点上却还是有一定的可取之处。这一点上和李清照的《点绛唇·蹴罢秋千》有点儿相似：

蹴罢秋千，起来慵整纤纤手。露浓花瘦，薄汗轻衣透。
见客入来，袜刬金钗溜。和羞走。倚门回首，却把青梅嗅。

比如二者所写的都是年轻女子，她们走出禁闭她们的闺房，踏春游玩；在意象使用上李清照也显然受到花间派的影响，如"慵整纤纤手""露浓花瘦，薄汗轻衣透"等这些表现女子生活细节的词句。

不过从纳兰性德的词句"行度竹林风，单衫杏子红"中能读出一种喜春的情怀，给人一种比较鲜明活泼的形象，而李清照这句直接通过少女的真实行为呈现一个情景，直白清晰。

菩萨蛮

晶帘一片伤心白①，云鬟香雾成遥隔②。无语问添衣，桐阴月已西。

西风鸣络纬③，不许愁人睡。只是去年秋，如何泪欲流。

【注释】

①晶帘：水晶帘子。形容其华美透亮。②云鬟香雾：形容女子头发秀美。③络纬：虫名。即莎鸡，俗称络丝娘、纺织娘。夏秋夜间振羽作声，声如纺线，故名。

【赏析】

自卢氏死后，亡妻的影子总也不能从纳兰的生活中消失，而从这首词中的"伤心白""成遥隔""愁人""去年"这些词语中我们可以看出，这又是一首纳兰悼念亡妻之作。

中国文人，大多有伤春悲秋的情绪，而且秋天在古诗词中往往象征着死亡。在落叶缤纷、大地萧瑟的时节，触景生情，词人难免愁心满溢，恨不能收，追悼故人，涕泗横流，痛断肝肠。

"晶帘一片伤心白，云鬟香雾成遥隔。"水晶帘子寂寞地晃出一片凄白孤清之景，而思念的人已是生死两茫茫，香消玉殒，芳踪杳然。"云鬟香雾"化自杜甫《月夜》诗："香雾云鬟湿，清辉玉臂寒。"纳兰用此指代自己深深思念的妻子。结合杜诗意境，此词更添一番相思离别之痛。

纳兰遥想当年，玉兔西沉、夜语深深之时，妻子软语温柔，轻轻为自己披上温暖的衣袍，两人依在梧桐的阴影中相谈甚欢，如牛郎织女私语。此情此景，是如此温馨闲适，"胜却人间无数"。而今独立寒露，听着纺织娘瑟缩在西风中鸣得凄切，却没有了红袖添衣。"寻寻觅觅，冷冷清清，凄凄惨惨戚戚"，相思成灾，辗转难眠，往事历历，伊人独去，清泪在眼中翻滚欲出。直合易安《武陵春》："物是人非事事休，欲语泪先流。"此欲彼欲，都是无限惆怅哀恸缠绵心中，诉无可诉，只任柔肠百结，无限思量欲化成泪。

"只是去年秋，如何泪欲流。"风姿卓绝、多情温柔的纳兰，想着曾经美好的时光，终是泪流如雨。此处"只是""如何"二词形象地表达出世事难料、无可奈何之感。仅仅过了一年，却是天人永隔，让沉浸在幸福中的纳兰一时不能接受这残酷的现实，而周遭寒冷的空气，眼眶中晃荡的水汽，都在残忍地诉说着事实。纳兰只能被迫接受现实，而又心有不甘，只能伤痛地低语："只是去年秋啊……"

此词意境哀婉，字里行间灼灼真情天然流动，用极简之语平常地道眼前之景，直率地抒胸中之情。纳兰运笔如行云流水，毫不沾滞，任由真纯充沛的感情在笔端自然流露，出色地用自己的感受来感动读者，让人置身其中，仿佛自己就是那个惆怅客，心间万种凄婉百转千回。

纳兰词就是如此动人，因为他的用情至深而又至真，如"清水出芙蓉，天然去雕饰"。纳兰词善用白描手法，鲁迅说白描法"有真意，去粉饰，少做作，勿卖弄"。此词就完美地用了白描，用语朴素，情真意切。

清代词人况周颐曾说纳兰词"一洗雕虫篆刻之讥""纯任性灵，纤尘不染"。纳兰真情得人如此推崇，并由此交得知己顾贞观、陈维崧，"自古文人相轻"这句话在此却是不适用了。由此也可见纳兰的不一般。

纳兰的头衔甚多，与曹贞吉、顾贞观合称"精华三绝"，被誉为"清朝第一词人"，有人甚至把他同"千古词帝"李煜相提并论，"或谓是李煜转生"。中国词坛悼亡词甚多，唯纳兰独树一帜，还形成了"家家争唱饮水词"的局面，毫不逊色于那个一赋引得洛阳纸贵的左思。如此成就，个中缘由从此《菩萨蛮》词中可略见一二，重要的还是"真切"二字。

菩萨蛮

梦回酒醒三通鼓，断肠啼鴂花飞处①。新恨隔红窗，罗衫泪几行。

相思何处说，空有当时月。月也异当时，团栾照鬓丝②。

【注释】

①啼鴂：即鹈，一名杜鹃。三月即鸣，至夏不止。常用以比喻春逝。②团栾：指明亮的圆月，旧俗称农历八月十五日为团圆节。鬓丝：鬓发。

【赏析】

《菩萨蛮》又名《子夜歌》，或曰《巫山一片云》，是唐朝教坊曲名。据记载，唐宣宗时，女蛮国入贡，其人高髻金冠，璎珞被体，故称菩萨蛮队，乐工因作《菩萨蛮曲》。不是"菩萨也发脾气耍蛮"的意思。

纳兰这首词，为月夜怀人之作，当情当景，凄婉缠绵之至。三更子夜之时鼓响，廊痕深处寂寞袅袅，酒醒梦回显然是伤痛难耐，酒也不能麻痹，以致彻夜无眠。恰逢此刻偏又传来杜鹃悲啼之声，更添伤情离愁之绪，于是清泪涟涟罗衫亦湿，可恨此情此愿又无处诉说。当头明月犹在，但却与旧时不同，此刻只不过是照映自己孤独一人罢了。

古时作诗男子，大多乃好诗好酒者。酒实为诗之伴侣，清词浅曲，对酒当歌，酒遇知己千杯亦少，更有情意阑珊、借酒消愁者对月暗伤心回肠九曲。为的，就是这个"情"字，如丝如缕。

纵便是纳兰这样尤善诗词的男子，也是好酒之客，酒醒梦回，愁思盈怀，寥寥几笔道来他的情感，才得以让后人窥见一二。这首词中，相思之苦，借"新恨隔红窗，罗衫泪几行"婉婉道来。"新恨隔红窗"，隔的又是何"新恨"呢？词人新恨必有旧恨。如辛弃疾《念奴娇》词："旧恨春江流不尽，新恨云山千叠。"从下片的意思看，所谓"新恨"，是对情人的相思，那么旧恨无非是指当年的离别。想必当年与情人分别之时，曾相约于次年春天重新相会。如今旧地重来，而人事发生变化，伊人已另有归宿。一窗之隔，相见无缘，徒然望风洒泪，伤感彻骨。

如果说，这词上片的写法究属一般，那么，下片便不同寻常了。因为此处有遥寄相思的"当时月"了。说到"当时月"，要提及纳兰的另一首《菩萨蛮》：

催花未歇花奴鼓，酒醒己见残红舞。不忍覆余觞，临风泪数行。

粉香看又别，空剩当时月。月也异当时，凄清照鬓丝。

立意构思乃至遣词用句，两词基本雷同。评家多认为可能一是初稿，一是易稿，然改易处甚多，结集时就两首并存。

《饮水词》本就不是揽天括地的壮书，但由此细处，一可观纳兰心态情绪的迭转，二则如此狭小的题材范围内，竟能写出如此精妙的词章，不得不赞纳兰才情高妙奇绝。

我们且将这两首合起来看，因词境相同，皆是缅怀当年情爱，但从细处可以看出纳兰的心思点点之差别。

古时没有电灯照明，日靠阳光夜靠月。故此古人应是多休息得早，大约自天黑后，八九点钟光阴，窗外到处都是一片寂静。静处自有静处的好，明月当空，两人相约而至，借着清辉映照双双容颜，两人情感也如这月华般攀升。于是月下海誓山盟，互许倾心。可是两人相守，说长也短，此时月已倾斜，今夜必须分别。于是约好即使天涯两处，也可同看明月，以寄相思。

可是，"月也异当时"。这月已远非当年，虽然明亮依旧，但他们二人两情相悦时月亦完美，可如今，佳人已不在旧地，这相思之情凄苦断人愁肠，再添当时照人相聚慰人寂寥的明月，竟似团栾冷眼笑看离人孤独。更如纳兰另一首词所言：辛苦最怜天上月，一夕如环，夕夕都成玦。到这里，两种心境以月对照，幽怨之情跃然纸上。

菩萨蛮

飘蓬只逐惊飙转①，行人过尽烟光远。立马认河流，茂陵风雨秋②。寂寥行殿锁③，梵呗琉璃火④。塞雁与宫鸦⑤，山深日易斜。

【注释】

①飘蓬：随风飘荡的飞蓬，比喻漂泊或漂泊的人。②茂陵：这里指明宪宗朱见深的陵墓。在今北京昌平北天寿山。③行殿：可以移动的官殿，犹行官。皇帝出行在外时所居住的官室。④梵呗：佛家语，佛教做法事时念诵经文的声音。⑤塞雁：塞鸿。官鸦：栖息在官苑中的乌鸦，唐王建《和胡将军寓直》："官鸦栖定禁枪攒，楼殿深严月色寒。"

【赏析】

纳兰叹兴亡的词并不少见，这首写得尤其别致。

写的是茂陵之景，出现得并不突兀。

开头就是那随风飘荡的飞蓬，随着突发的狂风飘零，不知何处。实际说的是人生之不定向，人同飞蓬，漂泊天涯，不知道归处在哪儿，都是匆匆过客。相比于广袤的大自然，人类不过是渺小的苇草，寄蜉蝣于天地，渺沧海之一粟，丝毫无力掌控生命的方向。做主宰的从来是如同"惊飙"的命运，何时急转，何时直下，何时消亡，何时弱化，都不能预知，只能顺从它的变化、跟从它的脚步。人生漫长，实际上却始终心似游子，漂泊沉浮。开头七个字，纳兰完全似旁观陈述之人，写景看似自然随意，却足以读出压抑沉郁，不免有些消极意味。

景色萧条，行人过尽，远方好似全然烟光一片，看不清将去往哪里，写的是内心极度的无助和孤寂。因用情太深而备感苦楚，因知己太远而无处倾吐郁结的苦水，纳兰也只得感叹，行人过尽。知己聚少，爱人不再，这软弱的身躯仿佛只是愣愣立于世界中心，看周遭一切，都是空旷漫长——这才停下马来，该要认河流，思思去向了。"茂陵风雨秋"已然出现在眼前。

上片构述巧妙，让茂陵的出现颇为合理，亦融进了萧瑟的风。可见纳兰来到此处，有所思，有所虑，有所郁结，像要寻些什么来慰藉自己。

茂陵即明十三陵中宪宗朱见深的陵墓，这里应是代指整个十三陵，隐含咏那已逝的明朝。但用的是宪宗之典，又另有意味。宪宗其人，算是史上唯一因贵妃之死抑郁而亡的君主，他与万妃的感情，可谓孽缘一桩。哪怕是因万妃专横，险些断了后，这君主仍是对她死心塌地。虽算不上一代英明的皇帝，也算得上是一个痴心的男人。面对这样一代君主的陵墓，纳兰何思呢？同是痴心思念，身陷丧妻之痛的纳兰，大概是感受到共通的悲凉。

爱情逝去之痛，如落花流水，周遭一切随爱人远去，光华散尽。他与这痴心君王的心是相通的，足可见纳兰对亡妻情深，深至无处不思量，历史之思，不仅大国兴亡，也有小家悲喜。亡妻之死，在他心里留下的伤，痛了一辈子，念了一辈子，任何包含有过去的景致，都能勾起些惆怅来。

下片起写茂陵之景，"寂寥行殿锁，梵呗琉璃火"，白描写景，反复吟读，满是苍凉之感，纸间散发出的全是悲苦的气息。行殿之锁，梵呗琉璃，都是历史沉淀的标志事物。历史浩瀚，时光流转，那些兴盛的朝代，早被铜锁锁于时空深宫之中，褪去当年屋瓦楼阁金碧辉煌的琉璃，只剩梵呗声声，琉璃灯微亮，诵着安详的经文，亮着高墙里的微火。最终，只留下塞雁与宫鸦仍旧盘旋，仿佛为找寻昔日之景而聒噪得牢骚满腹。

纳兰道"山深日易斜"，山谷愈深，日愈沉落，悖论一语，却无比沉重，字字铿锵有力，直落到心底里去。过往再深远，日终究沉落。

菩萨蛮

朔风吹散三更雪①，倩魂犹恋桃花月②。梦好莫催醒，由他好处行。

无端听画角③，枕畔红冰薄④。塞马一声嘶，残星拂大旗。

①朔风：北风，寒风。②倩魂：少女的梦魂。唐人小说《离魂记》谓：衡州张镒之女倩娘与镒之甥王宙相恋，后镒将女另配他人，倩娘因以成病。王宙被遣至蜀，夜半，倩娘之魂随至船上，同往。五年后，二人归家，房中卧病之倩娘出，与归家之倩娘合一。桃花月：即桃月，农历二月的别名。农历二月桃花盛开，故桃月为二月之代称。③无端：犹言平白无故。④红冰：喻泪水，形容感怀之深。

【赏析】

古代把一天分为十二个时辰，子时即是现在的凌晨零点，而文人墨客总是容易在夜里引发一片怀思的。唐元稹《离思五首·其四》"曾经沧海难为水，除却巫山不是云"两句即隐含对过往的怀思之意于诗中。于是，不难看出这便是一首星雪之夜相忆的词作。

这首词很有意思，纳兰分别从闺中女子与塞外征夫的角度描写演绎上下片，使得整首词上下呼应，画面重叠，更显出一对有情人心有灵犀彼此想念的感伤。整幅画面只有两个清寂的各在一方的身影，却由着这相思牵连出了一丝凉薄的暖意。

词的第一句："朔风吹散三更雪，倩魂犹恋桃花月。"在这样一个夜里，狂风骤起，冬雪未停，人总是由冷思暖，伊人甜梦正香，已由那雪花乱舞、狂风呼啸的寒冬转梦到三月暖春百花盛开的景致，于是，无须其他端由，只这一梦，已将闺中人牵引至了思念中。

思念什么呢？思念三月暖春时与夫君轻踏幽静小路，一路花海招摇的明媚；思念烛影摇红，共剪西窗烛的依偎；思念举案齐眉，工词赋歌，彼此相惜的情意。

犹如那卖火柴的小女孩一样，寻着一点点微渺的光芒就再也不肯放掉，于是借着回忆里暖色的旧景就一路踏着夫君的足迹而去，且去，莫让好梦难圆，相思孤眠，鸳鸯成单。就让我追随你，也许这是一条漫长而荒凉的道路，但因为你的存在，让整个冬日整个塞外都发起亮光来。

甜梦中，伊人微微噙起嘴角，期盼与希望交织成的喜悦让人都不忍心再把这冬日赤裸裸地砸在她眼前。仿佛这是她唯一能够抵御严寒噬骨的药酒，不能饮不可饮，却也要拼却一醉。只为得梦里还能再见你的笑貌音容，"我"亦可存着生命盼着希望。"梦好莫催醒，由他好处行。"

常言道："花开两朵，各表一枝。"就在伊人甜梦缱绻之时，千里塞外征夫睡梦中因听见画角的声音而转醒，才发现枕畔已因刚才的梦境而被打湿了一片，也不知那是被梦中得以相见的欢愉感动，抑或是相见却终须相离的怨恨，倒像是把这一切都打碎了混在一起，再揉进梦里，揉进心里，揉进眼里，才落下那薄如红冰的泪水。

已然转醒，便再无心睡眠，索性披了衣走出帐外，紧接着"塞马一声嘶，残星拂大旗"两句拓开情境，一扫前句的旖旎之风，慷慨沉凉。这两句以动写静，是整首词中最为称道的地方。

塞马嘶鸣，转而却看见夜空中军旗由大风撕扯着猎猎作响，天际星光早已寥落，只余得一些残辉在大旗上隐约欲现。这一系列动景的描写，愈发衬托出了塞外天地清寂空凉的苍茫。而此刻天地的空寂也即是内心的空寂。出征在外，痴心难付，而归期也遥遥不可期，也不知那闺阁中的娇娘是否已被时光染白了鬓角的青丝，是否也如这塞外景色般，生存着，却失去了光泽。

那思念之情由着这寒风拉扯，遥遥与伊人的梦魂轻轻重合在一起，像一组画面，相距天涯的两颗心，印刻着相思。

纳兰从来都是聪明之人，他选择了以"梦"为意象来抒怀，上片暖色由寒忆暖只写梦境，下片冷色由梦醒看到形单影只、苦不成双的苍凉。上片写闺中人的甜梦，梦见自己怀抱着希望朝着有"他"的地方前行，犹只为相见一面的情意。下片也写梦，却是写征夫在塞上被画角惊醒，梦中因思念而落泪，醒来枕边泪已如冰，出帐后塞马长嘶、星夜寂寥的辽阔的空荡，反衬出空荡无依，只凭相思的心境。两幅画面遥相呼应，相得益彰。

此外，整首词有一点儿朦胧迷离的味道，可以理解为闺中人怀征人，而理解为征夫思家人也未尝不可。

菩萨蛮

为春憔悴留春住，那禁半霎催归雨①。深巷卖樱桃，雨余红更娇②。

黄昏清泪阁③，忍便花飘泊。消得一声莺④，东风三月情⑤。

【注释】

①半霎：极短的时间。②雨余：雨后。③阁：含着。④消得：禁得住。⑤三月情：暮春之伤情。

【赏析】

如鱼饮水，冷暖自知。人的一生在很多时候也正如所饮之水，或冷或暖。可是无关冷暖，快乐的依旧快乐，悲伤的依旧悲伤。人世不长，不过是一块石头投入水中，瞬间波澜，终将归于沉寂。世人不都是佛陀，可以笑对众生、超然物外。通俗说来就是不论如何仙风道骨的人，他的生活也还是永远逃不掉柴米油盐酱醋茶。只不过总有那么一点区别，而就是有的人将这一切当作了生活的全部，有的人不是。诗人，同样如此。

爱情在纳兰的诗中占了很大的篇幅。对于此词的注解，许多书中只说其中暗含着一段隐情，却无法明言那是一段怎样的往事，让人不得不疑心这也是一首关于爱情的词作，而又关系到他那不能明言的心事和爱人。

关于爱情的疑问有很多，我们无论多少次地问别人或是自己，答案万千，却无一可以让自己满意。其实爱情何尝不是那或冷或暖的水？至于是冷是暖，只能以身试之。瞬息浮生，薄命如斯。对于纳兰性德来说，太多的心气放在了爱情上，太多的感慨——她去得太早了……

"为春憔悴留春住，那禁半霎催归雨。"不正是爱情抵挡不住生命流逝的明证？是如此的千般万般留不住。爱情高于生命，生命却左右着爱情的结果。于是爱情终将不能跳脱生死，即使它可以做到无关生死。然而只要我们还身处人世，终有消亡之日，但这却不是生存的全部意义。人总是在心中永远存留着对现实，对生的希望。这种期望支持着我们或者艰难或者欣喜地生活。所以，哪怕连一阵催归雨都不能抵挡，还是依旧要"为春憔悴留春住"。

深巷中摆弄的樱桃经过雨水的冲洗更显娇艳，充满了新鲜，那样的颗粒，那样饱满，可是现实呢，可是生活呢？是黄昏清泪，还是年复一年飘落凋零的不能长久的花？几声莺啼，只不过是生活依旧继续的信号，东风一阵，天暖心寒。再温暖的春天，也终归是一番零落。情之所至，情之至深。"至情"是纳兰的天性，是他对人生的热爱，是他对生命的体悟，所以无法永年，故而早逝。

到了下片，"黄昏""清泪阁""花漂泊"三个意象将一幅凄婉零落的暮春图泼墨洒开。夜晚将近，是一天终要逝去的时候，而暮春已至，便是好春时节将逝之时，如此雨落花飞，亭台楼阁怀愁，对于纳兰，却只余下一个"忍"字。俗语云："忍字头上一把刀。"这刀伴着纳兰不为人知的深愁，缓缓从心尖滑过，氤氲出满身的哀伤。

便是在如此荒芜凄婉的心境下，才有"消得一声莺，东风三月情"的结句。所思所怅太多，凝于胸中，却难以吐露，此时一声莺啼，荡开浓雾，颇有种"却道天凉好个秋"的秋意情怀。而对于完美的苛求，对于命运的悲观，对于世事的洞察，终是令纳兰虽在春暮，身上却聚满了秋气。

可即便是没有催归的阵雨、深巷的樱桃，甚至连莺啼东风也没有，时间依旧还是前行，王维有诗："涧户寂无人，纷纷开且落。"须知那涧户即使有人，花也只能自开自落，该凋零的，终是不能长生。人也如这春花，凋零盛放终是有时间限制，于是在暮春花残之后，在生命凋零之后，所有爱恨情仇都迁回心中，只落得冷暖自知，还能有怎样的言语。

菩萨蛮

萧萧几叶风兼雨，离人偏识长更苦[1]。欹枕数秋天，蟾蜍早下弦[2]。
夜寒惊被薄，泪与灯花落。无处不伤心，轻尘在玉琴[3]。

【注释】

①长更：长夜。②蟾蜍：指月亮，《后汉书·天文志上》"言其时星辰之变"，南朝梁

刘昭注："羿请无死之药于西王母，娥窃之以奔月……娥遂托身于月，是为蟾。"后用为月亮的代称。③玉琴：玉饰的琴。亦为琴的美称。

【赏析】

风也萧萧，雨也萧萧，窗外秋叶凋零破碎，人却辗转反侧，久久难眠。异乡漂泊，经年不归，只因那难抑的孤独，故而独独品出了长夜漫漫的痛楚。辗转反侧，忽而望见深秋的月，半月当空，凄冷如水，正如此时的心境。

不知何时已昏昏睡去，也不知道醒来又是何时，只是忽然倍感夜里透骨的寒冷，灯烛摇晃明灭，灯花也随着脸颊上的泪滑落下来。此时此景，处处勾连起心中的伤感，尽付与琴声。

这首词写一位"独在异乡为异客"的离人，适逢深秋之夜，孤枕难眠的凄惶心境。

上片，先展开一幅凄凉萧条的秋夜图卷。"秋风秋雨愁煞人"，秋叶、秋风、秋雨、"秋天"、"蟾蜍"，营造萧索、凄凉的意境。"蟾蜍"代指月亮，"羿请无死之药于西王母，娥窃之以奔月……娥遂托身于月，是为蟾"。这个带着传奇色彩的典故也给月亮增加了离别与相思的蕴意。在这个凄清的深秋之夜，"离人偏识长更苦"，只有处于某种境地的人才懂得特定事物的特定含义。"长更"就是"长夜"的意思，长夜何以"苦"呢？只因心中孤寂难耐，"欹枕"却久久难以入睡。这与范仲淹的"黯乡魂，追旅思，夜夜除非，好梦留人睡"颇有同感。一个"数"字反映词人百无聊赖，无所寄托，唯有无意识地遥望长空残月，更加耐人寻味。

从"数秋天"到下片"夜寒惊被薄"之间存在着一个时间的跳跃。这个空隙中所留下的是词人无意识地昏昏睡去和被夜寒突然惊醒的凄惶境地。设身处地想来，一个"惊"字形象地描绘出了这种半夜醒来、无所依托的孤苦心境。"寒"不仅仅是身体的寒冷，长年别离，孤身在外，心里也生出无尽的寒意。

下片对"情"的经营也是恰到好处。全词上下无一字半言着落在"孤""独"之类的字眼上，却透着一份刻骨的孤单之感。"泪与灯花落"一句，有着别样的含义。泪珠与灯花相对簌簌落下，营造出人与灯烛相对而泣的情景，人怜灯花，灯花却不知怜人。"泪眼问花花不语，乱红飞过秋千去。"因而生出无限的惆怅，一声悠长的叹息也暗含其中。因而觉出无限的伤心，付与瑶琴，然而，却无人听。一声琴音，一腔愁情，孤寂的色彩也显得更加浓厚。

词人的笔法流畅，仅仅据着眼前所见、心中所感，而一一道来，却在朴素中营造出凄美绝伦的意境。这一点丝毫不亚于李煜在《相见欢·无言独上西楼》中绘出的"寂寞梧桐深院锁清秋"，二者相通之处在于景中融情，上片与下片的连接和互通、情与景的交融也正是本词取胜的关键。

除此之外，本词中从景的描绘到情的抒发是有着一个渐入的过程的。起初词人只觉出长夜漫漫的寂寥，但被深秋之夜的寒冷惊醒后，心底的忧伤被"惊"动，无限伤心被莫名触动，独自对着灯花，泪水相伴而落，自而凄惶不堪，本词的情感在这里也就达到了高潮。继而写"玉琴"，赋予词更加悠长不绝的深刻意味。

有人说，"纳兰多情而不滥情，伤情而不绝情"，他一生有过不少的"悼亡之吟""知己之恨"，"家家争唱饮水词，纳兰心事几人知？"那些不幸的爱情经历为他的创作植入了影影绰绰的凄凉情怀。这首词就是表达心中寂寞之情、孤苦之意的一首代表作，字里行间，景中意外，都是纳兰性德无限孤寂、忧伤的情思。

菩萨蛮　宿滦河①

玉绳斜转疑清晓②，凄凄白月渔阳道③。星影漾寒沙，微茫织浪花。

金笳鸣故垒④，唤起人难睡。无数紫鸳鸯，共嫌今夜凉。

【注释】

①滦河：即古濡水，俗名上都河，在今河北东北部。源于闪电河，自内蒙古多伦县南，折而东南流，入热河境，汇小滦河，始名滦河，在乐亭、昌黎之间入渤海。②玉绳：此处指北斗星。③白月：皎洁的月光。渔阳：地名，战国燕置渔阳郡，秦汉治所在渔阳（今北京密云西南）。④故垒：古代的堡垒。

【赏析】

这首词是纳兰性德写自己孤身在外，夜宿滦河的行役词。滦河在今天的河北东北部，是从北京到山海关的所经之地。作者于康熙二十一年（1682年）三月和八月两次去山海关，这首词描写的是秋冬景色。

上片主要写夜景，在孤独的夜晚，看到北斗星斜挂，天空渐渐明亮，以为天已破晓。其实，那是凄凄的白月光照在了渔阳道上。夜色微茫，星光点点照射在寒沙上，如水上的浪花翻动，一派凄清。这四句把外部环境描写得恰到好处，为下片抒情埋下了伏笔。

下片，写作者的思乡的孤寂之情。金笳就是胡笳，是西北少数民族的典型乐器，声调高扬凄凉，有很强的穿透力，同时有相当强的表现力，所谓"刚柔待用，五音迭进"，在汉代传入中原，逐渐成为一种与胡文化有关的文化符号。金笳悲鸣，伴宿故垒，心中已经足够悲凉，难以入眠。连鸳鸯也怕冷，这里用了侧面描写的手法，从中可见外部环境的恶劣。

词人的情感寓于周围的景中，词人所写的景中又都暗含作者的情感。情景交融，艺术技巧十分巧妙。主要风格上看，用素描来写景。

词中的北斗斜转，渔阳古道月微白，星影闪烁，河水微漾，等等，都以点染的方式呈现景。

这不由让读者想起元代散曲作家马致远所作的《天净沙·秋思》："枯藤老树昏鸦，小桥流水人家，古道西风瘦马。夕阳西下，断肠人在天涯。"因为二者都是以点染环境给读者看，背后情感都是从作者营造的环境中产生的。纳兰的词中，他没有直写自己羁旅生活的心情是多么无奈，没有直写"枯藤、老树、昏鸦"之类的周遭景色是多么荒凉，也没有直写自己返乡期望是多么浓烈。而似乎是以一种凄美的景致衬托哀情，即使是很恶劣的环境也被词人写得如此之美。这分明是词人内心的一种想象。

"星影漾寒沙，微茫织浪花。"其实，外面的夜晚星星再美丽也比不过家乡的美；"无数紫鸳鸯，共嫌今夜凉。"就算家乡的夜晚再怎么冰凉，也比外面的夜晚温暖。也许从这里我们更能看出纳兰性德对于长期在外扈驾远行的厌倦与无奈之情吧。这也更能显出词人内心苦苦的挣扎，足见其此时此刻的心情。

菩萨蛮 咏弦月

榛荆满眼山城路①，征鸿不为愁人住②。何处是长安，湿云吹雨寒③。
丝丝心欲碎，应是悲秋泪。泪向客中多，归时又奈何！

【注释】

①榛荆：犹荆棘，形容荒芜。山城：依山而筑的城市。②征鸿：即征雁。③湿云：谓湿度大的云。

【赏析】

此词乍看之下，便让人想起大量边塞之作。台湾著名学者李敖曾说，唐诗里有一半都是思乡的诗。想必，词从范仲淹《渔家傲》一出，苏辛开创豪放词风以来，表达羁旅行役之苦、怀远思乡之情的词作也是词题材中一个重要组成部分。

有人说，人类文明都是在血与火的洗礼中进步的，自从有了人类社会，战争就像它的附带品，中国历史的发展也不能例外。但战争对于战士们来说，他们首先要面对的是两种残酷的现实：一种是与亲人、家乡的远别；另一种是最终的流血与死亡。而当这两种愁思或恐惧同时占据他们的思想时，他们对亲人和家乡的怀念也就分外强烈。因而，在中华民族几千年的历史中，从《诗经》中的《国风·陟岵》《邶风·击鼓》到唐朝李益的《从军北征》，宋代范仲淹的《渔家傲·秋思》，我们无不可以看到征战所引起的与亲人、家乡的远别，在读者的心灵上引起多么强烈的震撼。

伟大诗人屈原曾说"悲莫悲兮生别离"。在古代，人生最大的悲伤莫过于与亲友远别。而对于战乱诗词来说，"生别离"却是恒久以来重要的表达内容之一。纳兰这首《菩萨蛮》便是在这种文化背景中产生的。

词的上片，开篇纳兰便展现出一派荒芜之境，"榛荆满眼山城路"说的是行役途中所见，榛荆，犹似荆棘，此处便是荒蛮之地了。料想当时应该为纳兰出行途中所作。

山城遥遥，满眼荒芜颓败之景，荆棘一样的植物在这城边的行军道上显得格外刺眼。忽然从远天传来断断续续的几声嘶哑的雁鸣，在丝丝雨声中，它们只顾前进，倏忽间就飞向远方去了，像那断雁前来，却不为愁人暂住片刻，那为何还有"鸿雁传书"的古语呢？想必不过是自己一厢愁情，更无处安放罢了。前路未知，雨还是丝丝缕缕，越加觉得寒冷，但归处何在？

纳兰发此感叹，极易让人想到清朝史事，当时清廷准备与罗刹（俄罗斯）交战。军情机密一切需要人去打探，康熙于是派出八旗子弟中精明强干之人，远赴黑龙江了解情况，刺探对方军情。正是因为纳兰等人的辛苦侦察和联络，清廷得以在黑龙江边境各民族的支持下，顺利完成了反击罗刹侵略的各种战略部署。想必此词就是途中所作。而另一首同词牌的词作中，纳兰提到"明日近长安，客心愁未阑"，想来则是归途中所作了。

下片抒情，起承转合中纳兰表现出不凡的功力，把上片末句中"寒雨"与自己的心绪结合起来，自然道出"丝丝心欲碎，应是悲秋泪"的妙喻。俗话说："触景生情""睹物思人"。出门在外的行役之人、游客浪子，眼中所见、耳中所闻、心中所感都包含着由此触发的对遥远故乡的眺望，对温馨家庭的憧憬。李白《春夜洛城闻笛》中有："此夜曲中闻折柳，何人不起故园情！"说的便是诗人听到《折柳》曲，生发出思乡之情的佳句。纳兰此处也是如此，看到那断雁远征，奔赴远地而不知暂住。寒雨丝丝，想来自然成了悲秋之泪，凡所苦役沿途所遇景物，都被蒙上了一层浅浅诗意的惆怅。想到此处，不觉黯然泪下，发出"泪向客中多，归时又奈何"之叹。

纳兰一生虽然没有经历战乱之祸，但此期间宫廷政治斗争却一直没有停息，由此纳兰作为御前一等侍卫，不免卷入宫廷的政治祸乱中，早已是心生疲倦。

那塞上满眼荆棘顽强生存着，昭示着在人间，而自己却只剩一腔怅意结于胸中。呼之不出，是故郁郁。

菩萨蛮　寄顾梁汾苕中[①]

知君此际情萧索[②]，黄芦苦竹孤舟泊[③]。烟白酒旗青，水村鱼市晴[④]。

柁楼今夕梦⑤，脉脉春寒送。直过画眉桥⑥，钱塘江上潮。

【注释】

①梁汾：顾贞观，字华峰（一作"封"），号梁汾。江苏无锡人，康熙十一年举人，著有《积书岩集》及《弹指词》。茗中：一名茗水，有二源，一曰东茗，出浙江天目山之阳，东流经临安、余杭、杭县，又东北经德清县为余石溪，北至吴兴县为霅溪，一曰西茗，出天目山之阴，东北流经孝丰县，又北经安吉县，又东经长兴县，至吴兴县城中，两溪合流，由小梅、大浅两湖口入太湖，相传夹岸多茗花，秋时飘散水上如飞雪，故名。顾梁汾南归后曾寓居苏州此地。②萧索：萧条，凄凉。③黄芦：落叶灌木，叶子秋季变红。苦竹：又名伞柄竹，笋有苦味，不能食用。④水村：水边的村落。鱼市：卖鱼的市场。⑤柁（tuó）楼：船上操舵之室，亦指后舱室。因高起如楼，故称，这里借指乘船之人。⑥画眉：指汉张敞为妻子画眉之故事，喻夫妻和美。

【赏析】

细看古来情缘，这缘分千百种，伯牙和子期的高山流水是一种，霸王别姬的生死情缘是一种，嵇康与山涛的挚友决裂是一种，甄妃与曹植的相思相望不相亲是一种，秦叔宝与朋友的两肋插刀是一种。

古人形容知己，用高山流水以喻之。纳兰一生重情，也重知音。纳兰的知己之求，一种神交于千里的相知相悯。顾贞观则是纳兰此生不得不提的知己挚友。中国文化中的知己之情，往往体现于患难之时、离别之际。此词作于顾贞观回无锡为母亲丁忧之时。纳兰全词词眼即在一个"知"字。无此"知"何以纳兰仿佛随顾贞观一路同行？无此"知"，何以字字写景，却句句入情呢？"知君此际情萧索"，纳兰与顾贞观的交契之深，便在这一句——我知你。最最平易的一句，却最是显得难得，可贵……"黄芦苦竹孤舟泊"一句，化用白居易《琵琶行》的"黄芦苦竹绕宅生"之句。一语双关，既是写顾贞观于孤舟之景，亦是暗指他同白居易一样是千古的伤心人，如《琵琶行》中所说"同是天涯沦落人"。

转笔一写"烟白酒旗青，水村鱼市晴"。陈廷焯在《云韶集》中评此句，"画景"明明是纳兰所幻想的景物，却最是真实可信、最是云淡风轻。那是一幅淡泊明朗的风景，祥和安宁的停泊之所。名为写景，却是在以安宁的景物安抚挚友的情绪。在你失意的时候，却可停泊在此温柔宁静之所。这一番平抚挚友的心意是不言自明的。

纳兰全词以所幻想之景入句，然而所包含的一路相随慰藉之情，却是在字里行间流动的华彩。"柁楼今夕梦，脉脉春寒送。"柁楼乃船尾舵工庇身之楼。今夕夜里，"我"身处柁楼之中，"我"就是那舵工，为你掌舵护航，为你送走这春季寒冷的风。这一具有幻境色彩的叙述之下，不言而喻的深情便是：你我知己，一旦倾心认可，便为你千寻万顾……

"直过画眉桥，钱塘江上潮。"意谓梁汾归去心切，得享和美的家庭快乐和安闲隐居钱塘江畔的生活。直为，犹言只为。画眉桥，梁汾有咏六桥之自度曲《踏莎美人》，谓自删后所留"其二"中有句云："双鱼好记夜来潮，此信拆看，应傍画眉桥。"自注："桥在平望，俗传画眉鸟过其下即不能巧啭，舟人至此，必携以登陆云。"

但平望在湖州东北，并不与苕溪相通，而此处却用了画眉桥，则其暗含用汉张敞为妻画眉之故事，喻其家庭美满的用心是很明显的。其中那风趣的宽解和祝愿，却让人感到朋友之间肆意而轻松的相互打趣。然而心愿是美好而纯净的，心意是坚定而明确的，念出来，亦是掷地有声的——"直过画眉桥，钱塘江上潮。"有什么比得上那即将到来的宁静生活呢？过去的终会过去，大悲过后，终究是那一片祥和宁静之所，犹如那水村渔市，犹如那孤舟夜泊，犹如那钱塘江上。

《饮水词》中的唱和之作，常常与顾贞观有关。纳兰对友情的标准与真挚，对此的执着与追求，是一种心灵的相契。可见此词虽是幻想而写，却如此亲切，如此真实。没有心灵的相通，又怎能做到这样的心相知，就如纳兰在《金缕曲·寄梁汾》中写的："一日心期千劫在。"这也体现了纳兰与友人相交于"慧业"，慧业是佛教的词汇，意为灵魂方面的事业。他确定地告诉梁汾，我们的心灵与我们所追求的是一样的，不可分割的，既有神交，也有事业。因为我们的灵魂在一起，我们的追求是一致的，"我"懂你的心意，也明白你的心绪，就如你明白"我"此词所赠与你时，所表达的慰藉与祝福。求取知音、珍惜知音，那种精神相伴的快乐和恬然，到头来还是只有一个"知"字。"知君此际情萧索"，再回头细细读来，那是恍若叹息的庄重。

就是这一种清澈干净、不舍不弃的千秋情怀；以性命相托，寄身于自然天地的文化内质，成为了文海之中泛着光芒的恒久宝藏。

齐天乐 塞外七夕

白狼河北秋偏早，星桥又迎河鼓①。清漏频移，微云欲湿，正是金风玉露②。两眉愁聚。待归踏榆花，那时才诉。只恐重逢，明明相视更无语。

人间别离无数。向瓜果筵前③，碧天凝伫。连理千花，相思一叶，毕竟随风何处。羁栖良苦④。算未抵空房，冷香啼曙⑤。今夜天孙⑥，笑人愁似许。

【注释】

①星桥：神话中的鹊桥。北周庾信《舟中望月》诗："天汉看珠蚌，星桥似桂花。"河鼓：星名，属牛宿，在牵牛之北，一说即牵牛。《史记·天官书》："牵牛为牺牲。其北河

鼓，河鼓大星，上将；左右，左右将。"司马贞索隐引孙炎曰："河鼓之旗十二星，在牵牛北。或名河鼓为牵牛也。"《尔雅·释天》："何鼓谓之牵牛。"②金风玉露：秋风和白露，亦借指秋天。秦少游《鹊桥仙》："金风玉露一相逢，便胜却人间无数。"③瓜果筵：七夕夜食瓜果的习俗。④羁栖：滞留他乡。⑤冷香：指花、果的清香或清香之花，代指女子。清侯方域《梅宣城诗序》："'昔年别君秦淮楼，冷香摇落桂华秋。'冷香者，余栖金陵所狎斜游者也。"⑥天孙：星名，即织女星，指传说中巧于织造的仙女。

【赏析】

这首词大概作于清康熙十五年（1676年），这一年纳兰第一次随圣驾出巡塞外，因此远离亲人，独过七夕。天上的相聚与人间的分离恰好形成鲜明的对比，多愁善感的纳兰自然也就生出许多感慨。

"白狼河北秋偏早，星桥又迎河鼓"，一开篇，词人就直入主题，白狼河的秋天来得格外早，又到了牛郎织女鹊桥相会的日子，而自己此时却离家远行、羁留塞外，这种强烈的反差让纳兰的心中顿生愁苦。"秋偏早""又迎河鼓"都是说时间过得飞快，其实，四季更迭，周而复始，鹊桥相会，一年一次，没有丝毫快慢之分，纳兰之所以会感到时间过得快，只不过是主观感受而已。

接下来词人紧接"星桥又迎河鼓"所述的神话故事，描写了牛郎织女相会的环境，时间在不知不觉中流逝着，天空的白云似乎也沾上了一丝湿气，这秋风白露相逢的初秋时节，牛郎织女又一次相聚在一起。"金风玉露"曾多次出现在前人的诗词中，秦少游《鹊桥仙》中有"金风玉露一相逢，便胜却人间无数"的句子，李商隐《辛未七夕》中也有"由来碧浪银河畔，可要金风玉露时"，纳兰在这里借用过来，增加了全词的意境美。

上片最后五句词人转而说自己，天上的神仙已经相聚，可是人间的自己呢？想到自己独自一人羁留塞外，纳兰不禁双眉紧锁，心中也升起了一缕乡愁。但词人知道，面对这种现状他无力改变，他不可能违抗圣命，悄悄回到家中，所以他就把希望全寄托在来日："待归踏榆花，那时才诉。"纳兰希望等到来年春天能够踏上回家的路，见到妻子后再向她诉说衷肠。随后词人又进一步想象到见面时的情景：只怕相逢的时候，明明四目相对，却仍旧相顾无言。在这里并不是说纳兰与妻子的关系不好，以至于重逢后却无话可说，而是"此时无声胜有声"这种意境的真实写照，也只有真正恩爱的夫妻，才会有这种"只可意会无法言传"的无声沟通。

下片首句"人间别离无数"起到了承上启下的作用，晋代周处《风土记》中记述七月七乞愿有祈福、乞寿、乞子等内容，而"向瓜果筵前，碧天凝伫"写的就是乞愿这一仪式，在七夕之夜，人间女子陈瓜果于庭前，举头仰望碧天，那么，这些女子乞求的愿望是什么呢？纳兰在词中并没有点明。

"相思一叶"化用了红叶题诗的典故，这一典故有不同版本的记载，但最常见的版本是唐范摅《云溪友议》中所记载的："宣宗时，舍人卢渥偶临御沟，得一红叶，上题绝句一首，后帝出宫人，其归渥者，恰为题叶之人。"在这里，纳兰悲观地认为像连理枝一样的恩爱夫妻、像红叶题诗一样的佳缘都只是传说，就如同随风飘转的事物一样，不可捉摸。

接着纳兰又联想到自己，发出"羁栖良苦。算未抵空房，冷香啼曙"的感慨。羁旅虽苦，想来也抵不上家中伊人独守空闺、相思成灾之苦，这里两苦相比较，强化了一苦，从而表现出纳兰对独守空房的妻子的关怀。

全词的结尾又重新写到天上，"今夜天孙，笑人愁似许"，通过一年只能与牛郎相见一次的织女也笑话人间有如此的离愁别绪做对比，进一步凸显人间夫妻分离的忧愁痛苦，我们读到此处，恐怕也会被词人所感动而潸然泪下。

齐天乐 上元

阑珊火树鱼龙舞，望中宝钗楼远①。鞑鞨余红②，琉璃剩碧③，待属花归缓缓。寒轻漏浅。正乍敛烟霏④，陨星如箭⑤。旧事惊心，一双莲影藕丝断。

莫恨流年似水，恨消残蝶粉⑥，韶光忒贱⑦。细语吹香，暗尘笼鬓⑧，都逐晓风零乱。阑干敲遍。问帘底纤纤⑨，甚时重见？不解相思，月华今夜满⑩。

【注释】

①宝钗楼：唐宋时咸阳酒楼名，指歌楼酒肆。②鞑（mò）鞨（hé）余红：红，又称芽，即红玛瑙。相传产于鞑鞨国，故名。③琉璃：用铝和钠的硅酸化合物烧制成的釉料，常见的有绿色和金黄色两种，多加在黏土的外层，烧制成缸、盆、砖瓦等。④烟霏：云烟弥漫，烟雾云团。⑤陨（yǔn）星：流星，代指燃放之烟火。⑥蝶粉：蝶翅上的天生粉屑，唐人宫妆。⑦忒（tuī）：副词，太、过于。⑧暗尘：积累的尘埃，前蜀薛昭蕴《小重山》词："思君切，罗幌暗尘生。"⑨纤纤：形容小巧或细长而柔美。这里代指所思念的女子。⑩月华：月光，月色。

【赏析】

"阑珊"一词，极易引人遐想。流光之间，仿若看到生命斑斓的绽放。能够懂得阑珊的人，定当是生命极为寂寞的人。因为寂寞深处，才愈发能见到旅途中的点滴精彩。纳兰的寂寞，使得他懂得阑珊深处的喧哗，也是寂寞的。

故而这首词，看似写的是热闹，其实是在写热闹深处的寂寞心事。"阑珊火树鱼龙舞"，首句便道出上元节夜里的繁华景象，上元亦是元宵节。元宵佳节，家人团聚，上街观灯赏花，好不热闹。

纳兰此处写的火树鱼龙舞，正是当时社会上元宵节的热闹场景。而后一句写道："望中宝钗楼远。"所谓"宝钗楼"是指歌楼酒肆，这首词是描写元宵节欢度之后，人们逐渐散去的场景，热闹过后愈发寂寞。那些本来还人满为患的酒肆饭庄，忽然之间就成了空阁，看到这些，纳兰内心不禁一阵寂寥。

"�余红，琉璃剩碧，待属花归缓缓。"纳兰的词一向讲究意境之美，这首词也不例外，花灯闹市间的花花绿绿，远看起来，仿佛琉璃般星星点点，十分美丽。可惜，这美丽只是一晚上的光阴而已，在夜深时分，随着夜深人静，这花灯会熄灭，这美丽也会黯淡。这世间上没有什么能够长久地美丽。

"寒轻漏浅。正乍敛烟霏，陨星如箭。"纳兰总是能轻而易举地就从美好的事物中抽身出来，想到凄惨的过往，元宵佳节，本是赏灯愉悦的日子，可是在观赏完花灯之后，纳兰却又想起了过去。

那不堪回首的往事，仿佛一支利剑，穿透他的心，让他感到痛彻心扉。在美丽的夜色中，"旧事惊心，一双莲影藕丝断"。

夜已深，寒意袭人，漏壶的水也快要滴完了。突然见到一双莲花形的灯影，于是陈年旧事被勾起，如同烟花般骤然升起，并迅速扩散，令人心惊，又令人情思难断。莫怪美好时光太过短暂。

这幸福的时光总是如此短暂，这样的事情该去埋怨谁呢？是否只能够怪上天，不能多给些时间，让世间的有情人，长相厮守？恨过年华无情，纳兰再恨岁月摧残自己，竟然已经到了两鬓生尘的地步。

"莫恨流年似水，恨消残蝶粉，韶光忒贱。"红颜已逝，岁月不饶人，想当日的大好青春时光，是多么意气风发。可现而今，却是人老心老，已经完全找不到当日的影踪了。纳兰暗暗苦闷。

想你当时细声细气地谈笑，吐气如兰，如今"我"却是两鬓生尘，散落在清晨的寒风里。寻遍栏杆，那帘下的纤纤丽人，何时还能再见？"细语吹香，暗尘笼鬓，都逐晓风零乱。"这词里每一句都透露出纳兰内心的烦忧，与相爱的人相隔千里不能见面，这份痛楚不是人人都能够理解的。

"阑干敲遍。问帘底纤纤，甚时重见？"什么时候才能够重相见，纳兰是在问自己，也是在问苍天，可是，他的痛苦只有他自己知道，因为月亮不知道人的相思，偏偏要在今夜团圆。

"不解相思，月华今夜满。"真是天不知人情恨，偏偏要圆月捉弄，这人世间的情恨，是否果真滑稽如斯？

沁园春

　　试望阴山①，黯然销魂，无言徘徊。见青峰几簇，去天才尺；黄沙一片，匝地无埃②。碎叶城荒③，拂云堆远④，雕外寒烟惨不开。踟蹰久⑤，忽砑崖转石，万壑惊雷。

　　穷边自足秋怀。又何必平生多恨哉？只凄凉绝塞，蛾眉遗冢⑥；销沉腐草，骏骨空台⑦。北转河流，南横斗柄⑧，略点微霜鬓早衰。君不信，向西风回首，百事堪哀。

【注释】

　　①阴山：内蒙古自治区中部山脉。东西走向，包括狼山、乌拉山、色尔腾山、大青山等。②匝（zā）地：满地，遍地。③碎叶城：唐高宗调露元年置，属条支都督府，在今吉尔吉斯斯坦首都比什凯克以东的托克马克市附近，它与龟兹、疏勒、于田并称为唐代"安西四镇"。④拂云堆：古地名，在今内蒙古包头西北，唐时朔方军北与突厥以河为界，河北岸有拂云堆神祠，突厥如用兵必先往祠祭酹求福，张仁愿既定漠北，于河北筑中、东、西三受降城以固守，中受降城即在拂云堆，故拂云堆又为中受降城的别称。⑤踟（chí）蹰（chú）：徘徊，心中犹疑，要走不走的样子。⑥蛾眉遗冢：指古代和亲女子之墓。此处用王昭君出塞的典故。《汉书·匈奴传下》："元帝以后宫良家子王嫱字昭君赐单于。"王昭君墓在今内蒙古自治区呼和浩特南。传说当地多白草而此冢独青，人称"青冢"。⑦骏骨：据《战国策·燕策一》载郭隗用买马作喻，说古代有用五百金买千里马的骨头，因而在一年内就得到三匹千里马的，劝燕昭王厚币以招贤，后遂以"骏骨"喻杰出的人才。⑧斗柄：构成北斗柄部的三颗星。

【赏析】

　　在一个孤寂的日子，唐朝诗人陈子昂独自登上了位于现北京市大兴的幽州台，感怀抒郁，写下了苍凉的怀古之作《登幽州台歌》："前不见古人，后不见来者。念天地之悠悠，独怆然而涕下。"一千年后，清朝词人纳兰性德体会到了与他类似的心境，不过地点不是北京大兴，而是西北边塞。

　　这首词是纳兰性德于康熙二十一年（1682年）出使唆龙所作，抒发凄凉伤感之情：遥望苍凉的阴山，不禁令人黯然销魂，徘徊不前。只见那高高的山峰高耸入云，接近天际，眼前黄沙遍地，却不起一丝尘埃。那唐代的碎叶古城早已荒凉，拂云堆也遥远得看不见。唯见飞翔云外的雕鹰和那寒烟茫茫、愁惨不散的荒漠景象。正徘徊不前之际，忽听得山崖轰鸣，仿佛是巨石滚动，又像是万丈深壑里发出的惊雷隆隆。人生不必有多少遗恨才能伤感，这荒凉边塞看了已经让人愁苦满怀了！想到王昭君凄凉出塞，如今人已死去，但遗冢犹存；而那掩埋在荒漠野草中的，是当年燕昭王求贤所筑的高台。河水依然向北流去，北斗星柄仍是横斜向南。愁苦之人已经未老先衰。你若不相信，只需要在秋风中回首往事，必定愁苦满怀！

看纳兰对边塞风光的描写，会发现非常有趣的现象，他套用了李白《蜀道难》对蜀地的描述。开篇一句"试望阴山，黯然销魂，无言徘徊"，几乎就是对《蜀道难》开篇的意译。"见青峰几簇，去天才尺"，与"连峰去天不盈尺"如出一辙；待到了"忽砅崖转石，万壑惊雷"，岂不是"飞湍瀑流争喧豗，砅崖转石万壑雷"的借用？《蜀道难》是名篇中的名篇，小孩启蒙的必背篇目，也许在幼年纳兰的心中，所谓的凶、所谓的险，就是李白所描绘的样子。纳兰没有进过川蜀，无缘见千年前李白所惊叹的蜀道，不过，他在西北边塞见到了幼年印象里只有诗歌中才会出现的崇山峻岭。

同样是浪漫主义诗人，面对险峻的高山，李白显现出的是洒脱的浪漫，描绘了山有多险，最后说"不如早还家"，俨然一位背包客，看看，赞叹一番就算了。纳兰则心重得多。他追忆了边塞的往昔，想到了昭君出塞、燕王求贤。

王昭君，一位美丽如娇花软玉的女子，可也颇有女中丈夫的气概。当其他初入宫的女子都无奈地涨红了脸凑出银子去贿赂画师时，唯有她骄傲地扬起头颅，对小人不屑一顾。画师毛延寿也是个手黑的人物，你不把她画美就算了，偏偏给她点上一颗"丧夫落泪痣"，害得她入宫三年，无缘面君。到底不是平凡女子，宁可远走荒边，也不老死宫中。一个女人，本身就已经美得惊心了，偏偏她又如此果敢，有生命的活力，纵使年华老去于荒凉的土地，依然引得无数人思慕与怀念。

燕昭王是小国的国君，想使国家强盛起来，可求才不得，遂向老臣郭隗求教。郭隗告诉他，若求千里马而不得，肯花五百金买一副千里马的骨头，自然就有人将千里马送上门。为求良驹，不惜五百金买一副骨头，这份气魄，浪漫得动人心魄。这是只有古人才想得到、做得到的事情。燕昭王竟然照着做了，果然吸引了大量人才，使燕国步入黄金时代。

那些浪漫的理想年代已经过去，那些满怀激情的风流人物已然消隐，存留于世间的只有蛾眉遗冢、骏骨空台。陈子昂于幽州台上之悲，悲的是孤独，悲的是历史的苍凉。纳兰性德之悲，初看悲的是边塞苍凉的景色，说到底，还是悲的历史的天空下已经寂灭的岁月的故事。

沁园春

丁巳重阳前三日①，梦亡妇淡妆素服，执手哽咽，语多不复能记。但临别有云："衔恨愿为天上月，年年犹得向郎圆。"妇素未工诗，不知何以得此也，觉后感赋长调。

瞬息浮生，薄命如斯，低徊怎忘②。记绣榻闲时，并吹红雨③；雕

阑曲处，同倚斜阳。梦好难留，诗残莫读，赢得更深哭一场。遗容在，只灵飙一转^④，未许端详。

重寻碧落茫茫^⑤。料短发朝来定有霜。便人间天上，尘缘未断；春花秋叶，触绪还伤。欲结绸缪^⑥，翻惊摇落，减尽荀衣昨日香。真无奈！倩声声邻笛，谱出回肠。

【注释】

①丁巳重阳前三日：指康熙十六年农历九月初六日，即重阳节前三日。此时纳兰性德亡妻已病逝三个多月。②低徊：形容萦绕回荡。③红雨：指落花。唐李贺《将进酒》："桃花乱落如红雨。"④灵飙（biāo）：灵风、神风。指梦中爱妻飘飞的身影。⑤碧落：天空。语出白居易《长恨歌》："上穷碧落下黄泉，两处茫茫皆不见。"⑥绸（chóu）缪（móu）：紧密缠缚，缠绵，情意深厚，这里指夫妻恩爱。

【赏析】

纳兰与妻子卢氏相处的时间虽然短暂，但是感情却十分深厚，丁巳年即康熙十六年，也就是卢氏逝世这一年。妻子逝世不久，尸骨未寒，所以词人时时思念，幻想能与其再续前缘。这一年重阳节前三天的夜晚，词人竟真的在梦中与亡妻相会，两人相对哽咽，说了许多思念之语，临别之时，妻子赠诗"衔恨愿为天上月，年年犹得向郎圆"予词人。但是，梦境虽美，终究也是一场空幻，醒来之后只会让痛苦进一步加深，于是在感慨无奈之下，词人又提起笔来，写下这首词。

"瞬息浮生，薄命如斯，低徊怎忘"，词一开篇，纳兰就以咏叹的笔法写出了对亡妻的一往情深，人生苦短，瞬息即逝，本来是伉俪情深，无奈妻子却红颜薄命，短暂的三年快乐相处换来的是一生的哀思。

由于对亡妻的思念萦绕在纳兰的心间，纳兰自然也就开始回忆与卢氏新婚后的恩爱生活，"记绣榻闲时，并吹红雨；雕阑曲处，同倚斜阳"，当初相依相偎坐在绣榻上，吹着飘飞的花瓣，在栏杆的拐弯处共同欣赏黄昏的景色，在这句中，以往昔的欢乐对比，反衬出词人如今的孤单与愁苦。

"红雨"在这首词中有两种可能的解释，一是指桃花，李贺《将进酒》有"桃花乱落如红雨"之句，二是指落花如雨，刘禹锡《百舌诗》中有"花枝满空迷处所，摇动繁英坠红雨"。

接着纳兰开始倾诉自己失去爱妻之后的痛苦，"梦好难留，诗残莫读，赢得更深哭一场"，人生中最大的痛苦莫过于生死离别，此时的纳兰已经开始纠结起命运来，他珍爱生命，可惜生命最后却是瞬息浮生；他珍惜爱情，可是爱情却得而复失，他想与心爱之人梦中相会，互诉衷肠，结果却只是好梦难留，当所有的一切都化为乌有时，他只能无奈地在深夜里痛哭流涕。这时他又想起梦中妻子的模样，只可惜这梦去得太快，还没来得及仔细端详，亡妻便已"灵飙一转"，词到此，更加平添一份悲痛之情。

下片开篇紧承上片结尾，写梦醒后词人想要重寻梦境，可惜"碧落茫茫"，无迹可寻。在悲愁和痛苦的煎熬之下，纳兰猜想第二天自己的头上一定会增添许多白发，这句与苏东坡的"纵使相逢应不识，尘满面，鬓如霜"十分相似，可是苏东坡要十年才尘满面、鬓如霜，纳兰却是一夜白头。

命运是无法改变的，但是痴情的纳兰却偏偏要与命运做一番抗争，他固执地发出"便人间天上，尘缘未断；春花秋叶，触绪还伤"，虽然生死相隔，但尘缘并不会就此割断，否则又怎会在梦中相见，那春花秋叶都是触动感伤的琴弦，让人看后不胜凄怆。

一对恩爱的夫妻本想白头偕老，结果妻子却像木叶一样飘然陨落，这恐怕是人生中最大的遗憾，以至于纳兰从此"减尽荀衣昨日香"。"荀衣"有两个典故，一指东汉荀彧嗜爱香气，身带之。所坐之处，香气三日不散。二是《世说新语·惑溺》中记载，荀奉倩与妇至笃，妇病亡，痛悼不已，岁余亦亡。这里两个典故合用，说明自妻子死后，纳兰已经形容憔悴，丰神不再。

词到结尾，"真无奈！倩声声邻笛，谱出回肠"，在无限的愁绪之中我们又听到词人发出一声无可奈何的叹息。在这里"邻笛"亦是一个典故，魏晋时，向秀经过友人旧居，闻邻人奏笛，感怀亡友，作《思旧赋》来悼念。而词人此时谱写的，岂不正是这种令人断肠的伤心曲！

纳兰填词并非一气呵成，而是反复斟酌，反复修改，因此此词也有多个版本，在此就不一一评说。

青衫湿 悼亡

(按此调《谱》《律》不载，疑亦自度曲。)

青衫湿遍，凭伊慰我，忍便相忘。半月前头扶病[1]，剪刀声、犹共银釭[2]。忆生来小胆怯空房。到而今独伴梨花影，冷冥冥、尽意凄凉。愿指魂兮识路，教寻梦也回廊。

咫尺玉钩斜路[3]，一般消受，蔓草残阳[4]。判把长眠滴醒，和清泪、搅入椒浆[5]。怕幽泉还我为神伤[6]。道书生薄命宜将息[7]，再休耽、怨粉愁香。料得重圆密誓，难禁寸裂柔肠[8]。

【注释】

①扶病：带病行动。②银釭（gāng）：银白色的灯盏、烛台。③玉钩斜：在江苏江都，相传为隋炀帝葬宫人处，后泛指葬宫人处。④蔓草：爬蔓的草。⑤清泪：眼泪，宋曾巩《秋

夜》诗："清泪昏我眼，沉忧回我肠。"椒浆：以椒浸制的酒浆，古代多用以祭神。《楚辞·九歌·东皇太一》："蕙肴蒸兮兰藉，奠桂酒兮椒浆。"⑥幽泉：指阴曹地府，借指死者。⑦将息：调养休息，保养。⑧寸裂：碎裂。

【赏析】

在众多点评"纳兰词"的书籍中，普遍认为这首词是纳兰所有悼念亡妻之作的第一首，作于卢氏亡故半月之后，那么，这种观点是否正确呢？

首先来看词的第一句"青衫湿遍"，作者在一开篇就表明了自己的悲伤程度，眼泪已经湿透了所有的衣服，这种意境是何等凄凉。当年白居易遭贬江州司马后，一直郁郁寡欢，有一次，他在浔阳江头偶遇一位来自京都、漂泊江湖的琵琶女，在听其弹奏时，白居易想到了自己在宦途所受到的打击，顿生强烈的天涯沦落之感，长久以来积蓄在心中的沉痛感受，让其流下痛苦的眼泪，甚至连衣服都被眼泪浸湿了，而此时纳兰的心境，与白居易当时的心情相比，恐怕是大同小异。

从"凭伊慰我"开始，到"尽意凄凉"结束，按照字面上的解释，纳兰确实是在悼念一个人，这几句大致意思是说："我需要你的安慰，你怎么可以忍心将我忘记呢！你走半月以来我拖着愁病之躯，像你在时那样西窗剪烛。我生来胆小，害怕一个人独守空房，到如今却只有梨树花影相伴，冷冷清清，受尽凄凉。"这几句体现了纳兰对这个人的挚爱以及对其浓烈的思念之情，而且从"半月前头扶病"这句中，我们似乎更能认定纳兰悼念的人正是卢氏，于是作者把自己满腔的愁怀，全部都寄托在梦幻之中，希望亡妻的魂魄能认识回家的路，到梦中与自己相聚。

品读完词的上片，我们能体会到纳兰像其他人一样，总是等到最珍爱的东西失去后才懂得珍惜，此时的纳兰已经被一种深深的负疚感所束缚，甚至完全陷入到一种无法解脱的死结之中，因此上片读完，让人顿感肝肠寸断。

下片一开篇，纳兰就化用了"玉钩斜"这个典故，而正是这个典故让我们产生了种种疑问，甚至可以推断出纳兰在词中悼念的并不是亡妻卢氏。

我们首先应该了解"玉钩斜"这个典故的来历。"玉钩斜"在江苏扬州，618年5月，隋炀帝杨广的右屯卫将军宇文化及在江都兵变，勒死了隋炀帝，隋朝至此灭亡。相传炀帝死后，肖皇后和宫人用床板做了口小棺材，将其草草埋葬，宫中的宫女大多数被乱军所杀，也有少数为隋炀帝殉情自杀，这些死亡的宫女就被草草埋葬在蜀冈的斜坡之上，当时的人们就把这里叫"宫人斜"。

到了唐宪宗元仁年间，李夷简奉旨镇守扬州，有一次在这里赏月，发现新月如玉钩，便在此建筑了一座为"玉钩"的亭子，此后，"宫人斜"便改称为"玉钩斜"。

在一些点评"纳兰词"的书籍中，把"玉钩斜"解释为卢氏墓穴所在地，但是据史料记载，卢氏去世后曾停枢在什刹海附近的龙华寺，直到一年后才被安葬在京西纳兰家的祖茔中，如果纳兰在这首词里悼亡的是卢氏，在这里用"玉钩斜"的典故显然是有失水准的。

接着作者为我们描绘了一幅"一般消受，蔓草残阳"的凄凉景象，但是，纳兰的父亲乃是一代权相，他怎么可能让自己的儿媳与隋炀帝时代的那些宫女一样，忍受着

"蔓草斜阳"的凄凉况味呢？由此我们能够知道，纳兰在这里悼念的并不是卢氏，而是一位与那些葬身"玉钩斜"的宫女有着相似之处的女子。而且纳兰说的是"咫尺玉钩斜路"，"玉钩斜"位于江苏扬州，与身处京城的纳兰并非"咫尺天涯"，所以作者在这里并不是在表达时空观念上的感受，而是心理上的感觉，而能够让纳兰产生这种感叹的，恐怕就只有那位少年时与纳兰相爱，最后被迫入宫，并且已经消逝在深宫的表妹了。

从这首词中，我们完全感受不到纳兰以往那种从容舒缓的节奏，有缘无分的昔日恋人如今天人相隔，纳兰那颗破碎的心也就开始飘忽游离在现实之中，从此没有了着落，也永远不会再安顿下来。

青玉案　宿乌龙江①

　　东风卷地飘榆荚②，才过了，连天雪。料得香闺香正彻③。那知此夜，乌龙江畔，独对初三月。

　　多情不是偏多别，别离只为多情设。蝶梦百花花梦蝶④。几时相见，西窗剪烛⑤，细把而今说。

【注释】

　　①乌龙江：即黑龙江。②榆荚：榆树之荚，榆树结的果实。③香闺：指青年女子的内室。④蝶梦：《庄子·齐物论》："昔者庄周梦为胡蝶，栩栩然胡蝶也，自喻适志与！不知周也。俄然觉，则蘧蘧然周也。不知周之梦为胡蝶与，胡蝶之梦为周与？周与胡蝶，则必有分矣。此之谓物化。"后以"蝶梦"喻迷离恍惚的梦境。⑤西窗剪烛：犹言剪烛西窗，指亲友聚谈。语出李商隐诗《夜雨寄北》："何当共剪西窗烛，却话巴山夜雨时。"此指与所思恋的人聚谈。

【赏析】

　　这首词的写作时间和背景，赵秀亭在《纳兰丛话》中有所提："性德《青玉案·宿乌龙江》上片云：'东风卷地飘榆荚，才过了、连天雪。料得香闺香正彻，那知此夜，乌龙江畔，独对初三月。'此亦清康熙二十一年春夏扈从东巡之作。乌龙江，即松花江，此指驻跸之大乌剌虞村，地在鸡林（今吉林市）下游八十里。圣祖于三月二十八至四月初三皆驻大乌剌，故'独对初三月'云云全为写实。"

　　看来，这是纳兰外出公干，内心悸动，写下行役在外、思念爱妻的深情，以表达内心的温存之词：乌龙江一带天气早寒，夏天刚刚过去，冬天便立即到来。想必此时闺中正是花香四溢的时候，哪里知道在乌龙江上的离人正独自黯然神伤！并不是因为多情而多了离别，而是因为离别偏就是为多情人而设的。与你身处离别，犹如迷离恍惚之梦境。什么时候才能与你相聚，秉烛夜谈，诉说"我"的衷情呢！

这首词的艺术成就很高，其中黄天骥在《纳兰性德和他的词》中对这首词的评价很高："冬天，诗人到了乌龙江畔，远离家乡，思念自己的亲人，渴望着团聚。这词一气呵成，不事雕饰，是作者真朴感情的自然流露。"

"东风卷地飘榆荚"，东风刮过，带着寒冷，将地面飘落的榆荚卷起，飞舞空中。这夏天才刚刚过了，冬天就要来了。对于没有秋天过渡的黑龙江，纳兰显得十分不适应，来到这个地方，看到"才过了，连天雪"，不禁感慨时光匆忙，天地之大，一不小心，自己竟然与妻子相隔了这么远。

"料得香闺香正彻。"想到妻子的房间里定然是花团锦簇，家里现在正是春暖花开的日子，可是自己却在这天寒地冻的远方。想到这里，纳兰内心也忍不住要不平衡一下了。离开心爱的妻子，离开热爱的家乡，来到这里，难道真的是天意弄人？

上片的最后一句，纳兰似是在问，也似是在回答"那知此夜，乌龙江畔，独对初三月"。在这黑龙江的夜里，想念着远方的妻子，渴望有朝一日的团聚。那时再回想起自己曾独自一人在远方思念亲人，那时的幸福必定会更加强烈。

为什么人世间总是要有离别呢，既然团聚是亲人们最大的幸福，为什么老天总是要时不时地就让亲人们尝尝离别之苦？纳兰在下片对这个问题进行了思索，他写道："多情不是偏多别，别离只为多情设。"

或许这正是上天对相亲相爱的人们的一种考验，要用离别去考验他们之间的真情，看这真情是否经得住离别的考验。想到这里，纳兰似乎宽心了许多。他盼望着回去的那一天，便可以和亲人们在窗前，安然地诉说着今日的愁苦。"蝶梦百花花梦蝶。几时相见，西窗剪烛，细把而今说。"

纳兰的心，在自我的不断安慰中，渐渐柔软，变得透明。这个男子的多情，在此时，显得愈发可爱。

清平乐　忆梁汾

才听夜雨，便觉秋如许。绕砌蛩螿人不语[1]，有梦转愁无据[2]。

乱山千叠横江[3]，忆君游倦何方[4]。知否小窗红烛。照人此夜凄凉。

【注释】

[1] 蛩（qióng）螿（jiāng）：蟋蟀和寒蝉。蛩，蟋蟀。螿，蝉。[2] 无据：不足凭，不可靠。[3] 横江：横陈江上，横越江上。[4] 游倦：犹倦游，指仕宦漂泊潦倒。

纳兰词大讲堂

【赏析】

这首词是秋夜念友之作，抒发对好友顾贞观深切的怀念。顾贞观是江苏无锡人，其曾祖顾宪成是晚明东林党人的领袖，可谓真正的书香门第。顾贞观的个人才情和文化素养也自然与众不同，是当时很有名气的江南文士。

康熙十五年的春夏间，他与权相明珠之子纳兰性德相识，成为交契笃深的挚友。或许是气质的相互吸引，或许是才情的彼此契合，两人第一次相见，便有"一见即恨识余之晚"之感，相见甚欢，相谈甚多，彼此引为知己。

而在词坛的成就两人同样齐名，举凡清史、文学史、词史无不将二人相提并论，被视为风格近似、主张相同的词坛双璧。

二人因为才情而惺惺相惜，在与顾贞观相交的日子里，纳兰是快乐的。他们时常以词会友，互相切磋文学。可是再深的友谊也不能保证天长地久地相处，纳兰因为官职在身，总需要外出办事。

这次，他又要随同皇帝外出游走，官场的事情总是枯燥乏味的，不如与友人饮酒作诗来得痛快。但人在官场，身不由己，纳兰只得依依不舍告别友人，准备出发。在外出的日子里，纳兰一直是孤独寂寞的。

虽然康熙很赏识他，但君臣毕竟有别，二人不会无话不谈。纳兰恪守着君臣之礼，他将自己内心的一切都隐忍下来，这更加重了他内心的郁闷情绪。想要及早结束这场出行，好早日回去与友人团聚。

在这种心情下，纳兰写下了这首《清平乐》：才刚刚听到窗外的雨声，就已感觉到秋意已浓。是那蟋蟀和寒蝉的悲鸣声，让人在梦里产生无限哀怨的吗？乱山一片横陈江上，你如今漂泊在哪里呢？是否知道有人在小窗红烛之下，因为思念你而备感凄凉？

单纯的想念，让人能够从词句中嗅到友谊的醇香。友谊就是这样，不论彼此身在何方，总是能够随时随地地想起对方。纳兰外出公干，想起远方的挚友，虽然秋意正浓，但心头也是会涌起阵阵暖意。

"才听夜雨，便觉秋如许。"才刚刚听到窗外有雨声，就已经感觉到浓浓的秋意了。身上的寒意大多是心里的凄凉带来的，身边没有知己，自然感觉到凉意。夜雨之中，更能听到蟋蟀和寒蝉的悲鸣声，秋意渐浓，蟋蟀和寒蝉也知道自己生命无多，故而叫声凄厉。在夜色下，这更让人产生无限的哀怨。

"绕砌蛩螀人不语，有梦转愁无据。"上片在凄凄切切的情愫中结束，纳兰将思念友人之心情描述得如悲如切，这首词是思念友人，却又好像是纳兰自悲自切的呢喃自语。结束了上片的哀痛，下片则是沉思，依然饱含哀怨，所描写到的景物，也是蒙上一层灰暗色彩，看不到颜色。

"乱山千叠横江，忆君游倦何方。"眼前乱石堆砌，远山横陈江上，江水滔滔，滚滚东逝去。不知道友人而今漂游到了何方。杳无音信，只能靠着思念回忆过去美好的日子。纳兰与好友之间没有联系，让他内心充满不安。

"知否小窗红烛。照人此夜凄凉。"这是纳兰在反问友人的话，是否知道有人在思念你呢，是否会因为被思念而感到凄凉呢？友人自然是无法感受到纳兰千里外的思念的，但纳兰在此的疑问，可以看出纳兰的纯真心性，这个才华横溢的清初才子，其实只是一个渴望友谊与关爱的男子。

词的初衷是思念友人，但当写到最后，却变成了纳兰自怨自艾的一首自哀词，写不尽的哀伤情，透过词意里的风雨，飘洒而出，湿了人心。

清平乐

风鬟雨鬓①，偏是来无准。倦倚玉阑看月晕②，容易语低香近。

软风吹过窗纱③，心期便隔天涯④。从此伤春伤别⑤，黄昏只对梨花。

【注释】

①风鬟（huán）雨鬓（bìn）：形容妇女在外奔波劳碌，头发散乱的样子。后代指女子。②月晕：又称"风圈"，月光被云层折射，在月亮周围形成的光圈。③软风：柔和的风。窗纱：窗户上安的纱布、铁纱等。④心期：心中相许。引申为相思。⑤伤春：因春天到来而引起忧伤、苦闷。伤别：因离别而悲伤。

【赏析】

宋词里有许多缠绵悱恻的句子，在那些句子背后，隐藏的是一段段悲欢离合、感人至深的爱情故事。那些宋词，大多是写给歌女，因为歌女作为宋代的一个群体，颇受关注，她们有着文化素养，有着艺术才华，是宋代文人十分欣赏的一个群体。

在古代的社会里，女子的任务便是嫁作他人妇，为丈夫家传宗接代，然后相夫教子，扮演贤内助的角色。这样的女子需要温柔贤惠，懂得三从四德，低眉顺眼，事事以丈夫的话为最高指令。

这样的女人自然无法得到男人真正的喜爱，他们更热衷于去追逐花街柳巷里，那些并不常规的爱情。因为有了爱情，生活才有了调味剂。于是，才有了那么多赏心悦目的诗词歌赋，因为有了感情，辞赋便变得更有味道。

纳兰并不是一个贪恋美色的人，但他却是一个最需要爱情的男人，他的爱情曾随着表妹的入宫一度低沉，随着妻子卢氏的去世差点儿毁灭，甚至随着沈宛的离去而消散殆尽。不过还好，在他的内心，始终保存了有关爱情的一点儿追求，而纳兰又将这点儿追求，放入了诗词中，时刻提醒自己，原来，爱情并未走远。

这首《清平乐》情辞真切，将相恋之中人们想见又害怕见面的矛盾心情，一一写出。"风鬟雨鬓"，本是形容妇女在外奔波劳碌，头发散乱的模样，可是后人却更喜欢用这个词去形容女子。

女子与他相约时，总是不守时间，不能准时来到约会地点。但纳兰在词中却并无任何责怪之意，他言辞温柔地写道："偏是来无准。"虽然女子常常不守约定时间，迟到的次数很多，但这并不妨碍纳兰对她的宠爱。想到与女子在一起的快乐时光，纳兰的嘴角便露出微笑。

"倦倚玉阑看月晕，容易语低香近。"记得旧时相约，你总是不能如约而至。曾与你倚靠着栏杆在一起闲看月晕，软语温存，情意缠绵，那可人的缕缕香气更是令人销魂。如今与你远隔天涯，纵使期许相见，那也是可望而不可即了。从此以后便独自凄清冷落、孤独难耐，面对黄昏、梨花而伤春伤别。

过去的时光多么美好，但是美好总是稍纵即逝。在纳兰的回忆里，这份美好过分短暂，好像柔软的风，只是轻微吹过脸庞，便已逝去。"软风吹过窗纱，心期便隔天涯。"与《清平乐》的上片相比，下片的格调显得哀伤许多，因为往昔的美好回忆过后，必须要面对现实的悲凉。

在想过往日与恋人柔情蜜意之后，今日独自一人，看着春光大好，真是格外感伤。纳兰一向是伤春之人，那是因为他内心深处一直藏着一份早已远逝的情感，就如同这春光一样，无论眼下再怎么美好，总有逝去的那一天。

"从此伤春伤别，黄昏只对梨花。"结局就是这样，有时候，人们往往知道结局是无法逆转的，但站在时光的路口，依然想不自量力地去扭转乾坤。

最终，伤的只有自己。

清平乐

画屏无睡，雨点惊风碎。贪话零星兰焰坠①，闲了半床红被。

生来柳絮飘零。便教咒也无灵②。待问归期还未，已看双睫盈盈。

【注释】

①兰焰：即烛花。②咒：祈祷。

【赏析】

纳兰的痴情，早已是声名在外。纳兰词多情善感，也皆因纳兰本是多情痴情之人。

纳兰二十岁时与两广总督卢兴祖之女卢氏成婚，两人情感甚笃，性格相和，志趣相投，诗词唱和，琴棋互慰，解语知心。

在旧时代，即使是所谓的"康乾盛世"，青年男女也没有恋爱自由，只能听凭父母之命、媒妁之言；至于皇亲贵胄的联姻往往还要掺杂上政治因素，情况就更为复杂了。身处这样的苦境，纳兰居然能够获得一位如意佳人，实现美满的婚姻，不能不说是一桩幸事。

新婚美满生活激发了纳兰的诗词创作，但也带来了另外的问题。纳兰是康熙的贴身侍卫，经常随帝出巡，这样的离别对他和卢氏来说无疑是痛苦的，每次夫妻离别都恋恋难舍，也便因此多出了许多埋怨。

这次就是这样的情景，离别前夜，夫妻双双不寐，絮语绵绵，空使灯花坠落，锦被闲置。

"画屏无睡，雨点惊风碎"，一切景语皆情语，这里一个"惊"字实在巧妙，分别之际，最痛苦的莫过于遥想别离后的无依无靠之感。本是两心相依，今后要相隔千里，又让人怎能不暗自伤神。

"贪话零星兰焰坠"，"兰焰"也称兰烬，即是烛花，因灯烛余烬状似兰心而得名。唐朝李贺《恼公》诗有："蜡泪垂兰烬，秋芜扫绮栊。"纳兰这里描画得细致，"贪话零星"四字之间是两人说不尽的缠绵情意，第二天就要走了，不知什么时候能再听见爱人的声音，那随便说些什么都好，一字一句，都想记在心里，这样，日后一人独处时，或许会容易熬得过去一些吧。

话说到这里，纳兰终于忍不住埋怨了，"生来柳絮飘零"，柳絮是何物？苏东坡词中描摹到了神韵："春色三分，二分尘土，一分流水。细看来，不是杨花，点点是离人泪。"

他们也知道，这种离别皆因王事当头，身不由己，祷告无灵，赌咒也不行，生来就是柳絮漂泊的命了。

既然分别已无可改变，那就只好预想归期了，可是，她还没开口，早已就秋波盈盈，清泪欲滴了。"待问归期还未，已看双睫盈盈"，纳兰若不是极爱卢氏，断然是写不出这样的句子的，那种小儿女的婉媚娇痴，欲问归期而先已含情脉脉的情态，跃然纸上，俏丽婉媚，实在是传神之笔。

不过造化弄人，到头来他还是被命运捉弄了——称心如意的偏叫你胜景不长，彩云易散。一对倾心相与的爱侣，不到三年时光就生生地长别了，这对纳兰无疑是一场致命的打击。那执手相看、话里春风拂面的时光，恍如昨日。可再无人共纳兰"贪话零星"，也无人在他远行时"双睫盈盈"。

只剩这往昔词句，令当事者伤神，让知情者扼腕。

清平乐

将愁不去①，秋色行难住。六曲屏山深院宇②，日日风风雨雨。

雨晴篱菊初香③，人言此日重阳。回首凉云暮叶④，黄昏无限思量。

【注释】

①将愁：长久之愁。将，长久。②六曲屏山：如山峦般曲折往复的屏风。③篱菊：谓篱下的菊花。语出晋陶潜《饮酒》诗之五："采菊东篱下，悠然见南山。"后用以为典实。④凉云：阴凉的云。南朝齐谢朓《七夕赋》："朱光既夕，凉云始浮。"

【赏析】

找不到烦恼的缘由，却总也摆不脱这种没有缘故的心情，失落是每个人都体会过的。人们在人生中不断追求、前行的过程中，难免会有不如意的时候，但纳兰却不应该是一个烦恼的人，在旁人眼中，他享尽了荣华富贵，可是在他自己看来，却并不满足。

这首词是重阳节的感怀之作：绵绵清愁挥之不去，无尽的秋色也难以留住。屏风掩映下那深深的庭院，整日愁风冷雨，不曾停歇。好不容易天晴了，菊花吐露出芬芳，听说今天正是重阳节。回望天边那阴云和暮色中的树叶，不由产生无限的思绪。

与纳兰的这首《清平乐》相似的一首，是晏殊所写的一首《清平乐》，晏殊作为有名的词人，可以说是纳兰的前辈，晏殊那首《清平乐》如下：

金风细细，叶叶梧桐坠。绿酒初尝人易醉，一枕小窗浓睡。
紫薇朱槿花残，斜阳却照阑干。双燕欲归时节，银屏昨夜微寒。

晏殊的这首词抒发初秋时节淡淡的哀愁，语言十分有分寸，意境讲究含蓄，晏殊只是从景物的变更和主人公细微的感觉着笔，一直是旁敲侧击地描写，而从不是从正面来写情绪的波动，这首词读后，令人感到句句寓情、字字含愁。仔细品味之余，语言的清新、风格的婉约也是一大特色。

同样是抒发内心惆怅，纳兰的《清平乐》就显得更为简单直接一些，说愁便直接写愁，简单明了地道出自己的烦恼。"将愁不去，秋色行难住。"愁苦无法挥去，就连美丽的秋色都无法挥去愁闷。此处"将愁"表示长久的愁闷，秋色最是伤人的，因为寂寥，故而最能引起人们的伤感，因为迟暮，因而能让人们无法释怀。

在秋色中想挥手赶走哀愁，这无疑是愁上加愁，而纳兰也丝毫不避讳自己对于忧郁的无能为力，他坦然地告诉人们自己真的是"将愁不去"。比起晏殊的含蓄和隐藏，纳兰就像一个孩子，毫无忌讳地将自己内心深处的感受讲出来，丝毫不怕被世人耻笑。

或者正是因为这份坦白，纳兰的词更显得有种直白的魅力，无人能够替代。而后接的一句是："六曲屏山深院宇，日日风风雨雨。"屏风掩映下的庭院，日日风雨，愁云惨淡，人在这里，怎会不被感染！

纳兰居住的庭院，为何会让他感到哀愁？其实境由心生，所谓的庭院深深，还不是自己内心凄苦，所以，才看什么都显出一副悲凉模样吗？是谁让纳兰如此哀伤，是谁家的女子让纳兰神色清冽地立于窗前，眉头紧锁，无限恨，无限伤。

纳兰的这首词是否为一个女子所作，不得而知。或者，这根本就不是纳兰为任何人写的词，而只是他在重阳之时，想起往昔，感怀往事的作品。我们无从知晓。纳兰的许多作品都是这样，看似表达了对某个人深深的思念，但其实这个人却好像虚无缥缈似的，让人摸不到任何踪迹。

"雨晴篱菊初香，人言此日重阳。"下片的风格稍显婉转，不再如上片那样晦涩，下片写到天气放晴，菊花绽放，香气扑鼻。然后词人才恍然大悟，原来是正逢重阳之日。重阳是一个让人伤感的节日。

古人写的"每逢佳节倍思亲"，说的便是重阳，重阳节是个让人思念故人的节日。纳兰身逢重阳，想起往日，必然是感慨万千。今昔往日，多少不同，而今一同从脑海中掠过，那些过往，仿佛还历历在目。

黄昏正在换取这一天里最后的一抹阳光，暮日下的世界，被覆上了迷离的光芒。黑暗即将到来，带走这一天的明亮，重阳节也很快就会过去。第二天依然是崭新的一天，"回首凉云暮叶，黄昏无限思量"。

只是在这即将告别白日的时刻，纳兰回首天边的云朵和落木，心头不禁思绪万千。这首重阳节感伤的词，写出了词人深埋心底的忧伤。

清平乐 秋思

凉云万叶，断送清秋节①。寂寂绣屏香篆灭②，暗里朱颜消歇③。谁怜照影吹笙④，天涯芳草关情⑤。懊恼隔帘幽梦，半床花月纵横。

【注释】

①清秋节：农历九月九日的重阳节。②香篆：即篆香，形似篆文。③朱颜：红润美好的容颜，指美人。消歇：消失，止歇。④吹笙：喻饮酒。宋张元干《浣溪沙》："谁以窃尝为吹笙。"⑤关情：动心，牵动情怀。

【赏析】

这首词写清秋懊恼的情怀：孤单的花朵和零碎的叶子，就这样将清秋时节送走了。寂静的闺阁之中，篆香已经燃尽，美丽的容颜因悲秋而消瘦。谁能了解那对影独酌的感受？那天涯无边的芳草总能牵动人的情怀。幽梦难成，空对半床花月之景，怎不叫人懊恼神伤！

纳兰的词继承和发展了古代诗词的艺术技巧，十分干净，不粘不离，亦人亦物，他总是能够把纯真的感情写进对历史、对现实，甚至对人生的思考之中去。所以，纳兰词才并没有被归到那些陈词滥调中，而是别出一格，将艺术成就提升到了另外一个层面上去。尽管这首词并无太大新意，不过是纳兰在清秋时节，看到花草凋零，内心忍不住凄凉，提笔写下的一首哀伤词，但是同他的其他词作一样，这首词清纯婉丽，不事雕琢，有着独特的芬芳和灵动的气质。

"凉云万叶，断送清秋节。"这般的开头，纯朴灵动而"别样幽芬"。初秋时节，天高云淡，气爽风清。秋季时分，正是落叶开始的季节，当所有的叶子都归于尘土之后，冬季便会悄然而至。这是一个过渡的季节，也正是因为如此，人们总是在这个季节，看到太多的万物凋零，四处寂寥。

纳兰是一个生性敏感的人，他看到清秋，比常人感受更深，而在这首《清平乐》中，纳兰将秋思升华至了哀思。看似在写秋季带给他无尽的幽思，其实词的背后隐含的是纳兰的情思。

思念的是一位红颜，"寂寂绣屏香篆灭，暗里朱颜消歇"。檀香早已燃尽，可是那寂静的闺阁之中，一张美丽的容颜却是因为悲秋而日渐消瘦。女子伤秋，纳兰也在伤秋，他们到底是伤秋还是伤己，词意模糊，但其实也无关紧要。

只要看到词中的深意，能够体会到词意的哀婉，至于所感伤的是何物，已经不再重要了。上片伤秋的情绪书写完后，下片便是写内心的寂寥与悸动。"谁怜照影吹笙，天涯芳草关情。"古诗有云："对影成三人。"纳兰在这里效仿，却是写出照影吹笙、独自一人的时光，的确是难挨，独自饮酒，无法赶走孤独，反而更让孤独加深。纳兰不是不知道，可是他这样做，无非也是因为实在无法，一个人的日子，如果不想方设法找点儿不一样的节目，那可真是要闷死了。

"懊恼隔帘幽梦，半床花月纵横。"天涯芳草无关他的情，看着窗外的夜色，内心满是懊恼，为何而神伤，难以说清。回转头去，看到那床前的明月光，更让自己内心的寂寥加深了几分。

夜半时分，谁能懂得纳兰心里所想？估计只有这明月光，还有这清酒。

清平乐

泠泠彻夜^①，谁是知音者？如梦前朝何处也，一曲边愁难写。

极天关塞云中^②，人随雁落西风。唤取红襟翠袖^③，莫教泪洒英雄。

【注释】

①泠泠：形容清凉、冷清，借指清幽的声音。彻夜：整夜，一夜。②极天：指天之极远处，远处。关塞：边关，边塞。③唤取：唤得、唤着。

【赏析】

这首词抒发了关塞行役之愁：水声清幽悦耳，彻夜回荡，但谁又是它的知音呢？前朝如梦，边愁难写。极目望去，天边的云中，征人与征雁同行于秋风之中。如此悲凉之景，让人不禁伤怀，只好唤来歌女消愁，不要让英雄热泪轻易落下。

纳兰的许多塞外词中，不再写儿女情长，但也不是纯粹地抒发情感，而是将两者很好地相结合，写出了别开生面的塞外词。其实，纳兰为人，并不像他流传下来的词那样婉转羞涩。纳兰有着一副英雄气概，他武艺高强，不过身为御前侍卫，需要他展示武力的机会寥寥无几，但这并不能妨碍纳兰的一颗英雄心。

这首词是纳兰写自己外出塞外的行役之愁，故而悲凉有余，柔情不够。"泠泠彻夜，谁是知音者？"纳兰的心愿，再一次在这首词中写出，他渴望得到一个知己，可是这天地之间，白日黑夜，谁才是他的知己呢？纳兰不知道，天与地自然也无法回答他这个问题，周围只有猎猎的风声，更使得渴求知己的纳兰，倍感寂寞。

"如梦前朝何处也，一曲边愁难写。"联想古今，纳兰想到这塞外经历过千年尘埃的积淀，那些古时的英雄，是否也会如同他一般，来到这天与地之间，问问苍天：是否自己真的会遇到知己。

这样平铺直叙的词，其实在纳兰的作品中并不是占多数，但这也不能否认纳兰这类词的价值，纳兰的词学思想，在他的七古《填词》一诗中，就有明显的体现，那首诗写道：

诗亡词乃盛，比兴此焉托。往往欢娱工，不如忧患作。冬郎一生极憔悴，判与三闾共醉醒。美人香草可怜春。凤蜡红巾无限泪。芒鞋心事杜陵知，只今唯赏杜陵诗。古人且失风人旨，何怪俗眼轻填词。词源远过诗律近，拟古乐府特加润，不见句读参差三百篇，已自换头兼转韵。

他认为填词同作诗一样，一是要重比兴、写忧患，一定是要有寄托、抒真情的。而要这样，就必用比兴之法，寄托自己的思想追求和不平，以抒发自家性情，所以"比兴此焉托"。

说起比兴，纳兰并不陌生，他的许多词中，都用到过这种手法，这样写词，更使得词意盎然，更显深刻。这首词中，虽未用到比兴，可是纳兰的词学思想，依然是得到了十分深刻的体现。

"极天关塞云中，人随雁落西风。"塞外风景，最大的特点就是苍凉，举目望去，一望无际的全是苍凉。在这苍茫大地之间，纳兰只能与大雁，一同在西风中，感受着寒冷，无所适从。"唤取红襟翠袖，莫教泪洒英雄。"这般感伤，只好叫来歌女助兴，看着歌女挥舞衣袖、跳起舞蹈，这份悲凉才稍微显得淡一些，英雄泪便不会轻易洒落了。

清平乐

凄凄切切①，惨淡黄花节②。梦里砧声浑未歇③，那更乱蛩悲咽④。尘生燕子空楼，抛残弦索床头⑤。一样晓风残月，而今触绪添愁⑥。

【注释】

①切切：哀怨、忧伤貌。②黄花节：指重阳节。黄花，菊花。③砧（zhēn）声：捣衣声。④蛩（qióng）：指蟋蟀。悲咽：悲伤呜咽。⑤弦索：弦乐器上的弦，指弦乐器。⑥触绪：触动心绪。

【赏析】

《清平乐》是一个很常见的词牌名，许多人都用这个词牌，写出了脍炙人口、流传千古的名词佳句。其中以宋朝词人用得最多，晏殊、晏几道、黄庭坚、辛弃疾等著名词人均用过此调，其中晏几道尤多。

留人不住，醉解兰舟去。一棹碧涛春水路，过尽晓莺啼处。
渡头杨柳青青，枝枝叶叶离情。此后锦书休寄，画楼云雨无凭。

晏几道的这首《清平乐》是写离别，他所写的景物却与离别的凄凄之情无关，都是碧涛春水、青青杨柳枝、晓莺啼等景象。这些都是春天美好的景物，用如此美好的景物去写离别，真是格外有意境。

比起晏几道的《清平乐》，纳兰的这首《清平乐》也有相似之处。晏几道开篇起笔便是"留人不住"四个字，而纳兰开篇也是"凄凄切切"四字，写出内心的凄惶和不安，离别在即，人难留住，故而凄凄切切，悲伤不已。

同样是写离别，晏几道是含蓄隐晦地写道"留人不住"，来隐射自己内心的不舍，但是纳兰就简单得多了，他只是一个词，就直截明了地写出了内心的情感。用重复的词来表述情感，这在词的写作上不是少数。

李清照就曾这样尝试过。"寻寻觅觅，冷冷清清，凄凄惨惨戚戚。"在《声声慢》中，循环往复的词句，让人可以品读到她内心的世界。能够简单地抒情之人，都是内心单纯如明镜的人。

纳兰写的这首词是一首触景伤情之作：在这惨淡的深秋之时，一切都变得凄凄切切，无限悲凉。那梦里的砧杵捣衣声还没停下来，又传来蟋蟀嘈杂的悲鸣声。你曾居住的楼空空荡荡，弦索抛残，晓风残月，无不是惨淡凄绝，如今一起涌入眼帘，触动无限清愁。

开篇便写到凄凄切切，道出内心悲凉，接着写道时节正逢黄花节，黄花节是指的重阳节，而所谓的黄花，便是菊花。这是纳兰又一首重阳佳作，借着重阳时节，抒写内心的情绪。在词中，纳兰永远是悲伤的。这首词当然也不例外。纳兰用惨淡来形容黄花节，以示自己哀怨的心情。

或许，在深秋时节，万物萧条，看到任何事物都会觉得无限悲凉。而接下来这句，则让人联想到，纳兰是在想念什么故人。"梦里砧声浑未歇，那更乱蛩悲咽。"

这里需要解释几个地方，"砧声"是指捣衣声，古人洗衣服，总是将衣服捣一捣，加快衣服清洁的速度。捣衣时，会发出阵阵声响。"蛩"则是指蟋蟀。

词人在梦中听到捣衣的声音，声声传来，似有似无，悠远又似乎就在耳旁。捣衣的声音还没有停下，耳畔就又传来了蟋蟀的声音，夜半时分，听起来让人的心都揪了起来。重阳深夜，午夜梦回，却是如此凄惶的情景。

纳兰梦中梦到捣衣的人是谁？想来应该是个女子。但这名女子究竟是谁，会在纳兰的梦中以如此凄凉的形象出现？按照常理推算起来，这名女子应该是离纳兰而去，让纳兰无法再见到的女子。于是有人猜测，这是重阳佳节纳兰思念故去的卢氏所写的悼亡词，也有人认为这是纳兰为沈宛而作的。

但不管怎么样，这首词的确是写尽了凄凉之意。上片梦醒时分，顿觉离人不再，备感伤心。下片则是写道"尘生燕子空楼，抛残弦索床头"，醒来后自然是被忧伤打扰得无法再次入眠，只得起身。

起身后的纳兰看到的都是昔日的场景，想到空空如也的楼阁，想到往日温馨的情景，现在却是物是人非，想想就觉得增添几分愁绪。"一样晓风残月，而今触绪添愁。"再抬头望去，晓风残月，更是让人愁绪满怀。

这首怀念故人的词写在重阳夜，阁楼上，晓风残月，故人不再。独自倚靠栏杆，想着往日种种，纳兰写词，从来都是淡如清水，却能够让这水波荡漾而起时，带给后人无限的遐想和心疼。

清平乐

烟轻雨小，望里青难了。一缕断虹垂树杪^①，又是乱山残照^②。
凭高目断征途，暮云千里平芜^③。日夜河流东下，锦书应记双鱼^④。

【注释】

①断虹：一段彩虹，残虹。树杪：树梢。②残照：落日的光辉，夕照。③平芜：草木丛生的平旷原野。④双鱼：亦称"双鲤"，一底一盖，把书信夹在里面的鱼形木板，常指代书信。

【赏析】

这首词是于塞上写离情：烟雨迷蒙中，放眼望去，满眼尽是青色，没有尽头。又到了夕阳落入群山的时候，树梢上挂着一段彩虹。登高远眺，望断征途，只看到一片暮云停驻于千里旷野。河水昼夜不停地向东流去，就像"我"对你的思念之情，于是将这一份相思之苦托双鱼为你寄来。

这首《清平乐》，有人说是纳兰词的代表作之一，是纳兰用心写成的一首离情之作。但细细品味下来，其实能够发现，这首词并不能算是纳兰词作里的好作品，整首词不过是平淡乏味，一个平庸之作而已。

但是，这也不能否定纳兰在词章上的艺术成就，他一生所填写的词数量之多，是显而易见的，偶尔的平庸之作也并不能抹杀其成就。还有一点就是当时的清朝词坛的风气，并不是很好，纳兰的词可以说是开了先河，为清词注入了鲜活的力量。

所以，这首词也有解析的必要。"烟轻雨小，望里青难了。"古代文人要写离别之情，总是会将情景设置在烟雨迷蒙、柳条拂面之中。纳兰这首词也不例外。烟雨蒙蒙中，放眼望去，满目青色，无边无际。好像词人此刻的心情，充满迷蒙。

虽然从这首词的字里行间可以推断出这是写离别之情的，但至于纳兰是为谁写的离别词，就不得而知了。从词句判断，应该是纳兰的友人。友人离别，站于迷蒙的细雨中，看着友人离去的方向，最终望不到友人的身影，想着友人此时应该走到何处。

友情总是纳兰生命中重要的支撑，故而他才会对每一段友情的消逝都感到痛苦万分。写完细密的雨，接下来，纳兰便将笔触延伸到更远处。"一缕断虹垂树杪，又是乱山残照。"上片之景是时间的一个顺延，雨停之后，天边出现彩虹，在远处乱石上，夕阳残照，彩虹挂在树梢上。

纳兰写词，总是要尽善尽美，尽管这首词并非他的佳作，但依然可以从中看出纳兰写词的风格。他将每种景致都极致化，令他的词成为一种艺术。这首《清平乐》的下片依然写景，但更多则是抒情。

"凭高目断征途，暮云千里平芜。"登高望远，方能心胸开阔，古人不乏登高的诗作，纳兰这句词有着他以往词里没有的豪气干云。男儿气概在此时表露无遗，登高望断天涯路，前方征途漫漫，一眼看不到头，但是在眼前，暮云停驻，而云霞下面，则是千里的平原，草木丛生，犹如思念的荒地，长满了杂草。

词在最后，写下如何缓解思念的方式，便是"日夜河流东下，锦书应记双鱼。""双鱼"也是一个典故，双鱼又称为"双鲤"，一底一盖，把书信夹在里面的鱼形木板，常指代书信。

从最后的这句词来看，似乎是要写给远方的爱妻，但从当时的情景来看，纳兰并未有牵挂着的女子。不过，不论这词是因何而作，也是纳兰将一番思念之苦，化作锦书，托送给双鱼，希望后世都能看到。

秋 水 听雨

（按此调《谱》《律》不载，疑亦自度曲。）

谁道破愁须仗酒，酒醒后，心翻醉。正香消翠被①，隔帘惊听，那又是、点点丝丝和泪。忆剪烛幽窗小憩②。娇梦垂成③，频唤觉一眶秋水④。

依旧乱蛩声里，短檠明灭⑤，怎教人睡。想几年踪迹，过头风浪⑥，只消受、一段横波花底⑦。向拥髻灯前提起⑧。甚日还来，同领略夜雨空阶滋味。

【注释】

①翠被：翡翠羽制成的背帔。②忆剪烛：语出唐李商隐《夜雨寄北》诗："何当共剪西窗烛，却话巴山夜雨时。"谓剔烛芯。后以"剪烛"为促膝夜谈之典。元杨载《题火涉不花同知画像》诗："胧鹚裘暖鸣鞭疾，翡翠帘深蓺烛频。"小憩：短暂休息。③垂成：事情将近成功。④秋水：秋天的水，比喻人（多指女人）清澈明亮的眼睛。⑤短檠：矮灯架，借指小灯。唐韩愈《短灯檠歌》："一朝富贵还自恣，长檠焰高照珠翠，吁嗟世事无不然，墙角君看短檠弃。"⑥风浪：比喻艰险的遭遇。⑦横波：水波闪动，比喻女子眼神闪烁。⑧拥髻：谓捧持发髻，话旧生哀，是为女子心境凄凉的情态。

【赏析】

读纳兰一首《秋水》，禁不住想起林黛玉的一首《秋窗风雨夕》。黛玉病卧潇湘馆，秋夜听雨声淅沥，心下凄凉，遂仿《春江花月夜》之格作词曰："泪烛摇摇蓺短檠，牵愁照恨动离情。谁家秋院无风入？何处秋窗无雨声？"字字句句的秋情，字字句句的伤悲。曹雪芹在给书中人物作词时拿捏得向来很准，譬如第七十回"林黛玉重建桃花社，史湘云偶填柳絮词"，他让身世飘零的黛玉作词曰："叹今生谁舍谁收？嫁与东风春不管，凭尔去，忍淹留。"人物哀哀凄凄的形象跃然纸上。到了心思缜密、踌躇满志的宝钗则一改倾颓气色："韶华休笑本无根，好风凭借力，送我上青云！"颇有男儿声韵。

黛玉毕竟是闺阁女儿，有悲，无阅历；有情，无情事。一篇《秋窗风雨夕》下来，华美流畅，感动的，却更多的是黛玉自己。因她身处秋境，身系飘零，词句引导出的是内心深处的悲伤，但在多数读者身上，难以引发共鸣。纳兰性德不同，同为少年才俊，纳兰毕竟年长些，阅历多些，在这篇《秋水》中引入自己的感情经历，旁人看了更易懂。

这首词写诗人听秋雨而生发的情感：谁说消愁一定要喝酒，酒醒之后，心反而醉了。伊人已不在身边，寂寞无聊，却听得窗外淅淅沥沥地下起了秋雨，可知那雨水是伴着泪水流下的呢！记得当初秋夜闻雨，西窗剪烛，你当时刚要睡着却又被频频唤醒、眼神迷离的情景。现在已经是秋虫哀鸣，灯光明灭，可寂寞却叫人无法入睡。回想这几年的足迹，经历的风风雨雨，只有与你相守的日子最让人安慰。想和灯烛前拥髻的你诉说，又不知什么时候才能再回来，让我们一起领略这秋雨缠绵的无尽秋意！

怀念故人的心碎的词句，偏偏用了让人心碎的典故。"忆剪烛幽窗小憩"一句，典出晚唐李商隐《夜雨寄北》："君问归期未有期，巴山夜雨涨秋池。何当共剪西窗烛，却话巴山夜雨时。"这是李商隐身居遥远的巴蜀写给远在长安的妻子的诗句。唐人的旧句子，或华丽或雄浑，难见这种朴实无华又深情的小文字，多么亲切有味。每每夜深读起，齿颊生香，心下平和、幸福中，裹杂着一些缠绵的思念、小小的忧愁。只是这种小伤悲的词句，用到纳兰的词中，便是大悲痛了，有苏东坡《江城子》"千里孤坟，无处话凄凉"的悲哀——只因李商隐的妻还在世，在远方的长安城等待着丈夫归来，还能有"共剪西窗烛"的日子；而纳兰的妻香魂已逝，纵使世人为她写情词万言也唤不回伊人的一声回应。

梁何逊写"夜雨滴空阶，晓灯离暗室"；蒋捷说"悲欢离合总无情，一任阶前点滴到天明"；纳兰叹息道"甚日还来，同领略夜雨空阶滋味"。斯人去后，诗人的生命里只剩下"乱蛩声里，短檠明灭"，漫长的秋夜，雨滴敲打着空阶无法入眠。年轻的纳兰不知独自熬过了多少个失眠夜，他也曾想过借酒浇愁，得出的结论却是"谁道破愁须仗酒"。这酒醒后，心反而醉得更深、痛得更多。

妻子离世后，纳兰的日子，秋雨绵绵，恨绵绵。纳兰三十一岁英年早逝，对他来讲，也许其中的裨益远大于遗憾。

秋千索 *渌水亭春望*

（按此调《谱》《律》不载，或亦自度曲。一本作《拨香灰》。）

药阑携手销魂侣①，争不记看承人处②。除向东风诉此情，奈竟日春无语③。

悠扬扑尽风前絮④，又百五韶光难住⑤。满地梨花似去年，却多了帘纤雨⑥。

【注释】

①药阑：即药栏，芍药之栏，泛指花栏。南朝梁庾肩吾《和竹斋》："向岭分花径，随阶转药栏。"携手：手拉手。销魂：形容伤感或欢乐到极点，若魂魄离散躯壳，也作"消魂"。②争：怎，怎么。看承：看待，对待，宋黄庭坚《归田乐引》词："看承幸厮勾，又是尊前眉峰皱。"③奈：无奈、怎奈。竟日：终日，从早到晚。④悠扬：飘扬。⑤百五：寒食日。在冬至后的一百零五天，故名。韶光：美好的时光，多指美丽的春光。⑥廉纤雨：细微之雨、毛毛细雨。廉纤，细小，细微。

【赏析】

在纳兰的诗词中，以景抒情的很多，其中写景状物关于水、荷的尤其多。纳兰喜爱清水、荷花，这都是可以理解的。因为纳兰心性淡如水，他爱荷，想必也是因为荷出淤泥而不染的高雅性情。

不但在诗词中，纳兰有着水、荷情结，在日常生活中，纳兰对此物也是情有独钟。清朝以来，王公贵族在城内兴建私人花园十分流行，他们大兴土木，三山五园，几乎成了中国古代造园史上的顶峰。而纳兰明珠也为自己营造了一所私人花园，其中纳兰也有自己的一个园林。他把自己的别墅命名为"渌水亭"，不只是因为有水，更是以慕水之德自比，并把自己的著作也题为《渌水亭杂识》。词人取流水清澈、淡泊、涵远之意，以水为友，以水为伴，在此疗养、休闲、作诗填词、研读经史、著书立说，并邀客燕集，雅会诗书——一个地道的文化沙龙。

渌水亭畔四处都是他的足迹，亲人、朋友、知己、爱侣，无不在这里为他留下过美好的回忆。然而在物是人非之后，这些美好的回忆更让人不堪回首。所以，对于纳兰性德来说，渌水亭既是他人生的乐土，又是其悲伤的根源，同样也是他创作的源泉，在此地纳兰性德留下了许多感人至深的千古佳作。

这首词是纳兰在历经生活万千事物之后写下的，有着他对人生的感慨，但更多的是记录他内心柔若无骨的愁丝。

这首词是怀思恋人之作：记得当年曾拉着你的手，漫步在园亭中的芍药栏畔。当时特意相迎相会的情景怎能不记得呢！如今，除了向东风诉说"我"的衷情之外便无知己，即便面对这满园的春色，"我"也终日无语。飘飞的柳絮、满地的梨花依然如昔，但伊人却踪影难觅。寒食日又过去了，美好的时光总是如此短暂，看落花满地与去年无异，只是更多了几许愁雨，怎不叫人怆然！

"药阑携手销魂侣，争不记看承人处。"这里的"药阑"是指花栏，词中以回忆开篇，纳兰温情脉脉地回想他与昔日爱人一同游园的场景，心中充满感激。但可惜物是人非，时光改变了一切，包括爱情。纳兰的爱人早已不能够再陪伴在他身边，所以，他只能"除向东风诉此情"。但令人惋惜的是，东风不识人间情苦，纵使满园的春意盎然，自己也是难得有开口诉说的欲望了。所以，才会有"奈竟日春无语"。

下片开始，依然从春光写起，春色本是盎然生机的，但在纳兰的这首词里，却多少显出了几分寂寥。无论是那悠长的花栏，还是这肆意飞扬的柳絮，真是留得住春色，却独独留不住往昔。

词的最后一句："满地梨花似去年，却多了廉纤雨。"以怆然的笔调结束了整首词，给人意犹未尽的感觉。一地落花像极了去年的现在，同样的风景，却是不同的人在欣赏，此时几多风雨几多情。纳兰一直到辞世的时候，也没离开他的渌水亭。与其说是舍不得这里的清水芙蓉，更不如说是舍不得这里曾经带给他的回忆和浪漫。

鹊桥仙

梦来双倚，醒时独拥，窗外一眉新月。寻思常自悔分明，无奈却、照人清切①。

一宵灯下，连朝镜里，瘦尽十年花骨②。前期总约上元时③，怕难认、飘零人物。

【注释】

①清切：清晰准确，真切。②花骨：花骨朵，这里形容人的容貌俏丽。③前期：从前的约定。

【赏析】

纳兰本人在精神气质上与贾宝玉颇为相似，就连乾隆看过《红楼梦》之后也不禁说道："此盖为明珠家事作也。"纳兰就是贾宝玉原型的可能性并不大，但是从《红楼梦》的遣词造句中，多多少少还是能看到些《饮水词》的影子。

人们常把纳兰当作贾宝玉，不仅是由于相似的身世经历，还有一点就是"身居华林而独被悲凉之雾"的心性气质。情路上的甜蜜与悲伤也是两人相同的体验，宝黛之恋从欢愉走向破灭，纳兰的爱情也随着妻子卢氏的去世成了不可触碰的伤痕。悼亡是纳兰词作的重要主题之一，也是最能展现他内心的作品。

古代悼亡的诗词文章众多，据说纳兰是古代词史上写悼亡词最多的词人，他每每追忆起妻子的温柔体贴，又想到那一份柔情自己已经永远失去了，不免肝肠寸断，这一番痛苦倾注于笔端，令人动容的词作便产生了。

"容若词一种凄婉处，令人不忍卒读，人言愁，我始欲愁。"这是纳兰的好友顾贞观对他的评价，也恰好表明了纳兰悼亡词的主要特点：凄清婉丽。这一首《鹊桥仙》诉说的正是哀婉的怀思和对身世的隐怨。

在梦中与妻子相偎相依，醒来却形单影只，这种从温馨到孤寂的感觉恰如从云端坠落谷底、从暖春跌入寒冬，从头发丝到脚趾尖都摔得生痛、冰得刺骨，唯有望着窗外的一弯新月思念旧人。

想来月亮大概是古代的伤心人最不应见的物事，李白抬头望了望明月，低下头便开始黯然"思故乡"；范仲淹在高楼独倚观赏明月，哪知几杯酒入了愁肠，就"化作相思泪"；吕本中的《采桑子》里的女子看着那时盈时亏的月亮，忍不住怨念："恨君却似江楼月，暂满还亏，暂满还亏，待得团圆是几时？"

伤心人看到月亮只会更加伤心，纳兰也是如此。那弯新月让他想起了与妻子相伴的时光，月亮依旧，夜风如初，只是佳人已逝，空留思念。物是人非之感顿生，即使月光再分明、再美丽，也只能徒增心中的伤感，悔恨当初竟不懂得珍惜相守的幸福。

又逢照人清切的明月，但已经人事全非，旧日里曾与爱人在镜前画眉挽髻，如今镜子里就只有自己的影子了。思念之情让人消瘦憔悴，只怕即使再有机会与她相见，她也辨认不出这衰老的人儿就是昔日的情郎了。

像这样的"飘零人物"并非只有纳兰一个。只要不是为了嘴上便宜、头顶虚名，那些同样有着失去至亲至爱遭遇的飘零人往往都有传世佳作，如元稹的"曾经沧海难为水，除却巫山不是云"，除你之外世上再无人能令"我"动情，这般生死之恋可谓刻骨铭心；又如潘岳的"之子归穷泉，重壤永幽隔"，生死殊途的遗恨五字足矣；再如贺铸的"空床卧听南窗雨，谁复挑灯夜补衣"，看似平白叙述，却满腔悲痛，贤妻已去，还有谁记挂着自己的饥饱冷暖呢？这些悼亡词或者语气平淡，或者悲怆难耐，字里行间都是剪不断的爱意幽思、道不尽的柔肠悲歌。

说到悼亡，就不能不提苏东坡的《江城子》，后人多将这首词奉为"千古第一悼亡词"。这首词以记梦的形式写阴阳相隔之苦、夫妻永别之悲。夫妻梦中相会，生者死者重逢，这比起生者单方睹物思人、悲吟苦叹似乎更能打动读者，因为不论梦中的重逢是怎样惊喜与温馨，梦醒之后只会是一枕孤寂、两行清泪。

从这一点来说，苏东坡的《江城子》委实比纳兰的这首《鹊桥仙》多了几分妙处。

鹊桥仙 七夕①

乞巧楼空②，影娥池冷，说着凄凉无算。丁宁休曝旧罗衣③，忆素手为余缝绽④。

莲粉飘红⑤，菱花掩碧，瘦了当初一半。今生钿盒表予心⑥，祝天上人间相见。

【注释】

①七夕：农历七月初七的晚上，传说天上的牛郎、织女每年在这个晚上相会。②乞巧楼：

乞巧的彩楼。乞巧，旧时风俗农历七月七日夜（或七月六日夜）妇女在庭院向织女星乞求织巧称为"乞巧"。《荆楚岁时记》载："七月七日为牵牛织女聚会之夜。是夕，人家妇女结彩缕，穿七孔针，或金银石为针，陈瓜果于庭中以乞巧。有喜子（蜘蛛）网瓜上，则以符应。"又，《东京梦华录·七夕》云："至初六、初七日晚，贵家多结彩楼于庭，谓之乞巧楼，铺陈磨喝乐、花瓜酒炙、笔砚针线。或儿童裁诗，女郎呈巧，焚香列拜，谓之乞巧。妇女望月穿针，或以小蜘蛛安合子内，次日看之，若网圆正，谓之得巧。"③丁宁：同"叮咛"，反复地嘱咐。罗衣：轻软丝织品制成的衣服。④缝绽：缝补破绽，这里是缝制的意思。⑤莲粉：即莲花。⑥钿盒：镶嵌金、银、玉、贝的首饰盒子。相传为唐玄宗与杨贵妃定情之物，泛指情人间的信物。

【赏析】

当"我"怀念你的时候，不说美貌，不说风情，甚至不提才华。你只是"我"的妻，朴实、平淡、深情的妻，"我"忆起你最浪漫的时候，不过是"忆素手为余缝绽"，用柔软温暖的手为"我"缝补破旧的衣衫。这便是纳兰性德的爱。苏东坡悼念发妻写"十年生死两茫茫，不思量，自难忘"，沉甸甸的相思让人心疼。而纳兰性德一句"今生钿盒表予心，祝天上人间相见"，让人悲从中来，禁不住说声：悲哉，纳兰！

叶芝曾对爱人呓语："当你老了，头发白了，睡意昏沉，炉火旁打盹，请取下这部诗歌慢慢读，回想你过去眼神的柔和，回想它们昔日浓重的阴影。"这些平实而温厚的爱情啊，无论是叶芝爱人炉边的小憩，还是纳兰的妻子亲手缝纫的旧衣，莫不印证了《诗经》中的旧句：宜言饮酒，与子偕老；琴瑟在御，莫不静好。

从古至今，无论何方何地，男男女女所求的不过是一句烂俗的吉利话：白头偕老。这话听来实现起来不难，却也不易。

纳兰性德的妻子卢氏，是锦绣丛中长大、豪门大户中的一朵富贵花。她与纳兰相亲、相爱，却在婚后三年去世。老人们传说，夫妻感情不要太好，太好遭天妒。也许这就是为什么吵吵嚷嚷一辈子的夫妇，倒能携手共赴人生残境；彼此怜爱非常的夫妇，却往往福寿不长，阴阳两隔。

七夕是古代女子的心水节日。《荆楚岁时记》载："七月七日为牵牛织女聚会之夜。是夕，人家妇女结彩缕，穿七孔针，或金银石为针，陈瓜果于庭中以乞巧。有喜子（蜘蛛）网瓜上，则以符应。"每到七夕，女子们便准备精洁果品，焚香拜月，为自己一双巧手，求一段美满的爱情，嬉嬉闹闹，欢乐非常。去年今日，卢氏楼上拜月的身形犹在，荡舟赏月的波痕却已消隐得无迹可寻。当别人家的楼阁间飘逸着女子的欢声笑语时，纳兰家的亭台池榭间飘逸出的，是诗人忧愁的叹息。

七月正是夏末秋初，池中藕花开了又谢，谢了又开，层层叠叠，新花旧朵次第而生。本是正常的新旧交替，年年若此，诗人却品评说"莲粉飘红，菱花掩碧，瘦了当初一半"。

今人知道"瘦"可形容花朵凋残，多是从"知否，知否，应是绿肥红瘦"开始的。李清照与丈夫赵明诚感情极好，都喜爱诗词歌赋、金石印章，琴瑟和鸣，很有共同语言。赵明诚出去做官，女词人为离别的相思苦痛折磨，写下"红藕香残玉簟秋。轻解罗裳，独上兰舟，云中谁寄锦书来？雁字回时，月满西楼"。红藕凋残的季节，是思念离人的季节吧。无论是李清照还是纳兰，都被坠落的莲瓣勾起了愁思。也许纳兰伤情更甚，他在这满眼残蕊的季节吟诵诗篇时，妻子已是亡人；李清照的丈夫至少身在世间——至少，在诗人写作那首词时，还身在世间。

林语堂为《浮生六记》作序时禁不住暗想："这位平常的寒士（沈复）是怎样一个人，能引起他太太这样纯洁的爱？"纳兰不是平常寒士，若是如沈复一样的寒士，也一定会像沈复一样得到妻子真挚的、深切的爱恋。看"丁宁休曝旧罗衣"一句，王孙公子，家中锦衣轻裘无数，他竟会记得一件旧衣，且反复嘱咐仆人不要将那件旧衣拿出来曝晒，无比珍爱。只因"忆素手为余缝绽"。那件旧衣上载满关于你的回忆，不愿让你逝去之后的时光的尘埃将其沾染。更畏惧的是，衣衫上细碎的针脚牵起"我"对你痛入骨髓的思恋。

喜鹊能在天河间搭建一条爱的桥梁，却不能在阴间与阳世间搭就一条相思路。生不能执子之手，幸好我们还有生生世世的约定。"钿盒"一句，典出《长恨歌》。纳兰擅化用前人词句，"今生钿盒表予心，祝天上人间相见"脱胎自"惟将旧物表深情，钿合金钗寄将去。 钗留一股合一扇，钗擘黄金合分钿。但教心似金钿坚，天上人间会相见。"古人有风俗"定情之夕，授金钗钿盒以固之"。白居易在《长恨歌》中为明皇与贵妃杜撰了一个美丽的约定："七月七日长生殿，夜半无人私语时。 在天愿作比翼鸟，在地愿为连理枝。"白居易的长诗偏向叙事，略显拖沓而情不浓足。到纳兰性德处，字字哀伤，声声泣血，所有压抑的相思与苦痛喷薄而出——既然完不成"执子之手，与子偕老"的爱情宣言，就让"我"衷心祈祷，祈祷一个情比金坚的爱情诺言的实现——我们，天上人间相见！

问世间情为何物，直教人生死相许？情，使红莲花瘦，佳节凄凉，使一件薄而软的旧衣能在心头割裂新痕旧伤。平淡的岁月中积淀下的酽酽情谊，让失去爱人后独自行走的人生路变得拖沓冗长。如果爱一个人，一定要让他知道，尽力用真挚的爱情填满你们相处的每一寸光阴。命运是河流，生命是不系缆绳的小舟，谁知道下一刻会向哪一个方向漂流？爱，就爱了，深深爱，狠狠爱。"天上人间相见"，不是人人都能承担得起的凄丽哀婉。

鹊桥仙

月华如水，波纹似练，几簇淡烟衰柳。塞鸿一夜尽南飞①，谁与问倚楼人瘦？

韵拈风絮②，录成金石③，不是舞裙歌袖。从前负尽扫眉才④，又担阁镜囊重绣⑤。

【注释】

①塞鸿：有唐王仙客苍头塞鸿传情的故事，因常以"塞鸿"指代信使。②韵拈风絮：指谢道韫咏雪之典。③金石：指《金石录》。宋赵明诚撰。赵明诚之妻李清照，号易安居士，宋代著名词人，对金石书画也有相当高的造诣，《金石录》一书，实际是夫妇二人的合著。④扫眉才：指有文学才能的女子。⑤担阁：耽搁，耽误。镜囊：盛镜子和其他梳妆用品的袋子。

【赏析】

《鹊桥仙》，最有名的应属秦少游之作：

纤云弄巧，飞星传恨，银汉迢迢暗度。金风玉露一相逢，便胜却人间无数。
柔情似水，佳期如梦，忍顾鹊桥归路。两情若是久长时，又岂在朝朝暮暮。

流传广泛的有"金风玉露一相逢，便胜却人间无数"和"两情若是久长时，又岂在朝朝暮暮"四句，颂的是牛郎织女七夕相会的伟大爱情，在那金风玉露中相逢，执手泪眼，足以胜却那无数终日厮守却貌合神离的人间夫妻。道是倘若两厢之情都长久坚贞，又何必非要每日厮守共处、亲密无间呢？纵使离多聚少，纵是离愁别恨，又怎样呢？一切的分离在这坚贞的一对恋人面前，都显得如此微小。只需一年一次重逢日，便能把长久思量诉。

但纳兰这词，取其反意而作。

上片写的是月下美景。月影衰柳，淡烟波纹，景致如水，又是勾起纳兰心绪的氛围。纳兰写景，总是恰到好处。遥望天际，"塞鸿一夜尽南飞"，取自塞鸿传情的典故。塞鸿"尽"南飞，便是情断景荒芜。谁与问，那倚靠阑干，因那相思深切而愈渐消瘦的可怜人。

"韵拈风絮，录成金石，不是舞裙歌袖"，连续用典，风絮代谢道韫，金石代李清照。有道韫之"未若柳絮因风起"，又有易安居士同明诚共撰之《金石录》。李谢两人同是一代才女，不似爱慕虚华之人。纳兰写史上才女，意在追忆其妻。说她生平，自是如此的女子，能让纳兰痴心、让纳兰留恋，正有意趣相投之因。

最后一句，"扫眉才"一词，出自唐代王建《寄蜀中薛涛校书》："扫眉才子知多少，管领春风总不如"，指有才的女子。一词"负尽"，让人几欲落下泪来，纳兰他果真是负了卢氏吗？既是痴心至此，为何会有"负尽"一说？实际上字里行间都是他悔恨万千的苦楚。过去时光美好，妻子温婉有才，饱读诗书，尚能相伴之时，却没能长此相伴；已然人去楼空之时，却叹岁月无情。只怪责自己，辜负了那美好旧时光。生活安逸美满的时候，总觉月是圆的，殊不知它无时无刻不在变化着样子，终有一天，会被黑夜吞噬。那时才知，见得到圆月之时，认为那是理所应当，却没能记住它的美满。回忆起来，总觉得遗憾。

人啊人，尚且能够拥有的时候，为何忘记，回头便已是旧时。

如梦令

木叶纷纷归路，残月晓风何处。消息半浮沈，今夜相思几许。秋雨，秋雨，一半西风吹去^①。

【注释】

① "秋雨"三句：清朱彝尊《转应曲》诗句："秋雨，秋雨，一半因风吹去。"

【赏析】

天已是凉秋，秋风吹落一树的黄叶，纷纷扬扬，如漫天蝴蝶纷飞，归来的道路上，铺上了厚厚的一层落叶。一层秋意一层凉，晓风残月人独立，今昔又是独对孤影而酌，难料此身何在，所爱又何在？生涯凄苦，人也沉浮，飘零如萍，今夜有多少相思呢？又一场秋雨凉风，天也一日日地冷，心也一日日地凉。过往一切，相思、伤感、红花、绿叶，都纷纷被这西风吹去了，心中若有所失，难以释怀。

这首词写的是相思之情，词人踏在铺满落叶的归路上，想到曾经与所思之人一道偕行，散步在这条充满回忆的道路上，然而如今却只有无尽的怀念，胸中充满惆怅。暮雨潇潇，秋风乍起，"秋风秋雨愁煞人"，吹得去这般情思吗？这首词写得细致清新、委婉自然。委婉自然外，还有另一特点，纳兰的词最常用到的字是"愁"，最常表现的情感也是"愁"，正如梁羽生说的，"纳兰容若的词中，'愁'字用得最多，几乎十首中有七八首都有个'愁'字。可是他每一句中的'愁'字，都有一种新鲜的意境，随手拈几句来说，如：'是一般心事，两样愁情''几为愁多翻自笑''倚栏无绪不能愁''唱罢秋坟愁未歇''一种烟波各自愁''天将愁味酿多情''将愁不去，秋色行难住'，或写远方的怀念，或写幽冥的哀悼，或以景入情，或因愁寄意，都是各个不同，而且有新鲜的联想"。这一首就情感来说，是一贯的，然而在写法上却没有用一个"愁"字，这和他一贯多用"愁"字很不相同。

那这首词表现"愁"是如何进行的呢？范成大有词《鹧鸪天》：

> 休舞银貂小契丹，满堂宾客尽关山。从今娲娲盈盈处，谁复端端正正看。
> 揾泪易，写愁难。潇湘江上竹枝斑。碧云日暮无书寄，寥落烟中一雁寒。

这首词虽出现了"愁"，却和纳兰的写法相同，就是要写愁而不直接写愁，而是通过其他意象的状态来体现这种情感。

这首词还有个很重要的地方，也是造成这词本身给人一种熟悉而又清新的感觉的重要原因，那就是化用了前人的许多意象以及名句。如"木叶"这一经典意象最早出于屈原的《九歌·湘夫人》"袅袅兮秋风，洞庭波兮木叶下"，曹植的《野田黄雀行》就说"高树多悲风，海水扬其波"，庾信在《哀江南赋》里说："辞洞庭兮落木，去涔阳兮极浦"，至于杜甫，他在《登高》中说："无边落木萧萧下，不尽长江滚滚来。"这一意象具有极强的艺术感染力，予人以秋的孤寂悲凉，十分适合抒发悲秋的情绪。"残月晓风何处"则显然化用了柳屯田的《雨霖铃》中"今宵酒醒何处，杨柳岸，晓风残月"，"一半西风吹去"又和辛弃疾的《满江红》中"被西风吹去，了无痕迹"同。

这首词和纳兰的其他词比起来，风格也没有什么不同，仍然是婉约细致，但从版本上看却大有可说之处。这首词几乎每句都有不同版本，如"木叶纷纷归路"一作"黄叶青苔归路"，"残月晓风何处"一作"屧粉衣香何处"，"消息半浮沉"又作"消息竟沉沉"。

且不谈哪一句是纳兰的原句，这考据，现下还难以确定出结果来，但这恰好给读者增加艺术对比的空间。比较各个版本，就"木叶纷纷归路"一作"黄叶青苔归路"两句来看，"黄叶"和"木叶"二意象在古典诗词中都是常见的，然就两句整体来看"木叶纷纷"与"黄叶青苔"，从感知秋的氛围上看，显然前者更为强烈一些，后者增加了一个意象"青苔"，反而导致悲秋情氛的减弱。"晓风残月何处"与"屧粉衣香何处"则可谓各有千秋，前者化用了柳永的词句，在营造意境上比后者更有亲和力，词中也有悲哀的情感迹象；"屧粉衣香何处"则可以在对比下产生强烈的失落感，也能增强词的情感程度。

如梦令

万帐穹庐人醉[①]，星影摇摇欲坠。归梦隔狼河，又被河声搅碎。还睡，还睡，解道醒来无味。

【注释】

①穹庐：古代游牧民族居住的毡帐。

【赏析】

大清以武立国，对八旗子弟而言，习武是本业，骑射功夫绝不可荒废。纳兰性德虽以文章得名，却以武职任官。康熙欣赏他文武兼备，若按文官品阶，由进士入翰林院为庶吉士，或实授县令，只得七品，因而任命他为三等侍卫，正五品。因此，纳兰性德虽以"词名"流传后世，在当时，却以武职立功边疆。

为阻止沙俄的南侵，康熙二十一年派都统郎坦、彭春、萨布素等一百八十人，以狩猎为名，沿黑龙江行围，达雅克萨，探敌虚实，测水陆信道，进行战略侦察。纳兰性德即在其列，他奉命出塞，勘察地理形势，详细记录，以为日后用兵参考，并因此行辛劳，拔擢至一等侍卫、三品武官。这一份记录，在后来与俄国一战中，发挥了极大作用。而这段经历成为他生命中的一段华彩。

这首《如梦令》正是作于康熙二十一年二月，奉命出塞侦察之时。在征途中，词人面对这气象豪雄的营地，以奇景入笔，作了这首颇具特色的边塞词。词中景象与心境交织交感，既雄浑又悲凉。

"万帐穹庐人醉，星影摇摇欲坠"两句描写随行人员和保驾的士兵在夜间狂欢畅饮的情景：地上人多声闹，天空繁星闪烁。"星影"一句让人想起唐朝诗人杜甫《阁夜》诗"三峡星河影动摇"。天悬星河与穹顶下万帐人醉相对，可谓是无限风光惊绝。

"归梦"句却与前句形成强烈的反差，人尚留在"星影摇摇欲坠"的壮美凄清中未及回神，"归梦隔狼河"的现实残酷已逼近眼前，两相对比之下更衬托出词人由于思乡而感到孤单寂寞的心境。就算塞外风光奇绝，也抵不了心底对故园的期盼。一路上的排场也并没有给他带来丝毫的快感和荣耀，只有他自己知道，这所有的一切都及不上家中父母对他的一句叮咛、妻子的一丝笑颜、孩儿的一声呼唤……

狼河远隔，归家既不可能，就连归家之梦也做不成。帐外白狼河的涛声将人本就难圆的乡梦击得粉碎。而醒后反觉无聊，这思乡者又赶紧叮嘱自己再睡一会儿，因为睡着了总比眼睁睁地思乡好过一些。

这首词看似豪放，而在其豪迈雄壮的词形之内弥漫的却是一种悲哀、无奈甚至是哀婉的情绪，意境阔大而带悲凉，的确是独辟蹊径之作。

在三年之后，清军调集军队，水陆并进，与沙俄进行了史称"雅克萨之战"的反击战。该战役取得胜利，迫使沙俄签订了《中俄尼布楚条约》，阻止了沙俄向南扩张。只可惜，捷报传来时，曾夜阑独醒的词人已因病去世了。康熙特意遣宫使灵前哭告唆龙输款之功，以表扬他的勋劳，词人朱彝尊并有挽诗记此哀荣。

少年游

算来好景只如斯。惟许有情知。寻常风月^①，等闲谈笑，称意即相宜^②。

　　十年青鸟音尘断^③，往事不胜思。一钩残照^④，半帘飞絮，总是恼人时。

【注释】

　　①寻常：普通，一般。风月：本指清风明月，后代指男女情爱。②称意：合乎心意。相宜：合适，符合。③青鸟：神话传说中为西王母取食传信的神鸟。《山海经·西山经》："又西二百二十里，曰三危之山，三青鸟居之。"郭璞注："三青鸟主为西王母取食者，别自栖息于此山也。"又，汉班固《汉武故事》云："七月七日，上于承华殿斋，正中，忽有一青鸟从西方来，集殿前。上问东方朔，朔曰：'此西王母欲来也。'有顷，王母至，有两青鸟如乌，侠侍王母傍。"后遂以"青鸟"为信使的代称。④残照：指月亮的余晖。

【赏析】

　　想来纳兰应是掰着手指写这首词的吧。

　　细细数来，好景不过只那些时日，翻来覆去地搜寻也不再多。常说人生如戏，其实又何尝不是一种全新的尝试？只是这些尝试不可以倒带、定格或重复，更没有机会再次完善，只有眼睁睁地看错误客观地存在，走过的路难再回首。几千年前，子在川上曰："逝者如斯夫！不舍昼夜。"

　　是啊，逝者如斯！我们可以征服自然，天堑变通途；可以改造世界，高峡出平湖。而面对奔流不复回的岁月，不见古人，不见来者，悠悠天地间只一句逝者如斯，昼夜间便越过几千年。

　　好景不长，这是千百年流传的古训。墨菲定律告诉我们，越害怕的事情越会发生。越渴望，越难求；越珍惜，便越易失去。相知相伴，最是难求。若为友人，"海内存知己，天涯若比邻"；若为爱人，万两黄金容易得，知己一个也难求。如当年的钟子期与俞伯牙，管仲与鲍叔牙，苏东坡与黄庭坚，可唱和，可调笑，甚至可以意见相左。知己，是求同存异，即使并不赞同也可以理解。

　　这里的知己，不是纳兰的那些好友，而是她——"寻常风月，等闲谈笑"。她能与他共剪西窗烛，与他同赏夜雨芭蕉，与他依偎着听残荷雨声。她或许没有咏絮才，抑或谈不上停机德。但她懂他，懂他的浅唱低吟，懂他的眉尖心上。只一个"懂"字——芳心重，即使离去，也沉沉地压在纳兰心头。从与纳兰相知相许开始，她便像一棵树深深地植于纳兰心头，狠狠地扎下根去，发芽，长大，平平淡淡的岁月里成长着他们的记忆，而后便永久地定格成一幅画。也有落叶，也有花开，那是三分谈笑、二分思念、一分微嗔，剩下的是半生相忘于江湖。

　　那些日子虽无大喜，回忆起来却总是沁着丁香一般若有若无的香甜。何谓幸福？这是人世间无法量化衡量的参数。身处名利场，纳兰集权势、财富、地位、才情和皇帝的宠信于一身，却久久难以感到幸福。知己不在，五瓣丁香已伴斯人远去，唯余悠悠清香轻浮人间。这位令他念念难忘的知己，定是如丁香一般的女子吧：

她默默地走近 / 走近 / 又投出 / 太息一般的眼光。

她飘过 / 像梦一般地 / 像梦一般地凄婉迷茫。

像梦中飘过 / 一枝丁香地 / 我身旁飘过这个女郎；

她默默地远了 / 远了 / 到了颓圮的篱墙 / 走尽这雨巷。

这般女子，比之西湖，比之西子，"淡妆浓抹总相宜"。相宜，陆游曾吟《梨花》，"开向春残不恨迟，绿杨屡地最相宜"。无论是在人生的春秋还是晴雨，遇到她，孤单消弭，一切未知便立刻有了答案——那不是参考，而是确定，是唯一。她随风而过，不似斯佳丽那般疯狂固执的爱，却如一杯陈年女儿红，令人沉溺于往事中久久不愿醒转。可惜，可叹，十年音尘断，连送信的青鸟也无影无踪！

青鸟又名三青鸟，传说是女神西王母的使者，"赤首黑目"，三只中，一名曰大鸷，一名曰少鸷，一名曰青鸟。古时的"鸷"即"鹚"，听名字便知是三只亮丽轻快的小鸟。其实这三青鸟本是凤凰的前身，为多力健飞的猛禽，后来才转变为一代玲珑小鸟。三青鸟是有三足的神鸟，只有在蓬莱仙山可见。传说西王母驾临前，总有青鸟先来报信。"青鸟不传云外信，丁香空结雨中愁"，可见青鸟也常作为传递幸福佳音的使者出现在诗页中。

送信的青鸟不见，那些陈年往事日日温习，愈思量愈清晰，愈清晰愈徒增烦恼。本是"花有清香月有阴"之时，本应与爱人尽享"春宵一刻值千金"，那千古同月落下的清辉在人间画出一道铜墙铁壁，一边"琴瑟在御，莫不静好"，另一边只剩"一钩残照，半帘飞絮"。所谓"世上本无事，庸人自扰之"，不过未到伤情处。那一份执着的念想，那些共同走过的细细碎碎的日子，她的一颦一笑，他的一言一语，打碎了，搅匀了，和一团泥，捏一个你塑一个我，生当同衾，死亦同椁，成就一生的承诺。

生查子

惆怅彩云飞①，碧落知何许②？不见合欢花③，空倚相思树④。

总是别时情，那得分明语。判得最长宵⑤，数尽厌厌雨⑥。

【注释】

①彩云飞：彩云飞逝。②碧落：道家称东方第一层天，碧霞满空，叫作"碧落"。后泛指天上（天空）。③合欢花：别名夜合树、绒花树、鸟绒树，落叶乔木，树皮灰色，羽状复叶，小叶对生，白天对开，夜间合拢。④相思树：相传为战国宋康王的舍人韩凭和他的妻子何氏所化生。据晋干宝《搜神记》卷十一载，宋康王舍人韩凭妻何氏貌美，康王夺之，并囚凭。凭自杀，何氏投台而死，遗书愿以尸骨与凭合葬。王怒，弗听，使里人埋之，

两坟相望。不久，二冢之端各生大梓木，屈体相就，根交于下，枝错于上。又有鸳鸯雌雄各一，常栖树上，交颈悲鸣。宋人哀之，遂号其木曰"相思树"。后以象征忠贞不渝的爱情。
⑤判得：心甘情愿地。⑥厌厌：绵长、安静的样子。

【赏析】

《生查子》这个词牌，句句仄韵，历来多用来写愁。吴梅在《词学通论》中有言："惟词中各牌，有与诗无异者。如《生查子》何殊于五绝？此等词颇难著笔。又需多读古人旧作，得其气味，去诗中习见辞语，便可避去。"纳兰的这首《生查子》，也是写愁之作，却是颇得五绝精髓所在。

此词颇像悼亡之词。上片首句一出，迷惘之情油然而生。"惆怅彩云飞，碧落知何许？"彩云随风飘散，恍然若梦，天空这么大，会飞到哪里去呢？可无论飞到哪里，"我"也再见不到这朵云彩了。此处运用了比兴之法，也意味着诗人与恋人分别，再会无期，万般想念，万分猜测此刻都已成空，只剩下无穷尽的孤单和独自一人的凄凉。人常常为才见到，却又转瞬即逝的事物所伤感，云彩如此，爱情如此，生命亦如此。"合欢花"与"相思树"作为对仗的一组意象，前者为生气的象征，古人以此花赠人，谓可消忧解怨。后者却为死后的纪念，是恋人死后从坟墓中长出的合抱树。同是爱情的见证，但诗人却不见了"合欢花"，只能空依"相思树"。更加表明了纳兰在填此词时悲伤与绝望的心境。倘若从典故来看，也证明了此词的悼亡之意。

下片显然是描写了诗人为情所困、辗转难眠的过程。"总是别时情"，在诗人心中，与伊人道别的场景历历在目，无法忘却。时间过得愈久，痛的感觉就愈发浓烈，越不愿想起，就越常常浮现在心头。"那得分明语"，更是说出了诗人那种怅惘惋惜的心情，伊人不在，只能相会梦中，而那些纷繁复杂的往事，又有谁人能说清呢？不过即便能够得"分明语"，却也于事无补，伊人终归是永远地离开了自己，说再多的话又有什么用呢。曾经快乐的时光，在别离之后就成为了许多带刺的回忆，常常让诗人忧愁得不能自已，当时愈是幸福，现在就愈发痛苦。

然而因不能"分明语"那些"别时情"而苦恼的诗人，却又写下了"判得最长宵，数尽厌厌雨"这样的句子。"判"通"拼"。"判得"就是拼得，也是心甘情愿的意思，一个满腹离愁的人，却会心甘情愿地去听一夜的雨声，这样的人，怕是已经出离了"愁"这个字之外。

王国维在《人间词话》中曾提到"愁"的三种境界：第一种是"为赋新词强说愁"，写这种词的多半是不更事的少年，受到少许委屈，便以为受到世间莫大的愁苦，终日悲悲戚戚，郁郁寡欢。第二种则是"欲说还休"，至此种境界的人，大都亲历过大喜大悲。可是一旦有人问起，又往往说不出个所以然来。而第三种便是"超然"的境界，人入此境，则虽悲极不能生乐，却也能生出一份坦然，一份对生命的原谅和认可，尔后方能超然于生命。

纳兰这一句，便已经符合了这第三种"超然"的境界，而这一种境界，必然是所愁之事长存于心，而经过了前两个阶段的折磨，最终达到了一种"超然"，而这种"超然",却也必然是一种极大的悲哀。纳兰此处所用的倒提之笔，令人心头为之一痛。

通篇而看，在结构上也隐隐有着起承转合之意，《生查子》这个词牌毕竟是出于五律之中，然后纳兰这首并不明显。最后一句算是点睛之笔。从彩云飞逝而到空倚合欢树，又写到了夜阑难眠，独自听雨。在结尾的时候纳兰并未用一些凄婉异常的文字来抒写自己的痛，而是要去"数尽厌厌雨"来消磨这样的寂寞的夜晚，可他究竟是数雨，还是要去数那些点点滴滴的往事呢？想来该是后者多一些，诗人最喜欢在结尾处带住自己伤痛的情怀，所谓"欲说还休，欲说还休，却道天凉好个秋"，尽管他不肯承认自己的悲伤，但人的悲伤是无法用言语来掩饰住的。

纳兰这首词，写尽了一份自己长久不变的思念，没有华丽的辞藻，只有他自己的一颗难以释怀的心。

生查子

东风不解愁，偷展湘裙衩①。独夜背纱笼②，影著纤腰画③。

爇尽水沈烟④，露滴鸳鸯瓦⑤。花骨冷宜香⑥，小立樱桃下。

【注释】

①湘裙：指用湘地丝绸制的裙子。②纱笼：纱制的灯笼。③纤腰：细腰。④爇（ruò）：燃烧。水沈：即水沉香、沉香。⑤鸳鸯瓦：指成对的瓦。⑥花骨：即花骨朵，花蕾。

【赏析】

这首《生查子》为一篇咏愁之作，想来古诗词咏愁之构，佳作迭出，何其浩繁，如李煜的"问君能有几多愁？恰似一江春水向东流"，欧阳修的"离愁渐远渐无穷，迢迢不断如春水"均以春水喻愁，形象地写出了愁之绵长，有悠悠不尽之感；贺铸《青玉案》"一川烟草，满城风絮，梅子黄时雨"，层层递进的三种事物喻愁更与秦少游的"春去也，飞红万点愁如海"一样于夸张、比喻的结合中表达了愁之多、愁之深，而宋代著名女词人李清照的"只恐双溪舴艋舟，载不动，许多愁"，则于夸张与比较中衬出了愁之多、愁之重。在如此多的佳句面前，纳兰作词咏愁岂非易事。但这首《生查子》写来却也不落窠臼，显得较为别致。

且看上片，词人几笔便勾勒出一位女子的哀婉伤春形象。纳兰作词，大多评家谓其"尤善小令"，此处可见一斑。在这里，作者没有直接描绘女子的容貌，而是以清朝贵族女子的平素所穿的湘裙和其纤纤腰身入手，从侧面展现出女子的姿态容貌，给人无限遐想的空间，想来此女何其俊秀、何其温柔。古人作诗，最高境界在于，造景塑性常在于言与不言之间的遐想，此作上片便有"深山不见寺，唯听暮鼓声"的效果。

　　细细品来，东风既是春风，写东风的不解风情，此处便是东风的人格化了。东风却是在偷看湘裙，一个"偷"字写尽了东风之态，可谓珠玑。湘裙表明了主人公的身份，此处偷看再次暗示出女子的美貌。猜想诗人应该是以东风的视角和身份来观视女子，东风也是女子寂寞的见证吧？下句"独夜背纱笼，影著纤腰画"则交代了时间是晚上：春夜，女子一人在室，视线渐移，细看女子姿态，背靠着丝纱的灯罩，灯光勾勒出女子的纤腰，孤独一影，此画面静谧优美，也有动静映衬，试想软弱的灯光若隐若现，女子的倩影也在摇曳着寂寞，却是那背影伫立安静。一细腰让人浮想，此女子是何等的纤细体态、轻柔娇媚，也让人看到她是如此的娇柔，似有"衣带渐宽终不悔，为伊消得人憔悴"之感。俨然一副思妇相，绝无半点造作情。让人想入画探视，猜想女子为何人而愁，在这孤独的夜里一个人难诉愁情。

　　上片，几笔文字落在女子身上之物，而非景物描写，在于刻画女子形象，给读者以朦胧之女子容颜，清晰之愁情思绪。此谓画人。

　　下片文笔重在写景，描写女子身边环境。景入眼眸的是沉香燃尽的一瞬，香烟袅袅升腾，然后弥散在空气中，犹如女子的愁思飘散，烟已断，情不断。此处说明夜已深，女子还在孤独徘徊。又转向鸳鸯瓦，露滴已沾瓦片，再次说明夜深难眠。鸳鸯瓦自成双，而女子却是形单影只。此处以双反衬单、以喜衬悲的效果油然而生。已是愁情极致，却还有"花骨冷宜香，小立樱桃下"的冷美景象。纳兰以花骨比喻女子，立于樱桃花下，静谧而清俗，因愁情而美丽动人。

　　此首《生查子》主题为咏愁之曲，作者上片画人，下片写景，无一愁叹之词，却处处渗透着情愁的气息，字里行间给读者感同身受的触觉。画面上，冷静优美，刻画人物形象上没有冗长的词句，寥寥数笔勾画出内涵丰富女子，笔法细腻。环境的衬托与渲染更是给形象增添了愁绪的内涵，让读者通过环境这一介质直通女子的心里。情与景的融合自然而舒适，优美的字句涂抹出一幅清晰的画面，画中之人，人之内心，与整体俨然相符，女子内心的愁绪也迷漫画卷，令人酸楚。

水龙吟　再送荪友南还①

　　人生南北真如梦，但卧金山高处②。白波东逝③，鸟啼花落，任他日暮。别酒盈觞，一声将息，送君归去。便烟波万顷，半帆残月，几回首，相思否。

可忆柴门深闭，玉绳低、剪灯夜雨④。浮生如此，别多会少，不如莫遇。愁对西轩，荔墙叶暗，黄昏风雨。更那堪几处，金戈铁马⑤，把凄凉助。

【注释】

①苏友：即严绳孙，自号勾吴严四，又号藕荡老人、藕荡渔人。江苏无锡人。清初诗人、文学家、画家。②金山：山名，在江苏镇江西北。古有氏父、获苻、伏牛、浮玉等名，唐时裴头陀获金于江边，因改名。这里代指严绳孙的家乡。③白波：白色波浪，水流，此处喻指时光。④玉绳：星名，常泛指群星，北斗七星之斗勺，在北斗第五星玉衡之北，即天乙、太乙二星。⑤金戈铁马：金属制的戈，配有铁甲的战马。指战争。

【赏析】

纳兰是个至情至性的人，纳兰词中所表露出的情感，无论是恋情、夫妻情还是友情，无一不体现了一种痴的情怀。

眼前这首词所赠之人是他的好友严绳孙。纳兰曾留严绳孙住府邸二年，彼此诗词唱和，"闲语天下事，无所隐讳"。在清康熙二十四年（1685年）四月，严绳孙请假南归，临去"入辞容若时，（傍）无余人，相与叙平生之聚散，究人事之终始，语有所及，怆然伤怀"。二人之交厚及意气相投可见。

严绳孙长纳兰三十二岁，如此忘年之谊，在纳兰一生中并不少见。本篇是为严绳孙南归所赋的赠别之作，其实在填写这首词的同时，纳兰还有四首诗词赠别绳孙，故此处说"再送"。

此词牌又名《龙吟曲》《庄椿岁》《鼓笛慢》《小楼连苑》《海天阔处》《丰年瑞》等。据《填词名解》说，调名采自李白"笛奏龙吟水"之句，又有说来自李贺"雌龙怨吟寒水光"之句。此调有不同体格，俱为双调，本首为其一体。上、下片各十一句，共一百零二字。上片第二、五、八、十一句，下片第一、二、五、八、十一句押仄声韵。

纳兰起笔不凡，"人生南北真如梦"一句抛出了"人生如梦"这等千古文人常叹之语，其后接以他总挂在嘴边的归隐之思，令全词的意境在开篇时便显得空远阔大。"白波东逝，鸟啼花落，任他日暮"，白描勾勒出的情景或许是此时之景，也或许是想象：看江水东流，花开花落，听莺歌燕语，任凭时光飞逝，这是何等惬意。

在这样逍遥洒脱的词境中，纳兰叹道，"别酒盈觞，一声将息，送君归去"，点出了别情。自古送别总是断肠时，古时不比如今，一别之后或许就是此生再难相见，因而古人或许在自己的生死上能豁达一些，却也总对与友人的离别无可奈何。像苏东坡那样旷达的人，在别离时高唱："醉笑陪公三万场。不用诉离觞。"

也无非是因为"痛饮从来别有肠","别有肠"是怎样一种心情，苏东坡没有说，也不消说，古往今来多少离别伤感，人们自能体会。

眼前你我离别之情充满了酒杯，只能一声叹息，送你离去。而离去之后，天地便换了风光，"便烟波万顷，半帆残月"，岂止是送行人，远行人自身亦是满腔悲愁，的的确确就像纳兰说的，"几回首，相思否"。

下片首句转入了回忆，玉绳是星名，通常泛指群星，这里的意思是说忆起柴门紧闭、斗转星移、夜雨畅谈的时光。之后的一句，多少可以看出纳兰的一些悲观情绪。他说，"浮生如此，别多会少，不如莫遇"，这话说得实在悲凉，纳兰似乎总在相遇时间的问题上自寻烦恼，他曾说"人生若只如初见，何事秋风悲画扇"，但人在时间面前终归是渺小的，时间不可逆转正是种种迷惘痛苦的根由。

"愁对西轩，荔墙叶暗，黄昏风雨。"转笔又是白描写景，如今离别，又兼愁风冷雨，四字小句将气氛层层渲染开去。倒是篇末一句，有种不同于前面词句的雄浑苍凉的味道，"更那堪几处，金戈铁马，把凄凉助"。将国事与友情融为一体，使得这首词境界扩大了不少。

纳兰填完此词一个月后，便溘然长逝了。这次离别之后，两人也便真的没有了再次相见的机会。隔着时间的长河，凝聚在词句中这种怆然伤别的深挚友情依旧令人感叹不已。

水龙吟　题文姬图①

须知名士倾城，一般易到伤心处。柯亭响绝②，四弦才断③，恶风吹去。万里他乡，非生非死，此身良苦。对黄沙白草④，呜呜卷叶，平生恨、从头谱。

应是瑶台伴侣⑤。只多了、毡裘夫妇⑥。严寒簇⑦，几行乡泪，应声如雨。尺幅重披⑧，玉颜千载，依然无主。怪人间厚福⑨，天公尽付，痴儿呆女⑩。

【注释】

①文姬：汉蔡文姬，名琰，字昭姬，生卒年不详。陈留圉（今河南杞县南）人。为东汉大文学家蔡邕之女。博学能文，有才名，通音律。有《悲愤诗》二首传世。②柯亭：古地名。又名高迁亭。在今浙江绍兴西南，以产良竹著名。晋伏滔《长笛赋》："邕避难江南，宿于柯亭。柯亭之观，以竹为椽。邕仰而眄之曰：'良竹也。'取以为笛，奇声独绝。历代传之，以至于今。"③四弦：指琵琶。因有四弦，故称。④黄沙白草：形容边塞的荒凉景象。⑤瑶台：美玉砌的楼台。亦泛指雕饰华丽的楼台，指传说中的神仙居处。⑥毡裘：古代北方少数民

族用毛制成的衣服。⑦篥（lì）：古代的一种管乐器，形似喇叭，以芦苇为嘴，以竹做管，吹出的声音悲凄，羌人所吹。唐刘商《胡笳十八拍》第七拍："龟兹愁中听，碎叶琵琶夜深怨。"⑧尺幅：指小幅的纸或绢，泛称文章、画卷。披：披露、陈述。⑨厚福：多福，大福。⑩痴儿呆女：指迷恋于情爱的男女。

【赏析】

在赏析这首词之前，我们首先要了解一下蔡文姬。

蔡文姬，名琰，字昭姬，为避司马昭的讳，改为文姬。她父亲是大名鼎鼎的音乐家蔡邕。文姬在父亲的熏陶下，既博学能文，又善诗赋，兼长辩才与音律。初嫁河东卫家，卫家是河东世族，她的丈夫卫仲道更是一名才子，夫妇两人恩爱非常，可惜好景不长，不到一年，卫仲道便因咯血而死，文姬守寡在家。当时正处东汉末年，军阀混战，北方匈奴趁机掠掳中原一带，在"中土人脆弱、来兵皆胡羌，纵猎围城邑，所向悉破亡。马边悬男头，马后载妇女，长驱入朔漠，回路险且阻"的状况下，蔡文姬与许多被掳去的妇女，一齐被带到南匈奴。

饱受番兵的凌辱和鞭笞，一步一步走向渺茫不可知的未来，当时蔡文姬刚刚二十三岁，正值青春年华。然而这一去就是十二年。她嫁给了虎背熊腰的匈奴左贤王，饱尝了异乡异俗生活的痛苦。后为左贤王生下两个儿子，她学会了吹奏"胡笳"，相传《胡笳十八拍》即为其所作，曲调哀怨，动人心魄。后来曹操统一北方，挟天子以令诸侯。曹操少年时代曾受蔡邕教导，得知文姬被掳，便派使者携带黄金千两、白璧一双，将她赎回，后改嫁董祀。

纳兰的这首题画之作，正是描写文姬被掳时的情景。

"须知名士倾城，一般易到伤心处"，这句中的"倾城"应解释为美女，首句的意思：名士与美女都有一个共同的特点，那就是多情而敏感，他们最容易生愁动感。

接下来，在"柯亭响绝，四弦才断，恶风吹去"这二句中，纳兰提到两个典故。

相传蔡文姬的父亲蔡邕避祸于江南，有一次宿于柯亭，看到这里的椽子是用竹子做成的，经过仔细观察，认定第十六根竹椽是制作笛子的好材料，于是将其买下，制成笛子后，音色果然十分优美，"柯亭响绝"的意思是说蔡邕已经逝去，人们再也听不到美妙绝伦的笛声了。

蔡文姬受父亲的熏陶，很小就精通音律，相传在她六岁的时候，蔡邕夜里弹琴，不小心弄断了一根琴弦，蔡文姬马上就听出是第二根琴弦。开始，蔡邕还不以为然，认为女儿不过是碰巧猜中而已。为了证明自己的判断，他又有意弄断另一根琴弦，蔡文姬又准确地指出是第四根，因此后人也称蔡文姬为"四弦才"，"断"有断弦之意，"四弦才断"暗指蔡文姬经历了丧夫之痛。

了解了以上两个典故后，其他词句就显得平白如话，十分容易理解了。"恶风吹去"指的是蔡文姬被匈奴掳去的事实，随后，纳兰对蔡文姬赴漠北的情景进行了描写，并对其"万里他乡，非生非死，此身良苦""玉颜千载，依然无主"的悲惨命运表示了哀叹和同情，最后三句更是对老天让那些"痴儿呆女"偏得"人间厚福"发出了不平的慨叹。此外，有的词学家联系当时的时代背景，认为这首词乃是一首借题发挥之作，是纳兰借蔡文姬为顾贞观的好友吴兆骞鸣不平，这种解读也有一定的道理。

前文我们已经提到，吴兆骞因受"丁酉科场案"的牵连而被判入狱，第二年，他与家人被流放到宁古塔。这是清初的一大冤案，在当时影响甚大，在其流放期间，许多诗人都赋写诗文，为其所受的冤屈鸣不平，而纳兰的这篇词作就是其中的一首。词中的"名士"就是指吴兆骞，"非生非死"则化用吴伟业送给吴兆骞的诗"山非山兮水非水，生非生兮死非死"。"毡裘夫妇"则是指吴兆骞与妻子葛氏在宁古塔的流放生活。如果真按这种方法解读这首词，那我们就不得不赞纳兰写作手法之高超，他将"名士"与"倾城"的身世巧妙地联系起来，隐约含婉，精彩绝伦，远胜过那些描写风花雪月、儿女情长之作。

诉衷情

冷落绣衾谁与伴？倚香篝①。春睡起，斜日照梳头。欲写两眉愁，休休②。远山残翠收③，莫登楼。

【注释】

①香篝：古代室内焚香所用的熏笼。②"欲写"二句：意思是本来想要画眉，然而却双眉愁锁，算了还是不画了。休休，不要、不用，表示禁止或劝阻。③"远山"句：意为远处山峦的翠色消散了。收，消失、消散。

【赏析】

世人总说花间词艳丽奢华，透出一股脂粉气。反观纳兰此作，则比之花间词却有相似之处，更与温庭筠"梳洗罢，独倚望江楼"有几分相似。

《诉衷情》原为唐教坊曲，为温庭筠所创，后被用为词牌名。温庭筠创制此调时取《离骚》诗句"众不可说兮，孰云察余之中情"之意。后来，毛文锡词有"桃花流水漾纵横"句，故又名为《桃花水》。纳兰这首词秉承温词一脉，描写思妇春日无聊的情状。着墨不多，因此看似清淡，实则蕴藉有致。

"冷落绣衾谁与伴？"首句发问其实也是设问，自问自答。因无人相伴，看那绣衾衣裳，就算华美艳丽，也只让人觉得了无思绪。因为无人相伴，此情此景自然易解了。后三句："倚香篝。春睡起，斜日照梳头。"香篝本是古代室内焚香所用的熏笼。一般来说，古代官宦人家，或者大家闺秀闺房中才能燃此香笼，因此，倚香篝则再次点到此女子的身份。"春睡起，斜日照梳头"则点明时间，初日迟迟，已经倾斜到满屋子，"睡起晚梳头"，毫无心绪。一副慵懒形象跃然纸上。如果在此处还描写到女子动态特征呈现慵懒姿态的话，"欲写"二句则把这种慵懒之态又向前推进一步，说那女子本想画眉，却看到自己双眉愁锁，算了还是不描了，描来有谁看呢？"休休"则是这种心语的集中体现。

可想此场景：春日迟迟，少妇因幽枝独依，显得百无聊赖，则赖床度日，迟睡起，斜阳已至，更算是薄暮，因此无心打扮，只有深锁愁眉，无奈中更不知怎么排遣寂寞之念。因此想起温词倚楼断肠之句，更不敢登楼了。

自然，此处"远山残翠收"是实景虚写之笔。也由此可以看出，景色已经极熟悉，不必登楼就已知晓，想那断肠处自然是不宜多去的。

这首词纳兰承袭花间词风，因为他温文尔雅、少年风流而又擅长小令，此种词类自是写法娴熟，笔墨点至，形象刻画往往呼之欲出，细腻生动。但比之温飞卿《望江南》则有不足之处。

想来，温飞卿此词中摘取瞬间和纳兰自有时间延续上的联系，但飞卿词则更契合情感最浓郁的部分，那登高望远思人之境，自然是描写此种风情形象的绝时。虽都是斜晖残翠，纳兰自然无所突破，况飞卿断肠句一出，已经极其简洁而深刻地写尽了人物内心，纳兰描写的思妇心理之笔却不如这一个词力量深厚。而花间词集更写尽了思妇孤独伤春念远之情。

总之，纳兰为清词人，写思妇自然与自身身世之境相连。若非如此，则不过是磨炼前人之笔，亦无创新罢了。

摊破浣溪沙

风絮飘残已化萍①，泥莲刚倩藕丝萦②。珍重别拈香一瓣③，记前生。

人到情多情转薄，而今真个悔多情。又到断肠回首处，泪偷零。

【注释】

①风絮：随风飘落的絮花，多指柳絮。②泥莲：指荷塘中的莲花。倩：请、恳请。萦：萦绕、缠绕。③拈（niān）：用手指搓捏或拿东西。

【赏析】

从"记前生"句来看，这首词是怀念亡妻之作：柳絮飘落水中化为点点浮萍，池中的莲花被藕丝缠绕。分别之时手中握着一片芳香的花瓣，道声珍重，记取前生。人若太过多情，情就会变得淡薄，如今终于知道这个道理，于是后悔自己太多情。又来到让人断肠的离别之处，无限伤情，泪水也暗自滑落。

这又是纳兰的一首悼亡词，想来是纪念卢氏的，作为纳兰的妻子，卢氏享受了纳兰太多的爱和关怀，之后纳兰虽然也娶过妻子，但都不及对卢氏那样情深意切，在卢氏死后，纳兰性德又续娶官氏，并有侧室颜氏。

纳兰性德在三十岁的时候，在好友顾贞观的帮助下，纳江南才女沈宛为妾。沈宛的才气十分了得，纳兰与她惺惺相惜，二人情比金坚，只是可惜的是，纳兰死得太早，娶了沈宛一年之后便去世了。这段爱情故事也就此画上了句号。纳兰一生爱过几名女子，但他的悼亡词却是始终为卢氏而写，这位陪他走过人生青春年华最初阶段的女人，霸道地占有了纳兰的内心深处那一抹不可被侵犯的领地。

续弦官氏对纳兰很好，而且对纳兰的长子富格也很好，但从这首词中可以看出，纳兰对卢氏的情感，并不是什么人能够轻易替代的。

多情公子在自己编织的情网中苦苦挣扎，犹如在风中久久飞舞的柳絮，终于支撑不住，掉落池塘，化作浮萍。纳兰也想开始新的生活、开始新的感情，忘记旧情，可是往日的美好就如同被施展了魔法的藤条，将他紧紧绑缚住，让他无法抽身。

上片以物开篇，"风絮飘残已化萍，泥莲刚倩藕丝萦"，这是多么无奈的描述，柳絮随风飘落，池中的荷花确实被莲藕牵绊着。以景喻情，格外伤怀。这般景物就如同纳兰与前妻之间的感情，虽然已经是天人永隔，但他们之间的爱情，就像这扯不断的莲藕与荷花，就像飘飞许久不愿落于尘土的柳絮。

有着太多不甘心的纳兰，不愿意承认这段已经逝去的感情，他写这首词也就是为了悼念妻子，故而在上片结束的时候，他才会写道："珍重别拈香一瓣，记前生。"其实就连纳兰自己也清楚，唯有忘记，才有重生。记住前生的往事，则永远不能看到日后的阳光。上片结束后，下片便自然而然地承接，继而写道："人到情多情转薄，而今真个悔多情。"

纳兰明白多情之苦，他悔当初的多情，如果可以少一份感情，那便是少一份牵挂，也不至于而今时过境迁，依然是"又到断肠回首处，泪偷零"。

这首《摊破浣溪沙》写得极为动人，尤其是下片中的那句"人到情多情转薄，而今真个悔多情"，脍炙人口，流转千年，依然不减光芒。想要探查情爱相思之苦，只看这首词，便可领略一二了。

摊破浣溪沙

林下荒苔道韫家^①，生怜玉骨委尘沙^②。愁向风前无处说，数归鸦。

半世浮萍随逝水，一宵冷雨葬名花^③。魂是柳绵吹欲碎，绕天涯。

【注释】

①林下：幽僻之境，引申为退隐或退隐之处。道韫（yùn）：谢道韫，东晋诗人，谢安侄女，王凝之妻。以一句"未若柳絮因风起"咏雪而闻名，后世因而称女子的诗才为"咏

絮才"。②生怜：可怜。玉骨：清瘦秀丽的身架，多形容女子的体态。③名花：名贵的花，同名花一样的美人。

【赏析】

这首词饱含伤悼之意，盖为亡妻而作。1674年，纳兰性德二十岁时，娶两广总督卢兴祖之女为妻，赐淑人。那时的卢氏风华正茂，而且史书上记载她是"生而婉娈，性本端庄"。

这样的女子，自然是纳兰的最爱，夫妻二人婚后的感情十分好，恩恩爱爱，情深意切。可是天妒有情人，在他们结婚三年之后，卢氏便因为产后受寒而亡，这给纳兰性德造成极大痛苦，从此"悼亡之吟不少，知己之恨尤深"。

爱妻的去世让纳兰经受了沉重的精神打击，他此后的词一度都是很消极的，他为卢氏写了很多悼亡词，词中多是流露出哀婉凄楚、不尽的相思之情。可是怀念再多，故去的人也是无法生还，这个惨淡的现实令纳兰心灰意冷，日子过得如同行尸走肉，只有在他的悼亡词中，还可以看到昔日纳兰的神采。

在怅然若失的怀念心绪下，纳兰写下了这首《摊破浣溪沙》，这首词意境很美，是纳兰词中的极品之作。词意在晦涩中透着纳兰独有的淡雅气息，仿佛是幽谷深处开放的兰花，清幽淡雅，品格独特。

词的开篇依然是平铺直叙，直接道来，不过纳兰用到了一个典故，这个典故是他在词中多次用到的，便是"道蕴家"。所谓的道蕴是指东晋女诗人谢道韫，作为才女，谢道韫以一句"未若柳絮因风起"而成名，之后许多诗词中便将谢道韫引为典故。

在这首词里，纳兰写道"林下荒苔道蕴家"，"林下"是指幽静僻静的地方，引申为退隐的去处。在幽僻的地方本来是谢道韫的家，可是如今却是荒芜一片了。曾经的女才子而今也是荡然无存，她的居所也在风吹日晒中破败下去。

纳兰写此，意思是要写出光阴无情。而后一句紧接着写道："生怜玉骨委尘沙。"依然是在写谢道韫，她曾经美丽的身影，如今已经是被埋葬在了一片黄沙之中，但实际上，纳兰是在隐射自己的妻子，曾经美丽温婉的妻子，如今也是双目紧闭，永远离他而去，不再与他相伴了。

所以，纳兰无计可施，只得"愁向风前无处说，数归鸦"。数不清愁绪，便抬头去数黄昏下的乌鸦。纳兰将自己缅怀亡妻的抑郁心情刻画到了极致。在上片写完景色之后，下片便接着写情。

"半世浮萍随逝水"，感慨自己的命运如同浮萍一样，半生的岁月就这样转瞬溜走，纳兰既是在悼亡妻子，又是在感伤自己。这首词的动人之处在于，他写词并非是纯粹的悼亡，还写到自己，二者相互结合，更令后人感受到纳兰与卢氏之间的深厚感情。

《摊破浣沙溪》这个词牌，纳兰用过很多次，但这首却是其中写得最好的词之一，林下那僻静之地本是谢道韫的家，如今已是荒苔遍地，可怜那美丽的身影被埋在了一片荒沙之中。这生死离愁无处诉说，只能抬头尽数黄昏归来的乌鸦。半生的命运就如随水漂流的浮萍一样，无情的冷雨，一夜之间便把名花都摧残了。那一缕芳魂是否化为柳絮，终日在天涯飘荡！

极其之美，极其之清冷，极其之动人，下片中的"一宵冷雨葬名花"令人无端地想起了葬花的黛玉，仿佛能够感同身受，看到有情人无法终成眷属的悲伤。最后一句"魂是柳绵吹欲碎，绕天涯"，更是点出这首词的主旨，无论爱的人死去多久，无论她的魂魄飘走多远，爱永远是不能忘怀的。

摊破浣溪沙

一霎灯前醉不醒①，恨如春梦畏分明②。淡月淡云窗外雨，一声声。

人到情多情转薄，而今真个不多情。又听鹧鸪啼遍了③，短长亭。

【注释】

①一霎：谓时间极短。顷刻之间，一下子。②春梦：春夜的梦。比喻转瞬即逝的好景，也比喻不能实现的愿望。③鹧(zhè)鸪(gū)：鸟名。体形似雷鸟而稍小，头顶紫红色，嘴尖，红色，脚短，亦呈红色。

【赏析】

《摊破浣溪沙》这个词牌其实就是《山花子》，古时的文人作词作诗有太多的讲究，他们视诗词为自己的第二生命，极为看重。一字一句斟酌再三，如同挑选红颜知己般仔细，词牌名有着时代的标准和意义，通常能从词牌名上，就看出作者所要表达的情绪。

《摊破浣溪沙》实际上就是由《浣溪沙》摊破而来。所谓"摊破"，是把《浣溪沙》上下片的结尾，七字一句，摊破为十字，成为七字一句、三字一句。而原来的七字句则将平脚改为仄韵，把平韵移到三字句末，七字句的平仄也相应有所变动。这就是这个词牌的来源，而后来的词人因为觉得好，就一直按照这种方式沿用了下来。

这首词写离恨：孤灯之前，一下子沉醉不醒，又怕醉中梦境与现实分隔开来。窗外有舒云淡月，细雨声声。人说若太多情，情谊就会变得淡薄，而现在"我"已经真的不再多情了。可是，窗外又传来鹧鸪啼鸣之声，不知那送别的短亭长亭之处是否有人驻足倾听？

作为伤感之词，这首词写得十分哀伤，自怜自伤太甚。纳兰自己也说："人到情多情转薄，而今真个不多情。"这首词抒写是离情，但纳兰声声感慨真是多情不似无情，只有品尝过情爱之苦的人，才能有如此深的体会。

在这首词上，纳兰做了一些词语上的技术处理，开篇那句"一霎灯前醉不醒"仿佛是一组动静交替的画面，做到了情景交融、相互映衬。这句起篇，令整首词有了似醒似醉、似睡非睡的模糊意境。

写道离愁的诗词有许多，但这首离愁的词因为是纳兰写的，便与其他的词有了很大的不同。纳兰是一个天生内心纤细的人，他看待任何事物都要比别人更加敏感、更加透彻。离愁在纳兰的眼中比别人的更加沉重，仿佛天地万物同悲的味道。

在纳兰的离别词中，"淡月淡云窗外雨"，云和月在雨夜淡淡的，看上去朦朦胧胧似乎要落泪的样子。这真是将离愁写到了极致，而前一句"恨如春梦畏分明"也分明说道，这份悲愁，无可替代。

唐人张泌《寄人》诗有："倚柱寻思倍惆怅，一场春梦不分明。"纳兰在这首词中，将一个"畏"字与前人的诗句中相替换，更使得词意显得矛盾哀愁。在这首词中，纳兰采用了许多表现手法，丰富的表现手法令这首词读起来不乏趣味，虽然写离愁，但也有着明快的色彩。

不愿面对现实，便要入梦逃避，但又无法安然地睡去，似梦非梦之中，离愁之意犹如窗外细雨，淅淅沥沥，连绵不断。而最后整首词的结语"一声声""又听鹧鸪啼遍了，短长亭"，使得词的整体风格更显得冷清生动，孤寂格外分明。

词中的每个字眼，都好似敲打在心坎上，难怪王国维称赞纳兰，纳兰既突出"离情"之"苦"，又写出夜里相思之恨。这首离别之词，写得十分精妙贴切。句句都写出了离人之恨。虽然纳兰总是化用前人诗句，但在词中所描述的心情和心境已经有了很大的改变。

纳兰仿佛是一位能工巧匠，将词意拿捏得恰到好处、巧夺天工，丝毫让人看不出有着前人的影子。从作词上来看，纳兰尽力完美地展现了他的情感，让其展露在世人面前，虽然凌乱，但却始终哀伤顽艳。

在一首《摊破浣溪沙》中，纳兰同样写到了"人到情多情转薄，而今真个不多情"。极为平淡的一句话，却被用在了两首词中。想来纳兰是对这句话感悟极深的。无情不似多情苦，纳兰体会到了内心深处。

多情的纳兰自然无法忍受离别，所以他才更愿意长醉不醒，在梦中想念远去的人。但是，人世间，哪能不遇离别，唯有祈求时间，尽力地冲淡别离之后的伤感。

唐多令　塞外重九

古木向人秋，惊蓬掠鬓稠^①。是重阳何处堪愁？记得当年惆怅事，正风雨，下南楼②。

断梦几能留，香魂一哭休③。怪凉蟾空满衾裯④。霜落乌啼浑不睡，偏想出，旧风流。

【注释】

①惊蓬：疾飞的断蓬，喻行踪漂泊不定。也用来形容散乱蓬松的头发。②南楼：在南面的楼，南朝宋谢灵运有《南楼中望所迟客》诗。③香魂：美人之魂。④凉蟾：皎月，指秋月。唐李商隐《燕台诗·秋》："月浪衡天天宇湿，凉蟾落尽疏星入。"衾：指被褥床帐等卧具，语出《诗经·召南·小星》："肃肃宵征，抱衾与裯寔命不犹。"

【赏析】

这首词写在塞上重阳伤感：深秋重阳，蓬草连飞，塞外一派萧疏荒凉，触动了离愁与相思。记得当年重九日的往事，你在风雨之中走下南楼。梦断忆梦，梦中你音容宛然，但却一哭而别，好梦醒了。都怪那清冷的月光，照得满床清辉，把梦惊醒。窗外满地霜华，城乌夜啼，反反复复不能入眠，于是想起以前的风流旧事，愈加愁怀难耐。

作为一首怀人之作，其间洋溢着一片柔情。上片描绘了秋季的萧瑟寂寥的景象，下片则是描写重阳节伤感的情思，纳兰孤眠愁思的情怀，由景入情，情景交融。纳兰只是单纯地写景写情，却能够抓住秋声和秋色，便很自然地引出秋思。

"古木向人秋，惊蓬掠鬓稠。"写秋季景象，纳兰看到了一叶落知天下秋，他将荒凉写入词中，秋季不需要去描述，只要侧耳倾听那静寂无声的野外，就能够听到秋季寂寞的声音从耳边飘过。这声响不是来自树间，不是来自风声，而是来自于纳兰的内心深处，那一抹寂寞发出的声响。

"是重阳何处堪愁？"一处反问，由重阳感到神伤，由秋声而感知寒意。这里的何处堪愁，用到了极致。愁在何处，何处又有愁？秋季时节，孤寒处境，心意难平，而后由这眼前的事物，想到了往日的情景，"记得当年惆怅事，正风雨，下南楼"兼写物境与心境。二者相得益彰，令词义在此融洽。

空荡的阁楼上，风雨之中，纳兰思念的那个人走下楼梯，步履轻盈。至于这个人是谁，无从说起，也无须说起。上片在一位女子的脚步声中轻柔结束，这段描写感情细腻，色泽绮丽，有花间词人的遗风，更有一股纳兰自己的风格之气。

这里写到女子轻移步伐走下南楼，女子的娇羞与妩媚尽在词中展露。佳句皆因佳人得，这短短的几个字，就勾画出了一幅美丽的画面，更因为如此，纳兰的相思才更让人心疼，这样的相思，到底是为哪个女子产生？

"断梦几能留，香魂一哭休。"从睡梦中惊醒，脸颊被泪水湿透，冰凉的感觉直入心扉，范仲淹曾在《苏幕遮》中说："酒入愁肠，化作相思泪。"可是在这里，纳兰不需要酒，那点点相思泪便涌出眼帘。

"怪凉蟾空满衾裯。"在这里，"凉蟾"是指明月，化自李商隐的《燕台诗·秋》：

"月浪衡天天宇湿，凉蟾落尽疏星入。"愁肠化作相思泪，比起上片来，愁绪在这里又添一折，又进一层，愁更难堪，情更凄切。

"霜落乌啼浑不睡，偏想出，旧风流。"既然无法安然入睡，那些前尘旧事自然是无法控制地涌上心头，过去种种，今日看来，全是眼泪。纳兰的心，被眼泪浸泡得已然脆弱不堪，一击就碎。这个男人，最大的不幸便是太过多情，无法忘情了。

唐多令 雨夜

丝雨织红茵①，苔阶压绣纹②。是年年肠断黄昏。到眼芳菲都惹恨③，那更说，塞垣春④。

萧飒不堪闻⑤，残妆拥夜分⑥。为梨花深掩重门⑦。梦向金微山下去⑧，才识路，又移军⑨。

【注释】

①丝雨：像丝一样的细雨。红茵：红色的垫褥。唐元稹《梦游春七十韵》："铺设绣红茵，施张钿妆具。"这里指红花遍地，犹如红色地毯。②苔阶：生有苔藓的石阶。③芳菲：芳香的花草。④塞垣（yuán）：本指汉代为抵御鲜卑所设的边塞，后亦指长城、边关城墙。⑤萧飒：形容风雨吹打草木所发出的声音。⑥残妆：亦作"残装"，指女子残褪的化妆。夜分：夜半。⑦重门：官门，屋内的门。⑧金微山：即今天的阿尔泰山。后汉永元三年耿夔击北单于于金微山，大破之，单于走死，山在漠北，去朔方五千余里，唐置金微都督府。⑨移军：转移军队。

【赏析】

《唐多令》的副标题是"雨夜"，看来这首词是写雨夜相思，描摹闺人思"我"的情景。这首词抒写了纳兰夜半时分，看着窗外淅淅沥沥小雨下个不停，内心有与夜同样凄惶的心情。这首词的上片是写雨夜景象，辞藻美丽，用词讲究，下片则是抒写情感，余兴未尽，伤感至极，这首词将纳兰的心情全部抒发出来，而且整体风格于简淡中见含蓄，典雅中不失清新。

细雨霏霏，使庭院里变得花红阶绿，年年都在令人愁断肠的黄昏中度过。满眼的芳菲都能无端惹起春愁，更不要说是这边关的春色了！那风雨萧飒的声音是不能听的，听了便会让人伤心。夜半时分拥衾无眠，妆已残，人孤单，为了不让梨花飞尽，于是紧紧关上闺门。梦里来到你征战的沙场，谁知才刚刚找到去路，你却已随军队转移，不知所踪。

夜晚平静，只听得雨声稀朗，在这个平静但又不平静的夜晚，纳兰看着庭院里的细雨，看着雨中娇艳的花朵，他满眼都是春愁。"丝雨织红茵，苔阶压绣纹。"

从这句词中可以看出当时的雨并不大，细细密密地落下，仿佛纳兰细细密密的愁绪，而庭院也因为这雨蒙上了朦胧的色彩，非常动人。

不论是什么简单、常见的景色，只要被纳兰写出，就必然会蒙上不一样的光芒，一个他往日生活的庭院，在他的笔下，熠熠生辉。可是，就是这样一个能够将事物写得鲜活起来的纳兰，却不能将自己的生活变得更加动人一些。

"是年年肠断黄昏。"他每年的日子都是这样简单乏味地度过，就如同现在，从黄昏过渡到黑夜，毫无生机可言。夜色朦胧，随风而飘落的枝叶落在庭院里，眼看着给这个春天的夜晚添加了几分愁绪。

"到眼芳菲都惹恨，那更说，塞垣春。"这三句将纳兰内心的感受写得更深，欣赏春景本该是快乐的，但是纳兰的眼中，天暗无光，只有晚风疏雨翻乱庭院里的花草树木，还有阵阵的风声，让人感到一阵颤抖。

本来，看到满眼的芳菲应当是高兴的，但纳兰却极度低沉，上片就这样在纳兰的落落寡欢中结束。而下片一开始，也没有打破这春天夜色中沉闷的气氛。"萧飒不堪闻，残妆拥夜分。"为了不听到雨声，不去感受到这悲凉的气氛，纳兰便拥着被子要睡着，或许只有梦境中才是安全的地方。

这句话借以说明作者的沉忧和孤独感，可是心里慌乱了，哪里还有安全的港湾呢？"为梨花深掩重门。"为了不让梨花飞落，便紧紧关闭了房门，到底还是在这样自己营造的一个安全的环境中睡过去了。纳兰在睡梦中，看到了有人征战沙场，但他刚刚赶过去，那个人就忽然不见了。

"梦向金微山下去，才识路，又移军。"纳兰梦中的这个人是谁，为何会被纳兰放置到这样一个梦境中？纳兰并没有过多的解释，他的梦境在那个人的消失之后，便停止了，而这首词，也就此打住了。

结尾的这句留给人们无尽的遐想，纳兰在屋中倚枕而卧，难以入睡，单间雨夜之中，屋宇飞檐，投影于地，模糊不清。这一番情景梦境的描绘，虽然纳兰最后在词中没有点透彻，但这就为读者留下了充分的想象空间，给人以意蕴深长之感。

这样的手笔，或许是纳兰故意为之的吧。

天晓角

重来对酒①，折尽风前柳。若问看花情绪②，似当日，怎能够。

休为西风瘦，痛饮频搔首③。自古青蝇白璧④，天已早、安排就。

【注释】

①对酒：面对着酒。②情绪：心情，心境。③痛饮：尽情地喝酒。搔首：以手搔头，焦急或有所思貌。④青蝇白璧：比喻谗人陷害忠良。唐陈子昂《宴胡楚真禁所》诗："青蝇

一相点，白璧遂成冤。"青蝇，苍蝇，蝇色黑，故称。白璧，平圆形而中有孔的白玉。

【赏析】

相逢又离别，离别又相逢，人生似乎就是在这相逢分别中慢慢殒去，似乎是命运的轮回而已。看吧，如今眼前竟又是一盏离别酒，又要将它存进惆怅。

河边那一排排瘦瘦的柳树，春意未浓，绿芽始发，却早已攀折殆尽，一任那春风吹啊，却怎么也吹不绿了，春风又何能解憔悴？徒替柳枝伤感罢了。

与早春一道的，那早早的花儿已然开放，卑微，却露出生的希望——遥想那些一共赏花的年华，如水东流，一去不返。如今物是人非，再对花月，睹物思人，何谈情绪，哪有心思，真肝肠寸断。怎能还似当时呢？

可爱的人儿啊，不要在这西风中沉沦，不要为此而憔悴！经历了生涯中那么多的坎坷、离别，面对过人生何其多的温热冷暖，难道脆弱的心灵还未粗糙，难道敏感的神经还未因此麻木？

痛饮下这一杯酒吧，让我们一道将离别的痛苦，赤裸裸地一点儿不留，浸泡在这催泪滚滚的烈酒中吧，还让我们自己也沉沉地败倒在这烈酒的冷寒里吧，让明日醒来时的我们，又回到原来并未相见的空虚中，回到我们从未结识的陌生中去，回到没有挂念的快乐中去。

人生不适，离别圆缺，清白谗邪，纷纷扰扰，永无宁日，自古便是如此啊，这千般烦恼，百般计较，命无不如此，皆由天定啊！

这是一首写饱受人生别离之苦后，借重聚饮酒之机，抒发人生无常之情的词。上片说重逢后，又临别酒，而此时，方寸所感，早与往日大相径庭。下片自己为这人生苦恼提出了解答："自古青蝇白璧，天已早、安排就。"

这首词属于纳兰性德深刻剖露自己精神苦闷，以及苦苦寻求解答与解脱的典型篇目。这词中体现了佛教思想对纳兰性德的影响。我们可以看见：一方面纳兰性德本曾积极进取，敢于直面人生，他早期和所有读书人一样，努力去考取功名，并且由于家族以及自身能力两方面的原因，顺利进阶，仕途可谓一帆风顺，成为帝王身边的武士，前途不可限量；另一方面，他完整人生中的另一面，也就是他敏感而易感伤的心理，坎坷而多遭变故的爱情生活，无常人生的生死、别离，等等，始终像水一样，慢慢浸透他全身。这样一对矛盾一并融入了纳兰性德的命运中，他无比苦闷，寻找出路，终于找到了佛教禅宗思想。然而他并不是一个虔诚的佛教徒，也并不是一个俗家弟子，他只是一个对世俗世界十分留恋又力图从中解脱的读书人，一个伤感而敏感的诗人。

纳兰性德思想中的佛教思想有很多表

现，如他的《饮水词》便是从"至于有法无法，有相无相，如鱼饮水，冷暖自知"中来的；又如他的词句"一日心期千劫在，后身缘，恐结来生里""待把来生祝取，慧业相同一处"等。

这首词写别情，却脱出别情外，终又回到别情上，始终想解脱，故作旷达语，又始终不可解脱，终归于一句对于人生的理解"自古青蝇白璧，天已早、安排就"，以此宽慰自己。全词可谓凄婉哀绝，能催人生出同感来，读之百遍，犹不觉厌。

添字采桑子

（按此调《词律》不载，《词谱》有《促拍采桑子》，字同句异。一本作《采花》。）

闲愁似与斜阳约，红点苍苔①，蛱蝶飞回。又是梧桐新绿影，上阶来。

天涯望处音尘断②，花谢花开，懊恼离怀。空压钿筐金线缕③，合欢鞋。

【注释】

①苍苔：青色苔藓。②音尘：音信，消息。③钿（diàn）筐：镶嵌金、银、玉、贝等物的筐。

【赏析】

这首词写离愁：愁情仿佛是与夕阳有约，正当愁绪满怀之时，偏又逢夕阳西下，看那蛱蝶飞来落在了苍苔之上，点点红色，梧桐树的绿荫再次映上了台阶。花开花谢，望断天涯却音信全无，怎不让人懊恼满怀？开启螺钿筐，只剩下一双金缕绣织的鞋子，而鞋子的主人却不在身边了。

这首《添字采桑子》是纳兰写的词里的又一个谜团，许多人都在猜想，这首词，纳兰是为谁而作？参考大量史料，人们想要找出这首词背后的那个女子，她是否也如同这词一般美丽温婉呢？

这段故事终究因为时间太长，湮没在了历史尘埃之中，"闲愁似与斜阳约"，像是抒情，闲愁仿佛是与夕阳有约，当夕阳西下之时，愁绪便上来满怀。将愁绪与夕阳联系在一起，还拟人写闲愁与斜阳相约。既写出了闲愁，又体现出了情趣。

而后写道："红点苍苔，蛱蝶飞回。"青苔为何能成为红色呢？让人忍不住想过之后，纳兰才给出答案，原来是蝴蝶停落在苔面上，让绿色的青苔看起来，犹如红花点缀，片片落红。闲愁的人儿还有心情看这不引人注目的青苔，可见这份闲愁也并不是真的无药可解。

美丽的景色能够使人心旷神怡，这个观点应该是正确的。在上片最后，纳兰写道："又是梧桐新绿影，上阶来。"单纯的描述，看不出不好的情绪，就连一开始抒发的闲愁，在这景色中，似乎也被化解掉了。

绿色的树荫，映上台阶。山野情趣，有韵味，有雅致的味道。上片似在写愁，又不像在写愁。心绪与景色融合一起，一言以蔽之，是清冷中带着妙趣，妙趣中夹杂着孤寂，相得益彰，相互映衬。

在这个基础上就有了下片，于是下片开始一句便是"天涯望处音尘断"，字面上的意思是说，望断天涯，都得不到音信，全无音信才是让词人产生闲愁的原因。但至于何人迟迟不给纳兰音信，纳兰又是在为什么人揪心，词中并无解释，人们也无从猜测。

而后那句"花谢花开，懊恼离怀"更是写出了纳兰焦急的等待，想来那位女子对纳兰很重要，否则，纳兰为何会等过花开花谢，依然翘首以盼呢？带着满腔的愁绪，等待着远方一个可能永远也不会到来的音信，词写到这里，闲愁的滋味再次涌出，比开篇更要浓厚，令人读后掩卷，不忍细读。

既然想念的人不在身旁，那只有睹物思人了。打开箱子，翻出那双金缕鞋，但是鞋子的主人而今身在何方呢？故事到这里便戛然而止。"空压钿筐金线缕，合欢鞋。"似乎是一个吸引人眼球的爱情故事，当刚刚讲到故事高潮时，却突然结尾。

人们意犹未尽，但故事却已经结束。纳兰一向是把情爱表达得十分优美，十分含蓄。他在词中从来都是将再浓烈的情感，也用淡雅的词汇写出。仿佛那些情爱与他无关，他不过是在讲述一个旁人的故事。

这首词照旧如此，甚至更甚。刚开始的思念在主人公看到旧物的时候，便突然停止，就好像生生地被切断，让看客都觉得心里犹如刀割般的疼痛。许多诗词中，写男欢女爱，总是恨不得大篇章地描述，唯恐读者看得不尽兴。

但纳兰偏偏不这样，他只要将自己想说的话写出来，便会搁笔。纵使还有万千想念、千言万语，也只是化作相思无尽处，飘落尘土，埋入深处。

调笑令

明月，明月。曾照个人离别。玉壶红泪相偎①，还似当年夜来。来夜，来夜，肯把清辉重借②？

【注释】

①玉壶红泪：晋王嘉《拾遗记》卷七："（魏）文帝所爱美人，姓薛名灵芸，常山人也……时文帝选良家子女以入六宫，（谷）习以千金宝赂之，既得，乃以献文帝。灵芸闻别父母，嘘唏累日，泪下沾衣。至升车就路之时，以玉唾壶承泪，壶则红色。既发常山，及至京师，壶中泪凝如血矣。"后因以"玉壶红泪"称美人泪。②清辉：清澈明亮的光辉，多指日月之光，这里指月光。

【赏析】

其实，这首《调笑令》满含自嘲之意。

调笑令又名转应曲、三台令。关于这词牌名，在胡适《词选》中有一段解释："'调笑'之名，可见此调原本是一种游戏的歌词；'转应'之名，可见此词的转折，似是起于和答的歌词。"纳兰以调笑之名写彼时的红妆相偎，是嘲弄命运无常，也是在自讽西风独自凉。

开篇直呼明月，似谪仙般的邀月？举杯邀明月，对影成三人。不知一向谨慎的他，会不会也拍着玉板月下长歌：对酒当歌，人生几何？明月，明月，纳兰是想劝慰吧？海内存知己，自然天涯若比邻，何必以身形羁绊？或者也是在祝福，既不得相守，便不如放开心胸祈祷，但愿人长久，千里共婵娟。

然而那一片月明中，纳兰好似又眼睁睁地看见那个人由远及近渐渐走向了他，咫尺之距时，又远远地推开了他，狠狠地退出了他的视野。他们心意相交，却终天各一方。

永远，相守时难以实现的诺言；遥远，离别时执手相看泪眼，一个转身便耗尽了一生的时间。

"玉壶红泪"一说，来自三国时期魏文帝曹丕宠妃薛灵芸。薛灵芸本是当时东吴浙西常山赞乡人。怀着对父母兄弟和家乡风物的恋恋之情，怀着对那宫廷生活的陌生和恐慌，薛灵芸从江南远赴洛阳。这一路薛灵芸泪如泉涌，随从便用玉唾壶给她承接泪水，只见流进壶中的泪水都带着血红。等到抵达洛阳，玉唾壶中已盛满了血泪，因此后世称女子的眼泪为"红泪"。

"夜来"之意还是取自薛灵芸。为了迎接薛灵芸，曹丕在洛阳城外筑土台，高三十丈，直入云间；在台下四周布满蜡烛，唤名"烛台"，蜡烛沿灵芸入城的路线从烛台一路绵延至洛阳城郊。魏文帝在烛台静候佳人之时，远远望见车马滚滚，尘埃翻腾，宛如云雾弥漫，不由感叹："古人云，朝为行云，暮为行雨，今非云非雨，非朝非暮。"因而改薛灵芸的名字为"夜来"。

到这里，词意也豁然开朗，这个被纳兰以自嘲的笔触留在诗行间的女子，多半应是纳兰思之念之而终不得相守的表妹。不似纳兰发妻卢氏离去时的痛彻心扉，直问"天为谁春"；不似沈宛不告而别返回故乡时，他叹息"等闲变却故人心，却道故人心易变"。他久久珍藏于追忆中的这份情，不似烈火般的热情，却因为凄清更惹人疼惜。不知纳兰回忆起了表妹的哪般，只一句玉壶红泪诉尽相思意。玉壶红泪，盛着互诉衷肠的甜蜜，家族的殷殷期望，对未知前途的恐慌，还有那伴君千日、终须一别的结局。

行至下片，纳兰低叹，来夜，来夜，以轻不可闻的声音，简单得不能再缩略的呢喃，重温那个已经冷却的旧梦，就像东坡轻言"作个归期天定许"。或许纳兰也是怀着几许期待的吧，虽明知好景已逝，却依旧忍不住希望；虽然到头来只落得往事如风信子的花瓣一般，散落一地，唯余"缥缈孤鸿影"。

纳兰希冀的来夜，更多的怕是在追寻那些终成回忆的昨夜，春风拂面灯火阑珊的昨夜，与表妹相知相伴的昨夜，逝去的情意缱绻的昨夜。这一段往事像是中了岁月的魔咒被封在心底，既没有结果，也难以诉说，唯有叹息悠悠时常回荡于心间。多少年过去后，才终于明白，那时光的封印唤为"此情可待成追忆"。

罢了，借一缕清辉，想佳人旧影，凭栏凝望，还是那一轮明月，却是年年新月照旧人。连月色都已变换，谁又能回到过去？没有过不去的，只有回不去的，纵使相逢应不识吧。

记得席慕容曾写过，我们也来相约吧，相约着要把彼此忘记。

还是明月如霜，还是好风如水，纳兰不知能否放下那份执着，与表妹相约着，各自走各自的人生。

望江南　咏弦月

初八月①，半镜上青霄②。斜倚画阑娇不语③，暗移梅影过红桥④。裙带北风飘。

【注释】

①初八月：即上弦月。农历每月的初七或初八，月亮呈月牙形，其弧在右侧。②青霄：青天，高空。③画阑：有画饰的栏杆。④红桥：红色之桥。

【赏析】

古诗词中往往有些短章，言少情多，含蓄不尽。词人驾驭文字，举重若轻，而形往神留，艺术造诣极深。纳兰的这首《望江南》即其一例。

这首小词清丽空灵。前两句平淡起笔，以碧空悬半镜喻初八上弦之月，随意着墨之间勾勒出一派清冷素雅景致。后接以倚阑不语的娇人情景，又转而刻画月移梅影极蕴情味的景象。

"红桥"，位于瘦西湖南端，始建于明末崇祯年间，原为红色栏杆的木桥，后在乾隆元年改建为拱形石桥，取名虹桥。清初著名文人吴绮在《扬州鼓吹词序》中是这样描述它的：

朱栏数丈，远通两岸，彩虹卧波，丹蛟截水，不足以喻。而荷香柳色，曲槛雕盈，鳞次环绕，绵亘十余里。春夏之交，繁弦急管，金勒画船，掩映出没于其间，诚一郡之丽观也。

戏曲作家李斗亦形容它如"丽人靓妆照明镜中"。在桥上观瘦西湖美不胜收，文人墨客皆好在此凭栏吊古，吟诗赋文。连通两岸的红栏木桥，荷花飘香杨柳映色，春夏之际空气中浮动着乐声香气，在这精工雕画的红桥四周形成一种令人沉迷的情境。

清代著名诗人王士祯（后人亦称王渔洋）也是为红桥之美深深着迷的人之一，康熙三年春，他与诸名士游赏红桥，一连作了《冶春绝句》二十首，其中脍炙人口的一首是：

红桥飞跨水当中，一字栏杆九曲红。
日午画船桥下过，衣香人影太匆匆。

唱和者更众，一时形成"江楼齐唱《冶春》词"的空前盛况。

由此可见，此处所状情景，定是精工华美之至，才能让多少文人才子对它倾心不已。

而在这样一个夜晚，初八之上弦月斜挂天边，雕栏画栋在清辉之下寂寂无声，又不知谁家女子独倚画阑，不语，不言。这清空之中出现的缥缈人迹，在读者尚未回过神来的时候又渐远，梅枝摇曳，疏影乱，暗香浅。

最后"裙带北风飘"一句，来自唐朝李端《拜新月》一诗：

开帘见新月，便即下阶拜。
细语人不闻，北风吹裙带。

纳兰这一句化用可谓巧妙。李端诗中所写，是为少女拜月的情态。诗中少女因心中许多言语无可诉说，故无奈而寄托明月。而纳兰词中这上弦月夜独立画桥的女子，内心又何尝不是有相似愁绪？其实，月辉清冷空灵，女子对月所思，非愁怨即祈望，直书反失之浅露。现只描摹月下独立，只勾勒心绪悠远，情意更醇，韵味更浓。空街无人，临风对月，缥缈之形，真纯之情，可怜惜之态，不由让人思及《洛神赋》中"飘飘兮若流风之回雪，皎皎兮若轻云之闭月"等句，令人神往。

而纵观全词，这神秘女子于寒风之中，观月，离去，已置读者于似闻不闻、似解不解之间，而末句以风中飘动的罗带，暗指李端《拜新月》诗意，似纯属客观描写，不涉及人物内心，但人物内心的思绪荡漾，却从罗带中断续飘出，使人情思萦绕，如月下花影，拂之不去。自"斜倚画阑娇不语"一句起，接连三句可谓精勾细画，刻意描绘，而笔锋落处，却又轻如蝶翅。

表面看，似即写词人的所见所闻，又全用素描手法，只以线条勾勒轮廓。而空远之景与罗带翻飞的细节彼此映衬，人物亭立的倩影跃然纸上，沁人肌髓，这正是词人高超艺术功力所在。

一词五句而能翻转折进，于平淡中饶蕴深情，确是浑朴超妙。

前后相映之间，词人的无聊心绪、无限愁情，全在其中了。

湘灵鼓瑟

（按此调《谱》《律》不载，疑亦自度曲。一本作《剪梧桐》。）

新睡觉，听漏尽乌啼欲晓。屏侧坠钗扶不起，泪浥余香悄悄。任百种思量都来，拥枕薄衾颠倒。土木形骸①，自甘憔悴，只平白占伊怀抱。看萧萧一剪梧桐②，此日秋光应到③。

若不是忧能伤人，怎青镜朱颜便老④。慧业重来偏命薄，悔不梦中过了。忆少日清狂⑤，花间马上，软风斜照。端的而今，误因疏起⑥，却懊恼误人年少。料应他此际闲眠，一样百愁难扫。

【注释】

①土木形骸：形体像土木一样自然，比喻人不加修饰的本来面目。南朝宋刘义庆《世说新语·容止》："刘伶身长六尺，貌甚丑悴，而悠悠忽忽，土木形骸。"②萧萧：风声。一剪梧桐：谓梧桐叶被秋风吹落。③秋光：秋日的风光景色。④青镜：即青铜镜。唐李峤《梅》诗："妆面回青镜，歌尘起画梁。"⑤清狂：放逸不羁。晋左思《魏都赋》："仆党清狂，怵迫闽濮。"⑥疏起：疏懒而贪睡。

【赏析】

纳兰的可爱之处在于他对情感没有半分的掩藏和羞涩，即便是他的词中略有修饰，那也是艺术的效果。在纳兰的内心深处，时刻涌动着真挚的情感，无论是对朋友、对爱人，还是对其他事物，他都尽可能地将这份情感告诉他们知晓，或许在纳兰看来，含蓄并非是矜持，而是阻隔爱蔓延的一道门。

这首词同样如此，这首词以赋法铺叙，表达幽婉深意，是纳兰词中较为普遍，也较为常见的一种表述方式。但这并不妨碍这首词的精妙之处。写刚刚睡起，所看所想所念的景物。"新睡觉，听漏尽乌啼欲晓。" 刚刚睡醒，听到漏声断绝、乌鸦啼鸣，天快要亮了。可惜自己却是久病缠身，无法起身。

虽然头脑清醒，但身体却好似不属于自己一般，这样的状态，总是难免心灰意冷的。"屏侧坠钗扶不起，泪浥余香悄悄。"想着这些，就觉得眼泪上涌，病身难起，不胜愁苦，默默无语，泪痕未消。

梦里一定是有着凄苦的梦境，不然为何眼角还有未干的泪痕，醒来之后，慢慢清醒，万种愁绪便奔涌而来，"任百种思量都来，拥枕薄衾颠倒"。于是任各种愁绪都来侵袭，只在这衾枕间颠倒辗转，挥之不去。

纳兰从不扭捏作态，他的苦便是苦，他从不隐瞒，也从不遮掩，他的苦与乐都是他自己最真实的感受，而他写入词章中，也为读者提供了最真实的感受。"土木形骸，自甘憔悴，只平白占伊怀抱。"纳兰却不是惺惺作态，他只是为了得到爱人的温暖宠爱，所以才憔悴如此。

"看萧萧一剪梧桐，此日秋光应到。"看那秋风将梧桐吹落，便知道秋天已经到了。年华易逝，容颜易老，纳兰不想将大好的年华便虚度过去，他想要抓紧时光，好好享受，上片的愁思，到下片便是开始自省了。

"若不是忧能伤人，怎青镜朱颜便老。慧业重来偏命薄，悔不梦中过了。"如果不是忧愁能够伤人，那么镜子里面的容颜怎么会日渐衰老？命运真是弄人，想当初年少轻狂，花间马上，意气风发。如今憔悴，疏懒落寞，却怪被愁闷困扰耽误了大好年华，料想他此刻也一样闲来寂寞，愁绪难平吧！

当日的意气风发，与今日的愁绪满怀，满面病容真是两个极端，"忆少日清狂，花间马上，软风斜照。端的而今，误因疏起，却懊恼误人年少。料应他此际闲眠，一样百愁难扫。"但是只能接受，谁也无法改变既定的现实，纳兰躺卧在病床之上，看到自己憔悴的容颜，想到往昔美好的岁月，除了哀叹，还能做什么呢？

潇湘雨 送西溟归慈溪①

（按此调《谱》《律》不载，疑亦自度曲。）

长安一夜雨，便添了、几分秋色。奈此际萧条②，无端又听、渭城风笛③。咫尺层城留不住④，久相忘、到此偏相忆⑤。依依白露丹枫，渐行渐远，天涯南北。

凄寂。黔娄当日事⑥，总名士、如何消得？只皂帽塞驴⑦，西风残照，倦游踪迹。廿载江南犹落拓⑧，叹一人、知己终难觅。君须爱酒能诗，鉴湖无恙⑨，一蓑一笠。

【注释】

①西溟：即姜宸英，号湛园，又号苇间，浙江慈溪人。康熙三十六年（1697年）探花，授编修，年已七十。初以布衣荐修明史，与朱彝尊、严绳孙称"三布衣"。慈溪：隶属浙江，因治南有溪，东汉董黯"母慈子孝"传说而得名。②萧条：寂寥冷落，草木凋零。③无端：没来由，没道理。渭城：地名，本秦朝咸阳，汉高祖元年改名新城，后废。武帝元鼎三年复置，改名渭城，治所在今陕西咸阳东北二十里，唐王维《送元二使安西》："渭城朝雨浥轻尘，客舍青青柳色新，劝君更进一杯酒，西出阳关无故人。"此诗又称《渭城曲》，后人以之代指送客、离别。风笛：管乐器，笛子的一种。④咫（zhǐ）尺：比喻相距很近。层城：古代神话中昆仑山上的高城，后指重城、高城。⑤相忘：即相忘鳞，《庄子·大宗师》："泉涸，鱼相与

处于陆，相以湿，相濡以沫，不如相忘于江湖。"后以"相忘鳞"喻优游自得者。⑥黔（qián）娄（lóu）：人名。隐士，不肯出仕，家贫，死时衾不蔽体。汉刘向《列女传·鲁黔娄妻》载黔娄为春秋时鲁人。《汉书·艺文志》、晋皇甫谧《高士传·黔娄先生》则说是齐人。⑦皂帽：黑色帽子。寒驴：跛脚驽弱的驴子。⑧落拓：贫困失意。⑨鉴湖：湖名，即镜湖，又称长湖、庆湖。在浙江绍兴城西南二千米，为绍兴名胜之一。西溟之故里慈溪在绍兴东北，故云。

【赏析】

一夜凉雨，便添秋色几分。枯草萧疏，层林尽染，在这样的季节里离别，比柳色青青的春季更多几分凄凉，几分无奈。纳兰性德这首浸满秋之悲凉的作品是赠予姜宸英的。

姜宸英，字西溟，擅词章，工书画。生性疏放，屡试不第。初以布衣荐修明史，与朱彝尊、严绳孙称"三布衣"。康熙三十六年中探花，授编修，年已七十。后因顺天乡试案被牵连而死于狱中。有《苇间诗集》《湛园未定稿》《湛园藏稿》等。其山水画笔墨道劲，气味幽雅。楷法虞、褚、欧阳，以小楷为第一，唯其书拘谨少变化。包世臣称其行书能品上。兼精鉴，名重一时。家藏兰亭石刻，至今扬本称姜氏兰亭。

纳兰性德与其相识很早，姜宸英回忆说："君年十八九，举礼部，当康熙之癸丑岁。未几也，余与相见于其座主东海阁学士公（徐乾学）邸。"姜宸英生性豪迈疏狂，而纳兰性德却并不以其狂怪为戒，且交游甚厚，康熙十七、十八年留居西溟于府邸。二人诗词往还，多唱和之作。

这首词为赠别之作，劝慰与不平并行：京城下了一夜的秋雨，更增添了几分秋色。面对这秋色萧条，正无奈之际，又没来由地传来了声声的别离之曲，这就更增添了离愁别恨。近在咫尺的高城却无法将你留住，昔日你我共处时的优游自得之乐，此后便成了令人思念的往事。你将渐行渐远，从此你我天各一方，心中有无限凄凉孤寂。忽然想起当年黔娄的故事，即使是名士风流，又如何承受得了呢？从此两袖清风，浪迹天涯。虽然你二十年来在江南负有盛名，但至今仍以疏狂而落落寡欢，难逢知己。别后想必会更加且醉且歌，洒脱不羁，独钓于江湖之上。

自古英雄多寂寞。姜宸英成名于江南二十年，然少有知己，徒留世间一狂生名号。纳兰性德之于姜宸英，颇似钟子期之于俞伯牙，欣赏之、雅爱之。他赞赏姜宸英深厚的学问、过人的才华，更深深地理解他狂放的行径、不羁的言语源之于何——姜宸英是名扬江南的才子，却仕途不顺，到七十岁才中了一个探花，授编修。

姜宸英的一生是悲哀的一生。纳兰性德早逝，没能看到这位挚友最后让人嗟叹的结局。康熙三十八年（1699 年），姜宸英的编修板凳还没坐热，就被牵连进了科场弊案，锒铛入狱。一生挫折的姜宸英没能承受住生命重压上的最后一根羽毛，饮药自尽。不久康熙发现姜宸英的冤屈，赦免其出狱，发现人已离世，唏嘘不已。一代才子姜宸英最后留给世间的作品，是写给自己的一副挽联："这回算吃亏受罪，只因入了孔氏牢门，坐冷板凳，作老獬狮，只说是限期弗满，竟挨到头童齿豁，两袖俱空，书呆子何足算也；此去却喜地欢天，必须假得孟婆村道，赏剑树花，观刀山瀑，方可称眼界别开，和这些酒鬼诗魔，一堂常聚，南面王以加之耳。"

当姜宸英写下这副荒诞悲凉的绝笔，掷笔而笑的时候，是否想起当年，年轻的小友纳兰性德曾为他预想的落拓但潇洒的人生结局——"君须爱酒能诗，鉴湖无恙，一蓑一笠。"那样的人生，虽然没有耀眼的梦想，却有着生命静静消隐的余韵，纵使不平、抑郁，依然绵长抒婉，也是一场优美伤凄的人生之旅。比起囚笼中的一杯毒药后痛断肝胆的挣扎，那江上的叹息简直就是轻快的叹咏了。早已往生的纳兰若知爱友结局如此，情何以堪？

眼儿媚 咏梅

莫把琼花比淡妆①，谁似白霓裳②。别样清幽，自然标格③，莫近东墙④。

冰肌玉骨天分付⑤，兼付与凄凉⑥。可怜遥夜⑦，冷烟和月，疏影横窗⑧。

【注释】

①琼花：比喻雪花。淡妆：淡雅的妆饰。②霓裳：谓神仙的衣裳。相传神仙以霓为裳。语本《楚辞·九歌·东君》："青云衣兮白霓裳。"③标格：风范、品格。④东墙：东边的墙垣。程垓《眼儿媚·咏梅》："一枝烟雨瘦东墙，真个断人肠。"⑤冰肌玉骨：用于赞美妇女的皮肤光洁如玉、形体高洁脱俗，这里形容雪中梅花的超逸之态。分付：付与、交给。⑥凄凉：孤寂冷落。⑦遥夜：长夜。⑧疏影：疏朗的影子。形容梅花的形貌。

【赏析】

快乐，有时候很简单，有时候却又是永远也无法拥有。

有一个人，他拥有天下所有男人渴望得到的一切，却唯独没有快乐，为此，他闷闷不乐，在全天下男人仰视的目光中，他高昂着头，与他那个高贵的家庭格格不入地前行。

对纳兰来说，精神世界才是最为重要的，就如同他写的这首词，处处透着冰清玉洁的傲骨。

这首词是在吟咏梅花高洁的品格：不要将雪花当成自己淡雅的妆饰，要知道梅花才真的是像白色霓裳那样美丽！别样的幽独清香，高洁的风度格调，不要靠近东墙去玩赏，因为看一眼就能让人魂牵梦萦。她那冰肌玉骨的美丽风采是上天所赋予的，同时，上天也给了她斗寒开放、清幽高洁的孤寂与冷落。可怜在这漫漫长夜之中，伴随着明月清辉，暗香浮动，疏影洒满窗棂。

梅花冰肌玉骨，斗寒开放，不与凡花为伍，有着独特的清纯与脱俗，有人称梅花有着"别样清幽，自然标格"的风范，所以，咏梅自古以来就是文人墨客笔下的不朽主题，梅花被文人们看成是崇高人品的象征。

纳兰自然也不例外，他倾倒在梅花清纯脱俗的品相下，称赞梅花的品格，以此喻己之品格，纳兰其实是自比梅花，将梅花的品格与自己的品格相提并论，花品人品实为一体。他感慨自己如梅花一般，虽有着冰清玉洁的心，却身处寒冷凄苦的境地。

"莫把琼花比淡妆，谁似白霓裳。"纳兰认为梅花比得过任何的花，没有花会有梅花的品格，在这首词里，词人将自己在现实生活中的感受带入了词句中，他备受心灵的压抑，在咏梅的时候得到了情感的释放。

纳兰以梅花自比，在词中有所体现，上片的后一句，他写道："别样清幽，自然标格，莫近东墙。"这与他在《金缕曲》中的"疏影临书卷，带霜华，高高下下，粉脂都遣，别是幽情嫌妩媚，红烛啼痕休泫"格外相似。同样是将梅拟人，清淡雅洁，表达了淡雅高洁、不愿流俗的愿望。

梅花并非什么名贵之花，不过是冬日里的一抹淡雅，但就是这份淡雅，令纳兰仿佛看到了另一个自己。在开花的季节，那些百花争奇斗艳的时候，梅花孤傲地躲在墙角。可是在百花休眠、寒冬腊月的时候，梅花独独要崭露头角。即便风再冷、雪再大，也要傲然挺立，为冬日带来一抹色彩。

所以，纳兰在词的下片才会写道："冰肌玉骨天分付，兼付与凄凉。"梅花的这份冰肌玉骨，仿佛是上天赐予的，可是上天赐予了梅花冰肌玉骨，却并未赐予它一个好时候。纳兰想到，自己不也正是如此吗？生不逢时，无法得到心灵上的真正自由，就算锦衣玉食，有着种种别人羡慕的好生活那又如何，还不是活得如同行尸走肉！

纳兰在词的最后感慨："可怜遥夜，冷烟和月，疏影横窗。"在寂静的夜空，遥望明月，嗅着梅花的清香，度过这漫漫的黑暗！

自古圣贤皆是寂寞啊。

一丛花　咏并蒂莲①

阑珊玉佩罢霓裳②，相对绾红妆③。藕丝风送凌波去，又低头、软语商量④。一种情深，十分心苦，脉脉背斜阳。

色香空尽转生香，明月小银塘⑤。桃根桃叶终相守⑥，伴殷勤、双宿鸳鸯。菰米漂残⑦，沉云乍黑，同梦寄潇湘⑧。

【注释】

①并蒂莲：并排长在同一茎上的两朵莲花。②阑珊：零乱、歪斜。李贺《李夫人歌》："红壁阑珊悬珮珰，歌台小妓遥相望。"霓裳：即《霓裳羽衣曲》，唐代著名舞曲，为开元中河西节度使杨敬忠所献，初名《婆罗门曲》，经唐玄宗润色并制歌词，后改用今名。传说中亦有唐玄宗登三乡驿、望女儿山及游月宫密记仙女之歌，归而所作等说。③绾：盘绕，系结。④软语：体贴温柔委婉的话。⑤银塘：清澈明净的池塘。南朝梁简文帝《和武帝宴诗》之一："银塘泻清渭，铜沟引直漪。"⑥桃根桃叶：桃叶是晋王献之爱妾，桃根是桃叶的妹妹。王献之《桃叶歌》："桃叶复桃叶，渡江不用楫。但渡无所苦，我自迎接汝。"又，"桃叶复桃叶，桃树连桃根。相怜两乐事，独使我殷勤"。⑦菰米：菰之实。一名雕胡米，古以为六谷之一。⑧潇湘：指湘江，因湘江水清深故名。相传舜二妃娥皇、女英没于湘水，遂为湘水之神。这里借二妃代指并蒂莲。

【赏析】

这首词吟咏并蒂莲，形神兼备：并蒂莲花开了，犹如刚刚跳过舞后玉佩阑珊的美人，两朵莲花盘绕联结在一起。微风摇动，藕丝相连，在夕阳下，窃窃私语，含情脉脉，如同凌波仙子般美丽动人，怎不叫人心生怜爱！明月之下，银塘之中，散发着醉人的清香。池中莲如同桃根与桃叶般姐妹情深，永不分离，又有殷勤的鸳鸯游来做伴。即使风云变幻，花瓣凋落，也会像娥皇、女英般共同进退，生死不弃。

咏物之词，是纳兰的强项，这首词，纳兰歌咏并蒂莲，所谓并蒂莲，也就是并排生长在同一个根茎上的两朵莲花。后人有用并蒂莲形容相亲相爱之人，并蒂莲也是祝福的花朵，常形容天长地久。

在纳兰的笔下，并蒂莲更显得超凡脱俗，"阑珊玉佩罢霓裳，相对绾红妆"这两句词中有几个典故需要点名出来，首先"阑珊"是凌乱、歪斜的意思，是纳兰化自李贺的《李夫人歌》："红壁阑珊悬珮珰，歌台小妓遥相望。"而后面的"霓裳"则是取自唐玄宗时期的一首歌舞曲《霓裳羽衣曲》。

并蒂莲就好像是两个相对而视、含情脉脉的人刚刚跳过舞蹈，此时有些歪斜地相互倚靠，站在那里。将并蒂莲拟人化，而且还将它们形容为舞者，纳兰的词的确是有与他人不同的过人之处。

"藕丝风送凌波去，又低头、软语商量。"依然是拟人的写法，将并蒂莲描写得如同高贵典雅的仙子一般，在微风吹拂下，她们似乎是在窃窃私语，聊着女儿家的心事。令人看到后，心神荡漾。

咏物词虽然是写物，但实则是写情。这首《一丛花》也不例外，看似是写并蒂莲的美丽芬芳，但实则是纳兰要借并蒂莲来写出自己内心的忧伤和思念。在上片前两句赞美并蒂莲之后，最后一句便是忍不住流露出心声："一种情深，十分心苦，脉脉背斜阳。"

情深之人自然心苦，这点纳兰是最有体会的。借着写并蒂莲的柔情相守，写出自己心情的苦闷。下片的描写有些峰回路转，不再是描写并蒂莲，但依然是淡然的笔调，通过写景，表达内心。

"色香空尽转生香，明月小银塘。"明月之下，荷塘看起来十分空灵，并蒂莲的芬芳在空气中蔓延，让人嗅到后，心里舒缓。写完并蒂莲，写完荷塘，纳兰又写了桃树："桃根桃叶终相守，伴殷勤、双宿鸳鸯。"

在这首词中，不论是并蒂莲，还是桃树，或者是之后的鸳鸯，无不是一双一对，这与孤单的纳兰比起来，幸福很多。而纳兰也正是看到它们的成双成对，更觉得自己的孤单如此寂寞，这首词便是为此而生。

"菰米漂残，沉云乍黑，同梦寄潇湘。"在词的最后，纳兰用"潇湘"这个典故，写出娥皇女英的故事，用娥皇女英的痴情，暗示自己对爱情也是痴心不改，共同进退，与爱人相知相守的决心。

这首词虽然格调不高，但它以咏物抒深情，咏物之间而情则愈浓，读来令人回味无穷，艺术上也不乏可取之处。

一斛珠　元夜月蚀①

星球映彻②，一痕微褪梅梢雪。紫姑待话经年别③，窃药心灰④，慵把菱花揭。

踏歌才起清钲歇⑤，扇纨仍似秋期洁⑥。天公毕竟风流绝，教看蛾眉⑦，特放些时缺⑧。

【注释】

①元夜：元宵节。②映彻：晶莹剔透貌。③紫姑：神话中厕神名。又称子姑、坑三姑。相传为人家妾，为大妇所嫉，每以秽事相役，正月十五日激愤而死。故世人作其形夜于厕间或猪栏边祭之。见南朝宋刘敬叔《异苑》卷五、南朝梁宗懔《荆楚岁时记》。一说她姓何名楣字丽卿，为唐寿阳刺史李景之妾，为大妇曹氏所嫉，正月十五日夜被杀于厕中，上帝怜悯命为厕神。旧俗每于元宵在厕中祀之，并迎以扶箕。事见《显异录》以及宋苏东坡《子姑神记》。④窃药：传说后羿得不死之药于西王母，其妻嫦娥盗食之，成仙奔月。见《淮南子·览冥训》，后以"窃药"喻求仙。心灰：谓心如死灰，极言消沉。⑤踏歌：传统的群众歌舞形式，互相牵手或搭肩，以脚踏地为节拍。⑥秋期：指七夕，牛郎织女约会之期。⑦蛾眉：美人的秀眉。比喻新月前后的月相犹如一道弯眉，故名。这里喻月食时仍明亮的部分。⑧些时：片刻，一会儿。

【赏析】

纳兰写景是真美，还多有新奇词句。"星球映彻"，此星球非彼星球，形象地描绘了星星点点闪烁花火的球状烟花，与我们今日遣词造句的习惯不同，读起来颇有趣。古时元宵放焰火，这阕词描绘了一个月蚀元宵夜作者之所见，属于咏节序风物：

天空烟火璀璨，梅梢之雪不明，月已初蚀，紫姑欲与人诉说经年的别离之情，而嫦娥却自愧窃药奔月，心灰意懒，以致不愿揭开镜面。月食渐出，地上锣声才歇，人们便开始踏歌庆祝，那月光还像中秋时节一样清澈明亮。老天也是风流之人，为了让人们看到新月如眉的景色，故意将月缺的时间延长了。

诗人的写作手法非常老道，用"一痕微褪梅梢雪"暗示月食的开始。月食，在古代称为天狗食月，人们看到月亮缺一块，以为是被天狗吞了，赶紧敲敲打打发出巨大的声响想吓走天狗。待月食结束，人们便以为天狗被吓跑了，把月亮吐了出来，又敲锣打鼓地庆祝一番。适逢元宵佳节，这种庆祝较以往会更为热烈吧。

人热闹，神也不甘寂寞，紫姑就在这个日子与爱人重会。

紫姑是厕所里的神灵。中国人的审美，总是在出人意料处迸发。譬如刺绣，西方人若熟悉这门手艺，必定好好装裱起来悬于高堂细细欣赏。中国人则不同，把那些美丽的丝线艺术品安放到天天穿着的衣服上，而且不在醒目处刺绣，专挑袖口、鞋帮等易于磨损、不为人注意的隐秘地方。仿佛是有意地要让那些本就脆弱的美丽承受更多的磨砺、忍受更多的压抑。中国的神也是如此，中国人的厕所里也会安放一位神，还是位美貌的妇人，这是西方人的想象力再肆意发挥也想象不到的。而且这位厕所里的维纳斯有名有姓有来历：她姓何名楣，字丽卿，是唐寿阳刺史李景的妾，是被大老婆虐待致死。一个女人死在污秽的厕所里，并以永生的方式被禁锢于其中，真不知上苍这个出于怜悯而产生的决定对这女子而言是拯救还是折磨。这位女子活着时遭受折磨，死去了还在厕所里展现受难的美——以受难为途径展现美，这个行为艺术西方人是让壮硕的普罗米修斯完成的。

传说紫姑是元宵节那天被虐杀的，所以正月十五那天是她的祭日，家家户户都要祭祀。

英雄不问出处，不论紫姑走入神道的过程是多么不可思议，她已然是一位仙人了。仙人便是美丽傲物的，神化了的紫姑恢复了在世时的美丽容颜，而且时间尽情地倒流，流回到了她做受人欺凌的小妾之前的时光，她依然是一位娇俏的少女，可与月宫里的嫦娥仙子平起平坐。

李商隐道"嫦娥应悔偷灵药，碧海青天夜夜心"。嫦娥，神话中最美的女子，一生背负着一个"窃"字。她本就是天上的神，为了恢复神仙的身份才窃取了丈夫千辛万苦取回的仙药。她回到了天宫，也付出了代价，她的代价就是生生世世的孤单。人间佳节，焰火漫天，人声鼎沸，唯有她在清冷的月宫里苦熬时光，连妆容都懒得打理。白白背负一个污名，却没有得到料想中的美好生活，难怪"窃药心灰"，后悔了。

紫姑是李景亡妾，嫦娥是后羿逃妻，都不是寻常妇人，属风流女仙。几个女仙尚且是风流若此，那么总管天下事的天公更是风流极品了。月食后的月亮并不是迅速恢复浑圆，而是如美人纤纤黛眉，美得动人心魄。风流的天公便故意让这美的瞬间拉长，让天下人同来欣赏这一弯秀眉。

忆江南

　　春去也，人在画楼东^①。芳草绿粘天一角，落花红沁水三弓^②。好景共谁同？

纳兰词大讲堂

【注释】

　　①画楼：雕饰华丽的楼房。②弓：旧时丈量地亩用的器具和计算单位。

【赏析】

　　《忆江南》单调共五句，二十七字。第二、四、五句押平声韵。唐段安节《乐府杂录》云："《望江南》始自朱崖李太尉（李德裕）镇浙日，为亡妓杜秋娘所撰，本名《杜秋娘》，后改此名。"后因白居易词中有"能不忆江南"句，故改名《忆江南》。

　　《忆江南》小令词牌短小精致，纳兰笔下可以说为数不少。

　　这篇起句"春去也，人在画楼东"，用白描手法勾勒出一幅春之将暮、词人独立画楼凭栏远眺的图景，令人想起南唐后主李煜一曲《浪淘沙》：

　　帘外雨潺潺，春意阑珊。罗衾不耐五更寒。梦里不知身是客，一晌贪欢。
　　独自莫凭栏，无限江山。别时容易见时难。流水落花春去也，天上人间！

　　"独自莫凭栏"，李煜这一句能成为古今多少凭栏慨叹诗词的注脚。凭栏伤春，最能勾起文人墨客一腔愁绪，就像后主词中所说，"流水落花春去也，天上人间"，水自长流、花自飘落，春天自要归去，而人生的春天也终有完结。都说"自古逢秋悲寂寥"，其实诗人才子每到春末，又何尝不是满心凄凉情绪？看历代伤春之作，无不是字字句句间包含着无尽的留恋、惋惜、哀痛和沧桑。

　　"芳草"二句意为碧绿的芳草连到了天边，飘落的红花铺盖在茫茫的水面上。弓是古代的量度单位，时代不同，它所规定的长度亦有别。此处的"三弓"也并非实指，意在说是长长的一大片。

　　词人用"芳草""落红"二词突出了红绿对应给人的视觉带来的强烈冲击力，又使整幅画面绚烂生动。诗词中用这种手法写景状物的不在少数，最有名的应该是杨万里那首《晓出净慈寺送林子方》：

三二一

毕竟西湖六月中，风光不与四时同。

接天莲叶无穷碧，映日荷花别样红。

但纳兰这曲小令与杨万里诗在气象上毕竟不同。杨诗中"接天莲叶无穷碧，映日荷花别样红"一句，莲叶无边无际仿佛与天宇相接，既写出莲叶之无际，又渲染了天地之壮阔，气象十分宏大。而纳兰在描画芳草、落红时分别着以"粘""沁"二字，便使得词中自有一种清丽幽婉情绪油然而生。

篇末落句"好景共谁同"，应是化自欧阳修《浪淘沙·把酒祝东风》一句："今年花胜去年红。可惜明年花更好，知与谁同？"

词人用反诘煞住，点到本旨，即春去也，人也天涯，孤寂之情难禁。再细品其芳草、落花对句，既为景语，又是孤凄心绪的烘衬，使这五句小令含思悠婉，蕴藉绵邈。

忆江南

昏鸦尽①，小立恨因谁？急雪乍翻香阁絮②，轻风吹到胆瓶梅③。心字已成灰④。

【注释】

①昏鸦：黄昏时天空飞过的乌鸦群。②香阁：古代青年女子居住的内室。③胆瓶：长颈大腹的花瓶，因形如悬胆而得名。④心字：即心字香，一种炉香名。明杨慎《词品·心字香》："范石湖《骖鸾录》云：'番禺人作心字香，用素馨茉莉半开者着净器中，以沉香薄劈层层相间，密封之，日一易，不待花蔫，花过香成。'所谓心字香者，以香末萦篆成心字也。"

【赏析】

彤云密布的冬日黄昏，隐约一只瘦小的乌鸦，越飞越远，身影也越来越小，直到融进在那一望无垠、萧瑟的旷野尽头。旷野中，是谁惆怅无尽，若有所思？天宇间，是谁独立寒秋，无言有思？有何事令她难更思量？有何人令她爱恨交加？罢了罢了，"往事休堪惆怅，前欢休要思量"，罢了罢了，"人心情绪自无端，莫思量，休退悔"。

熏香如心，飘起袅袅的青烟，暖香熏透她的闺阁；急雪翻飞，缕缕纷纷，柳絮因风吹般的飘飞而起。雪白色的胆瓶中刚插上的梅花，冬风吹进暖暖的闺房，化作清风，卷起阵阵幽香。这本闲极雅极的适意景致，奈何她的心中竟如何也卷不起一丝快乐的涟漪。冬风益发强劲，心形的盘香燃烧殆尽，地上只留下一道心形的香灰。周体转凉，心中凄凉寂寞，次第已如燃尽的熏香一般，化成死灰。

这首词营造了两种不同而又互相联系的场景。"昏鸦尽，小立恨因谁"，是第一个场景；"急雪乍翻香阁絮，轻风吹到胆瓶梅。心字已成灰"，是第二个场景。前一个场景是在冬天黄昏的野外，从意象上看，"昏鸦尽"和情感主体"小立恨因谁"都能够看出来。第二个场景则在少女的闺房中。也可从意象上看出来，如天气情况是"急雪"，所在地方是"香阁"，感觉上为"轻风吹到胆瓶梅"。当然，情感上也有明显变化，且与环境的变化一致。开始是"小立恨因谁"，后来变为"心字已成灰"，明显感觉情感在承接前面的同时，变得深多了。回头来看，从旷野到香阁，从大环境到小空间，从"小立恨因谁"到"心字已成灰"，在各个层面都能看到这种变化。而这中间也有一个转变的标志，就是"急雪乍翻"，这交代了词中情感变化的时空转换的交点。前面或许是"秋凉"罢了，而后面明显可以感觉到"凄冷"的环境氛围。

诗词中有种不成文的划分，便是依据字数多少进行的划分。长篇且不必多说，即便是一篇名篇，也未必不允许其中有些败笔赘言。但是所谓的"短篇""小制"就不行了，若是名篇，是绝不会允许的，不仅仅是败笔赘言，就算平庸的句子也是不允许的，因为这样一来，就浪费了诗歌给人营造惊奇的"可能性"。诗歌给人以好的感觉，是离不开这种"可能性"的。这首《忆江南》字数极少，是小令中的单调，在诸多词牌名中，也是字数最少之一。这一词牌写得好的，如，温庭筠的"梳洗罢，独倚望江楼。过尽千帆皆不是，斜晖脉脉水悠悠，肠断白蘋洲"。用字上讲求自然少造作，无赘言败笔。

纳兰这首词中"心字已成灰"巧妙而自然地用了双关的修辞手法。一方面在意象上指的是心形的熏香燃烧完后，在地面上留下的心形的灰烬；另一方面又可以来指词中人物的情感上的"心如死灰"。在黄天骥的《纳兰性德和他的词》中，他说这首词"语带双关，耐人寻味，但情调过于灰暗"，似乎觉得不合先贤的"哀而不伤"，可这样真挚的情感表现方式，也正是纳兰的词令人感动的根本。

事实上这里还透露了词人的另一重心境。纳兰出身贵胄，然而他自己受到十分鲜明的汉族文化熏陶，具有极强的归隐意识，这在他内心一直存在。他自己是帝王身边的一等侍卫，父亲是当朝宰相。这些高贵的身份几乎就是被命运安排的，不可更改。一方面有遁世淡薄之心，另一方面身在朝阙，处在与自己性格极为不协调的名利中，内心的痛苦与努力的挣扎是多么惨烈。纳兰一语双关的"心字已成灰"一语，是对他所描绘的女子情感的完结，也无意透露出了自己的心态。

忆江南

江南好，建业旧长安①。紫盖忽临双鹢渡②，翠华争拥六龙看③。雄丽却高寒④。

【注释】

①建业：古县名。东汉建安十七年孙权改秣陵县设置，治所在今南京市，南京曾为东吴、东晋、宋、齐、梁、陈、南唐、明等八代王朝的都城，故称"旧长安"。②紫盖：紫色车盖，帝王仪仗之一，借指帝王车驾。双鹢：即船头绘有鹢鸟图像的船，此处指皇帝的游船。③翠华：天子仪仗中以翠羽为饰的旗帜或车盖，为御车或帝王的代称。六龙：古代天子的车驾为六匹马，马八尺称龙，为天子车驾的代称。④高寒：地势高而寒冷，或指清高。

【赏析】

"忆江南"这一题，最有名的应属白居易一句"日出江花红胜火，春来江水绿如蓝"，写尽了江南之美，着尽了江南之色。当年，康熙帝巡行江南，纳兰扈驾前往，头一次来到此地，见到白居易口中之景，忍不住挥笔描绘眼见之美。

也难怪纳兰如此喜爱江南，小桥流水人家的生活，总是随处可见。四季不同的景致，也各有其不同的雅致。江南潮湿，冬天是冷到骨头里的湿凉，夏天是热得汗流浃背非得在屋里待着不可，可它却总是叫人觉得精致而令人怜爱的。"万柳堤边行处乐，百花洲上醉时吟。"若是没有那样的景致，大概也不会有那么多的书卷中人行处而乐，醉时而吟了。有那婉约清丽的江南，才有纳兰如此的赞叹。纳兰于此，如同风拂其心、柳醉其情。江南温婉柔美，纳兰细腻婉约；江南水汽氤氲，纳兰雾眼迷离；江南和风絮语，纳兰文墨写意。才子江南，气质相合，相见恨晚，很快人景就相融了。

景有致，城也是个厚重的城，这"旧长安"，本是八代王朝的都城，历史风尘，留下厚重的城墙，是个卓有雅韵的地方。对于南京古城，个人十分喜爱，那沿途的树木，即使是秃了的树干，都有意味。那更别说当年的旧长安了。古城，文人大都是喜爱的。

然而在这城中，忽然迎来了皇帝的驾临，紫盖双鹢，可见，车队船队十分壮观，百姓围凑在四周看着热闹，看这难得一见的壮观车队，看这架势，或者还想目睹一回龙颜。此时的纳兰身处仪仗之中，也是这热闹之中的"幸福者"，却唯独他一番热闹的描述之后，会觉得"寒"。雄丽之景，却觉高寒，众人皆醉我独醒，应当算是幸运还是不幸？

不得不想起苏东坡的"高处不胜寒，起舞弄清影，何似在人间"，高处起舞的寒凉，怎比得上人间的平凡生活？也不知，纳兰这一声"高寒"，是替自己悲哀还是为康熙而觉得悲哀。也许是为自己那始终被限制的人生而觉得拘谨不安，也许是为了生活毫无选择、毫无空间的喘息颇为难耐，也许是为着迟迟不能如愿的抱负而深感无奈，也许是为着感情无法自已的愁苦而心有凄凉。而康熙呢，高高在上的帝王，他享尽了荣华富贵，权力欲望，都不会受到阻挠，没有人压迫他，没有人夺走他的爱人，这样的出行，翠华六龙，百姓围观人声鼎沸。他坐在他的华盖下，穿着他的龙袍，被保护、簇拥，可是却从没有可能享受百姓平凡生活的欢愉，这样的高处，他不觉得寒冷吗？

康熙怎样想，又从何知晓呢？纳兰这一叹"高寒"，又悲凉，又无奈。喧闹的人声之中，也难得有个纳兰，顿觉高寒不已，由衷地觉得悲哀。

即便家家都争唱饮水词，这纳兰的心事，又有几人知晓呢？

忆江南

江南好，水是二泉清①。味永出山那得浊，名高有锡更谁争②，何必让中泠③。

【注释】

①二泉：指无锡惠山泉，又名"陆子泉"，因其有"天下第二泉"之称，故名。②名高：崇高的声誉，名声显赫。③中泠（líng）：泉名，即中泠泉。在今江苏镇江西北金山下的长江中。今江岸沙涨，泉已没沙中。相传其水烹茶最佳，有"天下第一泉"之称。

【赏析】

说到二泉，不得不想到《二泉映月》一曲，也就不得不想到盲人阿炳，好似见他右胁夹着小竹竿，背上背着一把琵琶，二胡挂在左肩，就这么咿咿呜呜地拉着，在飞雪中，发出凄厉欲绝的袅袅之音。二泉边上的这支曲子，便是这样来的。好曲有映衬之景，也不难想象二泉动人的景致，这才使这可怜可敬的身残者日日夜夜演奏不止。

这二泉，便是如今无锡的惠山泉，又被叫作"陆子泉"，被唐人称为"天下第二泉"，在那个时候，二泉在无锡被人熟知，也因泉水清澈适合煎茶而远近闻名。而无锡之所以为"无锡"，也是有典故的。当年无锡近处有一座山峰，在周秦时代盛产铅锡，因此得名锡山。到汉代，锡山之锡渐渐被采尽，山边之县于是得名为无锡。待到新莽时代，锡山锡矿复出，传为奇迹，故此县名改为有锡。后至东汉，光武年间锡矿再次枯竭，有锡自此被唤为"无锡"。

纳兰对二泉心怀眷恋，咏起杜甫的"在山泉水清，出山泉水浊"，引的是反意，说二泉之水，不论在山抑或出山，都是清澈的，不受污染，不变混浊。纳兰以为，二泉之水已然天下无双，更有谁争？又何必让给中泠"天下第一泉"的称号呢？不服气的一个"让"字，巧而不显地做了一个隐藏的对比。

"天下第一泉""中泠"一名出自苏东坡诗句："中泠南畔石盘陀，古来出没随涛波。"江岸沙涨，如此天下第一，已然埋没于沙中留下永久的遗憾了。出水而浊，难怪纳兰要不服气。

看似只是写第一第二之别的泉，实则是将人和物再次巧妙地结合起来了。"出淤泥而不染，濯清涟而不妖"，实际上与"在山泉水清，出山泉水浊"，探讨同一个问题。两者反意行之，纳兰的心思确实明显。在山水清，出山如是。

身浮宦海，纳兰写这小词，写的是自己不愿被俗世之欲吞噬的决心和意愿。如此顽固的"不服气"，真是其顽固不服从于俗世条框的唠叨之言。听上去，反倒让这才子显得更为可爱。"举世皆浊我独清，众人皆醉我独醒"的人一定是寂寥的。毕竟身在其中，身不由己，看着众人醉，唯独自己不醉，痛楚难耐。但就是不愿与人们一同醉去，因这尘世也需清醒之人啊！此时的纳兰已经下了辞官隐退的决心，官场清浊，古往今来论述甚多，文人辞官的亦有不少。不愿与人同醉，只能放下金樽，不与人共饮就罢。

从另一个方面也有不同的理解。此时欣然期待回京娶得佳人归的纳兰日夜思念着北方的沈宛，这个江南的女子已将他的心牢牢俘获，却奈何总是离多聚少，心怀亏欠。"相见时难别亦难"，这时，纳兰急切地想要对爱人表明他坚定的决心和距离阻隔的思念。不知她可听见？缱绻之情，金石可鉴。任凭时空如何变幻，这思念都是连绵不可断的。

在山水清，出山如是。

忆江南　宿双林禅院有感①

心灰尽，有发未全僧。风雨消磨生死别，似曾相识只孤檠②，情在不能醒。

摇落后③，清吹那堪听④。淅沥暗飘金井叶⑤，乍闻风定又钟声，薄福荐倾城⑥。

【注释】

①双林禅院：指今山西平遥西南七千米处双林寺内之禅院。双林寺内东轴线上有禅院、经房、僧舍等。②孤檠（qíng）：孤灯。③摇落：凋残，零落。④清吹：清风，此指秋风。⑤金井：井栏上有雕饰的井。一般用以指宫廷园林里的井，也指墓穴或骨瓮。⑥荐：进献、送上。倾城：形容女子艳丽，貌倾全城。

【赏析】

纳兰著有《通志堂文集》二十卷，但是他最大的成就还是在词上。他的词清新婉丽，独具品味，而且还能够直指本心。这或许是他能够写出令人动容、耐人寻味的好词的缘由。

在纳兰生前，他的书做成刻本出版后就产生过"家家争唱"的轰动效应。而在他身后，他更是被誉为清朝"第一词人""第一学人"。清代词话家和学者对他评价都很高。

纳兰作为出名很早却英年早逝的才子，被人写进了书里。张恨水的《春明外史》中写到过一位才子，死于三十一岁的壮年。其友恸道："看到平日写的词，我就料他跟那纳兰容若一样，不能永年的……"

《春明外史》当时刊登在报纸上，作为连载的小说，会被许多人看到，而张恨水之所以要将纳兰写入文中，想来也是想借助纳兰的人气，为自己的小说增添几分魅力。

后人十分敬仰和推崇的纳兰，其实和普通人无异，虽然他有着过人的才华，却也有着寻常人不曾有的烦恼。纳兰有一个红颜知己叫作沈宛，是他在江南认识的。沈宛诗词歌赋、琴棋书画样样精通，而且和纳兰心意相通，二人感情甚笃。

不过让人惋惜的是，纳兰那时已经有了妻子官氏，虽然说男人三妻四妾在那时是很平常的，但沈宛是汉家的平民女子，这一点让纳兰的父亲纳兰明珠很不能接受。他认为男人风流可以，但把一个汉家女子娶进家门则是万万不能的事情。

于是纳兰无法将沈宛接进家门，只能在京城其他地方为沈宛安置一处别院，二人就这样开始了艰辛却又幸福的夫妻生活。但好景不长，沈宛在怀孕后，决定回到江南，独自将纳兰的骨肉抚养成人，她不想因为自己影响纳兰与家族的关系。

沈宛走了，正如她来一样，毫无声息。这样一个善良却又卑微的女子在纳兰的生命中来过又离去，为纳兰留下了不可磨灭的记忆。这首《忆江南》就是纳兰在沈宛走后，一个人百无聊赖时所作的。

心如死灰，除了蓄发之外，已经与僧人无异。只因生离死别，在那似曾相识的孤灯之下，愁情萦怀，梦不能醒。花朵凋零之后，即使清风再怎么吹拂，也将无动于衷。雨声淅沥，落叶飘零于金井，忽然间听到风停后传来的一阵钟声，自己福分太浅，纵有如花美眷、可意情人，却也常在生离死别中。

沈宛走了，一同带走的还有纳兰的希望和幸福。虽然冬去春来，但这姗姗来迟的春意对纳兰来说，已是毫无意义。没有了一同看春的人，就算这春风再温柔、这春日再明媚，又能怎么样呢？

"心灰尽，有发未全僧。"纳兰此刻的心情果真也是如此，虽然蓄发，内心却依然是如死灰一般，毫无生气，对红尘丝毫不再留恋了，如同僧人一般。只不过是等着死去，消磨时光罢了。既然是这样的生活状态，下一句"似曾相识只孤檠，情在不能醒"也便是在情理之中了。

"孤檠"是孤灯的意思，夜晚一个人守在似曾相识的孤灯下，怀念往昔，真想沉浸在过往的美梦中长睡不醒。可惜梦总有做完的时候，等醒来时，更发现了现实的冰冷与残酷，就好像凋零的花朵，淅淅沥沥的雨声，怎么看都是寂寞。

纳兰在最后感慨自己是"薄福荐倾城"。在这里，"荐"的意思是进献、送上，而"倾城"则是指那些容貌艳丽的女子，这里指的是沈宛。纳兰福薄，无法消受上天馈赠给他的美好礼物，只能在失去之后独自叹息。

这首词写尽离别辛酸泪，却又不失清新雅淡，实属佳作。中国历代的文人都追求将对物质理性的认识与人生观、世界观联合起来，从而指导生活、艺术等。纳兰却不是如此，他超脱于任何一种形式，无论他的抒情还是描写都是有感而发，从心底迸发的热情让理性的禁锢荡然无存，纳兰写词，重在写心。

忆秦娥

春深浅①，一痕摇漾青如剪②。青如剪，鹭鸶立处③，烟芜平远④。

吹开吹谢东风倦，缃桃自惜红颜变⑤。红颜变，兔葵燕麦⑥，重来相见。

【注释】

①深浅：偏义词，指深。②摇漾：摇动荡漾。③鹭（lù）鸶（sī）：又叫"鸬鹚"。水鸟名，翼大尾短，颈和腿很长，捕食小鱼。④烟芜：烟雾中的草丛，亦指云烟迷茫的草地。⑤缃（xiāng）桃：即缃核桃，结浅红色果实的桃树。亦指这种树的花或果实。⑥兔葵燕麦：形容景象荒凉。兔葵，植物名，似葵，古以为蔬。燕麦，一种谷类草本植物。

【赏析】

唐代文豪刘禹锡因参与王叔文、柳宗元等人的革新运动被贬郎州司马。十年后，被朝廷"以恩召还"，回到长安。这年春天，他去京郊玄都观赏桃花，写下了《玄都观桃花》："紫陌红尘拂面来，无人不道看花回；玄都观里桃千树，尽是刘郎去后栽！"用以讽刺那些暂时得势的奸佞小人。

这首诗引起很多人的不满，于是他又因"语涉讥刺"而再度遭贬，一去就是十二年。十二年后，诗人再游玄都观，写下了《再游玄都观》："百亩庭中半是苔，桃花净尽菜花开。种桃道士归何处？前度刘郎今又来。"不改初衷，依然如故，"前度刘郎今又来"的不懈斗争精神，一直为后人敬佩。

纳兰化用刘禹锡玄都观诗的典实写了这首《忆秦娥》，却没有了刘禹锡的斗志，而是通过花开花落、世事变迁，暗透了今昔之感和不胜身世的孤独之情。

春已深，春水摇荡着，岸边露出整齐如剪的青绿色的涨水痕迹。那正是鹭鸶站立的地方，烟雾中草地一片凄迷，看不到尽头。东风吹来，将百花吹开，又将百花吹谢，桃花在这春风中感受着红颜的渐变。红颜将老，眼前这凄凉的景色谁又重来相看呢！

"春深浅"，这里用的是偏义词，指深。而后一句"一痕摇漾青如剪"则是写出春意深深、春水荡漾的情景。纳兰写词很注重词句的打磨，"摇漾"二字用得恰到好处，也很见功力。

"青如剪，鹭鸶立处，烟芜平远。"这首词的上片俨然一片大好的春光，岸边露出涨潮的水是青绿色的，犹如被剪刀剪过一般整齐。这样的景色想想也觉得宜人。在绿波之中，还有鹭鸶站立着，远处的草地在烟雾中一片迷蒙，看不清楚哪里才是尽头。

上片中，纳兰用了许多元素，构成了一幅春景图，有水鸟、草地、绿水，等等，这些都是春日里最常见的景物，但是在纳兰的笔下，却是显得格外有生机，别有一番情趣在其中。上片写景之后，下片并未抒情，纳兰依然在描述春天的样貌。

"吹开吹谢东风倦，缃桃自惜红颜变。"春风吹来，桃花落下，风过，花落。这样的意境，纳兰许多词中也有用过，这是他用来写人世无常、岁月变迁常用的一种意象，但每次写起，都有不一样的感觉。

这首词中，纳兰用到了许多自然景物，例如"鹭鸶""缃桃"等，这些都给这首词注入了新鲜的活力，不显得刻板。在活泼的氛围中，书写闲愁，这恐怕是纳兰的拿手好戏，他将闲愁与春光结合得恰到好处。

最后，在一片美景中，纳兰写了他想要表达的意思："红颜变，兔葵燕麦，重来相见。"红颜易老，春光易逝去，只有抓紧时间，才能享尽人生。不然空待到最后，想见的人都不知道该去哪里相会了。

忆桃源慢

斜倚熏笼①，隔帘寒彻，彻夜寒如水。离魂何处②，一片月明千里。两地凄凉，多少恨，分付药炉烟细。近来情绪③，非关病酒，如何拥鼻长如醉④。转寻思不如睡也，看道夜深怎睡。

几年消息浮沉，把朱颜顿成憔悴⑤。纸窗淅沥⑥，寒到个人衾被。篆字香消灯烛冷⑦，不算凄凉滋味。加餐千万，寄声珍重，而今始会当时意。早催人一更更漏⑧，残雪月华满地。

【注释】

①熏笼：一种覆盖于火炉上供熏香、烘物和取暖用的器物。②离魂：指远游他乡的旅

三二九

人或游子的思绪。③情绪：心情，心境。④拥鼻：掩鼻吟的省称。《晋书·谢安传》："安本能为洛下书生咏，有鼻疾，故其声浊，名流爱其咏而弗能及，或手掩鼻以效之。"后以此指雅音曼声吟咏。⑤憔悴：黄瘦，瘦损。⑥纸窗：纸糊的窗户。⑦灯炧（xiè）：谓灯烛将熄，灯烛余烬。⑧更漏：古时夜间凭漏壶表示的时刻报更，所以漏壶又叫更漏。

【赏析】

　　《忆桃源慢》，美丽的词牌，同样美的还有纳兰的词，婉转低回，仿若一曲悠扬的笛音，清脆动人。思念是世上最真最美的情感，却也是最悲最痛的情愫，当人在思念时，总是能感到心中疼痛，而纳兰的厉害之处就在于，他能够让别人为他的思念，而同样感到心痛，这样的词，读起来，泪与疼一起溢出。

　　这首词为塞上思亲、念友之作：斜倚在熏笼边上，寒气透过帘子袭进来，彻夜如冰水般寒冷。远游他乡的人身在何处，只在明月千里之外。天各一方，两地相思，都交付给了这药炉细烟。近来极坏的情绪不是由于饮酒太多，又怎能暗自吟咏，仿佛酒后沉醉呢！辗转寻思还不如早早睡去，否则到了深夜更无法入睡。

　　几年来你的消息断断续续，沉浮不定，把相思的人儿都折磨得形影消瘦了。窗外风雨声淅沥，屋内人单衾薄寒冷。篆字形的香都燃尽了，灯烛的余烬也变得凄冷了。千万要记得照顾好自己，寄去一声珍重，如今才能体会到你当时的心意。更漏一遍遍催人入睡，窗外此时已是月光遍地了。

　　"斜倚熏笼"，自己斜倚在暖炉上，暖炉传递来的热量传遍全身，此刻想到，远方的你，是否能够与自己一样，也有暖流在身旁。如果你没有在屋内，那么外面寒风阵阵，你又是如何驱寒呢？

　　纳兰想着远在他方的人，内心不禁一阵纠结，"隔帘寒彻，彻夜寒如水"。此时隔着门帘望去，外面天寒地冻，这样的天气，离人孤身在外，夜里该在哪里过夜呢？夜晚的寒冷将会是白日的百倍，不知道离人如何安置自己。

　　叹息阵阵，纳兰虽然担忧，但他自己却是无能为力的，只能给予关心和问候，希望远方的人平安健康。想到这里，纳兰似乎安慰了些，虽然远隔千里，但毕竟是在一轮明月下，看到月光，此刻离人也能看到这月光，这样，他们似乎又没有离那么远了。

　　"离魂何处，一片月明千里。两地凄凉，多少恨，分付药炉烟细。"话虽如此，但两地分隔，还是多少会难过，长久的思念，终于成疾，在煎药的炉子上，冒起烟雾阵阵，看去，让人思绪缥缈，仿佛回到过去。

　　"近来情绪，非关病酒，如何拥鼻长如醉。转寻思不如睡也，看道夜深怎睡。"但在上片最后，纳兰却并不承认，自己的病是因为思念过度引起的，他说这病并非是思念而起，而这愁绪也并非是因为生病而起。但他骗得了别人，却骗不过自己，夜晚时候，大家都安然入睡，他却是辗转反侧，无法入眠。

　　上片悲苦，下片淡然，既然无法相聚，那就期望各自都过得好吧。"几年消息浮沉，把朱颜顿成憔悴。"长期打探彼此的消息，结果只能是让各自憔悴，这又何必呢？"纸窗淅沥，寒到个人衾被。"窗外淅淅沥沥的雨声，带来阵阵寒意，这寒意仿佛穿透棉被，侵入骨髓，这是寂寞的寒。

"篆字香消灯烬冷，不算凄凉滋味。加餐千万，寄声珍重，而今始会当日意。"檀香熄灭，烟尘落满一地，这比起自己内心的凄惶来说，不算凄凉，此刻想到身在外地的人，只希望他能够珍重。

这首怀人的词在最后，也只是以祝福与哀伤融合结尾，"早催人一更更漏，残雪月华满地"。祝福外地的朋友，但想到自己，也只能独自一人待在家里，看到月光满地，愁绪再次涌上心头。

渔 父

收却纶竿落照红①，秋风宁为剪芙蓉②。人淡淡，水蒙蒙，吹入芦花短笛中。

【注释】

①纶（lún）竿：钓竿。②宁为：乃为，竟为。

【赏析】

几乎所有的词评人都赞纳兰的小令是天籁，格高韵远，极缠绵，婉约之致。

而眼前这一首是纳兰为友人徐虹亭写的题画词。徐釚在《词苑丛谈》卷五品藻篇中曾说："余旧嘱谢彬画《枫江渔父图》，长白成容若为余《渔父》词云云，同人以为可与张志和并传。"

可见是纳兰作这首词时，是对着一幅名为《枫江渔父图》的画卷，将画意凝为诗情，融进了这首曾在张志和笔下大放异彩的词牌。

抛开那首"西塞山前白鹭飞"不说，先来看纳兰的词。

"收却纶竿落照红"，常读《饮水词》的人看见这句便可会心一笑了，纳兰一贯钟情的白描手法在此一显无余。夕阳西斜、晚霞烂漫，渔人悠然收竿，首句铺展在读者面前的，就是这样一幅场景。纶竿即为钓竿。落照，西斜的夕阳。"收却"二字用在全词的开头，别有一番意味。从字面上看，"收却"与"落照红"是同时发生的动作，而纵览全词，则可体味出这两者其实有着暗示的因果关系：即因"落照红"而"收却纶竿"，无须多言，便道出了黄昏中渔人逍遥自得，不假它求，这种自由自在的情绪，为整篇作品奠定了基调，又与下句的描述前后呼应。

"秋风宁为剪芙蓉"承接上句，由落照的色彩写到秋风的声响，由人之主体写到荷花之喻体，仍然是从细节着手，以拟人的手法，描述飒飒秋风之凉意吹飘，不求他物，只为了能轻轻地摆动水中那一簇簇绝美的荷花。此处着一"宁"字，赋予了秋风人的性情与品格，出奇地于平和中凸现词人强烈的感情。

从声韵上讲，"宁"做连词用时，读去声，放在动词的前面或句首，表示在现实情况下对选择某事物坚定的意志和愿望。可以解作"情愿、宁可"。如《史记·屈原列传》中有："宁赴常流，而葬乎江鱼腹中耳。"

剪，《说文解字》云："齐断也。"此处为形容词，即剪剪，引申为齐整、摇动貌。如欧阳修《暮山溪》句："纤手染香罗，剪红莲，满城开遍。"

芙蓉是荷花的别称。《国语·招魂》中就有"芙蓉始发，杂制荷些"一句，《古诗十九首》中也有："涉江采芙蓉，兰泽多芳草。"

荷花自古在诗词曲赋中都代表着一种高洁淡泊、出淤泥而不染的意象，如《离骚》："制芰荷以为衣兮，集芙蓉以为裳。"

于画于词，我们都能感受到这种以花喻人之高洁和淡泊的情怀，而更让人玩味的是，荷花的花期是在夏天，至秋便开始逐渐残萎，并非处于最清丽娇娆的状态，然而纳兰却依然让秋风执意为凄美的秋荷吹拂，其间之情感暗示与唐人郭恭的《秋池一枝莲》可谓同出一辙，其诗云："秋至皆零落，凌波独吐红。托根方所得，未肯即随风。"

其中的自持之情与超脱之意都可在纳兰这首词中见得相通之处。

勾勒完了风物，"人淡淡，水蒙蒙。吹入芦花短笛中"三句抛出一个空远淡漠的远景，人影稀，烟水蒙，笛音轻，纳兰将他的"山泽鱼鸟之思"寄托于词中。时人称纳兰题画诗词有种"烟水迷离"之感，从这首小令的诗情画境中也可见一斑。

唐圭璋在《词学论丛·成容若（渔歌子）》中盛赞道："风致殊胜。一时胜流，咸谓此词可与张志和《渔歌子》并称不朽。"

虞美人

彩云易向秋空散，燕子怜长叹。几番离合总无因，赢得一回僝僽一回亲①。

归鸿旧约霜前至②，可寄香笺字③？不如前事不思量，且枕红蕤敧侧看斜阳④。

纳兰词大讲堂

【注释】

①僝(chán)僽(zhòu)：烦恼，忧愁。②归鸿：归雁。诗文中多用以寄托归思。③香笺：散发香气的信笺。④红蕤(ruí)：红蕤枕，传说中的仙枕。唐张读《宣室志》卷六记载，玉清宫有三宝，碧玉环、红蕤枕和紫玉函，红蕤枕似玉，微红，有纹如粟。亦借指绣枕。

【赏析】

有些人知道这首词或许不是通过《饮水词》或古代文学史，而是从琼瑶的作品中窥见它的。琼瑶小说《彩云飞》一开篇，作者就引用了这首词："彩云易向秋空散，燕子怜长叹。几番离合总无因，赢得一回僝僽一回亲。"想来这大概也是小说名称的出处吧。

彩云消散，便没了痕迹，这倒是很符合禅宗的意境。按照佛教的观念，无常是人生的本质，聚散便也成了人生的常态。虽然事事必有因果，能参透聚散离合因由的却毕竟是少数，所以，我们就那样和他遇上了，又这样和他擦肩了，揣摩不透茫茫人海中为何偏偏是这两人相遇，又想不明白既然深爱又为何不能相守，让人徒增烦恼。

天高气爽的秋季，最容易被风吹散开去的岂止彩云而已，还有如藤蔓般生长的相思。独居深闺盼人归的女子满腹心事，想起欢聚时的温馨和离别时的不舍，她不免一会儿欢喜，一会儿忧愁。正满腹心事，却又见北燕南去，直惹来声声长叹。两人之前曾有约定，男子许诺霜期之前就会归来。如今归期将至，这女子还是忍不住嗔怨："无论如何，也该寄封书信来慰相思啊！"怨罢，又无奈地自我开导："还是不要想以前的那些事了，我不如枕着绣枕看那西下的落日吧！"

闺中女子相思甚苦、愁情难耐的矛盾心理跃然纸上，而这一番小女子的细腻心思、扭捏姿态却出于一个男人笔下，让人不得不感叹纳兰的情愫之敏感、体物之细微。

宋朝词人张先也有一首著名的闺怨词："楼倚春江百尺高，烟中还未见归桡，几时期信似江潮？"这首《浣溪沙》上片一句写闺妇凭栏眺望，尽管她思念心切，但江上还不见丈夫乘船而归，失望之余，她便怨起了那远行之人，觉得他还不如那江潮，江潮还会如期而至，而丈夫却迟迟不归。这首词的意境与纳兰的《虞美人》有诸多相似之处，思妇的急切与落寞都在寥寥几笔间显现出来。

纳兰这首词究竟是随性而作，还是他本人就是许下"旧约"的归人，至今已不得而知。现在很多人趋向于后者，认为这是一首"从对面写起"的佳作，明明自己心中都是相思意，偏偏去写对方的愁情，这种手法可谓"深婉之至"，从艺术上来说是相当成功的。

以"思妇"为主人公的古代诗词历来多见，除李清照等少数几位女文人之外，大多都是男子所作，李煜、周邦彦等人的思妇词中多有佳作，但这些诗词多流露出"以悲为美"的倾向。

这首《虞美人》却略微不同。这首词最妙之处在最后一句，女子愁罢叹罢，忽而觉得自己的情绪有些莫名其妙，于是自我安慰、自我开解一番，索性侧身看那夕阳去了。正所谓"几味愁多翻自笑"，这般极富生活化的场景真实得仿佛就在我们每个人身边。妙趣冲淡了愁苦，感伤中又带着几分难察的俏皮，词的婉转味道因而又平添了几分，这比起说来说去只有"思念"二字的诗词更容易贴近人心。

纳兰写词善用心眼，他既能从眼前的景象中咀嚼出诸种滋味，又能把心中的情愫转化为具体的意象。纳兰直视眼前之景，直抒心中之情，他所写的愁情总是看似不经意随口说出，却又不会让人觉得肤浅鲁莽，就连他词中的主人公也有了这种性格，这首《虞美人》中女子侧倚红蕤枕、遥望远方斜阳、思念未归人的情状丝毫不会让人觉得轻浮，连她的嗔怨也都有了韵味，这便是纳兰笔墨的功力了。

虞美人

春情只到梨花薄①，片片催零落②。夕阳何事近黄昏，不道人间犹有未招魂。

银笺别梦当时句③，密绾同心苣④。为伊判作梦中人，索向画图影里唤真真⑤。

【注释】

①春情：春天的景致或意趣。②零落：树木枯凋。③银笺：白色的信笺。④同心苣(jù)：像连锁的火炬状图案花纹，或指织有同心苣状图案的同心结，古人常用以象征爱情。⑤画图：图画。真真：唐杜荀鹤《松窗杂记》："唐进士赵颜于画工处得一软障，图一妇人甚丽，颜谓画工曰：'世无其人也，如可令生，余愿纳为妻。'画工曰：'余神画也，此亦有名，曰真真，呼其名百日，昼夜不歇，即必应之，应则以百家彩灰酒灌之，必活。'颜如其言，遂呼之百日……果活，步下言笑如常。"后因以"真真"泛指美人。

【赏析】

又是一年春残时，又到了亡妻的忌日，又是触景还伤，又是一首悼亡词。

"春情只到梨花薄，片片催零落"，词一开篇，纳兰就为我们营造出一幅暮春时节梨花四处飘零的凄美场景，他在这里用暮春时节喻指自己目前的境况，用苍白的花朵来代指亡妻，从而铺陈出愁惨凄冷的意境。在中国的古典诗词中，伤春之诗词比比皆是：无可奈何花落去，似曾相识燕归来；流水落花春去也，天上人间；记海棠开后，正是伤春时节……万物复苏的春天本是充满生机的季节，但在这花儿完美绽放的季节，诗人们却通常会在这繁华的背后隐约感受到即将到来的美好的消逝，于是往往会产生一种微妙细腻的感伤。

"夕阳何事近黄昏"化用李商隐"夕阳无限好，只是近黄昏"的成句，与妻子虽然只短暂地相处了三年，但纳兰却度过了人生中最快乐的时光，如今人鬼殊途，纳兰的相思之痛苦，自然是不言而喻了。在这里，"夕阳"不仅是时间上的黄昏，更是词人对美好往昔的追惜。

在别人的眼中，夕阳或许是美丽的，但是在纳兰的眼中，夕阳却是丑陋的、无情的，因为他还没有来得及为亡妻招魂，它就要马上消失在黑暗之中，面对这一切，他只能无奈地叹道"不道人间犹有未招魂"。

全词上片由景入情，下片则从往事写起，进而抒发自己浓重的哀思。"银笺别梦当时句，密绾同心苣"，象征着爱情的同心苣，和记载着浓情蜜意的纸笺，这些现实的东西以前在纳兰的眼中证明着恩爱欢娱，如今他再看时，却感到它们都被抹上了淡淡的感伤，面对随处可见的哀愁，纳兰无处可逃，只能赶紧由实入虚，写道："为伊判作梦中人，索向画图影里唤真真。"为了亡妻，纳兰甘愿长梦不醒，与其在梦中相会，甚至想要整日对着她的画像呼唤，希望能以至诚打动她，让她像"真真"那样从画中走出来与自己相会，这真实地表现出纳兰的忠贞与痴情。

末句化用唐代赵颜的典故，描写对亡妻的思念之情。相传唐朝一个名叫赵颜的进士从画工那里得到一幅美人图。久而久之，赵颜对画中的美女产生感情，于是就询问画工能否让其变成活人。画工告诉赵颜，这本是一幅神画，画中女子名叫真真，只要赵颜能够呼唤她的名字一百天，她就会出声答应，到时再给她喝下百花彩灰酒，她就能够变成活人。依照画工的指点，百日后，真真果然复活，还在年终为赵颜生下一双儿女。后来，赵颜听信巫师谗言，给真真喝下符水，导致真真不想再留在人间而带着一双儿女返回画中。

纳兰词最让人感动之处，便是纳兰在小情小爱中所表现出的真挚，让人为其心怜不舍、心疼不已。

虞美人

高峰独石当头起，冻合双溪水①。马嘶人语各西东，行到断崖无路小桥通。

朔鸿过尽归期杳②，客里年华悄。又将丝泪湿斜阳③，回首十三陵树乱云黄④。

【注释】

①双溪：此处指北京昌平境内的一条小溪。②朔鸿：从北方向南飞的大雁。③丝泪：微细如丝的眼泪。④十三陵：明代十三个皇帝陵墓的总称。陵名为长陵（成祖）、献陵（仁宗）、景陵（宣宗）、裕陵（英宗）、茂陵（宪宗）、泰陵（孝宗）、康陵（武宗）、永陵（世宗）、昭陵（穆

宗）、定陵（神宗）、庆陵（光宗）、德陵（熹宗）、思陵（思宗）。位于北京昌平天寿山麓。

【赏析】

康熙十五年（1676 年），纳兰随圣上巡视昌平，这首词就是在此间完成的。此时的纳兰是康熙皇帝的御前侍卫，并常以武官身份参与风流斯文的诗文之事，以过人的文才武略而备受康熙赏识，所以皇帝无论南巡北狩，还是四方游历，纳兰都伴其左右。

作为屡受皇帝恩赏、人人羡慕不已的年少英才，纳兰理应得意才对，况且此时他与妻子卢氏伉俪情深、感情甚笃，这段岁月当是他一生中最明媚、最快乐的时光。但是我们几乎很难从《饮水词》中找到写于这段时期的明朗快活的作品。

古人有"发愤著书""不平则鸣"等说法，这似乎是文艺创作中最为普遍的心理规律。一般来说，人在困境中会更加敏感，当忧思郁积时不吐不快，唯有诉诸文字才能在现实和梦想间寻到平衡，韩愈就曾说过诸多古代先贤和文学奇才的经历都是"不平则鸣说"的例证，如屈原、司马迁、杜甫、孟郊等人；若是居安，人们在舒适闲逸的生活中就很难思危，无愁苦之思、愤懑之情，写出来的东西就少了岁月的积淀和时光的镀色。

显然，我们无法用这个普遍规律来解释纳兰的一生。卢氏夭亡后，或许我们可以把亡妻之痛作为纳兰一系列悼亡词的源头，但纳兰早期词作中巨大的痛苦与难以名状的哀伤又是从何而来？

作为叶赫那拉氏的后人，纳兰一出生就被安排到了天皇贵胄的家庭，注定富贵荣华，但他偏偏不爱锦衣玉食的生活，更是从内心深处厌倦了官场的庸碌与俗气，无心功名利禄。"身在高门广厦，常有山泽鱼鸟之思"，这或许也是他常感悲伤的原因之一。

这一首写于 1676 年的《虞美人》中尽是萧索之景、悲戚之情，而当时纳兰的仕途情路无不平顺，一番反差与对比在无形中印证着命运的乖谬与无常，这也是纳兰悲剧性格中的浓重一笔。

双溪是北京昌平境内的一条小溪，天寒地冻的时节，眼前尽是一派肃杀的景象，高峰兀立，巨石挡路。骏马在空旷的原野中嘶鸣，行人相遇来不及说上几句话就又各奔西东。正感叹旅途的艰辛与孤独，偏偏又行到了断崖处，只有小桥为路。天空中有鸿雁飞过，却不能代为传书，这一番遭遇令人心生感慨，思归之情油然而生。行走在异乡，最好的年华早已如逝水一般悄然没了踪迹，想着想着，就不知不觉淌下了眼泪，泪眼模糊中回首眺望，只见十三陵附近亭亭如盖的大树和被夕阳染黄的暮云。

这首词所写的本是一个常见的题材，无非人在行役途中的一番感慨长叹，但纳兰却展现出了一个更加情深意远的境界。以羁旅行役为主题的词并不少见，"移舟泊烟渚，日暮客愁新"所展现的是一种清愁，"夕阳西下，断肠人在天涯"更多的是一种惆怅，纳兰的《虞美人》则是一股锥心的悲切之感。这种痛不是歇斯底里的，而是绵长蕴藉的。

一个人心中得有多少悲伤，才能将文字浸染上眼泪的苦涩？人们常说"触景伤情"，当纳兰"伤情"的原因再无从考证时，我们也唯有把那一腔化不开的愁绪归咎于萧瑟斑驳的秋景。

虞美人

黄昏又听城头角，病起心情恶。药炉初沸短檠青^①，无那残香半缕恼多情^②。

多情自古原多病，清镜怜清影^③。一声弹指泪如丝^④，央及东风休遣玉人知^⑤。

【注释】

①短檠：矮灯架，借指小灯。②残香：将要烧尽的香。③清镜：即明镜。清影：清朗的光影，月光，这里是清瘦的身影。④弹指：指顾贞观所作的《弹指词》。⑤央及：央告。休遣：暂时释放。玉人：容貌美丽的人，对亲人或所爱者的爱称。

【赏析】

纳兰的词，总是让人感觉缠绵幽情，本篇自然也不例外，全词辞藻优雅，言浅意深，可谓是直抒胸臆的佳作。

一开篇，作者就为我们描绘了这样一个场面，"黄昏又听城头角，病起心情恶"，黄昏时分，城头号角响起，词人身患疾病，心情异常低落。接着纳兰向我们交代了此时他正在做什么，"药炉初沸短檠青，无那残香半缕恼多情"，本来是一位在家养尊处优的公子，即使在家过的不是"饭来张口，衣来伸手"的生活，那身边也一定会围绕着几个丫鬟、仆人，可是如今是在塞外，没有奴仆跟随在身边，患病的纳兰只能自己动手煎药，心中的凄凉感自然可想而知，而且案头的短灯明灭不定，燃着的香也是残的，似乎在嘲笑自己的多情。黄昏总是让人感到很伤感、很寂寞，更何况是在外地的黄昏，风物稀疏，景色萧条，而且还是在病中，这恐怕正应了"破屋更遭连夜雨，漏船又遇打头风"这句话。

那么，纳兰到底是因何而生病呢？他在下片给出了答案："多情自古原多病。"患病之人一般都会自怜自伤，纳兰自然也不例外，更何况是独自病在异乡，没有亲人的悉心照料，没有朋友的嘘寒问暖，所以他只能无奈地揽镜自照，结果看到的却是自己日渐消瘦的容貌。

词的结尾两句似乎很好理解，"一声弹指泪如丝，央及东风休遣玉人知"，病中的纳兰触景伤情，以至于轻轻弹一下手指，就伤心得泪下如丝，但是他又不想让想念之人知道自己患病的消息后徒增伤心，于是央求东风不要把这个消息告诉她。

赏析到这里，我们完全可以把这首词的主题理解为是在写男女之情，但是，有的人就会产生这样一个疑问：为什么纳兰只是轻轻地弹一下手指，就变得泪眼纷飞呢？

弹指的意思是捻弹手指作声，出自于印度的梵语意译，原为印度风俗，用以表示欢喜、许诺、警告等含义，同时也是佛教中的一个时间量词，常用来比喻时光的短暂，按照这些解释，再联系全词的上下文来看，"一声弹指泪如丝"显然是难以解释通的，唯一的可能就是，这里的"弹指"指代别的事物，那就是纳兰好友顾贞观的词集《弹指集》。但是，按照上面的解释，又会出现这样一个疑问，那就是尾句中的"玉人"如何解释呢？

我们先来看看"玉人"的含义，从通常意义上理解，它当然是指美丽白皙的女子，例如元稹《莺莺传》里有"隔墙花影动，疑是玉人来"，另外，它也会被用来指代风流俊美的才郎，例如，《晋书·卫玠传》："玠字叔宝，年五岁，风神秀异。祖父玠曰：'此儿有异于众，顾吾年老，不见其成长耳！'总角乘羊车入市，见者皆以为玉人，观之者倾都。"《世说新语·容止》中记载："（裴楷）裴令公有俊容仪，脱冠冕，粗服乱头皆好，时人以为玉人。"由此看来，纳兰以玉人来称呼顾贞观，也就变得合情合理了。

全词浅显易懂，读起来朗朗上口，富有音乐感，这充分体现了纳兰词"率直性灵"的风格。

虞美人

绿阴帘外梧桐影，玉虎牵金井[①]。怕听啼鴂出帘迟[②]，恰到年年今日两相思。

凄凉满地红心草[③]，此恨谁知道。待将幽忆寄新词，分付芭蕉风定月斜时。

【注释】

①玉虎：井上的辘轳。金井：栏上有雕饰的水井，一般用以指宫廷园林里的井。②啼鴂（jué）：啼鸣的杜鹃鸟。③红心草：草名，一说为红心灰之俗称。相传唐王炎梦侍吴王，久之，闻宫中出辇，鸣箫击鼓，言葬西施。吴王悲悼不已，立诏词客作挽歌。王炎应教作了《西施挽歌》，有"满地红心草，三层碧玉阶"之句。后以"红心草"作为美人遗恨的典故。

提到虞美人，脑海中总躲不过后主的绝笔，"春花秋月何时了，往事知多少"。才忆起故国月明，便有项王一曲悲歌回响耳畔"虞兮虞兮奈若何"。战场上的争斗虞美人无奈，却愿为连理枝再续前缘。传说战后受到战争蹂躏的土地遍开虞美人，那如鲜血般浓艳的色彩是地下安眠人的呓语。后主也好，虞姬也罢，那些长眠的精魂也罢，花开艳丽的虞美人背后站立的竟是无情的决绝与分离。

　　这应是作于春末夏初的一首词吧。

　　帘外树已成荫，不似那只得遥看的朦胧草色。若是糊上松绿色的软烟罗作为窗纱，更应是春意盎然。说到这号称"百树之王"的梧桐，民间盛传其知时知令，"梧桐一叶落，天下皆知秋"便是知秋的写照。《魏书·王肃传》中曾有言"凤凰非梧桐不栖"，说的便是这百鸟避之的青桐。不同于人们印象中的法国梧桐——那些写在张爱玲笔下秋风里籁籁的梧桐，那些遍布衡山路、淮海路的老树——这绿荫帘外的梧桐，正是"一株青玉立，千叶绿云委"的青桐。

　　玉虎金井，极尽巴洛克式的奢华，可再精美的雕饰也不过是深井和缠于深井之上用以汲水的辘轳。"玉虎牵金井"的描摹下，看到的是"雕栏玉砌应犹在"的背影，只为等待那宿命般的"朱颜改"。抑或，我们也可以换一个角度思量：纳兰日思夜想的那人今已栖于梧桐枝上，她的命运犹如那看似繁华的辘轳，被紧紧牵于皇家金井之上。今生能让纳兰做此隐晦叹息的，除了他的表妹还能有谁呢？"虞美人"之曲不负其名。

　　"郎骑竹马来，绕床弄青梅"，纳兰当时或许并不知他的人生中相思相望不相亲的人，不只是他的表妹。梧桐雨，长恨歌，纳兰短暂的生命中几度春秋，"春风桃李花开日，秋雨梧桐叶落时"，竟像是偈语一般，划过他的人生。纳兰与表妹此时虽是生离，却难言再见。思之而不得之，纳兰的周遭似有着一层离情别怨。连那窗外杜鹃之声，似也在用自然的语言诉说着、预言着，让人不忍听闻。

　　杜鹃，亦花亦鸟，传说是望帝杜宇所化。相传岷江恶龙为害人间，当地的少女龙妹为了解救百姓迎战恶龙，却被恶龙囚禁于五虎山铁笼中。又一个英雄美人的开端，结果也是顺理成章。少年杜宇得仙翁相助救出龙妹，大败恶龙，受拥戴为蜀地王。然而传说到了这里却峰回路转。杜宇被篡位贼臣囚禁，龙妹因不愿为贼人妻也被锁入牢笼。传说杜宇惨死山中，化作一只小鸟，飞到龙妹身边，啼叫："归汶阳！归汶阳！"龙妹知丈夫已去，芳魂化作杜鹃鸟，从此同丈夫比翼于天地间。

　　鸟鸣无心，听者有意。听不得杜鹃的啼血声声，它最勾人伤怀。"山无陵，江水为竭，冬雷震震，夏雨雪，天地合，乃敢与君绝"，纵然没有鸟鸣，年年今日，两人异地相对同相思。此恨谁知？天知，空中划过啼血杜鹃；地知，便开出了似红泪般的红心草。那红心草开于飘过淡淡柳絮的湖畔，开于光影错落的月下荷塘，开于花径绿篱畔。它吐露着新叶，新叶也泛着红晕；它羞涩地绽开小花，小花也羞赧地顶着深红的小帽。低头，不语，晴空过处，只那么寂静地，亭亭而立。

"自在飞花轻似梦"，携红心草梦回春秋，便有一曲《西施挽歌》。相传南宋时湖州太守夜梦侍吴王，闻言西施已香消玉殒，应诏作此诗。"满地红心草，三层碧玉阶。"从此，红心草如那逝去的美人，在"春风无处所"的季节，娉娉婷婷地摇曳于浮云飘过的微风中，微叹"凄恨不胜怀"。

即使是这样凉薄的一叹也难容于尘世。李清照对芭蕉，叹"阴满中庭，叶叶心心舒卷有舍情"。这无端的情愫抑郁于胸中，剪不断，亦载不动；不能大声哭，也不能放声笑。"何处合成愁？离人心上秋。"梦窗以芭蕉说文解字："不雨也飕飕。"红樱桃，绿芭蕉，云破月来的良宵，漏断人静的春夜，这纠缠于胸的幽幽往事只得寄存于诗行中。风飘飘，雨潇潇，月儿弯弯千年同照九州；离人魂，昨夜梦，年年今日，但见流光无情把人抛。

虞美人 为梁汾赋

凭君料理花间课①，莫负当初我。眼看鸡犬上天梯②，黄九自招秦七共泥犁③。

瘦狂那似痴肥好④，判任痴肥笑。笑他多病与长贫，不及诸公衮衮向风尘⑤。

【注释】

①料理：处理、安排，指点、指教，此处含有辑集之意。课：指词作。花间：即《花间集》，为后蜀人赵崇祚编辑的一部词集。集中搜录晚唐至五代十八位词人的作品，共五百首，分十卷，集中作品内容多写上层贵妇美人的日常生活和妆饰容貌，女人素以花比，而该集多写女人之媚，故称"花间"。②天梯：古人想象中登天的阶梯，此处喻为入仕朝堂，登上高位。③黄九：北宋诗人、书法家黄庭坚，排行第九，因以称之。秦七：北宋词人秦少游辈行第七，故称。泥犁：佛教语，梵语的音译，意为地狱。④瘦狂、痴肥：比喻仕途失意与得意。瘦狂：语见《南史·沈昭略传》，昭略答王约云："瘦已胜肥，狂又胜痴。"此处为反其意用之。痴肥：肥胖而无所用心。⑤诸公衮衮：源源不断而繁杂，旧时称身居高位而无所作为的官僚。风尘：比喻纷乱的社会或漂泊江湖的境况，这里指宦途、官场。

【赏析】

纳兰虽为权臣之子、皇帝近臣，然而却是空有满腹才华，只能担当护卫武夫之职，因此与怀才不遇、仕途蹉跎的顾贞观等人大有同病相怜、惺惺相惜之意。

顾贞观更可以说是纳兰性德的第一知己，二人不仅交契笃厚，而且志趣相投，有着相同的词学主张。纳兰性德在《与梁药亭书》中说："仆少知操瓢即爱《花间》致语，以其言情入微，且音调铿锵，自然协律。"他与顾贞观诗词唱和颇多，并请他为自己的词作选集付梓，这首词就是二人同怀同道的真实写照。

"凭君料理花间课，莫负当初我"这两句话是纳兰在叮嘱好友顾贞观：任凭你辑集我的词作，只要不辜负我的一片真心便可。对于中国古代文人来说，将自己的词作交给他人付梓，无异于是将自己的心血全部托付出去，由此可见顾贞观在纳兰心中的重要地位。在这里，纳兰提到了《花间集》，并非是说自己的词风与《花间集》中的词作相同，而是用其来代指自己的词作。

在"眼看鸡犬上天梯"这句中，纳兰用了"鸡犬升天"这个典故，相传汉代淮南王刘安修炼成仙之后，将余下的药倾洒在院子里，结果鸡和狗吃了之后也都飘然升空，成了神仙，在这里纳兰用"鸡犬上天梯"来比喻那些在仕途上平步青云的小人。"黄九自招秦七共泥犁"，在这句中，纳兰显然用黄庭坚与秦观来比喻自己和顾贞观，但是，泥犁的意思是地狱，纳兰用到这句中，难道是说要和顾贞观共赴黄泉？

《宋稗类钞》中曾记载，黄庭坚早年喜作艳词，有一位法秀禅师劝他不要再作，并警告道："以笔墨诲淫，当堕泥犁地狱。"知道这个典故后，我们也就很容易理解"黄九"句的意思了，纳兰此时已经不再是一个循规蹈矩的贵族公子，他明确地向世人宣称：我们这些仕途失意的人只想填好自己的词作，哪怕最后进入地狱，我们也不会后悔。

下片一开篇，纳兰提到南朝沈昭略的典故，据记载，沈昭略为人放浪形骸，喜好饮酒。有一天喝醉之后，在娄湖苑遇到王约，于是嘲笑道："你就是王约？为什么又肥又痴？"王约反唇相讥说："你就是沈昭略？为什么又瘦又狂？"沈昭略听后，抚掌大笑说："瘦比肥好，狂比痴好。"纳兰在这里反其意而用之，用痴肥来比喻入仕朝堂的小人，用狂瘦来指代自己和顾贞观，表面上是说我们仕途失意之人哪有你们得意之士那么踌躇满志，你们只管嘲笑好了，其实是说：你们这些登上高位的小人也配嘲笑我们？此时的纳兰，既显示出单纯、直率的一面，也显示出狂放、刚强的一面。

尾句"笑他多病与长贫，不及诸公衮衮向风尘"，纳兰用嘲讽的口吻说道：得意之人嘲笑失意之人贫病交加，仕途坎坷，是的，我们与你们这些身居高位而无所作为的官僚确实无法可比。

纳兰虽然身在官场，但是内心却没有被名利所熏染，所以他才能够从官场中悄然脱身，与顾贞观沉溺于诗词之道中，正因为如此，世间才少了一个追求功名利禄的官僚，而多了一位旷达风流的绝世才子。

虞美人

曲阑深处重相见，匀泪偎人颤。凄凉别后两应同，最是不胜清怨月明中①。

半生已分孤眠过，山枕檀痕涴②。忆来何事最销魂，第一折枝花样画罗裙③。

【注释】

①不胜：受不住，承担不了。清怨：凄清幽怨。②山枕：枕头，古代枕头多用木、瓷等制作，中凹两端突起，其形如山，故名。檀痕：带有香粉的泪痕。涴：浸渍、染上。③折枝：中国花卉画的画法之一，不画全株，只画连枝折下的部分。花样：供仿制的式样。罗裙：丝罗织成的裙子，多泛指妇女衣裙。

【赏析】

词本为"艳科"，以婉约为主，多写艳情，这是人们对早期词作品的印象。翻开古代词集，男女情爱、风花雪月乃是其中最重要的主题之一，这其中又不乏着重描写妇女的妖娆容貌、娇羞情态、华美服饰的作品。我国文学史上第一部文人词总集《花间词》中便有很多这样的词，所以后人常将其作为"艳词"的早期标本。

词的产生主要是为了表达文人心里那些诗歌所不能承载的细腻情愫，因而内容上自然会打上情感化的烙印，再加上早期词与乐曲相伴而生，其音乐基础为艳乐，多数时候都是由歌姬、妓女在倚红偎翠的环境下吟唱，因而便免不了绵软之气、柔靡之风，所以清代的刘熙载曾在《艺概·词曲概》里将词（尤其是五代时期的词）的特点概括为"风云气少，儿女情多"。

由于作者的气质与秉性使然，所以即使内容同为艳情，词作也往往会呈现出迥异的风格。早期花间词不仅内容空虚、意境贫乏，而且多追求辞藻的雕琢与色彩的艳丽，虽然词人多为男子，但他们写出来的文字却带着极浓重的脂粉气；纳兰的这一首《虞美人》虽然也写男女幽会，却在暧昧、风流之外多了几分清朗与凉薄。

发端二句"曲阑深处重相见，匀泪偎人颤"很明显出自于李煜在《菩萨蛮》中的"画堂南畔见，一向偎人颤"两句。小周后背着姐姐与后主在画堂南畔幽会，见面便相依相偎在一起，紧张、激动、兴奋之余难免娇躯微颤；纳兰词中的女子与情郎私会于"曲阑深处"，见面也拭泪啼哭。但是细细品味，后主所用的"颤"字更多展现的是小周后的娇态万种、俏皮可人，而纳兰这一"颤"字，写出的更多是女子的用情之深、悲戚之深，同用一字而欲表之情相异，不可谓不妙。

李煜前期词作多写宫廷享乐生活，其"冶艳"风格在多首词中都可窥见，比如他的《一斛珠》："晓妆初过，沈檀轻注些儿个。向人微露丁香颗。一曲清歌，暂引樱桃破。罗袖裛残殷色可，杯深旋被香醪涴。绣床斜凭娇无那，烂嚼红茸，笑向檀郎唾。"这首词上阕写女子之美，下阕写女子与"檀郎"的调笑，几乎用一种白描的手法来写男女嬉戏、玩笑，但用词的精准和情状描摹之细腻却令整首词都笼罩着一股美艳之色。

与很多花间词相比，李煜的艳词大多做到了艳而不俗，能将男女偷情幽会之词写得生动而不放荡。纳兰的这一首《虞美人》又在李煜之上。

曲阑深处终于见到恋人，二人相偎而颤，四目相对竟不由得"执手相看泪眼"，但接下来纳兰笔锋一转，这一幕原来只是回忆中的景象，现实中两个人早已"凄凉"作别，只能在月夜中彼此思念，忍受难耐的凄清与幽怨。夜里孤枕难眠，只能暗自垂泪，忆往昔最令人魂销心荡的，莫过于相伴之时，以折枝之法，依娇花之姿容，画罗裙之情事。

这首词首尾两句都是追忆，首句写相会之景，尾句借物（罗裙）映人，中间皆作情语，如此有情有景有物，又有不尽之意，于凄凉清怨的氛围中叹流水落花易逝、孤清岁月无情，真是含婉动人、情真意切。

虞美人

银床淅沥青梧老[①]，屧粉秋蛩扫[②]。采香行处蹙连钱[③]，拾得翠翘何恨不能言。

回廊一寸相思地[④]，落月成孤倚。背灯和月就花阴，已是十年踪迹十年心。

【注释】

①银床：指井栏，一说为辘轳架。淅沥：象声词，形容轻微的风雨声、落叶声等。青梧：梧桐，树皮色青，故称。②屧：鞋的木底。秋蛩：秋天的蟋蟀。③采香：范成大《吴郡志》云：吴王夫差于香山种香，使美人泛舟于溪以采之。谓采香喻指曾与她有过一段恋情的去处。连钱：连钱马，又名连钱骢。该马毛皮色花纹、形状似相连的铜钱。④回廊：用响屧廊的典故。宋范成大《吴郡志》："响屧廊，在灵岩山寺。相传吴王令西施辈步屧，廊虚而响，故名。"其遗址在今苏州市西灵岩山。

【赏析】

在这首词中，纳兰用他那忧伤的笔触开始追忆昔日的恋人。

"银床淅沥青梧老"，在这句中，"银床"并不是指银饰的床，而是指井栏，这里用"银"来修饰井栏,并不是夸张的写法,而是有典故可循的。《乐府诗集·舞曲歌辞三·淮南王篇》在记载淮南王的奢华时有这样的句子:"后园凿井银作床,金瓶素绠汲寒浆。"意思是淮南王在后园凿井,不仅井栏是银的,甚至连打水的瓶子都是金子做的。从这以后,人们在写到井栏时,多用"银床"或"玉床"指代。例如,李白的"梧桐落金井,一叶飞银床",李商隐的"不收金弹抛林外,却惜银床在井头"。

接下来我们再看"屟粉秋蛩扫",连绵不断的秋雨将恋人所留下的香粉印应的鞋印冲洗得干干净净,鸣叫的秋虫也归于哑暗。纳兰在这里所隐含的意思就是伊人的芳踪已失,再也唤不回来了。

上片中的"采香行处"用了一个典故,相传吴王夫差在山间种植香草,等到收获季节,就让美女泛舟于溪来采摘,在这里纳兰用来指代自己与恋人曾经走过的地方。

"拾得翠翘何恨不能言",从字面上来看,这句话的意思是纳兰在草丛间偶然拾得昔日恋人戴过的翠翘玉簪,心中产生无限伤感,却无法倾诉出来。如果真的这么解释,在我们读到下片时就会产生一个疑问,词的结尾是"已是十年踪迹十年心",试想一下,如此贵重的翡翠翘头,怎会掉在地上十年而没有人捡拾?所以说"拾得"并非是实指,而是虚指,表达的只是一种情感,或是说纳兰一直珍藏着恋人的翠翘,但是没有女的会喜欢每天和自己生活在一起的人还珍藏着十年前其情人的旧物,所以纳兰才会产生恨不能言的矛盾心情。

下片写纳兰故地重游时的所感所想,"回廊一寸相思地,落月成孤倚",纳兰来到昔日常与恋人逗留约会的地方,独立于花荫月影之下,心中百感交集。这里纳兰用到了响履廊的典故,相传吴王夫差为了听西施清脆的脚步声,特别设计了一个共鸣效果极好的回廊,后人称其为响履廊。

尾句"背灯和月就花阴,已是十年踪迹十年心",点明全词的主旨,而今,天上明月依旧,地上却已物是人非,转眼间已过了十年光景,那被柔软如水的月华所包裹的,再也不是昔日相依相偎的恋人了。这里的十年到底是虚指还是实指,我们很难确定,但我们能够确定的是,站立在回廊中的纳兰,此时的心中一定充满了许多遗憾和无奈。

雨霖铃　种柳

横塘如练①。日迟帘幕②,烟丝斜卷。却从何处移得,章台仿佛③,乍舒娇眼。恰带一痕残照,锁黄昏庭院。断肠处又惹相思,碧雾蒙蒙度双燕④。

回阑恰就轻阴转⑤。背风花、不解春深浅⑥。托根幸自天上⑦,曾试把霓裳舞遍⑧。百尺垂垂⑨，早是酒醒莺语如剪⑩。只休隔梦里红楼，望个人儿见。

【注释】

①横塘：古堤名，在江苏吴西南，泛指水塘。②帘幕：遮蔽门窗用的大块帷幕。③章台：指京城的官苑。④碧雾：青色的云雾。蒙蒙：迷茫貌。⑤轻阴：淡云或疏淡的树荫。⑥风花：风中的花。⑦托根：犹寄身。⑧霓裳：就是《霓裳羽衣曲》，唐代乐曲名，相传为唐玄宗所制。⑨百尺：十丈。喻高、长或深。垂垂：渐渐。⑩莺语：莺的啼鸣声，或形容悦耳的语音或歌声。

【赏析】

《雨霖铃》是词牌名，也写作《雨淋铃》。相传是唐玄宗入蜀时，因在雨中闻铃声而思念杨贵妃，故作此曲。曲调自身就具有哀伤的成分，哀婉回转，十分动人。而后人中，以柳永的《雨霖铃》最是打动人心，那一首写尽离别的词，字字仿佛都雕刻在人的心上，让人们无法抹去那痛楚。

"多情自古伤离别，更那堪、冷落清秋节！今宵酒醒何处？"柳永的离别低回特别，好像火焰的余烬，惨烈中带着美丽。纳兰的这一首《雨霖铃》却是别有一番风味在词间。

这首词写相思相忆的恋情：庭院里，水塘边，夕阳下的弱柳依依，如烟似雾。且问是从哪里移来的，张开娇眼，说是从章台而来。此时夕阳残照，仿佛锁住了黄昏的庭院。成双成对的燕子在青色的云雾中飞来飞去，惹起了无尽的相思。轻云随回栏流转，而背风的花朵不受风欺，不知春天的变化。幸而曾寄身于天上，已舞遍《霓裳羽衣曲》。酒醒之后，黄莺婉转，那百尺长条随风飘摇，摇曳生姿。只是不要在梦中出现在红楼之上，看到的人会柔肠百结。

"横塘如练。"这里的"横塘"是古堤名，在江苏吴西南，泛指水塘，这首词的情景感觉范围很小，池塘旁边，门帘之后，一个人在日暮的时分，隔着门帘，看着水塘边的景色变幻。

"日迟帘幕，烟丝斜卷。"看似惬意，却又寂寞难耐。夕阳西下，柳条依依，在暗黄的光下如烟似雾，让人看不清楚。这些柳树是从何处移植过来的？纳兰对于这个问题似乎也并不甚了解，他只是在词中略微地提及，一笔带过。"却从何处移得，章台仿佛，乍舒娇眼。"无法探究柳树的来处，但它们能够在这水塘边，陪伴自己度过夕阳沉落的黯然时光，彼此之间，也算是缘分一场。

既然是相思相忆之词，那么这首词就势必要提到所思之情、所忆之人，纳兰在上片中只是略微写到自己的伤怀之情，"恰带一痕残照，锁黄昏庭院"。无法与相爱的人相守在一起的感觉，就好像这黄昏中的庭院一样，深深之处，尽是离散之寂静。

夕阳残照，放眼望去，所看到之处，尽是相思不尽的离愁，"断肠处又惹相思，碧雾蒙蒙度双燕"。成双成对的燕子在风中飞来飞去，形影不离。与形单影只的自己相比，简直是太幸福不过了。

上片在淡然的忧伤中结束。而到了下片，则是情绪稍微地缓转了一些，"回阑恰就轻阴转。背风花、不解春深浅。"自己就好像栏杆后的花朵，在风中摇曳，活在自己的世界中，而不知道春天已经来了。

独自享春，是无法体会到春日的幸福的。无法在现实中看到自己想要的结果，那么便干脆寄托在虚幻中吧。"托根幸自天上，曾试把霓裳舞遍。百尺垂垂，早是酒醒莺语如剪。"梦中景色固然是好，可是酒醉之后总要醒来，醒来的时候，凄凉便会加倍呈现。

"只休隔梦里红楼，望个人儿见。"为了能和心爱的人相会，纳兰便不惜忍受梦醒后的凄凉，也要在睡梦中看到心爱的人，只要看到她的婀娜多姿，内心便会生出百转千回的柔情，细细密密，无法割舍。

既然清醒无益，那不如沉醉不醒吧。

雨中花

楼上疏烟楼下路①，正招余、绿杨深处。奈卷地西风，惊回残梦②，几点打窗雨。

夜深雁掠东檐去。赤憎是、断魂砧杵。算酌酒忘忧，梦阑酒醒，愁思知何许？

【注释】

①疏烟：谓香火冷落。②残梦：谓零乱不全之梦。

【赏析】

都说，秋风秋雨愁煞人。纳兰写这首词是否也在这样一个夜晚？几度梦回，看屋内一盏孤灯，四壁的白墙映照那点点的烛火，窗外夜雨，窗内影单。

开头一句"楼上疏烟楼下路，正招余、绿杨深处"，以为又是一篇描绘纳兰与恋人相爱点滴的温婉柔情之作。看到"惊回残梦"才恍然，那个看似美好的开头，不过是梦中情景。而这样零乱不整的梦，却也要被西风夜雨惊断，醒来时只听得窗外秋雨声。

下片"雁"字一出，词人的满腔愁意也汹涌而来。

在古诗词中，鸿雁多与失意、孤苦、凄凉联系在一起，纳兰词中的雁自然也不例外，这首词中在夜雨里独飞的雁，便负载着词人深重的忧虑与凄惶情怀。

午夜梦回，与词人一样被惊醒的是鸿雁。鸿雁受惊在雨中凄飞，这苦境正暗合了词人苦闷愁怨的心境：他们同是黑夜中寂寞凄苦的"伤心人"。

而前人诗词中鸿雁意象的象征意义多相对单一，纳兰词则不同。在他的笔下，"雁"之一字，表现了忧伤、孤独、恐惧、失望及相思之苦等多种情感，而且各种情感往往交织在一起，浑融一片，难分彼此。这种融合交织，自然不是几种象征意义的简单拼接，而是通过词人笔触化作一个整体。

词人之"愁"何止一端，可以是故园之思，可以是怀人之苦，可以是悼亡之痛，也可以是人生家族之忧，等等。鸿雁意象成了纳兰情感世界的复合器，碰触到其中任何一端，都会牵引出其他，百转千回，绵绵不绝。因而致使在他的同一首词中，往往纠结着思乡怀归、相思怨别、恐惧凄惶、寂寞寥落诸种情绪，难以断然分开，从而也形成了纳兰词缠绵往复、恍惚迷离的特色，让人只觉浑茫茫一片感伤落寞，但又不是心衰气丧的，而是有一股无法压抑的巨大的悲哀、恐惧、愤懑、沉痛甚至激昂涌流其中，并与对个体、家族、人生的思索连在一起。这种复合性，也使得纳兰词常常笼罩着一种不易言喻的氛围。

正是夜深不寐时，听雁掠东檐，砧杵声声，更令人增愁添恨。

"赤憎是、断魂砧杵"，砧杵是捣衣石和棒槌，借指捣衣，意谓最令人生憎的是那使人断魂的捣衣之声。李白有诗《子夜吴歌》："长安一片月，万户捣衣声。秋风吹不尽，总是玉关情。何日平胡虏，良人罢远征？"

从字面来看，"捣衣"是为了远方征人能够尽早换上干净衣服，实则是表达思妇对征人之思念、对征战之怨愤。而夜晚的捣衣声则又有另一层含义：为什么要在晚上捣衣？是因为白天还有其他事情，于此更见思妇生活之艰辛，亦可见思妇感情的强烈。

"捣衣声"在诗词中已逐渐化为了一种刻骨相思的代名词，在这样的断魂声里，纳兰自斟自饮，想要借酒忘忧。纳兰又岂不明白"举杯消愁愁更愁"的道理？风霜与往事不是一杯饮下醉过之后便可以全然地当成一场荒唐的，那些都是实实在在存在的事情，轻拢慢捻奏出他命中的一曲离殇。快不得，慢不成。

"梦阑酒醒，愁思知何许"，纳兰词末句一问总是令人黯然，孤苦无告之伤情全在其间。这时才觉得那句评语恰当，纳兰词，的的确确令人"不忍卒读"。

雨中花　送徐艺初归昆山①

天外孤帆云外树，看又是春随人去。水驿灯昏②，关城月落③，不算凄凉处。

计程应惜天涯暮④，打叠起伤心无数⑤。中坐波涛⑥，眼前冷暖，多少人难语。

【注释】

①徐艺初：纳兰性德座师徐乾学之子，名树谷，字艺初，江苏昆山人，康熙时进士。昆山：县名，今属江苏，因境内有昆山而得名。②水驿：水路驿站。③关城：关塞上的城堡。④计程：计算路程。⑤打叠：整理，准备，收拾。⑥中坐波涛：此处指触犯朝纲。中坐，即中座，指星犯帝座。

【赏析】

纳兰的词中偶然可见美丽却生疏的词牌名，有他和朋友们自创的，譬如《青衫湿遍》《踏莎美人》；还有很少有人谱度的词牌，譬如这首《雨中花》。《雨中花》在《全唐诗·附词》仅有一首，双调，不过九十四字。

纳兰的《雨中花》写得短小清雅，起首一句"天外孤帆云外树"就足以使人倾倒。一点孤帆游于天外，便已经是说不尽的苍茫孤寂了，树影婆娑，影于云外，更显得这云天寂静高远。宋代贺铸《望西飞》有"计留春，春随人去远"之句，纳兰化用之。

离别的时刻，看天外孤帆远影、云外天低树稀，顿觉春天也将伴随着你的离开而远去。从此征途漫漫，无限凄凉。计算行程，收拾心情。虽无意触犯朝纲，但看尽人间冷暖后，也不由得感叹：多少人有苦难诉啊！

上片写景，下片写情，情景交融，浑然天成。这首天籁般的小词是赠与徐艺初的。

徐艺初是纳兰性德的老师徐乾学的儿子。提起徐乾学大家可能感到陌生，但是他的舅父可是无人不知无人不晓：明末清初著名学者顾炎武。据说徐乾学曾得到顾炎武的悉心指点，加之天资聪颖，八岁就能写出漂亮的文章。康熙九年（1670年），徐乾学金榜题名，得中榜眼，从此晋身仕途。没想到康熙十二年（1673年），爆发了"副傍未取汉军卷"案，两个主犯，一个是徐乾学，另一个就是当年和他同榜的状元蔡启傅。那次考试徐乾学任顺天乡试考官，取纳兰性德为举人，因此徐乾学是他的"座师"。徐乾学因为"坐取副榜不及汉军镶级"而被给事中杨雍建弹劾，遭到降级调用的处罚，回了老家江苏昆山。当时徐艺初还没有成家，一直陪伴在父亲身边。

纳兰性德对老师之不幸深表同情，故本篇大约作于送老师之时。他所赠虽为徐艺初，但徐艺初实为徐乾学之子，可见借题发挥之旨，词中既表达了对座师的同情和安慰，也流露出对自己前程的牢骚和不平。

纳兰性德去世那年，恰逢徐艺初中进士，不知纳兰可曾喝到了朋友那杯及第酒？纳兰的词非但柔美，更有真性情。这首昔年旧词，寓情于景，寄下了多少关切、多少同情。这样的词，每每读起，总是让人感慨不已。

玉连环影

才睡。愁压衾花碎①。细数更筹②，眼看银虫坠。梦难凭，讯难真，只是赚伊终日两眉攒^③。

【注释】

①衾花：织印在衾被上的花卉图案。②更筹：古代夜间报更用的计时竹签，借指时间。③赚：赚得、赢得。攒：皱眉。

【赏析】

　　初见这一词牌，只是觉着眼生，想了许久才反应过来：这原是纳兰的自度曲。待到细看时，却渐渐被这四个字逼得说不出话来，愣着神，眼里脑里晃动的只有那对玉连环清冷的影子。本来词牌和词本身文字的关系是不大的，但是一个词牌的产生总是会有个因由。原只是两枚玉环，一旦相扣，即你中有我、我中有你，除非玉碎，否则生生世世不可分，是为玉连环。我们现在已很难去想象当年的纳兰到底盯着这连环看了多久，更难以计算他到底对着连环的影子叹息了多少次，唯一能知晓的只有纳兰留下的两首《玉连环影》。这篇词是第二首，第一首也不妨放在这里一起看：

　　何处？几叶萧萧雨。湿尽檐花，花底人无语。掩屏山，玉炉寒。谁见两眉愁聚依阑干。

　　词很短，也明白如话，描写的是春雨时节一女子相思，但是对女子着墨却极少极淡，似乎这女子留给读者的也只是一个影子，缥缈却挥之不去。

　　这一首与《玉连环影·何处》的"萧萧雨""玉炉寒"相比，总感觉要暖和些了。先来看词：不知道这一晚纳兰又是如何在他那百转千回的惆怅中度过的，好不容易睡下，却辗转难眠……几经反复，算了！披衣坐起，却只剩下一声"才睡"的叹息。想来，纳兰最开始应该强迫自己睡下的，只是"愁压衾花碎"，梦难成，愁却不见少，睡也多愁，不睡也罢！

　　前人对于"愁"的描述，有李后主《浪淘沙》"问君能有几多愁，恰似一江春水向东流"的"流不尽"，亦有李清照《武陵春》"只恐双溪舴艋舟，载不动许多愁"的"载不动"，而此处纳兰说愁，却只是唯美，让人觉得安静而小心翼翼，一如词人的多情与体贴。

　　"更筹"是古代夜间报更用的计时竹签，这里借指时间。"银虫"，即烛泪。长夜漫漫，此刻的纳兰却只是坐在时间的边上，看着银烛渐消，烛泪点点，缓缓流下、汇聚、变凉……欧阳澈在《小重山》里说"无眠久，通夕数更筹"，纳兰到底数了多久，一夜？那这样的"一夜"又发生了多少次？我们不知道，只是远远地看着他的影子，觉得怜惜而心疼。烛光恍惚，最有梦幻的感觉，难怪晏几道与歌女相逢时不禁疑惑"今宵剩把银釭照，犹恐相逢是梦中"。此时相逢却犹恐是梦，可见别后，小山曾多少次怀念这一刻啊。同是多情人，睡梦难凭，那就醒着梦又何妨，纳兰这时大概也在模拟相见的情景吧。"讯难真"，可知纳兰一定是向太多的人问询了"伊"的消息，然而各人各话、消息缤纷混杂，以致真假难辨了，却可怜了纳兰的一片痴心。

最后一句"只是赚伊终日两眉攒"最见纳兰体贴，不禁让人联想到《红楼梦》第三十回"宝钗借扇机带双敲，龄官划蔷痴及局外"中宝玉只顾着提醒龄官躲雨，而全忘了自己也在雨中的事。痴情者总爱忘了自己，纳兰不也如是？之前说这首词比另一首暖和，也正是因此。词里两个人的思念，总抵得过一个人的卑微凄凉吧。

两首《玉连环影》放在一起看，意外地发现第一首恰巧可以作为第二首纳兰遥想牵挂的那个"伊"的注解。第一首中纳兰只简单提了下伊的眉攒，而第二首却是一个想象情景的完全展开。当然硬把两首词搁在一块儿也许更多的是私下一厢情愿，然而总是执拗地认为那两个相思的剪影，虽然没守候在一起，却也是一对玉连环了。

玉连环影

(按此调《谱》《律》不载，或亦自度曲①。)

何处②？几叶萧萧雨。湿尽檐花③，花底人无语。掩屏山④，玉炉寒。谁见两眉愁聚依阑干⑤。

【注释】

①自度曲：谓在旧有曲调外，自行谱制新曲，或指在旧词调之外自己新创作的词调。②何处：何时。古诗文中表示询问时间的用语。③檐花：屋檐之下的鲜花。④屏山：屏风，因屏风曲折若重山叠嶂，或屏风上绘有山水图画等而得名。⑤阑干：同"栏干"。

【赏析】

据考证，纳兰这首《玉连环影》是其自度所作，自姜白石之后，词人自度词作已属平常，但姜白石留下的其自度曲谱则是我国重要的历史文献。想必后人自度词作，大都不再以歌咏为重，较多自由了。

这首小词的写作手法是纳兰一贯擅长的，比如景深跨度，都是"一山遮过一山"。此作景物搭配，从屋外写起，直至屋内，再写到屋内之人，显出十分明显的层次感。

这首词，开篇即无端发问：何处？这是古诗文中常常表示询问时间的语句。如李白《秋浦歌》"不知明镜里，何处得秋霜"，晏几道《醉落魄》"若问相思何处歇？相逢便是相思彻"等都有此种表达。何时，下起了几许潇潇细雨。此处"几叶"想必是以后面"檐花"联想得来。再加上落叶飘飘的神态自然类似于细雨飘零之状，故有此语。

纳兰本是多情而又痴情之人，往往对所爱之人用情很深。"何处？几叶萧萧雨。湿尽檐花，花底人无语。"寥寥数笔就勾勒出一幅凄清哀怨的景象，想那雨无端下起，打湿檐花。那雨不过是花的泪，打湿了自己。想到此处，纳兰自然把笔触写到了伊人身上。"花底人无语"，伊人默默望着细雨垂打的檐下之花，檐花也是默默无语地接受着这被雨打的命运，表现出极凄苦寒凉的意味。

纳兰与妻子卢氏恩爱情深，可是天妒红颜，卢氏双十年华便香消玉殒。此作想必是纳兰描摹回忆之作，写女子其实也自况其身。

接下去便描屋内之境。"掩屏山，玉炉寒"此二句，意思是将屏风掩紧，玉炉中所焚之香也已燃尽。张元干《兰陵王》有"屏山掩，沉水倦熏，中酒心情怯杯勺"之句，李贺《神弦》则有"女巫教酒云满空。玉炉炭火香咚咚"之语，纳兰自幼读书颇多，信手拈来，意象纷呈，不费半点儿功夫。写完屏山、玉炉，最后安排了一个倦妇之形，"谁见两眉愁聚倚阑干"，愁聚眉梢，独自凭栏，显现出一片寂寞无助之态。黄天骥在其《纳兰性德和他的词》中说：这词描写的是一个人孤独无聊的神态。在零星细雨中，屋内炉香燃尽，他也懒得再点，默默地靠着栏杆，不知所想为何？

黄天骥自然深知纳兰行年轶事，想必是作文严谨的原因才不一语道破。想必此处纳兰感境怀人，凑巧遇上雨打檐花，想起了与妻子卢氏那种"曾经沧海难为水，除却巫山不是云"的深厚情感，情发怎会无端？但又有谁能理解他这满怀的凄楚与旷世的寂寞呢？

御带花　重九夜①

晚秋却胜春天好，情在冷香深处②。朱楼六扇小屏山③，寂寞几分尘土。虬尾烟消④，人梦觉、碎虫零杵⑤。便强说欢娱，总是无憀心绪⑥。

转忆当年，消受尽皓腕红荑⑦，嫣然一顾。如今何事，向禅榻茶烟⑧，怕歌愁舞。玉粟寒生⑨，且领略月明清露。叹此际凄凉，何必更满城风雨。

【注释】

①重九：即重阳，阴历九月九日。旧时在这一天有登高的风俗。②冷香：指清香的花。唐王建《野菊》诗："晚艳出荒篱，冷香着秋水。"③朱楼：谓富丽华美的楼阁，《后汉书·冯衍传下》："伏朱楼而四望兮，采三秀之华英。"屏山：屏风。④虬（qiú）尾：指盘曲若虬的盘香。虬，古代传说中有角的小龙。⑤碎虫零杵：断续的虫声和杵声。⑥无憀（liáo）：

空闲而烦闷的心情。⑦皓腕：洁白的手腕，多用于女子，三国魏曹植《洛神赋》："攘皓腕于神浒兮，采湍濑之玄芝。"红萸：指重阳节插戴茱萸。⑧禅榻：禅床。宋郭彖《暌车志》卷三："惟丈室一僧，独坐禅榻。"⑨玉粟：形容皮肤因受寒呈粟状。

【赏析】

重阳节这天，天涯孤客，倍思亲人。纳兰独上小楼，啜饮着比天涯孤旅更为孤寒的伤悲。离家者尚有还家之日，远离人世者又怎会有归来之时？这首词写重阳节的无聊心绪，同时忆旧抒怀：

深秋季节的景致要比春天更美好，无限风情尽在秋日的花香深处。小楼的屏风落下些许微尘，却无人打扫。盘香烟消，孤独的人被窗外传来的虫鸣声和捣衣声惊醒，再难成眠。即使强颜欢笑，那百无聊赖的心绪也难以消减。记得当年，有伊人相伴一旁，那嫣然一笑，如今犹自灿烂。现如今，却空寂无聊，独自禅坐，怕见那歌舞繁华。清风雨露，霜华渐生，不觉寒冷。纵使不是满城风雨，而是胜却春天的美好秋夜，也已经只能感受到无比的凄凉冷清了。

"冷香"一处，有两种说法。一说指菊花、梅花等傲寒之花清幽的香气，譬如"晚艳出荒篱，冷香着秋水"。还有一种说法，指女人香。如侯方域在《梅宣城诗序》中写道："'昔年别君秦淮楼，冷香摇落桂华秋。'冷香者，余栖金陵所狎斜游者也。"

女人香在中外文化中都占有一席隐秘之地。欧洲学者曾这样写道："女人的气息令男人陶醉，一如既往，从来就是对她们个人整体的一种神化，在描写年轻貌美的布兰奇弗萝时，我们读到这样的诗行，大意为她的气息如何芬芳怡人，会令所有闻到的男人一周之内既感觉不到痛，也感觉不到饥饿。"清代戏曲家李渔的传奇集《笠翁十种曲》中《怜香伴》一篇（有的版本索性将这篇记作《美人香》），石笺云嗅到风中逸来的女子香气，与曹语花一见倾心，可见女人香魅力之大，连女性也无法抵挡。

我们最为熟知的冷香当属薛宝钗。《红楼梦》第八回宝玉与宝钗比识通灵宝玉、金锁，与宝钗坐得近了，"只闻一阵阵凉森森甜丝丝的幽香，竟不知系何香气"。宝钗身上的冷香，源自奇妙海上方，洋溢着中医文化与巫文化的神秘氤氲的气息，为宝钗之美点染了浪漫玄幻的色彩。

似乎在纳兰的印象中，妻子的气息就是这般带着凉意的甜蜜，除了这首《御带花》，他在一首《齐天乐·塞外七夕》中也用冷香代指自己的妻子："羁栖良苦，算未抵空房，冷香啼曙。"能萦绕着这样神秘幽艳香气的女子，是一位怎样的可人啊！难怪纳兰魂牵梦绕。任凭新人在侧，任时光在脑海中怎样反复冲刷，他依然记得当年"皓腕红萸，嫣然一顾"。

重阳佳节，秋菊盛放，本来是"萧疏篱畔科头坐，清冷香中抱膝吟"的日子，如今纳兰却只能自问："圃露庭霜何寂寞，鸿归蛩病可相思？"没有快乐，只有哀愁。当年与妻子嬉戏欢愉的小楼，如今盛满的不再是欢快的笑声，而是沉重的寂静。虽未曾常伴青灯，没了你的陪伴，人世繁华也褪去了光彩。爱人生命凋萎，纳兰的心便也寂灭了，寻常日子由一幅青绿山水瞬间褪色成了黑白水墨。

纵然晚秋却胜春天好，能使人在这人间好景中感叹"此际凄凉"的，恐怕也只有爱情了。这样的爱情，我们读来心醉；那身处爱情中的人，却是无尽的心碎。此情此景此爱恋，闻者悲戚，说者断肠。

月上海棠　中元塞外①

原头野火烧残碣②，叹英魂才魄暗销歇。终古江山，问东风几番凉热③。惊心事，又到中元时节。

凄凉况是愁中别，枉沉吟千里共明月④。露冷鸳鸯，最难忘满池荷叶。青鸾杳⑤，碧天云海音绝⑥。

【注释】

①中元：中元节，指农历七月十五日。旧时道观于此日做斋醮，僧寺做盂兰盆会，民俗亦有祭祀亡故亲人等活动。②残碣：残碑。③凉热：寒暑，冷暖。④沉吟：深思吟咏。⑤青鸾：即青鸟，神话传说中为西王母取食传信的神鸟，借指传送信息的使者。化用李商隐《无题》："蓬山此去无多路，青鸟殷勤为探看。"⑥碧天云海：形容天水一色，无限辽远。此句化用李商隐《嫦娥》："嫦娥应悔偷灵药，碧海青天夜夜心。"

【赏析】

这首词的副标题是"中元塞外"，是作者在塞外鬼节之时的悲慨之作。中元在古代也就是中元节，俗称鬼节，这样一个时节，纳兰身处塞外，陪同皇上出行，远离家乡，远离家人，无法为逝去的人祭祀，这是纳兰内心的悲哀。但他身为皇帝侍卫，随同皇帝出行，保护皇帝的安全是他的职责，他无法推卸。

人生或许就是如此，得到这样，就必须失去那样，纳兰得到了富贵与功名，就要失去自由和理想。他的内心即便再不情愿，也无能为力。在这样的一种心情下，纳兰在塞外，想到城里如今正是家家祭奠亡人的日子，不由得悲怆。

中元时节到来，面对眼前荒漠的残碑断碣，想起古往今来那些浴血沙场的英魂。无论他们的贤愚，都早已成为过去。历史就是如此无情，古今寒暑，盛衰兴亡都成陈迹。身处塞外，恰逢中元之日，但音书阻隔，令人更加孤独寂寞。于是独自沉吟那"千里共婵娟"的诗句，虽不免惘然神伤，但却可聊以自慰。

"原头野火烧残碣，叹英魂才魄暗销歇。"词的开篇就与塞外荒凉的景致相吻合，纳兰此刻的心情十分荒凉，所以他的词句也分外凄惶，站在塞外的戈壁滩前，他遥想当年，多少英雄曾在这里浴血奋战，战死沙场。而今古往今来，他们的英名留在人们心中，但谁还会去祭奠他们？这些英魂是否就游荡在这空荡的塞外，悲戚得无法安息？纳兰这首词一开始始终在怀古伤今，他认为历史是无情的，从不会对那些历史中的人存在一丝感情。所以，在这空旷的塞外天地间，纳兰想到那些逝去的人，内心更显得悲凉。

"终古江山，问东风几番凉热。惊心事，又到中元时节。"那些英雄都是如此被遗忘，那么像他这样卑微的无名小卒，岂不更是湮没于历史的尘埃中，无法显露出来吗？想到这里，纳兰更是愁苦。上片就此结束。

而在下片开始，依然是从忧伤中写起："凄凉况是愁中别，枉沉吟千里共明月。"今日是鬼节，自己无法与家中取得联系，无法得知家里的境况，只能共同欣赏头上的这一轮明月，希望明月能将自己的思念带回去。

"露冷鸳鸯，最难忘满池荷叶。"从这句词可以略微猜到，纳兰在思念家人同时，也在思念爱人，鸳鸯戏水，难忘的是满池的荷叶。当日的美好情景浮现眼前，真是令人陶醉，可惜的是，这里是塞外，没有鸳鸯，更没有荷叶，只有猎猎的大风和满目的荒凉。

最后，纳兰无奈地写下："青鸾杳，碧天云海音绝。""青鸾"是传说中的一种神鸟，能够送信，这个典故来自于李商隐的《无题》："蓬山此去无多路，青鸟殷勤为探看。"而"碧天云海"则是形容天水一色，无限辽远。这也是化用李商隐《嫦娥》："嫦娥应悔偷灵药，碧海青天夜夜心。"

塞外的这个夜晚，注定难眠。想念家人，思念亡人，既然无法安睡，那便为他们祈福祷告吧。

月上海棠 瓶梅①

重檐淡月浑如水②，浸寒香一片小窗里③。双鱼冻合④，似曾伴个人无寐。横眸处⑤，索笑而今已矣⑥。

与谁更拥灯前髻，乍横斜疏影疑飞坠。铜瓶小注，休教近麝炉烟气。酬伊也，几点夜深清泪。

【注释】

① 瓶梅：插在瓶中以供观赏的梅花。②重檐：两层屋檐。③寒香：清冽的香气，形容梅花的香气。④双鱼：双鱼洗，镌刻有双鱼形象的洗手器。冻合：犹言冰封。唐李益《盐州过胡儿饮马泉》诗："从来冻合关山路，今日分流汉使前。"⑤横眸：流动的眼神。⑥索笑：

犹逗乐，取笑。

【赏析】

词的上片通过写闺中人的相思之苦，来抒发伤逝之情。这首词借瓶梅抒发相思和伤逝之情。纳兰写词，总是充满离愁哀怨，这首词的基调也是如此，但却又有些不同，整首词虽然弥漫着一些孤寂之感，但总的来说，还是比较温暖清淡的，犹如淡淡的白月光，从窗口轻柔地洒下，让人心头明亮。

月光如水洒在屋檐上，瓶中的梅花开了，小窗里沉浸在一片清香当中。天气寒冷，双鱼洗已经结冰，孤单的人儿不能入睡。回想当时的眉目传情，而今都已一去不返。当初与谁一起在灯下花前，看那梅花的疏影？如今，又是铜瓶花开，麝烟缭绕，而你却不在身旁了，唯有以这几滴相思之泪寄托"我"的深情。

"重檐淡月浑如水，浸寒香一片小窗里。"月光是古往今来，众多词人抒发思念之情的最佳选用之物。纳兰说淡月如水，月光如水一样清澈，也如水一样冰凉。洒下的月光在屋檐下形成一道冰冷的帘子，隔开了窗内与外面的景物。

而此时，屋子里的梅花开放了，绽放的花朵散发出幽香，小屋内一片暗香，屋外月光冰凉，屋内清香四溢。乍一看来，这首词的意境十分清淡，并无相思之苦，也无伤逝之情，只是对景物的一种白描，可是继续读下去就能发现，原来淡然未必就是平静，不说并不代表不在乎。

"双鱼冻合，似曾伴个人无寐。"这里需要解释的是"双鱼"，是指双鱼洗，镌刻有双鱼形象的洗手器，宋张元干《夜游宫》词："半吐寒梅未坼，双鱼洗，冰澌初结。"这里是说洗手器皿中的水都已经冻成了冰，凝结在了一起，天气的寒冷程度可想而知。这样的天气，钻进被窝，美美地睡上一觉，是再舒服不过的了。可是满心愁绪的纳兰，却是无论如何也睡不着的。

"横眸处，索笑而今已矣。"睡不着的原因自然是内心有所牵挂，那美丽的眼眸，那动人的微笑，而今看来，都是无法忘怀。在深夜里，独自躺在床上，孤枕难眠，想到恋人的容颜，清晰如昨，可是眼下却是天涯海角，无法相见，这怎能不叫人悲伤！

纳兰这首伤逝词，写到上片，悲伤过度。到了下片的时候，纳兰似乎沉思了许久，慢慢提笔写道："与谁更拥灯前髻，乍横斜疏影疑飞坠。"回忆往昔，当日与谁一起相拥灯前，与谁一起看花飞花落，与谁一起海誓山盟，与谁一起想着如何去天长地久？

往日的美好，却都早已在岁月的流逝中一同不见了，"铜瓶小注，休教近麝炉烟气。"如今，又是铜瓶花开的时候，可是檀香冉冉升起的烟雾中，再也看不到你笑颜如花的脸庞了。"酬伊也，几点夜深清泪。""我"只能在此刻，用泪水祭奠我们共同拥有的过去。

纳兰的这首词以悲情结尾，结束全词，整首词清新自然，虽然悲切，但却读起来让人没有压抑之感，是首好词。

昭君怨

暮雨丝丝吹湿①，倦柳愁荷风急。瘦骨不禁秋，总成愁。

别有心情怎说？未是诉愁时节。谯鼓已三更②，梦须成。

【注释】

①暮雨：傍晚的雨。②谯（qiáo）鼓：谯楼更鼓。

【赏析】

这首《昭君怨》情景交融，悲秋伤怀。讲的是纳兰对伊人不在、夜深独立的一片哀怨心绪。

《昭君怨》本是琴曲名。相传古代四大美女之一的王昭君作怨诗入琴谱，乐府吟咏曲，便是本调调名之来由，故而词牌《昭君怨》也是家国怨和闺中怨结合的经典。

细观上片，自然是"瘦骨成愁"的刨心之痛了。作者一片之中连用两个"愁"字，可见其寂苦心绪。王国维语"有我之境，以我观物，则物皆著我之色彩"，于是，此处，暮雨之形，实为愁之形、柳之倦、荷之愁、风之急，更非实景，全自词人心中出罢了。

都道纳兰对表妹情深之至，然表妹最终辗转进宫，侯门尚且深似海，更何况紫禁宫闱。于是只余得两人漫长相思却不能相守的煎熬，是夜，纳兰独看暮雨丝丝，秋雨凄苦，夜风凉薄凌厉，便是那柳树、荷花也是倦极愁极，国学大师王国维曾在《人间词话》中言："一切景语皆情语。"如此看来，却是纳兰由这凄风苦雨中生出对表妹的无尽相思愁绪。

却有另一说言道：纳兰自幼饱受汉文化教育，封建伦理观念耳濡目染，由此他们和汉人一样，五服之内同姓男女绝对不婚，且从堂兄妹姐弟之间，更不可能有婚恋关系婚姻之约。而考证其表妹，入宫为妃享年近八旬，一生"秉志柔嘉"，自以皇帝是非为准，所以，纳兰之于其"表妹"一往深情，实难想象。又从一说，纳兰所思，为孝庄皇后视为掌上明珠的翠花公主。从纳兰借国丧之机，扮成僧人混入宫中得窥所爱之人一面，推断宫中只有翠花公主可与他引为知己：翠花公主自幼聪颖可爱，长大后更是贤良淑德，后康熙追封其为恭悫长公主（恭悫即具有宽和恭谦），这与纳兰妻子卢氏自然有几分相像，旧情新欢，纳兰与翠花公主之约自然不无可能，因此，纳兰之情并非为其表妹了，但终为一家之说，实难考证。

在下片，纳兰承接上景而引发清愁，"别有心情怎说"一问出，万古寂寥，道是家家争唱饮水词，却是纳兰心事几人知。不论是青梅竹马的表妹，抑或是贤良淑德的翠花公主，总是佳人一方，此岸却只身孤影暗销魂。

"未是诉愁时节"则是本词第三次提到"愁"，宋吴文英《唐多令》："何处合成愁，离人心上秋。"若不是那离情别绪缠绵难去，又如何翻来覆去地拿捏这个字，若不是那伊人回目、嫣然一笑的音容恍在耳畔，又如何会在失去之后生出这无边无尽的愁意来。

而自语"未是诉愁时节"则像是词人恍然发现此情难诉，对应发问那句，于是更显出无奈孤寂之情。是啊，未是诉愁时节，"我"何来这么多的愁绪。而那愁，却愁进了心底，愁成三更一片"谯鼓"之声。

"谯鼓"之声，则引此愁绪更见升华。谯楼，原为城门之上的瞭望楼，谯鼓则是瞭望楼上的更鼓了，三更未眠，于此浅道：梦须成。却不点破何来纠结，家国之意若隐若现。于此，此词，言有尽而意无穷，让人无限回味。

纳兰这首词，道尽了相思难眠的愁苦，写尽了婉转不能言语的心境，也隐隐透出作者家国之意，实为词之佳作。

鹧鸪天 离恨

背立盈盈故作羞，手挼梅蕊打肩头①。欲将离恨寻郎说，待得郎来恨却休。

云淡淡，水悠悠，一声横笛锁空楼②。何时共泛春溪月，断岸垂杨一叶舟③。

【注释】

①手挼：用手揉弄。梅蕊：梅花蓓蕾。②横笛：笛子。即今七孔横吹之笛，与古笛之直吹者相对而言。③垂杨：垂柳，古诗文中杨柳常通用。

【赏析】

纳兰这首小词，借女子的形象和心态抒写"离恨"，通篇都用白描，不加雕饰，显得朴素而清丽。

上片是在追忆往日的幽会，纳兰用轻盈笔触描画了女子娇嗔佯羞的形象，情意婉转，但遣词造句间并不让人觉得刻意雕琢。

"背立盈盈故作羞"的"盈盈"二字的确是灵动精巧，将词中女主角的风姿、仪态之美妙动人浓缩在其中。《古诗十九首》之二有这样的诗句：

青青河畔草，郁郁园中柳。

盈盈楼上女，皎皎当窗牖。

娥娥红粉妆，纤纤出素手。

形容词叠字"青青""郁郁""盈盈""皎皎""娥娥""纤纤"被顾炎武《日知录》誉为和《诗经·卫风》"河水洋洋"一样连用叠字"亦极自然，下此即无人可继"。这里用"盈盈"二字，让人不免想起《古诗十九首》中这位娇美、轻盈、光彩照人的女子。

"手挼梅蕊打肩头"是极能体现纳兰词风的一句化用。女子纤纤素手揉碎了梅蕊，抛向情郎肩头，嗔怪之情与娇羞之态相融，此情此景必是旖旎万分。北宋晏几道《玉楼春》一词中有："手挼梅蕊寻香径。"明代诗人王彦泓诗中则有："大将瓜子到肩头。"

纳兰词这句中七字，可以说均是化自他人诗句，但比小山词多了分娇羞风情、比彦泓诗多了些静好端庄，不偏不倚正是纳兰境界。赵秀亭在《纳兰丛话》（续）中便这样评价：

性德词多用王彦泓诗中语，而每能化污为洁，转浊成清。其"手挼梅蕊打肩头"，即自次回"大将瓜子到肩头"出，然一雅致，一俗恶；一写闺中静好，一状楼头倡女，情趣高下，了然可见。性德偶有绮腻语，如"一晌偎人"云云，亦袭用前人而已，就其总体看，则有挚情而无滥欲，词品高华，固非彦泓可及。

说得刻薄，确是实话。单就这篇而言，上片四句，酷似李煜词"绣床斜凭娇无那，烂嚼红茸，笑向檀郎唾"（《一斛珠》）所描绘的情景，而在香艳中更觉清新，在婉丽处又现俊逸。

下片转笔写眼见耳闻之景，淡淡之云与悠悠之水，伴和着耳畔的笛声，更烘托出离恨的凄苦。"一声横笛锁空楼"写笛声萦绕在空寂的阁楼中。一个"锁"字形容笛声不绝，仿佛凝滞。笛声与梅花，向来是诗词中道尽凄清的意象，观梅闻笛，便勾起古往今来多少人的愁情。唐朝崔道融就有《梅花》一诗：

数萼初含雪，孤标画本难。香中别有韵，清极不知寒。

横笛和愁听，斜技依病看。逆风如解意，容易莫摧残。

笛声总是清冷空幽，而此时又是离别在即，相见无期，让人怎能不满心愁绪。

结句以虚笔勾画了一幅月夜春泛的美妙图画，并以此虚设之景，进一步抒发了离恨的心曲。"何时共泛春溪月，断岸垂杨一叶舟"，想象中的良辰美景，更衬得当下的离别之苦不堪忍受。

古时不比如今，车行不便，一别之后有可能就是余生难再相见，时间、距离、生死，再如何情比金坚在这样的刁难前也都只能面对。纵是帝王李煜，也要说"离恨恰如春草，更行更远还生"，放之纳兰，又能奈它何。

鹧鸪天

别绪如丝睡不成，那堪孤枕梦边城^①。因听紫塞三更雨^②，却忆红楼半夜灯^③。

书郑重，恨分明，天将愁味酿多情。起来呵手封题处^④，偏到鸳鸯两字冰。

【注释】

①边城：临近边界的城市。②紫塞：北方边塞。③红楼：红色的楼，泛指华美的楼房。指富贵人家女子的住房。④呵手：向手呵气使暖和。封题：物品封装妥当后，在封口处题签，特指在书札的封口上签押，引申为书札的代称。

【赏析】

在中国古典诗词中，有许多缠绵悱恻的诗篇，从"窈窕淑女，寤寐求之"的吟唱到"十年生死两茫茫"的悲叹，再到"才下眉头，却上心头"的相思情愁。我们在欣赏这些诗篇时，所能感受的不仅仅是那种热烈、深沉的感情，更能体味到洋溢在其中的绵绵相思以及幽幽愁丝。

纳兰的这首词是塞上怀远之作，仍然是相思的主题，首句"别绪如丝睡不成"，直抒胸臆，多情公子此时正在塞上，别后的相思之情让他辗转反侧，夜不能寐，而"那堪孤枕梦边城"则更进一步说明了纳兰的愁思之深。按照正常的理解，"梦边城"应该解释为"梦见边城"，但是联系上下文，我们就知道其应该解释为"梦于边城"。

由于孤枕难眠，于是纳兰只好从床上爬起来，去倾听那塞外夜半的雨声，可是这潇潇的夜雨声，就如同愁苦之人拨弄琴瑟的弦声，凄凉震耳，声声敲痛着纳兰那颗充满愁思的心，也越发触动了他的情思，让他不自觉地回忆起家中灯前的妻子，她此时是否也在思念着自己？

紫塞，指的是北方边塞，鲍照在《芜城赋》中有"南驰苍梧涨海，北走紫塞雁门"的诗句。长城之下的泥土呈紫色，相传这是因为修筑长城的老百姓一批批全都死在城下，以至于"尸骨相支拄"，百姓的血肉之躯掺和了泥土，恰是紫色，所以边塞就被称为紫塞。

相思之情此时已如春日的野草一样，迅速地疯长着，于是纳兰拿起笔，铺开纸笺，开始给妻子写信，抒发自己的离愁别绪。"书郑重，恨分明"，纳兰在这里化用李商隐的"锦长书郑重，眉细恨分明"，李诗原是一首《无题》：

照梁初有情，出水旧知名。
裙衩芙蓉小，钗茸翡翠轻。
锦长书郑重，眉细恨分明。
莫近弹棋局，中心最不平。

李商隐当时新婚不久，由于卷入了"牛李党争"，因此在仕途上遭遇了不公正的待遇，新妻子王氏并没有因李商隐在仕途上的不得志而抛弃他，而是一直不离不弃，与其患难与共。于是李商隐写下了这首诗。纳兰在此处截取"书郑重"和"恨分明"二语，语义上让人感到十分疑惑，至于他在当时要表达什么含义，我们今人就不得而知了。

接下来纳兰用一句"天将愁味酿多情"，将整夜的情思推向了高潮，人有七情六欲，会感到愁苦，而苍天似乎也在用滴滴答答的细雨声来酝酿自己的愁苦，一个"酿"字，可谓是全词的词眼。

边塞严寒，纳兰好不容易写完信，呵着僵硬的双手封合了信封，在为信封签押的时候，偏签押到"鸳鸯"两字时，却发现笔尖被冻住了，只有一片冰凉的寒意。在这里，纳兰将自己的心境与天气巧妙地结合在一起，那被冻住的恐怕不仅仅是笔尖，更是纳兰的那颗心吧？

相传卢氏死后，纳兰在二十六岁时续娶了官氏，由于和官氏的婚姻带有政治色彩，所以纳兰一直对官氏非常冷淡，如果真是这样，那么这首词就应该不是写给官氏的，那么，我们是否就有理由推测，这又是一首怀念卢氏的悼亡之作呢？从"天将愁味酿多情""偏到鸳鸯两字冰"这几句来看，纳兰当时的心中确实有一种难以诉说的愁苦。

鹧鸪天

十月初四夜风雨，其明日是亡妇生辰。

尘满疏帘素带飘①，真成暗度可怜宵②。几回偷湿青衫泪③，忽傍犀奁见翠翘④。

惟有恨，转无聊。五更依旧落花朝。衰杨叶尽丝难尽，冷雨西风辘画桥⑤。

【注释】

①疏帘：指稀疏的竹制窗帘。素带：白色的带子，服丧用。②真成：真个，的确。暗度：

不知不觉地过去。③青衫：青色的衣衫，黑色的衣服，古代指书生。④犀奁：以犀牛角制作而成的梳妆盒。翠翘：古代妇人首饰的一种，状似翠鸟尾上的长羽，故名。这里指亡妻遗物。⑤冷雨西风：形容恶劣的天气或悲惨凄凉的处境。画桥：雕饰华丽的桥梁。

【赏析】

卢氏逝去的第二年，被葬于明珠家的祖茔，这首词作于卢氏下葬后不久，当时正值十月初四夜，窗外突然风雨大作，多情公子想到明天将是亡妻的生日，不由得悲从心起，于是，伴着凄风苦雨，纳兰赋词以寄哀思。

"尘满疏帘素带飘"，妻子离去之后，屋子已经很久没有打扫，窗帘上早已落满了灰尘，室内一片死寂，只能看见素带飘动。其实，以纳兰显赫的家世，府中必定是奴婢成群，想来也不会如此狼狈，任凭"尘满疏帘"，所以，这一切是纳兰心理的主观感受而已，这样表现出他内心的极度悲伤。

李清照在经历了战乱之愁、家亡之恨、丧夫之悲、流离之苦后，才产生"物是人非事事休，欲语泪先流"的感受，而纳兰只经历了丧妻之痛就产生了"物是人非"的感觉，足见他对卢氏的感情之深。

十月初五是亡妻的生日，因此初四的夜晚必定是一个凄苦冷清的"可怜宵"，一个人在这种环境中，往往会睹物思人，纳兰自然也不可能例外，我们似乎能看到在这样一个寂寥的夜晚，纳兰独自一人在屋内徘徊，猛然间看到亡妻用过的妆奁翠翘，不觉暗自伤怀，几度清泪偷弹，甚至连衣袖都被泪浸得仿佛有千斤重了。

一个"偷"字，让人颇为费解，我们都知道，一个人在悲伤的时候，通常会找一个朋友倾诉，希望他能够安慰自己、化解自己的忧伤，那纳兰为什么要偷偷地流眼泪呢？其实，在封建社会中，由于受到社会道德规范的约束，一个男人如果不能抛却儿女私情，不仅会被其他人嘲笑为胸无大志，更会被其他男人视为异类，哪怕他哀悼的是自己的亡妻，所以纳兰只能无奈地"偷湿青衫泪"。

词到下片，纳兰将我们的视线带到了室外。"惟有恨，转无聊。五更依旧落花朝"，这三句毫无刻意雕饰之感，读起来就好像纳兰此时正站在你的面前，流着眼泪向你倾诉。转眼间就到了五更天，纳兰一夜未眠，可当他来到户外之后，看到的却不是艳阳高照，而是"葬花天气"。其实，十月并不是落花时节，这仍然是纳兰心理上的主观感受而已，从而突出自己心中的无限悲伤。

全词以景物描写结束，强化了词人内心的愁苦。"衰杨叶尽丝难尽，冷雨西风幕画桥"，衰杨叶尽，景色依然，"我"和你却已生死殊途。此时凄风冷雨抽打着画桥，怎能不令人愁思满怀，百无聊赖。

这首悼亡词写得尤为低落惨淡，此时的纳兰已经英雄气短，唯有儿女情长，他失去了一生的红颜知己，虽然还有很多好友陪伴在他的身边，但是妻子是他们所不能代替的，因此纳兰不会再有幸福，他甚至还在这首词中流露出对人生的厌倦。

鹧鸪天

独背残阳上小楼，谁家玉笛韵偏幽①。一行白雁遥天暮②，几点黄花满地秋。

惊节序，叹沉浮，秾华如梦水东流③。人间所事堪惆怅，莫向横塘问旧游④。

【注释】

①玉笛：玉制的笛子，笛子的美称，指笛声。②白雁：候鸟。体色纯白，似雁而小。③秾（nóng）华：指女子青春美貌。④横塘：古堤名，一为三国吴大帝时于建业（今南京）南淮水（今秦淮河）南岸修筑，亦为百姓聚居之地；另一处在江苏省吴西南。诗词中常以此堤与情事相连。旧游：从前游玩过的地方。

【赏析】

在中国古代，每到重阳佳节，人们就会登高，为的是避灾求福，而随着时间的推移，登高逐渐演变成古人的一种重要情结，每当他们在郁郁不得志时，通常登高赋诗吟词，以排解心中的郁闷苦楚。

南唐后主李煜在国破家亡之后，在宋朝过了两年多的囚徒生活，在被囚禁的日子里，为了缓解心中的愁苦，他经常独上西楼远望，想象着昔日南唐的宫阙，而亡国之恨总会在这时一次次冲击他的心灵，因此他悲愤地写下了"无言独上西楼""小楼昨夜又东风"之类感伤的词句。

与李煜这个偏安一隅的没落国君相比，纳兰无疑要幸运得多，他出身贵胄，父亲是权倾一朝的宰相，自身又是皇帝的贴身侍卫，深得圣上赏识。然而，他却蔑视一切荣华富贵，想的是要如何遁迹山林、与清风明月为伍。纳兰的出身和性格，也就注定他要终身扮演一个不得志的失意者，而这首《鹧鸪天》，就是他内心中满腔惆怅的真实写照。

"独背残阳上小楼"，词一开篇，纳兰就为我们展现出一幅凄凉的画面，在一个秋日的黄昏，纳兰孤单地登上小楼，夕阳将他的影子一点点地拉长，就像他的心性在时光的磨砺中消磨殆尽一样。

登上小楼之后，纳兰耳边传来幽咽的笛声，其中似乎还夹杂着些许的感伤。在中国古典诗词中，玉笛也是一个频繁出现的意象。"敦煌女伎持玉笛，凌空驾云飞天去""谁家玉笛暗飞声，散入春风满洛城""玉笛凌秋韵远汀，谁家少女倚楼听"……那为什么很少用"金笛""铁笛""铜笛"来入诗词呢？这是因为在古代，人们对玉看得很重，正所谓"黄金有价玉无价"，文人君子必佩玉，于是，玉不仅是一种装饰品，更是一种人格、身份的体现。

登高必感怀，这是中国传统诗词的一个套路，另外还有"一切景语皆情语"的说法，所以纳兰在感怀之前，先看了看眼前的景色。"一行白雁遥天暮，几点黄花满地秋"，远处，一行白雁飞入天际，近处，枯黄的叶子落了一地。一个人孤零零地登楼远眺就已尽显凄凉，如果再看到眼前萧瑟的秋景，自然会触景生情，发出无限的感慨。

词到下片，纳兰开始慨叹世事无常、人生如梦，"惊节序，叹沉浮，秾华如梦水东流"，四季更替，人生浮沉，美好的时光像梦一样随着流水消失不见了，到这里，词人的惆怅之情已显而易见。

"人间所事堪惆怅，莫向横塘问旧游。"人间有无限的惆怅之事，既已如此惆怅，那就更不要向横塘路上询问旧游在何处了。读到尾句，我们不禁想起纳兰的另一首《浣溪沙》中的"我是人间惆怅客"，不同的季节，相同的意境，虽然时光飞逝，但惆怅的心情却如影相随。

有人说这首词是登高感伤之作，也有人指出横塘在江南，这是一首登高怀人之作，怀念的是沈宛或是江南的友人，哪种说法正确，我们无法做出裁定，但我们能够确定的是，纳兰内心中那无法倾诉的惆怅，将永远陪伴在他的左右，直到他生命的终结……

鹧鸪天

冷露无声夜欲阑①，栖鸦不定朔风寒。生憎画鼓楼头急②，不放征人梦里还。

秋淡淡③，月弯弯，无人起向月中看。明朝匹马相思处④，知隔千山与万山。

【注释】

①冷露：清凉的露水。②画鼓：有彩绘的鼓。③淡淡：水波荡漾的样子。④匹马：一匹马，后常指单身一人。

【赏析】

在一个尚武不重文的王朝中，纳兰当然知道自己应该驰骋在沙场之上，建功立业，但是他却偏偏是一个生有英雄志却又放不下儿女情的人，因此在羁旅行役中他创造了大量描写痴男怨女的相思怨怼之作，这首词就是属于其中的一首。

开篇两句，"冷露无声夜欲阑，栖鸦不定朔风寒"，夜色将尽，冷露无声，朔风猎猎，寒鸦飞起，一静一动，形成对比，恰似词人此时跌宕起伏的心境。在中国古典诗词中，乌鸦常与衰败荒凉的事物联系在一起，例如李商隐《隋宫》："于今腐草无萤火，终古垂杨有暮鸦。"马致远《天净沙·秋思》："枯藤，老树，昏鸦。"这首词的首句出现"栖鸦"，则表现出词人黯然愁思的心情。

"生憎画鼓楼头急，不放征人梦里还"，词人本想早点儿入睡，好在梦中与妻子相会，谁知可恶的鼓声偏又在楼头急响，声声恼人，导致他无法在梦里还乡。在这里，纳兰用哀伤的笔调对人生的怨憎进行了描写，同时也用反衬的手法来衬托出自己思念愁苦之情。

下片继续进行景物描写，"秋淡淡，月弯弯，无人起向月中看"。在中国古典诗词中，月亮这一意象往往成为人们思想情感的载体，有的人用月亮来渲染清幽气氛，从而烘托出一种悠闲自在、旷达的情怀，如王维的《山居秋暝》"明月松间照，清泉石上流"，有的人则通过描写月亮来寄托相思之情，抒发思乡怀人之感，如李白《静夜思》中的"床前明月光，疑是地上霜，举头望明月，低头思故乡"。有的人则用月亮来渲染凄清的气氛，烘托孤苦的情怀，例如张九龄的《望月怀远》中的"情人怨遥夜，竟夕起相思"。而在这首词中，秋波荡漾，月儿弯弯，本来是一派美好、宁静的景象，可是除了词人之外，竟没有旁人与他一起观赏，从而突出他的孤独寂寞。

结尾两句，"明朝匹马相思处，知隔千山与万山"，使思念具体化，纳兰此时已经想到明朝更会越行越远，归程阻隔，万水千山，而对妻子的思念之情则会变得越来越重。

鹧鸪天

送梁汾南还，时方为题小影。

握手西风泪不干，年来多在别离间。遥知独听灯前雨①，转忆同看雪后山。

凭寄语，劝加餐，桂花时节约重还。分明小像沉香缕②，一片伤心欲画难。

【注释】

①遥知：谓在远处知晓情况。②分明：简单明了。沉香：熏香料名，又称沉水香、蜜香。

在纳兰的诗词中，随处可见其对于友情的珍视，虽然他已早登科第，又是皇族贵胄，然而却虚己纳交，待人至诚至真、推心置腹。当时朝野满汉种族之见甚深，而他的朋友却都是江南人，而且皆坎坷失意之士，纳兰性德倾尽自己的全力帮助他们，这其中就有顾贞观。

有一天，南方传来噩耗，顾贞观的母亲病故，他必须立刻离京南归，当纳兰得知这一消息后，他伤心、震惊的程度一点儿也不亚于顾贞观，甚至比其还要强烈，纳兰不仅为顾贞观难过，也为自己难过，因为顾贞观已经成为他精神生活中不可缺少的一个人，而现在他不得不面对其要离自己而去的事实，于是，他将自己的痛苦化成一行行长短句，填写了这首词。

"握手西风泪不干"，词一开篇，作者就为我们营造出一派依依惜别的景象，在秋风之中词人与友人握手作别，泪水止不住滑落。古人在离别时通常以握手表示诚挚的友情和一往情深的伤别之意，李白就有"握手无言伤别情"的诗句，而之所以"泪不干"，是因为古时候交通不便，通信极不发达，朋友之间往往一别数载却难以相见，所以古人在与亲人朋友离别时都会特别伤感。

作为康熙皇帝身边的一等侍卫，纳兰常常要入值宫禁或随圣驾南巡北狩，因此与朋友们聚少离多，很少见面，如今好不容易有一个相聚的机会，友人却又突然要南归，因此他才会发出"年来多在别离间"的感慨。

"遥知独听灯前雨，转忆同看雪后山"，前一句纳兰虚写未来，后一句则实写过去。纳兰想象着身在远方的友人灯前独坐听雨的愁苦，脑海中回忆起与顾贞观雪后一同看山的快乐日子。

"凭寄语，劝加餐"，这两句化用王次回《满江红》词："凭寄语，劝加餐，难嘱咐，雨和雁。"此时词人已经摆脱了伤感的心情，转而叮嘱友人要保重身体，并希望他在桂花开的时候能够回来与自己相聚。

"分明小像沉香缕"，字面上的意思是小像在缕缕沉香的轻烟里历历可见，其实这里还有一个典故，李贺曾作过一首《答赠》诗，其中有"沉香熏小像，杨柳伴啼鸦"，在这里，"小像"本作"小象"，是象形熏炉的意思，但由于误传的时间久远，也就约定俗成地变成了"画像"的典故。

"一片伤心欲画难"则化用高蟾《金陵晚望》中的"世间无限丹青手，一片伤心画不成"，高蟾诗的意思是世间无数大画家，谁也难画出此刻的一片伤心之感，而纳兰将此句化用，用意也就变得十分明显，虽然容貌可以画出来，但是自己的伤心和不舍却难以画出，从而表达出对友人的思念之情。

最后两句照应了小序中的"为题小影"，顾贞观南归时，纳兰赠以小像，题以词作，只可惜这幅小像在道光年间毁于火灾，否则我们今人就能够通过小像来看一看这位多情公子当时是怎样一副伤心欲绝的表情。梁佩兰在纳兰性德的祭文中说："黄金如土，惟义是赴。见才必怜，见贤必慕。生平至性，固结于君亲，举以待人，无事不真。"结合这首词来看，梁佩兰的话虽然不无溢美之词，然而用于纳兰性德却也绝不夸张。

鹧鸪天

小构园林寂不哗，疏篱曲径仿山家①。昼长吟罢风流子②，忽听楸枰响碧纱③。

添竹石④，伴烟霞。拟凭尊酒慰年华⑤。休嗟髀里今生肉⑥，努力春来自种花。

【注释】

①山家：山野人家。唐杜甫《从驿次草堂复至东屯茅屋》诗之二："山家蒸栗暖，野饭射麋新。"②风流子：原唐教坊曲名，后用为词牌。分单调、双调两体。单调三十四字，仄韵。③楸枰：棋盘，古时多用楸木制作，故名。唐温庭筠《观棋》诗："闲对楸枰倾一壶，黄华坪上几成卢。"④竹石：竹与石。⑤尊酒：犹杯酒。⑥髀里今生肉：因为长久不骑马，大腿上的肉又长起来了。形容长久过着安逸舒适的生活，无所作为。语出《三国志·蜀志·先主传》裴松之注引晋司马彪《九州春秋》："备曰：'吾长身不离鞍，髀肉皆消。今不复骑，髀里肉生。'"

【赏析】

纳兰心中向往的疏篱曲径在朱门富贵的府邸可有安身处？

不过一处面南草屋，檐后榆柳成荫，堂前桃李环绕。没有纳兰常见的金碧辉煌，更不需要前呼后拥的排场，那明晃晃的色调、媚兮兮的表演不属于寻常百姓家，也不属于纳兰向往的寻常生活。不似北方的园林，初见朱门铜钉，再见宫馆复道，山拟昆仑，池比东海，不时提醒着，普天之下，莫非王土，处处洋溢天皇贵胄的自负和威严，那些都令人太压抑，天威前如临深渊的紧张气氛令人窒息。

疏篱山径，本是寻常人家。这人间再普通不过的场景却是被模仿之物。物以稀为贵呵，如大观园里的"杏帘在望"，"一畦春韭绿，十里稻花香"。权相明珠府邸，山家之景不过是借景取意，雅俗同乐，不得作真。

而于纳兰而言，那牢笼中的疏篱曲径似植于金丝笼边的野花，纵使不能翱翔长空，尽情歌唱，至少可以用以观天，用以记忆对自由的向往，用以维持对平淡生活的渴望。

昼长吟罢《风流子》，纳兰便是到了荒山村野也离不开一份诗意的栖居吧。风流子，如"鹧鸪天"一般也是词牌名，分单调、双调两体。纳兰也曾作《风流子》，约略作于康熙十四年，那时的他于一片枯草之上便作得"算功名何似"之语。九年后，纳兰自己怕是没有想到，自己那些功名之心早已被磨平，年轻时一句"沽酒西郊"老来竟成圆不了的冷梦。

楸枰响碧，应是清脆的金石之音。楸木纹理细腻微妙，质轻却不易翘曲，常用于制作围棋的棋盘常见的侧楸枰，楸片纹路古朴典雅，棋盘表面用三百二十四块刮削得很薄而又均等的楸木片，根据楸木片自然纹纵横排列编织而成，自然形成十九格棋路，然后在棋盘四周雕刻各种吉祥图案。"侧楸敲醒睡，片石夹吟诗"，浑然天成的棋路，令人无限遐思。"烟雨湖山六朝梦，英雄儿女一枰棋"，黑白子的围棋没有被现代人的游戏无情取代，而是裹挟着一个个过去的时代的黄沙，仍游走于世间。纳兰的生活中怎能没有棋呢？就在这一角楸枰中，纳兰悟得功名不过虚妄，悟得幽居山间的乡野之乐。

宁可食无肉，不可居无竹。竹以其空心谦虚飘逸耿直的形态，千百年来承载着文人们忧思天下的思索和精神叹息。有诗为证，文人对竹的情结可见一斑。

与太白斗酒诗百篇不同，纳兰杯中酒难解万古愁，尊酒一杯，聊寄年华。不知纳兰是否想到苏东坡、想到李白，举杯消愁愁更愁。纳兰的精神家园显然不在错综复杂的井野，他需要一个单纯的地方来滋养诗情画意的灵魂。然而已入红尘的纳兰能否舍下这些繁华小隐于野呢？年华不再，壮志未酬，此时的纳兰已不再是那个一心考取功名的青涩少年了。十几年，纳兰经历人的生离、魂的死别，见惯了月的阴晴圆缺、人的悲欢离合，还有什么放不开的呢？

纳兰的心早已奔波疲倦，对于那些八千里路云与月，他没有力气回头观望。倦鸟尚知还，纳兰需要的是一方余田，倚着闲窗静静地品尝着这半生交加的苦忆。

花田下，一人执锄，行孤芳自赏。或学陶渊明，东皋临啸，清泉赋诗。花木成林时，等到百鸟争来，平添了几分情趣。昔唐伯虎躲进桃花坞自成一统，自号桃花庵主，"但愿老死花酒间，不愿鞠躬车马前"。才子如红颜，半生潦倒的生活早已将生死看淡，死生又何妨？不过是漂流在异乡。

纳兰此时应当也看穿了吧，却终究只是凡胎。"等闲变却故人心，却道故人心易变"，他可知不久后的未来有天赐慧心人的短暂相伴？自觉淡泊的他可知，不久之后面对离别，他依旧唱着对命运的哀怨？